U0948286

情到刻骨，原来如此

[上]

丁潇潇／著

北方妇女儿童出版社
长春

图书在版编目（CIP）数据

情到刻骨，原来如此 / 丁潇潇著. —长春：北方妇女儿童出版社，2015.8
ISBN 978-7-5385-9282-5

Ⅰ.①情… Ⅱ.①丁… Ⅲ.①言情小说—中国—当代 Ⅳ.①I247.5

中国版本图书馆CIP数据核字（2015）第088372号

情到刻骨，原来如此
QINGDAOKEGU, YUANLAIRUCI

出 版 人：刘　刚
策　　划：师晓晖
责任编辑：熊晓君
版式设计：刘碧微
开　　本：700mm×980mm　1/16
印　　张：32
字　　数：506千字
版　　次：2015年8月第1版
印　　次：2015年8月第1次印刷
印　　刷：三河市文通印刷包装有限公司
出　　版：北方妇女儿童出版社
发　　行：北方妇女儿童出版社
地　　址：长春市人民大街4646号　　邮编：130021
电　　话：总编办:0431-85644803　　发行科:0431-85640624

定　　价：49.80元（全二册）
如发现图书质量问题，可联系调换。质量投诉电话：010-82069336

contents

目录

第一章 私奔

这一年的江北，天气格外冷。

包厢内，一位年约十七八岁的少女正静静地坐在软榻上。她梳着秀美的双髻，乌黑而柔软的辫子垂到了腰间，光是一个侧影，便极其端庄纯净。

她低垂着脑袋，白皙细腻的一双小手不安地交握在一起，纤纤十指白如霜雪，嫩若柔荑，让人一瞧就知是富贵人家的闺女，打小连一丁点儿的活计都不曾做过。

听到车门打开的声音，少女的身子微微一颤，抬头望去，露出一张白净如瓷的瓜子小脸，纤巧的柳叶淡眉，一双宛如秋水般柔和的杏眸，清莹莹的，仿佛能滴下水来。

待看清开门的男子后，少女眼中的惊惧之色退去，紧绷的身子仿佛也在刹那间松懈下来。她垂下眼帘，眉眼间渐渐浮起一抹赧然。

薄少同走到她身边坐下，伸出手将少女柔若无骨的小手握在手心，察觉到她的手掌一片冰凉，心知她定是怕到了极

点，遂温声安慰道："别怕，火车已经快到武兴站了，咱们在那里下车，要不了多久，就能到新港码头。"

他的声音一如既往地温和有力，听在她的耳里，让她狂跳不已的心莫名地踏实了下来。

到了新港后，他们便会乘邮轮去美国，彻底逃离这一切。

想到此处，少女的唇角微微上扬，乌黑而柔软的眸子里渐渐涌起一层雀跃的憧憬，就连平时过于苍白的脸都浮起一抹淡淡的红晕。

"薄大哥，方才在走廊，我听见有人说武兴是军事重镇，辽军的南大营便驻扎在那里，这是真的吗？"

薄少同闻言，并未回答，而是微微一笑。他的面孔本就极其清俊英挺，随着这一笑，越发显得俊朗帅气。

"都到这个时候了，你还唤我薄大哥？"男人目光炯炯，眉宇间是十分磊落的神色，唯有唇角的笑意虽是一如既往的温和，却更是深了一层。

听了这话，少女垂下眸子，莹白如玉的小脸染上了一抹羞窘，宛如柔嫩的花瓣，散发出阵阵清甜。

"承泽……"过了好一会儿，沈疏影才犹如蚊子哼哼般从唇中溢出了这两个字来。

薄少同，字承泽，曾留学德国，是辽军中首屈一指的军医，在战场上救死扶伤无数，就连如今的辽军主帅贺季山，在冀州大战中身受重伤，被敌军的炮弹扫中了胸部，也全是靠着薄少同高超的医术，在前线缺医少药的情况下，硬生生地用镊子将其卡在肺里的弹片取出，这才为他捡回了一条命。

那两个字温温软软的，吴侬软语的腔调，让人听着心头便一柔。男人伸出胳膊，将少女的身子揽在了怀里。

低眸，便见她柔软的唇角噙着温柔而羞怯的笑意，浅浅的梨涡，一缕乌发垂到颈弯里，映着那雪白的肌肤，让他情不自禁地伸出手去，将那缕发丝为她理好。

"你别担心，我手中有两张通行证，足以让我们平安离开武兴。"男人一面说，一面在女子纤瘦的后背上轻轻拍了拍，似是保证，又似安慰。

沈疏影听了这话，心头更是踏实下来，如今时局动荡，不知他花费了多少心思，才拿到那两张薄薄的通行证，这样一想，心里倒是一酸。

“我已经和美国的朋友联系过了，等我们到了之后，我便会去麻省总医院工作，绝不会让你吃一点儿苦。”男人的胳膊结实而有力，只将怀中的人搂得更紧了一些。

沈疏影将脑袋埋在他的胸口，脸颊更是滚烫，心头却是甜丝丝的。她没有说话，只轻轻地点了点头。

薄少同的眼睛看着窗外，除了那白茫茫的大雪，再也看不到其他东西。

他的眉头微微皱起，乌黑的眼中浮起一抹怜惜，望着怀中女子道：“只不过这一路，怕是要委屈你了。”

沈疏影从他的怀中微微抽出一点儿身子，那张清丽的瓜子脸白里透红，清秀得不含烟尘气的眉眼温柔如画。她望着眼前的男子，轻轻地道出一句话：“和你在一起，我一点儿也不委屈。”

许是因为紧张羞涩，那一排扇子般的睫毛微微轻颤着，扑闪扑闪犹如蝶翼。

薄少同心头一动，伸出手，将那张香腮胜雪般的小脸捧在手心，轻轻地摩挲着。

两人近在咫尺，属于她的香气温柔而甜蜜，竟让他控制不住地低下头，只想吻她。

沈疏影瞧着男人越来越近的面孔。许是长年在战地工作的缘故，薄少同面色微黑，眉目清俊，神色中英挺磊落，虽是二十五六岁的年纪，却显得十分沉稳。

她的心跳得厉害，却并没有躲，就在男人的唇快要吻到自己的唇瓣时，薄少同却生生停下了动作。

她看着他深邃幽黑的眼眸中映着焰火般的光芒，暖若春风，情深似海。

他微微一笑，终是深吸了口气，大手揽着她的腰肢，只在她光洁的前额上亲了亲，很轻很轻的一个吻。

火车是在傍晚时分开进武兴车站的。

沈疏影紧紧地挨着薄少同。她身上穿着他的大衣，厚实的呢绒料子，只将她全身上下裹得密不透风。

纵使如此，在走出车厢的刹那，一股寒风袭来，还是让她抑制不住地打了一个喷嚏。

薄少同一手拎着行李，腾出另一只手揽住沈疏影的肩膀，将她紧紧揽在怀里，用自己的胸膛为她抵御肆虐的风雪。

未过多久，前面的人群中起了一阵骚动，就见大批的岗哨迈着正步走来，身上无不是荷枪实弹，有的甚至还拿着机关枪拉起了警戒线。

武兴是军事重镇，素来戒备森严，可如今日这般动静，却还从未有过。

沈疏影挤在人群中，望着前方的一切，那张清丽的小脸瞬时变得惨白，也不知是冷还是恐惧，裹在大衣下的身子竟控制不住地颤抖起来。

“承泽，是不是……他来了？”她攥着男人的衣角，语气里已带了颤音，显然是怕到了极点。

薄少同握住了她的手，安慰道：“不会。他现在正在华南督战，不可能到这里来。”

沈疏影的脸上依然是毫无血色，就连唇瓣也变得如失血一般。薄少同看着她如此模样，心头便一疼，只接着言道：“想必只是两军交战之际，所以才会格外小心。”

沈疏影不愿他担心，只勉强地笑了笑。她和薄少同这次孤注一掷，趁着他在华南督战的空当，一路小心翼翼，从北平一路南下，只等过了武兴，便是江南诸省的地界，纵使他神通广大，江北诸省尽在他的掌握之中，可若等他们在新港上了邮轮，他想抓他们，也不是那样容易的事了。

薄少同双眸深邃，犹如一潭湖水，向着前方望去。眼见着岗哨林立，沿途戒备，铁路两旁站满了握着长枪的士兵，对每一个出站的人无不是再三盘查。

他心中一凛，面上却并未表现出分毫，只牵着沈疏影的小手，向着出站口走去。

待被人拦下时，薄少同面色沉着，从怀中将通行证取出，递到了盘查的士兵面前。

那士兵接过通行证，也不细看，一双眼睛却不住地往沈疏影的脸上瞅。虽然沈疏影低垂着脑袋，纤小的下颚都隐在了衣领里，可露出的那张小脸依然是眉目若画，娇柔纯净。

薄少同压下心头的不快，将一早备好的银钱取出，递到了那士兵手里：

“恳请军爷行个方便，我们急着赶路。”

那士兵见状，这才将眼睛从沈疏影的脸上转了回来，先是暗自掂量了下银钱的分量，随后便把通行证还给了薄少同，打了个哈哈，催促他们快走。

薄少同一手拎着行李，一只手紧紧箍在疏影的腰际，领着她大步走出站台。

一直到通过了哨卡，沈疏影才轻轻舒了口气，那张惨白的小脸也才渐渐恢复了些血色。

两人还未走出武兴车站，就见前方驶来一支车队，在出站口停了下来。无数的岗哨持枪上前，他们与方才在站台上的岗哨不同，皆是清一色的校呢大衣，军靴上的马刺锃亮，透着丝丝冷硬，军帽下的容颜，无不是冷漠而又肃穆的。

看到这些人，沈疏影的脸色一下子又变得苍白，她认得那些人身上的军装，知道他们正是他的卫戍近侍。这些人出现在这里只有一种可能，那便是，他也在这里！

就听一声“敬礼”，铁路两旁的戎装卫戍皆军容齐整肃穆地上枪行礼，那枪尖上的刺刀闪烁着冰冷的光芒，刺得人眼睛都痛起来。

接着，数人簇拥着一个人走了过来，为首的那人一身戎装，身形魁梧挺拔，肩膀上的肩章散发着金属的冰冷光泽。一左一右，皆有人为他打着伞。

人群中不时有人认出，那便是辽军主帅、江北总司令——贺季山！

沈疏影在看到他的那一刹那，只觉得心如死灰，全身都好似浸在了冰窖里，铺天盖地的绝望汹涌而来，就连唇瓣上的最后一丝血色都一并退去了。

薄少同闭了闭眼，唇角浮起一抹苦涩的笑意，唯有那清俊的脸上依然是镇定的神色，大手将沈疏影的小手握得更紧了些。

贺季山站在那里，也不说话，唯有那道目光利如刀刃，笔直地向两人射来。隔着如此的距离，沈疏影仍能感觉到那目光如锋利的匕首，直抵她的心脏。

“过来。”贺季山将目光转向沈疏影，不高不低的语气，波澜不惊。

沈疏影紧紧地挨着薄少同的身子，那一双如水的眸子迎上了男人的视线。她深深吸气，看着那厉如鹰枭的男子，终于说了一句：“贺季山，我求求你，放了我吧。”

而在这世上，敢这样连名带姓唤他的，只有她。

贺季山淡淡一笑，那目光却在两人紧紧相握的十指上划过，乌黑而深敛的眸子中，冰冷如刀似剑。

他看向薄少同，道：“薄军医不在前线救死扶伤，却领着贺某的未婚妻，倒不知是要去哪儿？”

薄少同的脸色自然好看不到哪儿去，但他依然镇定，笑了笑，将行李搁在了地上，另一只手依然紧紧握着沈疏影的小手。面对数不尽的戎装岗哨，他丝毫不见惧色。

“事已至此，薄某无话可说，司令要杀要剐，悉听尊便。”薄少同英挺的眉宇倒是极其坦然的神色。话音刚落，就见身旁的沈疏影仰起小脸，声音温和而坚定，带着女孩家独有的柔嫩，一字一句道：“要杀要剐，我都和你一起。”

她的眉眼温柔如画，望着薄少同的眼睛中满是缱绻，那种发自内心的依恋是遮掩不住的，只让人看得清清楚楚。

贺季山的目光深深地落在她清丽的容颜上，自是没有忽视她眼底的神色，他的呼吸沉重起来，面孔也是越来越冷，深邃的眸子中好似有火苗在烧。

“好一个郎情妾意。”他竟是低声笑了，说完这一句，便迈开步子，向着他们一步步地走近。

身后的近侍刚要跟上，贺季山一个手势，便让他们的步子生生停在了那里。

薄少同攥着沈疏影的手，只觉她的手心中满是冷汗。

随着贺季山越走越近，她的身子也颤抖得越发厉害。

那个男人，每走一步，沈疏影的身子便是一颤，几乎是不由自主。薄少同上前一步，将沈疏影的身子护在身后，一声“贺司令——”刚刚出口，就觉眼前一黑，那巨大的冲击力只让他连后面的话都不曾说完，便被贺季山一拳打在了地上。

沈疏影小脸煞白，一声“承泽”抑制不住地从唇中溢出。不等她奔到薄少同身边，男人的大手便一把揽住了她的腰，将她紧紧箍在怀里。

“你放开我！”沈疏影挣扎着，泪水盈满眼眶，模糊中只看见薄少同的唇角有鲜血流出，显然贺季山这一拳打得着实不轻。

他就是这样的男人，残忍，凶悍，只会打打杀杀！

沈疏影只觉得心头苦极了，即使她拼命挣扎，却撼动不了这男人分毫。贺季山只一只手，就将她牢牢揽在了臂弯。

薄少同擦过唇角的血迹，从地上缓缓站起身子，迈开步子，刚要向沈疏影走去，便见贺季山已将腰间的手枪拔出，黑洞洞的枪口指向了他的眉心。

“不！”沈疏影惊呼出声，看向身后的男人，那目光中的惊慌与关切是那般真切，犹如一把利刃，狠狠地剜着贺季山的心。

“你不能杀他，他救过你的命！”

男人目光森然，看也不看沈疏影一眼，一对眸子只紧紧地盯着眼前的薄少同。

薄少同一语不发，神色沉静如故，却见沈疏影被贺季山牢牢地箍在怀里，她的泪水一颗颗地往下掉，就那样看着自己，他知道，他们已无路可逃，可是她的泪水，却让他下定决心，做最后一搏。

他对那黑洞洞的枪口视而不见，只看着沈疏影，道了句：“别担心，我没事。”

沈疏影咬着嘴唇，绝望的眼泪犹如断线的珍珠。她看向贺季山，深黑的眸子里，却是无尽的恨意，一字一顿道：“贺季山，你若要杀他，那就先杀了我吧。”

贺季山转眸看向她，眼底则是一片幽黑的冷。他的手紧紧地扣在她的腰畔，竟是不由自主地收紧，勒得她一阵阵地疼。

“沈疏影，你真以为我舍不得？”他的声音低沉，漆黑的眸子深不见底，就那样冷冷地看着她。

“放开她！”耳边，倏然传来一道男声。

贺季山抬眸，却见薄少同的手中不知何时多了把枪，黑洞洞的枪口近在咫尺，寒意森森。

而贺季山身后的近侍，在看见薄少同的动作后，几乎是在同一时间齐齐举起枪来，笔直地指向他，只要他稍有动作，就会立刻开枪射击。

贺季山笑了笑，那一双锐利的黑眸雪亮，淡淡地看着薄少同的眼睛，竟是上前一步，一把握住薄少同的手腕，将他手中的枪口抵上了自己的眉心。

薄少同不曾想到他竟会如此，一时间瞳孔剧缩，脸色顿时一变。

“怎么不开枪？”男人的声音冷冽，英挺的眉宇间竟带着几分嘲讽，唯有那一双眸子却仍旧黑亮，深邃得令人心悸。

薄少同只觉自己的手腕被紧紧扣住，握枪的手开始抑制不住地颤抖，而他的脸色也渐渐苍白起来。他知道，在这个男人面前，他早已一败涂地。

“明明是拿刀的手，又何苦要来动枪？”贺季山语毕，手上猛然用力，就听“咔嚓”一声，薄少同眉间骤然一蹙，剧痛下面容更是苍白无比，而他手中的枪，已是落在了地上。

身后的近侍冲了过来，将薄少同紧紧按住。

“承泽！”沈疏影听得那一声清脆的声响，知道定是他腕骨断裂的声音，刹那间心如刀绞，忍不住便要向恋人奔去。

无奈她依旧被贺季山禁锢在怀里，急怒攻心，她转过身子，一个巴掌便向男人的脸上挥去。

“啪”的一声，在寂静荒凉的傍晚，是那般清晰。

她从不知道自己竟会有这样的勇气，为了自己心爱的人，她竟然打了贺季山一个嘴巴子！

贺季山动也没动，军帽下的容颜是一片淡淡的阴影，他看着她，眼中几乎要喷出火来。

“贺季山，你卑鄙！”沈疏影知道自己和薄少同再也无路可走，那一双宛如秋水的眸子，却是带着决绝的神色。

她就是要激怒他，惹得他失去理智，最好一枪将她杀了，一了百了。

贺季山唇线紧抿，一语不发，向着薄少同抬手就是一枪。

沈疏影的惊呼声响起，姣好的容颜上再无一丝血色。那一枪打在薄少同的肩头，鲜红而刺目的血顿时汩汩而出。

“这一枪是给你一个教训，若下次再让我看见你和她在一起，我要你的命！”男人说完，便将惊骇不已的沈疏影一个横抱，头也不回地大步离去。

“小影——”薄少同忍着剧痛，那一声呐喊，好似从胸腔里迸发的悲鸣。

第二章 初见

Qing dao Ke gu, Yuan lai Ru ci

一年前，北平。

金秋时节，官邸里一片姹紫嫣红，蝴蝶兰、美人蕉、木芙蓉争相绽放，甚至还有从蜀地移来的珍稀蜀葵。不远处的李管家正领着仆人忙得团团转。再过不久，便是贺季山回府的日子，官邸早已被收拾得纤尘不染，仆人整日里来来去去，令人眼花缭乱。

沈疏影午睡后，抱着书本向后花园走去。一个多月前，沈志远远赴法国，万不得已，只得将她送到以前在军校时的好友——贺季山的府上。

贺季山出身草莽，十几岁时便投入了当时赫赫有名的孟大帅麾下，凭着一身的本事，年纪轻轻便平步青云，又兼得为人义气豪爽，敢作敢为，没几年便成了孟玉成的左右手。

平梁山一役，贺季山硬是领着手下的兄弟，打出了震惊中外的平梁山大捷，以少胜多，置之死地而后生。此役后，孟玉成通告天下，将贺季山收为义子。贺季山一跃而上，在

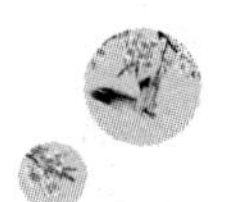

辽中，一人之下，万人之上，没过多久，便掌握了辽军所有的军政大权。

孟玉成去世后，贺季山不甘屈居关外，领着辽军自关外而下，一路枪林弹雨，吞并北方大大小小的军阀，历时数年，终于打下了这半壁江山。

沈疏影来到官邸时，恰逢贺季山远在西固督战，一个多月来，她虽一直住在官邸，却并未见到他的人影。

来到凉亭坐下，沈疏影将手中的书本摊开。花园中，花木繁盛，秋海棠已经开花，隐在那沁人的翠绿中，只显得格外好看。

她静静地看着书，午后的阳光映在她的身上，将那柔美的侧脸笼上一层淡淡的光，越发显得柔婉清纯，如雪似玉。

直到听得“啪”的一声脆响，她抬起眸子，见前方不远处，一条红鲤竟从水中跳了出来，摔在了池塘边上，在那儿不停地挣扎。

她放下书本，匆匆跑出去，蹲下身子将红鲤抓在了手心。那鱼滑溜溜的身子不停挣扎着，甩出来的水渍溅得她一身都是。

她倾着身子，将那条红鲤放到池中，就见那尾鲜艳的鱼甩了甩尾巴，眨眼间便游远了。

她微微一笑，抬起衣袖将脸上的水珠拭去，刚转过身，却见身后不知何时站了一个男子。这一吓非同小可，只让她脚底一滑，整个身子向着池塘倒去。

那男子眼明手快，大手一个用力，便揽住她的腰肢，将她抱了过来。

“你是谁？”沈疏影挣开男人的大手，雪白的小脸染上一抹红晕，宛如初绽的清莲，清冽的眸子一眨不眨地看着眼前的男子。

那男子一袭铁灰色的军装，魁梧的身躯笔挺如剑，三十来岁的年纪，一双眸子深邃黑亮。听到她开口，却并不答话，而是淡淡一笑。那一笑间长眉入鬓，磊落的眉宇间满是运筹帷幄的将帅风采。

“你是哪房的丫头，躲在这里偷懒？”他看着她一袭藕荷色衣裙，领口绣着兰花，梳着秀气的小双髻，打扮得十分素净。虽不过十六七岁的年纪，却生得清丽动人，微风轻拂，竟好似一幅活生生的美人图。

沈疏影一怔，见他穿着军装，只以为是府中的侍从。

虽然贺季山并未娶妻，可后院女仆众多，所以素来不许近侍进入。

“你又是哪里的侍卫，难道不知道后院是不可以随意进出的吗？”沈疏影凝视着眼前的男子，眉目宛然，字字清脆。

那男子闻言，又是一笑，军帽下的容颜极其英挺刚毅，见她那双小鹿般乌黑澄澈的眼睛里满含戒备地看着自己，不知为何，心头顿觉有趣，就想逗她。

他上前一步，只将她吓得往后一退，道了声：“你别过来！”

男人不以为意，脚步却迈得越发快了，大步向着沈疏影逼近。沈疏影吓得花容失色，直到后背抵在了园中的桂花树上，却是避无可避。

“你再过来，我可要喊人了！”她仰着小脸，望着眼前这个高大的男人，声音中满是女孩家特有的柔嫩，即使是呵斥的语气，却仍然是清甜得无孔不入。

男人却“哧”地一笑，竟是一手抵在了树上，似是将她圈在了怀里。

沈疏影惊讶于此人的胆大包天，不仅敢闯进官邸的后院，居然还对着自己做出这等孟浪之举。任谁都知道，即使是贺季山官邸里的一个丫鬟，也是不能随意戏弄的。

沈疏影恼怒他的无礼，也不愿与此人多费口舌，无奈两人距离太近，她就算想跑，也寻不得机会，只得看着他的眼睛，温婉的声音清冽透骨：“请让开！”

男人看着她白皙如玉的一张小脸，冰肌如雪，纯净端庄，的确是容不得丝毫轻贱。

他收回手，黑亮的眼中浮起一抹淡淡的玩味之色，看着她问道：“你叫什么名字？”

沈疏影不再看他，乌黑的长睫毛轻如蝶翼，也不回答他的话，径直从他的身边跑开，留下一道纤细而动人的背影，柔软的腰肢不盈一握，很快便隐身在花丛中，消失不见了。

男人站了片刻，眼睛一扫，却见那凉亭中搁着一本书，正被风吹得哗啦啦响。

他走过去，将那本书捡起，扉页上是三个娟秀婉约的篆体小字：沈疏影。

“沈小姐，您可算是回来了，司令刚才回到府里，还问起您来着。”柳妈站在廊下，看见沈疏影回来，立刻迎了上去。

“柳妈，您是说贺司令回来了？”沈疏影闻言，心头一突，跳得十分厉害。

“可不是，本以为还要再过几日，谁知竟回来得这样早。”柳妈笑脸盈

盈，眼睛一转，却看到沈疏影的衣衫上满是水渍，不由得诧异，“小姐这衣裳是怎么了？”

沈疏影想起方才花园里的一幕，顿觉赧然，只摇了摇头，道：“那我先去换身衣裳，然后就去给司令问安。”

柳妈却道：“小姐不用着急，司令回到府里，连水都没喝上一口，就去前院处理军务了，等晚饭时候，小姐自是会见到司令的。”

沈疏影知晓贺季山平日里诸事繁多，此时又听柳妈如此说来，自是不好再去打扰，只点了点头，回到屋中换了件干净衣衫，便来到客厅，静静地等了起来。

不知过了多久，眼见着外面的天色已是暗了下来，客厅里却是亮如白昼，屋顶的水晶灯晶莹剔透，将一切映照得清清楚楚。

就听门外传来一阵脚步声，岗哨的“敬礼”二字在黑夜中显得格外响亮，沈疏影知道这定是贺季山回来了，当下连忙站起身子，向着门口望去。

当先一人一身的立领戎装，走进屋后遂将帽子取下，递到一旁的副官手里，露出了一张英挺坚毅的脸。

沈疏影瞧见他，却是大惊失色，一双美眸里满是不敢置信。

她站在那里，眼睁睁地看着那男子向自己走来，姣好的脸却苍白起来。她抿着唇，怎么也没想到下午在花园里戏弄自己的男人，居然会是鼎鼎大名的贺季山！

“司令，这位便是沈小姐。”柳妈领着下人恭恭敬敬地站在一旁，瞧着贺季山一双黑眸落在沈疏影身上，赶忙上前言道。

贺季山点了点头，漆黑的眉毛英挺如剑，在灯光下越发显得棱骨分明。

“疏影见过贺司令。”沈疏影垂下眸子，刚要行礼，不料贺季山却是上前一步，将她扶了起来。

“你既是明轩的妹妹，自然无须多礼。”男人的声音低沉，眉眼间却很温和。

沈疏影那张柔软红润的小嘴轻轻抿着，不着痕迹地后退了一步，将自己的胳膊从他的手中挣脱开来。

柳妈悄眼看到这一幕，心头却是一惊，赶忙去瞅贺季山的脸色。

贺季山倒是不以为意，只淡淡一笑，向着下人吩咐道：“开饭吧。”

第三章 心动

席间，虽只有贺季山与沈疏影两人吃饭，各色佳肴却依然摆满了整整一张桌子。

“在北平还住得惯吗？”贺季山坐在主位，夹着面前的一道菜，也并未看向沈疏影，只随口问道。

沈疏影正埋头吃饭，听到男人的声音，便将手中的碗筷搁下，轻声回道：“谢司令关心，我住得很习惯。”

贺季山这才抬眸看了她一眼，四目相对，沈疏影只觉心头一紧，慌忙垂下头来，举起象牙筷向碗里的米饭拨去。

“听说你现在去了德安女中读书？”贺季山微微一笑，接着问道。

沈疏影点了点头，道：“哥哥临去法国前，就帮我将学校安排好了。”

贺季山颔首，不再多言。许是长年在军中的缘故，他吃饭间并不习惯多语，一碗米饭吃完，便有下人连忙递上一碗。

沈疏影那碗饭只吃了半碗，贺季山却已是接连吃了好几

Qing dao
Ke gu,
Yuan lai
Ru ci

碗，只让她在一旁瞧得暗暗心惊，一句话竟脱口而出："你为什么不换个大点儿的碗？"

她这一语言毕，屋子里的人都怔在了那里，唯有贺季山那双黑眸雪亮，看了她许久，只将她看得脸庞通红，心中暗自懊悔不已。

就在她手足无措时，耳旁忽听到男人一声轻笑，对一旁的下人道："去，换个大的来。"

沈疏影再也不敢说话，也不敢抬眸，只将碗里的米饭吃完，立刻又有下人端上来一碗燕窝粥，摆在了她的面前。

贺季山已是吃好了，大丫鬟蕊冬端着茶水来侍候他漱口。沈疏影刚要站起身子，便见贺季山看着她言道："你慢慢吃，有什么事，只管吩咐下面的人去做。"语毕，便起身离开了饭厅。身后的侍从快步跟上，只能看见他从副官的手中取过军帽戴上，一行人未过多久便走远了。

直到他离开，沈疏影方才舒了口气。这一松懈，竟惊觉后背上已是起了一层冷汗，滑腻腻地黏在衣裳上，难受极了。

自那日与贺季山共进晚餐后，沈疏影便一连十多天未曾见到他的人影，平日里由司机接送着她去德安女中上学，其余时间便在府里看看书，偶尔也与蕊冬等丫鬟踢踢毽子，逗逗鹦鹉。整座官邸里的下人都是将她当公主一样供着，虽是寄人篱下，日子倒也轻松自在。

这一日，学校放学早，沈疏影回到官邸时正值午后，正是一天中最为清闲的时候，整座官邸都是静悄悄的。

她也不愿惊动旁人，只向着自己的房间走去，不料经过侧厅时，却听见里面传来一道娇媚入骨的声音。

那声音宛如豆沙，让人听着仿佛连骨头都要酥了。

沈疏影微觉奇怪，不知道会是谁竟有这样大的胆子，青天白日的敢在官邸里笑出声来。

鬼使神差地，她转过身子，向着侧厅走去。

这一眼，却让她倏地怔在了那里，留也不是，走也不是。

原来侧厅中的不是旁人，正是贺季山。只见他坐在沙发上，似是刚喝过酒，英挺的眉眼中带了几分醉意，就连军装也是随意地搭在一旁，露出里面一件雪白的衬衫。

而在他的身旁，依偎着一位身姿曼妙、容貌娇艳的女子。想必方才那笑声，就是此女发出的了。

沈疏影到底年轻，脸皮子薄，瞧着这一幕，那张白净柔美的小脸顿时浮起一抹绯红，当真是尴尬万分。

她转过身子，刚要落荒而逃，却听身后传来一道声音，让她的脚步顿时停在了那里。

“这位想必便是沈家妹妹吧，果真是个可人儿。”相较于沈疏影的羞窘，那女子倒是一派落落大方，瞧见她站在那里，笑着从沙发上支起身子，款款地走到沈疏影面前，将她的手一把握住，亲亲热热地说道。

沈疏影见她穿着一件玫红色的乔其纱旗袍，那般鲜艳的颜色，生生被她穿得艳丽逼人，人还未至，一股香水味已经飘了过来。随着她的步子，那雪白的耳垂下，一对碧绿通透的翡翠耳坠，沙沙作响。

直到自己的小手被她攥在手心，沈疏影方才回过神来，见此女打扮得如此妍丽，方才又与贺季山那般亲密，想来自然是他的情妇了。这样一想，那一声“沈家妹妹”，只让人听得直觉别扭。

念及此，沈疏影将自己的手从她手中挣出，低垂着眼道了句：“您好，我是沈疏影。”

那女子不以为意，依然是笑得亲切，一双极美的眼睛宛如两瓣妩媚的桃花，明艳不可方物。

“前些日子便听明轩说要将妹妹送到北平，可巧今儿便让我见到了。”

“您认识我哥哥？”听到沈志远的表字从女子的口中溢出，沈疏影一怔，立刻开口问道。

那女子抿唇一笑，媚色横生，刚要开口，却听身后传来男人的声音：“曼浓——”

黎曼浓闻言，顿时便不再多语，只捂着绢子哧哧一笑。

沈疏影转眸看了贺季山一眼，见他坐在那里，一双黑眸虽有醉意，却依然是冷静而警醒的。

她收回眸子，实在是不想在这里再待下去，便对着眼前的女子道了句：“疏影先回房了。”说完，刚要走开，却又觉得不妥，只得停下步子，微微

侧过身，向着贺季山的方向开口道，“我刚才什么都没看见。”语毕，逃也似的离开了侧厅。

瞧着她的背影，黎曼浓忍不住“扑哧”一笑，转过身子对着沙发上的男子道：“真真是大户人家的闺女，脸皮子竟这样薄。”

贺季山不置可否，只以手轻捏眉心。黎曼浓见状，上前，伸出纤纤玉手，为他轻抚额角。

未过多久，男人抬眸看了她一眼，道了句：“好了，你先回去。”

黎曼浓先是一怔，停下手中的动作，唇角的笑依然温柔而妩媚，娇声道：“这是怎么了？我才刚到官邸，司令就急着赶我走？”

贺季山一记浅笑，也不多言，只道：“我让司机送你。”

黎曼浓素来最善察言观色，眼见着贺季山打定了主意要她走，便也不敢再说，只盈盈一笑道：“那曼浓便先回去了，待会儿厨房会送醒酒汤来，司令可别忘了多喝点儿，仔细那酒伤了身子。”

贺季山淡淡应了一声。黎曼浓拿起坤包，离去前又是回头嫣然一笑：“再过几日便是玛伦萨的周年庆了，霍爷特意交代了曼浓，请您一定要去捧场。”

“好，我记下了。”贺季山颔首，待那抹窈窕的身影远去，他燃起了一支烟，深深地吸了一口。

吞云吐雾中，他自己也不知道这是怎么了，他身边从来不缺女人，黎曼浓却是最得他心意的那个，漂亮、妩媚、懂事，最难得的，便是她足够知趣。

这次也是他遣人去公馆将她接到了官邸，可当沈疏影闯进来时，那双秋水般的眸子猝不及防地落进他的眼底，纯净得令他心惊，让他顿时连一丁点儿的兴致都没了。

他弹了弹烟灰，磊落的眉宇间浮起一抹淡淡的自嘲之色，只觉得在一个小丫头片子面前丢了面子。

黎曼浓刚走到后院，便有司机将车开到了她面前。她上了车，心头很是烦闷。贺季山这阵子一直在西固忙于战事，她也是许久不曾见到他了。而她自然也明白，对于一个盛年男子来说，此番见面意味着什么。

可结果却是，他让人将自己送了回来！

她坐在那里沉思片刻，终是向着前面的司机笑道：“老王，司令这阵子是不是经常回府？”

老王赶忙回道：“司令一连十多天都在军营训兵，今天是才回官邸，便让属下去接您了。”

“是吗？”黎曼浓似是漫不经心地道，“府上的那位沈小姐，我刚才碰巧瞧见了，可真真是个花容月貌的妙人儿呢。”

“可不是？司令和沈先生是过命的交情，现下他的妹妹来了，司令特意吩咐下去，要我们好生照顾沈小姐，就连厨房那边还新请了一个会做淮扬菜的厨子，专门做菜给沈小姐吃。”

黎曼浓闻言，眼底闪过一抹讥笑，眼睛瞟向了窗外，淡淡应了句：“司令可真是有心了。”

回到自己的屋子，沈疏影那张小脸仍是通红，也不知道自己这般冒失地打搅了贺季山的好事，他会不会与自己为难。

回想起刚才在饭厅的那一幕，那名叫曼浓的女子，简直是恨不得把全身都缠在他的身上，而他的大手也是搂在女子的腰间……

沈疏影摇了摇头，脸上的红晕却是更甚。沈家乃江南望族，书香门第，祖上更是出过状元，历来家风严谨，尤其是沈家的小姐，无不是从小便被谆谆教导，一言一行皆要循规蹈矩，不能有失。

所以，她对侧厅的那一幕只觉得十分瞧不上眼，至于贺季山，更是让她在心里默念出四个字来：“好色之徒。”

自那日侧厅偶遇后，又是连着几天不曾见到贺季山。这天放学后，司机刚将沈疏影从学校接了回来，路过中院时，少女的眼睛向窗外不经意地一瞥，却见庭院里种植着一片梨花，纤巧的花朵莹白如玉，不染尘垢，开得正好。

“张伯伯，劳烦您停一下，我在这里下车就好。”沈疏影唇角噙着笑，对着前头的司机言道。

老张连声应着，将车停在雨廊下。沈疏影打开车门，上身一件月白色上衣，九分宽袖，露出一小截白如莲藕的手腕，下面则是蓝色的棉纱裙子，正是德安女中里最寻常的学生装束。

她走到庭院，微微踮起脚尖，一双柔软白腻的小手，指如葱削，甲似玉

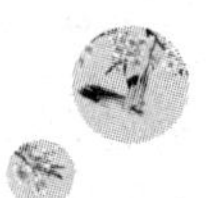

琢，清雅素净的花瓣映着她那张洁白如玉的小脸，唇角微笑着，脸颊处有一对甜美的酒窝。

贺季山刚从办公室里出来，就见她亭亭玉立地站在那里，梳着清秀的双髻，那一身的白衣蓝裙，更是将她衬得清丽如画，纯净无瑕。

身后的侍从见他停下了步子，便也站在了那里，眼见着花丛下的女孩轻折花枝，衣裙翩飞，正是一个宛然如画的情景。

她捧着花束，俯首在那莹润的花瓣上轻轻嗅了嗅，鼻息间满是沁人的花香，忍不住莞尔一笑，明眸皓齿。那一笑，竟是比梨花还要皎洁。

贺季山瞧着她，心头一窒。那般温婉的笑靥，竟是要吸引着他不断地沉溺下去。他站在那里，只觉一抹温柔与平静悄然而来，如细腻的沉香，缓缓融化到四肢百骸里去。

沈疏影抬起头，便对上了那双深邃而灼热的黑眸。她心下顿时一慌，怎么也没想到贺季山居然会在府里。

“贺司令。”她垂下眸子，对着男人行了一礼。

贺季山下了台阶，向她走去，身后的侍从则一个个如钉子一般，笔挺地立在那里。

沈疏影瞧着那个高大而魁梧的男子离自己越来越近，心跳也越发慌乱。

贺季山瞧着她的样子，只微微一笑，也不说话，刚伸出手，还不曾碰上她的发髻，沈疏影便连忙向后退了一步。

男人的手势顿了顿，却仍是将她头顶的一瓣梨花取了下来。

沈疏影看到他手上的那瓣梨花，脸庞顿时一红，只抬起秋水般的眸子，对着男人言道：“疏影先回去了，怕再不回去，柳妈便要着急了。”

贺季山笑了笑，却沉声问了句：“你怕我？”

沈疏影紧紧握着手中的花束，只道：“从前在家里的时候，就时常听哥哥提起司令，疏影对司令敬重还来不及，又怎么会怕呢？”

她的声音平和，咬字极轻，说完便对着贺季山微微欠了欠身子，继而转身顺着小路向后院走去。

贺季山望着她的背影，夕阳西下，少女的背影只显得温婉娇柔，楚腰盈盈，不足一握，月白色的衫子犹如一片化不开的冰雪，那样柔美，纯澈而动人。

贺季山站了片刻，终是收回了视线，对着身后的侍从道了句：“走吧。”

听到中院传来汽车发动的声音，沈疏影松了口气，脚步也不知不觉地慢了下来，晚霞满天，庭院里有花叶的清香，萦绕在她的周围。她望着天际，心头却蓦然一酸。

如今自己寄居在官邸，虽说府里上下都对她极是礼遇，可毕竟贺季山名动天下，寄居在他的屋檐下，总是要小心翼翼的，尤其是在他面前，更是不敢多说一个字，多走一步路，唯恐惹恼了他。

她默默低垂着眼，金色的霞光落在她的身上，只将她的身影拉得老长。

贺季山回到官邸时，已是掌灯时分。他刚走进屋子，便有下人迎了过来。

他向楼上看了一眼，问道："小姐在楼上？"

柳妈赶忙回道："小姐吃了晚饭，便上楼做功课去了，这会儿怕是还没有睡。要不，老奴去将小姐请下来？"

贺季山黑眸雪亮，只道了两个字："不必。"

说完，他便抬起腿，向楼上走去。

男人的军靴踏在绵软的地毯上，悄无声息。上了二楼，便有丫鬟瞧见了他，那一声惊呼还不曾从唇中溢出，便被他一个手势止住。

待走到沈疏影的房门前时，贺季山停下了步子。那张英挺沉毅的脸上平静无波，唯独眼睛中浮起一抹自嘲——平白无故地向一个丫头片子解释，我可真是疯了。

他这样想着，军帽下的容颜是一片深沉的阴影，唇角微微上扬。他摇了摇头，一个转身，便又向楼下走去。

第四章 霍爷

“疏影，今天起士林有一个派对，咱们一起去瞧瞧吧。”

圣颐女中放学铃刚响，梅丽君便回过头，对着正收拾书本的沈疏影道。

沈疏影抬眸看了她一眼，含笑道：“这可不行，我若回去迟了，柳妈会念叨的。”

梅丽君不以为意，继续怂恿：“你都到我们学校两个多月了，从不见你出去玩过，你可不要和我说你到了北平这么久，却连北平是什么样子都不知道。”

沈疏影一怔。如梅丽君所说，她到北平已经两月有余，每日里都由司机接送着上下学，除了官邸和学校，她的确是连北平的街道是何样子都没见过。

见她动摇，梅丽君嫣然一笑：“好了，就这样说定了，回头和你们家司机说一声，晚些回家也就是了。”

沈疏影看着她无忧无虑的笑靥，心头却莫名地涌来一股欣羡。学校里并没有人知道她住在贺季山的官邸，只道她是随着家人一道搬到了北平，全然不知她的尴尬处境。

圣颐女中里的女学生也都是北平城里大户人家的闺女，梅丽君的父亲便是燕京银行行长，自幼娇宠惯了的，只是不知为何，却与沈疏影极为投缘。而北平的女孩子若能从这个学校毕业，嫁人的时候便等于是带上了最好的嫁妆。

沈疏影望着那抹明媚的笑，只觉得心头一暖，再也说不出拒绝的话来，不由自主地点了点头。

刚到学校门口，便瞧见老张已经将车子开了过来，看到她，立刻将车门打开。

"张伯伯，我今天和同学去起士林吃西餐，劳烦您先回去，若柳妈问起来，您如实说就好。"沈疏影上前，对着老张轻声道。

"既然小姐要去起士林，那便让属下开车送您吧。"

沈疏影摇了摇头，微笑道："不用了，我和同学走着去就好，回头我会自己叫车回去的。"

老张闻言，也不好多说什么，只得叮嘱一句："那小姐路上小心。"

沈疏影心头愉悦，没想到会这样顺利，简直如一只从笼子里飞出来的鸟儿，那一双眼睛笑成了月牙，就连脚下的步子都松快了许多。

梅丽君挽着她的臂弯，两个女孩子说说笑笑。沈疏影自小在南方长大，此时见着北平的一切都觉得新奇，只拉着梅丽君问个不停，说笑间，只觉没过多久便到了起士林。

瞧梅丽君的样子便知她是这里的熟客，两人刚走进餐厅的大门，便有西洋侍者上前，领着她们来到一处光线良好的位子上坐下，立刻又有穿着刺绣旗袍的西洋女郎为她们送上了饮料。

"咱们先吃点儿东西，这派对还没开始呢。"梅丽君说着，点了两份白葡萄酒煮三文鱼，配虾味黄油黑鱼子酱，又点了两块芝士蛋糕。没过多久，点的菜品便被侍者端了上来。两人刚动起刀叉，就听门外一阵喧哗，一众黑衣男子簇拥着一男一女走了进来。

为首的那个男子一袭深色西服，身材颀长，瞧年纪不过二十七八岁的样子，眉目间却甚是冷峻。

他身后跟着一位身着洋装的女子，容貌甚美，虽是一副淡淡的样子，却

让人觉得十分高贵。

“啊，是霍爷！”梅丽君瞧见那男子的长相后，情不自禁地一声低呼，声音中既是惊喜，又是羞涩。

沈疏影离得远，也没看清那男子长得究竟是何模样，只看梅丽君一副失魂落魄的样子，不由得好奇地问道：“霍爷？那是谁啊？”

梅丽君瞧着霍健东一行顺着贵宾通道上了二楼，那双明亮的眼睛一直追随着那个男人的身影，直到看不到才罢休。

“你来北平这样久，难道都没听说过霍爷的名头？”梅丽君望着眼前的好友，似是不敢相信。

沈疏影一怔，仔细想了想，却还是摇了摇头，示意自己的确不曾听过。

“哎呀，那贺季山——贺司令，你总该听说过吧？”梅丽君拿起银质叉子，挑起了一块蛋糕，一面吃，一面说道。

沈疏影心头一突，只勉强笑了笑，道：“贺司令名震天下，以前在老家的时候，我就听过他的名字。”

梅丽君点了点头，拿起丝帕擦了擦嘴，故作神秘道：“你可知道在我们北平有一句话，叫作‘军中贺，商中霍’，那个‘军中贺’，说的自然是贺司令了，可这‘商中霍’呀，说的便是霍健东——霍爷！”

沈疏影虽然自小养在深闺，却也听出这“军中贺，商中霍”六个字中，显然是将那位霍爷与贺季山齐名称呼的，这样一来，忍不住倒是一惊，只是没想到，一个商人，竟然会有如此的势力，能与贺季山齐名。

似是看出了沈疏影的讶异，梅丽君抿嘴一笑，神情间似隐含着些许的骄傲：“你别看霍爷年纪轻轻，手段却是老辣得很。在北平，无论是谁提到他，都要尊称他一声‘霍爷’，从没有人敢连名带姓地喊他。”

说完，梅丽君似是想起了什么，接着补充道：“当然，这些人里面可不包括贺司令。”

沈疏影向来对这些传闻中的人和事不感兴趣，见梅丽君说完，便莞尔一笑，轻声道：“好了，咱们快点儿吃吧，你不饿，我可饿了。”

梅丽君也笑了起来，刚握起刀叉，小脸却又是一垮，幽幽叹道：“可惜霍爷已经有了未婚妻了。”

沈疏影瞧着她一副小女儿神态，心中只觉好笑，忍不住揶揄了一句：

"如果人家没有未婚妻，你难道还要冲上去不成？"

本以为梅丽君会嗔怒起来，谁知道她那张小脸更是黯然，只说了句："他哪里能看得上我，人家的未婚妻可是总理家的小姐呢。"

沈疏影见她不快，刚想安慰几句，所幸梅丽君性子爽利，不等她开口，自己倒是将先前的黯然一扫而光，口中只嚷嚷着："好了，好了，吃饭，吃饭。"说着，手中的刀叉插上一块鱼肉，便向嘴巴送去，一边还不忘督促沈疏影快吃。

沈疏影的那块芝士蛋糕还没有吃完，就看见男男女女纷至沓来，每一位皆是打扮得十分体面，男士大多身着西装，女士则是穿洋裙的居多。餐厅内宾客满座，好不热闹。

舞台上的金色幕布徐徐升起，乐池中奏起西洋乐曲，台上不知何时多了位身姿窈窕的女子。只见她朱唇轻启，声音婉转，一首小调只让她唱得如泣如诉。

沈疏影从不曾听过这般动人的歌声，不由得入了迷。一旁的梅丽君瞧她这副模样，便"扑哧"一笑，道："瞧你那样儿，这唱歌的不过是起士林最普通的歌女罢了，你也能听得这么出神。"

沈疏影回过神来，唇角噙着浅浅的笑，说："我觉得她唱得很好听啊。"

梅丽君撇了撇嘴："那是因为你没听过黎曼浓的歌，你若听过她的，这些个声音可就入不了耳了。"

"黎曼浓？"沈疏影心头一紧，顿时想起那日在侧厅，伴在贺季山身旁的那位千娇百媚的女子，可不就叫曼浓吗？

梅丽君点了点头，丝毫没有留意到沈疏影的神色，只自顾自地说下去："黎曼浓可是北平的一枝花，那嗓子，据说比豆沙还腻，也不知有多少人拜倒在她的石榴裙下，据说就连贺司令也和她不清不楚呢。"

最后一句，她刻意压低了声音。沈疏影听后，并未说话，只轻轻笑了笑。

起士林乃北平首屈一指的西餐厅，平日里接待的除了那些达官政要、少爷小姐以外，洋人也不在少数。

就在两人说话的空当，餐厅右首的那一群洋人中，大咧咧地走出了一个金发碧眼、身材高大的男人。他手中捏着一支香烟，也不说话，只冲到一群

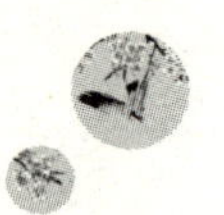

随着父母来到起士林的中国孩童身边，用烟头将他们手上的气球全部烫破。那“砰砰砰”的爆炸声将餐厅里的人都吓了一跳，原本熙攘不已的起士林顿时安静下来。

那些中国孩童自然是被吓得哇哇大哭，尤其是一些小女孩，更是痛哭流涕，好不可怜。

那些洋人瞧着这一幕，哈哈大笑起来。那位用烟头烫破中国孩童气球的男人更是笑得响亮，一边笑，还一边用蹩脚的中文在那里叫嚷道：“中国孩子，就是胆小，只会哭！”

瞧着这一幕，大厅里的中国人皆是敢怒不敢言，谁都知道这金发碧眼的男子是美国使馆的参赞，非等闲之人，哪里能惹得起？那些孩子的父母只能将孩子拉到怀里，细声抚慰起来。

沈疏影嘴唇紧抿，一言不发地望着周围静默的人群，只觉得那些洋人的笑声是那样刺耳。

梅丽君也是气得小脸通红，一声暗骂还不曾从唇中溢出，就见沈疏影站起身子，她一怔，赶忙伸手去拉她：“疏影，你要做什么啊？”

沈疏影眉目冷峻，只对她轻声说了句：“没什么，你等我一会儿。”

说完，她走到隔壁那桌，向着一位抽烟的男士道：“先生，麻烦您可以将香烟借给我用一下吗？”

那男子一怔，几乎是下意识地就将手里的香烟递了过去。沈疏影道了谢，捏着那支香烟，向着起士林里一群外国孩子走了过去。

那些洋孩子正围在一起玩耍，一个个粉雕玉琢的样子，漂亮极了。沈疏影二话不说，只像方才那洋人一般，用烟头将外国孩子手中的气球逐一烫破，“砰砰砰”之声不绝，那些洋娃娃也都被吓得号啕大哭。

起士林中，无论洋人还是中国人，都被这一幕惊住了。刹那间，无数双眼睛向着沈疏影望去。

沈疏影站在那里，与方才那位金发碧眼的高大男子对视着。她分明察觉到自己的手心里满是汗水，却依然挺直了纤瘦的脊背，望着对方的眼睛，用英文流利而平静地说道：“洋娃娃们也不见得胆子就大。”

她这一语言毕，梅丽君顿时开口叫好，方才的那些中国父母也鼓起掌来，一时间，起士林里掌声不休，皆是喝彩之声。

那洋人眼睛中闪过一抹愠怒，见沈疏影不过十六七岁的样子，终究是不好和一个女学生为难，只得悻悻作罢，不声不响地走了回去。

沈疏影也回到座位坐下，方才只是凭着一股子血性，现在才觉得后怕起来，望着眼前那一桌子的食物，也没了胃口。

梅丽君却是笑靥如花，在那里一个劲儿地夸赞着。沈疏影勉强笑了笑，说："丽君，时候也不早了，要不咱们回去吧。"

梅丽君见她神色不好，便唤来侍者，打算结账。

不料那西洋侍者告知她们，她们这一桌的账单已经有人付了。梅丽君一怔，出口便问是谁。

那侍者歉意地笑笑，只道自己不敢说。

梅丽君也不在意，她的父亲是燕京银行的行长，无论她走到哪儿，总是会有人抢着讨好她，为她埋单的事也不是一次两次了，所以只拉着沈疏影的手，一道向外走去。

走到餐厅门口，梅丽君停下步子，忍不住回头向着二楼的包厢望去。

"丽君，你怎么了？"沈疏影开口问道。

梅丽君叹了口气，转眸看向身旁的好友，期期艾艾地道了句："你说，我们站在这里，霍爷会不会看我们一眼？"

沈疏影先是一怔，隔了片刻后才想起那位霍爷是谁，不由得抿嘴一笑，两个浅浅的梨涡绽放在唇角，清纯柔美的面容便好似两瓣雪白的梨花。

"好了，咱们快些走吧。"沈疏影忍着笑，只拉着依依不舍的梅丽君走出了起士林。

而在二楼的贵宾包厢中，站着一位男子，颀长的身姿隐在一片淡淡的阴影中，连同脸上的表情一并隐没了。

他站在那里，眼睛却落在一个女孩身上——她站在门口处，纤细的背影袅袅婷婷，头发绾成乌黑的双髻，那低眸一笑间，极是扣人心弦。

他看着她拉起另一个女孩子的手，推开了起士林的大门，眨眼间便不见了。

而她们的那笔账单，自然是记在了他的账上。

回到官邸的时候，天色已经黑透了，沈疏影刚从黄包车上下来，将车钱

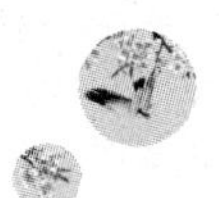

付过，还不等按响官邸的门铃，就听一道汽笛声响起。她回头一瞧，只见一队军用汽车驶了过来，最前方的那一辆，正是贺季山的专车。

看见前方有人，雪亮的车灯顿时一闪，炫目的灯光只照得人眼睛都疼，沈疏影赶忙让在一旁，不承想那辆轿车却在她面前停了下来。

摇下车窗，露出了男人那张英挺的脸。

"上车。"贺季山看着她。黑暗中，他的眼睛犹如月下深潭，透出一道细碎的光，显得格外黑亮。虽不过是淡淡的两个字，却透着无尽的威势，让人无法拒绝。

而坐在前面的副官也早已走下车，为沈疏影将后座的车门打开。沈疏影微微低首，安安静静地上了车。

贺季山的车里空间极大，光是一个后座便足以坐上好几个人，沈疏影向贺季山问好后，便默不作声地坐在一旁，与贺季山之间的距离，倒是还能再坐下几个人来。

"怎么没让老张接你？"贺季山望了她一眼，沉声问道。

沈疏影实话实说："今天和同学去起士林吃了西餐，所以让张伯伯先回来了。"

贺季山闻言，微微颔首："这倒是我疏忽了，你来北平这么久了，也没带你出去转转。"

沈疏影心头一跳，赶忙回道："司令平日里军务繁多，疏影都知道的。"

贺季山一笑，只说了句："你倒是懂事。"

沈疏影不知该如何接下去，又怕说错话，当下便沉默在那里，心头暗暗盼着汽车快些开到后院。

贺季山在军营里处理了一天的军务，此时正将头倚在后座上，刚要闭目养神，眼睛却无意间划过沈疏影的脸庞，只见她安安静静地坐在那里，清丽的侧脸被窗外的月色照着，笼上一层柔和的光晕，乌黑的长睫覆在那两泓秋水般的眼睛上，轻柔如娥，那般温婉恬静的样子，好似雪上梨花，柔婉而皎洁。

"你今年多大了？"他看着她，一句话从唇中脱口而出。

沈疏影早已察觉到他的目光，心头乱得越发厉害，而他的问题她却不敢不答，只得轻声回道：“疏影今年十七岁了。”

贺季山终于收回了视线，轻轻咀嚼着两个字：“十七？”

说完，他淡淡一笑，英挺的眉宇间浮起一片自嘲，再不说话，只将眼睛闭上，静静养神。

沈疏影坐在一旁，悄眼看着他闭上了眼睛，紧绷的神经才觉得微微一松。

车队一路开过前院、中院，终于在后院的洋楼前停了下来。

下了车，柳妈早已等在了那里，一脸焦灼的神色，在看到沈疏影的刹那才觉得心头踏实了下来，刚要忍不住念叨几句，可一瞧见沈疏影身后的贺季山，顿时一个字也不敢多说。

进了大厅，贺季山走到沙发前坐下，立刻就有丫鬟端着新沏的茶水走了过来。

新沏的茶极烫，贺季山打开盖碗，氤氲的热气将他的面容映得模糊不清。

沈疏影站在那里，刚要开口，就见贺季山抬眸看了她一眼，一手指向身旁的沙发，说了一个字：“坐。”

沈疏影一怔，却还是硬着头皮道：“今天学校里的功课我还没有写好，疏影这就上楼了。”

贺季山望着她的眼睛，那一双锐利而黑亮的眸子只将人的眼睛都要灼痛了。

在这样的目光下，沈疏影只觉得心里一个咯噔，顿时走也不是，留也不是，一双小手不安地背到身后，茫然而羞窘的样子，倒像是受了罚的小学生。

贺季山瞧着，一声轻笑，将手中的茶碗搁下，高大而魁梧的身子从沙发上站了起来，走到了沈疏影身边。

沈疏影看着他向自己走来，眼中划过一抹惊惧，清清楚楚地落在贺季山的眼里。

他停下步子，与她隔着些许距离，眉宇间是一抹淡淡的无奈，声音却是温和的：“是不是那日在花园我吓着你了？”

沈疏影低着头，听他提起花园里的事，雪白的面颊上慢慢地渗出两朵红云，宛如初绽的花蕊，透着沁人的幽香。

她没有说话，只摇了摇头。

“既然没吓着你，又何苦每次见了我，都跟见了老虎一样？”男人的声音低沉，带着淡淡的笑意，犹如陈年的酒，竟要吸引着人沉溺下去。

沈疏影忍不住抬眸看向他，却见他的眼底透出一股浓烈的炙热，雪亮的黑眸宛如一把匕首，直抵人心。

她害怕起来，心头止不住慌乱，在这样的目光下，她竟忍不住要落荒而逃。

“贺司令——”她撑住身子，刚唤出三个字，却见贺季山微微一笑，打断了她的话：“好了，时候不早了，上楼歇息吧。”

沈疏影见他漆黑的眼中隐去了那抹炙热，变得一如既往的深邃而内敛，仿佛刚才的一切不过是自己的错觉。她舒了口气，礼貌地与贺季山道别：“那司令也早些休息。”

说完，便如蒙大赦般上了楼。

贺季山望着她的背影，挺拔的身躯站在那里，似是自己也不知自己的反常缘于何故，今晚竟会和沈疏影说出这些话语。他收回目光，微微扯了扯唇角，心头却颇为自嘲。

日子一天天过去，北平的秋天最是萧索，再过不久，便是一年一度的中秋佳节，而北平的天气，已是一日凉过一日了。

这一天，沈疏影与梅丽君携手从学校的礼堂出来，就见前面围了一群人，叽叽喳喳地说个不停。

沈疏影听她们说得起劲，心底也好奇起来。

一旁的梅丽君拉了拉她的衣衫，冲她言道：“瞧见没有，她们说的肯定是校长请贺司令来学校观礼的事。”

“请贺司令来观礼？”沈疏影讶异出声，满脸的不可思议。

“是啊，”梅丽君说起这些小道消息，总是眉飞色舞，头头是道，“马上就是中秋佳节了，学校不是举办了庆典嘛，听说这次来观礼的嘉宾不是别人，正是贺季山呢。”

沈疏影依然不敢相信，道：“贺司令不是军务缠身吗？哪有时间来咱们学校观礼？”

梅丽君撇了撇嘴，示意自己也不大清楚，只说："这谁能晓得，不过，去年的观礼嘉宾还是国务院的总理呢，既然总理都能来得，贺季山又怎么来不得？"

沈疏影便噤了声。因中秋庆典的缘故，她和梅丽君都被老师选进了唱诗班，只等那日在庆典上演出。本以为只在全校师生面前表演，这自然是没什么，可今天听到贺季山那日也会来，一想起要在贺季山眼皮子底下唱歌，简直让她不知该如何是好。

就在她烦闷间，却见那些女孩子则是一脸欣喜的样子，那一双双年轻的眼睛里满是憧憬，走到她们的身边，更是听得她们所讨论的全是庆典上的事情。

"不过是见到贺季山，也能高兴成这样。"梅丽君瞥了她们一眼，语气中很是瞧不上眼。

"她们为什么这样高兴？"沈疏影实在是想不明白，她每次见到贺季山，都会吓得不轻，这些女孩子提起他怎么会那样雀跃。

"你傻啊，也不想想贺季山是什么来头，岂是寻常人能轻易见到的？要不是这次校长将他请来观礼，怕是一辈子都见不到他一面。"

"好端端的，见他做什么？"沈疏影的声音轻飘飘的，倒是有气无力的样子。

梅丽君伸出手指，点了点她的眉心，一副恨铁不成钢的样子，奚落道："瞧你每天抱着书看，倒看成了榆木脑袋，她们当然是想在庆典上被贺季山给看上了，然后娶到大官邸做姨奶奶呗。"

"姨奶奶？"沈疏影脸色一紧，怎么也想不通，好好的姑娘，为什么要去给那个只会打打杀杀的男人做妾。

"可不是？财政院里的程院长，他的三夫人就是咱们学校的学生，听说是在毕业典礼上代表师生讲话，被在台下的程院长给看上了，如今连孩子都生了好几个了。"

沈疏影听着这话，不知为何，身子陡然一凉，只觉得冷。

"疏影，你怎么了？"留意到她的脸色不好，梅丽君握住她的手，惊呼道，"你的手怎么这样凉？"

沈疏影勉强笑了笑，摇了摇头，道："没什么，丽君，我待会儿和老师

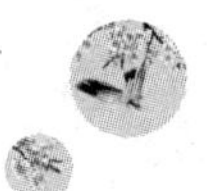

说，这次演出我不参加了。”

梅丽君“扑哧”笑了，戏谑道：“你怕什么，难道还怕贺季山将你抢回去，做姨奶奶不成？”

沈疏影脸庞顿时一红，急道：“你胡说什么呢！”

梅丽君见她着急起来，便也不再逗她，两人走到树荫处坐下。梅丽君将手中的书本搁在石桌上，一抬眼，见沈疏影坐在那里，柳眉若烟，长睫如蝶，不由得感慨道：“小影，你长得可真美。”

沈疏影听了这话，只微微一笑，从背包里取出两个苹果，细细地用丝帕擦干净，递到好友的手里。

梅丽君拿起来便咬了一口，含糊不清地说：“真不知道谁有这个福气，能娶到你呢。”

“又开始胡说了。”沈疏影脸上的红晕更深，却越发显得娇美。

梅丽君将嘴巴里的果肉咽下，又言道：“那你给我说说，你喜欢什么样的男孩子？”

沈疏影望着好友的眼睛，神思却是飘远了，隔了好一会儿，她将眼睛垂下，声音很小地说道：“我希望以后能遇到一个待人温和、谦逊懂礼、能尊重我、对我好的人。”

“难道你对男孩子的家世和相貌没有要求吗？”梅丽君眨巴着眼睛，似是十分不解。

沈疏影摇了摇头，低声说：“那些都是身外物，我不在乎的。”

梅丽君闻言，也不说话，就是瞅着她。沈疏影被她看得不自在起来，不由得嗔道：“你这样看着我做什么？”

梅丽君这才笑了，道：“我和你可不一样，我才不喜欢那些谦谦君子，我喜欢强势的男人，就像——”

话音未落，便被沈疏影接了下去：“我知道，就像霍爷那样的。”

她的唇角噙着笑，一双美眸里亮晶晶的，满是揶揄的神色。

“好啊，现在也敢打趣起我来了。”梅丽君故作生气，站起身，一双小手不依不饶地向着沈疏影身上挠去。两个女孩子，笑着闹成了一团。

放学后，照例是老张开车来接，汽车一路飞驰，没多久便回到了大官邸。

沈疏影下了车，见后院的园子里不知何时栽了许多的树，瞧那松软的泥土，分明是刚刚栽种的样子。

她站在那里，依稀记得以前这一块地方草木葱然，花红柳绿，各种鲜花竞相绽放，十分惹眼，怎么变成了这般素净的模样？

“小姐下学回来了？”听到身后的女声，沈疏影回头，见一袭蓝布衫子的柳妈站在那里，笑吟吟地看着自己。

“柳妈，好端端的，这里怎么变了样子？”沈疏影不解地问道。

柳妈瞅了那花丛一眼，也是一脸疑惑：“谁知道是怎么回事，一大早来了许多中院的人，二话不说就将原先的花给铲走了，栽了这些树。小姐瞧瞧，这哪有原先的那些花好看。”

沈疏影蓦然想起那日，自己在前院摘了几枝梨花，一转眸便看见了贺季山，难道，这些花是他让人种在这里的？

只不过转瞬间，沈疏影便觉得自己的想法实在是可笑，贺季山是什么人，又岂会在这样的小事上花费心思？

她望着那大片的绿树，一抹笑绽放在唇角，情不自禁地上前，用纤纤素手抚上那青色的树叶。那身月白色的衣衫，好似融在了绿树丛中，微风徐徐，简直是一幅翩翩如仙的情景。

柳妈在一旁看了良久，忍不住赞道：“小姐的容貌真是顶尖的好，就可惜了整天穿着学校里的衣裳，改明儿老奴去请锦香阁的师傅来，给小姐用些蕾丝料子、洋纱料子，多做些漂亮衣裳穿穿。”

沈疏影回过头来，莞尔一笑：“不用了，柳妈，我现在每天要去学校上课，您就算给我做了衣裳，我也没机会穿啊。”

沈疏影从老家来得匆忙，只带了一些随身衣物，又加上沈家原本就是老式人家，带来的那些衣裳也全是些绫罗绸缎做的，还是逊清时候的样式，等她到了北平后才知道，北平城里即使是些小户女子，也都早已穿上了旗袍或是洋裙，所以她的那些衣裳便被束之高阁，平日里只穿学校里发的校服。

贺季山诸事缠身，自然无暇顾及她的穿着，而官邸里虽说是应有尽有，可毕竟没有掌事的女眷，加上沈疏影又是一副随遇而安，从不开口给人添麻烦的性子，来到北平这样久，竟是连一件新衣裳都没有购置过。

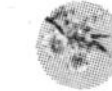

而沈志远在临去法国前，也给她留了一笔款子，只不过沈疏影素日里大门不出，二门不迈，倒也没有花钱的地方。

“眼见着天气越来越凉了，光穿学校里的衣裳怎么行，老奴明儿个就去请锦香阁的师傅过来，给小姐做些厚实点儿的衣裳。”

沈疏影早就听闻北平不比江南，经常在11月左右就会下雪，此番听柳妈说得在理，心里不免一暖，眸子里满是感激的神色，轻声道了句：“那就谢谢柳妈了。”

“你这孩子，和柳妈还说什么谢。”柳妈瞧着沈疏影那张白净如画的小脸，心里直觉喜欢，言语间竟忘了身份，直呼孩子起来。

沈疏影也不计较，只微微一笑，两人又说了些闲话，这才一道儿向洋楼里走去。

第五章 相救

晚间，沈疏影正坐在窗前写字，抬眸向窗外望去，便能看到那片月下梨树安安静静地立在园子里，灵秀天成，让她看着看着便出起神来。

“看了这么久，还没有看够？”蓦然听见一道男声从身后传来，只让沈疏影吓了一跳，猛地从椅子上站起，却不小心膝盖磕在了桌角上，顿时疼得她“哎哟”一声，弯下了身子。

贺季山见状，眉头顿时蹙起，快步上前，将她扶到一旁的沙发上坐下，口中道：“怎么这样不小心？”

沈疏影窘迫得厉害，也不敢抬眸去看他，小手紧紧捂着膝盖，疼得一张小脸都苍白起来。

贺季山不由分说，只握住她的手腕将她的小手拿开，眼见着那膝盖处红了一片，有的地方竟然还破了皮，显然是方才那一磕着实不轻。

“都是疏影冒失，让司令看笑话了。”沈疏影垂着眼，轻轻地将自己的手腕从男人的大手中挣开。她本穿着及膝校

裙，此时便将那裙子拉长了些，将裸露在外的膝盖刚好掩住，她依然是安静的，唯有那秋水般的眼睛却抑制不住地微微红了起来。

贺季山蹲在她面前，柔和的灯光下，她的身影温柔如水，犹如一个遥远的梦境，少女的气息带着甜香，丝丝缕缕，似是要缠进他的骨头里去。

他想来看她，甚至自己都觉得可笑，怎会这样惦记着一个丫头片子，明明知道不可能，她是自己朋友的妹妹，又比他小了那么多，可偏偏就是控制不住，甚至闭上眼睛，都是她在花园里抱起那条锦鲤，抑或是她踮起脚尖，去折那梨花的样子。

“来人。”他转过身，向着门口唤了一声。

话音刚落，便有丫鬟走了过来，贺季山淡淡吩咐：“去将药箱拿来。”

那丫鬟不敢怠慢，没过多久便捧着药箱匆匆赶了过来。贺季山将药箱打开，对仍站在那里的丫鬟道：“没你的事了，下去吧。”

沈疏影见他支走了丫鬟，心里更是莫名惊惧，又见他竟是要亲自为自己上药的模样，赶忙道：“多谢司令关心，我自己来就行了。”

贺季山却是看都不看她一眼，只沉声道了两个字：“坐好。”

沈疏影见他脸色漠然，语气里却透出一股不容人拒绝的强势，顿时心头一紧：“贺司令——”刚开口，就见贺季山抬眸看了她一眼，那双眸子深敛似海，只消一个眼神，便让她将接下来的话尽数咽了下去。

贺季山取过纱布，眼见着少女的肌肤雪白细腻，柔嫩得看不到一点儿瑕疵，唯有膝头的血迹点点，仿佛开在雪地里的落梅。

他动作极快，几乎在沈疏影还没反应过来时，就已经将伤口包扎好了。

“好了，记得不要沾水。”他依然蹲在她面前，看着她的眼睛，低声叮嘱。

沈疏影依然不敢抬眸看他，只垂首道了句：“多谢司令。”

纵使她再不懂事，可也知道以贺季山的身份，实在不必亲自为自己包扎伤口。这一切，只让她心头除了惶然，更是无措。

“如果不是我突然出声，你也不会受伤，又何必谢我？”男人的声音温和，似是说着一件再正常不过的事情，听在沈疏影的耳里，只让她轻轻一怔，忍不住抬首向他看去。

贺季山也正看着她，四目相对，沈疏影见他的眼睛暗沉而幽深，让她看着便止不住地微微一颤，赶紧移开了目光。

而窗外月色如水，满地树影，官邸里一片寂静，只有巡夜的岗哨，时不时地传来一阵脚步声。

贺季山站起身子，手中不知何时多了一封书信，递到了沈疏影面前。

“这是？”沈疏影不解地看着他。

“你哥哥从法国寄来的信。”男人声音低沉，话音刚落，就见沈疏影那张白净的小脸先是一怔，继而便情不自禁地微笑起来，那一双乌黑的眸子里更是满满的欢喜，赶忙从沙发上站起身子，还不等她接过书信，便牵动了膝盖上的伤口，眼见着一个不稳，而贺季山眼明手快，一声“小心”刚从唇中溢出，大手便已经牢牢地扶住了她的身子。

他的手掌宽大而有力，即使隔着衣料，沈疏影也能察觉到那掌心一片滚烫，几乎要灼痛了她的肌肤。

慌乱间，她的眼睛撞上了他的视线，男人的容颜在军帽下是一如既往的英挺坚毅，一双眸子乌黑如墨，就那样直直地看着自己。

她只觉得心头慌得厉害，情不自禁地向后退去，不料贺季山大手一个用力，只将她一个拦腰就抱了回来。

“贺司令！”沈疏影脸庞通红，眼中顿时浮起一抹惊惧。

贺季山望着她一张雪白的脸满是惊惧，清秀的眉宇间又是羞，又是恼，说不清是怎样一种动人可爱。他微微一笑，终究还是松开了自己的手。

贺季山见她泪水已经在眼眶里打转，却又硬生生地忍住，他瞧着只觉得有趣，便将手中书信放在一旁的桌子上，道了句：“时候不早了，看完信后早些休息。”

沈疏影没有理他，只微微转过身子，清冷的脸庞依然是文文静静的模样。

贺季山知道自己惹恼了她，心里却不以为意，只当她是小孩子脾气，闹闹性子罢了，当下淡淡一笑，这才走了出去。

见他走后，沈疏影挪到桌边，将沈志远的书信刚拿在手里，一双泪珠便“啪”地落了下来，打在那熟悉的字迹上，跌了个粉碎。

自那日后，沈疏影对贺季山更是唯恐避之不及，所幸贺季山忙于军务，两人见面的机会本就不多，沈疏影又大多数避开了去，若真避不开，也只是说几句话后就找个机会溜走，倒是让贺季山哭笑不得。

临近中秋，德安女中里的各色菊花开得正好，一片姹紫嫣红。

这日，学校里一大早便忙得不可开交，岗哨早已像钉子般放了出去，侍卫长忙得满头大汗，一路封锁极严，礼堂里更是被戎装的侍从三步一岗，五步一哨，简直连只苍蝇都飞不进去。

而在礼堂的后台上，沈疏影正坐在梅丽君身边，细细地为她画着眉毛。其他的女生也都是三三两两围在一起，一张张年轻的脸上满是激动而雀跃的神色。

“疏影，你待会儿真的不和我们一起上台？”画好眉毛，梅丽君拉着沈疏影的手，撒娇般摇来摇去，声音里满是惋惜。

沈疏影笑了笑，道：“我在后台帮你们整理衣服，看管道具就够了，要是上了台，我怕到时候紧张得厉害，反而会影响你们。”

梅丽君撇了撇嘴：“真不明白你，那个贺季山虽然是江北总司令，可又有什么好怕的，还不是和我们一样两只眼睛一张嘴？”

沈疏影听她说得有趣，忍不住“扑哧”一笑，刚要开口，就见吴老师匆匆赶到后台，对着女学生们催促道：“快快快，贺司令的车快到了，大家赶紧上台！”

话音刚落，女学生们便一阵手忙脚乱。沈疏影陪着老师跟在她们身后，为她们将衣裙整理好。刚将她们送上台，就听礼堂外传来一声“敬礼”，接着一阵纷乱的脚步声传了过来。

沈疏影心头怦怦直跳，身旁的老师也是一脸的紧张。这次贺季山亲自莅临，明日里这场演出定然会见诸北平城里的各大报刊上，当真是出不得一丝的差错。

她站在那里，悄悄地拉开眼前的帷幔，眼见着台下黑压压的全是人，就连过道两旁也都站满了戎装的侍从。而贺季山，正与女中的校长一道坐在前排。隔得远，沈疏影看不清他脸上的表情，只能看见他肩头上的肩章，在灯光下明晃晃的，透出一股淡淡的冷硬。

她松开手，不愿再看下去，于是转过身子回到后台。未过多久，就听到女生们清脆而优美的歌声犹如新莺出谷，乳燕归巢，从前台悠悠地传了过来。

偌大的后台空无一人，场记和场监，包括老师都在前头守着，沈疏影独自一人将那些零落的衣裳收拾好。方才那些女学生忙得鸡飞狗跳，换下来的校服随手扔在地上，有好些都被踩得不成样子。

她刚将手中的衣裳掸干净，鼻息中却蓦然闻到一股子焦味，呛人得很。她转过身子，却惊觉身后浓烟滚滚，整座后台竟不知何故燃起了火。

因为演出，后台里放的全是衣裳料子、化妆品和一些西洋道具，全是易燃的东西，几乎只是眨眼的工夫，那火便熊熊燃烧了起来。

沈疏影慌了神，扔下手中的衣裳便向前台跑去。那火势起得极快，还不等她跑到前台，灼热的火苗便将整座后台围住，只露出中间一小块地方，生生将她困在了里面。

而礼堂里的人自然也发现后台起了火，演出自然是无法再继续下去了，浓烟已从后台蔓延开来，熏得人连眼睛都睁不开。女学生们顿时乱成一团，一时间哭声、喊声、惊叫声，喧声震天。

“司令，怕是有人故意纵火，属下先护送您离开。”何副官全身戒备，护在贺季山身边，低声言道。

贺季山站起身子，磊落的容颜依然是沉稳而漠然的神色，只道了句：“让人将这些学生送出去。”

何副官一个立正，恭声称是。

贺季山转过身子，步子还没迈开，就听一个惊恐的女声响了起来：“老师！快让人去救疏影啊，疏影还在后面！”

一语刚落，何副官便看见贺季山霎时转过头来，二话不说，抬腿便向后台冲去。

“司令请留步！”何副官拦住男人，“这里太危险了，司令放心，属下立刻命人去救沈小姐。”

贺季山并不多言，眉头紧蹙，只低声喝出了两个字：“让开！”

“司令！”何副官望着男人远去的身影，急得全身是汗，贺季山身居高位，如今又怎能以身涉险？

“老师，您快让人去救疏影啊！”梅丽君哭得上气不接下气，正被几个老师死死拦住。吴老师焦灼不已，方才她与几个老师刚要冲进后台，却被那噬人的热浪给生生逼了回来。眼见着火势越来越大，众人不得已，只得向后退去。

就在这时，却见一道高大魁梧的身影从众人眼前掠过，迅速冲了进去。

“司令！”见贺季山冲进了茫茫火海，何副官顿时吓得脸色惨白，赶忙领着身后的众人一道赶了过来。

沈疏影早已被浓烟熏得晕了过去，她倒在地上，一旁的衣架已被大火燃烧殆尽，眼见着就要向她的身子狠狠砸下。

贺季山刚冲进来，便看到这一幕，来不及细想，他一个箭步冲到她面前，用自己的后背为她挡住了那一击。

忍着剧痛，贺季山将沈疏影拦腰抱起，也顾不得自己后背上的火，只弯下腰护着她的身子，屏住呼吸，冲出了火海。

“小姐，谢天谢地，您可算是醒了！”见沈疏影睁开了眼睛，柳妈眼眶顿时一红，言语间却甚是欣慰。

“柳妈……”沈疏影刚开口，就觉得喉咙里撕裂般疼，一句话还没说完，嗓子里就火烧火燎的，只想喝水。

柳妈眼明手快，赶紧将床头的蜜露端来，喂沈疏影喝下，直到一碗甘甜的蜜露下了肚，沈疏影才觉得嗓子里痛快了不少。

“我怎么回来了？”沈疏影见自己已经回到了官邸，遂出声问道。

“哎哟，小姐是不知道，司令将您送回来的时候，您一直昏迷不醒，一张脸儿煞白煞白的，瞧着可真是吓人。”

沈疏影只觉得心头一窒，那一声“司令——”便抑制不住从唇瓣中唤了出来。

柳妈望着她的眼睛，接着说道：“是司令冲进火海将您给救了出来。老奴听说当时的情形凶险极了，若没有司令，可真是……”

还没等她说完，便被沈疏影的惊呼声打断：“是司令救了我？”

“可不是？司令为了救小姐，后背上伤得很重，简直将何副官吓个半死。”

沈疏影怔怔地坐在床上，脑子里拼命地回想着礼堂里的那一幕，可无奈什么都想不起来。

她掀开被子，刚要下床便被柳妈拦住：“小姐这是要去哪儿？”

“我去看司令。”

“小姐别急，薄军医已经从军营里赶了过来，怕是眼下正在东楼为司令疗伤呢。”

第六章 少同

“薄军医？”沈疏影乍然听到这三个字，下意识地问道。

“薄军医的医术在整个军营里都是顶尖的，深得司令器重哩。”柳妈听得她开口，于是温言解释道。

沈疏影听说贺季山身边已经请了得力的军医照顾，心头便微微松了口气，想起他冲进火海，将自己救了出来，震惊之余，便十分感激。

她下了床，可能是吸了太多浓烟的缘故，脑袋里还是昏昏沉沉的，只得让柳妈扶着自己下了楼，向贺季山所住的东楼走去。

屋子里，贺季山赤着上身，后背上布满了令人触目惊心的伤痕，薄少同将消炎的药水撒上，另有护士在一旁递上纱布。烧伤素来最为痛楚，纵使贺季山一语不发，可光是他后背皮开肉绽的样子，只让身旁的何副官瞧得直咂嘴。

“又没伤在你身上，你龇牙咧嘴的做什么？”贺季山瞥

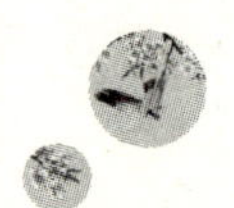

了他一眼，淡淡言道。

何副官一怔，立刻收敛了神色，只道："司令，属下也是见您伤得太重，这烧伤可大可小，万一感染，怕是棘手得很。"

贺季山却不以为意，燃起一支烟，吸了一口，不耐烦道："小伤罢了，别婆婆妈妈的。"

听了这话，一直忙着为贺季山处理伤口的薄少同开了口："司令，您这次的确是伤得不轻，这烟最好还是不要抽了。"

贺季山闻言看了他一眼，一面吞云吐雾，一面笑道："你什么时候也和老何一样，变得这般啰唆？"

薄少同知道贺季山素来烟瘾极大，就连那一年在前线被敌军的炮弹扫中肺叶，每日里咳个不停，手中的烟却还是从未停过。所以，他微微一笑，不再开口。

一支烟抽完，贺季山又燃起一支，对着何副官开口道："让人到西楼看看，小姐醒了没有。"

何副官一个立正，领命而去。他刚打开房门，便一声惊呼："沈小姐？"

贺季山闻言，身子顿时一震，回头望去。

"你受了伤，怎么还抽烟？"沈疏影刚走进屋子，就闻到一股子呛人的烟味，再一看，贺季山手中还夹着一支烟，这句话便脱口而出。

贺季山见她的眼中浮起一抹关切，唇角于是抑制不住地勾出一抹笑意。他将烟卷掐灭，对着她颔首道了句："好，那就不抽了。"

一旁的何副官瞧着眼前的这一幕，简直是一副难以置信的神色。而薄少同则是收拾好器具，向贺季山告辞。

贺季山拿起衬衫，披在身上，对着何副官道："送薄军医出去。"

待二人走后，沈疏影看着眼前的男人，道："你的伤……"

贺季山扣着衣扣，听到她开口，看了她一眼，道："都是些皮肉之伤，不碍事。"

沈疏影想起方才走进来时，他的后背被纱布包得密密麻麻，瞧那样子，便知道他的伤极重，此时又听到他这般轻描淡写，心里更觉得过意不去。

"我听柳妈说，是司令救了我。"她望着贺季山的眼睛，心跳得十分厉害。

贺季山没有说话，只看着她的脸，沉默片刻，这才道："为什么一个人在后台？”

沈疏影心头一突，自然不敢说是为了躲避他，只得回道：“我的口音和同学们不同，老师怕我影响大家，所以就没让我去。”

她说着，长如蝶翼的睫毛却不安地微微颤抖起来。这是她从小就有的习惯，每当她说谎话，脸红不说，就连睫毛也会抑制不住地轻颤。

贺季山闻言淡淡一笑，也不去拆穿她。就在这时，蕊冬捧着药碗走了进来，恭声道：“司令，药熬好了，薄军医临走前吩咐过，让您趁热喝。”

贺季山点了点头：“搁下吧。”

蕊冬依言将药碗搁在桌上，轻轻退了下去。

沈疏影见他好端端地坐在那里，虽是受了伤，可瞧着却是并无大碍的样子，于是放下心来，只道：“那疏影便不打扰司令用药了。”

说着，她转过身子，还没有迈开步子，就听男人的声音在身后响起：“等等。”

沈疏影回过头，就见贺季山看着自己，道了句：“将药给我端来。”

沈疏影不疑有他，只双手捧着药碗，递到了男人面前。

贺季山抬起胳膊，却在手指刚要碰到盖碗时，似是牵动了后背上的伤口，就见他眉头拧得死紧，唇中溢出一声闷哼，表情十分痛苦。

“司令，您怎么了？”沈疏影瞧着，立刻就是一惊，刚要开口唤人，不料却被贺季山出声制止：“没事，只是这胳膊一抬，倒是觉得后背上疼得厉害。”

“那您就不要端碗了。”沈疏影眸中满是关切。

“那我要怎么喝药？”贺季山忍住笑，挑眉看着眼前的少女。

沈疏影一怔，刚要说出那句“我去唤蕊冬进来”，可立刻想起贺季山如今受伤，正是因为救了自己，那句“唤蕊冬进来”的话，却是无论如何都开不了口了。

“司令如果不嫌弃，那就让疏影喂您吧。”她的声音又轻又小，脸庞也染上了一抹红晕，可是她的眼睛却并没有躲开贺季山的视线，那一双眸子里满是善意与真挚，倒是纯净得容不得人有一丝的轻贱。

贺季山正是等着她这一句话，眉梢与眼底俱是浮起一记浅笑，终是不能表现得太过明显，遂遮掩般咳嗽一声，道：“也好，那便劳烦你了。”

沈疏影垂下眸子，见那碗药汁还在冒着热气，便低首在那药汁上轻轻地吹了吹，只等那药汁微微凉却下来，这才双手捧到贺季山面前，轻声道："不烫了，司令快喝吧。"

贺季山见她唇角噙着浅浅的笑意，一双梨涡若隐若现，他们的距离极近，能看见她脸颊上的肌肤凝脂般光洁细腻，犹如一块柔和的美玉，更衬出眉目清秀，温柔如画。

他的心头怦然一动，将那碗药汁一饮而尽，甘之如饴。

因受了伤，贺季山一连几日都未曾去军营，机要秘书在官邸与军营两头来回跑着，不断将一些重要文件送到官邸让贺季山批阅。

沈疏影也是几天都没有去上课，这一日，刚到学校，却见所有人看着自己的目光都与之前大不相同。

她也不以为意，只走到自己的位子上坐下。梅丽君见到她，先是一喜，继而那笑意便凝固在了嘴角。

"丽君，你怎么了？"沈疏影见她神色有异，遂出声问道。

"疏影，你和我说实话，你和贺司令究竟是什么关系？"梅丽君压低了声音，眸子中满是关怀。

沈疏影先是一怔，继而道："怎么这样问我？"

"你是不知道，那天后台起火，没有一个老师敢进去救你，贺司令听说你在里面，想都没想，直接就冲了进去，你倒是好端端的没事，可他抱着你出来的时候简直跟个火人似的，整个后背全是火，可把我们都给吓坏了！"

梅丽君想到那天的大火，似乎仍是心有余悸，说起来，一张小脸就是一白。

沈疏影听了这话，只觉心头涌来一股难以名状的震惊。她呆呆地坐在那里，似是被梅丽君的话给镇住了，好一会儿都没有回过神来。

见她不出声，梅丽君又轻轻地摇了摇她的胳膊，小声道："疏影，你倒是说话啊。"

沈疏影回过神来，一个"我"字刚开口，余下的声音却被堵在了喉咙里，再也说不出别的话来。

贺季山是什么身份，竟会在危急时刻舍命相救，这样的恩情，她该如何回报？

“你什么啊你，贺季山是什么人，居然会不管不顾地去救你，你可知道，现在学校里的人都在传，说你住在大官邸，早就是贺司令的人了……”

梅丽君的话好似一声惊雷，炸在沈疏影的耳旁，让她一张脸顿时涨了个通红，急声道：“她们胡说！”

梅丽君叹了口气：“我当然知道她们是在胡说，所以才来问你啊。这到底是怎么回事，你怎么会和贺季山扯上关系？”

沈疏影心乱如麻，一连让梅丽君催促了好几声，这才将自己父母早逝，哥哥与贺季山在军校时是同窗好友，而在哥哥出国时，担心自己无人照料，无奈之下只得将她托付给贺季山的事情一五一十地对梅丽君说了个清清楚楚。

梅丽君听完后，眼睛睁得老大，不由自主地惊呼：“这么说，你当真是住在贺季山的大官邸里？”

沈疏影赶忙捂住她的嘴：“你小点儿声，我虽然住在他的府上，可……可我和他之间清清白白的，才没有像那些人说的那样……”

梅丽君将她的手拿下，道：“但是你一个姑娘家，这样子住在他的府上，算什么事嘛。”

这句话音刚落，沈疏影听着心里就是一酸，只道：“哥哥也是没有法子，我们家人丁单薄，当初爹娘去世的时候，叔叔伯伯将乡下的田地全给要了去，只留给我和哥哥一间老宅。这么些年，哥哥和本家亲戚间也没有来往，所以……”

她的话还没有说完，便被梅丽君打断：“那你哥哥为什么不带你一起去法国？”

沈疏影摇了摇头，示意自己也不清楚：“当初我是求着哥哥，想和他一起走的，可是他说，他去法国做的事情实在不方便带着我，而只有贺司令的官邸才是最安全的地方。”

梅丽君沉思着，过了好一会儿才嘀咕出一句：“疏影，你哥哥去法国，该不会是去参加革命党吧？”

沈疏影听了这话，眸中顿时闪过一抹紧张，赶忙道：“这可是掉脑袋的事情，我哥哥不会去做的，你千万不要胡说。”

梅丽君瞧着她惊慌的样子，只觉得好笑，遂安慰道：“我不过是说着玩的，你哥哥既是贺司令的好友，又怎么会和他作对，去做那劳什子的革

命党。”

沈疏影松了口气，梅丽君又缠着她说了许多官邸里的事情，直到老师来了才罢休。

回到官邸时，已经快到晚膳时分，沈疏影刚下车，就见柳妈领着几个丫鬟，正一脸焦灼地站在门口，似是在等人。

“小姐回来了。”瞧见她，柳妈将眼底的焦急神色压下，和颜悦色道。

“柳妈，你们这是在等谁？”沈疏影瞧着她们的样子，轻声问道。

柳妈开口解释道：“薄军医说司令后背的伤还没好，每日里碰不得葱蒜辣椒，要多吃些清淡的菜。可官邸的厨子都是以前从关外带来的，做的菜不是咸就是辣，偏生那位专做淮扬菜的厨子头几日回乡下去了，我只得让人去东安饭店请厨子，可都这会儿了还不见人影。”

柳妈说完，眉头不由得紧紧蹙起。沈疏影听完，唇角却是微微一笑，道：“您别着急了，也别等厨子了，我们老家的菜都是十分清淡的，我去做就好。”

柳妈一怔，连忙道：“这可不行，怎么能让小姐下厨？”

沈疏影却是丝毫不在意，温声道：“没什么不行的，现在时候不早了，若再耽搁下去，误了司令的晚饭可就不好了。”

说完，沈疏影莞尔一笑，向厨房走去，柳妈等人只得赶紧跟上。

晚间，贺季山见餐桌上的菜肴无不清淡雅致，鲜嫩爽口，与以往吃的菜肴大不一样，不由得对一旁的柳妈问道：“今晚的菜是谁做的？”

柳妈见他神色淡然，看不出好坏，当下也不敢说是沈疏影做的，只小心翼翼地道：“薄军医说司令的伤还没好，菜肴要以清淡为主，所以……”

“撤下去。”贺季山将筷子搁下，看样子，实在是吃不惯这些寡淡的江南菜。

一旁埋头吃饭的沈疏影此时微微抬起头，对着他道了句：“司令是吃不惯这些菜吗？”

贺季山看了她一眼，语气温和下来：“吃惯了关中菜，这些菜倒真是没什么嚼头。”

沈疏影闻言便垂下眸子，不再说话。

贺季山瞧着她的样子像是不高兴，心头还在诧异自己又是哪里惹到她了，眼睛一转，却看见她的左手白皙的肌肤上红了一片，倒像是被烫着的样子。

他眉头皱起，握住她的手腕，沉声问道："这手怎么了？"

手腕蓦然被他攥在手里，沈疏影心头顿时一慌，想要挣开，可她的力气实在太小，在贺季山面前，简直是微乎其微。

"司令有所不知，今天的菜全是沈小姐做的，为了煲那份青笋火腿汤，小姐的手还被烫伤了。"

说话的正是柳妈，她这话刚说完，就见贺季山神情一怔，继而便淡淡笑了起来。

"这些是你做的？"他凝视着眼前的女子，灯光下，少女的侧颜笼罩了一层柔光，乌黑的长发如同丝绸一般在她的身后垂落，衬得那颈弯更是白腻不已；那一双清澈莹润的眼睛黑白分明，犹如两泓秋水，清透无瑕。

沈疏影微觉赧然，雪白的脸上抑制不住地浮起两朵红云。她没有说话，只是点了点头。

一旁的用人已按着贺季山方才的吩咐，来将菜肴撤下，不料贺季山却摆了摆手，示意他们退下。

"司令，这菜……"柳妈上前，斟酌道。

贺季山松开沈疏影的手腕，眼睛却还是落在她的身上，听到柳妈的话，他也不曾回头，道了句："无妨，我爱吃。"

柳妈怔了怔，继而便躬身退了下去。

沈疏影垂着眼帘，却依然能瞧见贺季山重新拾起筷子，对着桌子上的菜肴大快朵颐。他吃得极快，没过多久，盘子里的菜眼见都少了起来。

"您不是不爱吃江南菜吗？"她看得心惊，不由得抬起头，小声问道。

男人浅笑一下，将面前的菜夹到碗里，道了句："谁说我不爱吃？"

"您刚才要人将菜都撤了的。"沈疏影鼓起勇气，继续说着。

"那是我看这些菜做得太过精致，倒要人舍不得吃了，所以就想着让人把这些菜撤下去，寻个地方给供起来。"贺季山抬眸向她看去。灯光下，他的眉眼显得越发深邃英挺，带着盛年男子独有的沉稳，而唇角的笑意却又是

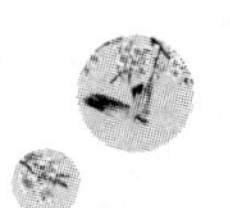

那般温和，让人看着平添了几丝暖意。

沈疏影听他这样一说，倒觉得不好意思，可想起他的话，又实在是有趣得紧，忍不住也是一笑。

贺季山看着她娇美而温婉的笑颜，心头似被人拿了根羽毛轻轻拂过，有说不出的滋味。他将视线移开，看着她柔若无骨的小手，道了句："往后不要再下厨了，一切都交给底下的人去做。"

沈疏影听他声音低沉，杏眸便向他看去，但见他的目光专注而深邃，正深深地看着自己，而那眉眼间的神色却又是十分宠溺的，只让她看了一眼，便不敢再看下去。

贺季山微微一笑，不再看她，拿起碗，盛了满满一碗青笋火腿汤，自己却不喝，只是递到了沈疏影面前。

这一顿饭还未吃完，就听何副官的脚步声响起。走到饭厅，他先是对着贺季山敬了一礼，这才道："司令，薄军医为您换药来了。"

贺季山点了点头，眼皮也没抬，便吩咐道："让他进来。"

沈疏影闻言，开口道："司令，那疏影就先上楼了。"

贺季山见她碗里的饭只吃了一小半，遂道："不必，吃完饭再走。"

沈疏影依言，仍旧埋首吃饭。没过多久，就见一道颀长的身影走了过来，正是薄少同。

薄少同走进来，先是向贺季山敬了一个军礼，道了声："司令。"继而便看向沈疏影，乌黑的眸子谦逊有礼，温言出声："沈小姐。"

沈疏影听到他提起自己，自然也站起身子，对着薄少同轻声道："见过薄军医。"

贺季山示意沈疏影坐下，自己则看着薄少同问了句："晚饭吃了没有？"

"谢司令关心，少同已经在军营里用过了。"薄少同声音清朗，给人一种温润如玉的感觉。虽是战地军医，但他身上并无行伍间的粗野之气。若不是知道他是军医，沈疏影倒真要以为他是哪家的少爷或公子了。

贺季山点了点头，将手中的筷子搁下，临去前还不忘吩咐沈疏影，让她慢慢吃着，说完便与薄少同一道向书房走去。

沈疏影吃完饭，回到了自己的房间。这一晚天气极好，月色清亮，夜空里满是星星，沈疏影干脆将书本拿到了露台上，长长的辫子垂在腰间，坐着写了起来。

“小姐，露台上没有灯，仔细伤了眼睛。”蕊冬端着一碗银耳百合粥走了过来，见沈疏影坐在露台上写着字帖，遂开口说道。

沈疏影抿唇一笑，道：“今晚月色好，这些小字倒是比灯光下瞧得更清楚呢。”

蕊冬走近些，见那些蝇头小楷果真是瞧得清清楚楚，一个个工工整整地写在那洁白的宣纸上，犹如一朵朵清秀的小花，说不出的好看。

“小姐的字写得真好，简直和您的人一样，又秀气，又漂亮。”蕊冬将碗搁下，瞧着沈疏影的字帖啧啧称赞。

沈疏影神色温和，停下了手中的笔，看着蕊冬道：“蕊冬，你念过书吗？”

蕊冬摇了摇头，自嘲道：“像我们这样的丫鬟，哪里能有念书的福气，不过都是个睁眼的瞎子罢了。”

沈疏影听她说得心酸，于是安慰道：“你如果想读书，我的书你可以拿去看，这些字我也可以教你写。”

蕊冬眼睛一亮，似是不敢相信，轻轻地吐出几个字：“小姐是说真的？”

沈疏影笑着，在洁白的宣纸上写下了“蕊冬”二字，告诉她：“你瞧，这就是你的名字。”

蕊冬喜不自禁，将那张纸拿在手中，看了一会儿，见沈疏影在吃粥，便将她面前那一张写满了蝇头小楷的宣纸拿在手里，不解道：“小姐，这张纸写的是什么，密密麻麻的，看着眼睛都疼。”

沈疏影噙着笑，道：“没什么，都是我写着玩的。”

蕊冬应了一声，刚将手中的纸搁下，不料刮了阵秋风，将那些宣纸刮得四处都是。沈疏影和蕊冬赶忙一块儿去捡，可有几张被风一路吹到了楼下，落在了院子里。

沈疏影心头一慌，生怕那些纸会落进贺季山的眼里，于是和蕊冬打了个招呼，便匆匆向楼下奔去。

来到花园，可仍是不见那些宣纸，就在沈疏影着急不已的时候，蓦然听到一道男声传了过来：“沈小姐？”

沈疏影转过身子，就见身后站着一位身躯颀长、清俊挺拔的年轻男子。

“薄军医。”沈疏影看见薄少同，只微微颔首，刚要走开继续寻找，不料却听薄少同开口道：“不知这些是不是小姐的东西。”

说着，将手中那几页宣纸递到了沈疏影的面前。

沈疏影一怔，这才瞧见自己方才写的那些诗句正在薄少同的手里，一张小脸顿时一红，将宣纸接过，方才开口道谢。

“举手之劳，沈小姐不必客气。”薄少同望着眼前的少女。月光下，她的脸庞皎洁胜雪，下颚尖尖，几乎要隐在那白底丁香的绣花衣裙中，楚腰盈盈，杏眸似水，只显得格外清丽可人。

“薄军医，这上面的句子，都是我胡乱写的，请你……不要告诉贺司令，好吗？”沈疏影攥着那几张宣纸，望着眼前的男人，声音里带了几分祈求的味道。

薄少同看了她片刻，终是开口道：“小姐放心，少同向来不是多嘴之人。”

沈疏影松了口气，唇角展露出一抹感激的微笑：“那就多谢薄军医了。”

薄少同也是一笑，又摇了摇头，示意沈疏影不必言谢。

沈疏影刚要转身离开，突然想起一事，又折回身子，问道：“薄军医，不知道贺司令的伤，现在好些了没有？”

薄少同听她询问，便如实答道：“司令这一次的伤本就十分严重，再加上司令诸事缠身，不曾好好休养，伤口恢复得并不乐观，怕是会溃烂感染。”

沈疏影一听，不由得大惊失色，急道：“那该怎么办？”

薄少同沉吟道：“官邸里虽说应有尽有，可终究是比不得医院，所以最好的法子还是去医院治疗。”

说到这里，薄少同顿了顿，方才苦笑道：“但是司令的脾气固执得很，说什么也不愿去医院，今天何副官刚一提起，就被司令骂了一顿。”

沈疏影沉默了，秀气的眉头却是紧蹙着，也不知在想些什么。

“若是小姐可以劝司令去医院治疗，那是最好不过。”

“我去劝？”沈疏影回过神来，诧异道。

薄少同颔首："若是小姐相劝，司令定然会听。"

"为什么？"沈疏影不知为何，心头却是慌得厉害。

薄少同却不再多言，抬眸见沈疏影衣裳单薄，只道："时候不早了，小姐回去歇息吧。"

沈疏影见他眼神温和，清朗的男声听在耳里，令人感到莫名踏实。她点了点头，不再继续刚才的话题，与薄少同告别。

待她走后，不知何时，薄少同的手中又多了一张宣纸，打开来，上面的字迹清秀婉约，灵气逼人，写的不是别的，正是一首诗：靖安宅里当窗柳，望驿台前扑地花。两处春光同日尽，居人思客客思家。

好一个"居人思客客思家"。

这一日，贺季山在军营中处理了一天的事务，刚回到府里，就见沈疏影俏生生地站在廊下，看那样子，倒像是在等自己。

看见贺季山下了车，沈疏影赶忙迎了上去。贺季山瞧着她，笑道："今天是怎么了，站在这里等我？"

沈疏影见他眉眼间满是温和，胆子便也稍稍大了一些，刚要鼓起勇气开口，却听贺季山又言道："好了，有话进去再说，外面风大，当心着凉。"

沈疏影只得将口中的话给咽了回去。两人一前一后走进了大厅，立刻便有仆人迎了上来，将贺季山的军帽接过。

贺季山在沙发上坐下，望着坐在对面的沈疏影，温声道："什么事？"

沈疏影安安静静地坐在那里，抬眸便见男人英挺的容颜中夹着些许的疲惫，可能是不曾好好休息的缘故，他的眼底布满了血丝，却依然闪亮如电。

"您的伤……好了吗？"虽然她的声音小，可贺季山仍是听得一清二楚。

"我这人别的没有，就是伤多，你这问的，倒是哪一样？"贺季山唇角噙着浅笑，定定地看着她。

"就是您后背上的烧伤，伤口好些了吗？"沈疏影顿了顿，还是接着问了下去。

贺季山见她的神色中满是关切，唇角的笑意更深了一些，口中却是安慰道："一些小伤，不要紧。"

沈疏影将脑袋垂下，道："我听薄军医说，您每天忙着军营里的事情，

都没时间好好休息，伤口大面积感染，怕是会溃烂发炎，最好，还是去医院治疗……”

说完，她的头垂得更低了，想起薄少同说的，何副官因劝他去医院，便被他狠狠骂了一顿，自己如今这般提起，也不知贺季山会不会凶自己。

“他什么时候告诉你的？”贺季山的声音淡然，沉声问道。

沈疏影一怔，言道：“就是那天薄军医来为您换药的时候，我无意间听他说的。”

贺季山微微颔首，道：“你放心，我自己的身体自己清楚，这阵子的确是忙着军营里的事，等我休息几天，吃些药便没事了。”

沈疏影念起他后背上的伤全是因救自己所致，如今又听得他这般轻声细语和自己解释，更让她的心里既愧疚，又感激。

“贺司令，您为什么不愿意去医院？”她一句话脱口而出。

贺季山闻言淡淡笑起来，道：“不是我不愿意去医院，而是有些事和你这个小丫头说了，你可能也不会明白。”

见沈疏影不解地看着自己，贺季山心头一软，只得耐心解释起来：“我身为主帅，不知有多少人注意着我的一举一动，我这边一住院，说不定外间的谣言就要说我贺某人病入膏肓，将不久于世。这种消息若传到前线，更是会乱我军心，牵一发而动全身的道理，你懂吗？”

沈疏影听着这些话，却是怔在了那里。

她自然是不懂得，甚至想都没有想过。在她眼里，贺季山高高在上，权势滔天，她从不知道这个男人居然要顾忌那样多的东西。

“是我不懂事，如果当初您不是为了救我，也不会受这样重的伤……”沈疏影说着，只将脑袋深深地垂了下去。她的这番话语皆是出自真心，若是庆典时她与同学们一道上台，那贺季山定然不会冲进火海，也不会有如今的这些事端。

这些日子，内疚与懊悔时时萦绕在沈疏影的心头，简直让她不知道该如何是好。

“其实那天，是我骗了您。”沈疏影抬起脸，继续说道，“我本来是要和同学一起上台唱歌的，可我听说您要去观礼，我就没有去，自告奋勇地去后台帮同学看衣裳了……”

不等她说完，便被男人打断：“这样说来，你是为了躲我？”

沈疏影脸庞一红，却也不好意思否认，只得点了点头。

“你怕我什么？”男人的眼睛乌黑如墨，凝视着眼前的少女，声音不高不低，不喜不怒，只让人琢磨不透他的心思。

沈疏影更是无措，却又说不出个所以然，柔润的唇瓣动了动，终究还是没有说出一个字。

“你是不是觉得，我对你没安好心？”贺季山望着她羞窘的模样，只忍住笑，道出了这么一句话。

“贺司令！”沈疏影闻言，脸庞上的红晕更深了一层。灯光下，贺季山眉宇间极其英挺磊落，五官轮廓尤其深邃，笔挺的立领戎装，更衬得他神采奕奕，气势不凡。

“嗯？”贺季山含笑望着沈疏影红彤彤的一张俏脸，没来由地心情就好了起来。

“你——”沈疏影简直不知该说什么才好，眼见着自己的心事被男人一针见血地说了出来，只让她既羞涩又气恼。

“我怎么了？”贺季山眸子黑亮，紧紧凝视着眼前的少女。

“没什么，疏影回去休息了。”沈疏影站起身，本来是一心一意想与他道歉并表达自己的感激，可现在，她倒真是连一句话都不想多说。

见她要走，贺季山自是没有给她这个机会，大手一个用力，便将她拉到了自己怀里。

“贺司令！”沈疏影一声惊呼，秋水般的眸子里写满了惊慌。

“你已经躲过我那么多次，这一次还想再躲？”男人的大手紧紧箍在她的腰际，只让她动弹不得。

沈疏影被他钳制住，眼圈顿时就红了，心里却怕得很，就连声音都颤起来：“贺司令，请你自重！”

“自重？”贺季山眉头一挑，似是对这两个字颇为玩味。

沈疏影挣扎着，漂亮的眼睛里水光盈然，手足无措地被他箍在怀里，说不清的可怜可爱。

“贺季山，你到底想要怎样？”情急下，沈疏影竟然连名带姓地喊了他。她仰着脑袋与男人对视着，巴掌大的一张小脸，却是毫不示弱的样子。

“你既然已经认定我对你没安好心，我又何苦要藏着掖着？”贺季山声音低沉，乌黑的眼睛深敛似海，暗沉得令人心惊。

沈疏影听了这话，小脸一白，心头更是慌乱不已，只拼命地挣着身子，语气里已是带了哭声：“你放开我！”

贺季山见她泫然欲泣的一张小脸，心里顿时一灰，手却依然揽在沈疏影的腰际，不曾松开，可终究不似方才那般用力了。

“别哭。”他的语气和缓下来，眸中带着一抹浓浓的自嘲，“与其让你每日里在我脑子里转来转去，不如就在今天干脆和你把话说清楚。”

沈疏影抬起雪白的脸，她那样害怕，眼角带着轻浅的泪痕，一双小手不安地抵在贺季山的胸前，惊恐的样子犹如误闯陷阱的小鹿一般，惹人垂怜。

“沈疏影，我贺季山向来不是什么正人君子，我也不与你废话，我要你，你明白吗？”男人的声音低沉，字字敲在沈疏影的心上，更是让她原本就苍白的脸惨无血色。

“我是你朋友的妹妹，你怎么可以……你怎么可以……”她的嘴唇哆嗦着，竟说不出连贯的话来。

贺季山闻言，先是顿了顿，继而一字一句道：“你哥哥那里，我自会和他解释。”

沈疏影的眼泪终是控制不住地滚滚而下，她拼命摇着头：“我哥哥不会同意的！”

贺季山淡淡一笑，此番骤然将心里的话全盘托出，浑身倒是有说不出的畅快。他伸出手，为沈疏影将脸上的泪水拭去，道：“你现在年纪还小，我不会勉强你。等你明年毕业，我便娶你。”

沈疏影睁大了眼睛，她忘记了挣扎，只是不敢置信地看着眼前的男人。

他说，他要娶她？

而不是没名没分地，跟着他做姨太太？

“为什么？”她问道。

贺季山似是从未想过这个问题，此时听得沈疏影相问，漆黑的眉毛微微一皱，隔了片刻，方才无奈地道：“我若知道为什么，又怎么会栽在你这样一个小丫头片子手里。”

“疏影，你怎么了？我瞧你这几天怎么都魂不守舍的。”放学的铃声响过，学生们皆收拾好了书包准备回家，梅丽君回眸一瞧，却见沈疏影怔怔地坐在自己的位子上，似是对那放学铃声充耳未闻。

沈疏影回过神来，见梅丽君正一脸担忧地看着自己，忍不住心头一酸。她张了张嘴，刚想将自己的心事告诉她，可终究顾忌着贺季山的身份，还是没有开口。

“没什么，只是觉得有些累。”她将书本收进包里，故作轻快般说道。

“你在官邸里还不是像公主一样过着日子？怎么还会累？”梅丽君满脸的不解。

沈疏影刚要找个借口搪塞过去，梅丽君已是拉住了她的手，安慰道：“好了，好了，你也别苦着一张小脸了，这天气眼见着越来越冷，咱们学校鼓励我们这些女学生有时间就多去城北看看那些战地孤儿和孤寡老人，你要是没事，咱们今天一起去吧。”

沈疏影点了点头，两人携手走出学校，各自与司机打了声招呼，便向城北走去。

沈疏影心细，在赶到城北之前，特意为那些老人和孩子买了一些糕饼点心，一直到两个人手中都拎得满满当当的，再也拿不下了方才作罢。

城北的“明德堂”是一座宽敞的大四合院，里面大多是一些孤儿，有的因连年的战火而失去父母，有的则是战士的遗孤，此外便是一些无家可归的孤寡老人，每个月军营都会送来钱粮等物，更有专人照顾那些老人与孩子。

沈疏影和梅丽君来到明德堂时，正值晚饭时分，偌大的四合院里十分热闹，不时有孩子玩耍嬉笑的声音传来，让人听着心头涌来一股温馨安宁之感。

两人将手中的糕饼分给孩子，望着那一张张稚嫩的小脸，想起这些孩子都已失去了父母，沈疏影不由得鼻尖一酸，打心眼儿里对军阀之间的混战深恶痛绝。

若不是他们为了自己的势力，连年征战不休，这世上又怎会有这样多孤苦伶仃的孩子？

也许是因为自己同样是从小失去父母的缘故，沈疏影看着那些孩子分吃糕饼的模样，心里难受极了，眼圈也跟着红了起来。

两人陪着孩子玩了一会儿，便向东边走去，打算去看看那些孤寡老人，岂料还未等踏进院子，就听到里面传来一道清朗的男声。

沈疏影乍然听到这个声音，微微一怔，脚步顿在了那里。

“疏影，你怎么了？”梅丽君顺着她的视线望去，只见一位身姿颀长的男子正背对着她们坐在那里，身边围了一圈的老人和孩子。

他穿着军装，修长的后背笔挺如剑，梅丽君本以为他是辽军中的军官，可又见他的手旁搁着一个药箱，看样子，倒像是一位军医。

薄少同坐在那里，先是为一位老人诊治，又从药箱中取出药递到老人手里，并耐心告知老人该如何服用。送走老人后，他转过身子，又对着一个七八岁的小女孩温声道：“来，让叔叔看看嘴巴里的牙齿好了没有。”

那个小女孩十分听话地张开了嘴，薄少同神色专注，检查后便微笑起来，又从药箱中取出几块糖果，大手在小女孩的头上抚了抚，道：“好了，现在可以吃糖了。”

他侧着身子，清俊的容颜便落在梅丽君的眼里。梅丽君使劲儿地摇着沈疏影的胳膊，悄声道：“疏影，你瞧瞧那个军医，长得可真俊啊！你看见没有，他刚才对那小女孩笑的时候，简直让人的心都要化了！”

见薄少同忙碌不已，沈疏影并没有上前打扰，只拉着梅丽君顺着原路走了回去。一路上，她们不时听到一些老人提起“薄军医”这三个字，细听下去，竟无不是对他的交口称赞，只道他为人慷慨，医术医德俱佳，就连那些小孩子，说起薄叔叔也都是笑逐颜开，说只要看到他，就有好吃的了。

沈疏影听在耳里，心头却是蓦然一软，忍不住回头又看了他一眼。只见那道颀长的身影仍坐在那里，微微侧过来的脸上，唇角的笑意又是那般温和，似是要一路暖进她的心里去。

“疏影？沈疏影？”梅丽君见她怔怔地望着薄少同，一连唤了两声才将她的心神给唤了回来。

见好友一脸揶揄的神色，沈疏影脸庞一红，立刻垂下眼帘，心怦怦地跳着，几乎要从嗓子眼儿里蹦出来似的。

瞧着她窘迫的样子，梅丽君忍不住“扑哧”一声笑了出来：“瞧你平日里文文静静的，怎么这会子胆子这样大，居然会盯着一个男人看不说，连眼睛都不带眨的。”

沈疏影听了这话，那一张小脸烧得越发厉害，只嗔道：“我不和你说了。”语毕，便逃也似的走开了。

回到官邸，贺季山还没有回来，柳妈担心沈疏影挨饿，于是让丫鬟端来一碗杏仁露与几样点心，好让她先吃点儿垫垫肚子，等贺季山回来再开饭。

沈疏影望着那几样点心，并没有太多胃口，也许是今儿去城北走了太多路，身上只觉得累，便和柳妈招呼了一声，回到房间躺了下来，没过多久就沉沉睡去。

贺季山回到府中时已是繁星点点，见他回来，柳妈立刻命人将菜摆上了桌。男人刚坐下，便开口道：“去请小姐下来吃饭。”

柳妈在一旁踌躇道：“小姐今天回来的时候，只说身子不大舒服，这会子怕是已经睡下了。”

贺季山闻言，浓眉一皱，道：“请医生来瞧了没有？”

柳妈嗫嚅道：“小姐说她睡一觉就好，所以没让老奴去请。”

她的话音刚落，就见贺季山的脸色顿时沉了下来，柳妈瞧着心头一紧，再也不敢多言。

“让厨房熬些粥，待会儿我送上去。”男人沉声吩咐，望着那一桌子的菜，竟也毫无食欲。

柳妈忙不迭地答应着，赶忙去让人准备。官邸里的厨房无论何时都煲着一锅靓汤，未过多久，一碗滚烫鲜美的瘦肉粳米粥便熬好了，那一粒粒米只熬得糯糯的，香气扑鼻。

贺季山一言不发，将碗接过，抬脚便向西楼走去。

来到沈疏影的房门前，贺季山刚要敲门，手指却微微一顿，望着眼前的这一扇门，竟是没来由地感到几分紧张，连他自己也说不清这股子紧张从何而来。他勾了勾唇角，自嘲地摇了摇头，觉得自己可笑至极。

他终是叩了叩门，里面却是安安静静的，悄无声息，大手遂将门锁一转，径直走了进去。

房间里燃着一盏小水晶灯，沈疏影睡在那张西式大床上，乌黑的长发柔柔顺顺地铺在枕面上，衬着那张巴掌大的小脸更是眉眼如画，娇柔温婉。

男人的脚步极轻，军靴落在绵软的地毯上，直让人听不到一丝声音。他

站在床头，静静地看了她好一会儿，见她睡得香甜，倒也不忍将她吵醒。

贺季山将碗搁在床头，大手则落在沈疏影的额际，发觉自己的掌心一片清凉，便放下心来，刚要将被子为她掖好，就见少女轻柔如扇的睫毛微微一颤，然后睁开了眼睛。

四目相对，沈疏影似是还没从睡梦中清醒过来，眼底还带着几分惺忪之意，待看清男人的面孔时，澄澈如水的眸子立刻一慌，连忙从床上坐起身子。

贺季山见她一双小手不安地攥着被角，知她心头慌乱，便解释道：“听柳妈说你不舒服，我不放心，就上来看看。”

沈疏影垂下眼，沉默片刻后，方轻声开口：“谢司令关心，我很好。”

贺季山凝视着她的侧颜。灯光下，她的脸庞白净而柔美，那般俏丽的弧度，生生令他牵肠挂肚，割舍不下。

“比起‘司令’这两个字，我倒更喜欢听你喊我‘贺季山’。”贺季山淡淡一笑，英挺的眉毛下，是果毅而磊落的神色。挺拔的身躯高大魁梧，就那样居高临下地看着她。

沈疏影沉默着，也不看他，隔了许久，才开口道：“时候不早了，疏影想要休息了，司令请回吧。”

贺季山见她一副将自己拒之千里的样子，倒也不气恼，只将那碗粳米粥端在手里，递到她面前：“你将这碗粥喝了，我就走。”

沈疏影抬起头，就见他端着那碗粥，一双眸子乌黑如墨，深不见底。

“我不饿。”她摇了摇头，想也不想便脱口拒绝。

贺季山收回视线，也不说话，只是用勺子舀起一勺米粥，送到沈疏影的唇边。

沈疏影心头一颤，不敢置信地看着眼前的男人。

“我说过，你吃完我就走。”贺季山淡淡开口，声音虽是低沉，却令人无法拒绝。

沈疏影垂下眼，一声不响地接过碗，也不品味，只将里面的粥大口大口地咽进肚子，也许是吃得快了，竟抑制不住地咳嗽起来。

贺季山皱起眉头，赶忙伸手为她拍着后背，直到她不再咳嗽，才问了句：“好些没有？”

沈疏影转过身子，道：“司令请出去吧。”

贺季山收回手，就那样一动不动地看着她。沈疏影被他看得心里发慌，可不等她说话，男人的大手便一把握住她的肩膀，将她从床上揽到了自己面前。

沈疏影吓得一声惊呼，只觉得自己的肩膀处疼得厉害。两人的距离极近，甚至连彼此的呼吸都能感觉到。她的身子被他箍着，她动弹不得，只能与他对视。

贺季山眼底炙热，利如刀刃的眸子落在少女的脸上，一字一句道："沈疏影，我究竟怎么你了？"

沈疏影唇线紧抿，泪水已经在眼眶里打转，可她忍了下去，无论如何，就是不让泪珠落下。

"我欺负你了吗？"贺季山瞧见她眼中的泪水，眉头皱得更紧。他是真的不知道，自己究竟做了什么事，才会让她每次看见他，都跟见到地痞流氓一样。而她刚才对自己的冷漠，更是让他无法忍受。

"你出去！"沈疏影的话音里已是带了哭腔。许是知道自己的力气太小，她并没有挣扎，唯有眼底的神色是那般凄苦。

贺季山瞧见她眼底的苦涩，心里顿时一紧。他松开了她的肩膀，却又揽住了她的腰，将她抱在怀里。

"你告诉我，我该怎样做？"他低首，望着怀里的小人，见到她眼角的泪水，他心里一痛，声音里是满满的无奈。

"你让我去法国，我要去找我哥哥。"沈疏影终是忍不住，泪水哗哗地往下掉。她抬起头，梨花带雨的一张小脸，更显楚楚动人。

贺季山抬起手，刚要为她拭去泪水，不料沈疏影将脑袋一偏，躲了开去。

"等西固战事一了，我就带你去法国。"男人的声音温和，大手仍向着她的脸上抚去。

少女的肌肤柔软娇嫩，而他的掌心却极是粗粝，似是轻轻一碰，就会将她的皮肤给划破似的。

"我不要你带我去，贺季山，你是我哥哥的朋友，我一直尊重你，敬畏你，也请你看在我哥哥的面子上，不要再和我为难！"沈疏影泪眼婆娑，看着男人的眼睛，一字一句，极是清晰。

贺季山闻言，却是好一会儿都没有说话。就在沈疏影以为他不会再开口时，却感到男人搁在自己腰际上的大手一个用力，将她的身子贴在了他的胸

前。接着，他俯下身子，炙热的吻便铺天盖地般落了下来。

沈疏影眼睛倏然睁大，感觉到自己的唇瓣被男人辗转吮吸，只让她的心里更是涌来一阵气苦。她拼命地挣扎，可男人只用一只手便将她的双手制住，另一只手依然是紧紧地箍在她的腰际。他的力气那样大，简直要将她融进自己的怀里似的。

她的唇瓣湿润而柔软，甜丝丝的，犹如初绽的花蕊，吸引着他一尝再尝。他的呼吸越来越重，竟是忍不住地加深了这个吻。少女的身子柔若无骨，散发着幽幽馨香，丝丝缕缕地闯进他的鼻息。

她的滋味太过美好，只让他无论怎样掠夺都还觉得不够。

直到沈疏影的泪水滑进他的唇里，他方才从那一片意乱情迷中清醒过来。

他停下动作，松开了她的身子，眼前的少女脸色苍白如雪，秋水般的双眼因流泪的缘故，更显得氤氲晶莹。

“小影——”他低声唤她的名字，可不等他将话说完，就见沈疏影举起小手，二话没说，便向他脸打了过来。

她的力气本来就小，又加上胳膊被男人禁锢了太久，更是使不出力气，这一巴掌简直是一点儿力度都没有，唯有她的小指甲划过了贺季山的眼角，留下一道淡淡的抓痕。

贺季山动也没动地受了她这一巴掌。沈疏影柔美的面颊犹如雨中梨花，她看着眼前的男人，纤瘦的脊背挺得笔直，想起自己方才的那一巴掌，她的身子颤抖着，虽然害怕，却不后悔。

晚间，玛伦萨俱乐部。

贺季山坐在包厢里，一支接一支地抽着手里的烟卷。他从没有这般心烦意乱过，漆黑的眉毛紧紧地皱在一起，半晌都没有说一个字。

陪着他坐在包厢里的也都是辽军中的一些高级将领，此时见他脸色阴沉地坐在那里，众人便也只是默默喝着酒，面面相觑，却没有一个人敢开口说话。

未过多久，只闻一阵脂粉香气传来，一个女子的声音娇媚入骨：“贺司令今儿个大驾光临，怎么也不让人提前来传个信儿，好让咱们准备准备。”

说着，就见一位二十六七岁的女子走了进来。她身穿一件淡紫色的真丝霓裳，修长窈窕的身材，被那精致的旗袍包裹得恰到好处，玲珑有致。

而在她身后，跟着一群正值妙龄的年轻女子，每一个都打扮得艳丽逼人，珠光宝气。

看到她们进来，何副官顿时松了口气，抬眼去瞧贺季山，但见男人依然坐在那里，闻言只是微微一笑，对着那女子伸出了手。

黎曼浓抿唇一笑，丽色顿生，款款地向贺季山走去，而她身后诸人自然也四散开去，陪在了其余的辽军将领身边。

这样一来，原本沉闷不已的包厢内顿时衣香鬓影，热闹非凡。黎曼浓眼尖，一眼便瞧见了贺季山眼角的血痕，她先是一惊，继而便将眼底的惊诧不动声色地压了下去。

“司令这阵子不知是忙什么去了，曼浓可有好一阵子没瞧见您了。”黎曼浓唇角含笑，妩媚的眼睛微微弯着，极是动人。

贺季山将手中的烟卷熄灭，黑亮的眼睛向黎曼浓略略扫了一眼，见她那双眸子宛如娇美的桃花，对着你笑的时候，却又带着些许的嗔意，端的是百媚横生，秋波潋滟。

不知为何，他的脑子里忽然闯进一双澄澈无瑕的眸子，清清纯纯的样子，梨花般皎洁的小脸上噙着两个浅浅的梨涡，俏丽而温婉……

想起沈疏影，贺季山心头更是烦躁，一只手扯开了领子上的纽扣，另一只手则将桌子上的洋酒端了起来，一饮而尽。

黎曼浓十指纤纤，千娇百媚地为贺季山将酒杯再次满上，美眸里满是情意：“司令这是怎么了？喝得太快仔细伤了身子。”

贺季山不置可否，大手一捞，扣在了黎曼浓的纤腰上。女子曼妙的身子顺势一倒，让他温香软玉地抱了个满怀，鼻息间更是充斥着一股法国香水的味道。

男人的眼睛幽暗下去，只面无表情地凝视着怀里的女子。黎曼浓绝美艳丽的脸一如从前，白皙的肌肤更是滑如凝脂，可即使这样一个美人在怀，他脑子里却依然想着沈疏影，控制不住地想她！

他的手一松，将黎曼浓的身子推了出去，英气的脸上阴沉沉的，只将酒杯举起，又是仰头而尽。

黎曼浓理了理鬓发，似是对贺季山方才的举动丝毫没有在意。她微笑

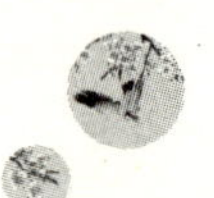

着，用银质的叉子挑起一枚果脯，送到贺季山的唇边，柔声道：“到底是谁吃了熊心豹子胆，居然敢在老虎嘴里拔牙，将司令气成了这样？”

贺季山笑了笑，道：“若说起胆子，又有谁能大过你去。”

黎曼浓哧地一笑，唇瓣上涂着巴黎最新款的“蜜思”，那般鲜红的颜色，随着她这一笑，简直娇艳得令人心惊。

“司令这话可是错了，您就算借曼浓十个胆子，曼浓也不敢问您这眼角的伤，究竟是谁给划的呀。”女子巧笑倩兮，一面说，一面将纤纤素手抚上了男人的眼角，蜻蜓点水般抚了过去。

贺季山闻言，唇角的笑意便滞在了那里。他没有说话，只燃起一支烟，一声不响地抽着。

黎曼浓见他不快，终是不敢再多说什么，只使出浑身解数，一杯接着一杯为贺季山将酒杯斟满。贺季山素来酒量极大，一整瓶洋酒下肚，除了眼底有了几分醉意外，神情依然是十分清醒。

他向窗外看了一眼，但见月牙弯弯，如同女子的眼睛，就好像他第一次见到她的时候，她小心翼翼地捧起那条红鲤，轻手轻脚地将它放回池中；她轻拭被溅到身上的水珠，笑得眉眼弯弯。

他闭上眼睛，不消片刻便站起身子。周围人见状，也连忙站了起来。

“司令——”何副官不解地看着他。

“回官邸。”贺季山拿起军帽，声音低沉而干脆。

黎曼浓望着他头也不回地走出自己的视线，她一语不发，只一口将手中的酒喝了个干净。

第七章 沦陷

回到官邸时，夜已深了，除了巡夜的岗哨，整座官邸安静得听不到一丝声音。

司机一直将车开到后院，贺季山下了车，抬眸向楼上望去，沈疏影的房间透出一抹柔柔的光晕，窗户紧闭着，她的身影映在碎花的窗帘上，纤细的身子宛如镜中月，水中花。

他看了一会儿，终是走进了大厅，抬腿向沈疏影所在的小西楼走去。

守夜的丫鬟见了他，都吓了一跳，眼见着他不管不顾地向小姐房间的方向走，更是焦急不已地跟在他身后，急声道：“司令，小姐已经睡了，您若有事，不如明天再来吧。”

贺季山却是不听，喝过酒的眼睛血红。他走得飞快，简直是横冲直撞，没几步便到了沈疏影的房门前。

跟来的丫鬟望着贺季山一脸阴郁地站在那里，走廊里的灯光幽暗，将他的脸色隐在一片阴影里，越发显得铁青。

见他这样，那丫鬟只吓得一个哆嗦，再也不敢上前。

Qing dao

Ke gu,

Yuan lai

Ru ci

敲门声响起，沈疏影从书桌前站起身子，以为是柳妈让丫鬟送来了点心，便一点儿也没有疑心，将门打开。

待看见贺季山站在门口时，沈疏影小脸一白，想也没想就要将门合上。贺季山眼明手快，一手伸了进来，继而便闯进了屋。

“你——”沈疏影情不自禁地向后退去。她身上只穿了睡裙，长长的裙摆将脚踝都给遮住，露出一双雪白的脚丫，在裙摆下若隐若现。

贺季山眸光暗沉，一步步向她走去。沈疏影俏脸煞白，心头一阵慌乱，身后是衣架，就在她快要撞上去的时候，却被男人拦腰抱了过来。

“你究竟给我灌了什么迷魂汤？”贺季山凝视着那澄若秋水的眼眸，声音低哑。他一只手烙在沈疏影后背，另一只手则揽着她的腰。他的力气那样大，简直是将她禁锢在怀里。

沈疏影面色苍白，那一张小脸是十分凄清的神色。她双眸雪亮，分明透出一抹水汽：“贺季山，你不可理喻！”

“我的确是不可理喻，才会让你在我脑子里转来转去！沈疏影，你究竟想要什么？”贺季山浓眉紧锁，声音喑哑低沉，他真是疯了。

“我什么都不想要，你让我去法国，我要找我哥哥。”沈疏影的声音带着哭腔。灯光下，她的身子显得是那般羸弱而单薄，让他忍不住抱得更紧。

贺季山眼睛一转，见她的桌子上整整齐齐地摆着一封信，信纸上还搁着一支笔。

“在给谁写信？”贺季山松开手，大步向书桌走去。

沈疏影脸色顿时变了，刚要冲上去将信纸收起，岂料男人的大手早已将那张薄薄的纸拿在了手里。

男人一目十行地看下去，看完后，手指一顿，一语不发地转过身子，看着沈疏影。

沈疏影索性迎上他的视线，就那样安安静静地和他对视着。她的脸色虽然苍白，可是十分平静，带着满满的抗拒与生疏，狠狠地落进男人的眼底。

贺季山看了她好一会儿，幽深的眸子里透着冷冽的光。隔了片刻，他竟然唇角微勾，淡淡笑了起来：“怎么，向你哥哥告状，要他回来带你走？”

沈疏影把心一横，轻声道：“这段日子在官邸承蒙司令关照，疏影感激不尽，等疏影到了法国，见到哥哥后，自然会将司令的大恩大德铭记在心。”

她这番话说得极轻，却字字剐着他的心。

贺季山棱角分明的脸上瞧不出一丝喜怒，低首一字一字地道：“没有我同意，你以为你能走？”

沈疏影的眼睛里闪过一抹惊慌，她抬起小脸，语气里已带了一丝颤音：“我不是你的俘虏，为什么不能走？”

“沈疏影，你到底当我贺季山是什么人？你以为我会由着你，想来就来，想走就走？”她的决绝与抗拒令他烦闷到了极点，忍不住怒声道。

“你不讲理！”沈疏影小脸雪白，又气又苦，纤细的身子轻轻颤着，双眸中的恨意却是那样清晰，犹如锋利的匕首，一刀刀割着贺季山的心。

“就算让你恨我，我也认了。”贺季山语音低沉，双眸深敛似海，大手却微微收紧，将那张薄薄的信纸攥成了一团。

沈疏影看着他的动作，只觉得自己的一颗心一直沉，一直沉，直到沉进一个深不见底的深渊里去。

“我再和你说一次，没有我同意，你哪里也去不了。”

临走前，男人撂下这句话，沈疏影听在耳里，只连脸上最后的一抹血色也退了个干净。

入冬后，北平的天气一日冷过一日，沈疏影是南方人，自然不习惯北方的天寒地冻，每天除了去学校上课，便整日待在房间里，就连院子里都去得少了。

贺季山这些日子去承德的军舰基地视察去了，一连数日都没有回官邸。

柳妈端着一碗燕麦牛乳粥，刚踏进沈疏影的房间，就见她抱着膝盖坐在窗前，乌黑的长发倾泻而下，衬着那柔软的腰肢更是如弱柳扶风，给人不胜娇羞之感。

“小姐，这外头冰天雪地的，有啥看头，快趁热将这粥吃了吧。”

听到柳妈的声音，沈疏影也不回头，只摇了摇脑袋，依然是安安静静地坐在那里，也不知道在想些什么。

那日贺季山大半夜闯进了沈疏影的房间，柳妈也是早已从守夜的丫鬟那

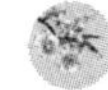

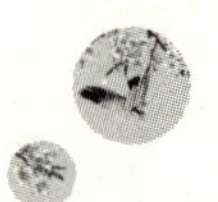

里得知，此时瞧着沈疏影这个样子，倒是让她除了在心底叹息一声外，连句劝说的话都开不了口。

当初沈疏影刚到官邸时，她就觉得不妥，这孩子生得太美，整个人干净得不食人间烟火，而贺季山又正值盛年，这日子一长，怎能不生事端?

就在柳妈胡思乱想之际，沈疏影的身子却是一颤，只听后院响起汽笛声，原来是贺季山回来了。

贺季山下了车，抬眸便向沈疏影的房间望去，隔着如此的距离，就见她正静静地倚在那里，见到他，明显怔了怔。

“呀，原来是司令回来了。”柳妈将粥搁下，转身匆匆向楼下走去。不料在楼梯口，便迎头遇上了正大步而来的贺季山。

“司令。”柳妈瞧见他，赶忙招呼。

“她这些天怎么样？”贺季山劈头盖脸就是这么一句。柳妈一震，自然知道他这个“她”，指的便是沈疏影了。

“小姐这阵子的精神都不太好，也许是过不惯这天寒地冻的日子，每日的三餐也吃得很少，除了去学校，简直连楼都不下。”柳妈说起来，也是忧心忡忡。

贺季山闻言，冷峻的眉头微微皱起，抬腿向沈疏影的房间走去。

“司令——”柳妈站在他身后，却是鼓起勇气唤了一声。

“什么事？”男人回过头，深黑的眼睛里平静似水，不见丝毫波澜。

柳妈咽了咽口水，道：“小姐年纪还小，离家千里不说，身边又没个亲人，若有什么事，司令还是好好和她说，老奴瞧着，小姐也怪可怜的。”

说完这句，柳妈心头惴惴的，也不敢去看贺季山的脸色，只将头垂了下来。

贺季山沉默片刻，这才道了句：“我知道了，你下去吧。”

柳妈望着男人高大魁梧的背影，默默叹了口气。

“怎么穿得这样少？”贺季山走进来，见沈疏影穿着一件江南款式的淡粉色真丝睡衣，那料子极其柔软，柔软地垂下来，刚好盖住她的脚背。

她回头看了他一眼，没有说话，纤巧的下巴低埋着，几乎要抵在掐牙高领中。在摇曳的光影里，少女的眼波盈盈如水，身子更是如柳一般柔软。

贺季山隔了这些日子没有瞧见她，此时见她比自己走时更瘦了许多，心头顿时一紧，见一旁的桌上搁着一碗燕麦牛乳粥，便上前将碗端起，走到沈疏影身边，温声道：“快趁热吃。”

沈疏影侧着身子，只道了句：“我不饿。”

贺季山便将那粥碗搁下，刚想伸手将她揽在怀里，就见沈疏影的眼里闪过一丝惊恐。他只得停下脚步，说道：“是不是这粥做得不合胃口？”

见她依然不说话，贺季山微微一笑，接着道：“我知道有一家菜馆的江南菜做得相当地道，你换身衣裳，我带你去。”

也许是他的声音温和，沈疏影眼底的惊恐之色渐渐散去，她抬眸向贺季山望去，只见他的眼底布满了血丝，眉宇间也有几分疲倦之色，想是这些日子视察军舰十分辛苦。

“怎么，我脸上有花吗？”见她怔怔地看着自己，男人忍不住轻笑出声。

沈疏影脸庞一红，连忙将视线移开。

“您去休息吧。”隔了片刻，她侧过身子，轻声说道。

“你这是关心我？”男人的声音响在耳旁，温热的气息吹在她的颈弯，让她的心抑制不住地狂跳起来。

沈疏影闻言，白净的面孔更是染上了一层红晕，还不待她开口，下一秒，她便落进了男人宽厚温暖的怀抱中。

她刚要挣扎，就听男人的声音响起：“别动。”

沈疏影知道自己挣不过他，便不再动弹，整个人犹如一具木偶一般被贺季山抱在怀里。

察觉到她的僵硬，贺季山的大手在她的后背轻轻拍了拍，声音里则是低沉的温柔，犹如哄着一个幼小的婴孩：“你别怕，我只是想抱抱你。”语毕，顿了顿，又继续说下去，“我走的这些日子，想的全是你。”

他的身上充斥着男人所独有的阳刚气息，此外又夹杂着淡淡的烟草味，闻起来十分粗犷，可纵使如此，他的胸膛依然是那样温暖，甚至让沈疏影感到一阵恍惚，不知自己身在何处。

“贺司令，疏影有一些话，想要和您说清楚。”她咬字极轻，无论怎么样听都是那般柔和。

“你说。”贺季山松开了她，站在那里，高大的身影几乎将沈疏影的身子尽数湮没。

“哥哥将我送到您府上，是看重与您之间的情谊，更是因为您是我哥哥最好的朋友，所以他才会放心将我留在这里。”沈疏影睁着盈盈美眸，每个字都说得十分清楚。

“不错，接着说。”贺季山点了点头，让她继续说下去。

沈疏影深吸一口气，继续道：“您既然是我哥哥的朋友，在疏影心里，便也和我哥哥一样。疏影自知身份，不敢高攀，若是厚颜一些，在当初刚到官邸时，便不会喊您‘贺司令’，而是喊您‘贺大哥’了。”

“所以，你是想告诉我，我应该自重，不该对朋友的妹妹有非分之想是吗？”贺季山脸色淡然，替她将后面的话说了出来。

沈疏影轻咬嘴唇，隔了好一会儿，才垂下眼睑，说：“是。”

贺季山伸出手，抬起她的小脸。四目相对，他的声音低沉：“我未婚，你未嫁，有何不可？”

“你——”沈疏影怎么也没想到他竟会说出这般话，当下竟不知该说什么才好。

“别说你只是我朋友的妹妹，就算你是他的女儿，我若想要你，我还是会要。”

“贺季山！”沈疏影小脸苍白，近乎绝望地喊着他的名字。

“我会对你好。”男人的眼睛乌黑，声音更是斩钉截铁。

沈疏影转过脸，只觉得心里苦涩极了，一颗晶莹的泪珠顺着脸颊滚落下来，落在男人的眼底，只让他看得柔肠百转。

“疏影，明天就是圣诞节了，玛伦萨今晚举办狂欢夜，我们一起去吧。”放学后，梅丽君悄悄地拉住沈疏影，神秘兮兮地说道。

沈疏影向窗外看了一眼，北平的冬天天儿真短，不过五六点的光景，天色已暗了下来。

“我不去了，这几天可能有些着凉，总想回去焐被窝，好好睡上一觉。”沈疏影收拾好书本，对梅丽君歉意地笑了笑。

梅丽君却是不依，不断地摇着沈疏影的胳膊，恳求道：“好疏影，你就陪我去吧，玛伦萨的门槛向来极严，一般人就是有钱也去不了，我这次好不容易从我爸爸那里偷来了两张邀请函，不去多可惜啊。”

沈疏影听着，心便一软，可身子的确有些不舒服，脑袋有些晕沉沉的。

见她不说话，梅丽君又撒娇道："对了，我还没和你说，这玛伦萨的老板就是霍爷，今儿是狂欢夜，霍爷肯定会去的，你就陪我去嘛！"

梅丽君说着，一张小脸不知是着急还是羞涩，只涨了个通红。沈疏影瞧着有趣，便打趣她道："你不是说霍爷已经有未婚妻了吗？那还想着见他做什么？"

梅丽君却轻轻一哼，道："有未婚妻又如何？只要他一天没结婚，我就有机会。"

沈疏影听着这话，禁不住笑起来，最终，还是拗不过梅丽君的软磨硬泡，答应与她同去。

两人坐上梅府的汽车，先是回到梅府换了衣裳，又简单吃了些点心，待轿车开到玛伦萨时，不过才晚上六七点钟，可玛伦萨的门前却已是香车如织，宾客满堂，各界名流齐聚于此。

梅丽君穿了一身漂亮的西式裙子，裙摆极大，上面缀着亮晶晶的珠子，脚上配了双玫红色的镶水钻舞鞋，踩在地板上嗒嗒作响。

而沈疏影身上则穿了一件白玉纱旗袍，高领掐牙的设计，窄窄的收腰，将她原本不盈一握的腰肢衬得越发纤细。

两人刚走到玛伦萨的门口，便有西洋侍者上前，待梅丽君将手中的邀请函递过去后，那侍者立刻弯腰，做了个"请"的手势。

梅丽君松了口气，刚要挽着沈疏影的胳膊一起走进时，就听身后响起一阵汽车喇叭声，便见从玛伦萨里疾步走出几个黑衣男子，来到车前，恭恭敬敬地打开车门。

梅丽君心头怦怦直跳，拉着沈疏影躲在一旁，眼见着一位二十七八岁的男子下了车。他身材修长，将一身黑色晚礼服穿得格外倜傥。

"那是霍爷！"梅丽君小声道，也许是因为激动，连声音都变了。

沈疏影一怔，上次在起士林中她并不曾看清霍健东的长相，此时看去，倒惊觉这位霍爷竟如此年轻，眉眼间的神色十分冷峻，一双黑曜石般的眸子暗沉内敛，透出一股与年龄极其不相符的沉稳。

"霍爷。"黑衣男子见到他，垂首唤道。

霍健东点了点头，眼睛的余光已察觉到有人隐在暗处看着自己。他素来不喜被人打量，眉头顿时一皱，向暗处看去。

那里俏生生地站着一位白衣胜雪、眉目婉然的女子，眼睛乌黑。四目相对时，她赶忙移开了自己的目光。

霍健东为之一动，终究还是不动声色地向玛伦萨走去。

“疏影，你瞧见没有？刚才霍爷往咱们这边看了！”梅丽君一张小脸红扑扑的，犹如红苹果一般，瞧着很是喜人。

沈疏影也是一笑，一阵寒风吹过，只让她忍不住打了个喷嚏。

“咱们快些进去吧，外面实在是太冷了。”梅丽君握住沈疏影的手，只觉得她的手被冻得冰凉，当下赶忙拉着她走进去。

玛伦萨乃北平城里首屈一指的娱乐场所，平日里只接待达官显贵，若是没人引荐，纵使手捧重金，也难进一次。

梅丽君的父亲是燕京银行的行长，以前梅丽君也曾随着父亲来过玛伦萨几次，以至于这次她与沈疏影刚刚走进，便有侍者认出了她，领着她们一路来到一处距舞池稍远的位子上。

沈疏影是第一次到玛伦萨来，眼见着周围一片灯红酒绿，正是衣香鬓影、纸醉金迷的华丽场面。

因今夜是西方的平安夜，玛伦萨中来了许多洋人。沈疏影细细看去，竟然发现其中一位居然是那日在起士林餐厅中，拿着烟头将孩子们的气球一一烫破的男人。

她心头一慌，赶忙侧过身子。梅丽君眼尖，也看见了那个洋人，她拍了拍沈疏影的手，抿唇一笑，道：“你等我一会儿。”说完，便起身走开了。

没多会儿，梅丽君回来，手中多了两个面具。她将其中一个递到沈疏影手里，说：“咱们一起戴上，待会儿舞会开始的时候，就可以跳舞了。”

沈疏影瞧着周围的女子大多也戴着面具，心下不免疑惑，问道：“为什么要戴面具？”

梅丽君笑了：“这可是平安夜的规矩，未婚的女士都要戴上面具，若在舞会上找到了意中人，才可以将面具拿下来。”

沈疏影将面具搁在桌上，摇了摇头：“我又不会跳舞，还是不戴了。”

梅丽君知道沈家从前在江南是老式人家，沈疏影从小接受的也都是旧式教育，所以也不勉强她，那一双晶亮的眸子只在人群中转来转去，显然是在找人。

“你是不是在找那位霍爷？”沈疏影瞧着她的样子，忍不住笑道。

梅丽君小脸一红，手中攥着面具，嗫嚅了半天，方才下定决心，道：“疏影，待会儿舞会开始后，我就戴着面具去找霍爷，请他跳舞。”

沈疏影听了吓了一跳：“你要请霍爷跳舞？”

梅丽君点了点头：“平日里见霍爷一次比登天还难，今晚可是我唯一的机会了。”

“那，他能同意吗？”

梅丽君一怔，还没等她开口，就听门口处传来一阵喧哗，两人回眸一看，只见当先一人高大挺拔，一身的戎装，身后还跟着几个侍从，正是贺季山。

看见他走进来，顿时有无数道目光向他看过去。

“咦，贺司令怎么来了？”梅丽君推了推沈疏影的胳膊。

沈疏影看见他，心跳立刻快了起来，几乎是下意识地立刻就将那面具戴在了脸上，只盼着他不要看见自己。

“你不是住在贺司令的府上吗？怎么瞧见他也不上前打个招呼？”梅丽君瞧着沈疏影神色不对，赶忙问道。

沈疏影有口难言，只摇了摇头，没有说话。

霍健东瞧见贺季山后，亲自迎了出来，与贺季山一道顺着贵宾通道，走到舞台靠前的一直空着的位子上坐下。

大厅里的水晶灯渐渐暗下去，悠扬的曲调缓缓响起，舞台上的帷幔徐徐升起，一袭长裙的黎曼浓款款上台，肤色雪白，烈焰红唇。只见她抿唇一笑，妩媚横生，轻启朱唇，全场顿时鸦雀无声。

沈疏影记得曾听梅丽君说过，黎曼浓的歌声在北平乃一绝，原本她还不以为意，今日听来，倒真是觉得她的歌，当得起“天籁”二字。

一曲唱完，全场掌声雷动，厅中灯光渐渐亮起，舞池中奏起了西洋乐曲，男男女女，随着音乐翩翩起舞。

而黎曼浓则走下舞台，到了贺季山与霍健东的那一桌，千娇百媚地坐在贺季山身旁，举起酒杯，向着男人敬了过去。

沈疏影向他们看去，贺季山正背对着她坐在那里，看不到他脸上的表情，只能看见他接过黎曼浓递过来的酒杯，仰头一饮而尽。即使隔着如此的距离，也能瞧见黎曼浓脸上的笑意，是那般娇媚入骨，好似恨不得将身子全倚在男人身上似的。

沈疏影只看了一眼，便不想再看，只将脸转了过去，却见梅丽君正痴痴地也看着那一桌，就连自己唤了她好几声，她都没有听见。

“疏影，你帮帮我好吗？”梅丽君终于从霍健东的身上收回目光，眼巴巴地向沈疏影言道。

“丽君，你怎么了？”沈疏影不解。

“你带着我去向贺司令敬一杯酒好不好？”梅丽君眼中满是祈求之色，可怜兮兮的样子让人无法拒绝。

“去敬酒？”沈疏影大惊，脱口便想拒绝，可见梅丽君嘟着嘴，那祈求的眼神，知道她是希望借着敬酒的机会，近距离地和霍健东有所接触。当下，她叹了口气，拒绝的话却是无论如何也说不出口了。

见她答应，梅丽君喜不自禁，赶忙倒了两杯酒，将其中一杯递到沈疏影手里，拉着她就走。

见到两个女孩子竟向贺季山与霍健东的专座走去，所有人的目光都向她们看了过来，就连贺季山，察觉到众人的视线，也转过了身子。

贺季山身旁的侍从，自然是上前将两人拦住。梅丽君转眼一瞧，却见沈疏影脸上还戴着面具，情急之下也顾不得什么，只伸出手将她的面具一把扯了下来。

见自己的面具被梅丽君猝不及防地扯下，沈疏影心头顿时一慌，一张白皙似玉的小脸就那样露了出来。

在周围那些鲜亮如孔雀一般的女子中，少女一袭白玉纱的旗袍，闪烁的灯光使那般素净的衣裳顿生光华。她静静地立在那里，低眉垂目，宛然如画。

贺季山瞧见她，从沙发上站起身子，他并没有问沈疏影为何会在这里，只是示意侍从退下，继而向她伸出一只手，低声道：“来。”

他的声音低沉，看到他对一个少女伸出了手，其余众人皆是面面相觑，三三两两地轻声私语。

沈疏影一怔，抬眼望去，只见男人的脸庞在灯光下显得十分明朗，依然是漆黑的眉峰、棱角分明的轮廓、沉毅而不失凌厉的眼神，可他望着自己，眉眼间的神情却又是那般温和，令那抹凌厉减去了不少。

她定了定神，拉着梅丽君的手走到贺季山身边，轻声道："贺司令，这位是我的同学，我们在这里见到您，就想着来敬您一杯酒。"

贺季山淡淡一笑，指着一旁的位子，道："坐吧。"

沈疏影点了点头，刚要挨着梅丽君坐下，不料贺季山的大手一把揽过她的身子，让她坐在了自己身边。

梅丽君瞧着这一幕，眼睛大睁，满是惊诧不已的神色。而沈疏影碍于众人在场，自是不敢挣扎，察觉到贺季山的大手紧紧箍在自己的腰际，小脸瞬间一白，继而慢慢泛出桃花般的绯红。

黎曼浓眼睛一转，只笑得八面玲珑，不动声色地从贺季山身旁站起身，走到梅丽君身边坐下，拉起了梅丽君的手，亲亲热热地道："这位小姐瞧着有几分眼熟，倒好像在哪儿见过似的。"

"我以前来过这里几次……"梅丽君心不在焉，只诧异地看着贺季山的大手，怎么也想不通他和沈疏影之间的关系。

"不是说要敬我吗？"察觉到梅丽君的视线，贺季山一只手仍是揽在沈疏影的腰间，另一只手则端起酒杯，向她看了过去。

梅丽君回过神来，眼见着沈疏影一动不动地坐在那里，她却连一个字也不敢多问，只是赶忙举起酒杯，也不敢看贺季山的眼睛，口中只道："贺司令，这一杯丽君敬您。"

一杯喝完，立刻有人上前将酒杯斟满。贺季山眼睛也没抬，虽是一副对着梅丽君说话的口气，眼睛却是看向怀中的沈疏影，只听他开口道："我听说在学校里梅小姐是小影最好的朋友，小影是南方人，在北平常有过不惯的地方，倒是要梅小姐多关照了。"

骤然听得名动天下的贺季山居然知道自己的姓氏，而且又对自己这般和气，倒让梅丽君越发惶恐，甚至将坐在一旁自始至终一语未发的霍健东都给忽视了。

沈疏影见梅丽君攥着裙角，一副不知如何是好的模样，她想到梅丽君此行的目的，终是拿起酒杯，对着梅丽君轻声道："丽君，咱们也敬霍先生一杯吧。"

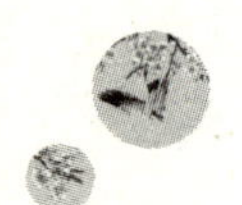

一语言毕，梅丽君顿时反应过来，眼睛忍不住向霍健东望去。只见他坐在暗处，身上穿着笔挺的西装，逆着光，光影打在他的脸上，将原本就英俊立体的五官照得越发棱角分明。

梅丽君只觉得自己的心在狂跳，举着酒杯的手都抑制不住地颤抖起来。

沈疏影对她安抚性地点了点头，示意她不要紧张。就在两人举起酒杯，刚要敬向霍健东时，贺季山却伸出手，将酒杯从沈疏影的手中夺过。

"你没喝过酒，别逞能。"男人凝视着她的脸，语音温和，却没有丝毫转圜的余地。

看着这一幕，一旁的霍健东却笑了，修长的手指从桌子上拿过酒杯，对梅丽君道："梅小姐，请。"

梅丽君怔怔地看着他，这也是她第一次如此近距离地看霍健东。以往的每次相见，他都如众星捧月一般，而她只能躲在一个不起眼的地方，悄悄地看上一眼。

"梅小姐？"霍健东见她毫无反应，剑眉微微皱起。

梅丽君霎时回过神来，忙举起酒杯，一口喝干。

黎曼浓亲自为霍健东与梅丽君斟满酒，那一双娇媚欲滴的美眸暗地里却向沈疏影瞟去。看着落在女子腰际的那只大手，只让她心底一涩，满满的不是滋味。

"沈小姐是怎么了，脸色这样难看？是不是哪里不舒服？"见沈疏影脸色苍白，眉眼间也极是黯淡，黎曼浓那一张艳丽绝美的脸不由得满是关切，对着她盈盈问道。

"多谢黎小姐关心，我没事。"沈疏影摇了摇头，轻声言道。她坐在那里，只觉得身子发凉，就连眼皮也十分沉重，让她只想回到被窝里好好睡一觉。

蓦然，男人的大手已是抚上了她的额头，众目睽睽之下，只让她本能地侧过身子，想要躲开。

贺季山不待她躲开，便拦腰将她揽了过来，瞧着她身上只着一件单薄的旗袍，他不曾说话，眸心则是一片幽暗。

霍健东见状，遂将酒杯搁下，向贺季山望去，站起身道："司令稍坐，健东去楼上看看。"

贺季山依然坐在那里，闻言只是点了点头：“也好，那咱们就改日再谈。”

霍健东临去前，淡淡地看了黎曼浓一眼。黎曼浓会意，也站起身子，语笑嫣然地告了辞，与霍健东一起离去了。

待只剩下他们三人时，贺季山揽着沈疏影站了起来，道：“走吧，我送你回去。”

不知是不是方才在玛伦萨门口受了寒风的缘故，沈疏影此时只觉得脑袋晕得更厉害，听到贺季山的话，她转头看向梅丽君，一声“丽君”刚唤出口，就听梅丽君道：“没关系的，疏影，你快些回去休息吧，我家的司机在外守着，我会让他送我的。”

贺季山则对着一旁的侍从吩咐道：“送梅小姐回家。”语毕，便不由分说揽着沈疏影，转身离开了玛伦萨。

上了车，沈疏影只觉得又困又倦，忍不住将脑袋轻轻靠在椅背上，蜷缩起来。

直到身上一暖，她回过头，见男人将自己的军装脱下，披在了她的身上。

“既然不舒服，怎么不回去歇着，要到这里来？”贺季山瞧着沈疏影的脸成了青玉的颜色，一双眼睛却依然如盈盈秋水，在月光的映照下闪烁着深深的疲倦。

“今天是平安夜，丽君说这里会很热闹，所以我就来了。”沈疏影垂着小脸，却觉得眼皮越来越重，几乎要睁不开似的。

贺季山见她累得厉害，便不再多话，只将她的脑袋扳过来靠在自己的胸膛，轻声道：“好了，睡吧。”

沈疏影动了动身子，自然是逃不开贺季山的禁锢，她闭上眼睛，几乎一眨眼的工夫，就沉沉睡去。

贺季山轻轻揽着她，低眸见她蜷伏在他怀中，将脸深深埋在他的胸口，她的气息甜美芬芳，静静地氤氲在他的臂弯，他的呼吸平缓而小心，生怕会将她吵醒。

车外夜色寂寥，唯有月色凄清，夜凉如水。

汽车一路开到官邸，何副官上前将车门打开，还未开口，便见贺季山做了个“嘘”的手势，示意他噤声。

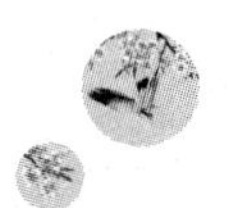

何副官会意，恭恭敬敬地站在一旁，看着贺季山将沈疏影抱下了车。

柳妈瞧见这一幕，一声“小姐”刚唤出口，就听贺季山低声道：“别吵醒她。”

柳妈一愣神，立刻闭上嘴巴，再不敢多说一个字，只跟在贺季山的身后，向着西楼走去。

到了沈疏影的房间，贺季山将怀中的人放在床上。柳妈赶忙拉被子为沈疏影盖好。昏黄的灯光下，沈疏影乌黑的长发散落在枕上，巴掌大的小脸苍白得简直没了血色，额上沁出一层细密的汗珠，看着令人怜惜不已。

柳妈上前，伸手为她将额上的汗水拭去，不料手刚一触到沈疏影的肌肤，便倏然抽了回来，眼里满是惊惶，看着贺季山道：“司令，小姐的额头烫得很厉害，怕是起烧了。”

贺季山闻言，心里顿时一紧，赶忙伸出手探上沈疏影的前额，少女光洁的肌肤一片滚烫，简直烫得他手都疼。

“小影，醒醒，小影！”他摇晃着沈疏影的身子，语气里满是焦急。

沈疏影安安静静地睡着，只有一层层的冷汗不断地从额上渗出，没多久，便将额前那乌黑的秀发打湿。

贺季山瞧着，只觉得自己的心狠狠一抽，一股密密麻麻的钝痛袭来，他回头冲柳妈低喝一声：“愣着做什么，快去请医生！”

柳妈打了个哆嗦，赶忙应了一声，匆匆走出。没过多久，官邸里的陆医官便背着药箱赶了过来，看到沈疏影的情况后，心里暗叫不好。他先是为沈疏影打了一针，继而看向贺季山，声音沉重。

“司令，属下先为小姐打了一针退烧药，若是烧能退下去，自然是好；若是退不了，怕是会转成肺炎，那可就麻烦了。”

贺季山听着，眼睛倏然转冷，一字一句道：“我不管你用什么法子，我要你给我治好她！”

陆医官面露难色，在男人噬人的眸光下，他张了张口，终是将其余的话咽了下去，只道：“司令放心，属下定会竭尽全力救治小姐。”

贺季山挥了挥手，示意他先去配药，自己则走到沈疏影的床前坐下，见沈疏影昏昏沉沉、神志不清地睡在那里，只让他的眉心紧紧地皱起，心头烦闷不已。

他伸出手，轻轻抚上沈疏影的脸，乌黑的眼睛里是深不见底的痛。柳妈领着丫鬟走进，看到他一动不动地坐在那里，凝视着昏睡中的少女，甚至连她们走近都没有发觉。

“司令。”柳妈上前，轻声唤道。

贺季山一震，回过头去。

“时候不早了，您快回去歇着吧，这里留给老奴守着就好。”

贺季山并不说话，只是摇了摇头，一双眸子依然落在睡梦中的沈疏影身上。

看着他这个样子，柳妈哪里还敢出声，只得转身从蕊冬手里取过毛巾，打算为沈疏影擦一擦脸。

“给我。”低沉的男声传来，柳妈一惊，还不待她回过神，手中的毛巾已被贺季山取了过去。

柳妈愣在那里，眼睁睁地看着贺季山弯下身，将沈疏影脸上的汗水拭去，手势间是满满的怜惜。

沈疏影这一病来势汹汹，陆医官使出了浑身解数也未能将她的烧给退去，贺季山守了一夜。到了第二日，却见沈疏影一张小脸烧得通红，额头更是烫得骇人。

贺季山在一旁瞧着，自然是又急又怒，眼见着不过一夜的工夫，沈疏影倒好似瘦了一圈似的，下巴尖尖，睡在那里，着实可怜。

他握住沈疏影的手，少女的手掌柔若无骨，因发烧的缘故，那掌心温温软软的，竟让他舍不得用力。

“司令，前线传来加急电报，还请您过目。”何副官不知何时走来，站在门口，先是向贺季山敬了个军礼，继而恭声禀道。

贺季山站起身，对一旁的护士吩咐：“照顾好她。”

“是。”那两个护士忙不迭地应声。贺季山又向沈疏影看了一眼，这才向屋外走去。

书房中，贺季山接过电报，急急看下去，看完后，眉头顿时拧得死紧。

“司令，如今江南的刘振坤突然发难，倒是打了咱们一个措手不及。”

何副官立在一旁，脸上满是忧色。

贺季山将电报随手扔在桌上，道："传令下去，命张德凯领着六团的官兵即刻赶往前线支援，不得有误。"

"是。"何副官一个立正，身躯挺得笔直。

就在他刚要转身离去的时候，贺季山又唤住了他。

回眸，便见男人看着自己，语气中透出一抹淡淡的疲倦："去让薄少同来。"

何副官知晓他定是让薄少同来为沈疏影医治，当下，他站在那里，却踌躇不前。

"怎么了？"男人微微皱眉。

"司令，属下有句话，不知当讲不当讲。"何副官咬了咬牙，还是说了出来。

"讲。"贺季山言简意赅。

"您对沈小姐的心意，明眼人都能瞧得出来，只不过眼下大战在即，您要领兵亲赴前线，而薄军医年轻有为不说，就连长相也是一表人才，若是让他留在官邸为小姐医治，属下倒是觉得……有点儿……不太妥当。"

何副官斟酌着说出了这段话，却见贺季山依然定定地坐在那里，闻言却是浅笑，用手捏了捏眉心，隔了半晌，方才慢慢道："整个北平，也只有他的医术我能信得过。"

"更何况，"男人的黑眸雪亮，宛如利剑，一字一句道，"我谅他也没那个胆子。"

听他这样说，何副官也不敢再多说什么，只能躬身称"是"，继而领命而去。

贺季山回来时，沈疏影依然昏昏沉沉地睡着，护士捧着一碗药，正小心翼翼地打算喂她。

"让我来。"男人上前，从护士手中将药接过，舀起一勺放在唇边吹了吹，然后送到沈疏影的嘴里。

睡梦中的沈疏影也不挣扎，任由男人将一碗乌黑的苦药尽数喂了下去。贺季山瞧着倒是不忍，眼见着碗底还剩下一些药汁，他便尝了尝，那药汁刚入口，整个口腔便立刻溢满了一股浓重的苦涩，简直连舌头都要麻了。

“陆志河去哪儿了？”贺季山浓眉紧皱，对护士问道。

“陆医官去为沈小姐抓药了。”

“告诉他，以后不要再给小姐喝这种药。”男人将碗搁在床头，转眸去看沈疏影，见她唇角沾了些药汁，他弯起手指，极其自然地为她擦干净。

那护士瞧着，也不敢多说什么，只唯唯称是。

沈疏影在睡梦中只觉得有一双温厚的大手一直照顾着自己，就好像小时候，每当生病时，哥哥都会衣不解带地守在她的床头，没日没夜地照顾自己。

她努力睁开眼睛，一声“哥哥”刚唤出口，泪珠便滚落下来。

“你快回来，带我走……”沈疏影迷迷糊糊地看着眼前的男人，那双漂亮的眼睛里泪水盈盈，满是祈求。

贺季山伸出手，将她腮边的泪水擦去。他俯下身子，凝视着沈疏影的小脸，看了许久，终是低沉着声音，慢慢道了句：“没有人能把你从我身边带走。”

沈疏影听到了贺季山的声音，即使脑子里依然昏昏沉沉，可还是微微清醒了些。她看着眼前的男人，除了眼底满是血丝外，眉宇间倒依然是神采奕奕，那一句话中充满坚决。沈疏影看了他一眼，便将脸转开，不愿再看下去。

贺季山抚着她的小脸，触手的肌肤依然滚烫，他微微一顿，俯下身子，靠在沈疏影的耳旁，温声道：“只要你能好起来，我就送你去法国。”

沈疏影一震，眼睛倏然睁开，不敢置信地看着他，轻轻地呢喃出两个字来：“真的？”

贺季山微微一笑，点了点头，声音低沉温柔：“真的。”

西固战事本就严峻，又兼江南的浙军头目刘振坤突然发难，贺季山当机立断，复又亲赴前线，领兵与之对战，这一走，倒是连过年都没有回来。

而沈疏影当日因发烧感染成肺炎，情况十分危急，纵使薄少同医术精湛，也在官邸里逗留了多日，这才将沈疏影的病给控制住。

因是新年，又因沈疏影的病情开始好转，这几日已经可以下床在屋里走

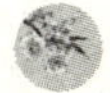

动了，柳妈十分高兴，虽然贺季山没有回府，这个年倒是也被她操持得十分热闹，官邸里一片花团锦簇，其乐融融。

“小姐，该吃药了。”这一日，蕊冬端着水与药片走了进来，刚推开房门，就见沈疏影正站在窗口，向官邸的大门望去。

“今儿个还早，估计薄军医还在路上，小姐还是先将药吃了吧。”蕊冬心下了然，只笑嘻嘻地说道。

沈疏影闻言，脸颊顿时一红，竟脱口而出：“我没有等他。”

话音刚落，沈疏影顿觉不妥，这一句倒好像是告诉蕊冬，自己一直在等薄少同似的。当下，一张小脸更是灿若红霞，只好故作无事般从蕊冬的手中取过药片，吃进嘴里。

也许是吃急了，竟忍不住好一阵咳嗽，吓得蕊冬慌了手脚，赶忙为她端水，直到听见一阵脚步声传来，两人才转过头去。

一袭军装的青年男子推门而入，军帽下的容颜清俊英气，听到沈疏影的咳嗽声，男人眉峰一皱，快步走到她身边，温润的声音令人听着心里就是一安：“怎么了？”

见到他，蕊冬便像看见了救星似的，连忙道：“薄军医，小姐刚才吃药吃得急了，这会子咳得厉害。”

“没……没事，一会儿就好了……”沈疏影脸上的赧然之色更浓，越是想止住咳嗽，倒越是止不住。

薄少同没有说话，颀长的身姿微微弯下，大手在沈疏影的后背上轻轻拍了拍。沈疏影身子一震，一时间竟忘了咳嗽，只抬眸向他看去。

四目相对，男人的眼底一片温和，眉宇间更是神清气爽，温润如玉。

“下次吃药小心些，你的肺炎刚好，经不住这样的折腾。”薄少同收回手，清朗的声音一如既往，神色间极是坦然。

沈疏影心头怦怦跳着，垂着眼坐在那里，却也不说话，只点了点头。

“薄军医，官邸里前些天新来了一个小丫头，这几日受了风寒，夜间也是咳得厉害，我瞧着怪可怜的，想问问您有没有药，给她吃一点儿。”蕊冬站在一旁，见薄少同打开药箱为沈疏影配药，便见机开口道。

“多大的小丫头？”薄少同闻言，停下手里的动作，问道。

“也就十来岁。您看有没有止咳的，顺便给她几粒。”

“待会儿我去看看再说。”薄少同取出糖浆，沉声道。

“一个小丫头，哪敢劳烦您？”蕊冬听薄少同这样说，倒是过意不去。

薄少同笑了，也不再多言，只将视线转到沈疏影身上，温声嘱咐道：“这几日天气转暖，无事的时候可以去外面走走，总是待在屋子里，也没什么益处。”

“可是柳妈不让我出去。”自从生病，沈疏影已经好些天没有出过门了，每日待在房里，也着实闷得慌。

薄少同闻言点了点头，唇角噙着淡淡的笑意，道：“那回头我去和她说说。”

沈疏影听了这话，心里顿时一喜，一抹笑忍不住在唇际绽开，倒还带着些许的孩子气，纯洁无瑕的样子，只令薄少同的心，抑制不住地怦然一动。

他转开眸光，将那支糖浆放在一旁，道：“每日临睡前喝一勺，等过几日我再过来。”

语毕，收拾好药箱，走到蕊冬身旁，道：“走吧，带我去看看那个小丫头。”

蕊冬应着，与薄少同一道出了房间。

沈疏影走到窗前，看着那抹颀长的身影出现在院子里，她低眸看了一眼手中的糖浆，心头却是莫名一甜。

正月十五这天，一大早便下起了大雪，屋子里的热水管子烧得极旺，丫鬟捧着药片走上来，见沈疏影只穿着一件丝绸睡衣，坐在床上看书。

床头摆着一盏湖绿色的水晶小灯，映着少女的脸更是肌肤如瓷，难描难画。水晶灯下，摆着各样精致小食，糖蒸酥酪、桂花糖蒸栗粉糕、梅花香饼、玫瑰酥、七巧点心、杏仁酪等，将一个床头摆得满满当当。此外，还有一些国外的朱古力、乳酪饼干、芝士蛋糕等，每一样都只有一点儿，却是琳琅满目，让人看着垂涎欲滴。

那丫鬟瞧着，情不自禁地咽了下口水，心里暗道，不知道沈疏影上辈子修了什么福气，这辈子居然能有这等好命，整个官邸的人都知道司令将她看得比什么都重，底下的人无不挖空心思来讨好她。就连司令如今在西固督战，每日里无论战事多忙，也会遣人将电话打回官邸。

见沈疏影唇角噙着一抹浅笑，眼里是十分温柔的神色，虽是捧着书，却半天也不见她翻动一下，那丫鬟忍不住开口道："小姐，您这是看的什么书啊？"

沈疏影听到声音，这才回过神来，脸颊顿时染上一抹红晕。她将书本合上，轻声笑道："没什么，我闲着无聊，随便看的。"

那丫鬟将手中的药片递过去，口中只道："这是柳妈让奴婢送来的，柳妈还嘱咐奴婢，让小姐吃完这药后赶紧盖好被子睡上一觉，药效才能发挥得好呢。"

沈疏影点了点头，接过药片，却只放在手心里，也不吃，只对那丫鬟微笑道："好了，我待会儿就吃，今天是正月十五，你先下去忙吧。"

那丫鬟点了点头，临去前却是情不自禁地向那一堆点心看过去。沈疏影瞧见，温声道："快看看喜欢什么，尽管拿。"

那丫鬟吓了一跳，赶忙摆手："奴婢不敢，这些都是柳妈特意吩咐厨房给小姐做的，就算给奴婢十个胆子，奴婢也不敢吃啊！"

见她吓成这样，沈疏影顿觉不忍，先是抓起一把朱古力，可立刻想起朱古力的苦味儿大多数人是吃不惯的，便将朱古力放回去，又拿了几块玫瑰酥递到丫鬟的手里，微笑道："没关系，这么多东西，我自己也吃不完的。"

那丫鬟将点心小心翼翼地拿在手里，心头一阵感动，脱口道："小姐，您真好，难怪司令会这样喜欢您。"

沈疏影听了这话，脸色一白，怔怔地站在那里，声音小得模糊不清："你怎么知道司令喜欢我？"

那丫鬟一面将点心往嘴里塞，一面含混不清地道："官邸里的人都这样说呢，上次张妈还说，怕是等西固的战事一了，司令便会娶您做司令夫人了呢。"

待那丫鬟走后，沈疏影怔怔地坐在床上，看了看那本书，心里骤然一酸，眼眶里涩得难受，无助与恐惧漫天漫地，简直要把她撕个粉碎。

这是前些天，薄少同听她无意间说起自己的哥哥远在法国，也许是她的言语间满是对哥哥的思念，待他再来为她诊治时，为她带了几本书，其中既有介绍法国风土人情的，又有一些歌剧和小说，好供她打发时间。

她攥紧了那本书，心头的惶恐无边无尽。这些日子，她的病情已经大好，每日只需吃药巩固便可，薄少同自是不会再来官邸。

她默默坐了一会儿，起身打开柜子，从里面拿出一个精致的首饰盒，打开，里面并无什么首饰，而是一些白色的西洋药片，一眼望去，怕是有几十粒之多。

沈疏影默默地将手中的药片放进去，再小心翼翼地将盒子藏了起来。

做好这一切，她走到梳妆台前，镜子里的少女眉清目秀，宛如秋水，唯有脸色十分苍白，她等着杯子里的热水冷却后，刚喝了一口凉水，便忍不住又咳嗽起来，她只想，只想再见他一面。

贺季山回到官邸时，天色已是全部黑了，远远便看见官邸大门口挂着红色的灯笼，那般喜庆而温暖的光晕，让人瞧着心里一暖。

“这么多年，倒是第一次觉得这官邸有了点儿家的样子。”男人坐在那里，唇角渐渐浮起一抹笑意。

见他心情不错，坐在前座的何副官也笑道：“怕是因为官邸里有司令想见的人，就连那一草一木也都比以前有人情味了。”

贺季山听了这话也不生气，只一笑置之，手中的烟卷忽明忽暗，映着他那一双眸子格外黑亮。

车队一路顺着前院开过去，直到洋楼前停下来。柳妈得到消息，早已率领仆人守在那里，待看见男人下车，便齐齐行礼。

“大过节的，都起来。”贺季山心情出奇地好，解开了身上的军用披风，随手递给身后的侍从，继而便急匆匆地向屋里走去。

沈疏影因肺炎刚好，柳妈说什么也不让她到院子里吹风，只让她坐在客厅里等着。听到身后的脚步声，她的心跳倏然加快，她知道，是贺季山。

她站起身，回眸向男人望去。贺季山比走时要瘦了些，倒衬得那一张脸轮廓更是分明，坚毅凌厉。

“贺司令。”沈疏影垂下头，轻声招呼。

贺季山凝视着灯下的少女，分别一月有余，此时骤然看见她站在自己面前，倒是让他心底平白生出一股不真实的感觉，甚至连周围的一切都变得不真切。

“身子好些了吗？”他没有上前，只低声问道。

“已经好多了。”沈疏影轻言。

也许是大病初愈的缘故，沈疏影的脸色依然十分苍白，柔软的衣料倒好似虚虚地笼在她身上似的，整个人纤瘦得不盈一握。

“我不过走了一个来月，你怎么瘦了这样多？”贺季山向她走过去，乌黑的眼睛凝视着眼前的女子，温和的语气中满是怜惜。

沈疏影侧过脸，不欲与他对视，听了他的话，只慢慢道：“多谢司令关心，这段日子因为生病，所以没什么胃口。”

她的神色温顺有礼，言语间却是满满的疏离，好像巴不得和眼前这个男人撇清关系，隔个十万八千里才好。

贺季山心口一闷，见她雪白的侧脸柔美的轮廓，可偏偏在这样美的一张脸上，硬是不见一丝的喜色。

有的，只是无尽的漠然和拒人于千里之外的冷淡。

“疏影先上楼了。”沈疏影也不看他，对着他行礼后，便转身向楼上走去。

“沈疏影，我冒着大雪连夜从前线赶回来，只为了陪你吃碗元宵，你就这样对我？”男人一把拉住少女的胳膊，眼中仿佛要喷出火来。

“不然，我该怎样对你？”沈疏影仰起小脸，静静地与他对视着。殊不知正是她这种安安静静的样子，让贺季山眼底的怒意更加汹涌。

“我不管你该怎样对我，我只知道，我想这样对你！”贺季山声音低沉，说完，大手一个用力，便将沈疏影的身子扣在怀里。他低下头，刚要攫取她的唇瓣，就见沈疏影睁着清亮的眸子，柔嫩的小脸上分明划过一抹鄙薄。她看着他的眼睛，一字一句道：“贺季山，你每次除了强迫我，你还会别的吗？”

男人的身子倏然一震，慢慢地抬起头来，望着眼前皎洁得如月下梨花的少女。片刻后，他松开手，只觉得满腔的喜悦顿时化为灰烬，烟消云散。

他走的这一个月，在战事稍停的间隙，想的全是她。那时，正是战事最为严峻的时候，他实在是抽不开身，只等到正月十五，他兴冲冲地回到官邸，她便给了他这样的当头一击，甚至让他连还手的余地都没有。

望着她脸上的那一丝鄙薄，男人的脸色渐渐沉了下去，唇线紧抿。他没有说话，就那样居高临下地看着她。

不知过了多久，就在沈疏影觉得自己快要支撑不住，开始心慌意乱时，贺季山却突然笑了笑，只不过他的这抹笑，却是冷冷的，不带丝毫温度。

“司令，饭菜都已经准备好了，您看……”柳妈适时地走了过来，在距男人四五步远的地方站住，弓着身子毕恭毕敬，好似对眼前的一切视若无睹。

贺季山收回手，过了片刻，竟一转身，一言不发地走了出去。

柳妈瞧着男人的背影大惊失色，忙不迭地跟在他身后，一路小跑道：“司令，您这刚回来，怎么就要走？”

贺季山头也没回，走到屋外。随行的侍从瞧见他，顿时“啪”的一个敬礼。男人的眼睛幽暗，脸上更是一丝表情也无，只淡淡地吐出三个字：“去西固。”

“是。”一旁的何副官见贺季山脸色不善，纵使心头满是疑云，却连一个字都不敢多说，连忙为他打开车门。贺季山却并未当即上车，而是转过身子，对跟在身后的柳妈吩咐了一句：“好好照顾她。”

说完，男人的眼睛在灯火通明的屋子里淡淡划过，终是转身上车。几乎一眨眼的工夫，车队便呼啸而过，离开了官邸，只留下一众仆人站在那里，面面相觑，满是不解。唯有柳妈，望着远去的车队，慢慢地叹了口气。

沈疏影待贺季山走后，整个人便好似虚脱一般，软软地坐在沙发上。直到听见汽车发动的声音响起，她才舒了口气，发觉自己竟出了一身的冷汗。

柳妈走了进来，见沈疏影气色不好，便上前温声道：“小姐，厨房做了各种口味的汤圆，要不老奴去盛一碗过来，您尝尝味道如何？”

沈疏影摇了摇头，勉强一笑：“我不饿，柳妈，你们吃吧，我想休息了。”

说着，她支撑着身子站起来，还没走出几步，便觉得一阵头晕眼花，体力不支倒了下去。

沈疏影这一病，额头又是烧得滚烫，简直将柳妈吓个半死，只得连夜命人将薄少同请了过来。

“薄军医，小姐这是怎么回事啊？这几天一直都好端端的，怎么今儿个又发起了高烧？”柳妈忧心忡忡，站在沈疏影的床头不住地念叨。

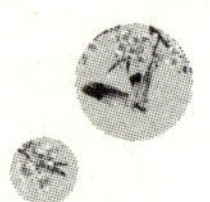

薄少同为沈疏影诊治了一番，心中却已有数。他为她盖好被子，转眸看向柳妈，问：“我留下的那些药，小姐有没有吃？”

“吃了，每次都是老奴亲自将药片给小姐端来，绝不会出差错的。”柳妈信誓旦旦，言之凿凿。

“你是亲眼看着她吃进去的吗？”男人又问。

这一句倒让柳妈噤了声，嗫嚅着说不出话来。

“柳妈，你先去厨房，让人为小姐炖一碗川贝雪梨汤来。”薄少同收回目光，一面写着药方，一面吩咐道。

“是，老奴现在就去。”柳妈答应着，一刻也不敢耽误地走出了房间。

“按着这张单子去配药。”薄少同站起身，将药方递到一旁的护士手中。

支开了柳妈与护士，房间里便只剩下他们两人了。

他走到床前坐下，静静地望着少女的睡颜。沈疏影在睡梦中也是极其不安的，脸苍白得没有一丝血色，长长的睫毛轻柔如娥，覆盖在那一双盈然如水的眸子上，犹如两把小扇子，在灯光的映照下投下两抹弯弯的影子。

见到她的小手露在锦被外面，手指微微地蜷缩着，仿佛一个无知无觉的婴儿。

薄少同情不自禁地将她的小手握在手心，那样温柔的触感，只让他的心控制不住地微微一动。

沈疏影睁开眼睛，见一青年男子守在自己的床头。因来得匆忙，薄少同并没有穿军装，而是穿了件深色西服直直地坐在那里。

沈疏影烧得意识有些模糊，只觉得男人的五官看得并不真切，可从那俊挺的轮廓中，可以看出定是一位英俊的年轻人。

她动了动嘴唇，一声“哥——”就那样毫无征兆地从嘴里唤了出来。

薄少同一怔，刚要将她的小手送进被窝，岂料沈疏影的小手却紧紧地攥住他的手指。

“哥哥，你终于回来了。”少女柔美清丽的脸上浮起一抹脆弱的笑，这一句刚说完，委屈的泪水便从眼里噼里啪啦地往外流。

薄少同没有说话，只是伸出手，为她将泪水拭去。

“哥哥，你快带我走吧，不要把我丢在这里，我很怕……”沈疏影的声音又柔又轻，带着江南女孩儿独有的吴侬软语口音，让人听着心头便涌来一股密密麻麻的怜惜。

“你怕什么？”薄少同开口。

“我怕贺季山。”沈疏影提起那个名字，水光盈然的眼睛里顿时浮起一抹惧意，泪水流得更厉害了。

“怕他什么？”薄少同眉头微皱，不知不觉，将她的手越握越紧。

“他……”沈疏影想起那个男人对自己的屡次轻薄，心头苦涩极了。她闭上眼睛，一大颗滚烫的泪珠便顺着眼角落下来，让薄少同瞧着，心头莫名一疼。

“为什么不好好吃药？”薄少同声音温和，问道。

沈疏影睁开眼睛，乌黑的睫毛被泪水浸得湿漉漉的，倒衬得那肌肤更是莹白似雪。她望着眼前的男人，唇角却绽出一抹脆弱无依的微笑：“我生病了，哥哥就会回来了。”

“傻瓜。”薄少同忍不住将大手抚上她的脸颊，轻轻摩挲着。这一句不过短短两个字，却有无尽的温柔缱绻。

沈疏影烧得厉害，说了这些话已是体力不支，她闭上眼睛，沉睡前仍然紧紧地攥着男人的手指，模糊不清地从嘴里又说出几个字来：“哥哥，求求你，一定要带我走……”

薄少同望着她的睡颜，乌黑的眼瞳漆黑如墨，他握着少女的小手，年轻而清俊的脸庞却是一片坚定之色。他点了点头，低沉着嗓子，说出一句话来：“好，我带你走。”

沈疏影醒来时，已是第二日的清晨。

她刚睁开眼睛，就看见薄少同坐在自己床前，看那样子，竟是守了自己一夜。

“薄军医？”她的声音沙哑，带着高烧后的干涩，又低又弱。

薄少同一夜没睡，此时见她醒来，大手再次抚上她的前额，见她已经退烧，这才放心。

“来，先吃药。”男人开口，将药片倒在手心，另一只手则将枕头搁好，扶着沈疏影微微坐起了身子。

沈疏影倚在那里，望着男人递来的药片，却并不接过，只垂首不语。

“将药吃了，病就好了。”薄少同声音温和，黑如曜石般的眸子温润如玉。

沈疏影抬起头，一双眸子清亮如水，呢喃般道出一句：“等我病好后，你还会来吗？”

薄少同闻言，眸底微微一动，脸上却是平静，看不出一丝表情，只道：“官邸戒备森严，若无事，我自然不能常来。”

沈疏影听了这话，脸色更是苍白，她微微侧过身子，眼角顿时一红。

薄少同坐在那里，将沈疏影裸露在外的小手紧紧地握在手心。他分明感觉到少女的身子轻轻一颤，继而便要将自己的小手从他的掌心抽出。他只紧紧握着，直到少女不再动弹，安安静静地将手搁在他的手心为止。

“告诉我，那些药为什么不吃？”他紧紧地盯着她，等待着她的答案。

沈疏影一怔，脱口而出道：“您知道我没有吃药？”

“你是我的病人，没有病人能瞒过医生。”薄少同的声音是温润的，目光更是柔和，那般温暖的声音，仿佛有种奇异的魔力，竟吸引着沈疏影几乎要将心底的话全盘托出。

她将那些药偷偷地藏起来，只是为了不让自己好得太快，而究其原因，却只是因为她想见他。

这般难以启齿的话语，又让她怎么能说出口？

“是为了我吗？”见她不说话，男人的声音再次响起。

沈疏影吓了一跳，不敢置信地抬起眼睛，一句“您怎么知道”就那样毫无防备地从嘴里溢了出来。

话音刚落，沈疏影反应过来，只恨不得咬破自己的舌头。她慌乱地坐在那里，雪白的脸上立刻染上一抹红晕，连纤细的颈弯中也浮起一层淡淡的粉色。

薄少同见她窘迫不已的模样，心里只觉涌来一股怜惜。他低下头，望着她晶莹剔透的指甲，因贫血，女孩的指甲里并没有寻常的红润，而是泛着一层不健康的苍白。

他渐渐地收紧了自己的手指，那样柔若无骨的小手，让他恨不得握一辈子。

“如果你愿意，就让我来照顾你。”男人温润的声音轻轻响起，听在沈疏影的耳里，却让她鼻尖一酸，眼中立刻蒙上一层水汽。

“不，我会害了您。”想起贺季山，沈疏影将自己的手从薄少同的手中用力抽出来。

薄少同却只是笑了笑，他低下身子，刚要开口，却听门外传来一阵脚步声，接着柳妈便领着丫鬟走了进来，为沈疏影送来了洗脸水。

他不动声色地将沈疏影的手送进被子里，抬眸看向柳妈，吩咐道：“小姐的烧已经退了，让厨房多做些清淡的米粥，这几天都不能见荤腥，我明天再过来。”

最后一句话，男人的眸子却是看向了沈疏影，那一句话，似是安慰，又似保证。

望着他的背影，沈疏影的心头酸酸涩涩的。她目送薄少同走到门口，只见男人的身子顿了顿，接着转过头来，看着她言了句：“记得好好吃药。”

那简单的几个字，却令她心里蓦然一甜，轻轻地点了点头。

柳妈站在一旁，将这一切尽收眼底，她没有说话，只让丫鬟将薄少同好生送了出去。待屋子里只剩下她与沈疏影二人时，她叹了口气，就那样默默地瞧着沈疏影，也不知在想些什么。

“柳妈，您这样看着我做什么？”沈疏影被她瞧得不安起来，轻声开口。

柳妈收回视线，服侍着沈疏影将药吃下，望着少女下巴尖尖的一张瓜子小脸，终于开口道：“小姐，听老奴一声劝，司令待您是真心实意的好，您这胳膊是拧不过大腿的，就别为难自个儿了。”

沈疏影抿起唇，隔了许久，才低低地说了句：“我不喜欢他。”

柳妈摇了摇头，叹道：“小姐还是太年轻了，老奴别的也不好多说，只和您说句心里话，您既然被司令看上了，这就是命，您是逃不过的。”

沈疏影心头苦涩极了，连声音也带着颤抖：“那他这样和强抢民女，又有什么区别？”

“小姐，话可不能这样说，老奴说句不中听的，若是司令想强抢民女，早就将您收了做姨奶奶了，又怎会由着您的性子和他闹，还要等着您毕业再娶您？”

“他太欺负人！”沈疏影的眼里满是晶莹的泪水，她紧紧地攥着被角，又怨又气。

“听柳妈的话，您依了司令，司令肯定会将您捧在手心里疼的，单不说这江北的半壁江山，就说司令在关外的势力，又哪里是寻常人家能比得了的？您跟了他，怎么也不会受委屈啊。”

面对柳妈的苦口婆心，沈疏影转过脸，一行珠泪却还是忍不住从眼角滑落下去，落在她的衣袖上，留下一抹淡淡的水渍。

贺季山回到官邸时，正是深夜。

柳妈事前并没有得到消息，所以并没有令人迎接。待车队开到后院时，整座官邸安静得听不到一丝声音。

何副官下了车，只见男人坐在后座，默默地抽着烟，脸色隐在阴影里，叫人看不真切。

直到那支烟抽完，贺季山才从车里下来，他站在院子里，抬眸向沈疏影的房间望去。

就那一眼，心头就莫名地开始烦躁，他又燃起了一支烟，一言不发地吸了起来。

何副官站在一旁，却是连大气也不敢出，眼见着男人的脚下渐渐落了一地的烟头，终是忍不住劝道：“司令，这外面太冷了，您还是快些进去吧。”

话音刚落，就见男人的眼睛闪亮如电，向着他直直地射了过去，只吓得他当即噤声，垂首不语。

一盒香烟见了底，贺季山闭了闭眼睛，转身进了屋，大步走上西楼。

打开沈疏影的房门，男人的军靴踏在绵软的地毯上，一步步向着床上的小人儿走近。

沈疏影向来怕黑，就连睡觉时床头的灯也是点着的。透过昏黄的灯光，贺季山见她睡得香甜，脸颊处透着一抹淡淡的红晕，气色比起上次见到她时好了不少。

男人瞧着，于是放下心来，见她手中还握着一本书，显然是在看书的时候睡着了。贺季山的唇角不禁浮起一抹笑意，小心翼翼地把她手中的书拿开，为她将锦被盖好，掖得严严实实的。

他伸出大手，抚上那一张雪白如玉、柔美清纯的小脸，渐渐地控制不住俯下身子，只想去吻她。

她的气息是那般清甜，柔软的唇瓣温温软软的，吸引着他忍不住想要去攫取。

浅尝辄止的一个吻，却让他的眸光瞬时暗沉下去。

他坐起身子，眉眼间是一片自嘲之色——又不是没见过女人，为何总是在她面前一次次失控？

念及此，贺季山摇了摇头，唇角勾出一抹苦笑。

也许是他掌心的茧子硌到少女柔嫩的肌肤，就见沈疏影的睫毛轻轻动了动，然后便睁开了眼睛。

“醒了？”贺季山的胳膊支在床上，只将沈疏影的身子整个圈在了怀里。

见到他，沈疏影的脸色立刻变了。她撑起身子，不由得向后靠去。

“我刚回来，只是想来看看你，没承想倒将你给吵醒了。”男人解释着，军帽下的容颜一派英气。

沈疏影向墙上的挂钟望去，只见时钟指在了凌晨三点，她一怔，没想到贺季山会回来得这样晚。

“请司令下次不要半夜闯进我的房间。”沈疏影低着眉眼，语气里依然满是疏冷。

贺季山却并未像上次那般生气，他依然坐在那里，听了这话也只是微微一哂，道：“你知道吗？我刚在楼下抽了一整包的烟，就是在想到底该不该上来看你。”

沈疏影闻言，忍不住向他看过去。灯光下，男人只将那素日里的凌厉与果决尽数掩下，坚毅的线条竟透出一抹淡淡的温柔。

她只看了他一眼，心头便抑制不住地跳得快了起来。她默不作声地转开眸光，每次看见他，她总是会没来由地感到恐慌与紧张，即使他现在这样温和地与自己说话，她还是希望他能赶紧走，离开自己的屋子。

见她不出声，贺季山顿觉一股无奈，望着她柔美温婉的侧颜，他坐在那里，既舍不得离开，却也不愿勉强。

“这次去前线布防，恰巧经过你的家乡。”贺季山凝视着沈疏影的小脸，道。

果不其然，待他这一句说完，沈疏影的身子轻轻一动，盈盈的眸子似有

千言万语，情不自禁地向他看了过去。

贺季山微微一笑，道："我见路边的摊子上都是卖这个的，便给你带了一个。"说着，他伸出手，从军装口袋里变戏法似的取出一个小巧玲珑、华美精致的檀香扇来。而这檀香扇，正是沈疏影家乡的特产。

沈疏影瞧见那芬芳怡人的扇子，眸底顿时一亮，脸上渐渐浮起一抹笑涡，小心翼翼地将那扇子握在手里。

贺季山望着她唇边的浅笑，眉宇间也浮起一丝笑意，温声道："真是小孩子，一把扇子就能高兴成这样。"

沈疏影想也没想，直接回道："我家里有许多的檀香扇，只是来北平时太过匆忙，都没有带过来。"说完，她唇角的笑涡一窒，抬眸见贺季山一脸温和地看着自己，不禁噤了声，不再说话了。

见她隐去了脸上的那一抹笑意，又恢复到之前那般疏远的样子，贺季山眸底闪过一丝苦涩，他低声笑了笑，道："好了，时候不早了，你接着休息。"

沈疏影见他要走，终是低着眉眼，轻声道谢。

"不必谢我，你喜欢就好。"男人站起身子，又看了她一眼，这才转身离开她的房间。

望着男人疲惫的背影，沈疏影不知为何，心头倏然一疼，她自己都吓了一跳，不知自己的心疼来自何处，只望着手里的扇子，好一会儿都没有回过神来。

第八章 相恋

贺季山虽是回到了北平，但平日里大多数时间依然是在军营处理军务，在官邸的时间少之又少。

沈疏影的身子已大好，已经可以回学校上课了。

这日放学后，她没有回官邸，而是悄悄从学校后门走出来，刚走不远，便见前方站着一道颀长笔直的身影，看见她，那人清俊的容颜上便浮起一抹微笑。

沈疏影的脸顿时一红，她低下头，却忍不住笑了起来。那种发自内心的笑意是无论如何都遮掩不住的，一双柔和澄澈的眸子更是弯成了月牙，眉梢眼角，既羞赧，又喜悦。

薄少同看着她一身月牙色九分宽袖上衣，蝴蝶盘扣，下着蓝色及膝校裙，清秀的双髻，全身上下并无丝毫装饰，却依然肌肤皎洁如月，腰身柔软似柳。

此时正值四月，而她的笑靥，便是整个春天里最明亮的一幅画卷。

“今天怎么放学这样早？”薄少同走上前，替沈疏影将手中的书本接过，另一只手则牵住了她的小手，温声言道。

沈疏影抿唇笑道："本来还有一堂国画课的，我让丽君帮我请了假。"

"下次可不许再逃课了。"薄少同低声道。虽是训斥的语气，可清朗的眉宇间依然满含着疼惜与纵容，哪有一丝责怪的样子？

就见少女垂下眸子，继而轻轻地道："我是怕你等急了。"

薄少同笑了，紧紧地握了握她的小手，温和地说："怎么会。"

沈疏影心中一甜，雪白的小脸上浮起一双甜美的酒窝，望着男人道："今天我们去哪儿？"

"上次不是说想去长安胡同吃豌豆黄吗？"薄少同望着她娇柔可人的一张脸，唇角的笑意是那般温暖，语气中更是不尽的宠溺。

沈疏影没想到自己随口一说的话却被他记在了心里，当下唇角的笑涡更显娇美，声音更是清脆地催促道："那咱们快走吧，我都饿了。"

薄少同瞧着她可爱的模样，乌黑的眼睛里满是笑意，只看得沈疏影不好意思起来，白如美玉的脸颊上飞起两朵红云，满是小女儿的娇憨之态。

吃过了豌豆黄，薄少同又带沈疏影去看了场皮影戏。待戏散场时，天色已经暗了下来。

"我要回去了。"沈疏影压下心头的不舍，对薄少同道。

薄少同颔首："我送你。"

寂静的石板小巷悄无声息，薄少同依旧握着沈疏影的小手，待快要走到马路上时，他停下步子，回头望着少女的眼睛，沉声道："小影，你愿不愿意跟我走？"

沈疏影愣在了那里，半晌，才怔怔地呢喃了一个字："走？"

薄少同点了点头。黑暗中，他的五官显得尤为深邃，声音低沉有力，透着坚决："只要你愿意，我们可以去美国。如果你想见你哥哥，我们也可以去法国，或者，你若想去德国，我们也可以去那里，我曾在德国念过书。"说到这里，他顿了顿，继续说下去，"我和你说这些，只是想告诉你，无论你想去哪儿，我都会带你去，只要你愿意跟我走。"

沈疏影彻底怔住了，她从没想过这个事情，美国、法国、德国，这些名字好似一个个虚浮的音符，听起来是那般遥远。

"我们该怎么去？坐轮船吗？"她傻傻地开口问。

薄少同摇了摇头，大手握住她的肩膀，只道："这些事你不用管，我只要你一句话，你愿意吗？"

沈疏影回过神来，鼻尖却酸了，眼睛里渐渐闪烁着泪花。她没有说话，只拼命点头。

薄少同松了口气，只觉得心底涌来一阵狂喜，竟忍不住将她一把抱在了怀里。

沈疏影没有挣扎，只安安静静地倚在他的臂弯里。她闭上眼睛，脑海中蓦然想起一张英挺果决的脸，让她吓得一个激灵，从男人怀里抽出了身子。

"可是，贺季山……"她唤出这个名字，眸底满是恐惧。

薄少同听到这个名字，眉头也微微皱起。他沉默了片刻，口中却依然安慰道："别怕，西固战事激烈，他要不了多久还是会回到前线，而这段日子我正好可以准备。"

沈疏影看着男人清俊的眉眼，呓语般道："那你呢？你不怕吗？"

从贺季山的身边将她带走，这对一般人连想都不敢想的事情，究竟是什么缘故，能让薄少同甘冒如此大险？

薄少同轻声笑了，伸手将她额前的发丝捋好，慢慢道："自然是怕，"望着沈疏影不解的样子，薄少同继续说下去，"怕他会从军营回来，怕他会对你做出不好的事来。"

听了这话，沈疏影想起贺季山对自己三番五次的轻薄，心里既委屈又难过，此时再也忍不住，泪水"唰"地落了下来。

薄少同伸出手指，为她擦去泪水："等我，等我将一切安排妥当，我们就走。"

沈疏影点了点头，将脑袋埋在他的怀里，轻轻地"嗯"了一声。

回到官邸时，老远便看见柳妈站在楼前等着自己，看到她后连忙赶过来，小声道："小姐怎么回来得这样晚？司令都等了您好一会儿了。您若再不回来，怕是司令都要让巡捕房去找人了。"

沈疏影心里一个咯噔。这些日子贺季山都是身在军营，不知为何在今日赶了回来。

她稳住自己的心神，硬着头皮向大厅走去。

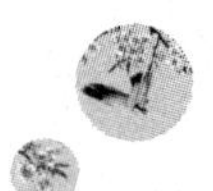

贺季山正坐在沙发上，军装已经脱了，搭在一旁，身上只着一件衬衫，高大而魁梧的身形一览无余。

“贺司令。”沈疏影站在那里，开口唤他。

贺季山看了她一眼，声音不高不低，让人捉摸不透：“去哪了？”

简单的三个字，却让沈疏影心里一慌。

“和同学去看皮影戏了。”她的睫毛轻闪着，小手不安地绞着衣角，一瞧便知是在撒谎。

贺季山这些日子虽然身在军营，可平日里都会有人将沈疏影的饮食起居告诉他，这些日子，却时常听闻她晚间回来得极迟，有好几次，都让接她放学的老张扑了个空。

“好看吗？”贺季山燃起一支烟，先是吸了一口，继而沉声问道。

沈疏影的心怦怦跳着，声音却是低不可闻，她点了点头，道：“好看。”

贺季山的脸上平静得不见丝毫情绪，只见他弹了弹手中的烟灰，对着沈疏影微微一笑，淡淡道：“长安胡同的豌豆黄，味道如何？”

沈疏影听了这话，小脸顿时变了颜色。她睁着那双漂亮的眼睛，紧紧地盯着眼前的男人，声音却颤了起来：“你跟踪我？”

贺季山没有回答，而是掐灭手中的烟卷，将一份电报“啪”的一声甩在了沈疏影面前。

“这是什么？”沈疏影问道。

“你哥哥从法国发回来的电报。”贺季山声音清冷，眸子里更是一片幽暗。

沈疏影将那电报拿起，打开刚看了一眼，小脸顿时雪白。

“不，不会的，我哥哥不会同意的！”她摇着脑袋，脸上满是惊恐的神色。

“左右离你毕业不过还有两个月的时间，这段日子你不用再去学校，等到了婚期，你哥哥自会回来。”贺季山说完，起身向东楼走去。

沈疏影反应过来，忙抬起脚追到了男人面前。她仰头看着男人冷峻的脸，颤声道：“贺季山，你是什么意思？你要囚禁我？”

“不错，在婚礼前，你哪儿也去不成。”贺季山面色淡然，仿佛只是在说一件再正常不过的事情。

“我不要嫁给你！”沈疏影面色如雪，整个身子抑制不住地哆嗦，唯有眼底，却是一片清冷。

贺季山看了她一眼，唇角一记冷笑，继而转眸冲门口处吩咐："柳妈，送小姐上楼。"

声音不高不低，语气不喜不怒，却没有一个人胆敢违背。

柳妈领着丫鬟走过来，一左一右搀着沈疏影的胳膊，小声劝道："小姐，司令现在正在气头上，你先随老奴上楼，其他的事，明天再说。"

沈疏影望着贺季山的背影，也不知是从哪里来的力气，竟挣脱了柳妈与丫鬟的禁锢。她跑到贺季山身后，眼泪已在眼眶里盈盈打转，她哽咽着，带着哀求道："贺季山，我求求你，你放我走吧。"

贺季山却并没有说话，他静静地转过身，一手抬起她的下巴，眼里第一次浮起了一丝怒意，一字一句道："放了你？"

话音刚落，他的脸色蓦地一沉，声音也严厉起来："沈疏影，你以为我会任由你跑出去，和薄少同卿卿我我？"

沈疏影想起薄少同，只觉得心都要碎了。她死死地忍着眼底的泪水，问："你会怎样对他？"

"你说呢？"男人收回手指，森冷的话语不带丝毫温度，冷冷地看着她。

"你若敢伤他，我……我……"沈疏影努力挺直脊背，口中的话却是无论如何也说不下去，唯有泪水再也控制不住，从眼眶里汩汩而出。

贺季山冷峻的面容上一丝表情也无，他只看了她一眼，也不待她将话说完，便转身大步走出客厅。

沈疏影只觉得铺天盖地的绝望将她整个淹没，她任由柳妈与丫鬟拉住自己的胳膊，甚至连怎样回到房间都不清楚，她只知道自己不敢去想薄少同，只要想起他，心就会疼得快要死掉。

她躺在床上，小手紧紧地攥着枕面上的流苏，心里恨极了，苦极了，无论柳妈怎样劝也不顶用，就那样趴在那里，也不出声，唯有眼泪一直掉，一直掉……

自那日之后，沈疏影果真是连学校都不用去了，每日只待在官邸里，仆人们甚至连贺季山身边的侍从，每个人见了她都是毕恭毕敬的，却唯独不允许她出门。

她一日日地消瘦下去，无论怎样哀求柳妈，柳妈都是一语不发，直到被她问得急了，也只是告诉她，薄少同已经被贺季山免职，在北平已是毫无立足之地，现在谁也不知道他去了哪里，怕是回老家去了。

沈疏影知道薄少同的家乡在皖南，家族在当地势力极大，祖上也曾做过封疆大吏，在皖南也可谓是真正的名门望族。

想起那一晚，薄少同告诉她，待贺季山返回西固时，他便会带着她回皖南，在祠堂里向祖宗敬过茶，他便带着她走。

沈疏影知道，薄少同之所以要如此大费周章，只是为了让薄氏家族承认她，而不是让她背负着一个与人私奔的名声，一辈子抬不起头。

他待她那样好，可如今……

是不是只要有贺季山在，他们便永远不能在一起？

想到这儿，沈疏影的眸底便盈满泪水。她那样恨，贝齿紧紧地咬着唇瓣，直到将嘴唇咬得鲜血淋漓，直让在一旁守着的丫鬟吓了一大跳，赶忙去唤了柳妈来。

柳妈扭着小脚赶到，见沈疏影静静地坐在那里，清丽的脸上满是凄楚，乌黑的睫毛被泪水打湿，瞧起来可怜极了。

“小姐，霓裳阁的师傅来了，打算为小姐量一下尺寸。这眼见着婚期一日日近了，衣裳还是提前准备为好。”柳妈轻声细语，好声好气地劝着。

沈疏影眼底空空洞洞的，闻言也不回头，只淡淡道：“让他们回去。”

柳妈叹了口气，道：“小姐凡事想开些，老奴听说这门亲事沈先生也是同意的，再过不久，沈先生便会从法国赶回来。您是大户人家的小姐，也应该明白长兄如父的道理，既然连兄长都同意这门亲事，又和父母之命有何区别？”

沈疏影回过头，看着柳妈的眼睛，带着哭声道：“柳妈，连你也这样逼我？”

柳妈慌了神，赶忙摆手。可不待她说话，沈疏影便站起身子，一把推开了她，向外面跑去。

楼下大厅里，霓裳阁里最顶尖的师傅带着徒弟正等在那里，听到脚步声，两人都抬头看去，就见一位十七八岁的姑娘从楼上奔了下来，娟秀的瓜子小脸上满是忧伤，泪滴宛若水晶般从眼眶里滑落。就这样惊鸿一瞥，两人都愣在了那里。

沈疏影见桌子上摆满了各色料子，全是江南的款式，净丝、云锦、绫罗、织缎、贡绸、香纱，全是一整块的料子，一匹匹地摆在那里，让人眼花缭乱，甚至让这个大厅都平添了几许绮丽。

“沈小姐，您瞧瞧这些料子，都是按司令的吩咐，将江南最好的绸缎给您送来了，您看看喜欢什么样的，我们回头就给您做。”那老师傅恭恭敬敬地微微弓着腰，说道。

沈疏影摇了摇头。听到身后柳妈已经领着丫鬟追了过来，她想都没想，便对那师傅说道：“您将这些拿回去吧，我用不上。”

那师傅听了这话，觉得莫名其妙，眼睁睁地看着沈疏影从自己眼前掠过，眨眼间便出了大厅。

她一路跑着，自己也不知道要去哪儿，中院和前院都有侍从把守，肯定是出不去的，便只得向后花园奔去。

柳妈领着丫鬟急匆匆地赶过来，一眼便瞧见沈疏影正站在池塘边上，瞧那样子，竟是要跳下去似的，当下吓得魂飞魄散，连连急声道：“使不得，使不得啊小姐！您快回来，咱们有话好好说！您要不想做衣裳，那咱就不做了，您倒是快回来啊！”

五月的天气，池塘里的睡莲正是小荷才露尖尖角，沈疏影的裙角被微风吹拂着，翩翩如画。

沈疏影望着那一池碧水，对身后的动静置若罔闻。

这些日子以来，官邸里的丫鬟和老妈子皆是没日没夜地守着自己，生怕她做出什么事来，而每当她想起自己这辈子怕是和薄少同无法在一起时，甚至连自己的哥哥都不分青红皂白，便要把自己嫁给贺季山，这一切，都让她觉得生不如死。

“你们回去告诉贺季山，他要想娶我，除非我死！”沈疏影回过头，望着身后的那些人，说完这一句，她闭上眼睛，竟没有一丝犹豫，便向池塘跳了下去。

柳妈瞧着这一切，只骇得差点儿瘫在地上。蕊冬一手扶着她，一面扯着嗓子大喊：“快来人啊！小姐跳河了！”

那池塘虽说不大，可很深，沈疏影跳下去后，几乎一眨眼的工夫，便沉

了下去。

贺季山得知沈疏影溺水的消息，一路从军营赶了回来，只见他面色铁青，竟比沈疏影的脸色还要难看几分。

到了西楼，贺季山一脚将门踹开，沈疏影正软软地倚在床上，乌黑的秀发铺满了枕面，一张瓜子小脸如雪一般苍白，一双眸子一丝神采也无，只呆呆地看着天花板。

柳妈与一众女仆守在床前，陆医官与护士也赶了过来，听到声响，众人都回眸望去，只见高大魁梧的男人一动不动地站在那里，眉宇间一片阴郁。

“都出去。”他开口道，声音是从未有过的低沉喑哑。

见他这副神色，所有人都惴惴不安，没有一个人敢多言，没多久，一屋子的人便退了个干净。

待众人走后，贺季山缓步上前，见沈疏影一动不动地躺在那里，整个人就像自己从江南为她带回来的那个泥娃娃，脆弱得仿佛能一触即碎。

他心头一痛，慢慢地坐到她的床前，将她的小手紧紧地攥在了手心。

“你真的宁愿死，也不愿嫁给我？”隔了许久，男人沙哑的嗓音响起，听在沈疏影耳里，只让她眼眶一热，小脸一转，闭上了眼睛。

贺季山深吸了一口气，一双眸子里满是血丝，他凝视着少女苍白憔悴的容颜，道：“好，若你真不愿嫁给我，那我也不再勉强，这段日子你好好养着，等你哥哥回来，我便放你走。”

沈疏影的指尖轻轻一颤，她睁开眼睛，转过头来望着身边的男人，轻轻地问：“你真的会放了我？”

贺季山微微一哂，他弯下身子，大手抚上她的脸庞，黑亮的眸子暗如夜空，他低着声音，一字一句道：“沈疏影，你信不信，总有一天，我会让你心甘情愿地嫁给我。”

沈疏影心口一突，脱口而出便是：“我不信！”

贺季山依然深深地看着她，闻言轻轻颔首：“那咱们便等着。”说完，他支起身子，将她的小手送进被窝。

看着那张瘦得脱了形的脸，他转开视线，又道：“不要再做这样的傻事。我知道你恨我，你要有气，尽管撒在我身上，别作践自己的身子。”说完，他站起来向门口走去。

打开房门，男人的身形顿了顿，头也没回，留下一句话："你放心，这段日子，我不会出现在你面前。"

沈疏影身子本来就弱，刚到北平时便有一阵子的水土不服，后来染上了风寒，得了肺炎，这次又跳下池塘，身上浸了寒气，惹得原本便没彻底根治的病又犯了，整个人就那样躺在床上，一直养了一个多月，才稍稍见好。

这一日，她坐在露台上，静静地写着字，见一个十一二岁的小丫鬟捧着一盘水果走了过来。沈疏影抬眸看了她一眼，微微一笑，在果盘里挑了个又红又大的苹果，递到了小丫鬟的手里，温声道："拿去吃吧。"

那小丫鬟只将苹果接过，却并没有走。沈疏影见她一动不动地看着自己，便又一笑，柔声问道："怎么了？"

小丫鬟这才咽了咽口水，小心翼翼地从口袋里摸出一个小纸条，悄悄地递到了沈疏影的手心："姐姐，这是薄哥哥让我给你的。"

沈疏影一怔，握着纸条的手竟控制不住地轻轻哆嗦起来。她看着那小丫鬟，声音早已颤抖得不成样子："你快告诉我，你怎么见到他的？他在哪儿？"

"姐姐别急，以前我生病的时候，就是薄哥哥去给我看病，还给我药吃。昨天我跟着蕊冬姐姐出门，薄哥哥趁蕊冬姐姐买菜的时候，把这张纸条交给我，让我一定交给你。"

小丫鬟虽然年纪尚小，但口齿极是清晰，说完这句话，她眼睛向四周看了看，确定没有别人，又轻声道："姐姐，我先下去了，等我晚上来拿回信，薄哥哥让我明天出去找他呢。"

沈疏影的眼睛酸酸胀胀的，嗓子里哽得厉害，竟说不出话来，只对着她点了点头。

打开纸条，男人的字是瘦金楷体，字字清俊，刚劲有力。沈疏影才看了一眼，泪水便噼里啪啦地掉了下来。

贺季山果真如他所说的，这些日子都不曾回官邸，更没有来看过沈疏影。

日子一天天过去，到了八月，便是沈志远回国的日子。

沈疏影每天都在官邸里翘首以盼，希冀着哥哥可以尽快回来。平日里，她与薄少同之间的鸿雁往来，倒多亏了那个小丫鬟。

薄少同在信中告诉她，自己一直留在北平，每日里乔装在官邸后门苦等，那日终于等到了这个小丫鬟，仗着她年纪小，行事不会被人留意，便让她为自己送信。

此外，薄少同在信中让她将身子养好，他已经得到了两张通行证与船票，只待她身子一好，他便带她走。

沈疏影回信中告诉他，沈志远将在八月回国，而贺季山也说过，待沈志远回国后，便会放了自己。薄少同闻言没有多说什么，只谆谆嘱咐，让她一定不要再做傻事，其他的事情全部交给他就好。

也许是因为知晓了心上人的消息，沈疏影的气色明显比以往好了许多，就连食量也比以前增加了些，这让柳妈瞧在眼里，乐在心里，丝毫不疑有他。

月底的一天，沈疏影刚睡醒午觉，便有丫鬟将一封越洋信件送了过来。沈疏影打开一瞧，正是沈志远从法国寄来的，信中道他被急事缠住，怕是要到年底才能回国，这段日子，只让她好生待在官邸，一切都等他回来再说。

沈疏影看着那信，便觉得自己的一颗心慢慢地凉了下去。

九月，西固战事稍停，华南却是烽烟又起，贺季山马不停蹄，再次亲自领兵，奔赴华南战场。

临走前，贺季山回到了官邸。

到了西楼，就见沈疏影与一个小丫鬟正坐在桌前，沈疏影一手握着小丫鬟的手，瞧那样子，竟是在教她写字。

“对，就这样，写得很好。”沈疏影梳着长长的双髻，唇角的笑意娇柔而温婉，长长的睫毛像一对小蛾子轻轻扑闪着，眼底满是温和。

贺季山看着这一幕，心底渐渐涌来一股自嘲，她对一个小丫鬟尚有如此和悦的神色，唯独对他，总是一副拒人于千里之外的冷漠。

小丫鬟不经意地抬眸，便愣在了那里，继而转头对沈疏影道：“姐姐，司令回来了。”

沈疏影听到那两个字，手中的毛笔便“啪”的一声，落在了洁白的纸上，将那刚写好的一阕字晕染得不成样子。

两人许久未见，沈疏影站起身子，只怔怔地看着他。

贺季山倒是面色坦然，他走到桌边，将桌上的纸拿起来，沈疏影写的一手的簪花小楷，字字工整，带着闺阁女儿家的婉约清丽，一看便知是下了许多功夫的。

他看了片刻，才将纸放下，看着沈疏影温声道："走吧，我带你去一个地方。"

"去哪儿？"她问。

贺季山没有回答，只淡淡一笑。

不知汽车行驶了多久，最终在一条寂静的胡同里停了下来，沈疏影随着贺季山下了车。

她虽是南方人，却也知道北平城里最多的便是这样的胡同，里面都是些四合宅院，倒是不明白贺季山好端端的，将自己带到这里来做什么。

直到，一阵溪水潺潺声传了过来。

她停下步子，以为是自己的错觉。这种声音是那样熟悉，是江南的小桥流水、烟雨水乡才会有的声音。

她回眸看着站在自己身后的男子，杏眸里满是不解。

贺季山也不说话，只上前握住她的小手，带着她来到一处宅院前。

"吱呀"一声，男人将门推开，待沈疏影看清院子里的情形，整个人便怔在了那里。

眼前的宅院正是典型的江南风格，花圃里栽着满满的花，青色的瓦，灰色的墙，弯曲的抄手游廊，精致的雕栏花窗，屋檐的一角挂着铃铛，每当微风拂过，便会发出清脆悦耳的声音来。

此时正值夕阳西下，青石板的地砖上斑斑点点，空气里湿润润的，昨夜刚下过一场秋雨，窗前的芭蕉上蓄满了水珠，一滴滴落在地上，碎成了数瓣。

沈疏影情不自禁地踏进院子，望着眼前的一片粉墙黛瓦，绿意盎然，小桥流水，以为自己是在做梦。

这宅子的布局，竟与她老家的庭院一模一样！

她的呼吸渐渐快了起来，一路穿过回廊，向后堂走去。果不其然，在南面静静地矗立着一座精细雅致的小楼，这样的小楼在江南人家中被称作"小

姐楼”，正是留给未出阁的女孩儿住的。

沈疏影望着眼前的一切，眸子里满是不敢置信的神色。院子里是青石板铺地，缝隙中隐隐生出了青苔，一切都是静悄悄的，一如她记忆中的雅致静谧。甚至连角落里的假山，都与老家的丝毫不差。

推开那一扇楠木雕花大门，赫然便是她的闺房。江南的木雕不同于北平的笨拙，而是精致美妙，透着灵气。三进的闺床上，帐子是最老派的苏绣，那样好的料子，似乎轻轻一嗅，就连空气都是香的。

而那些桌子、椅子、衣柜、梳妆台，无不摆得整整齐齐，就连位置也都没有一丝差错。

她默默地站了许久，竟有一刹那的错觉，以为自己回到了家，回到了自己住了十七年的闺房。

不知何时，她那双潭水似的眼睛里盈满了泪水，长长的睫毛仿佛潭水边的幽兰。听到身后的脚步声，她转过头来，一大滴眼泪便顺着眼角，落在那柔美洁白的脸庞上。

贺季山看着她的泪水，只觉得自己的心在刹那间一软，他向她走近，大手捧上她的小脸，为她将腮边的泪水拭去。

“贺季山……”沈疏影的身子轻轻颤着，唤了一声他的名字，泪水却依然是忍不住，甚至她自己也不明白，为何会有这样多的泪水，可就偏偏抑制不住，只觉得自己的心里疼极了，可恰恰不知道这股子疼是从何而来，唯有泪水，只有泪水。

“我大费周章，为你建这一处宅子，可不是让你掉眼泪的。”贺季山微微一笑，声音里极是温和，军帽下的眼睛乌黑如墨，似是燃着一簇火苗。

沈疏影摇了摇头，轻轻地道出一句话：“贺季山，我不喜欢你。”

男人闻言，脸上依然是云淡风轻的神色，他点了点头，笑道：“可我喜欢你。”

“可我喜欢你”，简单的五个字，却让人的心忍不住悸动。

沈疏影转开脸，心口处依然不断地抽痛着，她没有说话，只硬生生地将自己眼底的泪水忍住。

贺季山望着她洁如梨花的侧颜，有一刹那的失神。他沉默片刻，大手将沈疏影的身子转了过来，让她看着自己的眼睛，慢慢道：“沈疏影，我贺季山没有什么优点，只有一样，我认准的事，哪怕是要我上刀山，下火海，我都会去做。我认准的女人也是如此。你喜欢我也好，讨厌我也罢，这辈子，我都要定了你。”

沈疏影紧抿着唇，她的唇瓣颤抖得厉害，却是一言不发，刚要转过身子，就被贺季山一把揽在了怀里，男人身上的烟草味就那样霸道地闯进她的鼻腔。

她伸出胳膊，惊慌地挣扎，男人的大手却揽得更紧，嗓音低哑而沉缓：“我明天就要上战场了。”

一语言毕，怀里的人终是安静下来。贺季山的手指抚过她的秀发，慢慢开口：“这段日子，你便住在这里，老家的仆人，我已经全部接了过来，你在这里等我，只等战事一了，我就会回来。”

沈疏影一怔，从他的怀里抽出身子：“你要我住在这里？”

贺季山点了点头，看见她的眼睛里闪过一抹慌乱，他心下了然，却一直在克制。

“我想从官邸带一个小丫鬟过来。”沈疏影心乱如麻，脱口而出。

贺季山听了这话，脸上的神色顿时沉了下去。沈疏影瞧着他黑亮的眸子里仿佛能喷出火来，她害怕了，只是不知道刚才还好端端的贺季山，为何会在眨眼间变了神色。

那一刹那的心灰意冷，只让他的唇角勾出一抹冷笑，望着怀中的女子，他淡淡地道：“怎么，是怕和薄少同断了联系，才想着把那小丫鬟带来？”

沈疏影大惊，整个人都愣在了那里。

“我挖空了心思，掏心掏肺地对你，我由着你和薄少同鸿雁传书，你还真以为我会让你和他双宿双飞？”他眼底是无尽的怒意，大手紧紧地捏着沈疏影的双肩。他那样大的力气，几乎让沈疏影觉得自己的骨头都要被他捏碎了。

沈疏影一声不吭，任由肩上的剧痛一波波传来，额上的汗水染湿了发丝，她却依然站在那里，将眼眶里的泪水死死忍住，就那样一言不发地看着他。

那样的目光宛如匕首，毫不留情地刺进了他的心。他怒极了，一把扯过她的身子，狠狠地吻了下去，又急又密，简直要将她所有的呼吸全部吞噬，

恨不能一口吞占了她的所有。

她身上有着淡淡的幽香，丝丝缕缕的清甜，让他无论怎样掠夺都还觉得不够，大手探进了她的衣襟，抚上了那一片细腻润滑的肌肤。

沈疏影被他紧紧地箍在怀里，心里苦到了极点，周围全是他的呼吸，全是他的掠夺。

即使她使出全身的力气，也撼动不了男人丝毫，直到衣裳被他撕开，她的泪水终于抑制不住地从眼眶里汹涌而出。

“司令——”院子里传来何副官的声音。

贺季山回过头，冲着门便喝了一声：“滚！”

外院里顿时没了声音。没过多久，何副官的声音再次响起:“前线传来电报，急告凌阳失守，请您务必出来一趟。”

贺季山慢慢抬起头来，望着怀中已经哭成泪人的女子，领口微斜，露出纤细的脖子与一小块白如凝脂的肌肤。

他眼底的灼热渐渐隐了下去，复而变得深邃又内敛，粗重的呼吸也慢慢平静下来。他为她将领口的衣裳整理好，临去前，撂下一句话：“你若想和他在一起，除非我战死沙场。”

金秋十月，北平城里一片萧瑟。

这一年的天气格外冷，不过是十月的光景，那风吹在身上却带着莫名的寒意，让人直打哆嗦。

守夜的韩妈一觉醒来，便向沈疏影的床上看去，眼见着一道影影绰绰的人形安安静静地躺在那里，她放下心来，又打起了盹儿。

直到翌日，丫鬟打来了洗脸水，走到床边轻声细语地唤了好几声，也不见沈疏影有动静。丫鬟着急起来，将被子悄悄打开，却是一声惊呼。

哪里有人，被褥里只有两个枕头，勾勒出了一抹人形的轮廓。

火车站。

薄少同早已等在了那里，直到一辆黑色小汽车停在了站台，他眼皮一跳，快步迎了上去。

沈疏影下了车，便见薄少同站在那里等着自己，她泪水盈然，任由男人张开双臂，将自己紧紧地抱在了怀里。

“薄军医，我已经将沈小姐给你带出来了，你们趁着司令如今在华南督战的空当，要赶紧走。”一旁，一身黑衣的侍从压低了声音，沉声道。

“多谢。”薄少同松开沈疏影的身子，对眼前男子真诚道谢。

那男子摇了摇头：“我和我兄弟的命都是您救的，这次趁着守宅的机会，能将沈小姐送出来，也算是还了您的人情，只不过这样，倒是对不起司令了。”

那男子说完，唇角浮起一抹苦笑。

薄少同拍了拍他的肩膀，道：“回去替我和你哥哥说声谢谢。”

语毕，他拉起沈疏影的手，望着眼前的少女，终是微笑起来：“走吧。”

“我们去哪儿？”

“武兴。”

火车先是驶到了北阳，薄少同与沈疏影下了车，又坐汽车赶到了新洲，耽误了好几日，最后才搭上去武兴的列车。

而此时，已进入了十一月。北方素来寒冷，这一年的大雪更是下得格外早，没等火车开到武兴站，便已经陆陆续续下了好几场雪。

薄少同与沈疏影商议后，决定直接去新港乘坐邮轮，待他们在美国安顿好，再与沈志远联系。

岂料，火车刚到武兴站，便遇上了贺季山。

沈疏影一路上昏昏沉沉的，甚至不知道自己是怎样被贺季山抱上了专列。直到发觉自己身下一软，她倏然清醒过来，才惊觉自己被他放在了床上，而包厢的车门已经落锁。

男人的身形笔挺如剑，就那样站在那里，军帽下的容颜隐在昏黄的车灯下，显得深不可测，眸底则漆黑如夜，让人瞧不出丝毫端倪。

她的脸色苍白，深知自己已经没了退路，她想起方才贺季山的那一枪，薄少同肩上满是血迹，她那样恨，甚至从不知道自己竟会这样恨一个人。

也许是察觉到她眸底的恨意，贺季山走了过来，一只手捏住了她的下巴，怒极反笑：“沈疏影，我倒真看不出来，你居然有这么大的胆子，敢和

我玩私奔！”

沈疏影心头满是绝望，反倒不害怕了，她看着眼前的男人，吐出几个字来：“贺季山，我恨你。”

刚说完，男人的眼底顿时迸出一抹冷锐，一个用力便将她从床上拦腰抱了过来：“告诉我，薄少同到底哪点儿好？”

他紧紧地看着她，低沉的声音里满是压抑的怒意，扣在她腰际的大手渐渐收紧，恨不得将她捏碎在自己怀里。

“他比你好，”沈疏影眼睛氤氲如水，“比你好一百倍、一千倍、一万倍！”

贺季山的脸色在刹那间变得铁青，目光更是幽暗得可怕，他的呼吸沉重而紊乱，将她的身子一把扔在床上，狠狠地扬起手来，眼见着要向沈疏影的脸上挥去。

沈疏影闭上眼睛，等了许久却还是没有那预料中的疼痛。她睁开眼睛，就见男人的大手缓慢而无望地放了下去。

终究是舍不得。

包厢里是死一般的寂静。

她抬起头，平静地迎上他的视线，轻轻地说了句：“你杀了我吧。”

他没有说话，就那样看着她，望着她脸上的疏冷，一股莫名的虚空涌上来，仿佛整个人都被掏空了。

不知过了多久，他淡淡一笑，痛楚而苍凉的笑意，带着无尽的自嘲，落在了她的眼底。

“你若想死，我不介意让薄少同给你陪葬。”他的声音沉缓，字字森然，只让人听得心惊胆战。

沈疏影慌了，强撑着从床上爬起来，刚站起身子，就见贺季山一个箭步上前，将她的身子紧紧抵在了墙上。

“贺季山，你卑鄙！”她被他禁锢着，满眼的泪水，仿佛就连嗓子眼儿，也全是苦涩。

“我成全你们做一对阴间夫妻，又何来卑鄙一说？”他漫不经心地说着，脸上所有的温情都已经退去，粗粝的手指摩挲着她细腻的肌肤，眼睛里更是冷硬如石。

"你——"她话音刚落，他已经猝然吻了下来。那般灼热的吻，简直让她无所适从，手腕偏生被他一手紧扣，全身使不出一丝力气。他的气息充斥着，漫天漫地地掠夺，只让她差点儿窒息在他的怀里。

就在她快晕过去时，贺季山终是松开了她，她拼命地喘息着，美丽的杏眸中大滴大滴地落下泪来，几乎要将男人胸前的军装给染湿。

他紧紧地抱着她，将头埋在她白皙的颈间，终是几不可闻地，唤了一声她的名字："小影。"

贺季山即将大婚的消息不胫而走，各大报刊都刊载了这一新闻，引得世人无不对新娘的身份大肆揣测。

贺季山崛起于关外，近年来更是凭着一身本事打下了江北的半壁江山，若论势力，只与江南的刘振坤不相上下，正是一举一动都会被外界关注的主儿。平日里坊间向来流传他与玛伦萨的台柱黎曼浓关系密切，此外，也曾听说他在一些花旦、影星的身上一掷千金，却从未听说他与哪家的小姐定过亲，此番突然宣布结婚，委实引起外界一片哗然。

"小影，你马上就要嫁给贺司令了，这可是多少人羡慕都羡慕不来的福气，你就不要再使小性子了，看这婚纱多漂亮，你就试一试吧。"

午间，梅丽君来到官邸，见沈疏影一声不吭地坐在那里，忍不住轻声劝道。

沈疏影只摇了摇头。也许是见她每日里一言不发，贺季山这些日子倒是日日都将梅丽君接到官邸，只为陪她说话解闷。

梅丽君见她这副样子，不由得叹了口气，接着道："小影，你瞧贺司令，只差没把自己的心掏出来给你了，你就别任性了。你想想，依贺司令的身份，他想娶谁家的小姐不可以，却对你用这样多的心思，你还有什么不知足的？"

沈疏影不听这话还好，一听这话眼圈又是一红，吓得梅丽君再也不敢多说，只连声劝道："好好好，你不爱听，我就不说了。"

沈疏影吸了吸鼻子，见好友惊慌失措的样子，心下微觉歉疚，只握住她的手，说起了别的事："上次听你说，宋清眉打算出国留洋，如今怎么样了？"

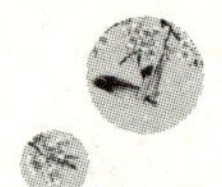

梅丽君听她主动开口，便放下心来，赶忙道："我还没和你说呢，清眉可真是机灵，她本来要去留学，可她家老爷子说什么也不同意，还把她关在了家里，她闹了好几天见没用，索性放乖了，每天哄得老爷子心花怒放，趁着老爷子不备，从家里偷了一笔钱，坐着邮轮神不知鬼不觉地跑了！"

沈疏影听着，心头却是一动，问道："那老爷子知道以后呢？就没有把她抓回来？"

梅丽君"扑哧"一笑，道："她人都跑到大洋彼岸去了，就算老爷子再有本事，总不能越洋去抓人吧。"

沈疏影转过眼睛，一时间心思百转。

"小影，你没事吧？"梅丽君见她又不吭声了，不放心地问道。

沈疏影回过神来，对她嫣然一笑，温声道："我没事，丽君，谢谢你。"

梅丽君见她笑了，又小心翼翼地提起了婚纱的事，本以为沈疏影依然会一口回绝，可让她没想到的是，这次沈疏影却点了点头，表示愿意去试婚纱。

她这一点头，只惹得所有人都心花怒放。柳妈赶紧吩咐丫鬟将婚纱捧了出来，洁白的婚纱刚一出现，顿时将整个屋子都映照得流光溢彩。

婚纱用的是洋纱料子，袖口处带着蕾丝，裙摆上镶着南海的珍珠，前胸处则点缀着细密的小钻。更令人叹为观止的是那窄窄的收腰，用的是江南的苏绣，缀着白玉扣子。这婚纱，特意从巴黎空运过来，出自法国著名设计师之手，而那个设计师向来只给欧洲王室做衣裳，此番贺季山斥巨资，方才令那设计师做出了这一件带有中式特色的婚纱来。

"真漂亮！"梅丽君看到那婚纱，眼睛一亮，忍不住出声赞道。

而其他女仆的脸上，也是满满的羡慕。

贺季山回到官邸，对迎来的丫鬟劈头盖脸就是一句："小姐在哪儿？"

"小姐正在偏厅试婚纱呢。"

贺季山的脚步顿在了那里，回眸，又问了一句："你刚才说什么？"

那丫鬟大着胆子，重复道："奴婢说，小姐正在偏厅，试婚纱。"

贺季山一怔，隔了许久，才大步向偏厅走去。

“小姐穿上这婚纱可真好看，简直比画里的人还漂亮。”一众丫鬟女仆围在沈疏影周围，不住地称赞，直到听到贺季山的脚步声传来，才都转过身子。在见到男人的一刹那，整个偏厅顿时安静下来。

沈疏影知道是他回来了，她吸了口气，慢慢地转过身来。

一身纯白婚纱的少女，静静地站在他的面前，肤白如雪，眉若远黛，那一张温柔如画的面容美到了极致，贴身的料子将她的身形勾勒得一览无余，曼妙动人。

她整个人，便如柔软而纤细的杨柳，又似烟雨迷蒙的江南天色里含苞待放的花蕊，她看着他，渐渐地，脸上有了绯红的颜色。她将眼睛垂下，抿唇一笑。

贺季山望着她的笑靥，心口处猛地一窒。他的眸心暗沉，就那样看着她。

“司令，您瞧瞧小姐穿上这婚纱，可有多漂亮。”柳妈上前，笑嘻嘻地说道。

贺季山点了点头，唇角微微上扬，勾勒出一抹笑意：“不错，的确很漂亮。”

沈疏影也不看他，恬静柔美的脸上浮着甜美的小梨涡，让人只看一眼，就要醉了似的。

柳妈瞧着两人的情形，心头总算是舒了口气。这段日子沈疏影整日里连一句话都不愿说，更别说像今日这般展露笑颜了，她暗自寻思，只以为是沈疏影想通了的缘故，压根儿也没往旁处想。

晚间，梅丽君离开了官邸，沈疏影换下婚纱，穿了件素花掐腰旗袍，小小的蝴蝶袖，领口处一色碧玉的盘扣，精致而细巧，将少女的脸衬得格外动人。

听到身后的声音，她没有回头，也知道是贺季山。

直到一件暖和的毛衫披在了自己身上，她才转过身去，撞上了男人的黑眸。

“屋子里虽有暖气，可也不能穿得太少。”贺季山声音温和，大手揽在她的纤腰上，看着她面前摆着一本诗集，便随手拿起来翻了几页，笑道，

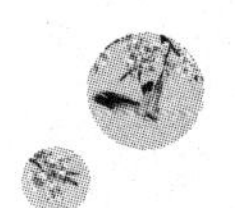

“记得那时候在军校，你哥哥也是这样，经常捧着这些书看来看去。”

听他谈起沈志远，沈疏影眸底一动，小声道：“我哥哥在军校的时候，成绩好吗？”

“怎么，他没和你说过？”贺季山将诗集搁下，眉宇间的神色是一片令人心醉的怜惜与宠溺。

沈疏影摇了摇头：“哥哥比我大十二岁，他去念军校的时候，我只有六岁，什么都不懂。”

贺季山便微微笑了，温声道：“你哥哥当初是燕京军校里出了名的美男子，也不知道迷倒了多少姑娘。我倒是记得那时候我们每天早上都要绕着护城河跑步，总会有些女孩子偷偷跑去看他。”

沈疏影从不知道这些，此时听贺季山说来便觉得有趣，澄澈如水的眸子里蕴着浅浅的笑意，似是期冀着贺季山继续说下去。

难得见她脸上有如此神色，贺季山只觉得心头一动，自然不忍拂了她的心意，于是继续说道：“不仅如此，那一年在与日本人的比试上，你哥哥无论是文试，还是武试，都是第一。”

“啊！”沈疏影禁不住轻轻地惊呼出声。在她的印象里，哥哥总是沉默而内敛的，虽说自幼对她极好，但要求也素来严格，她从没想到，自己的哥哥居然会那样厉害。

也许是因为欣喜，沈疏影的脸染上一抹红晕，竟忍不住开口道：“那你呢？你是第几名？”

“我？”贺季山挑挑眉，乌黑的眸子里满是笑意，“当初正值我义父病重，我人在关外，没有赶上那场比试，若我在，这第一的名头怕是落不到你哥哥头上。”

沈疏影听了这话，小脸便微微一转，悄声嘀咕了几个字来：“好厚的脸皮。”

瞧着她的侧颜，只让贺季山“哧”的一声，笑了出来。

灯光下，她的肌肤像羊脂玉一般细腻光洁，精巧秀气的五官，眼睛宛如湘江的秋水，楚楚顾盼，着实粉雕玉琢，粉嫩可爱。

贺季山看了她好一会儿，方才摇了摇头，低声道：“细瞧下去，你和你哥哥长得倒是一点儿也不像。”

沈疏影头也没回，只道：“哥哥说他长得像爸爸，我长得像妈妈，自然不像了。”

说话间，她的脸上是十分温婉的神色，终是不像以前那般，带着满满的疏离与冷漠。

就这一小会儿的温暖，却让贺季山生出一股错觉，他拉住沈疏影的手，将她揽在了怀里。怀中的小人儿身子一僵，却终究是没有像从前那般挣扎。

贺季山轻轻地揽着她，生怕这一切都是自己的一场美梦，他的胳膊简直连一点儿力气也不敢用，只怕稍一动弹，便会将她惹恼。

他将下巴抵在她的头顶，低着嗓子，道出一句：“小影，我真高兴。”

小影，我真高兴。

短短的六个字，听在沈疏影的耳里，却让她的身子轻轻一颤，心头莫名地悸动。

而男人的面容隐在阴影里，说完那一句，坚毅的脸上却浮起一丝苦笑。就当她是真的吧，他这样告诉自己，起码这一刻，她安安静静地倚在自己的怀里，任谁也夺不走。

余下来的几日，贺季山除了去军营处理一些必要的军务，其余的时间都是待在官邸陪着沈疏影，机要秘书每天来来往往，只将文件拿给他签。

沈疏影见过他的字，非常大气而洒脱的楷体，字字力透纸背，锋芒毕露，简直像是一场刀光剑影。

见她看着自己的字出神，贺季山忍不住笑道：“写字的人分明就在你面前，你不去瞧，总是看着这些字做什么？”

不料沈疏影抬起眼睛，轻声说了一句：“你的脸没有字好看。”

说完，贺季山浓眉便是一皱，他先是看了看纸上的字，又用手摸了摸自己的脸，问：“是吗？”

沈疏影便“扑哧”一声笑了出来，柔美的面颊在那一笑间，洁白的侧脸便好似娇嫩的花蕊，极是清灵毓秀。

贺季山望着她唇角的酒窝，黑亮的眸子里却异常深邃，他握住她的手，沉声道：“我喜欢看你笑。”

沈疏影一怔，只觉得自己心慌得厉害，她转开身子，想要将自己的手从

男人的手掌里抽离。

贺季山自然是没有给她这个机会，他揽着她的腰，将她带到自己怀里，说道：“明天，我要去承德一趟。”

沈疏影心头一跳，脱口道：“那你什么时候回来？”

贺季山笑道：“你若舍不得我，那我就不走了。”

沈疏影脸庞顿时一红，小声嘀咕了一句：“谁舍不得你了。”说完，便从他的怀里挣出身子。

不等她走远，男人的大手一勾，又将她抱了回来。沈疏影迎上他的目光，那般炙热的眸子只让她无所适从，她的脸上闪过一丝惊慌，一声“贺季山”还没有唤出口，贺季山便已弯下身子，大手捧住她的脸，吻了下来。

这一吻，却是无尽的温柔与小心，他身上是男人独有的阳刚气息，其中又夹杂了薄荷烟草的味道。他轻轻地吻着她，不同于以往的粗暴蛮横，这一吻简直是小心翼翼，说不尽的轻柔缱绻，让人迷醉。

在这般唇齿间的缠绵中，沈疏影渐渐忘记了挣扎，眼中渐渐浮起一抹迷离之色。她温婉而柔顺地倚在他的怀里，小脸清丽静美，幽香四溢。

只怪她唇上的滋味太过美好，浅尝辄止便也轻易地勾起了贺季山体内的一场火。他的气息不由自主地粗重起来，原本轻柔小心的吻，渐渐变成一场强取豪夺。

仅存的理智令他克制着自己，终是松开了她。男人喘着粗气，望着沈疏影洁白的小脸上满是娇艳的红晕，因自己方才的吮吸，柔软的唇瓣微微肿了起来，那样嫣红的一点，简直让人无法忍受。

贺季山闭了闭眼睛，压下体内的那一团躁意，大手在沈疏影的小脸上轻轻拍了拍，声音却低得不成样子：“等我一会儿，我马上回来。”

“你去哪儿？”沈疏影睁着杏眸，不解道。

贺季山哑然，只笑了笑，捏了捏她的脸颊，抬脚便走了出去。

东楼。

丫鬟的声音小心翼翼地响起：“你说这大冷天的，司令怎么突然去洗冷水澡？”

“不会吧，你怎么知道？”

“这不司令前脚刚走，我便到浴室里收拾，才发现整个浴缸里的水都是冰凉冰凉的。这么冷的天，若是得了风寒可怎么好？”

……

晚间。

贺季山正在书房里处理军务，桌子上堆着小山一样高的电报，听到敲门声，他头也没抬，只道：“进来。”

沈疏影吸了口气，推开门走了进去。

见到她，贺季山先是一怔，继而站起身子，走到她身边问道：“这么晚，你怎么来了？”

沈疏影垂下眸子，也不看他，只小声道：“我给你做了碗汤，您快趁热喝了吧。”

贺季山不动声色，只将她手中的汤接过。望着那雪白的汤汁，他淡淡地笑了笑，道：“怎么想起来给我做汤？”

沈疏影见他神色不定，却弄不清他究竟在想什么，本以为，自己亲手为他做汤，他一定会很高兴，谁知他的表情却是如此让人捉摸不透。

“我听柳妈说你最近烟抽得凶，而这银耳百合汤又最是清肺，你多喝些。”她垂着眼，睫毛轻轻颤着，透露着心底的慌张。

贺季山端着碗，望着她的脸颊，隔了半晌，才低声道：“我倒真想知道，那天梅丽君究竟和你说了什么。”

沈疏影闻言，顿时心跳得快了两拍。她抬眸望着男人的眼睛，却见那双黑眸幽深雪亮，锐利得令人心惊。

在这样的目光下，她觉得自己无所遁形，甚至连自己的一举一动都逃不开他的眼睛。

“能说什么，不过是要我想开些，和你好好过下去。”沈疏影压下心头的慌乱，若无其事地说道。这一句刚说完，她心里蓦然一酸，眼圈红了起来。

见她红了眼圈，贺季山心便软了下来，他将碗搁下，揽住她的身子沉声道：“告诉我，你想开了吗？”

“我是怎样想的还重要吗？你这样欺负人，我能有什么办法。”沈疏影

的声音轻柔，凄楚的一张小脸，看起来是那样委屈，带着无助的妥协，让人怜惜。

贺季山见她这样，却是松了口气。他微微笑起，大手在她的后背上轻轻拍着，这才温声哄道："以前的确是我不对，你放心，往后不会了。"

沈疏影哽咽着，抬起脸看着他，小声地问："不会什么？"

贺季山眉宇间浮起一丝无奈，顿了片刻，方才言道："再不会惹你生气，也绝不会让你受一点儿委屈，就算你说太阳是从西边出来的，我也会说对。"

沈疏影听了他这话，垂下脑袋，将唇角紧紧抿着，却终是忍不住，扑哧一笑。

望着她唇角的酒窝，贺季山抚上她的小脸，眼睛里漾着的，尽是温柔笑意。

隔了片刻，她抽开身子，将汤端了起来："快喝吧，马上就要凉了。"

贺季山凝视着她柔美恬静的脸庞，那样澄澈的眼睛，纯洁而无瑕，生生让人无法怀疑。他没有说话，只将那汤接了过来，一饮而尽。

进了十二月，天气一日比一日冷，沈疏影足不出户，每日里安安静静地和柳妈一起准备结婚要用的东西。每当有洋行的师傅或者是霓裳阁的裁缝上门，她也总是微笑着，去挑选自己喜欢的珠宝，或者是让裁缝为自己量尺寸，选料子，告诉他们自己的喜好，满是一副待嫁的模样。

婚期一天天临近，官邸里的仆人每日里忙来忙去，就连前院与中院的侍从也都忙得不可开交。

蕊冬端着一碗燕窝粥，悄悄地上了西楼。推开房门，就见沈疏影正安安静静地坐在绣架前，正垂首绣着一幅百鸟朝凤。

蕊冬知道这是江南的习俗，女孩儿家在出嫁前，都要亲手绣上一副绣品，好当嫁妆。

她瞧着，心里便一喜，笑眯眯地上前，将那碗燕窝粥放在沈疏影身旁，轻声劝道："小姐仔细眼睛，先吃些东西再绣吧。"

沈疏影摇了摇头，唇角噙着笑，小声道："眼见着婚期越来越近了，可我这儿还有一大半没有绣好呢，自然要赶工了。"

蕊冬依然笑嘻嘻的："那小姐慢慢绣着，奴婢先下去了。"

沈疏影轻轻"嗯"了一声，直到蕊冬离开了房间，将房门带上，她才放下手中的针线，蹑手蹑脚地走到窗前，将窗帘悄悄地拉开一条缝，果然看见蕊冬一路走到了雨廊下面，而一个军装侍从便等在那里，见蕊冬出来，于是迎了上去。

不知蕊冬和他说了什么，侍从点了点头，继而转身向前院走去，看那样子，是去向贺季山汇报去了。

她知道，他们一直在监视着自己。

见蕊冬回头向窗户看了过来，沈疏影吓得赶忙将窗帘松开，一颗心却忍不住怦怦直跳。

离婚期不过还有半个多月的时间，她在屋子里犹如困兽般走来走去，想起薄少同，顿时鼻尖一酸，差点儿就要落下泪来。

自从回来后，沈疏影便再也不曾提起薄少同，她知道，若贺季山知道自己打探薄少同的消息，那只会是百害而无一利，甚至会害了薄少同的性命！

她蜷缩在墙角，将自己紧紧地抱住，一颗心却抽得死紧，忍不住紧紧地咬着嘴唇。绝望的痛楚犹如狰狞的野兽，撕扯着她脆弱的神经，只让她觉得自己再也没有了指望。

她闭上眼睛，滚烫的泪水便再也忍不住，争先恐后地往外溢出。

不知过了多久，直到听到一声叹息，沈疏影大惊，眸子里满是恐慌，抬头看去，却见一身蓝布大褂的柳妈正静静地站在自己面前。

"柳妈，您什么时候来的？"沈疏影慌忙擦去脸上的泪水，从墙角站起了身子。

望着她咬得鲜血淋漓的唇瓣，柳妈不由得心疼道："小姐，你这心里究竟是有多苦，才能将自己咬成这样？"

沈疏影生怕她会将这一幕告诉贺季山，赶忙道："柳妈，我没事的，马上就是婚期了，我只是有些紧张，你不要告诉司令……"

柳妈也是见过世面的老人了，对她这一番说辞实在不会相信，她摇了摇头，无奈道："这段日子，老奴见您和司令都是和和气气的，感情越来越好，我本以为您是下了决心要和司令好好过日子，谁承想，小姐，你和老奴说实话，这段日子，您是不是在骗咱们？"

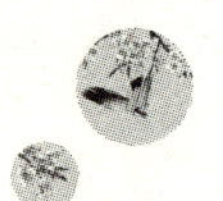

沈疏影双眸通红，脸色更是如雪一般苍白，她嘴唇颤抖着，一声“柳妈”刚唤出口，便抑制不住掩面而泣。

柳妈见她这副样子，心中便已有数。她将沈疏影扶到沙发上坐下，拿起绢子为她拭去泪水，轻声道：“小姐，你和老奴说句实话，司令到底是哪里不好，究竟是哪里配不上你，你怎么就这样的铁石心肠，非要想着薄军医？”

沈疏影听了这话，心里更是乱成了一团，她茫然地摇着头，嗓间酸楚难言：“我不知道，他比我大了这样多，在我心里，我一直都把他当作长辈，当作高高在上的司令，我从没想过要嫁给他，我不行，我受不了……”

话没说完，沈疏影只将眼睛垂下，一大串的泪珠又滚落下来。她自己也不清楚自己的心痛究竟从何而来，只是觉得一股难以名状的痛楚渐渐弥漫到四肢百骸，就好似自己的心，生生被人撕扯了一块出来。

“小姐，虽说司令比你大了十几岁，可又有什么要紧？你看那行政院的杨院长，他的续弦可是比他小了足足二十多岁，人家不也过得和和美美的？现在一儿一女，日子滋润得不得了。”

说完，见沈疏影无动于衷的样子，她又言道：“这女人不比男人，就说司令手下的王团长，他的太太和他同岁，但瞧起来简直跟王团长的老妈子似的。这女人啊，不经老，再说嫁一个比自己大的夫婿，那还不是被捧在手心里过日子？又有什么不好的？”

“柳妈，您别说了。”沈疏影闭上眼睛，泪水打湿了睫毛，那般纤长而弯曲的弧度，湿漉漉地垂在那里，脆弱无依。

柳妈见状，便也不再多说。她站起身，走到门口时又回头看了沈疏影一眼。少女孱弱的身子静静地坐在沙发上，鹊翼般的秀发梳着清秀的双髻，肤白如雪，柳眉杏眸，虽是极致的美丽，可终究是年纪尚轻的缘故，脸庞上还存着少许的稚气，却更如空谷幽兰般纯净娇柔。

她看了许久，心头却是叹息，这样好的样貌，也难怪会将司令的魂给勾去了。

大雪纷扬而下，北平城银装素裹，迎来了入冬后最大的一场雪。

因临近年关，又因贺季山与沈疏影的婚事在即，整座官邸张灯结彩，十分喜庆热闹。

沈疏影站在窗前，对着窗户轻轻地哈了口气，伸出小手擦了擦，睁着漆黑的眼睛，向外看去。

漫天漫地的大雪，院子里白茫茫一片，雪仍搓棉扯絮般落着，绵绵无声，让人什么也看不清。

贺季山下了车，老远就看见灯火通明的屋子里，沈疏影俏生生地站在窗前，看着窗外的大雪。

他有意逗她，军靴踏在雪地上发出“咯吱咯吱”的声音，他悄悄靠近窗户，骤然现出身来。屋子里的沈疏影只看见一道黑影蓦然出现在窗前，只将她吓了一跳，往后退了好几步。

细瞧下去，沈疏影才看清那是贺季山。男人站在屋外，透过那一扇窗户，黑亮的眼睛里满是笑意，带着皮手套的大手，在窗户上轻轻扣了扣。

沈疏影定了定神，看了他一眼，便转过身子，向楼上走去。不等她走出侧厅，就见贺季山已大步走了进来，挡住了她的去路。

“又生气了？”他唇角噙着笑，军帽下的脸英武刚毅，居高临下地看着她。

沈疏影摇了摇头，见他眼底微醺，便问道：“你喝酒了？”

贺季山颔首：“今天去军港视察，没承想视察完被一群小子给逮住了，说我这都快结婚了，也不请他们喝杯喜酒。”

他说着，唇角的笑意越发深刻，眉宇间满是舒展，可以看出他的心情极好。

“那你就喝了？”她轻声道。

“那是他们敬咱们的喜酒，我怎么可能不喝？”他俯下身子，深深地凝视着眼前的女子。男人的声音是低沉温柔的，可听在沈疏影的耳里，却让她忍不住心慌意乱。

见她侧过脸，贺季山伸出手，将她的脸捧在手心，笑道：“我刚才瞧着你趴在窗户上，怎么，是在等我回来？”

沈疏影垂下眼帘，脸庞微微一红，只清清脆脆地道出几个字：“谁等你了，我在看雪。”

“雪有什么好看的？”贺季山挑挑眉。这话刚说完，却又想起来沈疏

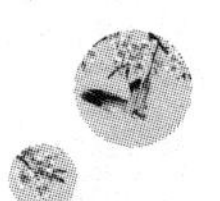

影是南方人，南方气候温暖，怕是她从小到大都不曾见过大雪，而她在北平的这些日子，整日里足不出户，也难怪她会趴在窗户上，眨巴着眼睛往外看了。

想起她方才的眼神，贺季山心头蓦然一软，他将沈疏影抱在怀里，温声道："今晚好好睡一觉，明天我带你去香山看雪景。"

沈疏影心头一动，抬起晶亮的眸子："真的？"

贺季山点了点头，笑着捏了捏她的小脸，道："我什么时候骗过你？"

沈疏影没有说话，隔了好一会儿，才道："可我白天听柳妈说，你明天要去承德的军事基地。"

贺季山听了这话，淡淡一笑，温言道："先陪你看了雪景，再去不迟。"

翌日，果真如贺季山所说，带着沈疏影去香山看雪景。

车队一路开上山腰，山顶路陡，汽车也无法往上开了。

沈疏影刚下车，便被肆虐的北风吹得全身一个哆嗦，可还不等她感觉到冷，便落进了一个温暖的怀抱里去。

贺季山解开身上的军用大氅，将她小心翼翼地护在自己的怀里。沈疏影这日穿着天鹅绒的大衣，外面还套着玄狐斗篷，领子上的毛绒温暖而柔软，将她那张小脸更是衬托得如珠似玉。

"冷不冷？"他的大手揽着她的腰，一面领着她向前走，一面温声问道。

沈疏影摇了摇头。男人将她护得密不透风，而从他胸膛上源源不断传来的热度，更是让她觉得全身暖洋洋的，任凭风雪凛冽，她却一点儿也不觉得冷。

周围满是粉雕玉砌的雪景，沈疏影睫毛上落了雪花，像朵绒绒的小白花，挡住了视线，不等她伸出手，就见贺季山轻柔地为她将睫毛上的雪花拭去。沈疏影一怔，忍不住向他看了过去，而男人也正在看着她，四目相对，贺季山微微一笑，眉宇间一派英气。

他们一路走着，何副官领着侍从在距离他们十步以外的地方，即使岗哨全部放了出去，但是每个人的脸上依然是警惕而肃穆的神色。

路越来越陡，贺季山将大氅替沈疏影系好，自己则走到她的面前，蹲下了身子。

“上来，我背你。”他的声音低沉而温和，似是在说着一件极其寻常的事。

望着他宽厚的后背，沈疏影情不自禁地倾下身子，贺季山稳稳当当地将她背在背上，一步步向山上走去。

“古有猪八戒背媳妇，今有贺季山背夫人，倒也算是一段佳话了。”贺季山走了几步，停下了步子，回过头对沈疏影笑道。

“贺季山。”她静静地倚在他的后背上，轻轻开口。

“嗯？”男人出声。

“你为什么……要对我这么好？”沈疏影说着，眼圈蓦然一红。

男人的脚步一滞，片刻后依然背着她稳稳地走着。他没有回答沈疏影的问题，就那样一步步地走着，天地间，仿佛只有他们二人。

看过了雪景，贺季山带着沈疏影来到山腰口的别墅。香山的别墅虽远远比不上官邸的气派，却胜在精巧别致，典型的西洋风格，若是秋天来住，举目望去便可将香山的红叶一览无余。

别墅的暖气烧得极旺，沈疏影刚走进去，没消多久就热得小脸通红，大衣与斗篷自然都脱了，只穿了件云锦旗袍，极其素雅的颜色，整个人，便好似一支白梅，清丽温柔。

别墅的仆人早已得知他们会来，东西都早已准备好，甚至还从山下特意接了一位专做淮扬菜的厨子上山，就是为了讨沈疏影欢喜。

趁着她午睡的空当，贺季山的车队便一路呼啸着，冒着大雪向承德驶去。

沈疏影一直在假寐，听到汽车发动的声音，她睁开眼睛。打开房门，就见一个老妈子与几个丫鬟守在小厅里，见她起来，都慌忙站起了身子，满脸堆着笑，恭恭敬敬地说道：“小姐怎么醒了？司令临走前还特意交代，要我们一定不能扰了您休息。”

沈疏影道：“他临走前，可说什么时候回来？”

“司令说，他今晚怕是回不来了，晚上要小姐一个人先吃，不要等他。司令还说，等他将承德的事情处理好，便会赶回来，再陪小姐去碧池潭看风景。”

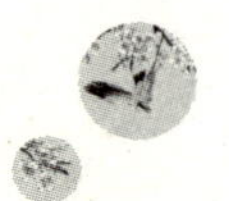

沈疏影点了点头，示意自己知道了。她紧了紧身上的披风，转眸望向窗外，鹅毛般的大雪依然绵绵不断地纷扬而下。顺着山路望去，只见车队变成了一个个小小的黑点儿，眨眼间便再也看不见。

翌日，沈疏影望着桌上丰盛的早餐，却没有丝毫的胃口。

“小姐若是觉得这饭菜做得不合胃口，不妨告诉老奴您想吃什么，老奴再吩咐人去做。”一旁服侍着的老妈子小心翼翼，声音谦卑而恭顺。

沈疏影摇了摇头，微笑着道：“我倒有些想吃玫瑰木的松子蛋糕，只不过离这儿太远了，不太方便。”

别墅里的人都知道她即将嫁给贺季山，又见贺季山待她极好，正是巴不得有机会讨好她，此时听她说想吃玫瑰木的松子蛋糕，老妈子便赶忙道：“小姐说的玫瑰木，是不是东山大街上的那一家？”

沈疏影笑着点了点头。见那老妈子去唤司机，沈疏影唤住她，问丫鬟要来了纸笔。众人只以为她要将自己想吃的东西写下来，让人按着单子上的买。

待她写好，老妈子拿来一瞧，却见上头密密麻麻地写着蚯蚓一样的文字，见她不解，沈疏影解释道：“玫瑰木是西餐厅，我写的是英文，都是些蛋糕的名字。”

听她这样一说，老妈子便笑着应声，扭着小脚赶忙去让人将这单子送到玫瑰木，务必要将沈疏影想吃的东西全部买回来。

沈疏影见别墅里的汽车向着山下驶去，她却觉得身子一软，就好像所有的力气都被人抽干了似的。她坐回椅子，只有自己才知道，她的双手早已颤抖得不成样子，心里默默祈祷着，希望一切都能顺利。

不知道过了多久，听到叩门声，沈疏影将门打开，屋外俏生生地站着一个眉清目秀的小丫鬟，笑吟吟地道：“小姐，方才玫瑰木的人特意为您将蛋糕送了过来，新鲜着呢，您快吃吧。”

见到那包装精美的纸盒，沈疏影心头怦怦直跳，面上却是十分平静的神色。她将纸盒接过，微笑着对那小丫鬟说了声“谢谢”。将门关上后，她几乎不知道自己是怎样迈开步子，走到桌子前，手忙脚乱地想要解开纸盒上的彩带，岂料手指一直颤抖，试了好几次，才将纸盒打开。

盒子里安安静静地摆着一块香甜四溢的芝士蛋糕，她将蛋糕掰开，果然看见点心里夹着一个油纸小包，撕开一看，里面是一张字条，正是熟悉的字迹，此外，还有几粒白色的西洋药片。

她将字条上的字细细地看下去，看到最后，只觉得眼里酸得难受，而看着那白色的药丸，更是让她心头柔肠百转，思绪万千。她咬了咬牙，终是将那药丸仔细收好。

沈疏影整日都心神不宁，直到晚间，贺季山回来了。

吃过晚饭，贺季山去了书房处理公务，沈疏影去厨房冲了杯牛奶，送到了书房。

“时候不早了，你喝过牛奶，就早些休息吧。”她心慌得厉害，简直不敢去看男人的眼睛，那一双纤长而乌黑的睫毛轻轻颤抖着，在洁白的脸庞上映上斑驳的光影。

贺季山从小山般的公文中抬起头来，望着手边的牛奶，他的手指搁在桌上，无意识地轻轻叩着，发出“笃笃”的声音来。

见他不喝，沈疏影慌乱得越发厉害，却一点儿也不敢表露，只小声问道：“怎么不喝？”

贺季山笑了笑：“我从不喝牛奶。”

一语言毕，沈疏影怔在了那里，那一瞬间，她的头脑一片空白，甚至不知道接下来该怎么办。

也许是很长一段时间，也许是几秒钟，她将那杯牛奶拿起，口中只道：“那我端出去。”

岂料男人的大手一把揽住了她的腰身，将她带到怀里，坐在了自己的膝上。

沈疏影见他将牛奶端过，乌黑的眼睛漆黑如夜。他低眸看了她一眼，淡淡一笑，低声道：“只要是你送来的，就算是毒药，我也会喝。”

这句话刚说完，沈疏影身子就是一震，她竭力稳住自己，生怕被他看出不妥，然后眼睁睁地看着他将牛奶送到唇边，喝了一口。

她觉得自己的心快跳到了嗓子眼儿，却只能僵硬地坐在他的怀里，一动也不敢动。

贺季山喝下那一口略带涩意的牛奶，眼睛倏然就暗了下去，脸上却依旧不动声色，唯有握着杯子的手，根根骨节分明，甚至泛起了轻微的白色。

他又低眸看了一眼怀中的女子，瞳孔深处却微微地动了动。他一语不发，就那样看着她。

沈疏影见他这样看着自己，心里更是惶然："你怎么了？"

贺季山没有说话，却是一笑，那一笑间极是深邃，带着浓浓的自嘲。他转过眸子，举起手中的牛奶，不声不响地喝了个干净。

见他喝光了杯子里的牛奶，沈疏影全身一松："时候不早了，你看完文件也早些去休息吧。"她慌慌张张地从他的怀里抽出身子，转身刚走到门口，就听身后传来一道闷声，回头望去，就见贺季山已经倒在了桌上，眼睛紧闭。

她没想到药性发挥得这样快，眼见着他趴在桌上一动不动，吓得她魂飞魄散。

她赶忙跑回男人身边，连她自己都没有察觉，她的声音惊慌到了极点，甚至带了哭腔："贺季山，贺季山……"

她开口唤他，而男人却依然是无知无觉的样子，显然是睡得极沉。她伸出小手，缓缓地贴在男人的胸口，察觉到男人有力而强劲的心跳，她还是不放心，手指又伸到贺季山的鼻翼下，去探他的鼻息，见他呼吸平稳，沈疏影恐惧到极点的神经骤然一松，身子便软在了地上，滚烫的泪水唰唰地落了下来。

"对不起，对不起……"她轻声呢喃着，泪水却是那样凶，止都止不住，"我不是故意的，我不能对不起他，我不能……"

她断断续续地说着，甚至自己都不知道说了什么，最终，她擦干眼泪，起身走到门口，却还是回过了头。

男人孤零零地睡着，她又折返走到男人身边，将搭在椅背上的军装小心翼翼地为他披在身上，做好这一切，她不敢再去看他一眼，打开书房的门，落荒而逃。

第九章 伤逝

香山的别墅不像官邸那般戒备森严，沈疏影悄悄回到房间，穿上大衣，她一直等到深夜，才打开房门。走廊里并没有岗哨，一切都安静得不可思议。

她屏气凝神，每一步都走得小心翼翼，落足极轻，就像行走在悬崖峭壁上，脚下就是万丈深渊，哪怕一个不小心就会粉身碎骨。她面色苍白，只觉得自己像一只猫，就连背上的汗毛都根根竖了起来。

刚走到花园，她便全身一个激灵，北风凌厉，夹杂着雪花扑面而来，犹如刀子般割在脸上，简直让人睁不开眼睛。

沈疏影哆嗦着，努力睁着眼睛，向后院的小门奔去。她本以为小门会落锁，岂料轻轻一推，那扇小门就被推开了。

她没想到会这样容易，先是怔了怔，继而便抑制不住欣喜。她的鞋子早已被雪水打湿，却丝毫不觉得冷，胸腔里的喜悦只让她越过小门，向着后山跑去。

夜晚的香山十分静谧，除了呼啸的寒风，再也没有别的

声音，唯有沈疏影的脚步踏在积雪上，发出急促的“咯吱咯吱”声。她拼命地跑着，不时有冷风呛进肺里，让她忍不住咳嗽。

夜色洒在雪地上，一片的冷淡如银，透着积雪的反光，一切都十分清晰。

果然，刚跑过这个山坡，就见转弯处停着一辆汽车，车灯在月夜的大雪里发着温暖的光晕，她只觉心头一松，脚步不由自主地停了下来。

一身校呢风衣的薄少同正站在车前，修长的身姿依旧挺拔，他看见她，将手中的烟扔在了地上，向她跑了过去。

“小影——”他将她抱在怀里，刻骨的思念凝成这一句呓语。

沈疏影的眼泪“唰”地落了下来，她将脑袋埋在男人的胸前，心里只觉得温暖而踏实。

“你肩上的伤好了吗？”她抽出身子，仰着小脸看着眼前的男人。

薄少同微微一笑，安慰道：“早已经好了，你忘了，我就是医生。”

沈疏影也笑了，那抹发自内心的笑让她的小脸看起来是那般柔与美丽，简直让人移不开目光。

“怎么想起来写信去玫瑰木？”薄少同紧紧地抱着她，似是抱着一件失而复得的珍宝。

“你曾和我说过，你在德国留学时，就与玫瑰木的老板相识，所以，我就想着他一定能帮咱们。”沈疏影轻轻地说着，唇角的笑涡浅浅，此时此刻，仿佛是劫后重生一般，让她抑制不住眼角眉梢那俱是温柔的笑意。

薄少同抚上她的小脸，黑曜石般的眸子里满是疼惜之色。隔了片刻，他定了定心神，道：“那些药，司令吃了没有？”

沈疏影心里一紧，想起贺季山，只觉得愧疚与心痛一起涌了上来。她点了点头，几不可闻地道：“我把药放在了牛奶里，亲眼看着他喝下去的。”

说完，她抬起眼睛，又道：“那些药，会不会……”

察觉到她眼底的恐惧，薄少同摇了摇头，温言抚慰：“你放心，那是安眠药，只会让他睡得很沉，我们要赶紧走。”

沈疏影放下心来，点了点头。

薄少同解开自己的风衣，可还不等他为沈疏影披上，枪声便响了起来。

沈疏影看着薄少同的身子震了震，她好似傻了一般，滚烫的鲜血就溅在了她的大衣上，而薄少同依然对她微笑着，抬起手，将风衣为她披好。

“承泽……”她惊骇地看着他，脸色如雪。

薄少同微微地喘息着，眼睛里的光芒却渐渐地微弱下去。他伸出手，为沈疏影将脸颊上的发丝捋好，轻轻地说了一句：“小影，我爱你。”

说完，他的身体便好似断了线的木偶般倒了下去，那样多的血，子弹从他的后背打进去，极其精准地射入他的心脏，没消多久，鲜血便将整块的雪地染成了触目惊心的红色。

沈疏影站在那里，当薄少同的身子倒下，她看见了站在不远处的贺季山。

男人伫立着，身形高大魁梧，双眸乌黑如墨，棱角分明的脸上没有一丝表情。他缓缓地将握着枪的手放下，整个人令人不寒而栗。

薄少同躺在雪地上，微微地抽搐着，胸口处不停地往外冒着血，沈疏影扑在他身上，她好像是呆住了，只用小手去捂住他的胸口。薄少同凝视着她，他的血液是那样温暖，不断地烫着她的心。

她看着他的鲜血在雪地上开出一朵朵血花，在雪夜里弥散出一股强烈的血腥气，她却无能为力，只能徒劳地按住他的伤口，眼神散乱，脸上的颜色，比躺在地上的薄少同还要苍白。

她看着薄少同对自己微微笑着，他动了动嘴唇，却已经说不出话来。她轻轻地趴在他的唇边，听着他用极其微弱的声音，吐出几个字来：“答应我，你要好好活……”

她的身子剧烈颤抖着，眼睁睁地看着恋人死在自己面前，她颤巍巍地伸出手，抚上了薄少同的脸，轻轻地唤着：“承泽，承泽……”

沈疏影的身子已经抖动得控制不住，她的手上沾满了薄少同的鲜血，她望着他变得灰白的脸，只觉得自己也死了，跟着他一起死了。

男人的军靴踩在雪地上，一步步向她走来，她却什么也听不见，直到男人的大手将她抱起来，她才发出一声犹如小兽般的尖叫。

贺季山铁青的脸在月夜的大雪中显得阴沉可怕，他面无表情地对身后的侍从吩咐道：“将尸体抬走。”

他的话音刚落，便有背着枪的侍从走上前，将薄少同的尸体拖了下去。

沈疏影看着这一切，突然感到寒冷，她剧烈地哆嗦着，对着那些人凄厉

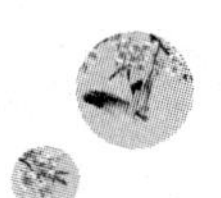

地喊：“不——”

贺季山冷冷地看了她一眼，薄唇淡淡勾起，阴森森地开口：“他死了。”

沈疏影僵硬地转过头，向他看了过去，喃喃道：“是你开的枪？”

贺季山冷笑一声：“不错，是我杀了你的情郎。”

沈疏影眼睛一黯，犹如最美的星星蒙上了一层灰白色的云霭，她的脸色苍白如纸，直到贺季山将她一把揽在怀里，她的长发如流水般散在了他的臂弯，肩头被男人紧紧攥着，听到他用冷到了极点的声音，一字一句道；“沈疏影，我倒不知你有这样大的能耐，敢对我下药！”

她的瞳孔微微凝聚出一丁点儿的光，终于有泪水从眼眶里滚了出来。

贺季山目光幽暗得可怕，他站在那里，脸上依旧是一丝表情也无，只将她一个横抱，向着汽车走去。

回到官邸时，已经是三日后了。

贺季山将沈疏影抱到房间，官邸里的下人看见沈疏影如今的情形，都吓了一跳。

不过才几日的工夫，沈疏影脆弱得仿佛一缕轻烟，脸上没有任何血色，但是她安安静静的，不哭也不闹，只任由贺季山将她放在床上，盖上被子。

柳妈心头惊骇，一个字也不敢问，悄眼打量着贺季山，心头便又是一紧，贺季山的下颚上起了一层的胡楂儿，眼底满是血丝，他一动不动地站在床前，伸手抚上了沈疏影的脸。

沈疏影依然是安安静静的，眼睛空洞无神，干涸的眼底没有一点儿眼泪，看那样子，倒好像是受了极大的刺激，整个人都变得魔怔了。

贺季山坐在她的床前，当日在香山别墅时，沈疏影晕厥了过去，而当她醒来后，每日里便缩在墙角，紧紧地环着自己的身子，如同濒死的鸟儿，连呼吸都微弱得几不可闻。

他瞧着，心猛地一疼。他上前将她抱在怀里，无论怎样唤她，她都是这副样子，痴痴怔怔的，曾经那样漂亮的一双眼睛变得毫无神采，就好像是目光散开了，再也凝合不到一起去。

他错了，错得那样厉害。

他用最极端的方式，给了她最足够的理由，让她去恨他一辈子。

“司令，小姐这是……”柳妈悄悄上前，忍不住开口。

贺季山紧紧攥着沈疏影的小手，他抬了抬眼睛，只淡淡道了句：“以后不要再喊她小姐了，喊夫人。”

柳妈一怔，只以为这几日的工夫，贺季山对沈疏影做了那见不得人的事，她轻轻哆嗦着，望着沈疏影苍白的面孔，想起发生在她身上的事，忍不住心里一疼。

“司令，您和小姐的婚期左右不过还剩下十来天的时间，您何苦这样心急……”柳妈也不知道是从哪里来的胆子，这一句竟是脱口而出。

贺季山的脸色刹那间变得铁青，他回过头，眼角一扫，只将柳妈吓得立刻噤声，再也不敢多说一个字。

“你们全都下去。”他开口道。

柳妈叹了口气，领着丫鬟走出了屋子，并将门关上。

贺季山的胳膊抵在床上，将沈疏影整个圈在自己的怀里，看着她的眼睛道：“沈疏影，你别以为这样我就会放过你，你现在就算成了一具尸体，十天后，我也照样会娶你过门。”

话音刚落，沈疏影的眼眸轻轻一转，一滴泪顺着眼角缓缓落了下来。

他伸出手指，为她拭去泪水，低哑的嗓音沉缓而坚定：“我知道你恨我，薄少同是我杀的，你若想给他报仇，就把身子给我养好，我随时恭候。”

说完，他站起身，最后看了她一眼，转身走了。

贺季山连夜去了北大营，将这几天耽搁的军务处理好，又在最高司令部紧急召开了军事会议，对华南战场做出了最新的作战部署。待会议结束，天色早已大亮，他又是一夜未曾合眼，此时看去，眉宇间落满了浓浓的倦意。

他刚闭上眼睛，打算休息片刻，就听到一阵脚步声自走廊尽头传来，一会儿，停在了他的门口，紧接着响起了敲门声。

“进来。”他捏了捏眉心。就听“吱呀”一声，何副官走了进来。

“什么事？”见他一脸踌躇，贺季山直截了当地问道。

“司令，您与沈小姐的婚期只剩下十来天的时间，如今各大报刊也都将

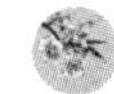

这事刊登了出去，您看，孟家那边，咱们要怎么说？”何副官小心翼翼地开口，斟酌着自己的措辞，生怕一个不留神，会把眼前的男人惹怒。

贺季山闻言，脸上依然是淡淡的神色，他燃起一支烟，抽了一口后方道：“该怎么说就怎么说。”

何副官眉头拧得死紧，又道：“可十一军的孙军长和十七军的杨军长、三团和六团的团长，甚至包括承德的一零七连的高连长，这些可都是孟家的老臣，现在听说您要娶妻，一个个都在那儿倚老卖老，要您给一个说法。”

听了这话，贺季山顿时勃然大怒，对着何副官厉声喝道：“何德江，你长本事了是不是？”

何副官顿时将头一低，赶忙道：“属下不敢。”

贺季山站起身子，将手中的香烟掐灭，双眸利如刀刃，道：“让他们有什么不满，只管冲着我来。”

何副官苦笑道：“他们哪有那个胆子，就是因为不敢当着您的面说，这些日子才三番五次地搅得属下不得安生。”

贺季山看了他一眼，冷声道：“那你回头告诉他们，这个老婆我贺季山是娶定了，他们若敢再多说一个字，那就让他们把军帽摘了，直接滚回关外去。”

何副官应了一声，却依然踌躇，惹得贺季山不耐烦道：“还有事？”

何副官咽了咽口水，接着道：“司令，您这次娶亲，属下只怕静蓉小姐那边……”

将话说到这里，何副官便不再说下去了。贺季山心里也明白，在听到那两个字后，他的脸色一沉，一言不发地坐在椅子上，久久没有出声。

就在何副官以为他不会再开口，打算离开的时候，却听贺季山低着嗓音，开口道：“过去了这么多年，她早该想开了。”

何副官道：“属下就是怕静蓉小姐想不开。”

回到官邸时，正值晚饭时分。

贺季山饭也没吃，直接去了西楼，去看沈疏影。

在门口处，刚巧碰见了从屋里出来的陆医官，贺季山眼皮一跳，不等陆医官对自己敬礼，便直接问道：“她今天怎么样？”

“夫人已是几天粒米不进了，虽说每天都吊着营养水，可若再这样下去，对她的身体损害更大，而且……”

贺季山心头烦闷，喝道：“而且什么？”

“而且，属下见夫人的样子，倒是一心求死，无论我们和她说什么，她都只是看着天花板，一个字也不说。”

贺季山听了这话，目光渐渐森寒下去，他唇线紧抿，整个人透着一抹凌厉之气。

“不知道夫人还有没有什么亲人，司令不妨接来，好好劝劝她。”

贺季山没有说话，只站在那里，燃起了一支烟。他眉头深锁，烟雾缭绕中，将他的面容映照得模糊不清。

一支烟抽完，他走到沈疏影的房门前，推开门走了进去。

护士见到他，都赶忙站起身，不等她们开口，贺季山便一个手势，示意她们下去。

待护士走后，他来到床前，沈疏影似是睡着了，白皙的小手露在锦被外，因这些天一直吊着营养水，那手背已经被针扎得不成样子，青紫一片，微微肿了起来。

他只看了一眼，便不忍心再看下去，忙将视线转开。沈疏影原本娟秀的瓜子小脸此时更是瘦脱了形，下巴尖尖的，瘦骨伶仃地躺在那里，好似随时都会香消玉殒一般。

他瞧着，心痛如绞，忍不住唤她：“小影。”

沈疏影依然是毫无反应，贺季山将她的身子抱在怀里。她沉沉地睡着，温软而清甜的气息一直萦绕进贺季山的鼻息里，他渐渐收紧了胳膊，将她紧紧地箍在怀里。

她终于动了动身子，贺季山心中一喜，凝视着她苍白的小脸，温声道：“小影，快醒一醒。”

沈疏影慢慢地睁开眼睛，呼吸依然微弱，她轻轻地仰起头，瞧见了贺季山的容颜。

她的唇角绽放出一抹依恋而脆弱的微笑，伸出手，轻轻地抚上了贺季山的脸庞，划过他英挺而刚毅的眉眼、挺直高耸的鼻梁，最后落在那噙着笑意的唇角上。

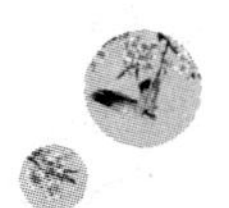

“承泽……”她开了口。

贺季山的笑瞬间凝固在那里。

“承泽……”她依然轻声唤着心上人的名字。他曾在自己最无助最孤苦的时候，一夜夜地守着自己。她记得那一个个夜晚，当她高烧不退时，守夜的丫鬟与护士全都睡着了，只有他，一夜夜衣不解带，不眠不休地照顾自己。

当她被高烧烧得神志不清，全身的骨头都疼得要死的时候，是薄少同一遍遍用大手抚上她的额头，他的声音是那样温柔，哄她吃药的时候，更是如同在和一个婴儿说话。

记得那一晚，她哭着要哥哥，是他紧紧攥着她的手，告诉她，只等她的病好了，他就带着她去找哥哥。

他从没有食言，他付出了一切，只为了带她走。而她，却把他害死了。

他将她视若珍宝，从没有过肆意轻薄，甚至，当他将自己的脸颊捧在手心，她都已经察觉到他的眼睛炙热，呼吸急促，可他终是在自己的额上落下一吻，就连唇瓣都不曾碰过。

沈疏影小心翼翼地抚摸着贺季山的脸，眼泪扑簌簌地落下来。她将身子倚在他的怀里，轻轻地说道：“承泽，他说你死了，我不相信，我知道你一直在等着我，我会将身子养好，等我好了，你再带我走……”

一个“走”字，狠狠地刺痛了贺季山的心。他身体僵硬地坐在那里，揽着沈疏影的手指关节处发出“咯吱”的脆响。

他极力压抑着自己的呼吸，从眼底深处渐渐地迸发出怒火，他一把揪住沈疏影的衣襟，手掌上青筋突起，那一刹那的怒意，似是要将她扯成碎片。

“沈疏影，我再跟你说一次，他已经死了！薄少同已经死了！”他的骨节根根分明，怒火已经到了无法容忍的地步。

沈疏影怔怔地看着他，一双眼睛因哭泣，早已变得湿润而氤氲，她的脸颊瘦得厉害，更显得眼睛比以前还要大。

她望着他，泪珠“啪嗒”一声落在他的手背上，摔了个粉碎。

她没有说话，只将脸颊埋在他的怀里，伸出了纤瘦的胳膊，环住了他的腰。

贺季山的身子，刹那间怔在了那里。

“承泽……”她闭着眼睛，轻轻地呢喃，声音是他从没听过的温柔，她第一次主动接近他，却是在他的怀里，唤着另一个男人的名字。

贺季山望着她乌黑的秀发，柔柔顺顺地披在身后，微微颤抖的睫毛上，凝结着一大滴晶莹的泪珠。

他发了狠，将她的身子一把推到床上，他的眸子是噬人般的血红。他站在那里，喘着粗气，一种莫名的空虚涌上来，仿佛整个人都被掏空。纵然他权倾天下又有何用，他的心被她死死地攥着，再也不属于自己。

他走出屋子，屋外站着医官、护士、老妈子、丫鬟，密密麻麻，足足有十几个人。

也许是见他的脸色实在难看，陆医官忍不住上前，一声“司令”刚唤出口，便被他一个手势止住。

“你给我听着，她要是死了，你便直接拿枪崩了自己的脑袋吧。”他的脸沉得能滴下水来，透着浓浓的阴戾，他看着陆医官的眼睛，语气平静地说出这句话。话音刚落，陆医官的脸色顿时变得惨白，却仍是一个立正：“是。”

他离开西楼，也没让侍从官跟着，一路走到了书房，直到狠狠地吸了口烟，脸色才渐渐恢复过来。

沈疏影的情况依然不见好转，这一日，贺季山来看她，见护士捧着一碗米汤坐在一旁，正小心翼翼地喂她。

“你们都下去。”他接过米汤，对屋子里的人吩咐。

待众人离开后，贺季山将沈疏影的身子揽在自己怀里，端起那碗米汤送到了她的唇边。

沈疏影十分乖巧，顺从地张开嘴，由着男人将那碗米汤喂了进去。

贺季山眉心稍稍舒展，伸出手将她唇角的米渍拭去。不料还不等他擦干净，沈疏影便一个侧身，将刚才喝下去的米汤又全部吐了出来，弄了他一身。

她拼命地咳嗽着，贺季山又急又痛，再也无法忍耐，一把将她抱在自己面前，厉声喝道：“沈疏影，你到底想要什么？”而她却笑了，纵使这么多天神情恍惚，可在这一刻，她却认出了眼前的男人。她看着他的眼睛，一字一顿，无比清晰地说道：“贺季山，我只想要你去死。”

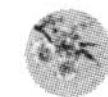

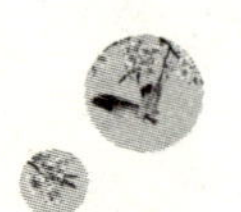

她的话音刚落，男人的眼底便倏然一暗，好似有一样东西，刹那间碎成了粉末。

“就为了一个薄少同，你巴不得我去死？”他的声音阴狠，甚至连他自己都没发觉，他的手抖了起来，不知是气愤，还是恐惧。

沈疏影满眼的泪水，即使如此，那双雪亮的眸子依然静静地看着他，带着无比的憎恨，就那样看着他。那样的目光，堪比利刃，硬生生地在他的心上戳出几个洞来。

她虚弱到了极点，只觉得一阵头晕眼花，整个人单薄得好似没有了一丝重量。

“他救过你的命，你却杀了他，贺季山，你会有报应的！你这个刽子手！”泪水从她的眼眶里滚滚而下，她抽噎着，好不容易才将这句话说完。

那样多的恨，几乎将她整个胸腔都溢满了，她的身子软软的，说完这一句，她使出全身的那点儿力气，向着贺季山的胸口推去。

男人一只手便抓住了她的两个手腕，另一只手仍然紧紧地扣在她的腰上，他的眸子阴沉，带着骇人的愤怒，字字都是刻骨寒意，他冷笑道：“救了我命又如何？在战场上，救死扶伤本就是他的职责，你信不信，就算他现在站在我面前，我还是会一枪崩了他！”

说完，他望着沈疏影的容颜，压低了声音，又道：“我给过他机会，你怨不得我！”

沈疏影心头荒凉，眼中渐渐涌出绝望的神色：“贺季山，我会恨你一辈子。”说完，她闭上眼睛，不再出声，只有一张雪白的小脸上满是泪痕。

贺季山看着她的泪水，只觉得怀中的身子羸弱得像是个纸张剪影，吹口气就会飘走。他突然心如刀绞，疼得那样厉害。他将她紧紧抱在胸前，过了许久，他开口，声音却低得让人听不清楚：“无论他想要什么，我都可以给他，只有你，不行。”

那般低沉的声音，仿佛亲人间最亲密的呓语，沈疏影仿佛没有听清，她动也没动，也不挣扎，任由贺季山将她抱在怀里。也不知过了多久，就听到有侍从上前，透过虚掩门，恭敬而小心地唤了一声：“司令，属下有要事，请您务必出来一趟。”

贺季山深吸了口气，将沈疏影的身子放回床上。她依旧是安安静静的，双眸望着天花板，泪水早已干涸，此时的她，看上去，仿佛轻轻一碰，就会碎得不可收拾。

他收回目光，刚走到屋外，就听何副官压低了声音道：“司令，沈先生回来了！”

他的身子一震，眸光顿时雪亮如电，终是什么也没有说，只大步向楼下走去。

沈志远推开卧室的门，迎面便是一股消毒水的味道，西式大床上蜷缩着一个小小的身影，单薄得如同一个婴儿。他迈着步子，直到走到床前，才看清沈疏影的小脸。

只一眼，他的脑袋便“嗡”的一声，他的双手死死地握着，过了好一会儿，才让呼吸平稳下来。

沈疏影听到脚步声，只以为是贺季山，她紧紧闭着眼，当那一声熟悉的“小影”响起时，她睁开了眼睛，满是不敢置信的神色。

眼前的男人身材颀长，一袭黑色风衣将那原本就倜傥的身段衬托得风度翩翩，而他的面容更是英俊非凡。

沈疏影努力支起身子，一声“哥哥”刚唤出口，便被沈志远一把抱在怀里。

“哥哥，你怎么现在才回来？”沈疏影的眼泪一颗颗地掉着，她有那样多的委屈，那样多的憎恨，到了这一刻，方才尽情宣泄了出来。

沈志远眼睛湿润，一语不发，只将沈疏影紧紧地抱在怀里。怀里的人已经瘦得不成样子，甚至骨头都会硌得人生疼，而这一切，都令他胸腔里的怒火狠狠地翻滚着，摧枯拉朽般要将他燃烧殆尽。

贺季山守在门外，默默地吸着手中的一支香烟，听到身后的脚步声，他并未回头，任由沈志远一把扯过他的身子，迎面就是一记狠拳。

他动也没动地挨了这一下，整个人向后退了几步，唇角顿时迸裂，溢出了血。

他的脸上依然是淡淡的样子，只伸手将唇角的血拭去，而在沈志远的拳头再次挥过来时，他眼皮抬也没抬，便一手将沈志远的拳头握在了手里。

沈志远的脸上是惊怒交加的神色，即使用足了力气，却终是再不能将拳

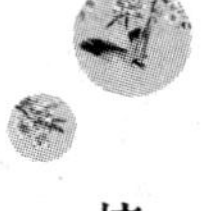

头往前更进一步。

贺季山抬起头，看着他，低语了两个字："够了。"

沈志远松开手，眼中似要喷出火来；"贺季山，我将小影送到你这里，不是让你这样欺负她！"

"我会娶她。"男人声音低沉。

沈志远却喝道："你想娶，那也要看她愿不愿意嫁！"

"愿不愿意，本就由不得她。"说完，他眼睛一转，落在眼前的男人身上，接着说道，"也由不得你。"

说完，他不再去管沈志远的脸色，只是转身对一旁的侍从吩咐道："送沈先生去休息。"

何副官立刻上前，敬了一个礼，道："沈先生，请。"

沈志远望着贺季山的背影，道："你这是在逼她去死。"

贺季山闻言，魁梧的身形顿了顿，却终是一语不发。

贺季山与沈疏影的婚期向后延迟，对外只宣称沈疏影突然抱恙，怕是短期内无法如期举行婚礼，但鲜红的婚书却已刊登在各大报刊上，昭告天下，贺季山已与沈疏影结为夫妻。

贺季山的籍贯、姓名、年龄，沈疏影的籍贯、姓名、年龄，介绍人的名字，证婚人的名字，主婚人的名字，一一在列，密密麻麻的蝇头小楷，在那鲜红的纸张上透着喜庆。

而在婚书的下面，更有着如此一段话：

两姓联姻　一堂缔约
良缘永结　匹配同称
看此日　桃花灼灼　宜室宜家
卜他年　瓜瓞绵绵　尔昌尔炽
谨以白头之约　书向鸿笺
好将红叶之盟载明
鸳谱此证

此话出自贺季山身边的幕僚之手，那般美好的字眼，却仍是无法让这段姻缘变得美满。

在婚书昭告天下之后，无论婚礼举行与否，沈疏影在世人眼里，永远都不再是江南沈家的女儿，而是成了江北总司令夫人。

晚间，贺季山在军营中处理了一天的军务，又加上这些日子不眠不休地照顾沈疏影，眼圈下已泛起一片青色，那双眸子虽然仍是黑亮，但难掩疲倦。

他依然是军装都来不及脱，便抬脚来到西楼，推开门，就见沈志远守在那里。

沈疏影已经睡着了，她的手紧紧地攥着沈志远的衣角，仿佛生怕他会丢下自己似的。

“你先出去，这里我来守。”

他站在沈志远身后，淡淡开口。

沈志远将沈疏影的小手放进被子里，回头看了一眼贺季山。他慢慢地站起身，声音里是浓浓的无奈：“贺季山，你若不想她死，就让我带她走。”

贺季山听了这句话，脸色顿时就变了，眼睛更是刹那间变得阴狠。

“没有人能带走她！”

沈志远听了这句，顿时变得怒不可抑，他冲到贺季山面前，嘶声道：“你是不是真的要看她死，你才甘心？”

贺季山越过他，静静地走到床前，沈疏影无知无觉地睡着。也许是因为沈志远回来的缘故，她睡得很踏实，唇角竟还隐约噙着一丝笑意。

他伸出手，缓缓地抚上她的小脸，掌心的肌肤细腻而柔软，令他舍不得放手。

沈志远见状，一言不发地转过身，刚将门锁转开，却听身后的贺季山开口道：“明天，你就带着她去东桥。”

沈志远身子一顿，倏然回过头来。灯光下，贺季山默默地坐在床前，只望着床上的女子，接着道：“东桥风景极佳，最适合休养，我在那里为她置了一处宅子，完全是按着你们老家的样子修的，你带着她住在那里，等我从华南回来，再将她接回官邸。”

他的声音低缓而平静，说完这一句，便不再说话。

沈志远点了点头，只道了一声“好”，便打开房门，走出了卧室。

屋子里安静到了极点，床头摆着一台纱罩小灯，粉红色的璎珞垂下来，投下了细碎的光影，而她，依然安安静静地睡着，乖巧得像一个孩子。

贺季山躺在她身边，连着被子将她小心翼翼地抱在怀里。她的发质十分柔软，他将下巴抵在她的发梢，轻轻地唤了一声她的名字。

沈疏影本能般蜷缩了身子，也许是他的怀抱太过温暖，只让她无意识地转过脸，向他的胸口靠去，柔美的小脸上，是满满的依恋。

贺季山只将她揽得更紧，她弱弱地蜷在他怀中，将脸深深地埋在他的胸口。她清甜的气息只让他几乎不敢呼吸，一动也不敢动，生怕将她吵醒，生怕她看见自己后，眼底又变成憎恨与冷漠。

他慢慢地闭上眼睛。这些日子，他的确是累到了极点，华南大战已经到了最严峻的时刻，他除了连夜与众将商讨战事以外，回到官邸又衣不解带地照料沈疏影，已经许多天没有好好睡一觉了。

他本想小憩片刻，没想到头一歪，便这样抱着她睡着了。

沈疏影一直昏昏沉沉的，也不知道睡了多久，迷迷糊糊中，只觉得自己被人抱上了汽车，后来发生了什么，她却一点儿都记不得了。

醒来时，眼前的一切都变了，自己躺在楠木闺床上，床顶是密密的精美的雕刻，是最老派的江南如意花纹，她只看了一眼，就觉得眼睛花得难受。

一旁的丫鬟瞧见她醒来，立刻笑道：“小姐醒了？”

也许是听到里屋的动静，沈志远立刻从外面走了进来，见沈疏影睁开眼睛，一直紧绷的神色终于放松下来，忍不住笑道：“小影，你醒了？”

“哥……”沈疏影望着眼前的闺房，喃喃道，“我们是不是回到了老家？”

沈志远笑容一窒，顿了片刻，拍了拍她的手，温声道：“不错，咱们回家了。”

沈疏影先是不敢置信，继而唇角绽放出一抹笑意，轻声道：“你不骗我？”

沈志远只道：“连哥哥的话都不信了？”

“他，真的放过我了吗？”沈疏影唇角的笑意隐去，眸中满是惶然。

沈志远紧了紧她的手，温和的声音一如既往：“以后有哥哥在，他不会再欺负你。”

沈疏影听了这话，泪水便扑簌簌地落下来。她攥着沈志远的手指，声音脆弱：“哥哥，我求求你，你帮我去找承泽，我想知道，他去了哪里。”

想起薄少同，沈疏影心头大恸，久病的身子哪里经得住这样的动静，她这一句话刚说完，就觉得眼前一黑，只能躺在那里，任由耳旁“嗡嗡嗡”地鸣着，头晕眼花得就连身边的人都看不清楚。

沈志远默不作声。

“是不是……他死了？”沈疏影的眼泪越发汹涌，心口痛得透不过气来。

见到兄长点头，沈疏影只觉得眼前的一切都变得模糊起来，泪水湿了枕头，心里的苦涩与痛苦更是排山倒海般侵袭而来，只恨不得自己也死了。

“小影，爹娘去世得早，咱们兄妹俩相依为命了这么些年，你难道就这样狠心，连哥哥都不要了？”

沈志远的声音是那样苦涩，沈疏影只觉得自己的心被狠狠一抽，疼得她生不如死。

“哥哥。”她唤了一声。沈志远将她抱在怀里，就好像是她七八岁的时候，每当他从学校放假，沈疏影总是这般黏在他身上。他一手抱着他，另一只手总是会抚上她的头顶，轻轻摩挲着她柔软的黑发。

沈疏影倚在沈志远的怀里，她没有哭出声来，只有泪水不断地从眼眶里往外涌，她还有哥哥，相依为命的哥哥。

她怎么能死。

夜深了。

东桥外的巷子里，静静地停了一排的军用汽车。

何副官站在车前，望着眼前的这一处宅子，心里暗自叹息。当初贺季山不惜花费大量人力物力，按照江南的沈宅建了这一处宅院，大到布局与房屋，小到一砖一瓦、一草一木，都与沈宅不差毫厘，可谓是费足了心思。可即使是这样，也不曾打动沈疏影的心。

贺季山静静地坐在车里，一声不响地抽着烟，明日便是他亲赴战场的日子，华南大战已经到了最后关头，与浙军的交战，不是你死，就是我活。

这些日子，他在军营里忙得天昏地暗，临走前，还是命人将车开到了这里。

他实在无法再忍受下去，不能抵御那种蚀心刻骨的相思，甚至，连他自己都看不起自己。

说出去又会有谁相信，他贺季山心心念念的，居然是一个女人，一个恨透了他的女人。

他摇下车窗，望着夜色中静谧的宅院，也许是他看了很久，久到连站在一旁的何副官都转过身子，对他唤了一声："司令。"

他回过神来，唇角淡淡勾起，只说了两个字："走吧。"

何副官一个立正，说了声"是"。汽车发动的声音响起，他将后背靠在椅背上，英气的眉眼间满是浓浓的自嘲，他从没觉得自己这样可笑过，从没有。

隐约听到车队离去的声音，让睡梦中的沈疏影一个激灵，鬼使神差般醒了过来。

她坐起身子，经过这些日子的调养，她已经恢复了不少，前几日甚至已经可以下床在屋子里走上几步了。

她侧耳听着，可四下里一片寂寥，静得就连一丝风声都没有。她怔怔地坐在那里，心里却倏然一疼，疼得毫无预兆，就好像以前的那些心痛，就连她自己也不知道这种痛究竟来自何处。

她环抱住自己，轻轻地闭上了眼睛。

华南大战如火如荼，江北的贺季山与江南的刘振坤都在此役中投入了大量的兵力，只杀得难分难解。一些小军阀趁机闹事，一时间全国各地一片混乱，物价开始疯涨，老百姓更是人心惶惶。

沈疏影身在东桥，对这一切自然都不清楚，贺季山为她安排了最好的医生和护士，再加上宅子里的仆人精心侍候，因为年轻，到底是渐渐好了起来。

而沈志远并不在宅子里，每日里都是一早便出了家门，常常等到晚间，沈疏影都睡下了，他还没有回来。

这一日，沈疏影在屋子里只觉得待得气闷，便让丫鬟陪着自己，去花园里走走。

刚到园子里，她便瞧出了不同，虽说花园里的一草一木都与沈宅一模一样，可沈宅毕竟是百年的老屋子，就连园子里的地砖都是逊清时的东西，纵使东桥的宅子模仿得再好，可终究还是不同。

沈疏影明白过来，顿时一张脸变得惨白，她不顾丫鬟的劝阻，执意去了沈志远所住的东苑，不等她靠近沈志远的屋子，就听里面传来一道低沉的男声："这么多年，组织上不知费了多少心血，牺牲了多少情报人员，到头来还是一无所获。志远，眼下你妹妹便是绝好的人选，不是组织上给你压力，我只希望你三思。"

听到这一句话，沈疏影心头顿时咯噔一下。她静静地站在门口，就听沈志远沉默了许久，方才沉声道："她什么都不知道，我不希望将她牵扯进来。"

"既然如此，那我们也不强求，你好自为之。"一语言毕，房门便被人推开，紧接着，走出来一位黑衣男子，他的帽檐压得极低，看到沈疏影站在门口，也只是淡淡地点了点头，脚步极快地走出了东苑。

沈志远看见妹妹，眉头顿时一紧，迎上来道："你怎么出来了？"

"哥，刚才那人是谁？"沈疏影声音中带着一丝惶恐，沈志远去了法国一年有余，她也曾问起他究竟做什么，可他始终三缄其口。

"只是我的一个同事，你别多想。"沈志远面色沉静，温言抚慰。

"他刚才说的话我全都听见了，他说的组织，究竟是什么？哥，你是不是有事瞒着我？"沈疏影着急起来，神色中满是不安。

沈志远微微一笑，大手揽上她的肩头，温声道："有些事和你说了你也不明白，你放心，哥哥总不会去做伤天害理的事。"

见他这般轻描淡写，沈疏影却还是不安，还待开口，却被沈志远打断："你身子才刚好一点儿，还是快回去歇着。"

一句话让沈疏影回过了神，她看着哥哥，道："哥，我们没有回老家，这里是东桥，对吗？"

沈志远不再否认，只点了点头。沈疏影眼神黯淡下去，轻声道："他还

是不愿放了我。”

沈志远在她的肩头按了按：“小影，当初我将你送到他的官邸，正是因为季山是值得托付的人。我在法国时，他给我发了电报说要娶你，而这次，也正是因为你们婚期临近，我才回来的。”

沈疏影抬起头，迷茫地看着自己的兄长：“你为什么答应让我嫁给他？”

沈志远静默片刻，接着说道：“我没有理由不答应。”

“就因为他有权有势吗？”

“不！”沈志远立刻否定，“小影，季山的的确确是个可靠的人，将你交给他，我很放心。”

“可他杀了承泽！”沈疏影泪眼迷蒙，忍不住凄声喊道。

沈志远脸上的神色沉静如故，断然道：“当他让你给贺季山下药时，他便非死不可了。”

“为什么？他给我的只是安眠药……”

“贺季山是一军主帅，他不过是个军医，给主帅下药，本就是死罪。”沈志远脸上已经有了严峻的意味，说完这句，他的眼睛雪亮，凝视着沈疏影的脸，又道，“尤其是在两军交战之际，薄少同这样做，分明就是找死。”

沈疏影心头剧痛，凄然道：“可下药的人是我！”

“正因为是你，如果换了旁人，哪还有命在？”沈志远皱着眉头，俊美的脸庞分明覆上了一层寒霜。

“我宁愿他杀了我！”

“小影！”沈志远怒喝。

听到兄长的怒喝，沈疏影只觉鼻尖一酸。她没有想到，就连沈志远也会为贺季山说话。

沈志远深吸了口气，缓和了颜色，轻声道：“小影，听哥哥的话，等季山从前线回来，你便跟着他回官邸，将以前的事全都忘了，以后就和他好好过日子。”

沈疏影的脸色“唰”地变得毫无血色，她睁大着眼睛，愕然道：“哥哥是要我回到他身边？”

沈志远点了点头。眼见着泪水从沈疏影的脸上缓缓而下，他只觉得心里一疼，却硬是狠下心肠，道：“婚书已经昭告天下，无论有没有举行仪式，你现在在世人眼里，都已经是贺夫人。”

沈疏影站在那里，半天没有说话，最终只是轻飘飘地呢喃了一句：“哥哥，你带我去法国吧。”

沈志远眼睛一黯，他摇了摇头，按了按沈疏影的肩膀，声音很轻地道：“这是你的命，你逃不了。”

华南战事持续胶着，每一场都是硬仗，战场上尸横遍野，十分惨烈。

贺季山与刘振坤各自占据了江北与江南的大好河山，划临水而治，但两人皆是野心勃勃，一心想要打到对岸，一统天下。

数年来，双方激战不下数十次，每一场皆是各有死伤，而又以此次的华南战事最为严峻。

整个江北无不是人心惶惶，各大港口与要道皆派了重兵把守，尤其是北平，可以说连只苍蝇都飞不进来。

一直到了开春，战局终于扭转，贺季山领兵一举夺下临水七省，并一举攻下浙军设在建州的据点，逼得刘振坤不得不向南方退兵。

而贺季山本人，却在前线督战时身受重伤，前线医疗条件极差，麻药更是紧缺，随行的军医束手无策，商量着将贺季山抬回后方的野战医院救治，却被贺季山一口回绝。军医没办法，只得在没有麻药的情况下硬生生地用镊子与小刀将贺季山卡在右胸的子弹取了出来。不待伤好，贺季山又回到战场，亲自指挥，直接导致伤口大面积感染，待专机载其回到北平时，他已经昏迷许久，全身烧得烫人。

这一晚，何副官匆匆赶到了东桥，守夜的仆人瞧见他，自是不敢怠慢，赶忙将一行人放了进来。

“怎么了？”沈志远闻声而出，只见何副官满脸焦虑，一双眼睛熬得血红，看见他就道：“沈先生，属下来接夫人回官邸。”

“是不是季山出事了？”沈志远心头一凛，立刻便猜到。

贺季山身受重伤之事早被隐瞒，各大报刊上只刊登了华南大捷的消息，却对贺季山重伤之事只字未提。

“司令伤口恶化，现在情况十分凶险，属下没办法，只得来请夫人。”

沈志远眉头紧锁，想起沈疏影的心结，却不知该如何向她开口，直到何副官看着他的身后，顿时一个立正：“夫人！”

他一怔，转过身，见沈疏影穿了件淡青色的高领上衣站在那里，脸色依然十分苍白，面色却十分平静。

“小影，你……”他开口。

“哥哥，我回官邸。”不等沈志远将话说完，沈疏影便出声打断了他。

沈志远说不清心头是什么滋味，不等他多想，何副官便已侧身道：“夫人，请。”

沈疏影莹白的脸在夜色中清丽如莲，她依然梳着清秀的双髻，柔软的辫子一直编到了腰间，她这样的装束，仍是未嫁的女孩儿模样。沈志远明白她的心思，望着她远去的背影，心若针扎。

见到沈疏影回来，柳妈大喜，还没说话眼圈却红了，她上前一把握住了沈疏影的手，颤声道：“夫人回来就好，司令都快烧糊涂了，可嘴里还喊着你的名字。”

沈疏影没有说话，由着柳妈将自己拉到了卧室。她只往床上瞧了一眼，便再也不敢看下去。

贺季山赤着上身，身上纵横交错，满是弹痕，有些是陈年旧伤，有些却是这一次的新伤，尤其是右胸那一处，伤口已经开始溃烂，德国的医生正用刀子割下去，将腐肉划开。

床单上满是血迹，护士进进出出，何副官唇线紧抿，额头上满是汗水，只一言不发地站在一旁，眼中焦虑到了极点。

就听那德国医生张口说了句什么，一旁的护士皆奔上前，将贺季山的身子死死按住，鲜血溅了医生一身，何副官的脸色都变了，一张脸满是骇然。

“夫人，要不老奴陪您去外面守着？”柳妈见沈疏影脸色雪白，身子轻轻颤抖着，心中极为不忍。

“不，我在这里就好。”沈疏影怔怔地望着守在床前的医生与护士，只觉得自己的一颗心被人紧紧地攥在手里，狠狠地捏，狠狠地搓，捏得她嗓子发紧。空气里的血腥气那样强烈，她紧张到了极点，胸口竟然泛起恶心来。

“这样的情形，您哪里能看得了？老奴还是陪着您出去吧。”柳妈这话刚说完，就见沈疏影摇了摇头，轻声道：“我在这里守着。”

柳妈也不再开口，扶着她在沙发上坐了下来。沈疏影依然死死地盯着洋医生的背影，简直连一眼都不敢去看贺季山。她不敢眨眼，怕自己一眨眼，泪水便会控制不住地滚落下来。

手术结束后，德国医生满头大汗，通过助手告诉沈疏影，贺季山的情形已经稳定下来，感染的伤口做了处理，眼下只要将炎症控制住便没事了。

沈疏影听了这话，紧绷到极点的神经这才松下来，这一松懈，倒觉得全身上下连一点儿力气也没有了，就连脚步都是软绵绵的，仿佛一脚踏在云端，没个落脚的地方。

她走到床前，贺季山依然昏迷着，嘴唇干裂，一点儿血色也没有。

一旁的护士拿过棉签，蘸过水，打算为他湿润唇角，不料一旁的沈疏影却将棉签接了过来，轻声道：“我来吧。”

她的手势轻柔，小心翼翼地将蘸了水的棉签细细地浸上贺季山皲裂的唇，望着男人昏睡的容颜，她有一瞬间的愣怔。

重伤之下，贺季山的脸色十分难看，唯有那脸庞的线条依然是棱角分明，即使是在昏睡中，依然刚毅而凌厉。

她垂下眼睛，一大滴泪珠便“啪嗒”一声落了下来，砸在了贺季山的肩膀上，裂成了数瓣。

夜深了。

卧室的灯光彻夜不熄，德国医生为贺季山量过血压，告诉守在一旁的何副官与沈疏影，只说贺季山血压已经回落，除却体温依然高出一些外，生命体征已经趋于平稳。

何副官舒了口气，命侍从将医生送了出去，待医生走后，他走到沈疏影身边，恭声道：“夫人，这里就让属下守着，您先去休息吧。”

沈疏影坐在床前，摇了摇头。

何副官不好再开口，只对着身后的柳妈使了个眼色，自己则退到了屋外。

柳妈会意，也上前劝道：“夫人，这里有医生、护士，还有老奴和那些丫鬟，您先去歇着吧，若是等司令醒来见您这般憔悴，怕是又要心疼了。”

沈疏影拿着毛巾，为贺季山擦拭着因发烧而滚烫的前额，听到柳妈的话，只是轻轻地回了一句："他以前照顾我很多次，这一次，就让我照顾他吧。"

柳妈听了这话只觉得欣慰，忍不住叹道："若司令醒来，知道您这样不眠不休地照顾他，还不知道会高兴成什么样子。"

沈疏影听了这话却是一怔。她的声音很小，也不管身后的柳妈听到没有，就那样如同呓语般说道："他以前救过我的命，我只是想把欠他的，都还给他。"

沈疏影在贺季山的床前守了一夜，因为熬夜，她的脸成了青玉一般的颜色，翦水双瞳却依然盈盈如秋水，带着雨珠的湿润，柔婉凄清。

如柳妈所说，贺季山在昏迷时，依然不停地叫着她的名字，声音极低，那两个字从他的唇中溢出时，却极是轻柔。

每当他唤出她的名字，沈疏影便攥住他的大手，轻轻地应一句："贺季山，我在这儿。"

贺季山，我在这儿。

她不知道昏迷中的他能不能听到自己的声音，但她的手却被他一把攥住，她甚至从没想过，他在昏迷中竟还会有这样大的力气，只将她的手攥得生疼，仿佛一松手，她就会消失似的。

天雾蒙蒙的，清晨时，医生又来了，为贺季山量了体温，当看到体温表上的刻度时，医生明显松了口气，知道贺季山已经在慢慢地退烧。

柳妈端来了早餐，还是按照沈疏影的口味做的，一应的江南点心，配着熬得又香又糯的红枣粥。沈疏影本来没有胃口，但想起躺在床上的男人，她终是端起一碗粥，勉强自己咽下去。

贺季山醒来时，周围一片静谧。他睁开眼睛，一眼便看见床前依偎着一道纤细的身影，他心中一动，大手忍不住抚上那张魂牵梦萦的小脸，直到掌心的温暖真真切切地传来，他的瞳孔一震，只哑着嗓音唤她。

"小影？"

沈疏影在睡梦中听到男人的声音，她眼皮还没睁开，便轻轻地应着："贺季山，我在这儿。"

话音刚落，她却全身一个激灵，刹那间醒了过来。

四目相对，贺季山紧紧地看着她。沈疏影怔了片刻，便起身要去唤医生，不料手却被贺季山一把攥住。她顾忌着他胸上的伤口，不敢挣扎，只回头道：“你躺好，我去喊医生。”

贺季山依然没有松开她的手，他唇角上扬，勾勒出一抹极轻的笑意。

“还以为是自己在做梦，没想到睁开眼，你真的在这里。”他的声音低哑，刚说两句，便牵动了胸口上的伤，止不住咳嗽起来。

“快别说话了。”沈疏影见他脸色白得骇人，随着他的咳嗽，胸上的伤口崩裂开来，将纱布又染得一片血红。

她的心头一紧，望着那片血红，只觉得刺得眼睛难受，忍不住侧过身子，眼圈一红，落下泪来。

听到他咳嗽，守在屋外的医生与护士、何副官、柳妈等一起奔了进来，而贺季山的大手依然紧紧地攥着沈疏影的手，说什么也不松开。

见他醒来，诸人皆是喜不自禁，医生与护士为他将伤口重新清洗、消毒后缠上了干净的纱布，并嘱咐他一定不能乱动。

贺季山握着沈疏影的手，让所有人都退了出去。

“你刚才哭什么？”贺季山嗓子沙哑，眼睛却是黑亮，一动不动地看着她。

沈疏影已经止住了泪水，唯有眼圈仍是通红。她没有说话，只将眉眼低垂，温婉如画。

“你别怕，我死不了。”男人一笑，握着她的手微微用力，也不管重伤下不能使力，只将她柔软的小手紧紧握在手心。

沈疏影将眼睛转开，轻声道：“你是打仗的人，不要说那个字。”

贺季山唇角的笑意更加深邃，温声道：“好，那我以后就不说了。”

因失血过多，贺季山说了这一会儿的话，脸上的神色便十分疲倦，沈疏影瞧着，低语道：“你快些歇息吧。”

贺季山点了点头，凝视着沈疏影清瘦的小脸，低沉的声音再次响起：“你别在这里守着，也去睡吧。”

沈疏影守了他两天两夜，的确累极了，此时见他已经醒来，又兼得医生说他一切都在好转，便也没有拒绝，将手从他的大手中抽开。

可贺季山并未松手，无论沈疏影怎样用力，都没法抽出自己的手，她的脸渐渐红了起来，终又喊他的名字：“贺季山！”

男人笑了，瞧着她窘迫的模样，只觉得心头一软，终是松开了手指。当那片温软自掌心抽离时，他整个胸腔都是空落落的。

翌日，沈疏影一大早便起了床，依然梳着两根长长的辫子，换了身淡蓝色的衣裳，荷叶袖子，整个人都透着清秀的雅致。

当她来到贺季山的房间时，贺季山还没有醒，一旁的护士瞧见她，赶忙站起身子。沈疏影对她们点了点头，算是打招呼，接着便向床上的贺季山看去。

贺季山今天的气色明显比昨日好了不少，沈疏影轻手轻脚地上前，将手覆在他的额上，发觉他已经退了烧，终于放下心来。

“夫人，司令该吃药了。”护士取过药片，走了过来。

沈疏影将药接过，在床前坐下，轻轻地唤他的名字。

可一连唤了好几声，贺季山都是一动不动，沈疏影慌了神，眸中是浅浅的惊恐，连声音都颤抖起来。

也许是见她快哭了，贺季山这才微微一笑，睁开了眼睛。

知道他是存心吓唬自己，沈疏影先是一怔，继而才想起自己方才的反应，竟是那般担心，她瞬间惶然起来，就好像不知道自己到底是怎么了，为什么会那样在乎他的生死。

“吓着你了？”见她出神，贺季山声音温和，眼底满是和煦的笑意。

她没有说话，只起身将药片塞进护士手里，就那样跑了出去。

她一口气跑到西楼，站在镜子前，喘着气。镜子里的少女一张白玉般的小脸，虽然瘦了许多，但那双杏眸却比以往更大。此时，她清清楚楚地看见自己的眼里满是惊惶与恐惧，就好像自己一直坚守的东西，悄无声息地裂开了一条缝，更可怕的是，就连她自己都不知道这条缝究竟是什么时候裂开的。

她的身子轻颤着，只用手将嘴巴紧紧捂住，那一双清澈如水的双眸中，渐渐地流下了一串清亮的泪珠。

自那日后，沈疏影依然是尽心尽力地照顾着贺季山的一切，只不过一句话都不再与他说了，无论他怎样开口逗她，她都是紧紧抿着唇瓣，一个字都不说。

贺季山仗着年轻，底子又好，恢复得极快，没消几日，便可以下床走动了。

因他的伤口还在恢复，每日的饮食都是极其清淡的。这日，沈疏影在厨房为他炖了一碗黑鱼汤，放在青瓷碗里，端到他面前。

贺季山瞧见她，便淡淡地笑起来，问道："今天做的什么汤？"

沈疏影依旧不说话，只将鱼汤倒在祥云小碗里，用勺子轻轻地搅拌着，等不烫了才送到他面前。

贺季山也不接，眉眼间浮起一丝戏谑，挑了挑眉道："你喂我。"

沈疏影一怔，洁白的面容便红了起来，唯有脸色依然是安安静静的样子，果真用勺子舀起鱼汤，喂到了贺季山的唇边。

贺季山乌黑的眼睛里满是笑意，先是就着她的手喝了一口，然后便将整个碗接了过来，一饮而尽。

沈疏影见他喝完，便将碗收拾好，转身离开之际，却被贺季山一把揽了过来，倚在他的胸口。

沈疏影小脸一白，生怕自己会压破他的伤口，简直一动也不敢动："贺季山，你快放开我！"

贺季山自然是没有松手，他揽住她的腰肢，将她的脸庞贴近自己的胸膛，眼见着她乖巧温顺的样子，只让他心里一软，忍不住低头，就想吻她。

沈疏影刚挣了挣身子，就听贺季山一声闷哼，吓得她立刻老实了，只低语道："你的伤……"

贺季山却趁着她开口的空当，一举攫取了她的唇瓣，深深地吻了下去，直到过了许久才放开。

沈疏影呼吸急促，方才那一吻，简直让她差点儿窒息。她恨极了，恨自己，她明明可以一把推开他，转身就走，可为什么会因为担心他的伤口，而任由他索取？

她轻轻地喘息着，不敢去看贺季山的眼睛，唯有眼眶微微地红了起来，心里简直是柔肠百转，乱极了。

"你是真不打算理我了？"贺季山摩挲着她的脸，依然将她紧紧地箍在臂弯，望着她的眼睛，声音低沉而温柔。

沈疏影沉默了许久，方才轻声道："等你身子好了，我有些话想和你说。"

“是什么话？”贺季山望着她清秀的一张小脸，心中莫名一紧。

沈疏影垂下眼，只是轻咬着唇瓣，又不开口了。

直到听到护士的脚步声，沈疏影脸上的红晕更甚，忍不住低呼：“你快放开我。”

贺季山却笑了：“怕什么，你现在已经是贺家的人了。”

眼见着脚步声越来越近，她却仍然被他揽在怀里，沈疏影羞窘到了极点，一张小脸犹如熟透的鲜桃，白里透红，水润清透。

贺季山见她美眸盈盈，似有水光闪动，心里终是不忍，刚松开自己的胳膊，沈疏影便赶忙站起身子，而护士已经端着温水与药片走了过来。趁着贺季山吃药的空当，她转身，一言不发地走了出去。

待贺季山彻底将伤养好，已是月余之后了。

这段时间沈疏影一直是事无巨细，小心地照料着贺季山的饮食起居，男人每日里喝的汤水、吃的菜品，皆是出自她之手。

待伤好之后，贺季山便去了军营，一连几日都没有回来。

这一日，他刚回到官邸，便向西楼走去。

虽说他们的婚书已经昭告天下，整座官邸的人也全改口唤沈疏影为夫人，可沈疏影依旧独自住在西楼，不曾与贺季山同住。

推开门，就见沈疏影只穿了件淡粉色睡衣，窄窄的收腰，袖子极长，几乎将她的小手包起来，只露出纤纤十指，嫩如霜雪。

他看着她正坐在灯下埋头绣着一枚香包，那样专注的神色，只衬得一张小脸貌美如仙，透着最纯净的温柔。

他的军靴踏在绵软的地毯上，寂静无声，直到他站在她的身后，投下一抹高大的阴影，沈疏影方才惊觉过来，转过头去看他。

贺季山居高临下地看着她，眉宇间是极其深邃的笑意，他看着她的小手，故作不知道：“在绣什么？”

沈疏影脸庞顿时一红，慌忙要将手里的东西塞进袖口里去，不料贺季山已经快了一步，将那枚精致的护身符一把拿在了手里。

十分细密的针脚，密密麻麻的，显然是绣的人费了好一番功夫，正面用丝线绣着“平安御守”四个娟秀的小字，而反过来，是一个大一点儿的

“贺”字。

贺季山只觉得自己心中一阵激荡，说不清是怎样的一股狂喜涌上心头，他看着眼前的女子，低声道：“这是给我做的？”

沈疏影点了点头，轻声道：“这是我们家乡的习俗，若有人大病初愈，便戴一枚这样的护身符在身上，说是可以辟邪。”

贺季山笑了：“那我现在就戴上。”

“现在还没做好，等我绣好后，你再戴着吧。”沈疏影看他急切的样子，也忍不住抿唇一笑，从他的手中将护身符拿回。

不料贺季山却一把反握住她的小手，他的掌心滚烫，只让她一惊，抬眸便撞上他眼底的星光。

贺季山上前一步，刚要将她抱在怀里，沈疏影却犹如落进陷阱的猎物，惊慌失措地向后退去，直到她的后背抵住了桌子，唤他：“贺季山！”

贺季山察觉到她眼底的惶然，只得将脚步停下，无奈地道：“好，我不过去，你别怕。”

沈疏影心跳得厉害，她见贺季山站在那里，高大魁梧的身形依旧如初，脸上也恢复了原先的神采，显然伤口已经愈合。

她垂下眸子，纤细的身子被丝质的睡衣包裹着，露出婀娜动人的轮廓，她站在那里，亭亭玉立，透着云一般的轻盈。

贺季山瞧着她，简直控制不住，恨不得将她一把揽过来，揉碎在自己怀里。

“时候不早了，你回去歇息吧。”沈疏影低着眉眼，只想让他离开自己的房间。

“到底要我等到什么时候，你才不会赶我走？”男人一记苦笑，那样多的日日夜夜，他一直在等，如今，他又怎么舍得再去逼她？

可这样多的日子，即使他那样渴求着她，却也只得一次次忍耐下去。

沈疏影抬起小脸，迎上他炭火般灼热的眸子。她眼睁睁地看着他向自己走来，捧起自己的脸，在自己的唇瓣上亲了亲，蜻蜓点水的一个吻。

“你放心，我会等。”男人的深瞳深邃似海，离去之际说了这几个字来，语毕，转身离开了沈疏影的卧房。

沈疏影看着他的背影，握着护身符的手，竟抑制不住地轻颤。

第十章 避孕

书房。

贺季山埋首于公文中，听到叩门声，他头也没抬，只道：“进来。”

沈疏影穿着一件杏粉色旗袍，秀发尽数束在脑后，清纯而温婉。

贺季山看见她，忙将手中的笔搁下，起身迎了过去。

“怎么不声不响地过来了？”瞧见她，男人的眉眼间便浮起一抹笑意。

“我有事想和你说。”沈疏影声音十分小，简直让人听不清。

“好，我们出去说。”贺季山拉住她的手，不料沈疏影却挣开了他的大手，站住了身子，看着他的眼睛道：“在这里说就好。”

贺季山眉头一皱，那双眸子雪亮如电，笔直地看着沈疏影的眼睛。

Qing dao

Ke gu,

Yuan lai

Ru ci

沈疏影取出护身符，递到贺季山的面前：“这枚护身符我已经绣好了，你就当讨个好彩头。”

贺季山将护身符接过，也没有说话，只凝视着她的眼睛，静等她说下去。

沈疏影深吸了口气，鼓起勇气迎上他的视线，声音清冷而淡然：“贺季山，你能不能答应我一件事？”

“你说。”

“你放了我，让我出国读书吧。”

沈疏影的话音刚落，贺季山脸上的神色顿时沉了下去，整个书房静得令人窒息。

“出国读书？”贺季山一记冷笑，“沈疏影，你别忘了，你现在的身份是贺夫人！”男人的声音低沉而有力，脸上沉静如水，让人捉摸不透。

“贺季山，我只想和你心平气和地说话，你不要这样。”

“我哪样了？”贺季山将她的肩膀一把扣住，眸子里是噬人的火焰，忍不住吼道，“我说你这段日子怎么会对我这样好，端茶送水，熬汤做饭，还有这个，”贺季山扬起手中的护身符，森然道，“你以为你做这些，我就会放了你？”

沈疏影面色平静，眸中更是如水般澄澈，她看着男人的眼睛，轻轻地摇了摇头：“我做这一切，只是因为你曾经救过我，我不想欠你，这一个多月，就当作我还你的人情，贺季山，往后我不再欠你了。”

那般决然的话，听在他的耳里，如同万箭穿心。他捏着她肩膀的手背上青筋毕露，却是怒极反笑，只道：“沈疏影，你每次都是先给我点儿甜头，再猝不及防地给我一刀，我在你眼里究竟算什么？”

沈疏影依然是安静的样子，剪水双瞳里澄澈得不含一丝杂质，一张美玉般尖瘦的脸上却极是憔悴，她开口轻轻道：“贺季山，你权势滔天，多的是名门淑女倾慕，我真的累了，我只求你行行好，放过我吧。”

“怎么，薄少同的仇你也不想报了？”男人的眼睛阴郁，唇角却是上扬，勾勒出一抹极冷淡的笑意。

听到那三个字，沈疏影的眼圈顿时红了。她紧紧抿着唇，一字字道：“你不配喊他的名字。”

贺季山听了这话，顿时勃然大怒，一手将她扔到沙发上，呼吸也沉重起来。

沈疏影从沙发上坐起身子，眼里是凄清的水光，却依然散发着疏冷，相较贺季山的急火攻心，她显得是那样平静，简直是心如死灰。

“贺季山，我不会找你报仇，承泽离去的时候，他叮嘱过我，要我好好活下去。”

她永远知道什么样的话伤他最重，他有着至高无上的权力，没人能让他放手，而她，却是他的死穴，她清楚他最在意的是什么。果然，当这句话说完，贺季山的脸色顿时变得铁青，眸子里犹如月下深潭，冷冽不已。

她站起身，慢慢地走到他身边，近乎哀求般低语：“就当我求求你，你放了我吧。”

他看着她满眼的泪水，他从没见过她这样求过自己，有那么一刹那的失神，竟让他差点儿脱口答应。

就算是她向他要天上的月亮，他也会去给她摘，可她却求他放了她。

“要我放了你，除非我死。”他眸底的神色阴冷，脸上更是一点儿表情也无，短短的一句话，却让沈疏影彻底绝望。

她终于不再求他，也不再说话，转身向屋外走去。

“那一晚，你把军装披在我身上，究竟是什么意思？”不等她走到门口，突然，男人的话传了过来。

沈疏影脸色一白，脚步顿时停在了那里。

贺季山一把拉过她的身子，将她抵在墙上。他的眼睛乌黑如墨，似乎浓得化不开。他紧紧地盯着她，逼问道：“你这样恨我，给我下了药，又跑回来做什么？”

那最后一句，简直类似于咆哮，沈疏影脸色苍白，她摇着脑袋，泪水却滚滚而下。

“你别说！”她道出了这三个字。

“我为什么不说？”贺季山一把攥住她的小手，扣在自己的胸口，厉声道，“你来探我的心跳，探我的鼻息，我问你，既然你一心要跑，又何必管我的死活？”

沈疏影脸上惊恐之色愈浓，一张脸上满是泪水，她拼命地摇头，口中只呢喃着：“不要说了，求你别说了！”

贺季山心疼得犹如针扎，却还是继续说下去：“我这次受伤，你在我耳边求我不要死，那一晚我发高烧，你在床边哭了一夜，你真以为我不知道？”

沈疏影怔在了那里，惶然地看着眼前的男人，嘴唇哆嗦着，却说不出一个字来。

贺季山将她一把抱在怀里，用了那样大的力气，恨不得要将她融进自己的身体里去。他的嗓音低沉，浑厚而有力：“小影，别再欺骗自己，你是爱我的。”

你是爱我的。

沈疏影听了这五个字，只觉得脑海里“轰”的一声，只让她身子一软，若不是贺季山紧紧地抱着她，怕是连站着的力气都没有了。

“我没有！我不爱你！”沈疏影哭出了声。她紧紧地闭着眼睛，任由泪珠成串地从紧闭的眼里盈然而出。

“告诉我，我要怎么做，你才能原谅我？”贺季山将脸庞埋在她的颈弯中，声音满是无奈。

沈疏影从他的怀中抽出身子，因哭泣，她的眸子氤氲楚楚，看着他的时候，似是要将他印在眼睛里。

“除非……”她说出了两个字。

“除非什么？”男人想也没想便立刻接了口。他的眼中满是期冀，隐约还有一丝紧张，就那样一动不动地看着她，等着她接下来的话。

“除非，你能让他活过来。”沈疏影刚说出这一句，就见贺季山的眼神倏然暗了下去。她几乎没有费力，便将他揽在自己身上的胳膊挥开，径直跑了出去。

留下男人一人站在那里，就那样，站了许久。不知何时，他挥起拳头，狠狠地向着墙上砸去，就听“咚”的一声巨响，那墙上挂着的一具挂钟便掉了下来，摔了个粉碎。

贺季山一连十多日都没有回官邸，据说是去了临水。华南一战，贺季山自刘振坤手中一举夺得七省，只待将军营中的事处理好，便马不停蹄地乘专

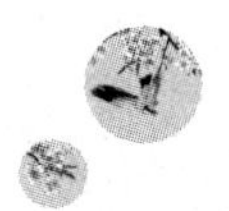

列赶了过去。

临水七省位于江南与江北的交界，自古便是兵家必争之地，而历年来两军为了此地也不知交战了多少次，无论是哪一方夺得这临水七省，对以后的北上或者南下，都占据了极佳的位置。

所以，贺季山此次在临水七省投了大量的兵力，各大据点皆是亲临布防一线，事必亲为，务必要将临水建得固若金汤。

七月，官邸的荷花开了，贺季山依然没有回来。

“你们说司令这一走，都一个多月了还没回来，平日里也不见他打个电话给夫人，莫不是在临水修了小公馆吧？”

这一日，几个小丫鬟正站在花园里给那一排的紫薇浇水，其中一个忍不住小声说笑道。

“这有什么不可能的，看咱们夫人那般娇滴滴的样子，充其量是个木头美人，哪能管住司令呢。”

“就是，司令在官邸的时候，夫人也不与司令住在一起，可真是不长心眼儿。”

几个丫头说得热闹，说完都是一笑而过。

沈疏影正坐在雨廊下看着那一池的荷花出神，无意中将那些丫鬟的话全都听了进去。

直到那些丫鬟浇完花，离开花园，她才从雨廊下走出来，脸上依然是恬静的样子，一声不响地回到了西楼。

恰巧这一晚，贺季山回来了。

他回来得极晚，沈疏影已经睡熟了。他打开她的房门，看见心里思念的人只穿着一件白绸真丝睡裙，贴身的料子丝滑柔软，将她的身形勾勒得一览无余。因贪凉，她也没有盖被子，整个人微微蜷着，露出颈弯与后背一大片雪白如玉的肌肤。

贺季山看着，眼里顿时一片炙热，只觉得全身的血都涌了上来。

他的呼吸急促起来，一步步向床走去，直到走近了，就着床头的小灯才发觉沈疏影眼圈红红的，枕头上还晕染了一片水渍，显然是临睡前哭过。

他看着心里一疼，忍不住俯下身，抚上她熟睡的小脸。

掌心的肌肤细腻如玉，他的瞳孔深处仿佛有火在烧，她的气息萦绕在他的周围，清甜而幽香，而他日思夜想的人，就这样安安静静地睡在他面前。

蚀骨的思念让他再也忍不了，几乎几下就将身上的军装扯下，高大而魁梧的身形向着床上的小人压了下去。

他将她柔软的身子狠狠地箍在怀里，他想了这样久，此时再也忍耐不了，也不管会不会吵醒她，对着她的唇瓣不管不顾地吮吸下去。那般急切而灼热的吻，带着他身上的气息，疯狂地掠夺。他的大手探进她的衣裙，抚上她娇嫩润滑的肌肤，滚烫的掌心如铁烙，烫得人生疼。

沈疏影顿时惊醒，发现身子被男人紧紧地压在身下，唇瓣更是被他霸道地攫取，几乎连她的呼吸也一并夺走。她呜咽着，却犹如案板上的鱼儿，无论如何都逃脱不得。

她的衣裳不知何时被男人扯了下来，上好的丝绸发出清脆悦耳的声音，不等她反应过来，他已经迫不及待地狠狠侵入了她的身体。那撕裂般的痛楚袭来，只让她承受不住吃痛呻吟，他却罔若未闻，只汲取着她唇中的甘甜，爆发的情欲一发不可收拾，整个席卷着她，将她吞噬。

到了最后，沈疏影简直连哭的力气都没有了，她颤抖着伸出胳膊，去推身上的男人，却被男人一手扼住了手腕。那被温润的紧致包围的快感简直是销魂蚀骨，他发狂般与她纠缠在一起，一夜缠绵不休。

翌日，贺季山醒来时，沈疏影还没有醒，想起昨晚的缠绵，如今再看见她安安静静地蜷缩在自己的臂弯里，男人的眉宇间顿时一柔，揽在她腰际的大手忍不住微微用力，只将她抱得更紧了些。

她身上有着甜甜的香气，吸引着他俯下身子，在她的发间落上一吻。而沈疏影的确是倦极了，这一觉睡得极沉，由着贺季山细细地亲吻她的脸颊，她都没有醒。

直到往墙上的挂钟看了一眼，见时针已经指向了九点，贺季山眉头一皱，没想到自己居然睡到了现在。

春宵苦短日高起，从此君王不早朝。

蓦然，这一句诗闯进了他的脑子里，只让他自嘲地一笑，低眸看着怀中的小人，却还是睡得十分香甜的样子。他轻轻地抽出自己的胳膊，将沈疏影

的身子放好，凝视着她玉雪粉嫩的一张小脸，禁不住又俯身一吻，这才轻手轻脚地下了床。

何副官与李正平已经等在了那里，两人无不站得笔直。贺季山昨日方从临水回来，便一路回了官邸，今早本是要一早赶到军营训兵，岂料等到了现在，也不见贺季山的人影。

这在以前可是绝无仅有的事情，两人虽是站在那里，可都从彼此的眼底看到一抹了然之色，显然是心照不宣。

听到男人的脚步声，两人一个立正，敬了一个军礼。

贺季山刚洗漱过，乌黑的短发上还往下滴着水珠，他一手从何副官手中将军帽接过，可以看出他的心情极好，甚至还对着两人问了句："早饭吃了没有？"

李正平是个老实人，赶忙回道："司令放心，属下在来官邸前便已经吃过了。"

一旁的何副官却笑道："司令这是人逢喜事精神爽，在临水的时候，赶上三线布防，我和老李硬是三天没吃顿饱饭，也不见您问过。"

贺季山闻言也不生气，只是笑道："你这倒是说我苛待你们了？"

何副官见他的确心情极好，便又玩笑了几句，一行人嘻嘻哈哈。司机早已将汽车开在雨廊下等着了，贺季山上车前，转过身子向西楼看过去。

二楼的窗户窗帘紧闭，想起昨晚沈疏影在自己怀里的样子，贺季山心里一动，唇角噙上淡淡的笑意，一上车，车队便一路呼啸着向军营驶去。

沈疏影醒来时，已经是正午时分，她刚动了动身子，便觉得下身一阵酸痛，惹得她秀眉微蹙，差点儿轻吟出声。

望着床单上那一抹嫣红，忆起昨夜的一切，她的脸庞顿时变得惨白，眼睛一转，身边却已经没了男人的影子。她支撑着身子，勉强下了床，随手披了件晨衣，瞧着一地的衣衫，那是昨夜被贺季山撕裂的睡裙，一条条简直乱得不成样子。她一动不动地站在那里，唯有一串晶莹的泪珠，顺着眼角，无声地落了下来。

午饭她也没有下楼吃，只让人端上了楼，望着那一盘盘精致的小菜，她才吃了几口，便觉得素然无味。唯有那一盘酸角干瞧着有味，她便夹了几根，只觉得酸而鲜爽，忍不住多吃了几口。

一旁服侍的丫鬟瞧着便笑道："夫人若喜欢吃酸，下次等我家乡的青果树结了果子，我带来给您尝尝，那可真是鲜酸得不得了，让人想起来就要流口水。"

沈疏影对着她微微一笑，就着酸角干，抿了一口汤。

也许是那丫鬟见她神色温和，便也壮起了胆子，又言道："记得在老家的时候，我娘常和我说，女人就要多吃酸才好。"

"为什么？"沈疏影抬眸看着她，轻声问道。

那丫鬟倒有了几分赧然，不好意思地道："因为她说，女人多吃酸，以后才容易生儿子呢。"

沈疏影听了这话却是一怔。那丫鬟不以为意，只一心想讨好她："瞧着夫人这样爱吃酸，以后一定能给司令生一个白胖小子。"

沈疏影只觉得那一口酸角干哽在了喉咙里，怎么都咽不下去。过了好一会儿，她才将手中的碗筷搁下，对丫鬟道："我吃好了，你收下去吧。"

那丫鬟这才注意到沈疏影的脸色不太好看，便再也不敢多嘴，赶忙将碗碟收拾好，端了下去。

待她走后，沈疏影却是坐立难安，想起昨晚的一切，只让她心头发虚。她转眸，便瞧见了镜子里的自己。

她的皮肤本身就白，晨衣松松垮垮地披在身上，倒是露出脖颈与胸口处一大片雪白柔嫩的肌肤，只不过上面落满了密密麻麻的淡粉色的痕迹。她骤然一慌，这才想起方才那两个丫鬟上来送饭时，瞧着自己为何会有那般羞涩的神色了。

她简直无法再待下去，匆忙换了身衣裳，简单地将头发束在脑后，便匆匆来到楼下，拿起电话就拨到了梅公馆。

她与梅丽君已是许久不曾联系了，只知道她毕业后便跟着家里的姐姐去了美国游玩，倒不知如今回来了没有。

电话通了之后，沈疏影赶忙开口："您好，我找梅丽君。"

待听完话筒里的一番话之后，沈疏影却愣在了那里。

七月的天气最是酷热，当沈疏影坐着汽车赶到医院的时候，眼见着烈日当头，晒得人头晕眼花。

“丽君，你好些了没有？”瞧见梅丽君正直挺挺地睡在床上，一条腿打着石膏，被吊得老高，显然是伤得不轻。

沈疏影瞧着，鼻尖便是一酸，差点儿落下泪来：“好端端的，怎么伤成了这样？”

梅丽君瞧见她，心里一喜，只将屋子里的看护与梅家跟来的老妈子全都赶了出去。屋子里只剩下她们俩时，梅丽君拉住沈疏影的手，苦着脸道：“谁让我毛毛躁躁的，下楼的时候一脚踩空了，直接从楼梯上滚了下来，医生说我能保住小命，已经算万幸了。”

沈疏影听着简直是哭笑不得，忍不住伸手戳了戳她的眉心：“你呀！”

梅丽君嘻嘻一笑，抬眸便见病房外站了一排的戎装岗哨，不由得嗔道：“你瞧你，果真是当上了司令夫人，连排场都这样大，看个同学都要带这么多人。”

沈疏影闻言，心里只觉一酸，她微微苦笑道：“他们只不过是奉命监视我，怕我跑了罢了。”

见她神色有异，梅丽君动了动身子，担心地道：“小影，你怎么这样说？难道贺司令对你不好吗？”

沈疏影没有说话，只从床头的果篮中取出一个苹果，拿着小刀慢慢地削着果皮，削完后，递到了梅丽君的手里。

“小影，你别这样，你这样，我瞧着难受。”梅丽君瞧着她的样子，眼圈禁不住红了起来。

沈疏影摇了摇头，温声道：“丽君，官邸里的人把我看得很严，我这次费了好大的力气才出来的，往后，怕是不能再来瞧你了。”

梅丽君知晓她的情况，闻言也不说话，只叹了口气。

沈疏影一咬牙，接着道：“丽君，我这次来看你，还有一件事想让你帮忙。”

“什么事？”

沈疏影心头怦怦跳着，压低了声音，凑在梅丽君的耳边悄悄地说了几句话。

梅丽君听完，脸色“唰”地一下变了，她盯着沈疏影的眼睛，小声道：“小影，你不要命了？如果被贺司令知道，你到底有几个脑袋？”

沈疏影垂下眼，攥紧了梅丽君的手："我没办法，我联系不到我哥哥，丽君，我只能找你帮我。"

梅丽君瞧着不忍，只好安慰道："好了，你别哭，我现在就让护士进来。"

离去时，沈疏影将那一小瓶的西洋药片贴身藏了起来。回到官邸后便关上了房门，迫不及待地取出两粒，就着凉水一口吃了下去。

晚间，贺季山回到官邸，餐桌上已经摆满了各式菜肴，唯独不见沈疏影的影子。

"让夫人下来吃饭。"贺季山脱下军装，递到侍从手里，只着一件衬衫，显得十分潇洒随意。

"夫人今天下午去医院看了梅小姐，也许是路上中了暑，回来后便上楼歇着了，刚才还吐了几口酸水，老奴要去请陆医官来，她也不让。"柳妈忧心忡忡，焦声道。

贺季山听着眉头一皱，道："谁让她出去的？"

柳妈心一颤，只得将头垂下，半天说不出话来。

贺季山心下了然，转身上楼时撂下了一句话："以后没我的允许，她哪里也不能去。"

沈疏影躺在床上，只觉得全身冒着冷汗，忍不住又下床呕了几口酸水，她知道这是药的副作用，她身子本来就弱，再加上第一次吃这种药，呕吐便也十分寻常了。

听到开门的声音，她眼中浮起一抹惊恐，回头望去，便见贺季山走了进来。

贺季山见她脸色苍白，长发如云，一直垂到了腰上，只衬得那身子越发柔弱。

他走上前蹲在她面前，将手掌抚上她的前额，看她是否发烧。

"怎么了，哪里不舒服？"见她没有发烧，贺季山收回手，温声问道。

沈疏影摇了摇头，不知为何，只觉得莫名心虚，低眉道："可能有些中暑，我睡一觉就没事了。"

贺季山握住她的手，望着她的眸子接着说道："外头天气太热，你身子不好，以后……"

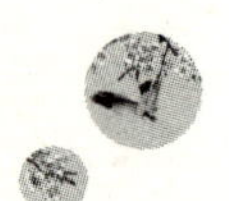

“贺季山，你是要囚我一辈子吗？”沈疏影不等他说完，便出声打断了他。她的声音细小，剪水双瞳中盈盈欲滴，整个人仿佛美玉雕成。

“别说傻话，你是个大活人，我怎么可能囚得了你？”贺季山淡淡一笑，坐在她的身边，将她揽进怀里，这才又道，“如果下次想要出门，提前和我说，我陪着你去。”

“如果我不想让你陪呢？”她看着他的眼睛，眸中温温润润，清净如水。

“那我也要跟着，这样漂亮的媳妇，若被人抢走了可怎么办？”岂料贺季山又是一笑，眉宇间是轻浅的戏谑，凝视着她的目光中，是一片浓得化不开的温柔。

沈疏影听了这话，不由得又羞又恼，洁白的脸颊顿时红了起来，她转过身，不再理他。

“眼下军营的事太多，等过了这几日，我带你去颐园，听说那里的荷花全开了，你一定会喜欢。”他从身后抱住了她的腰，轻声细语地哄着，犹如在和一个孩子说话，语气里满是迁就。

沈疏影没有说话。两人静默了片刻，她觉得胃里又是一闷，忍不住挣开贺季山的身子，又呕出了几口酸水。

那药对胃的刺激极大，她肚子里空空的，实在吐不出什么，到最后连酸水也没了，只有干呕。

贺季山拍着她的后背，待她吐完后见她唇角沾上了水渍，便伸手为她拭去，将她的身子扶起，沉声问道：“好些了没有？”

沈疏影整个人没有一丝力气，额角的发丝也被汗水浸湿了，那张小脸瞧起来十分可怜。

贺季山抱着她，对着门外喝了一声：“去让陆志河过来。”

沈疏影一听他要请医生，顿时慌了，攥住他的衣角，摇头道：“别让他来，我不想看医生。”

贺季山轻声哄道：“不看医生病怎么能好？只是让他过来看看，没事就让他回去。”

沈疏影心头慌乱得越发厉害，脸色更是苍白，眼中水光浅浅，柔柔的吴侬软语，听在贺季山的耳里简直让他的心都要化了：“我不要看医生，你让他回去吧，好不好？”

贺季山从未见过她用这般语气与自己说话，瞧着她柔美楚楚的一张脸，耳旁又是她轻柔悦耳的声音，怕是此时就算她对自己说一句“贺季山，你从楼上跳下去，好不好”，他也会说“好”。

想到这里，他无奈地一笑，将沈疏影额角的发丝捋到耳后，声音里是深沉的温柔：“好，我都依你。”

沈疏影松了口气，这才惊觉自己出了一身的冷汗，五脏六腑更是抓心挠肝般难受。

贺季山极少见她这般柔顺，忍不住坐在沙发上，将她整个抱在怀里。

沈疏影没有挣扎，只说了句：“你快下去吃饭吧。”

贺季山将她贴在自己的胸口，闻言却只道：“我一直都想这样抱着你，等了这样久，你让我怎么舍得走。”

男人的声音浑厚而低沉，话语里又是情深似海，那一个个字敲打在沈疏影的心上，撕扯着她的神经，似要将她拉到一个深不见底的深渊里去。

她闭上眼睛，乌黑纤长的睫毛轻柔如蛾，静静地覆在那一双澄若秋水的眸子上。贺季山看着她乖巧地依偎在自己的臂弯里，心中的喜悦更是无以复加，只恨不得将她抱得更紧些，再紧些……

八月，官邸的桂花树开了花，满院幽香四溢。

沈疏影站在院子里，与丫鬟一起小心翼翼地将树枝上的桂花摘下。她穿着浅杏色的长裙，纤细的腰肢不盈一握，头发没有梳成双髻，而是全部梳在了脑后，盘成了一个精巧的如意髻，而这种发髻，向来是结过婚的女子才会梳的。

那日，当她第一次将双髻散下，梳成这样的发式时，贺季山看见先是一怔，继而眼睛便一亮，好似发了光。那是从心底蔓延而出的喜悦，她瞧着却是心口一疼。她的一举一动，都牵扯着他的心。

“夫人，您要咱们将这桂花摘下，不知是做什么用。”一个绿衫丫鬟笑着问沈疏影。

沈疏影小脸一红，自然不好意思说是给贺季山做桂花糕，只轻声道：“闲来无事，想起家乡的点心，我就想着来摘些花瓣，好做些桂花糕。”

就听一个老妈子"扑哧"一声笑了出来："这桂花啊，化痰、生津、止咳，对痰多咳嗽的效果可是最好的，夫人是不是见司令这几日受了风寒，每日里咳得厉害，才想着为司令做桂花糕？"

沈疏影脸上的红晕更甚，就连白腻的颈弯里也浮上一层淡淡的粉色，羞涩极了，只矢口否认："才没有，等我做好了，你们也都尝尝。"

丫鬟与老妈子们见这段日子贺季山与沈疏影的关系一日好似一日，而沈疏影性子温和，年纪又小，便时常与她打趣，这一日便又借着桂花糕说了起来。

贺季山从中院办完公事，刚回到后院，就听见花园里叽叽喳喳的，好不热闹。待他走近，便见几个丫鬟和老妈子围在沈疏影身边，一个个脸上喜笑颜开的，唯有他一心念着的那个人，却是粉脸通红地站在那里，垂着一张小脸，连下巴也似隐到了衣领中。

她手中拿着篮子，里面满是桂花花瓣，微风吹动她身上的长裙，裹着那柔软纤细的身子，袅袅婷婷，洁白的面容静美温婉，整个人就如同翩翩欲飞的蝴蝶。

他站在那里，看了好一会儿，直到一个丫鬟转过身看见了他，惊呼："司令！"

见到他，众人立刻连大气也不敢出，一个个恭恭敬敬地站在那里。

"在说什么，这么热闹？"他唇角噙着笑，眼睛却落在沈疏影的身上，向她走了过去。

"司令有所不知，夫人心疼您这些日子咳嗽，所以让奴婢们摘些桂花，好给您做桂花糕吃。"其中一个口齿伶俐的小丫鬟一心想讨贺季山欢心，脱口而出。

"哦？"贺季山黑眸雪亮，里面漾着的全是浓浓的笑意，他看着沈疏影手中的桂花，低声问道，"真是给我做的？"

沈疏影脸红得发烫，也不敢去看他的眼睛，只轻声道："等我做好，你也可以尝尝。"

贺季山又是一笑，对着那些仆人做了个手势，待她们退下后，花园里便只剩下他与沈疏影两个人。

他上前揽住她的腰，温声道："下次让那些丫鬟过来就好，这大热天的，你就别出来了。”

沈疏影抬眸见他的额角上有一层汗珠，便取出手帕，轻轻地替他擦了擦，不料还不等她将手收回来，便被贺季山一把握在了手心，放在唇瓣轻轻一吻。

她的脸越发红了，只低语道：“别，会被人看见的。”

贺季山却笑道：“咱们在自己家，怕什么？”说着，便俯身来亲她的脸。

沈疏影赶忙避开了，他的气息喷在她的颈弯，让她痒得厉害，忍不住轻轻一笑：“快别闹了。”

贺季山望着她唇角的梨涡，那般柔美而腼腆的笑意，只让他爱极了，他忍不住又压上她的唇瓣，那芬芳的气息萦绕在他的臂弯，唇中的滋味是那般清甜，只让他越吻越深。

沈疏影一手拿着篮子，只能伸出另一只手去推他。她的力气自然是撼动不了贺季山分毫，羞窘到了极点，长长的睫毛扑闪着，犹如蝶翼。

直到她觉得自己快要窒息的时候，贺季山才放开她，她大口呼吸着，觉得自己肺里的空气都被贺季山一并夺走了似的，唯有那只手依然紧紧地握着手中的篮子，无论如何都舍不得松开。

“夫人，您的电话。”这一日，柳妈赶到了侧厅，对坐在那里看书的沈疏影说道。

沈疏影闻言，只以为是梅丽君，便赶忙奔到客厅，岂料一接电话，却听到了那个熟悉的声音。

“哥哥？”她惊诧地道。

这段日子沈志远只说有要事在身，待他回到北平后，便会来官邸看她，此外便再也不曾说过什么。

而沈疏影却觉得他行踪飘忽不定，问他究竟在做什么，他却什么也不说。

电话那头儿，沈志远的声音听起来有些许疲惫，只告诉妹妹，自己明日便要到法国去。

沈疏影听了大吃一惊，忍不住着急起来：“哥哥，你现在在哪儿？为什

么好端端的还要去法国？”

沈志远安慰道：“法国还有一些事需要我去处理。小影，你答应哥哥，要和季山好好过日子，不要再和他闹别扭。”

“哥……”她开口喊他，不知为何，只觉得心里慌得厉害，就好像沈志远这一走，她就再也见不到他了一样。

“小影，记住哥哥的话，贺季山才是真正能保护你、对你好的人，将过去的事全都忘了吧，和他好好过下去。”

“哥，你到底发生了什么事？”沈疏影的心跳得极快，惶然无措。

“别担心，我没什么事，只是放心不下你。你要记住哥哥的话，知道了吗？”

沈疏影自小便十分听沈志远的话，他们自幼失去了父母，俗语说长兄如父，这句话放在沈家兄妹身上倒是极为妥帖。

所以听着兄长的嘱咐，她不自禁地点了点头，轻声应道：“我记下了。”

“好，等我到了法国，便会写信给你，我先挂了。”沈志远匆匆将电话挂断。沈疏影一怔，一连喊了好几声哥哥，可话筒中除了一片忙音外，再也没有别的声音。

她默默地将话筒搁下，想起沈志远的那些话，心头莫名一颤，她真的可以忘记过去，与贺季山好好过下去吗？

晚间，贺季山回来得极迟，沈疏影本来一边看书，一边等他回来，不料一直到了十一点，贺季山还没有回来，而她再也禁不住困倦，倚在那里睡着了。

直到被男人抱进怀里，温热而熟悉的气息扑面而来，她才迷迷糊糊地睁开眼睛，就见贺季山已将军装脱下，躺在了自己身边。

“你吃饭了吗？”她睡眼惺忪地看着他，娇柔的脸清丽可人，眼中含着睡意，迷迷糊糊的样子说不出的动人可爱。

贺季山笑了，道：“被你这么一问，我倒真觉得饿了。”

“我晚上做了糯米莲藕，我去给你盛一碗过来。”沈疏影听着，便要起身下床，不料还不等她坐起身子，便被男人一把箍在怀里，压在了身下。

她的发丝轻舞，铺满了整个枕面，青丝墨染，美眸潋滟。

贺季山眼睛倏然亮了起来，俯身吻上她的唇瓣。这一晚，他是无尽地温柔与怜惜，纵使如此，却依然是容不得她拒绝，他的情浓似火，随风潜入夜，润物细无声。

清晨，贺季山习惯性地紧了紧自己的胳膊，却惊觉怀里不知何时变得空落落的。他猛地睁开眼睛，一抬眸便见沈疏影穿着一件月白色的真丝绸裙，正静静地坐在美人榻上，而她膝上搁着他的一件军装，原来是军装上的扣子掉了一只，不知怎么让她发现了，正拿着针线细细地缝起来。

清晨的光晕温暖而柔和，透过纱帘照在女子的身上，如同在那柔软纤细的身子上笼上了一层淡淡的薄光，而她，恬静地坐在那里，美得不食人间烟火。

贺季山只觉得自己心如擂鼓，他一动不动地倚在那里，静静地看着她收好了最后一线，看着她唇角露出一抹柔美而羞怯的笑意，看着她抬起眸子，在撞到自己眸子的一刹那，白净的小脸顿时变得绯红。

“你怎么醒了？”她开口问道。

贺季山下了床，赤着脚走到她跟前，就那样一语不发地将她抱在怀里。

沈疏影没有动弹，只将眼帘垂下，脸上红晕隐隐，隔了许久，才小声道：“快穿上吧。”

贺季山松开她，眼睛落在她手中的军装上，低声道：“这辈子，还从没有人给我缝过衣服。”说完，他的大手抚上沈疏影的小脸，乌黑的眸子暗如深夜，“只有你。”

沈疏影一怔，没想到他会说出这样的话，忍不住言道：“你的衣裳自然是破了就扔了，哪里还需要缝呢。”

贺季山淡淡一笑，捏了捏她的脸颊，道：“你这说的都是我从军之后的事，在遇到父帅之前，我可是衣不蔽体，食不果腹啊。”

她从未听他说起过以前的事情，只知道他当年年纪轻轻便投入了关外大帅孟玉成的麾下，屡建奇功，而后平步青云，不过短短几年光景便掌握了关中军所有的军政大权。平山大捷后，孟玉成更是通告天下，将他收为义子。

她还想再问下去，却见贺季山已敛下了眸心，将军装从她手中接过，穿在了身上。

她也站起身子，想起昨日沈志远在电话中的嘱咐，这让她鼓起勇气，踮起脚尖，伸出柔软白皙的小手，为男人将军装上的衣扣扣好。

贺季山一震，只一动不动地站在那里，任由她的小手将纽扣一个个扣上。望着她莹白如玉的脸庞，他的呼吸渐渐急促起来，情不自禁地捧起她的小脸，低沉着嗓音，说道："小影，我等这一天，等得实在太久了。"

沈疏影心头一酸，刚想说话，便被男人揽住了腰肢，耳鬓厮磨良久，直到柳妈的声音在外头响起："司令，何副官已经在底下候着了。"

贺季山微觉无奈，将她的身子紧了紧，温声道："我今天要去一趟承德，怕是要过几天才能回来，你在家乖乖等我，等我回来，咱们就去颐园。"

沈疏影听了他的轻声细语，点了点头，轻轻地道："那你路上小心些。"

"好。"贺季山笑着，不舍地松开了她的身子。

看着他转过身子，沈疏影又言道："还有……"

"还有什么？"贺季山停下脚步，转过身来看她。

"还有，少抽些烟。"沈疏影说完这一句，只觉得羞赧得厉害，忍不住转过身，露出一张被红晕染透了的侧颜。

"好，全听媳妇的。"贺季山走过去，在她的脸颊上亲了亲，声音十分爽朗，说完这一句，终是没有再停留，打开门走了出去。

沈疏影看着他高大的背影走出屋子，心里微微一甜，竟忍不住走到窗前。果然，没过多久，就见贺季山与何副官走到了院子里，在上车前，男人蓦然转过身，向自己的方向看了过来。

四目相对，即使隔着如此距离，沈疏影也还是觉得脸庞一烫，赶忙将身子缩了回去，倒好像这样别人就看不见她似的。

贺季山心头一软，只得压下不舍，转身上车。

听到汽车发动的声音响起，沈疏影站在那里，心里却莫名一疼，只觉得空荡荡的。

这一日，沈疏影午睡刚醒，穿着件浅绿色的乔其纱旗袍，蝴蝶袖，领口处绣着清雅的兰花，头发依旧是全部盘在脑后。虽是妇人装束，但她年纪尚小，脸庞清秀而温婉，瞧起来活脱脱就是一个小媳妇的样子。

她刚下楼，就听门外一阵嘈杂，似是有人一路从中院闯了进来，侍从的脚步声、汽车声、丫鬟们的惊叫声，全都掺杂在一起，乱极了。

她心头一慌，不知道究竟发生了什么事，她在官邸住了这么久，还从没见过谁敢在这里放肆。

“静蓉小姐，您怎么来了？”就听柳妈的声音在客厅响起，语气却是惊恐到了极点。

“贺季山在哪儿？让他来见我！”一道清脆的女声响起，字字圆润，干脆至极。

“司令去了承德，不在官邸。”柳妈小心翼翼地说道，眼睁睁地看着孟静蓉领着人冲了进来。官邸的侍从全都亦步亦趋地跟在她身后，却没有一个人敢上来拦阻。

“那好，既然他不在，我便去看看他的新娘子。”女子冷笑一声，向屋后走去。

柳妈骇到了极点，挡在孟静蓉面前，哀求道：“老奴求求您，小姐还是去东楼吧，司令怕是要不了多久就回来了。”

孟静蓉一声娇喝：“让开！”

她将柳妈推开，抬眸便见眼前不知何时走过来一个女子，年纪不过十八九岁，长得甚是美丽。

“你就是沈疏影？”她走上前，开口问道。

沈疏影不知道她是谁，只迷茫地点了点头。孟静蓉一记冷笑，抬手便是一巴掌。这一巴掌，用力极大，沈疏影只觉得天旋地转，竟被她打得倒在了地上。

沈疏影被这一巴掌打蒙了，只听得柳妈上前一把拦住了孟静蓉，骇得脸色惨白，哆哆嗦嗦着道：“静蓉小姐，这可使不得，您怎么能打夫人呢？”

丫鬟们也是战战兢兢，将沈疏影扶了起来。沈疏影一手捂着脸颊，只觉得被孟静蓉打过的地方火辣辣地疼。她自幼养尊处优，虽说父母早亡，但沈家在江南是出了名的巨富，纵使家财在父母去世后被叔伯分去了大半，却依然是锦衣玉食、奴仆成群，沈志远更是将她捧在手心里，几时受过这样的委屈？

“我倒不知，她算哪门子的夫人？”孟静蓉一声娇笑，眼神却是冷冰冰的，像光滑冰冷的小蛇，射在沈疏影的脸上。

沈疏影捂着脸，透过眼底的水光，看清了眼前的女子——一身短袖紧腰玫红色的立裁洋纱旗袍，露出一小截白如莲藕的玉臂，那新式的旗袍勾勒出玲珑的曲线，妖冶夺人。

她看起来已经不再年轻，约莫二十七八岁的年纪，却因生得明艳，平添了几许韵致风情，让人觉得十分抢眼。

“你是谁？”沈疏影开口，觉得自己的声音哑得厉害。

“我是谁？”孟静蓉脸上的妆容精致得无可挑剔，唇瓣上涂着巴黎最新款的口红，烈焰红唇，配着肤白如雪的面容，端的是惹人遐思无限。她轻扬唇角，勾出一抹轻蔑的笑意，望着沈疏影说道：“这句话你应该去问贺季山，让他告诉你，孟静蓉是谁。”说完，转身向东楼走去。

走出几步后，她又蓦然转过身子，对着沈疏影又言了一句：“在我面前，你充其量不过是个妾！”

这一句话冰冷蚀骨，带着无尽的嘲弄与不屑。看着沈疏影在听了这句话后脸色顿时煞白，孟静蓉微微一笑，只对众人视而不见。刚走进后院，便有司机将车停在她面前，她上了车。整座官邸的侍从都笔直地站在那里，脸上俱是恭敬神色，任由她的汽车大摇大摆地开出了官邸。

“快去拿冰袋过来，给夫人敷脸。”柳妈待孟静蓉走后，对着身后的小丫鬟吩咐了一句。眼见着沈疏影面色苍白，眸中水光闪闪，她看着不忍，只上前轻声劝道，“夫人别难过，司令马上就要回来了，等司令回来，静蓉小姐定是不敢再来胡闹了，这大热天的，您别气坏了身子。”

沈疏影转眼看着柳妈，轻声问道：“她到底是谁？”

柳妈是从关外带来的老人，对贺季山与孟静蓉之间的过往自然十分清楚，可此时听到沈疏影相问，却怎么也不敢开口，只得避重就轻：“静蓉小姐是孟大帅的千金，自幼骄纵惯了，就是这副大小姐的脾气，您千万别往心里去。”

沈疏影知道自己问不出什么，便也不再说话。丫鬟将冰袋送了过来，柳妈轻手轻脚地为她敷在脸上。那脸颊火辣辣的，被这冰凉的袋子一激，只疼得她微微一颤，心底的委屈便汹涌而来，眼睛忍不住红了一圈。

柳妈见她那半张小脸肿得厉害，一袋子的冰块敷下去，也丝毫不见效果，反而惹得那半张脸红得更狠了。

柳妈焦灼到了极点，不知道等贺季山回来后，该怎样向他交代。整座官邸都是阴沉沉的，来来往往的仆人连大气都不敢出，尤其是侍卫长，脸色更是难看，灰头土脸的。

沈疏影连晚饭也没吃，便上楼回到自己的房间。孟静蓉临走前说的那句话一次次在她耳边回响——

“你在我面前，充其量不过是个妾。”

那般冰冷而恶毒的语气，让她想起来就觉得不寒而栗。

她静静地坐在床沿上，不知道坐了多久，老远便听见后院的大门打开，发出沉闷的声响，接着便是汽车驶来的声音，健硕的男人踏在地板上的足音，清晰可闻。

贺季山回来了。

刚回到官邸，便看见侍从官领着侍从一个个垂着脑袋站在那里，再转眸，柳妈领着丫鬟们也静立在一旁，每个人脸上的神色都极为惶恐，显然是不安到了极点。

他瞧着眉头便一皱，见唯独没有沈疏影的身影，于是问道：“夫人在哪儿？”

柳妈小声地嗫嚅道：“夫人在楼上。”

贺季山闻言不再啰唆，抬脚便向楼上走去。到了二楼，就见两个小丫鬟捧着晚饭从卧室走了出来，看见他便忙不迭地行礼。贺季山眼睛一扫，见托盘上的食物连动都没动。

推开门，就见沈疏影背对着自己，抱着双膝静静地坐在窗前，纤细的腰肢不盈一握，乌黑的发髻已经松散开来，柔柔地披在后背，被淡淡的月光照着；柔软的身姿仿佛吐着幽香的月夜梨花，温婉动人。

贺季山看见她便松了口气，轻轻地走到她身后，伸出胳膊环住了她的腰身，将她带到自己的怀抱里。

“怎么一个人躲在这里，连晚饭也不吃？”他轻笑着，望着她白如凝脂的颈弯，忍不住俯身印上一吻。

沈疏影身子一颤，却依然坐在那里，也不回头看他。贺季山抱了片刻，

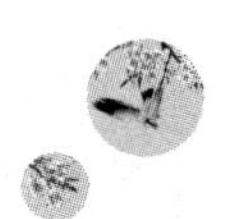

又笑道："怎么害羞起来了？是不想见我？"说着，伸出手去，将沈疏影的小脸转到自己面前。岂料沈疏影却挣开了他的手，就是不回头看他。

"别闹小孩子脾气，让我看看你。"贺季山不以为意，只淡淡笑着，不由分说地捏住她的下巴，将她的小脸转了过来。这一看，却让他的眼睛倏然变得喷火，死死地盯着她的脸。

沈疏影满眼泪水，半张小脸高高肿了起来，红得骇人，显然是下手的人着实用了极大的力气。她低垂着眼，长长的睫毛已经被泪水打湿，湿漉漉地垂在那里，凄楚动人。

"谁打的？"男人声音是从未有过的沙哑。

沈疏影不说话，只将脸庞转过，心里的委屈更是排山倒海，汹涌而来。

贺季山只觉得自己的心被人捏在了手里，狠狠地攥紧，疼得他连呼吸都粗重起来，那种怒意与心疼简直要将他的理智燃烧殆尽。他轻轻地抚上沈疏影的脸，刚触碰到那红肿的肌肤，沈疏影便疼得一缩。他的眸子暗得骇人，忙收回手，松开了沈疏影的身子，转身就走。

"你要去哪儿？"沈疏影攥住了他军装的一角，睁着雾蒙蒙的眼睛问他。

贺季山回过头，看着她红肿的半张小脸，只看了一眼，便不忍心再看下去。他掰开沈疏影的手指，只道："你在这里等我。"语毕，便大步走出了卧室。

贺季山大步下了楼，就见侍从官面如死灰地站在那里，何副官也是心有戚戚，一声"司令"还没开口，就见贺季山拔出了腰间的手枪，对着侍从官抬手扣动了扳机。

何副官赶忙冲上来，抱住贺季山的胳膊，说道："司令有话好好说，好好说！"

那一枪打偏了，刚好打在博古架的花瓶上，发出一声巨响，吓得所有人都是一个激灵，一些胆小的丫鬟更是吓得簌簌发抖。

"是谁给你的胆子，将孟静蓉放了进来？"贺季山怒到了极点，对着侍从官厉声喝道。

侍从官脸色惨白，豆大的汗珠从额上滚滚而下，他笔直地站着，却说不出话。

贺季山眼神阴沉，利如刀刃，微微一扫，所有人都低下了头，不敢与之对视。

他转过身，那一双眸子向着柳妈看了过去，只将柳妈吓得一个哆嗦，不等他开口，便一连串地言道：“司令息怒，老奴已经拦着静蓉小姐了，老奴实在没有想到静蓉小姐会对夫人动手，如果老奴知道，就算是给老奴十个胆子，老奴也不敢让静蓉小姐近了夫人的身啊！”

贺季山一语不发，却冷不防向着头顶上的水晶灯抬手就是一枪。就听“啪啦”一声响，无数的碎片纷扬而下，落得满地都是。侍从尚且还好，那些丫鬟吓得面无血色，惊声尖叫。

“若再有今天的事，这灯就是你的下场。”贺季山走到侍从官身边，语气里一片冷寂。

侍从官一个立正，只说了一个字：“是。”

贺季山不再看他，转身走到后院，何副官一路跟了上来，跟着男人一道上了汽车。

“司令，咱们这是去哪儿？”何副官坐在前面，回头小心翼翼地问道。

“去见孟静蓉。”男人的声音阴冷，深刻的五官在暗夜中显得越发凌厉。

何副官张了张嘴，终是没有胆子再开口，转过身子，不再说话。

车队一路呼啸着，向紫汀苑驶去。

孟静蓉一直居住在关外，这些年又远居俄国，她在北平的别墅坐落于紫汀苑的东苑，正是红墙铁栏，绿荫深碧，高大的法国梧桐种在道路两旁，静谧深沉。

“小姐，司令来了。”

听到丫鬟慌张的声音，孟静蓉依然坐在美人榻上修剪自己涂了蔻丹的指甲，唇角噙着一丝浅笑，淡淡道了句：“那小妮子果真是他的心头肉，居然这么快就过来了。”

丫鬟着急得很：“小姐，您看要不要躲一躲？”

孟静蓉抬眸看向她，仿佛听了笑话：“躲？你以为我会怕他？”

话音刚落，就听到走廊里传来男人的脚步声，那一步步刚毅沉稳，眼见着越来越近，就听“咣当”一声响，门已经被他一脚踢开，甩在了一旁的墙

壁上。

孟静蓉见到他，施施然站起了身子，而那丫鬟早已知趣地退了下去。

一别经年，男人的身形依旧魁梧挺拔，身上的军装笔挺，那双眼睛乌黑如墨，闪烁着凌厉的光芒，气宇轩昂，不怒自威。

孟静蓉瞧着眼前在无数次午夜梦回中，不知见了多少次的男人，明丽的脸上依然噙着妩媚的微笑，将所有的情绪尽数掩下，简直是无懈可击。

“这么晚了，贺司令大驾光临，真是让静蓉受宠若惊。”孟静蓉双臂环在胸前，她穿着一件真丝睡袍，那睡袍极短，露出雪白的一截美腿，兼之身上幽香隐隐，更是平添了无限的魅惑。

贺季山唇角微勾，一步步向她走过来。孟静蓉双眸如水，笔直地迎上他的视线，她的身材极是高挑，微微抬首，便能瞧见男人的眉心。

她看着他的眸子深冷如夜，眸底却是十分平静的神色，不见一丝喜怒，她“哧”地一笑，刚要开口，喉咙却被男人一手扼住，将她的后背猛地抵在墙上。

他的力气那样大，孟静蓉只觉得全身的骨架都要被方才的那一击给撞碎了，而她纤细的脖子被他扼在手心，只让她透不过气来，可她依然笑着，发出“哧哧”的声音，在这静谧的夜里，听起来格外瘆人。

贺季山眼神幽冷，大手毫不怜惜地收紧，手背上青筋毕露，他压低了声音，一字一句道：“孟静蓉，别逼我杀你。”

孟静蓉被他扼得脸庞通红，呼吸也渐渐急促起来，她毫不示弱地与贺季山瞪视着，双目满含恨意，就那样看着他，几乎从嗓子眼儿里迸出几个字：“贺季山，有种你就杀了我！”

贺季山仍旧是面无表情，眸底更没有一丝温度。他转动着自己的手，甚至能听到女子的颈骨在自己的掌心发出“咯咯”的声音，怕是再多用一分力气，她便会香消玉殒。

“我警告你，有什么事只管冲着我来，别去惹她。”他眸底的寒意一分分在加深，声音更是森然到了极点，眼睁睁地看着血色从孟静蓉的脸上一寸寸地褪下，他却没有收手。

孟静蓉不曾想到他竟会这样狠，她徒然地伸出手，要去抓贺季山的脸，却被男人另一只手一把捏住了手腕。她拼命地挣扎着，方才打磨得光滑靓丽的指甲死死地掐进了自己的肉里，就听一声脆响，一根玉甲生生断裂。

她的身体软了下去，眸中的光也开始暗淡，直到这时，男人方才松开了手。她顺着墙壁滑到地上，拼命地咳嗽着。不知道咳了多久，直咳得涕泪直流，那脸上的颜色才慢慢恢复过来。

她望着眼前的军靴，抬起脸看着眼前的男人，依然是恨，恨得无以复加。

“贺季山，就为了一个丫头片子，你这样对我？”孟静蓉脸色青白，早已不复方才的妍丽，她发髻松散，整个人瘫在地上，憔悴得不成样子。

男人弯下腰，将她的下巴挑起，让她迎上自己的眸子，冷声道：“你若再敢动她一根头发，我要你的命。”

他的声音冰冷而决然，容不得人有丝毫的怀疑，而他眼底的杀意，更是让人看得胆战心惊。

孟静蓉在这一刻心如死灰，她弄清楚了一件事情——他会杀了她，为了那个乳臭未干的丫头片子，他真的会杀了她!

她微微一笑，是无限的嘲弄与讽刺。她看着贺季山站起身，向门外走去，她终于开了口，声音虽是嘶哑难听，却是清清楚楚：“你当然想杀我，我们孟家的人都已经被你赶尽杀绝了，怕是你早就想除了我。贺季山，你现在已经是总司令，你什么时候想要我的命，你尽管来取！”

话音刚落，男人的脚步顿了顿，却终是一语不发地打开门，走出了屋子。

孟静蓉支撑着站起了身子，快步走到梳妆台前，从暗格里取出一把手枪，“咔嚓”一声，将子弹上膛，冲到露台上，见贺季山已经走到了院子，她没有犹豫，直接开了枪。

枪声响起，贺季山停下步子，那一枪，不偏不倚地打在了他的脚下。

身后的侍从一瞬间都抽出了手枪，对准了露台上的孟静蓉，而一旁的何副官更是拔枪上前，欲将贺季山挡在身后，岂料贺季山却伸手制止了他。

贺季山对着露台上的孟静蓉淡淡看了一眼，仿佛在看一个陌生人，他只看了她一眼，便转过身继续向车子走去。

那样的漠然。

孟静蓉的手抑制不住地抖了起来。她的枪法极准，自幼孟玉成便对她极

是宠爱，无论是骑射还是枪支，她都无一不精。此时，她已经瞄准了贺季山的脑袋，只要轻轻扣动扳机，一切就都可以结束了。可她下不了手，无论如何都扣不下去！

她眼睁睁地看着贺季山的车队消失在自己的视线里，握着枪的手终是垂了下来。她站在那里，纵使恨得彻骨，她还是下不了手！

回到官邸时，沈疏影还没有睡，看见男人回来，她慌忙站起身子，惴惴不安地看着他。

贺季山见到她，脸上的线条顿时变得温和，只上前将她抱在怀里，一手抚上她仍旧红肿的脸，轻声道："还疼不疼？"

沈疏影摇了摇头，她睁着清澈的眼睛看着贺季山，小声问道："你去找孟静蓉了？"

贺季山不欲多说，只"嗯"了一声。

"那你，打她了吗？"沈疏影心头怦怦直跳，忍不住开口。

贺季山笑道："你想不想让我打她？"

本以为沈疏影会点头，岂料她听了这话神色却是一紧，慌乱道："她是孟大帅的女儿，你不能打她。"

"为什么不能？"男人微微挑眉。

沈疏影越发着急，只道："我听说孟大帅对你有恩，无论孟小姐做什么，咱们还是别和她计较了。而且，柳妈说你手下还有很多孟家的老臣，若要他们知道了你打她，会对你很不利的。"

贺季山心头一软，点了点头，温声道："你放心，我没打她。"

沈疏影听了这话，明显地舒了口气，只将眉眼低垂。

贺季山轻抚着她的小脸，他要怎样告诉她，孟玉成对他是有知遇之恩，可谁又知道这份恩也是他一次次地出生入死，为关中军立下无数的汗马功劳，甚至在战场上为孟玉成挡了一枪才换来的。

而当他领着手下的弟兄打出震惊中外的平山大捷时，他在关中军的威望已经是不可动摇了，孟玉成为了拉拢他，更是为了稳住他，这才决定通告天下，收他为义子。私底下，却无时无刻不在伺机而动，只为寻到机会，好将他置于万劫不复的境地。

这一切，他都没法和她说。

他将她抱在胸口，在她的发丝上轻轻一吻，低沉着嗓音缓缓道：“小影，没有人可以伤害你。”

沈疏影将脸庞贴在他的胸口，听到他的话，只是轻轻“嗯”了一声。两人依偎了片刻，贺季山的吻小心翼翼地落在她红肿的脸颊上，湿润的吻带着温热的气息，怜惜地吮吸着她的肌肤，又麻又痒。

她本能地蜷缩，却压根儿逃避不了，随着男人的呼吸越来越重，他的吻也渐渐狂乱起来，暴风骤雨般席卷着她，秀美的耳垂、白皙的颈弯、圆润的肩头，无不落上了细密的吻痕。

水乳交融，温暖沉醉。

柳妈端着早餐上楼时，便见沈疏影正坐在梳妆台前梳着秀发，镜子里的她柳眉弯弯，杏眸温婉，那半张小脸的红肿已经消退了很多，整个人就如同那一瓣雪白的梨花，娇美到了极致。

她刚将早餐放在桌上，就见沈疏影放下了梳子，秀眉紧紧蹙起，转过身，捂住嘴巴，像是要呕吐的样子。

她慌了神，赶忙上前为沈疏影拍着后背：“夫人这是怎么了？是不是吃坏了东西？”

沈疏影心中有数，每次吃了那药，她都要反胃许久，所以只摇了摇头，勉强笑道：“可能是有些着凉，不要紧。”

柳妈倒是瞧出了一丝端倪，忍不住压低了声音问道：“夫人，您这个月的月事来了没有？”

沈疏影一怔，摇了摇头：“我的月事一向不准，您不说我倒是忘了，这个月还没有来。”

柳妈听了这话，心中一喜，眉梢上满是笑意：“夫人，您是不是有喜了？”

沈疏影听了这话脸色一白，立刻斩钉截铁地否认：“没有，不可能的。”

她一直在吃药，又怎么可能会怀上孩子？

柳妈只以为她是脸皮薄，不好意思承认，闻言依然笑着，只殷勤地为沈疏影将饭菜布好，让她来吃。

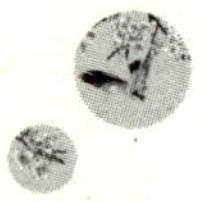

沈疏影用过早饭，见这日里天气凉爽，便想去医院看望梅丽君，岂料她刚开口，柳妈便一脸难色地告诉她，贺季山下过令，若没他的允许，她哪里也不能去。

沈疏影听了这话，心头一凉，忍不住涌来一股气，她什么也没说，只点了点头，示意自己知道了。

雨水打在桂花树上，树叶窸窸窣窣地响着，一片片的桂花落在了泥土里，满院幽香。

贺季山回来时，见沈疏影正站在雨廊下，望着那被关在笼子里的画眉鸟出神。

不时有些雨滴落在她身上，将她那一身素净的衣衫打湿，他瞧着心头一紧，快步走过去，一把将她抱在怀里。

“下着雨，来这里做什么？”他的声音温和，察觉到怀中的人儿身子冰凉，那语气里又忍不住带了几分斥责。

沈疏影微微一笑，那抹笑却是别样凄楚，她伸出白皙的手指，指着被关在笼子里的画眉鸟，轻声道：“我在看它。”

贺季山知她心中所想，却只是将她揽得更紧，轻声细语地开口：“若是喜欢，干脆让人拿到屋子里，想怎么看就怎么看。”

沈疏影抬起头来，瓷白的小脸犹如绢画上的美人，就连唇瓣也透着苍白，她的眼圈微红，唇角依然含着浅浅的笑意，说道：“它和我一样，都被你关在这里，只是我的笼子是这座官邸，比它的要大。”

她分明在笑，却让人看着心酸，贺季山抚上她的小脸，低声唤她的名字。

“贺季山，你到底想怎么样？我都已经认了，你还要把我关到什么时候？”沈疏影的眼泪一行行地滚下来，声音是那样委屈，“我只是想去看看丽君，她是我在北平唯一的朋友，就连这样，你都不许吗？”

贺季山为她拭去泪水，心头既是无奈又是怜惜，只得温声哄道：“别哭，等天晴了，我就让人送你过去。”

见沈疏影看着自己，他微微一笑，又说了下去：“以后无论你想去哪儿，我都不拦着了，不过有一点，一定要多让人跟着，现在外头乱得很。”

沈疏影有些不敢相信，小声道："真的？"

贺季山摩挲着她的小脸，眉间的神色宠溺而温柔，他点了点头，微笑道："夫人都发话了，贺季山哪敢不从？"

沈疏影听了这话，唇角便浮起两弯梨涡，悄悄地低眸一笑。见她笑了，贺季山便捏了捏她的脸："都当人媳妇了，还这样又哭又笑的，也不怕人笑话。"

沈疏影被他说得脸蛋一红，悄眼望去，男人的眼底是无尽的怜惜，而他唇角的笑意又是那般温煦迷人，让人忍不住要沉溺下去。

她的心头一动，纤长的睫毛扑闪着，眼瞳晶莹剔透得犹如水珠一般。贺季山瞧着，便俯身在她的脸颊上亲了亲，望着她那张绯红的小脸，低语道："以后有事就直接和我说，别为了和我赌气就作践自己的身子，嗯？"

沈疏影被他看出了心思，顿时觉得赧然，她低下头，嗫嚅着道："我才没有和你赌气。"

"好，你没有，你若染上风寒，心疼的不还是我？"男人自嘲地一笑，揽着她的腰肢，不由分说便将她带回屋里去。

翌日，果真如贺季山所说，派了人将沈疏影送到医院。梅丽君的伤已经好了不少，再过几日便可以出院了，沈疏影记下了她出院的日子，只道那天再过来看她。

离去前，沈疏影悄悄地附在梅丽君的耳际，轻声说了一句话。

梅丽君听完眼睛倏然大睁，只道："这才多久，你就快吃完了？"

沈疏影听了这话，只觉得脸庞烧得厉害，就连莹白的耳垂都落上了粉色。她垂下眸子，不敢去看好友的眼睛。

只能怪那男人的情欲太过炽烈，那小小的一瓶药，如今只剩下少许，怕是要不了多久就会见底。

梅丽君握住她的手，劝道："小影，你我都知道那西洋药对身体不好，你就算不想要孩子，可也不能这样糟践自己的身子啊。"

沈疏影抬起眸子，轻声道："那还有别的法子吗？"

梅丽君哑然，隔了许久才开口："你既然都认了，为什么不愿意为贺司令生孩子呢？"

沈疏影脸色一白，张了张嘴，却说不出话来。

梅丽君知道她还为贺季山杀了薄少同的事耿耿于怀，当下便也不再逼她，只道："好了，你放心，我会托护士将药送来，你过几天来取。"

沈疏影心头一松，握紧了她的手："丽君，谢谢你。"

梅丽君摇了摇头，叹息道："小影，贺司令是真心对你的，我都不敢想，如果这事被他知道了，他该有多难受。"

沈疏影听了这话，只觉得心里一酸，眼圈立刻就红了。她将眼睛垂下，用了那样大的力气，才将眼底的泪止住。

贺季山在军营刚处理完一天的事务，车队便一路马不停蹄地往官邸赶。

路过东山岭的时候，只见那山上香火缭绕，游人如织。沿着长长的石阶往上看去，只见路旁绿树丛生，野花满地，往来的多是妇人，无不拎着香烛，一脸虔诚。

因人太多，车队只得减慢速度，贺季山向着那山顶上看了一眼，问道："今天是什么日子，怎么去拜佛的人这样多？"

坐在前面的何副官笑道："司令有所不知，这东山岭上有一座送子娘娘庙，据说灵验得不得了，怕是今天赶上了娘娘的生日，这些个女人便是去庙里求子呢。"

"哦？"贺季山淡淡一笑，"你若不说，我倒不知道这里居然还有座庙。"

何副官又道："不是属下迷信，这座庙倒真是挺灵的，听说杨团长的夫人就是在这座庙里许了愿，回去没多久就怀上了。"

贺季山不置可否，乌黑的眸子望着窗外，骤然看见一个妇人抱着一个粉嘟嘟的奶娃娃，那孩子生得玉雪可爱，他瞧着，眉眼间情不自禁地就是一软。

何副官见他不说话，往后一瞧，便看见他的目光停留在那孩子身上，他心思一转，于是笑道："司令，下次有空，您不如将夫人也带来拜一拜，图个彩头。"

贺季山收回视线，将头倚在后座上，微微一哂道："她现在年纪还小，我带着她过来，怕是会吓着她。"

何副官不曾想他竟会这样说，先是怔了片刻，才道：“司令，恕属下多句嘴，您对夫人，倒真是应了那句老话，英雄难过美人关。”

贺季山闻言也是一笑，他不再说话，只闭上眼睛养神。车队开出了东山岭，速度立刻快了起来，没消多久便回到了官邸。

沈疏影刚洗过澡，丝绸的睡衣十分光滑，如流水般从她的肌肤上滑过，她的头发湿漉漉的，还往下滴着水，颈弯与胸口处露出的肌肤在灯光下显得越发白皙，细腻如凝脂。

听到身后的脚步声，她回过头，便见贺季山走了进来。见到他，她的眼底禁不住就染上一抹喜悦，唇角噙着甜美的酒窝，迎上去道：“不是说要明天才回来吗？”

贺季山眸心炙热，只道：“明天带你去颐园。”

沈疏影心头一喜，抿唇一笑：“我还以为你忘记了。”

贺季山揽过她的身子，微微一笑道：“和你说过的话，我几时忘过。”

沈疏影心头一甜，任由他将自己揽到梳妆台前坐下，就见男人拿起一旁的毛巾，为她擦起湿漉漉的秀发。

她一怔，看着镜子中的贺季山，心中却是说不出的酸涩。贺季山察觉到她的眸光，也抬眸向镜子里看去，男人唇角轻扬，眉宇间满是宠溺。

她的脸庞一红，极是羞赧。直到将她的头发擦干，贺季山俯下身子，将她一把抱在了怀里，捧起她的脸，深深地吻了下去。

这一晚，自然又是好一番缠绵，直到沈疏影再也受不了伸手去推他，他才紧紧揽着她的身子，亲了亲她被汗水浸湿的额角，将自己灼热的欲望尽数留在她的身体里去……

翌日，贺季山果真带沈疏影去了颐园，只不过天公不作美，下起了蒙蒙细雨。

眼见着细雨萧瑟，满池的荷花更显清丽，风过处遥送暗香，那朵朵荷花开得正好，碧叶红莲，红蕊吐芳，颐园远处的亭台楼阁、近处的雕栏回廊，都被掩在了这一片烟雨蒙蒙之中。

沈疏影站在水榭里往外望去，眼前的这一片景致，只让她恍如置身于江

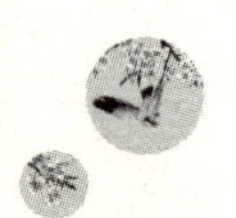

南的烟雨中，又好似一幅水墨山水画，颇有几分西湖的雅致。

她俯下身子，对着那池中的荷花伸出手去，轻抚细嫩的花瓣。她的手洁白如玉，掩在那一片粉白中。

贺季山站在一旁看着她——着一件浅碧色织锦旗袍，裹着窄窄的纤腰，袅袅婷婷，雪白的面颊上散落着几丝乌黑的碎发，下巴是极其柔和的弧度，娇嫩的唇瓣抿着笑意，就连那满池的荷花，都被她比了下去。

他看了好一会儿，上前从身后搂住了她的腰，不知为何，他贴在她的耳畔，低声唤她的名字："小影。"

沈疏影轻轻"嗯"了一声，回过头看他。贺季山伸出手，为她将额前的碎发捋好。他的眼睛黑亮，深不见底，凝视着她的小脸，温声道："帮我生个孩子吧。"

他的话音刚落，沈疏影脸色顿时一慌，她将眼睛垂下，心跳得越来越快，只道："好端端的，为什么要说这个？"

贺季山微微一笑，大手抚上她平坦的小腹，低语道："我昨天路过东山岭的时候，恰巧看见一个奶娃娃，样子可爱极了，我当时就在想，如果咱们有一个孩子，那该有多好，我只怕会高兴疯了。"

沈疏影听着男人的声音低沉而温柔，他说这些话的时候，眼角与眉梢俱含着笑意，他的大手在她的小腹上轻轻抚过，倒好像她的肚子里已经有了个孩子似的。

沈疏影想到那一次次的缠绵，想起自己一次次吃下的那些药，心里忽然酸涩得难受，她甚至不敢去看贺季山的眼睛，过了好一会儿，才轻语道："你喜欢小孩子吗？"

贺季山闻言思索片刻，便自嘲地一笑，道："以前不喜欢，记得在关外的时候，正巧张军长的儿子满月，我去吃满月酒的时候看过孩子一眼，只觉得那孩子身上一股奶味儿，还爱哭，当时只巴不得跑得远远的。"

"那现在呢？"沈疏影又问。

"现在，我只希望你能为我生一个孩子。"贺季山望着怀中的女子，缓缓说道。

沈疏影心里乱得慌，只垂首不语。

贺季山见她不说话，于是将她揽得更紧，将自己的脸埋在她的颈弯，轻声道：“小影，我知道你恨我，我只求你一件事，如果孩子来了，你别伤害他。”

沈疏影身子一震，心尖处顿时涌来一股密密麻麻的锐痛，她真想开口告诉他，她不会有孩子，他们永远都不会有孩子。

可当她看着贺季山的眼睛时，却什么话都说不出口，男人的眸子漆黑如夜，也许是这一片朦胧的美景让她沉迷，也许是男人的温存令她溃不成军，她鬼使神差地竟对着贺季山点了点头。

贺季山眼睛一亮，唇角的笑意更是深邃。

一阵凉风袭来，男人将她的身子护在怀里，沈疏影则将脸埋在他的胸口，第一次，伸出自己的胳膊，回抱住他的腰。

当晚他们住在颐园，第二日将沈疏影送回官邸，贺季山便去了军营。看着男人走后，沈疏影回到卧室，将那一瓶药从柜子的夹层中取了出来。

打开药瓶，白色的药片透着淡淡的苦味。想起昨晚的缠绵，她将药倒了两粒出来，拿起一旁的水杯，她的手却抑制不住地开始轻颤。她望着镜子里的自己，温婉清纯的一张小脸，瓷白的肌肤细腻如玉，眸子里却氤氲着水光，脑子里，全是男人的那句话：“小影，帮我生个孩子吧。”

她闭上眼睛，一行泪珠顺着眼角滚落下来。她想起那一晚，她亲眼看着薄少同死在了自己面前，她不是不恨，她恨到了极点，可她怎么也没想到，自己有一天要为他生孩子！

她睁开眼睛，将那药丸送进嘴巴里，握着水杯的手却抖得厉害，无论怎样都无法将水喝下去。

她面色苍白，终是一个转身将药片吐了出来。她看着那瓶药，唇角划过一抹凄楚的笑意，唇中呓语般道出一句话：“贺季山，就算我上辈子欠你的。”

说着，刚要转身将药瓶扔到洗漱间，就听到叩门声响起。柳妈站在门外唤她：“夫人，锦绣阁的师傅到了，说是您上次在那里挑的料子，现在已经做成了衣裳给您送了过来。”

沈疏影慌忙答应着，生怕她会进来，便将那药瓶随手搁在了梳妆台的抽屉里，匆匆走了出去。

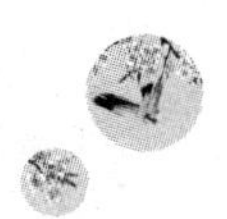

晚间，贺季山吃了酒，回来的时候眼底微有醉意。沈疏影瞧着便要去为他熬醒酒汤，孰料却被他一手揽在了怀里，他的呼吸里带着酒香，是醉人的味道。那样炙热而浓烈的吻，让她害怕起来，将身子向后仰，要去躲开他的亲吻，而他顺势亲了下去，吻上了她的颈弯。也不知是什么时候，她被他压在了床上，只觉得自己被他吻得透不过气来，天旋地转一般，甚至都不清楚自己的衣裳是何时被他脱去的。

夜渐渐地深了，沈疏影精疲力竭地睡着了。迷迷糊糊睡到半夜的时候，蓦然觉得肩膀一阵剧痛，她吃惊地睁开眼睛，就见贺季山站在自己面前，脸色阴沉得可怕。他一只手攥着那瓶只剩下几颗的西洋药丸，另一只手紧紧抓着她的肩膀，恨不得要将她的骨头给捏碎一般。

“这是什么？”他声音低沉，额上青筋毕露，眼睛幽暗得让人心惊。

沈疏影看到那药瓶，脸色倏然一白，她想起自己今天本是要将那药给扔了的，只不过柳妈唤自己下楼的工夫，竟将这事给忘了。而她怎么也没想到，那瓶药会落到贺季山的手里。

她知道自己说什么都没用了，她看到他的眼睛里除了怒不可抑外，更有一抹惊痛与绝望。她知道自己什么事都瞒不住他，他定是早已猜出来这是什么药，与其让他去请陆志河，不如自己承认了吧。

她面色如纸，只轻声道：“你明明知道的，又何必再来问我？”

就这样一句话，便让贺季山勃然大怒，他一把将沈疏影从床上拖了下来，每一个字都像是从牙齿里迸出来：“沈疏影，你怎么敢，你怎么敢……”

沈疏影就那样任由他攥着肩膀，她知道自己说什么都没用，索性一个字也不说，整个人了无生气地站在那里，犹如一具木偶。

她的沉默更是惹恼了他，他的手指颤抖着，狠下心将她一把扔在了地上。沈疏影的身子如断了线的纸鸢，一声不响地倒在了地毯上，面如死灰。

他一手指着她，挖心蚀骨的绝望令他心碎，从来都是一败涂地，在她面前，早已注定他会败得没有半分余地。

他那样爱她，甚至还可笑地担心带着她去拜送子娘娘会吓着她，谁知道她竟然早已防了这一手，背着他吃了那一整瓶的药，她不惜伤害自己的身子，也不愿怀上他的孩子！

贺季山的眼里是溺死一般的绝望，他看着地上的女子，想到那一夜夜的肌肤之亲，想到自己那样期盼着她能为他生下一个孩子，想到她一次次吃下这些药，如同躲避一个令她恶心的脓疮，硬生生地将他的孩子扼杀。

他渐渐地笑了，那般痛楚而自嘲的笑容，狠狠地刺痛了沈疏影的眼睛。

“贺季山，我已经打算停药了，我今天就要将药扔了的……”沈疏影看着他的笑，心里比针扎还疼，那种疼，让她从地上支起身子，不管不顾地扑到他的身上，滚烫的泪水直到此刻，才溃然决堤。

贺季山依然淡淡笑着，就那样看着沈疏影的眼睛，道了句：“你以为我还会信你？”

每次都是这样，每次都是让他先吃点儿甜头，然后再给他狠狠一击，一次比一次狠，一次比一次准。她知道他的痛处在哪儿，她便死死地往那里戳，一戳一个血痕。

她看着他笔直地站在自己面前，脸上只剩下一片虚无的漠然，道：“我真他妈的贱！”

我真他妈的贱。

字字低沉，透着蚀骨的无奈与深切的自嘲。

说完这一句，他便将沈疏影的身子挥到一旁，头也没回地走了出去。

沈疏影看着他的背影，男人健壮的后背上纵横交错的，是那一次在火海中为了救她而布满的伤痕。她从未这样清晰地看过，每次与他肌肤之亲时，她总是闭着眼睛，她从没想到他竟伤得这样重。记得当初贺季山不过是轻描淡写地道一句皮肉轻伤，可此时当她看见他的后背时，才知道那所谓的皮肉轻伤究竟有多重。

那一道道大小不一、颜色不同的疤痕，狰狞地盘旋在男人的肌肤上，让人触目惊心，再也看不出原来的样子，只能通过残留的部分细细琢磨。

沈疏影努力克制住自己的心慌，她的呼吸急促，心跳也在加速，泪水从眼眶里争先恐后地往外涌。就在贺季山打开房门时，她跑了过去，抱住他的腰，将脸贴在他布满烧痕的后背上。

“季山……”她第一次，没有连名带姓地喊他。

“我错了，是我错了，你原谅我，我真的已经不打算吃药了，我要把药

扔了的，你相信我……”她断断续续地说着，嗓音哽咽，甚至连她自己也不知道究竟说了些什么，只拼命地用小手环住他的腰身，流着泪哀求，心里的恐惧却是那样厉害，只怕自己一松手，他便再也不会要她。

贺季山将她的手指从自己的腰上掰开，他冷漠一笑，回过头看着那泪流满面的一张小脸，声音酸涩而低沉，字字刺心：“这世上能为我生孩子的女人，不是只有你沈疏影一个。”

沈疏影听了这话，小脸顿时惨白，她失魂落魄地看着他，从他的眼底再也看不到一丝暖意。

男人的大手挑起她的下巴，乌黑的眸子漆黑如夜，脸上的神情是从未有过的冷：“我宠着你，爱着你，你就算是块石头，也该被我焐热了，我倒真想把你的心给挖出来，看看它究竟是什么做的。”

他的声音字字冷冽，语意森然蚀骨。沈疏影的泪水越流越凶，一滴滴打在他的手背上。而男人依然死死地捏着她的下巴，望着她绝美的一张小脸，她的心却是那样狠毒。她每次都会给他最致命的一击，他的胸口像是有把尖锐的刀子在缓缓地剐着，汩汩而出的鲜血，硬生生地把他逼到深不见底的深渊里去。

“你怎么舍得？”想起那一个个有可能会来的孩子，就那样被她无情地扼杀，贺季山的眼里是深渊一样的绝望，痛苦而蚀骨的绝望，他恨得咬牙切齿，整个人都散发着森冷的寒意，唯有肩头轻微地抽动。

“季山……”沈疏影轻轻地唤他的名字。

贺季山不待她说完，便将她的身子一把甩在了墙上，他举起手，眼见着便要向她的脸上掌掴下去。

这是他第二次想要打她，第一次是他从武兴将她抓回来时，她看着他的眼睛，一句句地告诉他，薄少同比他好一百倍、一千倍、一万倍，他也是如今天这般狠狠地扬起了手，最终却还是缓慢而无望地垂了下来。

就算是到了这一步，他还是舍不得动她一根手指头，打在她身上，最终还是疼在他心里。

他终是一语不发，转身走出了卧室。

自那晚后，贺季山都不曾回来。

柳妈去看沈疏影，她却只是默默地坐在卧室里，无论问她什么，她都是一个字也不说，若被问急了，她便在那里掉眼泪，只让柳妈无可奈何。

看到那落在地毯上的药瓶，柳妈将其捡了起来，看着上面的英文，却是一个字也不认得，只得将药拿给陆志河。当她知晓了那是避孕药后，不由得愣在了那里，隔了许久才长叹一声，道一句："造孽。"

北平的秋天日头极短，不过下午五六点的光景，天色便已经暗了下来。

柳妈端着晚饭上了楼，这些日子沈疏影连楼都没下，整日里待在窗前，似是在苦等贺季山回来。

看着她消瘦的背影，柳妈叹了口气，将手中的食物放下，拿起一件披风为沈疏影披在了身上。

"夫人，来吃点儿东西吧，您从中午到现在，一点儿东西也没吃，仔细伤了身子。"柳妈轻声细语地哄着。虽说如今贺季山明显冷落了沈疏影，可官邸里谁都知道沈疏影在他心中的分量，每个人都还是小心翼翼地侍候着，一点儿也不敢马虎。

沈疏影眼睛无神，再也没有了灵动的光，闻言也不过是摇摇头，只轻声说自己不饿。

柳妈不知该如何劝她，只好陪着她枯坐。太阳一点点地落下山头，暖黄的光一点点地挪移下来，照上她美玉一般尖瘦的小脸，又一点点地退回去，带走黄昏最后一点儿的温暖，整个天空便是无边的黑暗。

柳妈拧亮了灯，可这寂寥的灯光依然驱散不了无边的寒冷，沈疏影呆坐在那里，怔怔地望着后院的院门，期冀着他回来。

没有他在的日子，时光缓慢流逝，如同抽丝，一点一滴地凌迟着她的心。

"夫人，司令今晚怕是不会回来了，您就不要再等了。"柳妈看着不忍，只觉得可怜，禁不住语气里带上了一丝哽咽。

沈疏影回过头来，她的面容在灯光下依然肤若凝脂，可秋水般的双眼微微发红，看起来令人怜惜。

她满眼的泪水，心里疼得透不过气来，愧疚与懊悔犹如狰狞的野兽，将她脆弱不堪的神经凌厉地撕扯着，摧枯拉朽般撕个粉碎。

"您快别哭了，老奴听说司令这些日子都在北大营，您与其在家里哭，

不如去军营里找他。”

柳妈话音刚落，沈疏影便眼睛一亮。她泪眼迷蒙地看着柳妈，喃喃道：“我真的可以去找他？”

“怎么不可以？您可是正正经经的司令夫人啊。”

“那他，要是不愿意见我该怎么办？”沈疏影说着，心里一股锐痛。

“司令为您做了那样多，您去找他一次，就算他不愿见您又能如何？”柳妈无奈，说完便微微摇了摇头。

沈疏影默不作声，望着眼前的食物，终于动起了筷子，手指却颤得不成样子，试了几次才将菜夹起来，送进嘴里，却是难以下咽的苦涩。

沈疏影从未去过军营，不曾想军营竟离得那般远，一直出了北平城。又过了好一会儿，沿路遇上了哨卡，司机将车停下，戎装的岗哨上前，待看见坐在后座的沈疏影时，马上立正敬礼，声音浑厚而响亮：“夫人到！”

顿时，道路两旁的侍从皆上枪行礼，那声音如同夏日惊雷，轰隆隆地响彻天际。

汽车驶到了军营，早已有人去禀报了何副官，沈疏影刚下车，就见何副官匆匆赶了过来。

“夫人，您怎么来了？”见到她，何副官一惊。

“司令在哪儿？我想见他。”沈疏影心头怦怦直跳，开门见山道。

何副官面有难色，只回道：“司令在开会。”

“那我等他。”

见沈疏影坚持，何副官也不敢怠慢，只得将她迎进了指挥所，让她在贺季山的办公室里坐着等。

天色一点点暗下来，整个指挥所里寂静无声，贺季山的办公室很大，墙上挂着军事地图，桌子上凌乱地摆着公文资料、茶杯笔墨，此外还挂着好几部电话。

听到走廊里传来的足音，沈疏影倏地站起身子，也许是因为紧张，纤细的身子抑制不住地轻颤。

走进来的是何副官。

沈疏影瞧见他，便全身一松，眸子里却抑制不住地涌来几许失望。

“夫人，您还是先回去吧，司令正在和孙军长、杨团长他们商讨临水的布防，怕是没空见您。”

男人的声音恭敬，沈疏影听着心里却是一酸，声音越发地小了下去：“是不是……他不愿意见我？”

“夫人不要多想，江南的刘振坤随时都有可能卷土重来，这些日子司令一直在忙着临水的事，整日里连喝口水的工夫都没有，您还是先回去，等会议结束，属下会第一时间告诉司令您来过。”

何副官将话说得滴水不漏，沈疏影站在那里，一颗心却沉沉地坠下。她看着他的眼睛，只道：“我想见他。”

“夫人……”

“我想见他！”她又一次轻声呢喃，美丽的眸子里盈满了泪，滴溜溜地打着转，一张脸凄清柔婉，只让人再也说不出拒绝的话来。

何副官心头一软，只叹了口气，伸出手，做出了一个请的手势：“夫人请随我来。”

沈疏影见他松口，一抹笑立刻染上了唇角，让人不由得感叹，这世间真有这样的女子，轻柔得如同刚出岫的薄雾轻烟，无论哭还是笑，都美得让人不舍移目。

她跟在何副官身后，绕过指挥所的走廊，值班的岗哨见到她无不上枪行礼，直到转了个弯，还没走出几步，就听见会议室里传来一阵激烈的讨论声。

众将依次排开，坐在会议桌的两旁，主位上的男子却一语不发，眼睛只盯着中间的那一块军事地图，手指轻叩桌面，发出“笃笃”的声音。

直到何副官站在门口，唤了一声：“司令。”

众人皆转过头，向门口看去。贺季山抬起眼皮，问：“何事？”

“夫人来了。”何副官深知自己贸然将沈疏影带来实属不妥，于是也不敢去看贺季山的眼睛，说完这句，便向一旁退去，露出站在自己身后的女子。

沈疏影一身鹅黄色轻纱长裙，头发尽数盘在脑后，领口处绣着精巧雅致的蝴蝶兰，清新素净的花瓣衬着她凝脂般白皙的脸庞，柔美而清纯。也许是慌乱，瓷白的肌肤浮上一抹淡淡的红晕，耳垂上带着细腻圆润的明珠坠子，

随着她微微的喘息，那一对耳环便轻轻摇曳，在昏黄的光线中透出一抹娇柔的温婉来。

会议室里全是辽军中的高级将领，原本剑拔弩张的气氛，在看见沈疏影犹如清雨梨花般站在那里后，整个会议室瞬时变得鸦雀无声。

不知是谁先反应过来，立刻站起身子，对着沈疏影一个立正，其余人也纷纷如梦初醒般，笔挺地站在那里，一动不动。

沈疏影的眼睛只看着主位上的男人，在分开的这十多天里，她每日每夜都在想着他，她的眼中闪烁着水光，情不自禁地想要向他走去。

贺季山只看了她一眼，便转向一旁的何副官，冰冷的声音不带一丝温度："送她回去。"

言简意赅的四个字，生生让沈疏影停下了步子。

贺季山脸上依旧不动声色，将眼睛又转到了眼前的军事地图上，对一旁站着的军官沉声道："都坐下，继续。"

众将面面相觑，终是依言坐了下来，会议室中烟雾缭绕，激烈的讨论声再次响起。而贺季山浓眉紧锁，一双眸子锐利如刀，神情专注地听着手下的讨论，似是压根儿没有瞧见沈疏影这个人。

"夫人，属下先送您回去。"何副官走到沈疏影身边，压低了声音劝道。

沈疏影最后看了贺季山一眼，一身戎装的男子侧影如同斧削，显得十分沉着冷静，他一语不发地坐在那里，整个人透出一股淡淡的凌厉。她收回视线，心却好似被刀割着，疼得让她受不了，她不敢再待下去，转身走出了屋子。

何副官亦步亦趋地跟着，走出了指挥所。沈疏影忍住眼里的泪水，回头言道："你不用送了，我自己回去就好。"

何副官刚道了声"是"，沈疏影又道："我看他，脸色很不好，麻烦你照顾好他。"

何副官心头一震，颔首道："夫人请放心。"

直到汽车开出了军营，沈疏影垂下眸子，那泪才一滴滴落下来，没多久，便在她的膝上落了一个个大小不一的水渍。

而会议室中的贺季山，在沈疏影走后，慢慢地燃起了一支烟。他的目光深敛似海，耳旁的争吵声依然在继续，他抽了一口烟，猝不及防地将手中的打火机扔了出去，发出一声脆响。

耳旁终于清净下来，所有人都噤了声。他疲惫地闭上眼睛，一手扯开了军装上的纽扣，对众人道："都给我出去。"

话音刚落，众人便一个立正，将各自的军帽拿起，行礼后走出了会议室。

听到关门声响起，贺季山将头向椅背上一靠，手中的烟卷已经烧了老长一截，细密的烟灰落在他的军靴上，他却浑然不觉。

沈疏影回到官邸后睡了一夜，第二日便是梅丽君出院的日子，她起得极早，明镜中的女子一脸苍白，眼睛更是红肿得不成样子。

她去接梅丽君出院，自然不好这副模样，于是拿起香粉，在脸上细细地敷了一层，将那抹苍白遮掩了些，然后取出胭脂，在手心焐热，在两颊处稍稍擦上一些。她的肌肤本就极好，素日里几乎都是素净着一张脸，从不用这些胭脂水粉，今日骤然用上，更显娇美。

看着她下楼，蕊冬赶忙殷勤地迎上来，沈疏影简单地吃了点儿早餐，便让司机送她去医院。

她去得极早，梅丽君才刚梳洗过，见到她便一惊："小影，你这是怎么了？几天没见，你怎么瘦成了这样？"

沈疏影勉强一笑，见梅丽君的腿伤好了许多，已经能下床走动，不由得很是欣慰，只轻描淡写地带了过去："我没事，只不过前几天有些着凉，所以才瘦了些。"

梅丽君听她说得轻松，便也没再深究。两人说了些闲话，趁着梅公馆的仆人来收拾行李的空当，梅丽君拉着沈疏影走出病房，两人在廊下散着步，不远处站着一排戎装岗哨。

见四下无人，梅丽君悄悄将药拿了出来，送到沈疏影的手里。

沈疏影看到那药，心里就是一紧，她抿着唇角，一语不发地将药瓶递了回去。

"怎么了？"梅丽君先是一怔，继而喜道，"你是不是想开了，不吃

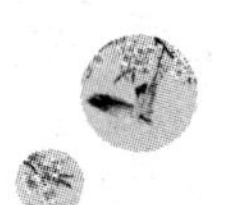

药了？”

沈疏影心中苦涩，只点了点头，轻轻地“嗯”了一声。

梅丽君喜笑颜开：“早就和你说不要吃，你就是不听，这万一要是被贺司令知道了，你说说你该怎么办。”

沈疏影垂着眼睛，轻声道：“丽君，如果真被他知道了，你说他会怎样对我？”

梅丽君想也没想，脱口而出：“还能怎样对你，不一枪把你崩了都算对你客气了。你也不想想，像他们那样的军阀头子，哪个不是对子嗣看得极重？你不愿意给他生孩子，等他从外面娶个如夫人，把孩子生下来，到那时，可有你哭的。”

梅丽君声音极脆，一字字地敲打在沈疏影的心上，让她越听心头越凉。

她浑浑噩噩地回到官邸，忍不住将电话打到了军营。接电话的是侍从室的主任，只道贺季山一早便去承德的军事基地视察去了，怕是这几日都不会回来。

沈疏影搁下电话，话筒发出清脆的一声响，绵绵不尽的哀伤排山倒海而来，她抱着双膝，将脑袋深深地埋下去，埋下去。

她没有发出丝毫的声音，唯有清瘦的肩头抑制不住地抽动。

“夫人，您的信，是从法国寄来的。”这日一早，柳妈便将一封越洋信件送到了沈疏影的屋里。

沈疏影一喜，知道定是沈志远寄来的，她接过信，迫不及待地撕开来看了下去。

看完信，沈疏影美眸一怔，默默地坐在那里，出了好一会儿的神。

午后，她换了衣裳，只说要去洋行一趟。柳妈见她这些天都是闷闷不乐的，今日看她好不容易主动要出门，自然不会拦阻，不等她唤侍从，沈疏影便道：“柳妈，我只是去买些东西，让丫鬟陪着我就行了，每次都带那么多人，挺不自在的。”

柳妈心想的确如此，但又不敢违背贺季山的吩咐，最后除了让丫鬟好好侍候着，到底还是唤了两个侍从，随着沈疏影一道出了门。

到了洋行，沈疏影只让侍从与司机在门口等着，自己带着丫鬟走了进去。洋行里的老板看见她，自然是好一番殷勤。她转了片刻，买了些最新款的衣料首饰，便走出洋行，手中的东西早已被侍从接到了车上，而不远处便是北平有名的菜馆醉仙居。

她回过头对丫鬟笑道：“我有些饿了，咱们去吃些东西。”

丫鬟恭声应着。醉仙居的服务很周到，待沈疏影坐下，便有伙计上了茶水与一应的北平名点。沈疏影吃了些点心，对丫鬟道：“我这会儿只觉得没胃口，想吃些酸的，你出去看看这里有没有冰糖葫芦，给我买一根回来。”

那丫鬟赶忙答应着，匆匆走出了包厢。沈疏影见她走了，心怦怦直跳。她起身打开了窗户，迎面便是一条寂静的青石板小巷，她拾起裙摆，从窗户跳了下去，简直一刻也不敢耽搁，便向巷子里跑去。

待丫鬟拿着冰糖葫芦回来，一面走，一面笑道：“夫人，醉仙居的老板听说您要吃冰糖葫芦，可差点儿将……”

话没说完，便见包厢里窗户大开，沈疏影早已不见了踪影。这一骇非同小可，那丫鬟顿时惊叫起来，守在大厅中的侍从飞奔而来，眼见着除了丫鬟外再无别人的包厢，两人俱是脸色惨白，额上起了一层冷汗。

而当柳妈在官邸里得知沈疏影不见了的消息后，也是惊惧不已，吓得七魂少了六魂，只一个劲儿地在大厅里来回转着，口中只喃喃着：“这可怎么是好？司令知道了可怎么得了……”

话音刚落，就听岗哨一声“敬礼”，接着便有男人的足音传来。柳妈心中大骇，眼睁睁地看着贺季山面无表情，两眼通红地走了进来，整个人阴戾得如同暗夜中的鹰枭。

何副官面色铁青，接过电话就是破口大骂；“什么叫还没找到！北平城总共就这么点儿地方，就算给我掘地三尺，也要把夫人个找出来！要找不到人，别说是你，就连我也要被司令一枪给崩了！”

何副官刚打开门，就见屋子里一地狼藉，桌子上的台灯、电话、文件、笔墨，全都被扫在了地上，就连博物架上的一个清乾隆年间的花瓶，也被砸在地上，摔了个粉碎。

他看着直咂嘴，贺季山笔直地站在窗前，魁梧的身形一如既往，他刚要上前，就见贺季山攥紧了拳头，向着墙上狠狠砸了下去，只听得一声闷响，令人头皮发麻。

“司令！”他大惊，跟随贺季山多年，还是第一次见他这样失态。

话音刚落，就见侍卫长一路小跑着赶了过来，站定后还在喘着气，言道：“启禀司令，夫人找到了！”

贺季山骤然转过身子，眼底的光芒暗沉得可怕，他一语不发地越过侍卫长，大步走出了书房。何副官与侍卫长赶忙跟了上去。

沈疏影脸色苍白，也许是因为冷，也许是因为害怕，整个身子都微微轻颤着。当她回到官邸，就见男人一脸阴沉，简直是横冲直撞地向自己走来。

她看见他，眼中便涌来一抹浅浅的欢喜。她看着他站在自己面前，她的心跳得那样快，一声“季山”刚唤出口，就见男人扬起了手，狠狠地掴了下来。“啪”的一声，又狠又重，她像只无力的纸鸢，倒在了地毯上，一动不动地伏在那里。

傍晚时分，北平。

沈疏影一路慌慌张张地跑着，过了街道，便坐上了一辆黄包车，未过多久，就到了沈志远在信中所写的地址，花圃街七十二号。

沈疏影下了车，按响了门铃，立刻便有人给她开了门，请她走了进去。

看到来人，沈疏影只觉得有些面熟，想了一会儿才记得这人便是那天在东桥时，去找过沈志远的男子。

“贺夫人，请坐。”叶成斌礼貌地对她点了点头，请她在沙发上坐下。

沈疏影不愿耽搁太久，开门见山道：“我哥哥在信里让我来找你。”

叶成斌颔首：“不错，志远兄远在法国，对贺夫人一直放心不下，所以希望贺夫人来找在下，由在下将您送到法国，去与志远兄团聚。”

沈疏影一怔，想起沈志远在信中嘱咐她，让她切记不能让别人知道，务必要一个人来这里找叶成斌，并且一切都听从他的安排。

她不解道：“为什么？”

之前，她一心想要与沈志远一起去法国，可沈志远说什么也不同意，只让她与贺季山好好过日子，现在，又怎么会突然提出接她去法国？

“贺夫人有所不知，之前是因为国内的局势不甚明朗，又加上志远兄在法国的情形也不安全，只得将您留在贺司令身边。如今组织上已经下了最新指示，依着志远兄的身份，您实在是不应该继续待在贺司令身边。”

叶成斌话音低沉，一双眸子更是精光闪烁，看得沈疏影心头难安。

“你们说的组织，究竟是什么？”她开口问道。

叶成斌并未回答，只是从怀中取出了船票与通行证，递到沈疏影面前：“这些话，贺夫人大可等去了法国，由志远兄告诉你，现在叶某只问你一句话，你愿不愿意去法国，和志远兄团聚？”

沈疏影心头怦怦乱跳，她拿起那张船票，见船票上的日期正是今日，离开船的时间还有不过一个小时，她心乱如麻，思绪万千，紧紧咬着自己的唇，却说不出话来。

“贺夫人还是尽快作决定，若是等贺司令知晓您不见了，怕是立刻会封锁整座北平城，到时候就算是您想走，也走不了了。”叶成斌声音平静，一字字道。

沈疏影想起贺季山，只觉得心酸涩得难受，她曾经那样想离开他，一次次逃离，一次次被他禁锢，可如今，当船票放在她的面前，她却不想走了。

想起要离开他，便觉得一颗心疼得快要死掉。

而她若是走了，还不知他会难受成什么样子。

沈疏影念及此，鼻尖便一酸。

她的眸子里噙着泪，将那张船票放了回去，看着叶成斌的眼睛，清脆地说道：“我不走。”

叶成斌眼神幽深，看了她好一会儿，终是道：“既然贺夫人不愿意，叶某便也不再勉强。只不过有一件事，贺夫人无论如何都不能将这件事说出去，不然不仅是叶某，就连你哥哥，也都会有危险。”

沈疏影点了点头，示意自己知道了。

叶成斌送她到了后院的小门，一亮暗色的轿车已经等在了那里。沈疏影上了车，轿车一路飞驰，最终停在了一处荒无人烟的地方。她下了车，还没走出多远，便有巡逻的岗哨发现了她，一路将她送回了官邸。

沈疏影被这一巴掌打蒙了，她捂着脸，怔怔地看着眼前的男人。

贺季山呼吸粗重，一把将她的身子从地上拽到自己面前，狠狠地盯着她，问道：“你去哪儿了？”

沈疏影没有说话，一大串泪水从她的眼眶里流了出来，眸心处透着水一

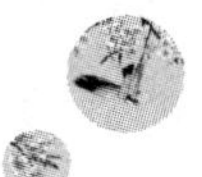

般的润泽，却有说不尽的委屈。她将眼睛垂下，被泪水打湿的睫毛乌黑，湿漉漉地垂在那里，她紧紧地抿着嘴唇，纤细的小手捂着脸颊，泪如雨下。

贺季山看着她的泪水，身体骤然一僵。他握住她的手，让她的脸颊露在自己面前。

粉嫩白皙的脸上落下清晰的指印，男人看在眼里，心口便猛地一窒，顿时从那一片怒不可抑中清醒过来。

他不再问她去了哪里，而是一把伸出胳膊，失控般将她紧紧抱在了怀里。

他是气疯了，怒疯了，失去她的恐惧紧紧地缠着他的心，竟让他做出这般傻事来。

他打了她。

他居然打了她！

沈疏影挣扎着，泪水一滴一滴往下落，柔弱无依地开口："放开我。"

贺季山依然紧紧地抱着她，用尽全身力气抱着她，她身上熟悉的柔软与香气，让他全身的神经都清醒过来。这些日子，他一直泡在军营，没日没夜地处理军务，商讨战局，一心麻痹自己。而当军营里再也没有事情可以处理的时候，他依然不愿放过自己，而是连夜去了承德的军事基地。

他有意让自己忙得天昏地暗，只怕闲下来便会想她，控制不住地想她，他实在无法再忍耐，抵御不了心底刻骨铭心的相思，只得让自己远远躲开。就连她去军营里找他，他都不敢多看她一眼，只怕看了便会丢盔弃甲，不顾一切地将她抱在怀里。

当他知道她将丫鬟支开，自己从醉仙居里跑出去的时候，没有人能懂他的痛。即使知道她一次次扼杀了他们可能到来的孩子，他依然是抓心挠肝地想她，甚至不敢合上眼睛，因为一合上眼睛，连做梦也全是她。他那样想她，她却跑了！她还是要跑！还是要费尽心思、处心积虑地离开他！

那一刹那，他几乎心如死灰，痛过之后便是怒，熊熊怒火撕扯着他，几乎要将他燃烧殆尽。

再看见她的时候，他几乎是本能般对她动了手，在她与薄少同私奔的时候，他没有舍得打她；在她偷吃避孕药的时候，他依然舍不得动她一根手指头，可这一次，他却动手打了她！

他在害怕。

他怕自己再也找不回她，怕她一走便咫尺天涯。

明知道伤到她，他会比她更痛，无以言说的痛，可他竟然还是没有控制住自己！

她在他的怀里轻轻地啜泣着，而他却是心如刀绞，恨不得把她揉进自己的怀里，让她再也无法离开他！

他终是松开她的身子，他的声音喑哑，定定地看着她的眼睛，低着嗓子道出一句："沈疏影，你究竟要折磨我到什么时候？"

沈疏影听了这句话，眼眶里一下子噙满了泪水。她咬着嘴唇，心里的委屈排山倒海而来，她只想挣脱。

贺季山依旧紧紧箍着她的肩膀，他慢慢地开口，唇际有着淡淡苦涩的笑意："你告诉我，这一次你又想去哪儿？"

沈疏影猛地一怔，泪眼迷蒙地刚说了一个"我"字，便想起叶成斌的嘱咐，接下来的话无论如何都说不下去了。

"你什么？"贺季山的神色渐渐平静下来，英气的眉宇间浮上一抹彻骨的落寞。

"我不是要走。"他脸上的落寞刺痛了沈疏影的眼睛，她解释着，却也无法给他一个足够的理由。

他轻轻一笑，缓缓地开口，每一个字都是深入骨髓的痛："无论我做什么，你总是要离开我，我倒真想知道，你究竟是哪点儿好，让我这样作践自己。"

他说完这一句，便倏然松开了手。沈疏影的身子向后退了几步，眼见着他面无表情，转身就走。

她看见他的手往下滴着血，手背上斑驳一片，她心口一疼，再也顾不得其他，只上前抓住他的胳膊，眼泪哗啦啦地往下掉："你的手怎么了？"

贺季山回头看了她一眼，却不过勾了勾唇角，一把抽开自己的手，头也不回地走出了屋子。

一旁的何副官与侍卫长，都不敢耽搁，连忙跟了上去。

"司令，咱们去哪儿？"上了车，何副官小心翼翼地开口。

后座上的男人却是一片沉默。

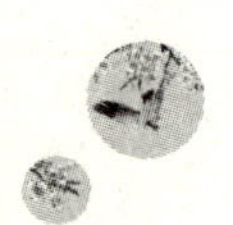

“要不，去把陆志河请来，先处理下伤口……”

不待他的话说完，就听贺季山开口道：“去玛伦萨。”

灯红酒绿，纸醉金迷。

贺季山独自坐在二楼的包厢中，望着一楼舞池中翩翩起舞的男女，他一言不发，只一杯接着一杯地将烈酒灌进喉咙里去。

何副官与侍卫长皆在门口守着，待那风姿绰约、妩媚玲珑的女子走过来时，何副官一怔，开口道：“黎小姐。”

“司令可是好久都没来了，怎么今儿个不声不响地来了，也不打声招呼？”黎曼浓一身云霞色玫瑰真丝旗袍，紧身的料子勾勒出窈窕的身姿，曼妙动人。她身上有着法国香水的味道，丝丝缕缕钻进人的鼻腔，配着她白皙的肌肤，简直让人血脉偾张。

何副官尚且镇定，一旁的侍卫长却已经脸庞微红，只将眼睛转开，不敢再看下去。

“司令这些日子一直忙着军营的事，实在是抽不出空。”

黎曼浓抿唇一笑，闻言不过微微颔首，便要向包厢走去。

“黎小姐请留步，”何副官上前拦住了她，“司令说过，不许任何人进去。”

黎曼浓笑意更浓：“曼浓又不是吃人的老虎，何副官何必怕成这样？”语毕，便巧笑倩兮地将他的胳膊挥开，千娇百媚地款款走了进去。

“您就这样由着她进去？”见她走进包厢，侍卫长对何副官惊诧道。

何副官看了他一眼，只道：“司令一个人在里头，我也不放心，黎小姐不是不知道轻重的人，进去也好。”

侍卫长动了动嘴唇，终是没有多说什么。两个人直挺挺地站在那里，眼观鼻，鼻观口，暗中却一直留意着包厢里的动静。

黎曼浓刚走进去，扑面而来的便是一股强烈的酒气。她走到男人的身边坐下，艳丽的脸柔美得仿佛一朵桃花，甜糯的声音能将人的魂都给勾了去。

“司令怎么一个人在这里喝闷酒，也不让曼浓过来？”她先为贺季山将酒杯满上，而后又为自己倒了一杯。

贺季山的脸隐在阴影里，看见她也不过是淡淡一笑：“你来得正好，我正觉得一个人喝着无趣。”

黎曼浓抿唇一笑，端的是百媚横生。昏暗的灯光下，她裸露在外的肌肤光滑细腻，犹如上好的丝绸，吸引着人前去抚摸。

她举起手中的酒杯，对着贺季山敬了过去：“这一杯，曼浓敬您。”

贺季山也将酒杯拿起，二话不说喝了个干净。

那洋酒的度数极高，黎曼浓一杯杯地敬，贺季山皆是面不改色地仰头而尽，也不知喝了多少，男人的眼底已是满满的醉意，全身都在蒸笼里似的，热得难受。

他站起身子，脚步却是不稳。黎曼浓赶紧上前搀扶，他却一手挥开了黎曼浓的身子，不料自己也是一个不稳，眼见着就要向后倒去，黎曼浓眼明手快，赶忙上前扶住了他。

贺季山这次没有再推开她，而是冲着门口唤了一声，何副官与侍卫长立刻赶了进来，眼见着贺季山一身的酒气，连路都走不好，两人俱是大惊，何副官更是上前一把扶住了他的身子。

“回官邸。”贺季山只觉得头晕眼花，胸腔里更是烦闷欲呕，身上的军装更是累赘，让他恨不得全脱下来。

“是。”何副官答应着，眼睛却向一旁的黎曼浓看去，却见女子一脸的关切，紧紧地扶着贺季山的胳膊。他刚要开口，想让黎曼浓留下来，不料贺季山却挣开了他的手，大手揽在了黎曼浓的肩上，向外走去。

“司令！”看着男人与黎曼浓的背影，何副官大骇，忍不住唤道。

贺季山却没有理会，他的确是喝多了，走路都是东倒西歪的，却偏生不让别人来扶，只揽着黎曼浓的肩头，一起上了车。

车队一路向官邸驶去。

沈疏影并没有睡觉，而是在大厅里等着他，厨房里已经熬好了莲子羹，她在等着，希望他今晚可以回来。

被男人打过的脸颊还在隐隐作痛，她抚上去，便觉得火辣辣地疼。

柳妈端了一杯牛奶与一份奶油蛋糕走过来，轻声细语地安慰道：“夫人先吃点儿东西，垫垫肚子再等。”

沈疏影点了点头，刚将牛奶接过，鼻息中闻到了那股奶味，胃里便是一

阵翻江倒海，难受到了极点，忍不住要吐出来。她慌忙捂住嘴转过身子，直到闻不到那股甜腻的奶味，胃里才好受了点。

柳妈瞧着刚要说话，就听院外传来一阵汽车的汽笛声，是贺季山回来了。

沈疏影心头一紧，情不自禁地迎了出去，刚走到门口，就见贺季山喝得酩酊大醉，连脚步都站不稳，而黎曼浓则扶着他的胳膊，口中不时地低语着："司令小心。"

沈疏影刚瞧见，整个人便怔在了那里。

黎曼浓瞧见她，倒是恭恭敬敬地弯了弯腰，唤了声"夫人"。

柳妈看见黎曼浓，眉头顿时皱了起来，只对着身后的仆人吩咐道："没瞧见司令喝醉了，还不快扶着司令去休息？"

家仆答应着，立刻便要上前，岂料还不等接近贺季山的身子，便被他一手挥了开去。

贺季山眼底满是醉意，似是对周遭的一切视而不见，只抬腿向东楼的方向走去。

黎曼浓依然扶着他，对沈疏影歉意地颔了颔首，便转身继续扶着贺季山，口中不时地说着："司令当心脚下。"一男一女，消失在走廊尽头。

"夫人，您怎么就这样好的性子？也不将她赶出去！"柳妈走到沈疏影身边，恨铁不成钢地说。

沈疏影望着他们的背影，只觉得一颗心痛到了极点。她喃喃开口，柳妈费了好大的力气，才听见她说的是："这样也好……"

柳妈大惊，只问道："夫人说什么？哪样也好？"

沈疏影收回眸子，眼底的光芒却是暗淡的，她怔怔地转身，轻轻地道："他将别的女人带回来，这样也好……"

柳妈心里一慌，瞧着沈疏影的神色不对，不由得急声道："夫人快别说胡话，司令是醉了，这喝醉酒的人做的事连自己都不清楚，你可千万别和司令计较。"

沈疏影微微一笑，她这笑，却比哭还要难看。她握了握柳妈的手，声音低得几乎要人听不清楚："柳妈，我在北平待了这样久，承蒙您一直照顾我，如果以后有机会，我再报答您。"

柳妈听了这话心里越发不自在，慌忙道："夫人别生气，老奴现在就让人过去将黎小姐赶出去，为那种人气坏了身子可忒不值啊。"

沈疏影摇了摇头，黯然道："不用了，就让黎小姐照顾他吧。"说完，她转过身，脸上依然是安安静静的样子，轻轻地上了西楼。

柳妈看着她的背影，心里只觉得说不出的不安，回想起沈疏影方才的样子，更是放心不下，一时间急得如同热锅上的蚂蚁，待醒酒汤做好后，赶忙亲自端到了东楼。

贺季山刚回到卧室，便和衣倒在了床上，头疼欲裂，就连眼前的事物都变得模糊不清，蒙眬中只见一个身姿窈窕的女子坐在床前，拿着绢帕为自己擦着额上的汗水，他一把握住了她的手，只觉触手温润，柔若无骨。他醉眼蒙眬地看着她，低低地唤她的名字："小影……"

那女子微微一愣神，而就这一愣神的工夫，就见男人支撑着坐起了身子，大手已经抚上了她的脸，轻轻地道出一句："还疼不疼？"

黎曼浓回想起方才见到沈疏影时，她那张白皙的脸上的确有一道清晰的指印，她心里明了，却只是柔声道："司令，你醉了。"

贺季山勾起唇角，抚着她脸颊的大手却是那般轻柔，他点了点头，道："我是醉了。"说完，他伸出胳膊，将她抱在了怀里。女子身上的幽香丝丝缕缕，他嗅着，只觉得头疼得仿佛要炸开，他不由自主地闭上眼睛，将脸埋在她的发髻中，轻声细语道："我不该打你。"

他的声音低沉，带着刻骨的懊悔与深切的疼惜，而他的大手也在渐渐收紧，如同溺水的人一样，紧紧地抱着她的腰肢。

"我在军营里，想的全是你；我去玛伦萨，想的也全是你；我喝了那样多的酒，我只希望醉了，能好受一点儿，可我还是想你。"

他低低的声音如同呓语，眼皮却是越来越沉。他努力地睁着眼睛，乌黑的眼睛里是深不见底的情意。他凝视着她的脸庞，浓重的酒气铺天盖地。

他在睡着前，最后轻声地说了一句话："小影，别再想着离开我，我不能没有你。"

那一声，竟是带着祈求，只让人听着心酸。

而贺季山在说完这句话后，便再也支撑不住，昏昏沉沉地睡着了，任由黎曼浓出声唤他，他也什么都听不到。

叩门声响起，黎曼浓起身走去开门，见柳妈捧着醒酒汤站在门口，眸底是鲜明的鄙夷。

“司令已经睡着了，我担心他待会儿会吐出来，你去找几个丫鬟过来守着，再拿些凉毛巾给他擦一擦身子。若是看他难受，记得将陆医官请过来，喂他吃一些葡萄糖。”黎曼浓声音轻柔，似是对柳妈的鄙薄视若无睹，只是有条不紊地吩咐着，将这些都说完，也不去理会柳妈惊诧的神色，理了理身上有些褶皱的衣裳，离去前又言道，“记得去告诉夫人，这次是我硬要跟着司令过来的，司令方才喝醉了，喊的也全是她的名字，要她不要多心。”

语毕，女子纤腰盈盈，款款地走出了东楼。

贺季山是渴醒的。

睁开眼睛，天还未亮，一旁的沙发上静静地坐着两个小丫鬟，彼此肩靠着肩，已经睡着了。

床头搁着一个脸盆，上面搭着毛巾，还湿漉漉地往下滴着水。

他看了一眼，只觉得头疼得厉害，甚至连眼睛也疼得睁不开。他闭上眸子，试图理清思绪，却还是一无所获。他只记得自己去了玛伦萨，对之后发生的事却一无所知，甚至连自己是怎样回来的都不清楚。

他下了床，也没穿鞋，见桌子上摆着茶水，便端起来喝了个干净，这才觉得嗓子里舒畅了不少。

他摇摇晃晃地走出屋子，值夜的岗哨见到他，便一个立正敬礼。他点点头，几乎是本能般向西楼走去。

推开卧室的房门，就着床头的小灯，才惊觉屋子里空无一人，贺季山的酒仿佛在刹那间醒来。他走近，才隐约看见纱帘下露出一抹人形，他快步走了过去，将纱帘一把拉开。

沈疏影只穿了一件睡裙，正静静地坐在那里，脑袋倚在墙上，一张小脸被窗外的月光照着，犹有泪痕，而她的眼睛紧闭着，已经睡了过去，清甜的香味无孔不入。

贺季山心头一动，他蹲下身子，小心翼翼地将她抱在怀里，又将她放在了床上，自己则躺在她的身边，大手紧紧箍着她的腰身，几乎头一沾上枕头，便和她一起睡了过去。

沈疏影醒来时，正是翌日清晨，枕头间有着淡淡的酒气与男人身上独有的阳刚气息。她心里一慌，知晓昨夜定是贺季山来过。

就听门锁一转，男人端着早餐走了进来。

贺季山今日并没有穿军装，倒是将素日里的威势掩下去不少，整个人看起来甚是沉稳，多了几许随和之色。

沈疏影看见他，便将眼睛转开，想起昨晚那一幕，心里仍是疼得厉害，不愿和他说一个字。

“吃饭吧。”贺季山将早餐搁在床头，自己则端了一碗蒸蛋，递到了沈疏影面前。

那碗蒸蛋滑嫩不已，散发着诱人的香气，沈疏影刚闻到，就觉得一阵恶心反胃，忍不住侧过身子，俯身干呕起来。

贺季山浓眉一皱，将蒸蛋搁下，起身去拍她的后背。沈疏影咳得厉害，却是躲着他的大手，口中只道：“你别碰我。”

男人的大手滞在那里，见她的那半张小脸烙着通红的指印，他忽然间心如刀割，将她的身子转在自己面前，手掌轻抚上她的脸：“昨天是我不对，你有气就往我身上撒，别闷在心里。”

沈疏影眼睛落在他的手上，见他的手上缠着一层纱布，血色清晰可见。想起昨晚他鲜血淋淋的拳头，只觉得心疼，纵然心里苦极了，却还是忍不住伸出手，将他的大手握住，一句“这是怎么弄的”刚说完，眼睛顿时一红。

“没什么。”贺季山轻描淡写，反握住她的手，另一只手则用勺子舀了一块蒸蛋，送到沈疏影的唇边，温声道，“先吃了饭再说。”

沈疏影见他眼底满是怜惜与温存，纵使昨晚伤心到了极点，可此时仍是舍不得拒绝，只好张开口。刚将那一勺蒸蛋吃进嘴里，就觉得一阵恶心，不仅将这一口蒸蛋全部吐了出来，还接连吐了几口酸水，甚至连贺季山的衣服上也沾了不少。

贺季山扶着她的肩头，瞧着她因呕吐而苍白的一张小脸，伸出手指为她拭去唇角的水渍，直到沈疏影不再呕吐，他将她揽在怀里，道：“怎么吐得这样厉害？”

沈疏影以为还是以前吃药的缘故，此时见男人问起，更是不敢去看他，只轻轻说道：“我不知道，只要闻到腻一点儿的东西，胃里就难受。”

“是不是因为你吃的那些药？”男人的声音低沉。听到这一句，沈疏影的眸心便一窒，愧疚与后悔汹涌而来，不知该如何是好。

“你怎么知道？”她的声音小之又小。

“我去问过陆志河，他说那些药对胃的刺激极大，尤其是你身子本来就弱，以后千万不能再吃了。”男人的声音低沉而平静，将所有的情绪尽数掩下。

“对不起。”沈疏影垂下脸，长长的睫毛微微颤着，心里柔肠百转。

贺季山将她搂在怀里，声音里却是无奈：“如果你真不想要孩子，我不会逼你，又何苦吃那些药，去伤害自己的身子。”

男人的语气中并无丝毫的埋怨，相反，是满满的怜惜，沈疏影一震，抬起头去看他，眼中满是惊诧：“你不生我的气了？”

贺季山凝视着她的小脸，看着她脸颊上的指印，眼神一暗，只低语道：“心疼都来不及，哪还有心思和你生气。”

就这一句，沈疏影的泪水便“哗”地流了下来：“我还以为，你永远都不会原谅我了。”

“别说傻话。”贺季山伸手为她拭去腮边的泪水。

“你……你还把黎曼浓带了回来。”沈疏影想到昨晚的那一幕，心里依旧是委屈到了极点，说着，洁白的面容上泪珠盈然，犹如清雨梨花。

贺季山听了这话一怔，黑眸顿时雪亮：“我把黎曼浓带了回来？”

沈疏影点了点头，见他丝毫想不起来的样子，心里又气又苦，忍不住从他怀里抽出了身子：“你带着她，去了东楼。”

贺季山眉头紧锁，努力回想昨晚的事，无奈记忆仍是停留在玛伦萨，他只记得自己独自一人在包厢内一杯接一杯地喝下洋酒，之后的事情便一点儿也记不起来了。

他站起身子，可还不等他迈开步子，自己的衣角便被沈疏影攥住：“你去哪儿？”

“我去找何德江。”男人的声音里是压抑的怒意，却听身后的女子轻声道，“把她带回来的人是你，你为什么要去找何副官？”

贺季山转过头来，见沈疏影抿着唇角，静静地坐在那里，他心里莫名一紧，只怕她会乱想。

“小影……”他开口唤她。就见沈疏影抬起脸，轻声道：“我听柳妈说了，你回去就睡着了，黎曼浓没待多久就走了。”

贺季山听了这话，又坐了回去，他深吸了口气，握住沈疏影的双手，看着她的眼睛道：“我不该去玛伦萨，更不该喝那么多的酒，我是糊涂了，才会把她带回来，我答应你，以后再也不会了。”

见沈疏影不说话，贺季山心头一疼，紧紧攥着她的手，继续说道：“全是我不好，你就饶了我这一次，行不行？”

沈疏影想起昨晚黎曼浓走后，自己也曾去过他的屋子，他眉头紧皱地睡在那里，嘴里喊着的依然是自己的名字，此时又见他这般轻声细语，说是伏低做小也不为过，她的心一软，虽然依旧委屈，可终究不似昨晚那般难过了。

贺季山将她搂回怀里，望着她被自己打红了的侧颜，轻声一叹，说道：“我昨天真是疯了才会打你。”

沈疏影倚在他怀里，想起昨天他不分青红皂白地打了自己一巴掌，鼻尖便一酸，难过极了。

贺季山自是心疼，握着她的小手，道：“如果难受，你就打我几巴掌。”

沈疏影却转过眼睛，轻轻地说了句：“你的脸皮那样厚，打你会手疼。”

贺季山便笑了，只觉得这段日子的阴霾，都在这一瞬间烟消云散。他看着她的小脸，那样柔情似水的一个垂眸，将他的心都给融化了。

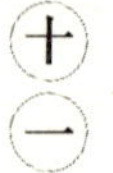

第十一章 有孕

走廊上悬挂着一整排精致小巧的宫灯，一盏盏犹如白玉兰般摇曳在那里，宫灯里点着电灯，将廊下照得亮如白昼。宫灯下垂着晶莹的流苏，随着夜风轻轻荡着，投在地上一片细长的光影。

沈疏影披着一件苏绣披风，淡粉色绣着兰草，领口处缀了一圈莲子般大小的珍珠，将她那张小脸映衬着肤白胜雪，粉嫩娇柔。

“夫人，外头风大，您还是回屋子里等吧。”柳妈上前，唇角含着笑意，轻声劝道。

沈疏影脸庞微微一红，却仍是摇了摇头，轻语道：“我不冷，也许再等一会儿，他就回来了。”

柳妈眼见着这些天两人的感情越来越好，眉梢眼底都是笑，只陪着她一道站在廊下等着。

待看到贺季山的车队驶过院门，沈疏影唇角噙着笑涡，回头对柳妈说道：“柳妈，您去厨房将我刚才做的红枣粥热一热，热好了拿给司令吃。”

柳妈答应着，转身走了进去。

沈疏影依然俏生生地站在廊下，眼见着贺季山打开车门，向自己大步走来。

“天这样冷，怎么还站在风口处？”贺季山握住她的手，只觉得触手一片冰凉，忍不住轻斥道。

沈疏影垂下眸子，双手被男人握在手心，是那样温暖，她微微一笑，美眸如水，只小声说道：“我想在这里等你。”

贺季山无奈，伸出胳膊将她揽在怀里。两人走进屋子，柳妈已经将夜宵摆好，听说是沈疏影亲自做的，贺季山食指大动，将所有的点心吃了个一干二净。

用过夜宵，贺季山牵着沈疏影的手，向东楼走去。刚进卧室，他便一把揽住了她的腰，炙热的吻已经迫不及待地落了下来。

她的身子被他箍得紧紧的，再也动弹不得，他的吻是那样迫切，辗转反侧，仿佛要将她整个人都吸进去似的。她被他压在了床上，男人掌心滚烫，将她的衣裳一件件剥离，沈疏影却只觉得心慌，她软软地倚在他的身下，轻轻地唤他：“季山，别……”

贺季山却是情浓似火，哪里顾得了她的呢喃，只不管不顾地攫取着，那一双乌黑的眸子更是深邃浓烈。他的呼吸急促，越来越重，情不自禁地吻上她细腻的肩头，轻轻地啃咬着，落下一个个淡粉色的印记。

沈疏影头晕得厉害，这些日子她总觉得全身无力，每日里就是嗜睡，白日里稍一动弹就会心慌气短，每日晨起时更是烦闷欲呕，她只当是以前吃药伤了身子，平日里也不敢多说，只怕惹得贺季山难受。

而这段日子，贺季山一直都没有碰她，直到那日，她轻轻地揽住他的腰，告诉他自己愿意为他生一个孩子，他先是一震，继而便是令人窒息地掠夺。

事后，沈疏影只觉得不舒服，小腹那里更是沉沉地坠着，直到在床上了躺了一天才稍稍好了点儿。

柳妈要请陆志河来，她不让，想起与贺季山的缠绵，脸便羞红了一片，又哪里好意思去请医生。

“季山。”她眸光中噙着水雾，轻轻地唤着身上的男子。

“嗯？”贺季山的喘息渐渐沉重起来，直到将自己埋在那紧致的温润

里，他唇线紧抿，克制着缓缓律动着自己的身子。

沈疏影美眸氤氲，随着男人的动作，只觉得腹中隐隐地疼，禁不住伸出小手轻轻推着他的胸膛，声音又轻又软，求饶似的呢喃："我们今晚，不要了好不好？"

贺季山吻住她的小手，那被丝绸般的温润紧紧箍着的快感只让他控制不住地加重了力道。他伸出胳膊，将她的身子整个抱在怀里，贴近自己的胸膛，心里却只以为是自己前几日的纵欲吓着了她，于是轻声哄道："别怕，我今晚会小心些。"

沈疏影见他眸光滚烫，又看他因克制，额角处滚下一滴汗珠，便心疼起来，只得将腹中的疼痛忍下，不再推他，伸出胳膊轻轻地环住他的颈。

芙蓉帐暖，倒凤颠鸾，一夜的雨催桃花。

贺季山醒来时，沈疏影依然静静地枕着他的胳膊，甜甜地睡着。也许是昨晚缠绵太久的缘故，她的脸色隐约透着青玉的颜色，白得仿佛透明一样，比之前更是细腻柔嫩了不少，只让他爱不释手。

他小心翼翼地揽着她的腰，鼻息间满是她身上的香气，而她乖巧的样子好似一个无知无觉的婴儿，羞怯地依偎在他的怀抱里，唇角噙着甜美的梨涡，小手微微蜷着，长发垂在裸露的肩头上，乌云半掩，映衬着雪肤花容，正是一副美不胜收的情景。

他深深地凝视着她，乌黑的眸子里情深似海，只觉得一股悄然而来的温柔宁静，缓缓地流淌在心里，渐渐地萦绕到四肢百骸里去。

眼见着时钟指向了八点，贺季山微微自嘲，只得硬了硬心肠，将她的身子从怀里轻轻地移到床上，又为她将被子盖好，这才下床。

也许是他穿衣裳的动静惊醒了沉睡中的沈疏影，看见他醒来，她便从床上坐起身子，刚一动弹，便觉得双腿一阵酸软，连一点儿力气都没有。

贺季山回过头来，看见她醒了，便笑着俯下身子在她的脸颊上亲了亲，温声道："时候还早，你再睡一会儿。"

沈疏影也是一笑，轻声道："我送你。"说完，便披了件衣裳下床，去为他整理身上的军装，并为他将上衣的扣子扣好。

见她眉宇间透着疲倦，贺季山心疼地抚上她的小脸，轻声哄道："好了，你快回床上再睡一会儿，今天我要去热河开会，晚上别再去外面等我，省得着凉。”

沈疏影轻轻地“嗯”了一声，还不等她开口，就觉得刹那间脑子打鼓一般跳着，眼前也是一黑，耳朵里嗡嗡作响，身子软软地倒在了贺季山的怀里。

贺季山紧紧地抱着她，眼见着她脸色如雪，睫毛的影子黑而重，像两只蝴蝶停栖在她的眼睛上，而她，紧紧地闭着眼睛。他的心狠狠地抽搐了一下，而他的指尖，已经沾上了黏稠的鲜血。

“小影？！”他一瞬间便明白发生了什么，望着手上的血，他的眼睛在刹那间变得目眦尽裂，脸色“唰”地变得惨白。

“夫人已经有了一个多月的身孕，因一直服药的缘故，胚胎本就发育不善，极易流产，又加上……”陆志河说到这里，便停了下来，小心翼翼地揣摩着贺季山的脸色，见男人只不动声色地看着他，他停顿了片刻，才敢继续说下去，“怀孕初期，本就忌讳房事，夫人身子单薄，这一次，孩子怕是会保不住……”

贺季山眼睛一动，艰涩开口：“你是说，孩子现在还在？”

“司令，恕属下多嘴，夫人因吃药的缘故，胚胎发育畸形，属下只怕就算这个孩子保住了，等生下来也会……”陆志河只将话说到这里，便无论如何都不敢再说下去，但言下之意已经很明显了。

“还请司令三思。”陆志河将头垂下，恭声言道，这话的意思，倒是让贺季山做选择。

贺季山依旧是面无表情地站在那里，一双眸子利如刀刃，笔直地向陆志河望去，一字一顿：“我不管你用什么法子，一定要将孩子给我保住。”

陆志河心头一震，还要开口劝阻，就见贺季山一个手势止住他的话语，回头对着一屋子的下人冷声道：“你们都给我记住，谁敢将今天的事告诉夫人，我一枪毙了她！”

以柳妈为首的丫鬟仆妇皆躬下身子，诚惶诚恐地道：“是。”

“司令，夫人醒了。”就在这时，护士跑了出来，对贺季山言道。

贺季山心头一震，一言不发地向卧室大步走去。

沈疏影躺在床上，全身都是软绵绵的，就连动一动手脚的力气都没有，

唯有小腹那里坠着疼，连着腰都要断了似的。

看到贺季山走过来，她刚动了动身子，便疼得落下泪来。

“季山，我很疼。”她轻轻出声，软软的声音将人的心都扯碎了。

男人的大手轻轻捧住她的小脸，为她将泪水拭去。他俯下身子，小心翼翼地将她圈在怀里，声音低沉：“傻瓜，都是当娘的人了，怎么自己的身子自己一点儿也不清楚？”

沈疏影听了这话，眼睛倏然大睁，满是不敢相信的神色：“我们有孩子了？”

贺季山笑了，眉梢眼底俱是不尽的疼惜。他伸出手，轻轻地伸进锦被中，抚上了沈疏影柔软的小腹，一点儿力气也不敢用，掌心轻柔触摸着，生怕会弄疼她似的。

“孩子已经快两个月了。”他的声音轻柔如水，眼底更是温情脉脉，他梦寐以求的孩子，此时便静静地待在沈疏影的肚子里，而他抱着她们母子，心头是从未有过的满足。

沈疏影眸中闪过浅浅的惊慌，小手攥着贺季山的衣角，不安地道：“那我们的孩子还好吗？我记得我晕过去了，他还健康吗？”

贺季山心头一窒，只道：“你放心，孩子很好。”说着，他笑了笑，声音更是低沉，“这都怪我，没有留意到你怀上了孩子，陆医官都说了，你今天晕倒全因为我这些日子没有克制，才会伤了你。”

沈疏影的小手也情不自禁地抚上自己的小腹，美眸中水光点点：“那，我要做娘了？”

“是，自己都还是个孩子，就要当娘了。”贺季山微微笑起，大手在沈疏影的脸颊上轻轻抚摸着，眼中是深不见底的宠溺与怜惜。

沈疏影心头温温润润的，又是感动，又是难以相信，蓦然想起来：“可是……我之前吃了那样多的药……”

见她担心，贺季山微微紧了紧她的身子，轻笑道：“你还不知道，那些药只是些西洋维生素，对孩子不会有伤害。”

沈疏影一怔，想起每次都是护士将药递给梅丽君，再由梅丽君交给自己，她只以为是避孕药，又哪里会知道是维生素？

不过此时她却是高兴的，心底的担忧顿时烟消云散，一张小脸虽然仍是苍白的，唇角却噙着弯弯的笑意，娇美可人。

“那咱们的孩子会很健康，不会有事了？”

贺季山心口一恸，却依然微笑道：“我听陆志河的意思倒是说我连年征战，如果孩子生下来身子弱些，那也只能怪我了。”

两人这般说着，就见护士走了进来，恭声道：“司令，该为夫人用药了。”

贺季山点了点头，将沈疏影的胳膊从锦被中拿了出来。望着那纤白的手背上扎着细细的针头，他瞧着便觉得眼底一涩，不忍再看下去。

而屋外，陆志河却是一脸凝重，不声不响地收拾着药箱。

“陆医官，您刚才说夫人这一胎怕是不太好，到底是不是真的？”柳妈悄悄上前，低声问道。

陆志河叹道：“自然是真的。我告诉司令，便是希望他能舍弃这个孩子，您上次拿给我看的药我已经检查过，那药性太猛，对身子伤害极大，而且夫人这次出血，就是因胚胎发育畸形，可司令却要我保住孩子，这可真是……”

陆志河说着，连连摇头。

柳妈也怔在了那里，脸上是惊惧的神色，小声道：“您是说，夫人肚子里的孩子，若生下来会是……”

不等她说完，陆志河便点了点头。

柳妈心口一凉，不知道该说什么，隔了许久，才道：“司令这是舍不得，他那样看重夫人，哪里能舍得把他们的孩子给打了。”

说完，不由得眼圈一红，举起衣袖拭泪。

陆志河也是一声叹息，摇了摇头，显然是对贺季山的选择委实感到不解。

“司令，夫人该吃药了。”

晚间，护士捧着安胎药刚走进屋子，就见沈疏影已经睡着了，而贺季山依然坐在床边静静地看着她，甚至连姿势都好像没有变过。

闻言，贺季山转过身子，将那碗药接过，望着那浓黑的、散发着苦味的药汁，他的眉头微皱，低声吩咐道：“去让人拿些蜜饯过来。”

护士应着，匆匆走了出去。贺季山待她走后，伸出胳膊将沈疏影的身子扶到怀里，轻声唤她：“小影，醒一醒，该吃药了。”

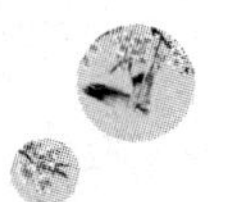

沈疏影睡得迷迷糊糊，听到他的声音便睁开了眼睛，却见贺季山脸色苍白，虽然对自己微笑着，眼底却显得那样苍凉。

“季山，你怎么了？”沈疏影心口一疼，忍不住伸出小手摸上男人的脸。

贺季山拍了拍她的肩头，只笑道：“没什么，可能有些乏。来，先将药喝了。”

沈疏影闻言，便柔声道：“你别在这里守着了，快去歇息吧。”

贺季山点了点头，只说了声“好”。

他喂她将药喝下，又将护士送来的蜜饯送进她的嘴里，见她那一张小脸依旧是苍白，贺季山眸底满是怜惜，低低地言了一声：“睡吧。”

沈疏影的确是困倦得厉害，那一碗安胎药更有着静心安眠的效用，她轻轻地“嗯”了一声，眼儿一闭，便沉沉睡去。

贺季山依然守在她床边，大手抚上她熟睡的容颜，轻轻地摩挲着，过了许久，才慢慢地，犹如梦呓般低喃了一句：“小影，这是我们的孩子，你别怪我。”

这是他与她的孩子，让他怎么舍得。

走出屋子，见何副官守在那里，看见他出来，便一个立正。

“有事？”贺季山燃起一支烟，吞云吐雾道。

“司令，属下……”何德江不知该如何开口，他跟随贺季山多年，私下里的情谊自然是要厚重一些，此时一咬牙，终是忍不住开口道，“您别怨属下多嘴，刚才陆医官找到我，要我一定来劝劝您，夫人还年轻，就算这个孩子保不住，往后机会还多的是，您又何苦一定要保住这个孩子。”

本以为自己说完，贺季山定会发火，岂料男人脸上却是深沉如水，只一言不发地向外走去，何副官看着心惊，也抬腿跟上。

走到廊下，贺季山掐灭了手里的烟卷，月光照在他的脸上，勾勒出坚毅分明的轮廓，而他高大魁梧的身形一动不动地站在那里，修长而挺拔。

“你以为，就凭陆志河的一句话，我就会放弃自己的孩子？”不知过了多久，贺季山转过身，一双眼睛幽暗深邃，仿若月下深海，闪烁着细碎的光芒。

何德江怔了一怔，道：“可是司令，万一这孩子生下来真有个三长两短，您让夫人怎么受得了？”

贺季山闻言，脸色渐渐变得铁青，他打开打火机，又燃起了一支烟，深深吸了一口，这才道："我打了这么多年的仗，一身的伤，就算孩子不好，也全是因为我的缘故，与她无关。"

何副官心头一震，却是说不出话来。两人静默良久，何德江终是一声叹息，道了句："您这又是何苦。"

贺季山唇角微扬，眉宇间是淡淡的苦涩，他把玩着手中的打火机，看着那明亮的火焰一明一暗，将他的脸映得模糊不清，而他的声音低沉："我等了这样久，才等来这个孩子，如今就为了'万一'二字，便让我打了他，"贺季山说到这里，将打火机收下，英气刚毅的眉宇间是浓浓的自嘲，他顿了顿，说出了四个字来，"我舍不得。"

何副官不敢置信地看着他，完全想不到从贺季山口中会听到这样的字眼，他是从枪林弹雨中走出来的司令，是在战场上杀人不眨眼的主帅，是见惯了生死的喋血枭雄，可就是这样一个男人，竟会静静地站在那里，说：我舍不得。

没有人知道他有多盼望这个孩子，当他第一次强要了她时，他便期望着有朝一日，她可以为他生一个孩子。如果他们之间有一个孩子，连接着他们彼此血脉的孩子，哪怕是看在孩子的分儿上，她是不是会对他有一丝的真心？哪怕只是因为孩子的缘故，她会不会永远都舍不得走？

她吃下那些避孕药，残忍地扼杀了他的希望，他只以为再也没有可能了，可谁知道，他的孩子却偏偏来了，静静地待在她的肚子里，稚子无辜，让他怎么舍得。

"司令，属下还是希望您三思，您是这江北的总司令，您的孩子……"

他的话音未落，就见贺季山背对着自己，一个手势便止住了他接下来的话。何副官无奈，只得将剩下的话咽在肚子里。

贺季山不再理会，眉宇间却有倦色，他向书房走去，并未让人跟着，留下何副官站在原地看着他的背影，虽依然挺直而魁梧的轮廓，却透出一抹淡淡的沧桑。

沈疏影在床上躺了好几日，安胎药一碗碗地喝下去，脸上方才渐渐有了血色，下身的血也慢慢止住了。请了陆志河过来瞧，只道孩子虽是保住了，

但是沈疏影身子弱，往后还是要好好保养，万不可动了胎气。

贺季山这几日一直是不眠不休、衣不解带地照顾着她。军营的文件早已同雪花般送到官邸，他每日等沈疏影睡下后，才去书房连夜处理，批阅后签上“已阅”“准拟”“驳回”等字样，最后才龙飞凤舞地签上自己的名字。

这一晚，他仍旧埋首于小山一般的公文中，听到叩门声，只道了句：“进来。”

当他看到来人，眉头顿时紧皱，赶忙站起身迎上去：“你怎么来了？”

沈疏影一身水红色的绣花长裙，如意领，盘着低低的发髻，发间别着精致的东珠簪子，垂下一小段寸长的流苏，束缎纤腰，秋水杏眸，清秀不含烟火气息的脸庞温柔如画，娇柔婉转。

她端着一碗燕窝粥，白皙的面颊上透着隐隐的红晕，微笑道：“苏嬷嬷做了燕窝粥给我吃，我一个人吃不完，就想着给你送一碗过来。”

贺季山见她气色极好，心里终是微微一松，扶着她到沙发上坐下，轻斥道：“这几天胎气才刚稳，别出来乱跑，还是回去歇着。”

沈疏影听着便小脸一垮，轻声道：“陆医官都说了孩子现在很好，再说我都躺了一天了，每天在床上躺着，骨头都疼。”

见她语气里满是委屈，贺季山自是不忍，握住她的手，声音已经缓和下来：“那我陪你去院子里走走。”

沈疏影听了心中一喜，眼睛里亮晶晶的，忙不迭地点着头。

贺季山瞧着，眉眼间也噙上淡淡的笑意，伸出胳膊将她扶了起来，见她裙子的下摆极长，于是言道：“这样的裙子，下次就别再穿了。”

“怎么了？”沈疏影不解。

“我怕你摔着。”男人的大手揽在她的纤腰上，稳稳地向前走去。

沈疏影抿唇一笑，心里甜甜的，轻声应着：“那我以后就不穿了。”

贺季山看了她一眼，乌黑的眼睛里，漾着的全是温柔的笑意：“摔着你倒没什么，若是摔着孩子，只怕我要心疼死了。”

沈疏影也笑了起来，禁不住伸出手去推了他一把，两人这般依偎着，走到了院子里。

这一晚夜色甚好，清凉如水，早已有仆人送来了斗篷，贺季山亲手为沈疏影披在肩上，连同风帽一并为她戴好。淡霞色的玫瑰云斗篷，裹在她娇小的身躯上，在月光下显得十分动人。

他紧紧地揽着她，不知不觉间走到了花园里。站在花架下，男人微微笑起，言道："还记得第一次见到你的时候，你便坐在这里看书。"

沈疏影一怔，继而想起自己与贺季山第一次见面的情形，脸上不由得飞上两朵红云，轻声道："原来那日你一早就在这里了。"

贺季山点了点头，低眸望着怀中的女子，目光中是缱绻的温柔。他环住她的腰，将她整个抱在怀里，低声笑道："我怎么也没想到，我贺季山居然会栽在一个小丫头片子手里。"

沈疏影将脸埋在他的胸口，听到他的话只觉得心头一软，伸出小手，回抱住他的腰身。

"季山，"她轻柔出声。

"嗯？"

"你……是什么时候喜欢我的？"沈疏影垂着眼睛，说完这句话，脸顿时红了一片。

贺季山沉吟片刻，终于微微一哂："哪有什么时候，自从见了你，你就在我脑子里转来转去，没个消停，都快把我转疯了。"

他的声音深沉而温柔，透着淡淡的自嘲，只让沈疏影的心，轻轻一颤。

她抬起小脸，凝视着眼前的男人，眸子清清如水，瓜子小脸掩在帽中，粉雕玉琢的容颜让人不舍移目。

男人伸出手，将她的脸捧在掌心，而沈疏影蓦然踮起脚尖，在他的唇上轻轻落上一吻。

贺季山怔在那里，不过片刻的工夫，他便扣住沈疏影的后脑勺，压上她的唇瓣，加深了这个吻。

唇齿间的缠绵令人迷醉，暗夜中幽香阵阵，不断飘来……

待沈疏影胎气稳固后，贺季山便去了军营，因这段日子压下的事情太多，一连好几日都不曾回来。

沈疏影每日里除了安胎以外，便与柳妈一起为腹中的孩子做些小衣裳，那些柔软的布料，让人的心都好似跟着一起融化了似的。

"夫人，想不到您年纪轻轻的，女红却做得这样好。"柳妈瞧着沈疏影

手中为孩子绣的衣衫，忍不住啧啧称赞。

沈疏影赧然一笑，眉眼间俱是甜甜的笑意，声音亦是柔柔的：“在老家的时候，哥哥专门请过嬷嬷教我女红，在我们那边，女孩子如果做不好针线活儿，是嫁不出去的。”

柳妈便笑了：“就凭夫人这模样，老奴敢打包票，您就算是连针眼儿都穿不好，提亲的人还是会将您家的门槛给踏破的。”

“柳妈，您又笑话我。”沈疏影那双剪水双瞳中满是温柔，一面与柳妈说笑着，一面一针一线为孩子缝着衣裳。因不知道腹中的孩子是男孩儿还是女孩儿，她便挑了许多颜色的料子，有女孩儿用的粉红缎子、玫红缎子，也有男孩儿用的天蓝、藏青缎子。

眼见着在沈疏影的巧手下，一朵粉梅栩栩如生地绣在了小小的衣领上，当真是栩栩如生，似乎一嗅下去，还能闻到隐隐的花香。

“夫人，老奴瞧您做的衣裳，大多倒是给小姐穿的，难不成您希望肚子里的孩子，是个女孩儿？”柳妈停下手中的活计，轻声问道。

沈疏影收了线，望着手中精美的小衣裳，唇角的笑意更深了一层。她低眸抚上自己的小腹，眉眼间满是慈爱：“我希望是个女儿，每天都可以把她打扮得漂漂亮亮的。我们老家有一句老话，叫作女儿是爹娘的贴身小棉袄，多惹人疼啊。”

柳妈看着她满足的一张小脸，不由得想起那日陆志河所说的话来，心里便一沉，只觉得不是滋味。

“柳妈，你怎么了？”见柳妈出神，沈疏影轻声唤她。

柳妈回过神来，自然是一个字也不敢多说，只强笑道：“您是想要女儿，老奴只怕司令会想要儿子。”

沈疏影听了便微微笑起来：“他说了，无论男孩儿还是女孩儿，他都喜欢。”

柳妈听着，心里却是长长一叹，只盼着沈疏影腹中的孩子，千万不要有事。

午后，北平下了一场大雪。

贺季山回到官邸时，已经是深夜时分了。

他刚进屋，便抬腿向东楼走去，惹得一旁侍候的丫鬟惊诧道：“司令，您的大氅……”

贺季山经她这么一提醒，才惊觉自己竟是这般心急，连大氅都忘了脱。他自嘲地一笑，将大氅解下递到丫鬟手里，这才匆匆迈着大步，走向卧室。

沈疏影知道他今晚回来，并没有睡，正倚在床头为孩子织着一顶绒线帽子。

见他回来，美玉般的小脸顿时染上一抹笑意，刚要起身下床，便被贺季山按回到床上：“别乱动，躺好。”

沈疏影好几日没有看见他，此时见到他，清秀的眉眼笑得弯弯的，俏丽温婉。

贺季山瞧着心头便一软，揽住了她的腰，温声道：“我走的这几日，早上还吐吗？”

沈疏影摇了摇头：“我已经好了，你别担心。”说完，她拿起男人的大手，放在自己的小腹上，眼中闪烁着期待，小心翼翼地问，“你摸摸，孩子有没有长大一些？”

贺季山便“哧”的一声笑出来，他的大手在她的小腹上轻轻摩挲，只道：“傻瓜，哪会长得这样快，怎么说也要再过些日子，才能看得出来。”

沈疏影闻言也觉得羞赧，将身子轻轻倚在男人怀里，呢喃道：“真希望孩子可以长快些，能早点儿出来。”

贺季山揽着她的肩，大手抚着她柔软的小腹，听了这话却久久不曾出声。

“小影，”他终于开口。

“嗯？”沈疏影把玩着他军装上的肩章，垂下来的流苏是金色的，在灯光下闪烁着，灿然生辉。

贺季山将她揽得更紧了一些，那一句话几乎到了嗓子眼儿，终究还是被他压了下去，只淡淡笑着，将一旁的绒线帽拿了起来，问道：“这又是给孩子做的？”

沈疏影从他的怀里抽出身子，将那顶可爱的小帽子拿在手里，唇角的笑涡浅浅：“这是我今天和张妈学的，除了帽子，我还给孩子织了几双小袜子，等他出生的时候，就什么也不缺了。”

贺季山见她脸色红润，便也不再多说什么，只叮嘱道：“时间还长，你慢慢做，别累着自己。”

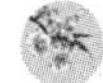

沈疏影点了点头。贺季山见时候不早了，便俯身在她脸上亲了亲，轻声哄道："好了，时候不早了，快点儿睡吧。"

沈疏影垂下眸子，小手轻轻地攥着他戎装的一角，慢慢开口："你今晚，又不在这里睡吗？"

自从她怀孕后，贺季山除却她安胎的那些日子里每日陪在她身边照料，这些日子都是歇在书房，不曾与她同眠。

贺季山捏了捏她的小脸，温声道："你现在月份浅，我怕留下来会伤着你和孩子。"

沈疏影知道他指的是什么，脸便抑制不住地红了起来。

"你就不能管住自己吗？"她将小脸垂下，声音里满是娇嗔的味道。

男人无奈，附在她耳边低低笑道："我就是怕管不住自己。"

沈疏影闻言，脸上的红晕越发娇艳，在灯光下只灼着贺季山的眼，而她身上的香气清甜，萦绕不绝地往他的鼻子里钻，让他难以忍受。

他深深吸了口气，将床头的军帽拿起，大手在她的小手上拍了拍："好了，快睡。"

说着，他站起身，刚要走出屋子，不料手却被沈疏影的手给握住了。他回过头，就听沈疏影小声道："你先等等，我有东西要给你。"

他站住身子，看见沈疏影从枕下取出一条崭新的围巾，而她眼底的神色是那样温柔，看着自己抿唇一笑："这是我给你织的，等你下次训兵操练的时候，围上它就不冷了。"

贺季山微微一震，心里霎时涌来一股暖意。他看了她好一会儿，终是微微一笑，道："那就有劳夫人先给我围上。"

沈疏影正有此意，听到他说便手势轻柔地将围巾围在了他的颈间，顿时让他觉得温软而暖和。

"刚好合适。"沈疏影的目光如同湖水般温柔，见他围上自己织的围巾，只觉得心里满是甜意。

贺季山揽住她的腰，俯身将自己的额头抵上她的，两人这般依偎着，灯光将他们的影子投在墙壁上，一室的静谧温馨。

"夫人，沈先生回来了！"这一日，贺季山去了热河，沈疏影在官邸里刚睡过午觉，就见柳妈一脸喜色地走了过来。

沈疏影有一刹那的恍惚，几乎不敢相信自己的耳朵，脱口道："真的？"

柳妈笑道："可不是？现在正在楼下等着您呢。"

沈疏影轻轻地唤了声"哥哥"，心里的喜悦怎么也止不住，什么也顾不得，便向楼下跑去，惹得柳妈白了脸色，跟在她身后慌忙道："夫人留心脚下，您如今怎么可以跑……"

沈疏影却不管，一路下了楼，果然见到那抹熟悉的身影正站在大厅，颀长挺拔，玉树临风。

"哥哥！"她刚开口唤出这两个字，便奔到了沈志远的怀里，泪水"唰"地落了下来。

沈志远轻轻地拍着她的后背，眼底沉重，却只是温声道："快别哭，以免让下人笑话。"

沈疏影止住眼泪，抬头看到兄长好端端地站在自己面前，心里只觉得欢喜又踏实，忍不住噙着泪花笑起来："怎么突然回来了？也不告诉我一声。"

沈志远见她气色极好，想着自己接下来要告诉她的话，心头便蓦然一紧，眼睛里渐渐涌起愧疚与心疼。

见他神色不对，沈疏影疑惑道："哥，你怎么了？"

沈志远看了一眼不远处的岗哨，还有屋子里的下人，便握住妹妹的胳膊，压低了声音道："找一个没人的地方，哥哥有话要告诉你。"

沈疏影心头不解，却没有多问，只将沈志远带到了客房。关上房门，沈志远又四处检查了一番，确信没有人偷听他们兄妹说话后，才用极低的声音道："小影，我这次回来，是要带你走。"

沈疏影听了这话一惊，眸中是不懂的神色，问道："你要带我去哪儿？"

沈志远看着她的眼睛，低声道："我已经在法国将一切都为你安排好了，你可以继续读书，等我将国内的事情处理好，我便去法国找你，以后咱们兄妹便在法国过日子，永远不再回来。"

沈疏影眼中满是诧异，心头却慌得厉害，忍不住攥住沈志远的胳膊，问道："为什么？"

沈志远按住她的手，字字艰涩："小影，你不能在贺季山身边待下去了。"

听了这句，沈疏影只觉得脑子里轰然一响，她焦急地看着兄长，一个字

也说不出来。

沈志远深吸了口气，全盘托出："你曾问过我在国外做什么，我一直没有和你说，现在我告诉你，我在法国参加了革命活动，如今组织上下了新的命令，小影，你听哥哥的话，跟我走。"

沈疏影惊恐地捂住了自己的嘴，隔了许久，才喃喃道："哥哥，你加入了革命党？"

沈志远轻轻点了点头。

沈疏影只觉得自己的心倏然凉了，前不久，贺季山才下令，在北平城中全力诛杀革命党，宁可错杀一千，不可放过一个，她怎么也想不到，自己的哥哥，竟然会加入革命党！

"你和他不是好朋友吗？"沈疏影轻声道，眸子里已是水光浅浅。

"小影，我和季山是好朋友，可当初我们在军校的时候，我和他便政见相左，这一点无论如何都改变不了。我一直都希望不会和他有对立的一天，但如今，我不得不这样做。"沈志远的声音听起来沉闷而无奈，犹如火车呼啸在沈疏影的耳旁，轰隆隆地驶过去，震得她头皮发麻。

"那既然这样，当初你为什么要把我送到他的府上？"沈疏影终于忍不住，泪珠噼里啪啦地往下掉。

沈志远眸光一黯，沉默许久才开口："当初我远赴法国，随时都会掉脑袋，若一旦事发，连你也会被牵连进来。而只有他的官邸，才是最安全的地方。"

沈疏影摇着头，对着沈志远哽咽道："当初把我送来的是你，如今要把我带走的也是你，哥哥，你有为我想过吗？"

沈志远眸中闪过一抹歉疚，他上前一步，揽住了沈疏影的肩头，沉声道："是哥哥对不起你，等你去了法国，一切可以从头开始，将这一切都忘了！"

沈疏影拼命摇着头，她的手抚上了自己的小腹，一大颗泪珠顺着脸颊滚落下来。沈志远注意到她的手势，瞳孔便一阵收缩，喑哑着道："你有了他的孩子？"

沈疏影挣脱兄长的胳膊，流着泪站在那里看着他，声音凄清却坚定："我不会走，我不会离开我孩子的父亲。"

沈志远脸色一白，胳膊徒然垂了下来。他凝视着自己的妹妹，看了好一会儿，才说道："小影，不是哥哥逼你，你若选择了贺季山，往后我们兄妹，怕是再也没有相见的机会了。”

沈疏影脸色“唰”地变得煞白，她惊恐地盯着哥哥，一颗心抽得死紧，痛得漫无边际。

“一定要这样吗？”对于政治上的事情，她永远都不懂。

沈志远默然不语，唯有一双眸子格外黑亮。他无声地按了按沈疏影的肩头，轻声说道：“小影，哥哥再问你一次，你跟不跟我走？”

沈疏影的泪水一滴滴地落下来，她茫然无措地站在那里，要她在贺季山与沈志远之间做出选择，简直让她肝肠寸断。她没法选择，只能在那儿哭。

沈志远叹了口气，抱了抱她的身子，在她耳旁温声道：“照顾好自己和孩子，往后，无论我与他之间发生了什么，你都不要难过。”说完，大手在妹妹的脸上轻轻抚过，转身便走。

“哥哥！”沈疏影上前紧紧抱住了兄长，声泪俱下，“哥哥，你别走，我求求你，你别走。”

沈志远回过头，心如刀割。他将沈疏影抱在怀里：“小影，此一时，彼一时，我曾让你与他好好过日子，但现在的情形，我只希望你能听哥哥的话，离开他！”

“可我已经怀了他的孩子……”沈疏影喃喃出声。

沈志远顿了顿，沉声道：“你如果想要这个孩子，那就在法国把他生下来；如果不想要，那就把他打掉。”

沈疏影美眸倏然睁大，似乎不敢置信地看着自己的兄长。沈志远移开目光，再次开口：“你年纪还小，若真有那么一天，我和他之间，不是他死，就是我活。”沈志远说到这里，声音更是艰涩，“到那时，你会受不了的。”

沈疏影几乎愣住，她从未想过，在这世上，她最爱的两个男人，有朝一日会成为生死对头。

沈志远深吸了口气，离去前又说了一句：“你好好想想，这段日子我都会在北平，过几日我再来看你。”

见他要走，沈疏影回过神来，慌忙拉住他的衣袖，低哑着道：“哥哥，你要小心，现在全城都在诛杀革命党。”

沈志远拍了拍她的手，道：“放心，组织会确保我的安全。”

说完这句，沈志远再次深深地看了妹妹一眼，转身离开了官邸。

看着兄长的背影，沈疏影只觉得自己的心都要碎了，她怔怔地坐在那里，半天都没有动一下身子。

晚间，贺季山回来得极早，刚踏进东楼，就听丫鬟说沈疏影已经歇下了。他微微颔首，推开卧室的门，就见沈疏影躺在床上，眼睛却睁得大大的，望着天花板出神。

他轻手轻脚地走过去，直到自己的身影将她整个罩住，沈疏影才回过神来。

“你回来了？”见到他，沈疏影明显吃了一惊，从床上坐了起来。

“在想什么？”他微微一笑，将军装脱下，伸出手探进锦被里，抚上她的小腹。

“没什么，就是有点儿害怕。”沈疏影看着他的眼睛，身子却抑制不住地轻颤。

“怎么了？”男人眉头一皱，抽出大手，将她揽在怀里。

“我听府里的人说，你下令全城诛杀革命党，已经有许多人在菜市口被斩首示众，她们说得津津有味，我只觉得怕得慌。”

“是谁在你面前说这些？”贺季山闻言，眸底浮上一抹森然，整个人透出一股杀意。

见他动怒，沈疏影更是害怕，忙握住他的大手，问道：“季山，你告诉我，这是不是真的？”

贺季山怜她孕中多思，于是将眸底的戾气压了下去，温声安慰道：“不错，的确是抓了几个革命党，已经坐实了罪名，在菜市口枭首示众，不过是为了杀一儆百而已，以后这些话你不要听，安心养胎。”

沈疏影垂首不语。贺季山见她脸色苍白，刚要开口再哄几句，就见她抬起杏眸，声音亦是软软的：“季山，你收回命令好不好？不要再杀革命党了。”

贺季山闻言便觉得好笑，刚要轻描淡写地带过去，却见沈疏影眸子里落下好大一颗泪珠，而他的大手则被她握着，抚上她的小腹：“咱们现在已经有孩子了，你就当是为孩子积福，这段日子，你不要再杀人了好吗？”

贺季山听她提起孩子，眸心顿时一震，身子也在刹那间变得僵硬起来。他的大手落在她柔软的小腹上，沈疏影已经有三个月的身孕，小腹那里却依旧十分平坦，可纵使如此，男人的大手也不敢乱动，他的孩子，他的孩子就在这里！

不知过了多久，贺季山唇角勾勒出一抹淡淡的笑意，大手在她的小腹上轻柔地抚摸着，终是点了点头，说了一个字：“好。”

沈疏影见他点头，只觉心头一松，压在心上的大石头缓缓地落了下去，全身的力气都好似被抽走了，只得软软地倚在男人的怀里。

“听柳妈说，明轩下午过来了？”贺季山揽着她的腰，骤然开口。

沈疏影身子一怔，心跳顿时快了起来，只将脸埋在他的胸口，不敢去看他的眼睛：“嗯，哥哥这次连声招呼都没打，就从法国赶了回来，连我都被吓了一跳。”

贺季山不动声色，只笑道：“明轩年纪也不小了，整日里也不知道在忙些什么，你是他妹妹，等下次见到他，还是提醒他让他早点儿成婚，给你娶一个嫂嫂吧。”

沈疏影心头酸涩，喉中哽得难受，生怕开口说话便会露出哭腔，所以也不敢答话，只点了点头。

而贺季山伸出胳膊将她的身子揽住，低眸看了一眼怀中的沈疏影，眼底，是深不见底的光芒。

沈志远自那日走后，便再也没有来过官邸。

日子一天天地过去，沈疏影的小腹渐渐隆起，甚至已经可以察觉到轻微的胎动。

而她的身子却逐渐消瘦下去，自那日听得沈志远要带她走，知道他竟是加入了革命党，她便经常做噩梦。在梦里，她经常会听到一声枪响，是贺季山将他杀了！或者是沈志远开了枪，将贺季山杀了！

每次醒来，都是蚀骨般的痛。

而贺季山军务甚多，每天回来得极晚，沈疏影有孕在身，时常都已经睡着了，他才会回来。而自从她怀孕后，他便一直宿在书房，沈疏影经常在深夜被噩梦惊醒，身边却空无一人，唯有凄清的冷意漫天漫地地席卷而来。

偶尔，在她沉睡中，会感觉到男人的大手轻轻抚上自己的脸，他的掌心温暖而厚实，让人心安，可少许的温暖却更加深了幽夜的寒冷。

这一晚，贺季山在热河开完会，便一路匆匆回到了北平，回到官邸时已经是深夜时分，他推开卧室的房门，军靴踏在绵软的地毯上，几乎听不到丝毫的声音。

瞧着沈疏影熟睡的小脸，他轻手轻脚地为她将被子掖好，眼睛却情不自禁地落在她微微隆起的小腹上，顿时，眉目间神色便一软。他微微一笑，将手套摘下，隔着锦被摸了上去。

察觉到孩子微弱的胎动，贺季山全身一震，眸底是从未有过的愣怔。他的手一动也不敢动，生怕会吓着孩子，就那样轻轻地放在那里。掌心的胎动是那样真实，简直让他手足无措，坚毅的五官先是惊，再是喜，甚至连沈疏影睁开了眼睛，他都没有发觉。

沈疏影看着他以温柔而爱护的姿势伏在床边，望着她小腹的眼中是不尽的疼惜，她从未见他有过这样温和的神色，此时躺在那里，怔怔地看着他。

直到孩子不再动弹，腹中的胎动隐去，贺季山的大手方才在沈疏影的小腹上轻轻摩挲，抬眸向她看去，见她已经醒了，正眨着眼睛看着自己。

贺季山瞧着便笑了，起身在她的脸颊上亲了亲，温声道："是不是扰着你了？"

沈疏影坐起身子，就着床头的小灯，见贺季山黑了，也瘦了，原本硬朗的五官更显得棱角分明，黑眸雪亮，虽是在笑，可仍是极其刚毅的，眉眼间风尘仆仆。

她瞧着极是心疼，见男人的眼底布满血丝，忍不住伸出手抚上他的脸，柔声道："怎么累成了这样？"

贺季山握住她的小手，放在唇边印上一吻，闻言不过淡淡一笑："这阵子的确事儿多，外面也不太平，没好好照顾你和孩子，生我气没有？"

沈疏影一笑，轻声道："怎么会生气啊，只要你照顾好自己，心里有我和孩子就够了。"

贺季山听了这话心头便一软，将她揽在了怀里，低声道："傻瓜，我无论在哪儿，心里也总是牵挂着你和孩子的。"

沈疏影心里甜蜜，忍不住低眸一笑，只将身子与他依偎得更紧了些。

贺季山这些日子的确是忙得天昏地暗，一方面江南的浙军统帅刘振坤不甘临水被夺，一直在招兵买马，伺机将临水七省重新夺回，而近日有探子传来消息，说刘振坤花高价从日本购得一批崭新的武器，正打算不日北上。

不仅如此，辽军中也是暗流涌动，原本贺季山领着关中军从关外一路打下这江北的半壁江山，这些年来他大力培植心腹，亲手提拔了一批新的高级将领，更是征收了大量新兵，培养大批亲军，可纵使如此，辽军中依旧有不少的孟家老臣，当年虽说跟随他一起打下天下，可这些年来一直与他面和心不和，比起亲手提拔的亲军，终究是隔了一层。

自他昭告天下，娶沈疏影为妻后，辽军中的孟家旧臣们更是不满，甚至有的倚老卖老，如杨同奎，更是当面说他愧对孟家，愧对孟静蓉。

另一方面，更有革命组织在诸省不断鼓舞群众，散播谣言，暗中煽动学生，道他操纵内阁，把持军政，以至于各地纷纷闹起学潮，见诸各大报刊。若不是他早已下令，令官兵不得与学生起冲突，怕是流血事件早已数不胜数，情况更是一发不可收拾。

这段日子，他的确是倦得厉害，唯有此刻抱着她和孩子，才让他觉得自己身体里的每一根神经都渐渐地苏醒了过来。他紧紧地抱着她，近乎于贪婪地嗅着她发间的清香。

“小影，”他闭上眼睛，轻声道，“我会打下这个天下，送到孩子面前。”

沈疏影一怔，望着他的侧颜，小声道：“你怎么知道他会想要这个天下？”

贺季山唇角微勾，睁开了眼睛，低声道：“因为他是我的孩子。”

沈疏影只觉得心头乱得慌，她没有接话，只将脸倚在他的胸膛上，他戎装上的武装带冰凉，硌着她的脸，她却不在乎，只那样依恋他身上的温暖。

两人依偎了片刻，贺季山见时针已经指向凌晨一点，于是将沈疏影的身子放回床上，为她掖好被角，道：“快睡吧。”

沈疏影却伸出手，拉住他的衣袖，软语道：“你今晚，不要走，好不好？”

贺季山眉眼温和，只一笑道：“我就在隔壁，等你睡着了我再走。”

沈疏影却还是不依：“你别走，我害怕。”想起那一个个噩梦，杏眸中便浮上浅浅的惧意。

贺季山收敛了笑，问道：“怎么了？”

沈疏影说不出口，只紧紧地攥着他的衣裳，就是不让他走。贺季山无奈，只得脱下军装，掀开被子躺在了她身边。

许久不曾与他同眠，沈疏影此番骤然被他抱在怀里，只觉得心里一安，忍不住向他的怀里拱了拱，柔软的身子是那样温暖，而她身上的幽香更是一点点钻进他的呼吸中去。

他低下头，瞧见怀中的她抿着唇角，一双梨涡浅浅，洁白的面容上是满满的依恋，他看着，胸口便一荡，呼吸也渐渐粗重起来。他竭力压下体内的躁意，唇角一记苦笑，拍了拍她的后背，温声道：“别乱动，快睡。”

沈疏影轻轻地“嗯”了一声，闭上眼睛，没过多久便沉沉睡去，这一夜，自是再也没有噩梦。

“夫人，这杨老先生做寿，您还是穿喜庆些好。”柳妈瞧着沈疏影一袭淡粉色旗袍，腰身那里已明显地显怀，外面披着苏绣斗篷，整个人虽是娇柔温婉，却太过素净。

沈疏影闻言，微笑道：“柳妈，杨老先生是长辈，我去贺寿如果穿得太扎眼，只怕他们会背地里说季山的不是，我这样挺好的。”

柳妈倒是没有想到这一层，此时听沈疏影说来，也觉得有理，于是将一枚玫红色的水晶胸针为她别在了披风上，温声道：“那您就别个胸针，添点儿喜庆。”

沈疏影点了点头，刚走出屋子，就见贺季山已经等在了那里，看见她便迎了过来，握住她的手，领着她下了楼。

“季山，你看我这一身，是不是太素净了？”沈疏影摇了摇他的手，想起柳妈的话，终究是有些不安。

贺季山回眸看了她一眼，只淡淡一笑，说：“不会，你穿什么都好看。”

沈疏影莞尔一笑，两人上了车，车队一路向杨府驶去。

杨同奎昔年乃孟玉成手下第一员大将，对贺季山有提携之恩，当年贺季山便是投入他的麾下，一步步高升后，逐渐成为关中军的核心人物，到了后来，更是一手把持了关中军的所有军政大权。

近年杨同奎年事已高，已经许久不曾插手辽军中的事务，然而他德高望重，在辽军中极有威望，以至于今天他做寿，贺季山便提前将军营中的事务处理好，领着沈疏影赶了过来。

刚到杨府前的巷口，就见一辆辆汽车早已停在了那里，堵得一条路水泄不通，直到见到贺季山的车，那些汽车才纷纷让道，令贺季山的车队一路驶到了杨府大门口。

杨同奎一身玄色长衫，虽年事已高，但依然站得笔直，相貌清瘦，面露威严，正站在厅中，与众人寒暄。

“贺司令到！贺夫人到！”司仪的声音响起，原本熙熙攘攘的大厅顿时安静了下来，原本厅中已来了不少辽军将领，此时听得贺季山到来，皆是轰然立正，对着大步而来的男人举手行礼。

贺季山一只手仍揽在沈疏影的腰际，另一只手则对着众人还了一个礼，继而便走到杨同奎面前，行了一个标准的军礼，道：“季山来迟，还望杨老海涵。”

杨同奎微微颔首，一双眸子却转到了沈疏影身上。

沈疏影察觉到那抹炯亮的目光，心头微微发慌。就在这时，贺季山回过头，对着她温声道：“小影，这位是杨老，你快见过。”

听到他的声音，沈疏影刹那间踏实下来，上前向杨同奎恭声问好。

杨同奎微微一笑，满是长辈的温和，只颔首道：“果真是个好孩子，季山好眼光。”

“贺司令的眼光向来都是顶尖的，他选的夫人，又怎能不好？”就听一道娇媚的女声自身后传来。沈疏影听到这抹声音，身子便一颤，忍不住回头望去，就见一位相貌明丽的女子身穿织锦旗袍，外面披着玄狐斗篷，妩媚中透着大方，一脸的笑吟吟，不是孟静蓉还会是谁?

见到她款款而来，大厅里的人皆站得笔直，一如方才见到贺季山一般，脸上无不是毕恭毕敬，甚至连杨同奎也和蔼地笑起来，唤道：“静蓉来了。”

“杨伯做寿，静蓉岂敢不来？”孟静蓉语音清脆，先是对着杨同奎俯身行了一礼，继而转过身，落落大方地与贺季山夫妇打招呼，仿佛那天在官邸的一切都不曾发生过。

沈疏影知道她身份尊贵，在关中军中向来被唤作大小姐，就连柳妈提起她也是小心翼翼的语气，虽然自己被她打过一巴掌，但此时依然对着孟静蓉

温婉一笑，轻声寒暄。

而孟静蓉眼睛一扫，便看见了沈疏影微微隆起的小腹，眼底瞬间染上一层寒霜，片刻间便恢复如常，脸上依然是笑盈盈的，转首对着贺季山道喜。

贺季山面色沉静，听见孟静蓉的道喜声，也不过是淡淡一笑，回了一句“多谢”。

杨同奎在一旁笑道：“季山，你与静蓉也是从小一块儿长大的，她这些年去了俄国，如今回来了，你们也要多多走动才是。”

贺季山面色如常，闻言只点了点头，道：“杨老说得是，季山记下了。”

眼见着前来贺寿的人越发多了起来，杨府中的女仆走到孟静蓉与沈疏影身边，请她们去女眷所在的后院。

沈疏影见孟静蓉已随着女仆向后院走去，她看向贺季山，见男人伸出手，为她将耳旁的碎发捋好，低声道：“去吧，我一会儿过去接你。”

沈疏影轻轻“嗯”了一声，随着女仆向后院走去。不料刚走出大厅，就见孟静蓉站在那里，像是在专门等着她似的。

看见她，孟静蓉抿唇一笑，道：“贺夫人这一胎，倒不知是有几个月了？”

纵使身旁站满了女仆，沈疏影却仍害怕她会乱来，小手忍不住抚上自己的小腹，轻声答道：“已经四个多月了。”

孟静蓉便轻声一笑，撂了一句：“既然都四个多月了，那夫人可更要养着身子，免得孩子小气。”说完，又是嫣然一笑，“不过依我瞧着，夫人这身子娇娇怯怯的，能不能将孩子保到足月，倒也难说得很。”

沈疏影听了这话，脸色便微微变了。她垂下眸子，脸上倒依然是恬静的样子，只道：“不劳孟小姐费心，季山会将我和孩子照顾好的。”

孟静蓉闻言，眼神倏然变得阴狠，只看了她一眼，冷笑一声，转身走远了。

瞧着她的背影，沈疏影只觉得手心满是汗水，她顿了顿，这才迈着步子走向后院。刚踏进屋子，就见一位年约五十岁、雍容华贵的妇人上前来握住了她的手，脸上是一派和气慈祥，笑着道：“这位便是贺夫人吧，去年就听说季山要娶妻，可后来听说你身子不好，季山只得将婚礼取消了，现在都好了吧？”说着，杨夫人眼睛一转，落在了沈疏影微微隆起的小腹上，先是一惊，继而便喜道，“季山可真是的，怎么连你怀了孩子这样大的喜事也不和咱们知会一声，若不是今日见到你，可还要被他瞒着。”

沈疏影见她如此口气，心知她定是杨同奎的夫人了，免不了又是一番开口问安。

杨夫人极是和气，只牵着她的手，走进了女眷所在的偏厅。刚走进去，就发现孟静蓉早已到了，正坐在沙发上与一众女眷聊天。见到沈疏影，原本熙攘热闹的偏厅顿时安静了下来。也不知是谁最先站起了身子，其余诸人才如梦初醒一般，站起来与她打招呼。

杨夫人将沈疏影领到沙发上坐下，女眷们聚在一起，自然是有说不完的话。直到午时，外面响起了鞭炮声，老妈子匆匆进来，恭声向杨夫人禀报，只道外间已经快开席了，请夫人领着女眷去饭厅用餐。

杨夫人年纪大了，又加上这日不辞辛劳地忙了一天，此时听到外面那鞭炮声震耳欲聋，脸色便有些发白，她勉强支撑着，站起身子，对沈疏影笑道：“走，咱们一道过去。”

沈疏影点了点头，见她脸色不好，便伸出手搀住了杨夫人的胳膊。

岂料还未走到门口，杨夫人只觉得一阵头晕目眩，竟是身子一软，连带着沈疏影也步子不稳，一道向地上倒去。

屋子里顿时炸开了锅，众人连忙手忙脚乱地将两人扶起。只见杨夫人面如金纸，冷汗直冒，她素来有心绞痛的毛病，瞧她的样子，便有人反应过来，慌忙让丫鬟去请府里的大夫。

杨夫人微微睁开眼睛，依然不忘吩咐：“别让前院的人知道，悄悄地去请，我歇一会儿便没事了。”说完这话，她看向了一旁的沈疏影，微弱道，“贺夫人，你没事吧？”

沈疏影早已被丫鬟扶起，除惊慌外，却并无其他的不适，只摇了摇头。杨夫人见她没事，便放下心来，由人搀扶着进了里屋躺下。没过多久，就见大夫拎着药箱，匆匆赶了过来。

沈疏影与一众女眷俱在外屋等着，没过多久，大夫便走了出来，只道杨夫人并无大碍，不过是这几日劳累过度，有些体力不支。听了这话，众人皆放下心来，因怕耽误开席的时辰，杨夫人让仆人将女眷们尽数请到了饭厅，唯独不放心沈疏影，特地遣了大夫来给她也瞧上一瞧。

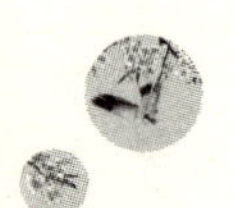

沈疏影想到自己方才的那一跤，心里也有些不安，此时听杨夫人这样说来，便也没有拒绝，待众人走后，便由老妈子扶着自己坐下，伸出了纤细的手腕。

那大夫探出三指，开始为沈疏影把脉，原本只不过是为了图个心安，岂料不过是片刻的工夫，那大夫的脸色便沉了下去，让她瞧着心慌。

“大夫，是不是刚才那一跤，伤到了孩子？”沈疏影如鲠在喉，见那大夫浓眉深锁，不由得连声音也变了。

大夫却并未多言，只是收回了手，看了沈疏影一眼后才道：“倒不知贺夫人可否将贺司令请来，在下有些话，想要告知贺司令。”

沈疏影一怔，脱口道：“您有什么话，和我说也是一样的。”

那大夫却是沉思下去，似是在斟酌着如何开口。

沈疏影心头越发不安，着急起来：“大夫，有话请您直说。”

也许是见她焦急起来，那大夫皱着眉头，不解道：“贺夫人，按理说贵府上自是不缺医生，难道就没有人告诉过你孩子的情形？”

沈疏影心头一颤，她竭力镇定下来，只言道：“自然是有的，府上的医官也说了，我身子不好，可能孩子会弱一些。”

那大夫却道：“贺夫人，医者父母心，在下实在是不愿瞒着您。通过您的脉象，可以看出，您的身子不仅是体弱虚寒，更兼五内郁结，怀孕前也未曾将身子养好。换句话来说，这个孩子来得并不是时候，若在下没有诊错，您定是有过流产之象。”

沈疏影脸色发白，忙点了点头。

那大夫眉头皱得更紧，继续说道：“通过您的脉象，可以看出，您这些日子一直在喝着一些温厚滋补的汤药安胎，并有极其珍贵的补药，若非如此，怕这孩子早已保不住。但即便如此，您的胎气依然是十分微弱，不知夫人是否经常觉得小腹沉坠，食之无味，夜不能寐？”

沈疏影越听越觉得心寒，除了点头，已是说不出别的话来。

那大夫便叹了口气，不再多言。

“大夫，您的意思是说我的孩子保不住？”

大夫却摇了摇头，道：“贺夫人，请恕在下直言，并不是说这个孩子保不住，而是这个孩子就算是保住了，怕是生下来也会先天不足，与寻常孩子大有迥异。”

“先天不足，大有迥异？”沈疏影默念着这八个字，一张脸惨无血色。

那大夫一脸悯色，只以为是官邸的大夫不敢告诉贺季山夫妇孩子的实情，于是接着言道：“贺夫人若不信，可去遍请名医，若按在下之意，这孩子断是留不得，您和贺司令商量后，再作决定吧。”

说完，大夫起身收拾了药箱，匆匆告辞。

留下沈疏影怔怔地坐在那里，就连一旁的老妈子唤了她好几声，她都没有回过神来。

“贺夫人，贺夫人？”老妈子见她出神，不由得将音量提高，沈疏影终是听见了，只茫然地看着她。

“外间已经开席，老奴领您过去。”老妈子毕恭毕敬。沈疏影闻言便站起了身子，却是一个不稳，幸得那老妈子牢牢扶住。

“贺夫人，您没事吧？”见她脸色不好，老妈子开口问道。

沈疏影摇了摇头，眸底却是无限的凄惶，仿佛有无数针尖从五脏六腑中深深地刺了进去，她抚着小腹，禁不住落下泪来。

那老妈子瞧着，却一个字也不敢多问，只一路小心翼翼地领着她向饭厅走去，不承想刚穿过月洞门，就见前方大步走来一个穿军装的男子，正是贺季山。

看见他，老妈子赶紧俯身行礼，礼毕后默默退了下去。

贺季山的眼睛落在沈疏影的身上，见她脸色苍白，眼角犹有泪痕，不由得心头一紧，上前一把揽住她的身子，问道：“怎么了？”

沈疏影见到他，只觉得一颗心像是被人撕扯似的疼，忍不住扑进他的怀里，泪珠一颗颗落了下来，没多久便将贺季山胸前的军装浸湿了好大一片。

贺季山揽着她，他本在前院与杨同奎一道坐在上席，待开席后却还是放心不下，就去了女眷所在的饭厅，岂料并没看见沈疏影，便一路寻了过来。

“是不是孟静蓉？”贺季山皱眉，倒是不曾想过孟静蓉还会有如此胆量，与沈疏影为难。

沈疏影却只是摇头，泪珠一串串地往外涌，简直要把贺季山的心都给哭碎了，他向来最怕她的眼泪，眼见着她哭成了泪人儿，也不再多问什么，只回头对着身后的侍从吩咐道：“去和杨老说一声，就说夫人身子不好，我先

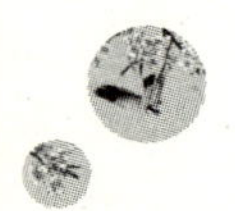

带她回去。”

侍从一个立正，便领命而去。

贺季山揽着沈疏影的身子，再也顾不得其他，只带着她一路穿过前院，离开了杨府。

一路上，无论贺季山怎么开口，沈疏影却只是将身子埋在他的怀里，一个字也不说。

回到官邸，贺季山见她哭累了，便一个横抱，将她从车里抱了出来，直接回到了卧房。

“究竟是怎么了？”屋中只有他们两人，贺季山弯下腰，将她圈在怀里，直直地看着她的眼睛。

沈疏影抽噎着，睫毛上还挂着晶莹的泪珠，她看着眼前的男人，开口道：“季山，我们的孩子，是不是不好？”

她的话音刚落，贺季山便心头一凛，眉头更是拧得死紧：“谁说的？”

沈疏影将在杨府中的事说了一遍，说完，她握住贺季山的大手，问道：“是不是陆医官诊出来了，却不敢告诉我们？”

贺季山面色沉了下去，声音却是波澜不惊：“别瞎想，陆志河已经说了，你上次出血是因为我不小心，伤了你的身子才会这样，与孩子无关。”

“可是，杨府的大夫说，是因为孩子先天不足，就算我们保住了，等他生下来……”

“够了！”不等沈疏影说完，贺季山便打断了她的话，霍然站起了身子，脸上已经有了冷峻的神色，“那是他老糊涂了，庸医的话你也信？”

沈疏影见他发火，便怔在了那里，心里却对那大夫的话不免信了几分。

“季山，我是孩子的母亲，你告诉我实话，好不好？”沈疏影只觉得心头苦极了，她攥住男人军装的衣角，刚刚止住的泪水，却又有泛滥之势。

贺季山看着她那双莹白如玉的小手，软软地攥着他的衣襟，只让他不忍挥开。他压下眸底的神色，又蹲在沈疏影的面前，闭了闭眼睛，将声音缓和下来，只道：“小影，你只要将身子养好就够了，其他的事全交给我，你不用管。”

沈疏影摇了摇头，察觉到腹中微弱的胎动，禁不住泪流满面：“这不是其他的事，这是我的孩子！”

贺季山垂眸，唇线紧抿，一言不发。

“我不要生一个不健康的孩子！”她终是忍不住，哭出了声。

贺季山这才抬起眸子，看了她一眼，语气变得严厉起来：“孩子长在你的肚子里，难道就凭医生的一句话，你就不要他？”

沈疏影心头大痛，只觉得无法呼吸，她看着贺季山的眼睛，喃喃道：“你其实早就知道了，是不是？”

贺季山黑眸冷然：“知道了又怎样？我不会管那些医生说什么，我只知道你肚子里的是我贺季山的孩子，我要他！”

沈疏影摇着头，泪如雨下：“你怎么可以这样瞒着我？他也是我的孩子啊，你凭什么不告诉我？”

“告诉你，你还会留下这个孩子吗？”贺季山站起身，居高临下地看着她，乌黑的眸子深邃幽暗，让人不敢直视。

沈疏影抚着自己的小腹，竭力忍住眼底的泪水，低眸看着微微隆起的肚子，母子连心，一瞬间的心如刀割只让她眼前一黑，几乎要痛得晕厥过去。

“你好好歇着，待会儿将安胎药喝了。”贺季山不再看她，转身向外走去。

“我不要这个孩子！”她深吸了口气，站起了身子，看着贺季山的背影，一字字道。

男人的身子一僵，倏然转过头来，眼底是骇人的神色，紧紧地盯着沈疏影，低哑着道出了几个字：“沈疏影，你若有胆子，你就动他一下试试！”

沈疏影眼睛通红，扑到男人身上，带着哭腔开口：“季山，我还年轻，我还可以为你再生孩子的，我不要生一个不健康的孩子，等孩子出生了，他会恨我们的，他一定会恨我们的！”

“我会为他请这世上最好的医生。”男人声音低沉，却坚定有力。

“不！”沈疏影声泪俱下，“你不能这样自私，你有为孩子考虑过吗？如果他是……”沈疏影说到这里，禁不住打了个寒战，怎么也说不下去了，唯有泪水争先恐后地从眼眶里滑落出来。

“他是什么？”贺季山握住她的肩头，顺着她的话接下去，“你是想说他是瞎子，还是聋子？”男人的声音低沉，听在沈疏影的耳里却让她脸色惨白，只恨不得捂住自己的耳朵，求他不要再说下去。

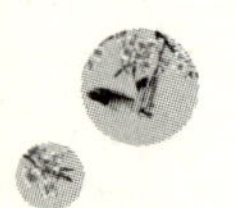

“你不能这样，你明明知道……”沈疏影几乎哭成了泪人，只站在那里抽噎着。

“我只知道这个孩子好端端地长在你的肚子里，仅凭医生的几句话，就让我把他打了，我做不到！”贺季山打断她的话，厉声喝道。

“可医生说……”

贺季山不待她说完，便一把松开她的身子，大手一挥，将自己身上的军装扯下，露出精壮结实的胸膛，而上面弹孔交错，伤痕密布，看着扎得人眼疼。

他用手指向左胸的一处弹痕，沉声开口：“这一处，是平山大战，敌人的子弹一枪打了进去，医生说我活不过天亮，惹得父帅连夜召开紧急会议，要选出一个人来接替我的位子，结果是我昏迷了三天，睁开了眼睛。”

他的声音不疾不徐，接着又将手指指向右腹处：“这一处，是敌人的子弹卡了进去，医生说前线没有麻药，手术是自寻死路，我拿着枪抵在他的头上，逼着他用镊子给我将子弹取了出来，沈疏影，你看我死了吗？”

沈疏影看着他遍布伤痕的上身，只觉得眼眶涩得难受，泪水越来越多。

贺季山不动声色地将军装穿好，一个个扣上扣子，淡淡地说道：“医生的话无法决定我的生死，同样，也不能决定我孩子的生死。”

语毕，男人不再多言，转身头也不回地离开了卧室，门被他大力地关上，发出好大一声响来。

沈疏影怔怔地看着他走出去，身子蓦然一软，仿佛虚脱一般瘫在了沙发上。她闭上眼睛，紧紧地抱住自己的肚子，泪如雨下。

自那日后，整座官邸的气氛都是压抑的，仆人皆是小心翼翼的，每个人的脸上都诚惶诚恐，看见贺季山更是连大气也不敢出，生怕会惹到他。

而当贺季山那日离开卧室后，没过多久，后院便来了许多侍从，将所有带有尖锐拐角的东西全部从屋子里撤了出去，楼梯上更是铺了好几层地毯，。侍从与仆人都忙得满头大汗，就连院子里的青石地砖上也铺上了一层石灰粉，为的便是起到干燥防滑的作用，可以说万事小心也不为过。

而沈疏影无论去哪儿，身旁皆有人跟着，每日里更有安胎药源源不断地送来。她端起药碗，手却是颤抖着，一颗心纠结到了极点，却总是无法将那药汁喝下去，就算勉强喝下，要不了多久，也还是会吐出来。

柳妈没法子，只得遣人把这事告诉了贺季山。贺季山这些日子一直都在军营里，忙着与众将商讨临水的布局，江南的刘振坤已是蓄势待发，随时都有可能领兵北上，辽军早已将精锐之师派到了临水，眼见着一场大战又是一触即发。

指挥所中贺季山的办公室里，灯火彻夜不灭，烟灰缸中更是落满了烟头。接到官邸的电话，贺季山先是脸色一沉，继而一语不发地将话筒搁下。

也许是见他脸色不对，何副官在一旁小心地开口道："司令，是不是出了什么事？"

贺季山拧了拧眉心，眉宇间满是熬夜的疲倦，他什么都没有说，只燃起一支烟，慢慢地吸了一口。

"是小影。"直到一支烟快要抽完，他才开口，"无论我说什么，她还是坚持要把孩子打了。"

说完，他微微一哂，将头向椅背上一仰，容颜平静而沉着，让人看不出一丝喜怒。

何副官面色一滞，沉默了片刻开口道："司令，容属下说句不知死活的话，当年在关外的时候，也不是没人怀过您的孩子，您当时可是连眉头都不曾皱一下，就让人灌了药把那孩子打了。属下知道您是看重夫人，才这样爱惜这个孩子，可如果夫人真不愿意，您这样强求，只怕会伤了您和夫人之间的感情。"

贺季山闻言，只一语不发地将手中的烟卷掐灭。他坐了回去，脸隐在了阴影里。

"无论她要什么，哪怕是天上的月亮，我也会给她摘，可她偏偏要打了我的孩子。"男人声音平静，眼底却有淡淡的涩意，说完，似是觉得可笑，唇角上扬，双手不由自主地握紧。

"司令，夫人还年轻，总还会为您生孩子的，您又何必执着。"何副官再次劝道。

"你不懂。"隔了许久，男人淡淡一笑，道出了这三个字来。

没有人知道，当他将手掌放在沈疏影的小腹，察觉到孩子那微弱的胎动

时，对他的震撼究竟有多大。那是他梦寐以求的孩子，他在母体里转动着自己的身子，与他打招呼，在那一刻，他甚至可以听到这孩子出生后，用甜甜的奶腔唤他"爸爸"。

他那样爱这个孩子，又怎能舍得。

"属下虽然不懂，但属下也能看出来，司令这些日子虽然在军营里忙得连喝口水的工夫都没有，心里却一直牵挂着夫人。"

何德江的话音刚落，贺季山先是一怔，继而便是微微一哂。

何德江见他笑了，于是大着胆子开口劝道："司令，您今晚要不要回官邸瞧瞧？"

贺季山唇角的笑意逐渐隐去了，他站起身子，向窗外望去，静默良久，才沉声道："我一回去，她铁定会哭，只怕到时候我看见她的眼泪，心就软了。"

男人说着，自嘲地一笑。窗外冷月如霜，淡淡地照在他的脸上，生生勾勒出一抹寂寥的沧桑。

这一日，沈疏影去了花园，身后自然有丫鬟亦步亦趋地跟着，就好像她随时会跌倒一般，那几个丫鬟皆是打着十二分的精神，小心翼翼地留意着她的脚下。

沈疏影知道这些定是贺季山的吩咐，她低眸看着自己微微隆起的小腹，鼻尖一酸。她从没想过，贺季山竟这样看重这个孩子，那样期盼他的出生。

如果，他生下来……

沈疏影不愿再想下去，只打起精神顺着回廊轻轻地走着，一颗心却痛得几乎要麻木。

刚回到后院，就见一道熟悉的身影站在那里，看见她回来，那道身影便向自己走来。

"哥哥，你怎么来了？"见到沈志远，沈疏影便心头惶然，生怕他的身份会被人发现。

沈志远向她身后的仆人看了一眼，沈疏影反应过来，忙与沈志远去了偏厅，并将所有人都支了下去。

"小影，我现在回到燕京军校当了教员，往后只要我有时间，便会来看你。”沈志远刚落座，便低声道。

听他这样一说，沈疏影自是喜不自胜，道：“哥哥，你不在那个组织了吗？”

沈志远摇了摇头，兄妹之间用的都是只有彼此才能听清的声音道：“不，这只是组织上的安排，这个身份能给我掩护，不让人怀疑。”

沈疏影的心骤然凉了下去。

“小影，我这次来找你，有一件事希望你可以帮我。”沈志远将眼睛低垂，似是不敢去看妹妹的眼睛。

“是什么？”沈疏影开口道。

沈志远闭了闭眼睛，脸上落上了一层阴影，让人看了心惊。

“贺季山的书房里有一个保险箱，里面有一份文件，这份文件对我们来说实在是太重要了，为了这份文件，我们已经牺牲了无数的同志，这一次必须要拿到手。”沈志远艰涩地开口，脸一直低垂着，在沈疏影面前，似是连抬头的勇气都没有。

“哥，那到底是什么文件？”沈疏影见沈志远的脸上满是黯然与苍凉，忍不住将手握住了他的胳膊，轻声问道。

“你不用问这些，哥哥只希望你能帮哥哥这一次。”沈志远抬起头，黑亮的眸子紧紧地看着自己的妹妹。月余未见，他黑了，也瘦了，整个人好像老了好几岁。

沈疏影瞧着，心头便一疼，她踌躇片刻，终是将眼睛垂下，泪水盈满眼眶，每个字都是那样艰难：“哥哥，对不起，我不能背叛他。”

沈志远的脸色顿时变得惨白，许久都没有说话。沈疏影瞧着不忍，刚要开口，就见沈志远抬起眸子，眼底一片血红：“小影，我知道是哥哥对不起你，这次的文件关系到无数人的生死，我们当中有数不清的生命落在那几张纸上，甚至，就连我心爱的人也在其中。”

沈疏影听了这话，愣在了那里，她看着沈志远低下头，将她的手握在手心，沙哑着嗓子，说了一句：“小影，算是哥哥求你。”

夜深了。

沈疏影静静地躺在床上，整座官邸安静得听不到一丝声音，她见时钟指

向了凌晨三点，她悄悄下了床，随手披了件衣裳，犹如一只行走在屋脊上的猫，根根汗毛直竖，步步惊心。

走廊上静悄悄的，守夜的丫鬟早已睡着了，她一步步越过她们，向书房走去。

书房的门紧锁着，沈疏影拿出钥匙，小心翼翼地将门打开，暗夜中，就连呼吸声都清晰可闻。

她将门关上，拧亮了桌上的台灯，就着微弱的灯光，一步步向保险柜走去。

她来过书房多次，可从未留意过保险柜，她看着上面精巧的密码锁，心里凉了半截。

她咬着唇，将贺季山的生日试了试，可保险柜纹丝不动。她怔了怔，又将他的车牌号、军营的电话号码，甚至连官邸的门牌号都一一试了，却还是不能将密码锁打开。

她着急起来，身上起了一层汗，想起沈志远的嘱托，更是心如刀绞，只觉得烦闷到了极点，她甚至将自己的发卡取下，试图将那密码锁撬开，结果依然是一无所获。

她站在那里，默默地拔出发卡，刚要转身离去，脑子里电光石火般想起了自己的生日。她蓦然转过身子，抱着试一试的心态，将自己的生日输了进去。

没想到那密码锁轻轻地转动起来，“啪嗒”一声，开了。

她愣在了那里，怎么也想不到贺季山竟会用自己的生日作为密码，刹那间心头柔肠百转，望着保险柜里的文件，她的手颤抖着，竟无法将那几页纸取出来。

她想起沈志远惨白的脸色，终于深吸了口气，将那几页薄薄的文件拿在了手里，打开一瞧，里面已经签了字，刚毅的笔迹力透纸背，“贺季山”三个字龙飞凤舞，潦草到了极点，正是他的亲笔。

沈疏影舒了口气，见文件上皆是密密麻麻的蝇头小楷，压根儿看不清楚，她不敢多待，匆匆将文件收好，就离开了书房。

贺季山回来时，沈疏影正坐在露台上出神，直到被男人抱在怀里，她才反应过来，转过身去看他。

数日未见，隔着彼此的相思，千言万语无处诉说。沈疏影见到他，眼圈一下子便红了，只将身子埋在他的怀里，伸出胳膊环住他的腰。

贺季山一只手揽着她的腰，另一只手则抚上她隆起的小腹，手势间亦是说不出的温柔。他没有说话，过了许久，才在她的发间落上一吻。

“季山，我很想你。”沈疏影垂着脸，紧紧地贴着他的胸膛。

这是她第一次说想他，贺季山听着有一瞬间的愣怔，继而便将她揽得更紧，轻声说道：“我也是。”

沈疏影想起书房中的事，只觉得愧疚难言，禁不住鼻尖一酸，只将身子向他依偎得更紧了些。

“你今天是怎么了，这样依恋我？”见她一动不动地贴着自己，贺季山拍了拍她的肩头，温声问道。

沈疏影睁开眼睛，只呢喃了一句：“你这样久都不回来，我很惦记你。”

闻言，男人不过一笑，而沈疏影从他的怀里抽开身子，问道：“季山，如果我做了对不起你的事，你会原谅我吗？”

贺季山看着她，一双眼睛漆黑，淡淡地落在她的身上，让人心慌。

“只要不是给我戴绿帽子，我都会原谅你。”就在沈疏影近乎要脱力的时候，贺季山终于开了口。男人唇角噙着轻浅的笑意，说完这句，便俯下身子，在她的脸颊上亲了亲。

饭间，贺季山挑起一块鱼肉，将其中的刺细细剔去，刚送到沈疏影的碗里，就见何副官一脸匆匆地赶了过来。

他先对着贺季山与沈疏影行了一礼，继而便上前附在贺季山的耳旁轻声道了一句话。

贺季山闻言，脸色顿时大变，他一语不发地坐在那里，一双眸子倏然向沈疏影望去。

沈疏影一个激灵，小心翼翼地开口问道：“怎么了？”

贺季山却不说话，唯有目光利如刀刃，就那样看着她。也不知看了多久，他终是收回目光，起身往外走去。

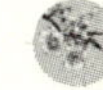

沈疏影慌了神，站起身子开口唤他，男人也不理会，仍是头也不回地上了汽车，一路离开了官邸。

翌日，北平的各大报刊上皆刊登了头版新闻，只道辽军主帅贺季山派了重兵，一举歼灭了北平城内的革命组织，诛杀革命党上千余人，更有数人被关押在古城监狱，不日处决。

沈疏影看见报纸，心跳顿时快到了极点，她紧紧地攥着那一张报纸，几乎瘫在了沙发上。

听到男人的足音，她抬起头，就见贺季山面无表情、居高临下地看着自己。

他一步步地走过来，将报纸从她手中拿过，随手扔在了茶几上。

“你答应过我，不会再杀革命党。”她撑起身子，脸色如雪。

“你放心，我不会动沈志远。”贺季山黑眸雪亮，淡淡开口。

“你全都知道了？”沈疏影美眸大睁，从头到脚都是一片冰凉。

贺季山却是微微一哂，走到沙发旁坐了下来，一手将领口的纽扣扯下，道：“你还真以为我会被你们兄妹玩弄于股掌之上？”

沈疏影哆嗦着，想起沈志远曾告诉过自己，那份文件关系着上千条性命，只要他们能拿到手，便足以确保众人的安全，可如今，她明明已经将文件交给了他，但还是死了上千人！

“那份文件是假的？”她反应过来，一颗心骤然冷到了极点。

贺季山看了她一眼，唇角勾勒出一抹嘲讽：“若是真的，你觉得你会那么轻易就拿到手吗？”

沈疏影瞬间觉得自己的心似一块被冻结的冰，倏然裂出无数的裂痕，再也无法愈合。她怔怔地看着眼前的男人，仿佛从没认识过他，从内心深处衍生出无限的寒意。

“你好狠……”她的嘴唇哆嗦着，却只是吐出几个模糊不清的字眼。

贺季山听得清楚，脸上却仍旧没有丝毫的表情，唯有眼底是冷冽的光芒。他缓缓地站起身子，上前一手挑起她的下巴，道：“沈疏影，你总是会在我的心窝上捅上一刀，我倒真想问问你，到底什么时候才是个头？”

沈疏影战栗着，只道：“你会怎样对我哥哥？”

贺季山却蓦然一把攥住了她的肩膀，乌黑的眸子深不见底，一字字缓缓开口："当初薄少同让你给我下药，你下了；现在沈志远让你来偷我的文件，你偷了，我贺季山在你眼里究竟算什么？！"

骤然听到"薄少同"这三个字，沈疏影的脸色难看到了极点，这三个字是她最深的梦魇，被她埋在心底最深的地方，从不敢去触及，没承想却在此时被贺季山猝不及防地提了出来。

"你……"她哆嗦着，却压根儿说不出旁的话。

"你总是一次次让我失望。"贺季山松开她的身子，脸上神情漠然，竟是一种累到了尽头的疲惫，再坚韧的心，终究也会千疮百孔。

"若想你哥哥没事，就给我好好安胎，把孩子生下来。"临去前，男人撂下了这句话，眼底再无一丝温度，冷眸瞥了她一眼后，大步离去。

古城监狱。

"司令。"狱卒见到贺季山，立刻"啪"地一个敬礼。

贺季山微微颔首，走到一处监牢前，站定了身子。

狱中的人神色憔悴，一脸黯然，看见贺季山后，挣扎着从地上站起。四目相对，两人就这般看着彼此。不知过了多久，沈志远终是开了口："你杀了我吧。"

贺季山却一语不发，一个手势，便有人上前，将监牢的门锁打开。

"你是要放了我？"沈志远不敢置信地看着他，眸底暗流涌动。

"杀了你，她会恨我一辈子。"贺季山淡淡开口，眸心不喜不怒，平静到了极点。

眼见着沈志远离开了监狱，贺季山站在窗前，燃起了一支烟。

"司令，您真要放了沈志远？"夜色中，何副官的声音极低，站在男人身后开口道。

贺季山吞云吐雾，直到一支烟抽完，才道："不然，你是要我杀了他？"

"虽说他是夫人的哥哥，可您是做大事的，又岂能如此妇人之仁？"何副官说着，似是痛心疾首。

贺季山却微微一哂，回过身将手中的烟掐灭在烟灰缸中，淡淡地道：

"传令下去，派人盯着他。"

何副官一怔，犹如醍醐灌顶："司令是想……放长线，钓大鱼？"

贺季山却并未搭腔，只一笑置之。

官邸。

沈疏影昏昏沉沉地睡着，自从那日贺季山走后，她的情形一直都不太好，陆志河来瞧过，只道她的身子现在虚弱到了极点，再也经不起一丝的刺激。

而临水布防已经到了白热化的程度，贺季山派了三团和七团的团长去了临水监督，自己却留在了北平。

"别杀我哥哥，别杀我哥哥！"沈疏影在睡梦中，不时地呢喃出几声呓语。

贺季山守在一旁，只握住她的手道："你放心，没人会杀他。"

沈疏影在睡梦中蹙着眉尖，难受到了极点。见她唇瓣轻动，贺季山俯下身子，才听到她轻轻地唤了他的名字，那两个字刚从她嘴里唤出，一大颗泪水便顺着她的眼角滑落下来。

贺季山无奈，伸出手为她拭去泪珠，用极低的声音说道："沈疏影，若有一天你不再折腾我，便算是饶了我。"

沈疏影醒来时，天色已经大亮，一旁的柳妈与护士见她醒来，都松了口气。

她环顾四周，并没有看见贺季山的身影，张开口，只觉得嗓子干裂得难受："柳妈，司令去哪儿了？"

"司令昨晚连夜去了临水，临走前叮嘱一定要老奴照顾好您。"柳妈上前为她掖了掖被子，瞧着沈疏影苍白的脸色，叹息道，"夫人，不是老奴说您，您现在是双身子的人，哪怕是为了孩子，您也要好好保护身子啊。"

沈疏影全身软绵绵的，只觉得没有力气。她倚在枕头上，问道："孩子还好吗？"

"陆医官刚才来瞧过了，说您的胎气还是微弱，一定要好好养着才行。"

沈疏影伸出手，情不自禁地抚上自己的小腹。也许是察觉到了母亲的抚摸，孩子在她的肚子里微微动了动身子。母子连心，沈疏影心头一颤，差点儿落下泪来，她稳住呼吸，只道："柳妈，劳您去将安胎药为我端来。"

柳妈见她主动要喝安胎药，自是喜不自胜，赶忙让人将一早便熬好的药端了过来。沈疏影接过，连眼皮也没眨，便将一碗药喝了个干净。

她要这个孩子，她要为贺季山留住这个孩子。

临水战事一日比一日激烈，沈疏影每日只能从报纸上看到贺季山的消息——他在前线布防、他在战地督战、他去了后方探视伤员……那一张张报纸，便是她全部的寄托。纤纤素手抚着报纸上男人的相片，依然是坚毅的轮廓、英挺深邃的眉眼。沈疏影一手在自己的小腹上轻柔地抚摸着，一手拿着报纸，对着腹中的胎儿温声道："宝宝，你看，这就是爸爸。"

如今她已怀了七个月的身孕，原本一双白皙柔嫩的脚丫早已肿了起来，就连以前的鞋子都不能穿了，整天只得趿着一双软缎拖鞋，还没穿几天，就被踩得不成样子。

她怔怔地看着报纸上的照片，眼底却酸涩起来，温热的眼泪盈盈，似是要从眼眶里汹涌而出。她吸了吸鼻子，将眼底的泪意压下，低眸看着自己圆滚滚的肚子，微笑道："宝宝陪着妈妈，一起等爸爸回来好不好？"

话音刚落，就听身后传来熟悉的脚步声。

她惊愕地回头，就见一身戎装的贺季山，就那样站在自己面前。

她站起身子，小手支在椅背上，脸上的神情激动而慌乱，一双东珠耳坠在耳垂下不断地摇晃着，犹如秋千一般。

他看着她站在那里，脸上的肌肤细腻如玉，甚至比以往更白皙了些，两腮处红晕隐隐，整个人依然是清瘦的，唯有肚子圆滚滚地挺在那里，好像是整个身子经不住那肚子似的。

两个月未见，心底的思念自是铭心刻骨，尤其是沈疏影，思念中更有担心，直到此时见他平安归来，一直悬着的心才算落了下来。

贺季山走时她不过是五个月的身孕，肚子只是微微隆起，还不很明显，今日一见，不曾想孩子竟然长了这样多。瞧着沈疏影的肚子，男人眸心的神色禁不住就是一软，走上前，将大手抚了上去。

七个月大的胎儿正是胎动频繁的时候，未过多久，孩子便在母体中动了动身子，甚至在沈疏影的肚皮上顶起了一个小鼓包。

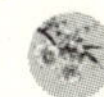

因是夏天，沈疏影只穿了一件绿色绸裙，极单薄的料子，将那个小鼓包勾勒得清清楚楚。

贺季山瞧着便蹲下身子，眸心焦灼，皱眉道："这是怎么了？"

沈疏影移开目光，甚至不敢去看他，只轻声道："柳妈说，这是孩子的小手或小脚。"

贺季山一听这话，便微微一怔，继而一抹笑意便抑制不住地在唇角蔓延开来。孩子依然在轻轻地动着，他揽住沈疏影的腰，将耳朵贴了上去。

沈疏影身子僵硬地站在那里，几乎连动都不敢动，生怕是自己的一个美梦，当她醒来后，身旁便又不见了男人的身影。

直到孩子的胎动隐去，贺季山才站起身子，凝视着眼前的女子，还不待他开口，沈疏影便伸出胳膊，将自己埋在了他的怀里。

她紧紧地闭着眼睛，眼泪一串串地从眼落下来。这样多的日子，日日夜夜的思念啃噬着她的心，午夜梦回，全都是眼前这个男人，点点滴滴，刻骨铭心。

她从没想过，自己竟然会这样想他。在他走后的这些日子，她整个人仿佛被抽干了，唯有肚子里的孩子在一天天长大，是他的孩子，他的骨肉。

"季山……"沈疏影唤着他的名字，小手紧紧地攥着他腰间的衣襟，仿佛自己一松手，他便会消失不见了似的。

贺季山低眸，便看见她泪流满面的一张小脸。他将她的身子从怀中移开，伸出手，却在触碰到她肌肤的一刹那停在了那里。

"时候不早了，你歇着吧。"他说了这几个字，便将她的手从自己腰间拿开，转身便走。

沈疏影看着他的背影，只觉得一股心慌侵袭而来，只让她迈开步子，向着男人奔了过去。不料她跑得快了些，竟被地毯绊了一跤，眼见要向地上倒去。

不待她倒下，贺季山已迅速将她抱在了怀里，脸上的神色竟比沈疏影的还要难看。他的大手牢牢箍在她的腰间，忍不住喝道："沈疏影，你不把我吓死，你心里不痛快是不是？"

沈疏影只是将脸贴在他的胸口，微弱开口："你别走。"

贺季山仍是心有余悸，大手将她紧紧抱在怀里，回头对着门口便厉声喊道：“来人！”

立刻便有仆人弓着身子走了过来，唤了声“司令”。

“让人把官邸里所有的地毯都给我揭了！”男人的声音冷厉，眼睛更是幽暗，隐有火苗。仆人不敢怠慢，只诺诺称是，退了下去。

贺季山将沈疏影抱在沙发上坐下，觉得自己的一颗心仍是“扑通扑通”跳得极快，直到深吸了口气，他脸上的神色方才慢慢恢复过来。

“对不起。”沈疏影攥着他军装的一角，轻轻地说出三个字。

“对不起什么？”贺季山浓眉微皱，紧紧地盯着她。

“我下次会很小心，不会再像今天这样冒失了。”沈疏影轻声说着，小手抚上自己的小腹，想起方才那一幕，若不是贺季山眼明手快地扶住自己，后果真是不堪设想了。

贺季山眼睛微垂，便瞧见她裸露的一双脚，方才因来追自己，被地毯一绊，沈疏影那一双软缎拖鞋便落在了一旁。

见那一双白皙的脚丫肿得厉害，贺季山只觉得心头一紧，俯身蹲在她面前，轻轻地握住了她的脚。

“陆医官已经说了，怀孕到了后期，脚都会肿的，没关系。”沈疏影手忙脚乱地解释着，生怕贺季山担心，只将自己的脚从男人的手中抽回，徒然地往裙子里缩。

贺季山抬眸看了她一眼，乌黑的眸子里一闪而过的，是深不见底的疼惜。他静默片刻，终是站起了身子，沈疏影以为他还要走，便也从沙发上站起，小心翼翼地上前，一声“季山”刚唤出口，男人便一把揽住了她的身子，吻住了她的唇瓣。

“季山，府里的张嬷嬷说，我肚子里的孩子，可能是个女儿呢。”晚间，男人搂着女人的腰，大手在她的小腹上摩挲着，耳旁听到她轻声细语，也不过是淡淡一笑，闭着眼睛道：“我不是和你说过吗？无论是男孩还是女孩，我都喜欢。”

沈疏影握住他的手，柔声道：“那如果我生了一个女儿，你会不会不高兴？”

贺季山这些日子累到了极点，此时鼻息间满是她身上的香气，掌心抚摸

着的又是他一心牵挂的孩子，整个人便松懈了下来，这一松懈，便疲倦到了极点，听到她的话也不过是简单地道了两个字："不会。"

沈疏影依偎在他的怀里，一心想和他多说几句，抬眸却见贺季山一脸的倦容，呼吸渐渐变得均匀，乌黑的睫毛落在眼睛上，根根分明。

"季山……"

"嗯？"男人含混应声。

"你在临水的这些日子，有想过我吗？"女子的话音柔和，丝丝缕缕地钻进他的心。

"想……除了打仗和开会……连睡觉也都在想着你和孩子……"贺季山的声音极低，说完这一句，便头一沉，睡了过去。

"那你这次，为什么回来？"沈疏影摇了摇他的胳膊，轻轻问道。

贺季山已经睡熟了，无论沈疏影怎样摇他，都没有将他唤醒，唯有他的大手，却一直紧紧地揽着她的腰。

因前线战事紧张，贺季山只在官邸待了三天，便要乘专列回临水。

沈疏影自是极为不舍，临去的前一晚，贺季山抱着她坐在露台上赏月。

"季山，你可不可以不要走？"她静静地依偎在他的怀里，随着腹中胎儿一天天长大，她对男人的依恋更是与日俱增。

贺季山抚着她的小腹，声音低沉而温柔："傻瓜，前线战事紧张，我身为主帅，又怎么能不管？"

沈疏影将脸贴在他的胸口，轻声呢喃："我每天都很担心你，我怕你在战场上受伤，也不知道你吃得好不好，睡得好不好……"

不待她说完，便被男人打断："别瞎想，你只要养好自己的身子就够了。"

"这一场仗，究竟要打到什么时候？"沈疏影抽开身子，看着丈夫微黑的脸庞，心里疼得难受。

贺季山微微一顿，继而将她脸旁的乱发尽数拢在耳后，温声道："等我打下江南，就带你和孩子过去。"

沈疏影自幼长在江南，对江南督军刘振坤也并不陌生，知道这也是个了不得的人物，凭着一己之力，吞并了江南各地大大小小的军阀，一统南方诸省，与江北的辽军形成对峙之势，在民间更有“北山南坤”的说法，说的便是如今各自占据了半壁江山的贺季山与刘振坤二人。

沈疏影垂下眸子，知道自己无论如何也劝不动他放弃江南的天下，只低声道：“那你，什么时候才会回来？”

“再过两个月你就要生了，到时候我一定会回来陪着你，一起看着小家伙出世。”贺季山看着她圆滚滚的肚子，唇角浮起一抹笑意，忍不住俯下身，在她的肚子上落下一吻，眉目间更是一派柔和之色，与平日里坚毅果决简直判若两人。

沈疏影把玩着他乌黑浓密的短发，轻声道：“那你一定要早点儿回来，我听嬷嬷说，生孩子会很疼，你要是不在，我会害怕。”

贺季山抬眸向她看去，月光下，沈疏影一张瓜子小脸，乌黑的长发披在身后，因天热，只穿了一件丝质睡裙，衬得肌肤细腻如瓷，整个人清秀得如同绢画上的美人，虽说怀着孩子，可毕竟年纪尚小，那一张小脸上仍留着些许的稚气，娇柔温婉，纯净可人。

贺季山瞧着，只觉得心头一软，莫名涌来一股心疼。他握住她的手，放在唇上亲了亲，眼睛里漾着的，是温柔而怜惜的神色。他没有多言，只点了点头，说了声：“好。”

沈疏影得到他的答复，只觉得心头一松，忍不住嫣然一笑，双眸璀璨如星，唇角的笑涡盈盈。

贺季山捧起她的脸，他的呼吸急促，细密的吻几乎要让她透不过气来。沈疏影的肌肤本就极好，怀孕后却比以前更加细腻光滑，犹如绝好的绸缎，让人爱不释手。

男人的掌心烫得骇人，犹如铁烙，探进她丝质的睡裙中肆意抚摸，那热度几乎要将她的肌肤都给灼痛了。

沈疏影听着他的呼吸越来越重，心里害怕起来，她慌乱地伸出手抵上他的胸膛，他的力气那样大，箍得她生疼，只让她趁着他吻上自己颈弯时轻颤出声：“季山，你快停下来……”

男人却不为所动，他的吻是那样急切，近乎贪婪地吮吸着她细腻的肌肤，他忍了那样久，在这一刻几乎要让自己沉溺在这一片如水的温柔里去。

“你会伤着孩子的……”沈疏影焦急起来，话音里带上了哭腔，她的话

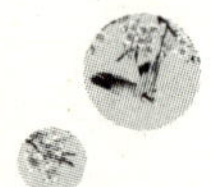

音刚落，就见贺季山身子一震，呼吸虽然是紊乱的，却终是停下了自己疯狂的动作。

他站在那里，一连深吸了几口气，才勉强令自己平稳下来，眼见着沈疏影护着肚子，满是委屈地看着自己，他禁不住哑然一笑，只在她的唇瓣上轻轻一啄，低哑着嗓子道："等孩子出生，你可不能再躲着我了。"

沈疏影闻言，脸庞便红了起来。贺季山瞧着，只觉得心头一动，眉眼间浮起一丝自嘲。

一阵夜风袭来，他伸出胳膊，将她整个抱在怀里，柔情缱绻，一点一滴地刻进他的骨子里去。

"贺季山明日便会乘专列返回临水，这个机会千载难逢，我们绝不能错过。"暗室中，一脸阴郁的叶成斌擦拭着手里的手枪，对着屋子里的其他人道。

"不错，若等贺季山回到临水，咱们的计划便又会功亏一篑。这次行动，只许成功，不许失败。"坐在主位下首的一个男子闻言，一双眸子暗如夜空，闪烁着嗜血的光芒。

"贺季山杀了咱们那么多同志，这一次，定要他血债血偿！"一位年轻男子说完，便将手中的枪上膛，发出"咔嗒"一声响。

叶成斌点了点头，将一卷地图铺开，对着屋里的人道："这是车站的地图，明日一早，贺季山的车队会从官邸经过西峡路驶来，而专列则是停在这里。"叶成斌指着地图一角，沉声道，"我们只有一次机会，就是等贺季山下车，咱们只有三分钟的行动时间，他身边定是围满了侍从，所以我们下手一定要快，务必一枪将他击毙。"

众人点点头。叶成斌说完，将眼睛落在其中一位年轻人身上："小罗，咱们这里属你的枪法最准，记住，一定要一枪毙命！"

那名唤作小罗的年轻人坚定地点了点头，缓缓开口："您放心，我的枪从没失过手。"

叶成斌颔首："我们会在你身边掩护，若这次行动成功，你便是第一功臣。"

听了这话，小罗眼底一亮，握枪的手更是用力。

翌日一早，贺季山睁开眼，就见沈疏影正站在床前，为他熨着军装，一件件无不笔挺熨帖。

他起身下床。听到身后的动静，沈疏影抿唇一笑，将熨好的衣裳拿来，微笑着道："我都熨好了，你快穿上吧。"

瞧着她笑靥如花的一张小脸，贺季山只觉得心情极好，大手在她的脸上捏了捏，接过军装穿在了身上。

沈疏影踮起脚尖，为他将上衣的扣子一一扣好。贺季山心头温软，大手揽上她的腰肢，望着她圆滚滚的肚子，便禁不住想笑。

"你笑什么？"沈疏影察觉到他的笑意，自己也对着自己的小腹看了过去，却丝毫看不出哪里好笑。

男人唇角依然噙着笑意，看着她迷茫的样子，心里更是畅快。他俯身在她的脸颊上亲了亲，笑道："没什么，就是觉得你挺着个肚子的模样，可爱极了。"

沈疏影顿觉赧然，垂下脸，小声道："是不是我现在的样子，变丑了……"

贺季山又是一笑，将她揽在怀里，两人小声地说着话，就听脚步声响起，胡副官在门外毕恭毕敬地道："司令，车队已经在楼下等着了。"

贺季山闻言，手抚上沈疏影的脸，说道："好了，在家等我回来。"

沈疏影心头一酸，看着他，软声开口："我想去车站送你。"

贺季山眉头微皱，刚要说"不行"，可看她的眸子里满是期冀的神色，又念着她每日里待在官邸，怕是许久都不曾出过门，这样想来，拒绝的话便无论如何也说不出口了。

"好不好？"沈疏影见他不说话，忍不住摇了摇他的胳膊，吴侬软语又轻又柔，哪里能让人说个"不"字。

他低声一叹，只得点了点头，微笑着道："你都开口了，我又哪敢说不好。"

沈疏影见他答应，也是抿唇一笑，将身子埋在他的怀里，两人俱是心存甜蜜。贺季山抱着她和孩子，只觉得这一刻，是从未有过的满足。

老远，便看见贺季山的车队驶来，埋伏在车站的人都紧张起来，一个个连大气也不敢出，尤其是匍匐着的小罗，额上更是起了一层细密的汗珠，握着枪的手满是冷汗，滑腻腻的。

叶成斌与另外两人藏身在另一处，他看了小罗一眼，见他神情紧张，便对他打了个手势，示意他一定要稳住。

小罗点了点头，伸出手擦了一把额上的汗，双目炯炯，盯着渐渐驶来的车队。

终于，车队停了下来。

何副官上前，为贺季山将车门打开，而侍从们早已分站于两旁，将贺季山周围围得如铜墙铁壁一般。

贺季山下了车，伸手将沈疏影扶了出来。他一手揽着她，将她牢牢地护在怀里。两人这般走着，眼见着与专列不过剩下十余步的距离，贺季山停下脚步，大手在沈疏影的脸颊上拍了拍，道："好了，就送到这里吧，回去吧。"

沈疏影心头不舍，眼睛顿时红了起来，她凝视着自己的丈夫，柔声叮嘱："你去了前线一定要小心，千万不要受伤，我和孩子会在家里等你。"

贺季山唇角微勾，点了点头，压下心头的不舍，向着专列走去。

沈疏影看着他的背影，只觉得心里难受极了。而几乎就在这一瞬间，枪声响了起来，贺季山身旁的一个侍从应声倒地。

"保护司令！"跟在贺季山身后的何副官脸色顿时一沉，大喊一声句，拔枪便向方才开枪的方向射去。

侍从们蜂拥而上，将贺季山团团围住。贺季山转过身子，一眼便看见沈疏影怔在了那里，只有一个侍从护着她往车上退。

"小影！"贺季山脸色顿时变了，忙将身旁的侍从挥开，向沈疏影的方向奔去。

"司令，危险！"何副官紧紧地拦住贺季山的身子。枪声密密麻麻，越来越紧，从车站的四周射来。

叶成斌目光森冷，见贺季山身边满是侍从，便将枪口一转，向着沈疏影的方向抬手就是一枪。

那一枪正打在沈疏影的脚下，只将她吓得脸色一白，本能地护住自己的小腹。而她身旁的侍从，不知是被谁一枪打在了头上，哼都没哼便倒了下去。

贺季山挣开何副官的胳膊，掏出腰间的手枪，脸上则是一片肃杀，一面对着暗处开枪，一面上前将沈疏影一把抱在了怀里。

枪战依然在持续着，站在沈疏影左手边的侍从回过头，对着贺季山道："司令，您和夫人快上车！"话音刚落，一记子弹射来，他便倒在了地上。

贺季山想也没想，便将沈疏影一把护在怀里，自己的身子则露了出来。

枪声便在这一瞬间急速响起来，无数的火力对准了那一个空隙，围在外间的侍从几乎被打成了筛子。贺季山揽着沈疏影向车上退去，就在快靠近车时，护在沈疏影前方的一个侍从被子弹穿胸而过，那一颗子弹来势极快，从他的身体穿过后，打在了沈疏影的胸口。

贺季山猛然发觉怀中的人身子一僵，低眸望去，就见沈疏影胸口满是血迹，滚烫的鲜血滴在他的手上。一瞬间，他的脸色惨白如纸，眸底焦灼欲裂。何副官转眸一看，就见他紧紧地抱着沈疏影，脸色竟比他怀中的沈疏影还要难看。

此时，官邸里灯火通明，医生护士来来往往，每个人脸上俱是一片凝重，德国大夫已经赶了过来，为沈疏影手术。

贺季山一言不发地站在那里，卧室里的灯光雪亮，刺得人几乎连眼睛都睁不开。

"司令，人已经全部抓到了。"何副官上前，对他道了一句。

贺季山目光倏然间变得雪亮，他转过身子，向外走去。何副官瞧着放心不下，赶忙跟了上去。

中院的大厅里，叶成斌一众皆被五花大绑押在那里，每个人身上都挂了彩。听到脚步声，叶成斌抬眸，就见一身是血的贺季山犹如从地狱里走出的魔鬼，脸上的表情森然可怕。

看见他，侍从皆"啪"地敬礼。而他一语不发，从侍从的手中夺过枪，对着当先的一人抬手便是两枪。那人顿时脑浆涂地，哼都没哼一声，便倒了下去。

见状，众人皆是大骇，而贺季山又将枪口转到另一人身上，"砰砰砰"，直打得那人脑袋开花，红白之物流了一地。

仍是不够，贺季山又将另一个侍从手里的枪夺过，双枪齐下，将众人尽数打死。望着一地的尸首，他眼神森冷，周身没有一点儿人气，只拼命扣动着扳机，直到将子弹全部打光这才作罢。

何副官站在他身后，只看得心惊胆战。

“传令下去，江北诸省，全面诛杀革命党，就算错杀一千，也绝不放过一个！”

“司令，夫人如今的情况十分不妙，子弹卡得太深，只怕取出来会有危险。”

贺季山刚回到东楼，陆志河便匆匆走了过来，开口禀报。

“再有，夫人还怀着孩子，若是动手术，属下只怕夫人会失血过多，怕是到时候孩子也会……”

陆志河说到这里，便无法再说下去。

贺季山坐在沙发上，脸色铁青，他慢慢地闭上眼睛，也就几秒钟的时间，他睁开眼睛，嗓子里好似被尖锐的东西刺破了喉咙，每一个字都是沙哑无比：“我可以不要孩子，大人一定要给我保住。”

说完这一句，他便好似全身的力气都失去了一般，只急促地喘息着，脑海里一片混乱，脸上是近乎于绝望的神色。

天色渐渐地亮了，贺季山坐了一夜。

麻药药效过去后，沈疏影只觉得伤口剧痛，直到医生为她打了吗啡，她才渐渐沉睡过去。

德国医生走出来的时候，贺季山正站在露台上抽烟，听到身后的脚步声，他将烟卷掐灭，露出一张沉郁的脸。

“司令，夫人的情况已经稳定下来，她刚才已经醒了，一直在喊您的名字。”

贺季山的脸上依然是面无表情，只道：“什么时候为她做手术？”

德国医生却摇了摇头：“司令，我刚才已经为夫人检查过，胎心一切正常，并不需要做引产手术。”

贺季山听了这话先是一愣，继而便急急问道：“你说什么？”

“您的孩子很坚强。”德国医生说着，脸上浮起了一丝笑意。

贺季山站在那里，隔了许久，唇角轻扯，也笑了，很轻很轻的一抹笑意。

沈疏影在睡梦中，只觉得疼，她额上满是汗水，模糊中只听身旁传来一道男声：“快给她打针！”

“司令，夫人还怀着孩子，只怕吗啡用多了，对孩子不好。”护士小心翼翼地开口。

贺季山大手抚上沈疏影的额头，见她疼到了极点，脸上一点儿血色也没有。没有人比他更清楚枪伤究竟有多疼，打在沈疏影胸口的那一枪，子弹被侍从挡过，打在沈疏影身体时已经碎成了几块，医生硬是一点点将弹片取了出来，当麻药药效过去后，痛楚更是可想而知。

正是因为体会过这种痛楚，让他怎么也狠不下心，只沉声道：“没事，再给她打一针。”

护士没法子，又为沈疏影注射了一支吗啡。药剂注射下去后，痛楚从沈疏影的脸上退去，她渐渐睡着了。

深夜，当吗啡的药效过去后，沈疏影唇角干裂，迷迷糊糊地睁开眼睛，从嗓子里几不可闻地喊出一个字：“疼。”

贺季山守在一旁，听到她开口喊疼，立刻冲着一旁的护士低声喝道：“快拿针来！”

护士没有法子，只得上前又为沈疏影打了一针。那吗啡药效极快，沈疏影轻轻舒了口气，只觉得伤口处的疼痛立刻消失了，她脸庞一转，沉沉地进入了梦乡。

如此这般，每当她一喊疼，贺季山便会让人为她注射吗啡，直到这一天，她悠悠醒转过来。

情到刻骨，原来如此

[下]

丁潇潇／著

北方妇女儿童出版社
长春

contents

目录

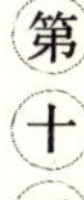
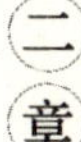

第十二章

囡囡

看见她睁开眼睛，护士立刻回头对丫鬟道：“快去告诉司令，夫人已经醒了。”

丫鬟应声，匆匆出了卧室，向贺季山禀报去了。

“夫人，您觉得怎么样？”护士上前，俯身轻声问道。

沈疏影手抚上自己的肚子，艰涩地开口：“孩子……”

“您别担心，孩子很好。”护士知晓她心头所想，赶忙出声宽慰。

护士的话刚说完未多久，就听走廊上传来一阵急促的脚步声，紧接着卧室的门被推开，贺季山快步走到床前，见沈疏影醒来，眼里浮起一抹喜色，忙坐在沈疏影身边，低声问道：“怎么样？伤口还疼不疼？”

沈疏影看见他，心里便一阵锐痛。她刚伸出手，还不等抚上贺季山的脸，便被男人一把握在手里。沈疏影望着他，只觉得心头愧疚极了，忍不住沙哑着嗓子，说道：“我又给你添麻烦了……”

贺季山听了这话，心头一软。他没有说话，只微微一

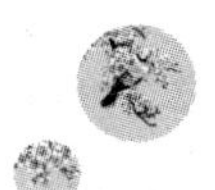

笑，伸出大手抚上她的脸颊，轻轻地摩挲了许久。

待沈疏影可以下床后，贺季山便马不停蹄地赶往临水，亲自督战去了。这一走，便是两个多月，就连沈疏影生产，他都没有回来。

沈疏影在怀孕八个多月时，早产生下来一个孩子，绵绵不断的剧痛几乎要将她折磨得昏死过去。她紧紧攥着身下的床单，口中叫着丈夫的名字，青丝早已被汗水打湿，泪水流满了整张小脸，几乎熬尽了所有心力，这才为贺季山诞下一个孩子。

是一个女孩，生下来还不足五斤重，肢体柔弱，哭声细微，被奶娘包在小包被里，如同小猫儿一样，五官生得极为清秀，像极了母亲。

陆志河为孩子检查过，只道这孩子大概是因母体孱弱的缘故，有些先天不足，在喂养的时候需要格外精心，除此外与寻常孩子没有任何差别。

沈疏影躺在床上，听到柳妈将这些话转告给自己，泪水便“唰”地落了下来，说不清是喜悦，还是歉疚。

贺季山远在前线，收到自北平发来的电报，上面只有简单的六个字：母女均安，勿念。

他久久地看着那六个字，将那张纸小心翼翼地折好，贴身放在自己胸口，又回到了战场。

临水战事夜以继日，江南的刘振坤花高价自日本人手中购得了一大批先进武器，投入战场后，在这一仗中起到了至关重要的作用，一时间辽军死伤惨重。贺季山不眠不休，与众人通宵达旦商讨，迅速改变作战方案，两军打起了持久战。

当贺季山从临水回到北平时，孩子已经快满月了。

沈疏影知道贺季山今日会回来，虽然还在月子里，却仍是挣扎着起身，将头发束在脑后，穿了件香槟色云锦旗袍，外面罩一件丝绣披风。孩子用小被子裹好，奶娘担心孩子着凉，又在被子外面搭了一件毛毯。沈疏影抱着孩子，静静地站在廊下等着贺季山。

看见男人下车，沈疏影眼中顿时一热。她的身子还没有养好，整个人站在那里，柔弱得如同一瓣雪白的梨花，仿佛风一吹，便会将她吹跑了似的。

贺季山看见她，眼里深沉似海，压抑的思念在见到她的一刹那尽数从胸腔里涌出，只让他再也抑制不住快步上前，将母女一并抱在了怀里。

沈疏影将脸埋在他的胸口，滚烫的泪水再也无法忍住，一滴一滴地落在贺季山的胸口，直到孩子在她怀里动了动，发出微弱的哭声。她慌忙从贺季山怀里抽出身子，刚要哄孩子，就觉得胳膊一松，女儿已经被男人的大手稳稳当当地抱在了怀里。

这是贺季山第一次看见女儿，眼见着孩子的小脸露在湘绣的包被外，白皙粉嫩，眉清目秀，样子分外可爱。他小心翼翼地抱着，轻轻地掂着胳膊，眉眼间满是慈爱与温柔。

晚间，将孩子放在婴儿床上，贺季山将沈疏影抱在怀里，两人一块儿向襁褓中的女儿看去。

沈疏影伸出手，为孩子掖了掖被角，看着女儿粉雕玉琢的一张小脸，忍不住抿唇笑起来。

贺季山握住她的手，黑眸中既有怜惜，又有心疼。他望着沈疏影苍白的小脸，低声道："辛苦你了。"

沈疏影听了这话，想起生产时受的苦楚，心里蓦然涌来一阵委屈。她垂下眸子，道："你说过，在我生孩子的时候，你会回来陪我。"

贺季山看了女儿一眼，唇角浮上一抹无奈的笑意，大手将沈疏影揽得更紧了些："谁让这孩子来得这样早，你若不是早产，我现在回来岂不是正好？"

沈疏影闻言，便也觉得贺季山说得极是，她在怀孕八个多月时生下女儿，若没有早产，按日子也的确该在这几天生产。

贺季山抱着她，只觉得她的身子极轻，心里便一紧，只将她靠近自己的胸膛，轻声道："我答应你，等你下一次生孩子，我一定会陪在你身边。"

沈疏影脸庞微微一红，小手抚弄着他军装上的纽扣，低着眉眼，只轻轻地"嗯"了一声。

贺季山见她眉眼间尽是羞赧的神色，白皙的脸颊上也飞上一抹红晕，可爱极了。他轻轻地抬起她的下巴，吻上了她的唇瓣，顾念着她还在月子里，不过是浅尝辄止。即使如此一个蜻蜓点水般的吻，贺季山的眸光便似有团火在烧，松开她的身子时，气息都有些紊乱，只得将眼眸转开，看向婴儿床上的女儿。

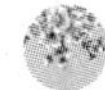

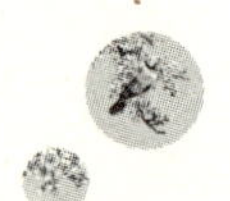

“季山。”沈疏影轻轻地唤他。

“怎么了？”男人的大手揽住她的腰肢，另一只手抚上女儿睡梦中的小脸。婴儿的肌肤娇嫩，他不敢用力，仿佛一摸就会把孩子摸化了似的。

“等下一胎，我一定为你生个儿子。”沈疏影说着，心里便微微地酸涩起来。虽然贺季山口口声声说儿子女儿他都喜欢，可像他这样的男人，谁不想要个儿子，以后能子袭父业呢？

贺季山将目光从女儿身上收回，见沈疏影的眸底满是黯然，他先是一笑，继而便将她的肩头整个揽住，声音里是低沉的温柔。

“别瞎想。无论是儿子也好，女儿也罢，都是我贺季山的骨肉，更何况女儿长得像你，你不知道我有多心疼她。”他轻声哄着怀中的女子，眼睛的余光却是看向女儿。孩子的确像极了她的母亲，让他看着，眉目间便情不自禁地一派柔和。

沈疏影听了这话，心头微微踏实下来。她还在月子里，说了几句话便觉得心慌气短，很是疲倦。贺季山留意到她的神色，知道她定是累了，便将她横抱起来，送回了卧室，一直将她安顿好，看她睡着了他才走出来。

他推开婴儿房的门，见奶娘已经在床前守着了，看见他赶忙站起身子，刚要出声便被他一个手势止住。他挥了挥手，示意她们退下，自己走向婴儿床，将孩子软软的小身子又抱了起来。

婴儿的身上有着淡淡的奶香，小小的身子软软的，甜甜地睡在父亲的臂弯里。贺季山抱着她，心里的喜悦无以复加，只在孩子的小脸上亲了又亲。这些日子他在军营里整日忙着战事，胡楂儿早已冒了出来，此时扎在孩子柔嫩的肌肤上，只让怀里的女儿皱了皱眉，终是“呜”的一声，哭了起来。

孩子的哭声细微，如同一只小猫，那软软的哭声快把贺季山的心都给扯碎了。他手忙脚乱地哄着女儿，高大的身影在房间里走来走去，见床头放着一只拨浪鼓，便拿起来轻轻地摇着，终于逗孩子笑了。

听到屋子里的动静，奶娘悄悄上前，透过门缝看去，只见贺季山脸上满是笑意，一边逗着孩子，一边小声笑道：“喊爸爸，喊爸爸就给你。”

说完这一句，贺季山似是自己都觉得好笑一般，唇角的笑意更深了，竟忍不住笑出声来，声音十分爽朗。

这是他的女儿，是他们两个的孩子。

沈疏影刚动了动身子，就发觉自己被男人紧紧地搂在怀里。她睁开眼睛，看到贺季山正和衣躺在自己身旁。熟睡中的他，将平日的戾气尽数掩下，唯独透着一份盛年男子的沉稳。

从不曾这般细细地打量过他，他身上依旧穿着笔挺的军装，虽是闭着眼睛睡在那里，却依然是剑眉星目，鼻若悬胆，五官轮廓十分硬朗，透出一股坚毅。

她伸出小手，缓缓地抚上贺季山的脸，抚过他浓黑的眉毛、高挺的鼻梁，最后落在那锋利的薄唇上。

耳旁是他均匀的呼吸，沈疏影在这一刻觉得从未有过的安宁与踏实，她忍不住仰起小脸，在男人的唇畔轻轻落下一吻。

这一吻刚过，就见贺季山虽是闭着眼睛，唇角却抑制不住地浮起一丝笑意，沈疏影瞧着，便知道他定是早已醒了。

她的脸上飞起两朵红云，刚要从男子怀里挣开，男人的大手却是一个用力，又将她抱了回来。

贺季山睁开眼睛，眼睛里漾着的，全是温柔的笑意。他支起身子，将沈疏影的身子尽数圈在自己怀里，低声道："偷亲我？"

沈疏影的脸庞红得更深了，她不好意思地别开脸，露出肤若凝脂的侧颜来。男人看着，情不自禁地低下头，细细地吻了上去。而他的大手也不老实，探进了锦被里，抚上她绵软的娇柔，惹得沈疏影轻吟出声，赶忙去推他不安分的大手，用极低的声音说："别碰这里，疼……"

贺季山一怔，抬起头，望着她羞红的脸，低哑开口："怎么了？"

沈疏影垂着眼，乌黑的睫毛轻轻颤着，轻柔如娥："陆医官说我身子不好，不能给孩子喂奶，这些天一直让我吃药，好把奶水回过去。"

贺季山闻言，大手将锦被轻轻掀开。沈疏影只穿着宽松的丝缎睡裙，方才因男人的抚弄，胸前的绵软处已被乳汁打湿，几乎将那一片丝裙都给浸透明了。

男人看着，眼眸倏然亮了，呼吸也变得急促，他将睡裙撩起，俯下身，含住了那嫣红的一点……

贺季山虽说回到了北平，但有关前线的军报依然雪片似的，源源不断地传过来，只将他缠得分身乏术，虽说人在官邸，但陪伴沈疏影母女的时间依

旧是屈指可数。

这一日，沈疏影将孩子哄睡，却觉得全身倦怠得厉害，刚站起身，打算回卧室，就听门“吱呀”一声，贺季山已走了进来。

看见他，沈疏影便迎上去：“今天怎么回来得这样早？”

贺季山牵住她的手，两人一同走到女儿身边。贺季山先是俯身在孩子的脸上亲了亲，为她将被子掖好，继而站起身，看向沈疏影：“这几日太忙，都把孩子的满月给耽搁了，我已经让人准备了，后天给囡囡摆满月酒。”

沈疏影听了一怔：“满月酒？”

贺季山笑了，捏了捏她的小脸，神情既有怜惜又有愧疚：“咱们的婚礼都没有来得及办，这次说什么也要给囡囡好好地大办一场。”

沈疏影听他说起婚礼，心里便一酸，想起之前的种种，只觉得恍然如梦，倒更显得如今这一刻来得弥足珍贵。她将身子依偎在贺季山的怀里，唇角噙着浅浅的笑，轻声道：“我都听你的。”

贺季山揽上她的腰肢，俯身在她的发丝上印上一吻。

“等了这么久，总算是等到你出月子了。”两人温存片刻，男人的声音低沉下去。

沈疏影仰起小脸，便撞上了他幽黑的眸子，还不待她反应过来，贺季山便一个横抱，将她抱在了怀里。

“快放我下来，当心被人瞧见。”沈疏影一慌，生怕被外头的奶娘和丫鬟瞧见。

男人却是一笑，不由分说便抱着她大步走到卧室。

这一夜，自然是颠鸾倒凤，芙蓉帐暖。若不是顾念着沈疏影刚出月子，贺季山简直恨不得将她揉碎在自己怀里，抵死缠绵不可。

即使他已经克制了自己，到最后沈疏影已经是连说话的力气都没有了，只软软地贴在他的身上，任由他带着自己一次次沉迷……

翌日，沈疏影足足睡到午时才起来，简单吃了点儿东西，便赶到婴儿房去看女儿。

囡囡比起刚出生时已长大了不少，虽然身子仍是孱弱，比不得寻常的婴儿，可平日里很是乖巧，吃得也极多，眼见着一张小脸胖了起来，肉乎乎的可爱极了。

沈疏影爱怜地将女儿抱在怀里，趁着孩子醒来的空当儿，逗着她玩了好一会儿，还忍不住把女儿的小手从襁褓里拿出来，放在唇上亲了又亲。

未过多久，沈疏影却心慌意乱起来，全身都不自在。她站起身，将孩子递给奶娘，又细细地叮嘱了几句，便转身匆匆走出婴儿房。

回到卧室，她悄悄地从柜子里取出一个镂花铁盒，打开后，只见里面放着一小盒药片，盒子上写的是英文，翻译过来是盐酸阿扑吗啡舌下片。她匆匆取出两粒，送到了嘴里。

药性发作得极快，只不过片刻工夫，沈疏影便觉得心里舒服了许多，慌乱的感觉逐渐消失，全身也不似方才那般疲倦了。

自从她伤好以后，她便再也离不开这种药。这一小盒的吗啡，还是她悄悄从护士那里拿来的。她简直不敢想，等这一盒吃完，她该怎么办，又要怎么去和贺季山说，想起来便心乱如麻。

她坐在床上，出了好一会儿的神，直到蕊冬轻轻地敲了敲房门，说道："夫人，有客人要见您。"

沈疏影回过神来，却想不出究竟会是谁要见自己。她站起身，对着镜子简单地理了理鬓发，便打开门走了出去。

刚下楼，就见梅丽君穿着一身漂亮的西洋裙子，正在沙发上局促不安地坐着，见到她下来，方才舒了口气。

"丽君，你怎么来了？"沈疏影见到她，心里便一喜，赶忙上前拉住她的手。

梅丽君对着周围看了一眼，低声道："还不是你家的那位大司令？我都来官邸好几次了，每次都被那些侍从拦在外面，只说司令下了命令，你身子不好，要静养，谁都不能进去见你。"

沈疏影笑了笑。两人说了几句话，沈疏影便拉着她上楼，去婴儿房看女儿。

梅丽君刚看到襁褓中的孩子，便忍不住赞道："这孩子长得可真像你！多漂亮啊，幸好不像她爸爸。"

沈疏影听着，便嗔道："像她爸爸怎么了？"

梅丽君逗着孩子，见她生气，便"扑哧"一声笑了出来："最起码皮肤不能像贺司令吧，你瞧瞧你家贺司令，都快被晒成张飞了。"

前些日子天气酷热，又正值临水战事吃紧，贺季山每日里皆是亲赴前

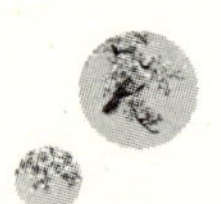

线，在烈日下与士兵共进退，暴晒下的确是黑了不少，甚至那日沈疏影抱着孩子站在廊下等他回来，当看见他的第一眼时，便心疼得落下泪来。

此时听梅丽君说起，沈疏影虽然仍是觉得心疼，可终究也忍不住抿唇一笑，纤长的手指在梅丽君的眉心轻点一下，笑着嗔道："就你会贫嘴！"

两人轻声细语地说着话，彼此都是十分开心，直到襁褓里的囡囡动了动身子，睁开了黑葡萄般的大眼睛。

见女儿醒了，沈疏影心头一软，将她从小床上抱了起来。瞧着孩子胖嘟嘟的小脸，梅丽君却叹了口气，道："还好，老天保佑，这孩子平安无事，你想想你那时候吃了那么多药，我都替你担心。"

沈疏影抬起眼眸，不解道："你当初给我的，不是维生素吗？"

梅丽君却睁大了眼睛，一脸的不解："什么维生素？"

沈疏影一震，刹那间便明白过来，想起男人的良苦用心，只让她连抱着孩子的手都在颤抖。她一言不发地坐在那里，望着怀中的女儿，泪珠"啪"地落了下来，滴在孩子身上的毛毯上，眨眼间不见了踪影。

贺季山手握重兵，操纵内阁，权倾天下，就算说大半个江山在他手里也不为过。此番他的女儿要摆满月酒，自是极尽奢华。那极致的排场，冠盖京华，不仅令整个北平老百姓瞠目结舌，就连那些军政要人、富贾名流也莫不叹为观止。

前来祝贺的车辆，不仅将官邸前的街道占满，更是将附近的几条街都停得满满当当，许多宾客只得从车上下来，步行至官邸。

何德江一早便忙得不可开交，整个警察厅的警员全部出动，连同贺季山的近侍卫戍，一起维护着治安，三步一岗，五步一哨。大街上的行人也早已被清走，无数的百姓只得聚在斜街窄巷里，对着官邸的方向引颈张望，期冀可以看到一二。

官邸因为囡囡庆祝满月，也布置得十分漂亮，万国旗早已挂了出来，树上也挂满了彩条灯笼，透着一片喜庆。

西洋乐队早已在大厅里引弦待奏，各大报刊的记者也都蜂拥而来，却被阻挡在大厅外。仆人们鱼贯而出，将客人都招待得宾至如归。

眼见着大厅里衣香鬓影，各界名流齐聚一堂，就见一道颀长的身影踏步而来，见到他，立刻有人小声低呼："霍爷来了。"

一袭深色西装的霍健东俊挺如昔，甫一踏进官邸的客厅，便有数人上前与之寒暄，其中又以谄媚者居多。

因是女儿的满月酒，贺季山今日没有穿军装，而是穿了一件英伦式的长款黑色礼服，他的身材本就极其挺拔魁梧，穿上这身衣裳只显得格外出众，将平日里身穿戎装时的威严尽数掩下，平添了几分绅士风度。

他的大手揽在沈疏影的腰际，沈疏影怀中抱着女儿，一家三口，自楼上款款而下。

原本热闹非常的大厅，在见到他们的瞬间顿时安静下来。

沈疏影穿着一件水红色的乔其纱旗袍，她平日里极少穿得这样艳丽，秀发在脑后绾了一个低低的发髻。那般鲜艳的颜色，衬托着她如花似玉的一张小脸，竟给人一种错觉，仿佛今日不是孩子的满月酒，而是她的大喜之日。

她乖巧地倚在丈夫的臂弯里，怀中稳稳地抱着粉妆玉琢般的女儿，唇角抿着浅浅的笑，那一身旗袍将她曼妙的身形勾勒得清清楚楚，让她看起来少了几许少女的稚气，多了几分少妇的妩媚及初为人母的温婉。

众人看着她，心里无不暗暗赞叹，将军美人，自古良配。

贺季山心情极好，揽着沈疏影刚下楼，众人便围上来，口中自是说着恭贺的话。一些女眷瞧见了孩子，更是把孩子夸得天上有地上无的。沈疏影自是不自在，贺季山听着，唇角的笑意却是更深，望着女儿的目光中是满满的怜爱。

未过多久，贺季山见宾客太多，怕会扰着孩子，便让沈疏影抱着孩子领着女眷去了一旁的客厅，自己则留下来招待宾客。

那一种繁华，如梦似锦。

官邸的喧闹一直持续到了晚间，沈疏影抱着孩子上楼，身旁只跟了几个相熟的女眷，梅丽君自然也在。

茶几上摆满了各式点心，奶娘将囡囡喂饱，又抱了过来，送到沈疏影怀里。

囡囡今天并没有被包裹着，而是披了一件西式的羊呢斗篷，小小的脸全露了出来。女眷们拿着玩具逗她，她伸出肉乎乎的小手，想去抓那玩具，憨态可掬的模样将众人都逗乐了。

到了晚膳时分，官邸的大厅与后院铺满了红毯，每一处都是灯火通明，整座院子每隔一小段的距离便摆了一盏落地宫灯，从屋子里牵了电线出来，

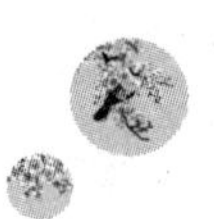

与树上的彩灯一起，将整个府邸点亮，如同白昼。

柳妈领了几个能干的丫鬟，在一旁清点着宾客送来的贺礼，从早到晚，竟然还没有数完。

没过多久，便有老妈子上楼，告诉沈疏影烟花已经准备好了，司令请她抱着孩子去楼下观看。

沈疏影答应着，将孩子身上的斗篷掖了掖，一众女眷便跟在她身后，向花园走去。

贺季山见到她，便上前从她怀中将女儿接过，担心待会儿烟花太过绚丽，会伤着孩子的眼睛。贺季山将斗篷上的风帽为孩子戴好，另一只手则揽着妻子的腰。沈疏影见他心细，忍不住嫣然一笑，一家三口依偎在一起，向着天空望去。

先是一声轻响，继而璀璨的光亮划破天际，火树银花，如同流瀑一般，飞如雨下，云霞般灿烂一片，点缀着黑丝绒般的夜空，如同琉璃一般明亮耀眼，华美至极。

沈疏影目不暇接地望着眼前的美景，不经意地转眸，却撞上了贺季山的黑眸。

他的眼睛乌黑如墨，亮若星辰，原来他一直在看她。沈疏影被他瞧得不好意思，便将脸庞转开，那被烟火照耀的小脸却是灿若云霞，美轮美奂。贺季山浅笑着，将眼眸转向天际，与她一起去看烟火。

看完烟火，便到了开席的吉时。这次贺季山为女儿大办满月宴，有许多远在关外的旧部提前得知了消息，都风尘仆仆地赶了过来。这些人原先便与贺季山极为熟悉，一个个又都是行伍出身，素来粗俗惯了，等开席后便都吵嚷着，要夫人将孩子抱出来给大家瞧瞧。

贺季山便笑着吩咐，让人去请沈疏影。这些关外的汉子从前与贺季山一起打天下，又是许久未见，此时便都大咧咧地端起酒碗，去敬贺季山。

“司令，这可是咱们从关外带来的烧刀子，你怕是有好多年都没喝了吧？”其中一位身材结实的汉子举起一碗烈酒，双手向贺季山递了过去。

贺季山刚接过碗，浓烈的酒香便扑鼻而来，闻着便让人精神大振。他唇角噙着笑，朗声道：“来，这一碗我敬诸位！”

众人皆将碗高高举起，一口气便干了。烈酒下肚，只让人从喉咙一路烧到胸口，火烧火燎中，却又觉得十分过瘾。

贺季山只觉得痛快，关外的烈酒比起北平的酒更是劲头儿十足。他来者不拒，无论是谁来敬，俱是举起碗一口干。沈疏影抱着孩子过来时，就看见他正和众人兴高采烈地划着拳，礼服早已脱在一旁，只穿着一件衬衫，与平日里的不怒自威简直判若两人。

不知为何，她看着贺季山此时的样子，心里却是蓦然一软，忍不住微笑起来。怀里的囡囡此时也恰好醒了，在母亲的怀里睁着一双乌黑漂亮的大眼睛，向父亲的方向看去。

不知是谁最先看到了她，只一个立正，便大着舌头喊她“夫人”。接着，其他人也回过头来，看见她便都努力地站直身子，此起彼伏地开口唤她。

瞧着这些人站都站不稳的模样，沈疏影只觉得好笑，忍不住低眸，露出唇角一对甜美的小酒窝，怀中的孩子也是粉嫩可爱，母女俩站在那里，简直美得如画，就好像是天上的仙子，抱着童子下凡一般。

那些汉子向来都是粗枝大叶惯了的，再加上每个人都喝多了酒，此时见沈疏影俏生生地站在那里，便都惊为天人，一个个眼睛都看直了。更有甚者，口中一个劲儿地赞叹，只说司令有福气，娶了个这等美貌的夫人。

若换在平时，贺季山自是不悦，可今天因是女儿的满月宴，又与诸人许久不见，听了这些话，他便只是一笑，眼见着娇妻爱女，从心头涌来无限的爱怜。他对着沈疏影的方向伸出手，脸庞虽有醉意，但眼底依然是十分清醒的。因喝了酒的缘故，那一双眸子更是神采奕奕，雪亮非凡。

“来。”他温声开口，不等沈疏影走近，自己就迎了过去，揽着她的腰肢一道走到桌边。诸人见孩子可爱，皆嚷着要抱一抱，被贺季山一口回绝，任由大伙儿就连关外的方言都说了出来，言下之意便说他护孩子，而他也不过是淡淡一笑，看着女儿的目光中满是疼爱。

空气中满是酒味儿，贺季山担心会熏到孩子，只让女儿露了个脸儿，便唤来奶娘，将孩子抱了回去。

见他对孩子这般爱重，众人便都嘻嘻哈哈的，更有胆大者，趁着酒意道：“司令怎跟没见过孩子似的，又不是儿子，一个闺女，你也宝贝。”

听了这话，贺季山也不生气，只一笑了之。沈疏影心里却有些不好受，幸得有善于察言观色者举起手中的碗，对着沈疏影道：“夫人，今儿头次见您，属下干了，您随意！”说着，便一饮而尽，将碗扬起时，则是一滴

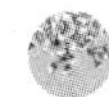

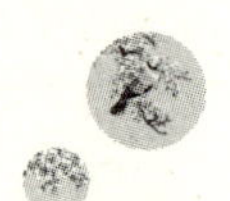

不落。

这一句提醒了众人，各个都将碗举起，挨个儿要去敬沈疏影酒。贺季山自是不会让沈疏影沾酒，只端起碗，将酒水一一为她挡了去，惹得大家皆是抗议，说他护完了孩子，现在又护老婆。有几个更是酒壮尿人胆，将桌子拍得山响，一时间闹得不成样子，说是沸反盈天也不为过。

贺季山既好气又好笑，只由得他们闹，却仍是说什么也不让沈疏影喝酒。到了后来，见众人实在闹腾得厉害，沈疏影倒是微微笑着，将酒从贺季山的手中接过。她的声音娇柔婉转，吴侬软语清清甜甜，刚一开口，闹腾的众人便刹那间安静下来。

"大家远道而来，为孩子庆祝满月，我心里很感激大家，这一碗，我敬你们。"她话音刚落，众人便哄然叫好，一时间震耳欲聋。

贺季山皱眉道："这酒烈得很，你哪里能喝？"

沈疏影眨着眼睛，小声央求道："我就喝一小口。"

"好不好？"见他仍是不松口，沈疏影抿唇一笑，话语里颇有撒娇的味道。

贺季山瞧着她巧笑倩兮的一张小脸，又哪里还会拒绝？只得一笑，点了点头。

沈疏影转过身子，刚要将碗举起，不等她张口，就听身后传来一道娇娆清脆的女声："我们关外的酒向来都是烈得很，贺夫人这娇滴滴的南方小姐，又哪里能喝我们关外的烧刀子，别说是喝，就怕闻上那么一口，也都是要醉了。"

听到这声音，原本热闹的场面顿时安静下来。沈疏影不用回头，也知道这声音正是孟静蓉的。

看见她，众人皆是一个立正，唤了声："大小姐。"

孟静蓉微微颔首，款款上前，从桌子上随手端起一碗斟得满满的酒，对着沈疏影笑道："贺夫人，这一碗，静蓉先敬你，恭喜你喜得千金。"

说完，她便将碗送到唇边，连眉头都不曾皱一下，就将一大碗烈酒面不改色地喝了下去。

若换在平时，见她这般将一碗烧刀子喝完，众人定会拍手叫好，道一声"大小姐海量"，可眼下的情形委实微妙，就连胆子最大的，也都静默下去，轻易不敢吱声。

沈疏影见她将一碗酒喝下，自是不能被她比下去。她一语不发，也将碗端起，刚要喝下，却被身旁的男人一把夺了过来。贺季山面色漠然，只看着孟静蓉道：“内人不善喝酒，这一碗，我代她喝。”

孟静蓉“扑哧”一笑，脆声道：“贺司令真是爱妻心切啊，静蓉方才可是清清楚楚地瞧见贺夫人举起碗，要去敬大伙儿，怎么换成静蓉，贺夫人就变得不善喝酒了？”

贺季山也不说话，只端起碗，对着孟静蓉道了一个“请”字，便仰头而尽。

孟静蓉的眼眸映着璀璨的光，艳若桃李的脸上是精致的妆容，一切都无可挑剔。见贺季山将那碗酒喝完，她眼眸闪了一闪，似是想起了以前的事，只静默不语。

贺季山一只手揽着沈疏影的腰，另一只手刚将碗搁下，就听孟静蓉开口道：“过了这么多年，贺司令依然是海量，既是海量，一碗又怎么能够？不如让静蓉再多敬您几碗。”

说完，孟静蓉又端起一碗，一滴不剩地喝了个干净。喝完，那一双柔媚的眼眸笔直地向着贺季山看过去，唇角噙着笑，那唇瓣上擦着的口红，此时被酒水一冲，倒有些晕染开来，却是更增丽色。两碗烈酒下肚，胜雪的肌肤上浮起淡淡的粉色，尤其是脸颊处，更是艳若桃花。

贺季山眸心依然是淡淡的，隐约间还透出一抹冷冽。他一语不发，只将碗举起，也喝了个干净。

“季山，咱们待会儿还要去别桌敬酒，你不要喝太多了。”在孟静蓉第三次将碗举起时，沈疏影的声音恰到好处地响起，只让孟静蓉的手生生停在了那里。

贺季山的确喝了太多的酒，此时就连眼底也微微红了起来。他闻言便点了点头，对着沈疏影微微一笑，那一笑极是宠溺，声音更是温和：“好，你不让喝，那我就不喝了。”

语毕，他转眸看向孟静蓉，唇角虽是依旧噙着浅笑，语气却是明显冷淡下来：“孟小姐，不是贺某不愿奉陪，实在是，”说到这里，他又对沈疏影看了一眼，方笑道，“妻命难违。”

孟静蓉捧着碗的手已抑制不住地颤抖起来，心里似有火在烧，在那火烧的同时，又有一把小刀，一寸一寸地割着她的心，只觉得痛到了极点。

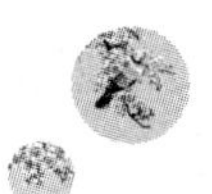

她竭力稳住自己的手，面上依然无懈可击地笑着，清脆的声音如故，道：“好一个‘妻命难违’，这一碗，无论贺司令喝与不喝，静蓉都是干了。”

孟静蓉说着，便又将手中的酒碗端起来一饮而尽。她自幼长于关外，又兼之孟玉成向来对这些烈酒如数家珍，她便耳濡目染，甚至连一般的男人也比不过她的酒量。

贺季山淡淡看了她一眼，只道：“孟小姐海量。”

语毕，他先是与众人打了个招呼，继而便领着沈疏影向别桌走去。越过孟静蓉时，他连看都不曾看她一眼。

待他走后，众人皆面面相觑。这些人对贺季山与孟静蓉以往的事也是知晓一二的，此时皆连一句话也不敢多说。其中有一个胆子大的，见孟静蓉的脸色难看，便递了一碗酒过去，恭恭敬敬地说了声：“大小姐，这一碗属下敬您。”

孟静蓉瞟了他一眼，却是一记冷笑：“敬我，你配吗？”

那人一怔，讪讪地收回了手，心里只道孟静蓉这些年来屡遭变故，心性与从前大不相同，所以也不介意。

孟静蓉转过身，见贺季山揽着沈疏影，男的高大挺拔，女的娇小温婉，远远望去，倒真是一对璧人。她瞧着，眼底涌来一股酸涩，心里难受到了极点。

她转回身，一言不发地从桌上重新端起一碗酒来，咕咚咕咚地喝了个干净。众人瞧着，却没有一个人敢上前劝上一句。

敬过酒，沈疏影便想上楼去看孩子，不料走到偏厅时，却见拐角处站着一道颀长的身影，正背对着她站在窗前。听到她的脚步声，那人回过头来，露出一张年轻英俊的脸，尤其一双眸子，深邃黑亮，犹如黑曜石一般灼人眼。

沈疏影乍然看见他，便觉得面熟，一时间却想不起在哪里见过，只礼貌地对他点了点头，道：“前厅已经开席，先生抽完烟便请入席吧。”

那人却是笑了笑，将手中的烟卷掐灭，道：“看样子，贺夫人是不记得霍某了。”

沈疏影一怔，这才想起眼前男子不是别人，竟是与贺季山齐名的霍健东！

她虽见过他几次，但前几次都是距离很远，连他长什么样都没有瞧清楚，唯有那一次在玛伦萨，因贺季山的缘故，她心头乱糟糟的，也没有细细打量过霍健东，以至于此时见到他，的确如同一个陌生人一般。

她早已听说过霍健东的名头，知道他不仅在北平，就连在江北诸省势力都极为广泛，明里虽是生意人，暗地里却垄断了北方诸省的码头与航运，甚至连军需上的事，他也有插手，可以说是在黑道上一只手遮天的人物，的确让人轻视不得。

念及此，沈疏影便含着歉意，温声道："让霍先生见笑了，自当日在玛伦萨一别，已经许久不曾见到霍先生，今日一见，倒真是有些眼生了。"

霍健东不以为意，只道："贺夫人匆匆离席，是要去看孩子？"

沈疏影点了点头，礼貌地开口："孩子太小，交给乳娘总是有些不放心。"

"那么，贺夫人请便。"霍健东点了点头，黑眸淡淡地在沈疏影的脸上划过，眸心却是十分暗沉。

沈疏影在他的注视下，没来由地感到些许的慌张。她定了定神，客气地与他道别，而后向楼上匆匆走去。

霍健东望着她的背影，直到她消失在走廊尽头，才收回视线，静静地又燃起一支烟。他的脸笼罩在那一片烟雾缭绕中，连同脸上的表情，一并隐没下去，让人看不清楚。

回到婴儿房，见囡囡已经甜甜地睡着了，肉乎乎的小手露在锦被外，粉红色的小指甲嫩嫩的，让人看得心里软软的。

沈疏影轻轻上前，将孩子粉嫩的小手放进被子里，凝视着孩子熟睡的容颜。沈疏影的眼底是浓浓的满足，唇角的笑意是那般甜蜜，好似这个孩子，便是她的一切。

渐渐地，她却又觉得坐立难安起来，一颗心仿佛被猫爪子来来回回地挠着，抓心挠肝，浑身都好像有蚂蚁细细地咬下去，不过一会儿工夫，她的额上便起了一层的虚汗，整个身子都忍不住发抖。

她站起身子，知道自己这是药瘾犯了，忙推开房门。守在客厅的奶娘与丫鬟见到她，皆是恭恭敬敬地和她打招呼，她却没心思理会，只跌跌撞撞地冲到卧室，关上门便将柜子里的吗啡取出来，一连倒了好几粒，一把送进了嘴里。

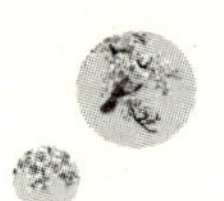

她整个人都好似虚脱了一般，软软地倚在沙发上，服过药的身子轻松下来，全身的不适也都烟消云散，整个人晕沉沉的，只想睡觉。

直到敲门声响起，沈疏影一个激灵，才从睡梦中清醒过来。打开门，就见贺季山喝得酩酊大醉，被侍卫长还有侍从一道送了回来。

沈疏影见他喝了这么多，心里自是心疼，与侍从一道将他送到床上躺好。那侍从刚要去为贺季山脱下鞋子，却被沈疏影止住："我来就好，你们下去休息吧。"

侍卫长与侍从闻言，皆对她敬了一礼，这才离开卧室，并将门带上。

沈疏影为贺季山将鞋子脱下，掀开锦被为他盖好，从盥洗室洗了一把毛巾，为贺季山擦脸，又将他身上的衬衫解开。望着他精壮的胸膛上布满了纵横交错的伤疤，沈疏影心里涌来一股密密麻麻的锐痛，柔软的小手情不自禁地抚摸上去。那一道道疤痕丑陋而狰狞，看起来让人觉得害怕，她却只觉得心疼。

她轻轻地抚摸着，见一道弹痕正在胸口，那弹痕极深，看得出当初伤得极重。她的小手抚上去，想起这些年他吃过的苦，泪水便一滴滴从眼里滚下来，止都止不住。

她拿起毛巾，想将落在他胸膛上的泪水拭去，不料刚转过身子，便见贺季山不知何时已经睁开了眼睛，正一动不动地看着自己。

沈疏影见他醒来，连忙言道："是不是渴了？我去给你倒水。"说着，她便站起身子，还不等她走开，贺季山便从床上坐了起来，大手一揽便将她抱在了怀里。

"哭什么？"他的下巴抵在她的前额，新生的胡楂儿极短，扎在她细腻的肌肤上，酥麻中又带了丝痒意。

沈疏影垂着眸子，身子刚好贴在他的胸膛上，抬眸便看见他身上的伤。她抚摸着，闭上眼睛，泪水却越来越凶。

贺季山见她满脸泪水，心里既无奈又疼惜，伸出大手为她将泪水拭去，口中轻声哄劝着："都是做娘的人了，怎么还这样爱哭鼻子？"

"你身上这样多的伤……"沈疏影哽咽着。

"都是些陈年旧伤，早都不碍事了。"贺季山低声一笑，大手轻轻拍着她的后背，温言抚慰着。

沈疏影伸出手指，轻轻地抚上他胸口的弹痕，心疼道："当初一定很疼吧？”

那一枪是贺季山在平山大战中，被敌人一枪穿胸而过，留下无数的碎片在胸腔里，因前线麻药紧缺，医生不敢做手术，只得用镊子硬生生地夹来夹去，才将那些碎片一一取出。贺季山记得清楚，自己当时疼得将病床上的铁栏都给生生拧断了，那种滋味，的确是生不如死。

而此时，他却只是摇了摇头，说：“不疼，都过去了。”

沈疏影伸出胳膊，搂住他的脖子，将自己的额头抵上了他的。他晚间喝了极多的酒，此时呼吸中带着淡淡的酒香。看着他向自己吻来，沈疏影闭上眼睛，细心地感受着他的吻，滚烫而温柔。

他的呼吸渐渐粗重起来，将自己的衬衫一把拉下，露出结实的肌肉，只一个翻身就将沈疏影压在了身下，肆无忌惮地深吻下去，无尽地掠夺……

待女儿的满月酒之后，贺季山便回到了前线。

沈疏影每日里只是待在官邸里照顾孩子，有时见孩子醒来，便会用毯子将她裹好，带到院子里去晒晒太阳，或者看那些小丫鬟逗逗锦鸭，喂喂鹦鹉，日子平静而安逸。

唯有一点，便是她的药瘾越来越重，已经到了每日必须服药的地步。那一小盒的吗啡眼见着只够她再吃两三天，看着逐渐空下来的药盒，这让她在卧室里坐立不安地走来走去，不知该如何是好。

陆志河在她伤口愈合后，便让护士逐渐减少了吗啡的用量，无奈那时她已经对药有了依赖，只得悄悄地从护士那里拿了这一盒的吗啡舌下片，神不知鬼不觉地每日服用，倒让陆志河以为她已经将吗啡的依赖性给戒了。

而如今，沈疏影对吗啡的依赖一日大过一日，她也曾下定决心不再吃药，可那种痛苦实在太过难熬，总是让她一次次丢盔弃甲，对服药后的轻松感越来越是迷恋。

有好几次她都想将陆志河唤来，如实地告诉他自己的情况，可一想到告诉他后，他定会告知贺季山，而今前线战事那样激烈，她怎么也不想让贺季山为了自己的事而担心，便一次次地压了下去。

她软软地倚在榻上，全身没有一丁点儿的力气，连动都不想动，她知道自己这是药瘾犯了，只咬牙坚持着，美丽的眼睛紧紧闭着，任由那抓心挠肝的感觉再次袭来，蚂蚁啃噬般扫过她每一寸肌肤。

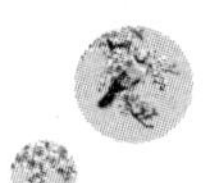

没过多久，沈疏影便觉得全身直冒冷汗，她忍不住哆嗦着，眼前浮起一大片阴影，犹如狰狞的野兽般向她袭来，她整个人都仿佛陷入一种无尽的黑暗之中，一切亮光都从眼前消逝，浑身上下冷飕飕的，奇痒无比。

她实在是受不了了，伸出白皙得几乎透明的手指，颤抖着把药盒打开，将里面仅剩的药片一口吃了下去，这才渐渐地缓过神儿来。

她紧紧地抱着自己，不知道该怎么办，恐惧与无助漫天漫地。她刚一抬眸，便看见梳妆镜里的自己，清丽的瓜子小脸，眼里满是惊惶。

“夫人，您起来了吗？”听到奶娘的叩门声，沈疏影一怔，手忙脚乱地将自己收拾好，才去将门打开。

“小姐一早就醒了，我和张妈怎么哄都不行，怕是想找妈妈了。”奶娘笑嘻嘻的，怀中抱着粉嫩可爱的囡囡。孩子一见到沈疏影，便向母亲张开了小胳膊，要她抱抱。

沈疏影心头一软，忙将孩子抱在怀里，就听那奶娘又道：“寻常的孩子可都是要三个月以后才会认人呢，小姐这才两个多月，每天就认准了妈妈，可比寻常孩子机灵多了。”

沈疏影闻言微微笑了笑，看着臂弯中的女儿，眸光温柔似水。

“今天下午我要出门一趟，你们多留意着，千万不要让孩子着凉，昨天我听着她有些咳嗽，如果下午又咳起来，便让人去将陆医官请过来，给孩子瞧瞧。”沈疏影一面轻声哄着女儿，一面对奶娘嘱咐。

奶娘自是连连称是，等下午沈疏影走后，皆是打起十二分的精神，小心翼翼地照料着襁褓中的婴儿。

沈疏影坐着汽车，一路来到了东桥。

这座宅子自沈疏影与贺季山婚后便一直闲置在这里，只留下几个老仆看门。沈疏影让司机将车停在巷口，自己走了进去。

看门的老妈子看见她，便笑道：“夫人回来了？舅爷早已经到了，正在东苑等着您呢。”

沈疏影点了点头，脚下的步子越发快了，向着东苑匆匆走去。

“哥哥！”看见那抹熟悉的身影，沈疏影忍不住眼睛一红，就差要落下泪来。

沈志远一身黑色风衣，瞧着比之前清瘦了不少，看见妹妹，微微一笑，目光里满是温柔：“怎么没将孩子抱出来，好让我瞧瞧？”

沈疏影拭去泪水，道："孩子太小，又有些咳嗽，所以没把她带出来。等下次你去官邸，自然会见到她了。"

沈志远闻言，便没多说什么，只从怀里取出一块羊脂美玉，上面雕刻着精美的观音坐像。他将玉佩递到妹妹手里，温声道："前阵子是孩子满月，我这个做舅舅的不能亲自去道喜，便给她准备了这枚玉佩，希望能保她平安。"

沈疏影将玉佩接过，见沈志远一脸的寂寥，心里难受极了，只攥住哥哥的衣襟，哀求道："哥哥，你不要再做革命党了好不好？我去和季山说，只要你退出组织，就再也不会有人为难你，你也可以随时去官邸看我和孩子，就当我求你，成吗？"

沈志远看着她的眼睛，却是不答反问："你胸口的伤，好了没有？"

"已经好了，你别担心。"沈疏影想起那日在车站的遇刺，如果那一枪打在了贺季山的身上，她一定会恨死那些革命党。然而，那一枪差点儿要了她的命，贺季山下令诛杀革命党，倒也是情有可原。

"哥哥，如果那一枪要了我和孩子的命，你还会继续留在组织，做你的革命党吗？"沈疏影不死心，又开口问道。

沈志远将她的手从衣襟上轻轻推开，眸子平静而内敛，道："小影，你还记不记得以前在江南的时候，你们学校组织游行，反对刘振坤将東河三岛送给英国？"

沈疏影眸心一窒，遥远的记忆慢慢地变得清晰。

那时候她不过十五六岁，因为刘振坤答应了英国的要求，将東河三岛相赠，整座学校的学生都是义愤填膺，连夜做了数百个条幅，一道上街抗议浙军军阀丧权辱国。虽然她当时年纪小，可也参加了那次游行，待沈志远从北平回来后，还特意夸奖过她。

不过短短几年的光景，她却觉得仿佛过了一世那样久。

"那时候哥哥和你说过什么，你还记得吗？"沈志远声音温和，却带着一抹凄凉，像是从很远的地方传来，平添了几分不真实的感觉。

沈疏影只觉得嗓子艰涩起来，她动了动嘴唇，声音又细又小："哥哥当时说，眼下正值国家与民族存亡之际，军阀连年混战不休，民不聊生。辽军与浙军为了扩张自身势力，一年年地自相残杀。他们在争夺地盘时，骁勇善战，可一旦面对列强，就变得软弱可欺，步步退让……"

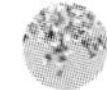

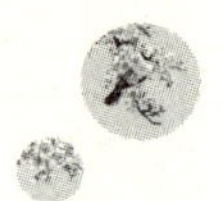

沈疏影说到这里，便再也说不下去了。

沈志远眼底浮起一抹欣慰之色，他点了点头，道："没想到你还记得哥哥说过的话。不错，如今军阀腐败，内阁无能，藩镇割据，外强中干，无论是辽军也好，浙军也罢，无论是贺季山还是刘振坤，他们都只不过在打着自己的算盘，只为了自己的野心，却没有一个人是为了这个国家，为了这个国家的百姓。小影，你不要怨哥哥，我虽然没什么大能耐，但国家兴亡，匹夫有责，我们做的一切，都还是为了这个国家。"

沈疏影心头震动，颤声道："难道你们暗杀他，也是为了国家吗？"

"小影，政治上的事你不会明白，哥哥只希望你知道，若军阀一直这样内战下去，咱们的国家将永无宁日，永远都会被列强所欺凌。若想让国家强大起来，第一步，便要消灭军阀。"

沈志远声音坚定，眸光更是黑暗幽深。

沈疏影打了个激灵，慌忙道："我不会帮你！哥哥，无论你说什么，我都不会帮你！"

沈志远垂下眸子，唇角却是一记苦笑："小影，想一想这些年贺季山与刘振坤的内战，害死了多少人，害得多少百姓家破人亡？别的不说，就连以前与你最要好的陈家小姐，也是在内战中丢了性命，你还不明白吗？"

沈疏影脸色苍白，整个身子都在簌簌发抖。她转过眼眸，看见远处透过青翠的一片树荫，露出小姐楼的一角，在那片碧绿中，显得格外好看。

"哥哥，我是他的妻子，无论他是军阀也好，土匪也罢，就算他是强盗，是卖国贼，我也认了。我已经帮你偷了一份文件，我永远不会再帮你了。"

沈疏影声音十分低沉，却带着淡淡的坚决。她迎上兄长的视线，眼里是从未有过的坚决。

沈志远点了点头，只沉默了下去。

自那日沈疏影在车站被革命党开枪打伤后，贺季山便下令全面诛杀革命党。虽然因为沈疏影的缘故，贺季山留了沈志远一命，但江北各地不时有革命党与辽军激战的新闻传出，沈志远如今的处境，依然是十分危险。

念及此，沈疏影心头酸涩，她看着哥哥叮嘱道："哥哥，你以后，一定要小心……"话没说完，泪水却滚了下来。

沈志远按了按她的肩头，道："你放心，你也要照顾好自己和孩子。"

沈疏影轻轻地“嗯”了一声，兄妹俩相对无言。沈疏影眼眶一阵阵温热，让她再也待不下去，于是轻轻对沈志远道：“哥哥，我先回去了。”说完，也不待沈志远开口，便转过身子，向院外走去。

“小影。”沈志远唤住了她。

沈疏影回过头来，不解地看着他。却见沈志远一步步走到自己身边，说了句：“走吧，我带你去一个地方。”

“去哪儿？”沈疏影眼底满是迷茫。沈志远凝视着她，却是微微苦笑，说：“小影，哥哥不会害你。”

沈疏影一怔，脱口道：“哥哥，我不是这个意思。”一句话刚说完，一颗心便撕扯般的痛。他们兄妹，如今怎么会到这一步？

沈志远只淡淡地笑了笑，那一笑极是落寞。

沈志远带着她，来到了燕山。

下了车，沈疏影望着周边的一切，却怎么也猜不出沈志远为什么要带她来到这般荒凉的地方。她转过身，问道：“哥，你为什么要带我来这里？”

沈志远没有说话，只领着她大步向前走去。未走多久，便见前方静静地立着一座孤零零的坟茔，可以看出埋葬时很仓促，只不过是个黄土包，上面已经长满了杂草。

沈疏影看着这座坟墓，心跳得越来越快，内心深处隐约想起了什么，却不敢置信，或者是不愿去相信。她的眼中是浅浅的惊惧，一动不动地看着沈志远。

果然，就听沈志远慢慢道：“这是薄少同的墓。”

薄少同……

沈疏影在听到这三个字的刹那，脸色顿时变得苍白。

她僵硬地迈着步子，一步步向那荒凉的坟茔挪去。靠近后，果然见那坟茔前矗着一块简陋的墓碑，上面还有一张薄少同的照片，相片上的他穿着军装，依然是剑眉星目，英俊逼人。

沈疏影只觉得天旋地转，几乎要支撑不住自己的身子，眼前一黑，便向地上倒去，幸得沈志远站在她身后，一只手将她揽在怀里。

“不……”她全身剧烈地颤抖起来，几乎是从胸腔里发出一声痛苦的呐喊，眼泪成串地从眼眶中涌出。

她闭上眼睛，甚至连再看一眼墓碑的勇气都没有了。

沈志远凝视着薄少同的墓碑，黑亮的眸子深不见底。他没有看沈疏影，只自顾自地说道：“薄少同医术精湛，在前线不知救了多少人的命，就连贺季山的命也是他救的，谁都没想到，他会落到这个下场。”

沈疏影怔怔地转过脸，看着那光秃秃的坟茔，看着那墓碑上年轻俊朗的容颜，看着那杂草丛生的坟头，泪水便如泛滥的洪水，决堤而出。

这样久的日子，她一直在欺骗着自己，甚至是麻痹着自己，不去想他。

即使想起他，她也会告诉自己，薄少同没有死，当初贺季山的那一枪，只是将他打伤了，他现在去了国外，只不过永远都不会回来罢了。

可是此时，他的坟墓正清清楚楚地立在自己面前，将她所有的逃避尽数撕开，血淋淋地扔在那里，一点一滴地提醒着她，她与杀害他的凶手卿卿我我，与害死他的人恩恩爱爱，甚至，她还为那个凶手生下了一个孩子。

沈疏影近乎崩溃地瘫在了薄少同的墓前。她的指甲那样用力，紧紧地向着地面抓去，那玉色的长指甲瞬间断裂，有血珠子冒出来，她却丝毫感觉不到疼痛，只因比起心痛，手上的疼痛便变得那般微不足道。她双眸空洞，怔怔地看着墓碑上的容颜，那是她最初的爱恋，是她第一次的怦然心动，是她这一辈子，最纯最美的感情。

她颤巍巍地伸出手，轻轻地抚上薄少同的相片，待手指刚触碰到那冰凉的相片时，滚烫的泪水便忍不住纷纷落下，而埋藏在心底的记忆也尽数涌了出来。

他穿着军装，气宇轩昂地站在那里，军帽下的眼眸乌黑，眉宇间满是温柔，对着她微微一笑。

沈疏影只觉得万刃穿心，心痛到了极点，几乎是要立刻痛死过去。她哭得不能自已，最终，哭着喊出了那个名字：“承泽……”

“是我害了你，是我害了你……”她精疲力竭，只撕心裂肺地哭喊着，声泪俱下。

沈志远站在一旁，看着眼前的一切，深邃的眸子里渐渐浮起一抹深不可探的痛意。他俯下身，将沈疏影的身子揽在怀里，一颗心犹如在烈火上焚烧，比起哭泣的沈疏影，更是要痛苦百倍。

牺牲妹妹的幸福，来换取组织的胜利，他知道自己十恶不赦，永远都不可能奢求沈疏影的原谅。

沈疏影不知道自己是如何回到官邸的，回来的时候，孩子正在奶娘怀里哭泣着。也许是见不到母亲的缘故，一直都哭闹不休，连奶水都没有吃上几口。奶娘正焦急不已，见到沈疏影回来，立刻喜滋滋地抱着孩子迎了上去。

还不等她靠近，便停下了步子，只见沈疏影的脸色白得骇人，周身没有一点儿活气，犹如一具失去了灵魂的木偶，无声无息地走了进来。

奶娘瞧着便吓了一大跳，忍不住惊呼道："夫人，您怎么了？"

沈疏影看了她一眼，目光落在孩子身上。若是在平时，她定会把孩子抱在怀里，好一番轻柔怜爱，可此时看着孩子，她的眼底却不见一丝往日的慈爱，只变得空空洞洞的。

这是贺季山的孩子，是她为贺季山生的孩子！

囡囡看见了母亲，早已不再哭闹，只伸出肉乎乎的小手，向着沈疏影挥舞过去，漂亮的眼中满是渴望，渴望母亲可以抱抱自己。

沈疏影心如刀绞，几乎是逃也似的将孩子抛在身后，向楼上冲去。

奶娘吓坏了，赶忙让人去告诉柳妈。柳妈带着丫鬟上楼，却见沈疏影将卧室的房门反锁了，任由她们怎样叩门，那门都不见一丝打开的迹象。柳妈焦急不已，让人去将孩子抱来，狠了狠心在孩子的手心捏了捏，就听孩"哇"的一声哭了起来。小小的婴儿，哭起来最是可怜，只将人的心都要扯碎了，可沈疏影依旧没有开门。

柳妈没有法子，眼见着时间一分一秒过去，只一咬牙，将侍卫长请了过来，将那门一脚踢开去。

"夫人！"柳妈大骇。只见沈疏影毫无知觉地躺在地上，看那样子，像是已晕过去了许久，脸上泪痕犹在，脸色苍白得吓人，身上更是冰凉，连呼吸都很微弱。

陆志河匆匆赶来，一眼便看见柳妈守在门口抹眼泪，看见他便似看到了救星一般，忙不迭地迎了上去。陆志河见她这般模样，更是不敢耽搁，一路横冲直撞地上了楼。

沈疏影双眸紧闭躺在那里，乌黑的发丝垂在枕面上，整个人仿佛随时会烟消云散似的，憔悴得奄奄一息。

陆志河看着大惊，先是为沈疏影做了检查，检查完，那脸色便更难看起来，让一旁的柳妈看得胆战心惊，赶忙问怎么了。

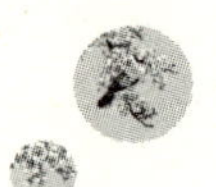

陆志河收起听诊器，慢慢站直身子，隔了许久，才道："夫人的症状，是慢性中毒。"

"中毒？！"柳妈骇得睁大了眼睛。

"去，让人通知司令，就说夫人病危，让他尽快回来。"陆志河声音低沉，脸上的表情是前所未有的凝重。

贺季山接到电报后，立刻连夜在指挥所召开了最高军事会议，对战局做了最新部署，安置好一切，便一秒也没耽误，乘专机回到了北平。

回到官邸，他连女儿都没来得及瞧上一眼，便匆匆向卧室走去。

刚上楼，就见陆志河在偏厅守着，看见他，便一个敬礼，唤了声"司令"。

"她怎么样了？"贺季山浓眉紧锁，声音沙哑，劈头盖脸就问。

陆志河垂下眼，道："属下已经为夫人检查过，夫人这次晕倒，完全是用药的缘故。她的身体已经被毒素破坏殆尽，如果不将药戒了，只怕会……"

不等他说完，贺季山瞳孔一缩，立刻上前，一把攥住了陆志河的领口，几乎将他提到自己面前："你不是和我说，早已经把吗啡给她停了吗？"

陆志河额上起了一层冷汗，艰涩开口："属下的确是早已将吗啡为夫人停了，但不知道为什么，以夫人的情况来看，她仍是一直在服药，尤其是她刚生过孩子，身体还没有恢复，那药对身子的伤害会更大。"

贺季山松开手，陆志河便一连向后退了好几步，抬眸看去，便见贺季山的脸色阴沉得可怕。他站在那里，魁梧的身形一如往常，只低哑着嗓子，道出三个字来："给她戒。"

陆志河心头发怵，小心翼翼地开口："依夫人的情形，怕是药瘾已经不浅，若要戒，怕是会十分痛苦。"

贺季山闻言，那一双眸子雪亮如电，笔直地向他看过来。陆志河不敢与他对视，只将头垂了下去。就听贺季山的呼吸渐渐沉重起来，他在那里站了许久，终是闭了闭眼，沉声道："给她戒药的时候，别让我看见。"

说完这句，他转过身，一语不发地推开卧室的门，走了进去。

沈疏影还没有醒，男人的步子极轻，他默默地站在床前，看了她好一会儿，大手轻轻地抚上她的睡容。

不知过去了多久，他觉得头疼欲裂，耳旁尽是嗡嗡之声。他坐了下去，双眸一闭，拳头攥得死紧，骨节咯咯作响。他一动不动地呆在那里，半张脸浸在阴影里，就那样坐了许久。

沈疏影醒来后，药瘾发作，只让她难受得在床上翻来覆去，再也顾不得其他，见眼前满是护士，便急促地开口："给我药，我要药……"

那些护士便上前，一起按住她的身子，不断轻声安慰，试图转移她的注意力。

起初沈疏影的声音十分微小，只祈求护士将药给她，后来，那股痛痒钻进了骨子里，犹如千万只蚂蚁在骨头里爬，令她浑身上下都钻心地疼，钻心地痒，就像有人拿了一把刀，一寸一寸地在她的骨头上划来划去，一点一点地深入骨髓。她伸出手，在身上挠起来。护士瞧着，赶忙将她的双手按住。她满脸泪水，拼命挣扎着，口中不断地喊："求求你们，把药给我，我要药……"

陆志河一直在外面守着，听到护士的话，也只是吩咐她们按住沈疏影，切不可让她做出自残的事来，至于其他，别无他法。

丫鬟将熬好的药端了上来，护士接过，刚递到沈疏影的唇边，便被她一手挥开。其余的护士皆手忙脚乱地上来架住她，好言好语地劝，她仍是双手乱抓，涕泪横流，只哭着要药。

陆志河见状，急了，终是一咬牙，断然道："不行，这要绑着！快去拿绳子来！"

丫鬟领命，匆匆地取了一条丝缎来。护士将沈疏影的双手绑住，她的肌肤本就细腻，被缚住后不断挣扎，未过多久，那手腕处便伤痕累累。

陆志河满头大汗，忙了一夜。直到沈疏影的药瘾过去，精疲力竭地沉沉睡去，众人这才松了口气。护士刚要上前为沈疏影将绳子解开，陆志河断然开口："不能解！夫人这药瘾还会再犯，并且一次比一次厉害，你们都给我打起精神，若夫人有个好歹，我们都会没命。"

护士个个唯唯诺诺，更是万般小心，有人拿了热毛巾来，细细地为沈疏影擦拭着。女子美丽的脸此时泛着青玉的颜色，憔悴中，依旧是楚楚可怜的模样。

贺季山将自己关在书房，静静地坐在椅子上，即使隔着这样远的距离，

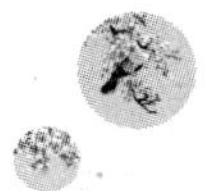

楼上的声音他依然听得清清楚楚——丫鬟与老妈子走来走去的脚步声、护士们的惊叫声、碗被打在地板上摔碎的清脆声，在这些声音中，沈疏影的哭喊声，依然是那般清晰。

他听着，嘴角微微抽搐，只觉得自己的心被一条小蛇细细啃咬着，宛如无数疯狂锐利的针，一股脑地扎到他的心口上，直让他脸上最后的血色退去，胸口更为紊乱地起伏，呼吸也急促起来。

无数次，他都忍不住想冲上去，却都是刚站起身，便陡然坐了下去。他不敢去看她。

他知道她正承受着常人无法忍受的折磨，他怕一看见她，便会止不住地心软，止不住地纵容她继续服药，他已经错了一次，不能再错下去了。

沈疏影哭了一夜，他便在那里坐了一夜，身体绷得紧紧的，似乎轻轻一扯，便会断掉。

沈疏影没睡多久便醒了过来，药瘾再次发作，只让她生不如死，嗓子沙哑着，几乎说不出话来。她的双手被缚住，身子被护士死死地按住，她便如案板上的鱼，动弹不得。

“你们放开我，放开我……”她的话几乎没人能听清，额头早已被汗水打湿，泪水滚滚而下，只使出全身的力气，试图挣开这些人的束缚。

“给我药，药……”那种钻心的痛又侵袭而来，让她嘶声哭喊着，一张脸惨白，到最后，竟将自己的唇咬得鲜血淋漓。陆志河瞧着，只怕她会咬到舌头，立刻让人在她嘴里塞了一团纱布进去。沈疏影难受到了极点，口中只能发出阵阵呜咽，几乎连气都喘不出来，恨不得立刻死去。

“季山……”她呜咽着，含混不清地唤出丈夫的名字，泪水与汗水几乎将枕面打湿。护士们也都满头大汗，一个个精心地照料着她。

她已近乎虚脱，连双眸都黯淡下去，吓得陆志河赶忙让护士将她唇中的纱布取出。她将脸一转，泪水扑簌簌地落下来，嘴里却轻轻地唤着贺季山的名字。

陆志河束手无策，看沈疏影的样子，实在是极其危险，刚要让人去楼下通知贺季山，便听到一阵急促的脚步声响起，接着房门便被人一脚踹开，回头望去，正是一脸苍白的贺季山。

“司令……”见到他，陆志河先是一怔。贺季山眼底满是血丝，看那样子，简直是将自己煎熬得发了狂，英挺的面容更是阴沉无比，显然是什么都顾不得了，冲了上来。

看见他，护士全都站好，将床上的沈疏影露了出来。在看见沈疏影的一刹那，贺季山心头一窒。他深深地吸了口气，上前将沈疏影手上的绸带解开，看着她手腕上血肉模糊一片，那黑眸中简直可以喷出火来。

沈疏影泪眼模糊，口中依旧唤着他的名字，直到他将她抱在怀里。她眼泪滚滚，犹如孩子般呢喃："季山，我难受……"

贺季山紧紧地箍着她，却是一言不发。

"你给我药，快点儿给我药，我要死了，我真的要死了……"她在他的怀里也是不安分的，小手扯住他的领子，犹如一只狂躁的小猫，不安地扭动着，"把药给我，季山，我求求你，快点儿给我药……"

贺季山闭上眼睛，任由她抓着自己，他只坐在那里，一声不吭。

沈疏影焦躁起来，尖利的指甲深深地刺进他的皮肉里，在他的脖颈上抓出一道道血痕。她的身子被他箍在怀里动不了，那手下的力气便格外狠，依然是口口声声要药。

有血从贺季山的脖子上冒出来，陆志河踌躇着上前，一声"司令"刚唤出口，就见贺季山倏然睁开眼，对着他们吼道："全给我滚出去！"

屋子里的人俱是吓了一跳，陆志河没再出声，只轻轻地叹了口气。

沈疏影药瘾发作，全身难受到了极点，就在那一片的焦躁中，她却仍认识眼前的男人，知道自己无论要什么，他都会答应。她停下动作，小手攥上了男人肩上的领章，被缚过的手腕血肉模糊，她的双颊绯红，泪眼迷蒙地看着贺季山，软软地呢喃："季山，求求你，我求求你，快点儿把药给我，我受不了了，我真的快死了……"

男人的唇线紧抿，却依然没有看她，胳膊只紧紧地箍着她的身子，让她安安分分地待在自己的怀里，耳畔是她细细的哭声，那般凄凉，只让他心痛如绞。

"你给我药，贺季山，你快把药给我！"沈疏影见他仍旧不松口，那一种被奇痒折磨到极点的痛苦让她什么都顾不得了，纤纤十指，又向男人的身上抓去。她那样用力，几乎要将男人军装上的纽扣都给扯下来。

贺季山布满血丝的眼被火映了一般，他索性闭上眼睛，任由沈疏影对自己又抓又挠，身子却一动不动，就那样抱着她，唯有揽着她的大手骨节分

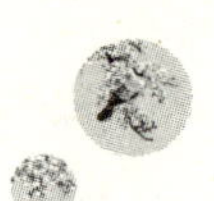

明，发出咯吱的声音。

不知过了多久，沈疏影的药瘾渐渐散去，而她也已精疲力竭，再也没有了一丝力气。

贺季山就那样抱着她，沈疏影并没有安静多久，那刻骨的奇痒又汹涌而来。贺季山垂眸，见她满脸的汗水，几乎连头发都湿了，她靠在自己怀里，轻得好似没有一点儿重量。

他伸出手，为她拭去额上的汗珠。沈疏影全身都在颤抖着，痛得脸色煞白。她一把握住贺季山的大手，满眼的泪水，声音小得几乎让人听不清楚。

贺季山低下头，凑近她的唇边，听见她轻轻地说了一句："季山，我很疼……"

短短的五个字，却差点儿让他失控。

"你把药给我，好不好？"沈疏影搂住他的脖子，她的声音很轻，像是晚风中飘来的花香，似有似无。

贺季山坐起身子，乌黑的眼睛深深地看着怀中的女子。他的大手抚上她的脸，轻轻地抚摸着，却依旧一言不发，只坚定地摇了摇头。

沈疏影见状，眸中顿时黯了下去，黯然后，是不可抑止的痛。

痒！痒！痒！疼！疼！疼！

她扭动着身子，近乎癫狂般出声大喊："贺季山，你说过，我就算要你的命，你也会给我，这次算我求你了，你给我药吧，就这一次好不好？我只要这一次……"

贺季山眼眸幽深，他箍住她的腰，这一次，他终于开口，声音低沉，带着些许沙哑，平静地道出两个字："不行。"

沈疏影痛到了极点，见他仍是不愿给自己药，钻心的奇痒几乎将她折磨得发狂。她流着泪，对着他的肩膀狠狠地咬了下去，整个口腔里立刻满是血腥气。她拼命地咬着，口中发出轻浅的呜咽，有鲜艳的血顺着她的唇角缓缓流下来，她却浑然不觉。

而男人却是面无表情，就连眉头都不曾皱一下，任由她将自己的肩膀咬得鲜血淋漓，唯有眼底是深不见底的痛。

直到晚上，沈疏影才沉沉睡去。

贺季山将她放在床上，为她盖好被子，不时有血从他的胳膊、脖子和肩膀上往下滴，他身上的军装也已被沈疏影撕扯得不成样子，上面的纽扣也被沈疏影扯了下去，露出男人精壮的胸膛，而在那胸膛上，更是血迹斑斑，满是抓痕。

他站起身子，走到盥洗室。待他出来，乌黑的头发往下滴着水珠，打开门，便见陆志河与护士皆守在那里，看见他此时的样子，便都怔在了那里。

他的确累极了，只淡淡吩咐了一句："不要吵醒她。"

说完，便越过众人，大步走了出去。

奶娘丫鬟们看见他，都赶忙站起身子，小声地唤了句"司令"，而后便一个个垂首不语，直到见他走到摇篮前，小心翼翼地将孩子抱在怀里，也许是见他脸色好了些，这才有人大着胆子开口："司令放心，小姐这些日子都很听话，每日里也很能吃，比起前阵子长了不少肉。"

贺季山抱着女儿，看着孩子熟睡的一张小脸，眉目间一软，一身的疲惫顿时消失得无影无踪。

他点了点头，只道："辛苦你们了。"

奶娘听他这样说，忙说不敢。贺季山不欲多言，只让她们全都退下。

待屋子里只留下他们父女二人时，贺季山望着臂弯中的女儿，低头在孩子粉嫩的小脸上亲了亲，不承想却把女儿给亲醒了。眼见着孩子睁开了那双黑葡萄般的大眼睛，在看见自己的一瞬间，却没有哭，更没有闹，而是小嘴儿一咧，对着爸爸展露出一抹甜甜的笑。

贺季山一震，女儿的这一笑，让他的心头仿佛被什么胀满了，一抹暖暖的感觉从心口溢了出来。连日来在战场上的殚精竭虑、陪伴沈疏影时的心痛如刀割，仿佛都在瞬间消失了。

他看着女儿的笑靥，不禁也微微笑起来，声音里满是温和："爸爸走了这样久，囡囡想爸爸了没有？"

三个月大的孩子什么都不懂，小嘴里只发出"哦啊"的声音，挥舞着肉乎乎的小手，去摸贺季山的下巴。

贺季山的下巴上早已长出了一层的胡楂儿，孩子娇嫩的小手抚上，也许是被扎疼了，只见囡囡撇了撇小嘴，继而便"呜哇"一声，哭了起来。

贺季山哭笑不得，只得轻轻晃动自己的胳膊，不住地柔声哄着怀里的孩子，直到女儿不再哭了，睁着那双湿漉漉的眼睛看着自己，贺季山唇角的笑意渐渐隐下去。他静静地看了孩子好一会儿，这孩子眉眼出奇地漂亮，像极了沈疏影，让他看着看着，便沉默下去。

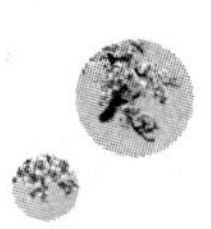

他将孩子送回摇篮，为她将被角掖好，囡囡却并不想睡觉，只伸出小胳膊，还要爸爸抱。贺季山笑了笑，捏了捏孩子肉乎乎的小脸，道："囡囡乖，爸爸一有空便来看你。"

回到卧室时，沈疏影还没有醒，陆志河为她检查过，他告诉贺季山，只要再坚持个一两天，沈疏影的药瘾便能戒个八九成，至于身体里的余毒，慢慢调养便不会有大碍了。

贺季山听了这话，点了点头，一声不响地坐在沙发上。陆志河对一旁的护士使了个眼色，立刻有人上前，想要为贺季山包扎伤口。

贺季山闭着眼，将头倚在沙发上，也不出声，只是当护士走近时，他却摆了摆手，示意人都退下。

见他脸色难看，显然是倦到了极点，陆志河便领着人出了屋子，不再打扰他。

贺季山是行伍出身，沈疏影在床上轻轻地翻了个身，他便醒了过来，快步走到床边。

沈疏影睁开眼睛，身上的药瘾却并未发作，一抬头，便看见贺季山正站在床头，一眨不眨地看着自己。见她醒来，男人微微俯下身子，大手抚上她的额头，沙哑着嗓子道："怎么样，还疼不疼？"

就这一句话，便让她的眼泪"唰"地落下来。她的视线落在他伤痕累累的手掌上，见他的颈中也布满了血痕，其中有一道触目惊心，让人看着刺眼。

"疼吗？"她情不自禁地抚上他的伤痕，虽然声音很小，可贺季山还是听到了。

"我皮糙肉厚的，没事。"他握住她的小手，声音低沉而温柔。

沈疏影闻言，却是心头大恸。药瘾发作时，她什么都顾不得，如今清醒过来，看着贺季山身上的伤，只让她心里疼得柔肠百转。她看着男人布满血丝的眼，鼻尖顿时一酸，轻声道："贺季山，你这样做值得吗？"

贺季山黑眸如墨，听了这话，也伸手握着她的手，低语道："你是我的女人，没有值不值得的。"

那般坚定而自然的语气，听在沈疏影的耳里，只让她心头轻轻一颤，百般滋味涌上心头，酸甜苦辣，五味纷杂。她转过头，闭上眼睛，乌黑的睫毛已经被泪水打湿。

“你回前线吧，我没事。”沈疏影躺在那里，趁着自己此时清醒，便小声开口，一会儿药瘾犯了，不知道自己还会做出什么事来。

男人的大手抚上她的脸颊，他的手指粗糙，硌着她细腻的肌肤，而他脸上的神色十分平静，低沉的声音只说道：“我在这里守着你。”

沈疏影转过头来，苍白的脸上透着十分微弱的神情，她看着自己的丈夫，就连唇瓣上也没有丝毫的血色：“贺季山，你知道我前些日子看到什么了吗？”

贺季山的面色微微变了，他的视线笔直地落在沈疏影的脸上，点了点头，说：“我知道。”

“你既然知道，为什么还要对我这样好？”沈疏影的眼泪顺着眼眶往下滚。她的脑子昏沉沉的，声音又细又小，药瘾无时无刻不在折磨着她，就这一小会儿的工夫，那令人恐惧的奇痒又一次向她侵袭而来，只让她难耐地蜷曲起身子，恨不得立刻死了才好。

贺季山看她的样子，便知是药瘾又犯了，他的眸中闪过一抹痛色，只将她的身子从床上抱在怀里，大手在她的后背轻抚着，为她减轻些许痛苦。

沈疏影在他的怀里烦躁地挣扎着，全身的骨头都好似在烈火里焚烧着。她扯着他的衣领，口中发出含混不清的呜咽，嚷着要药。

贺季山除了紧紧地抱住她，任由她在自己身上又抓又咬，此外，别无他法。

若是可以，他宁愿将她身上所承受的痛苦尽数加在自己身上，哪怕是百倍、千倍。

沈疏影醒来时，全身又酸又疼，守夜的护士已经睡着了，她默默地从床上坐起身子，只觉得口渴得厉害，忍不住下了床，从桌子上取过水杯一饮而尽。

她跌跌撞撞地打开门，向婴儿房走去。守夜的仆人看见了她，赶忙去书房通知了贺季山。

她推开房门，女儿在摇篮里睡得正香。她赤着脚，这些日子瘦脱了形，原本白皙如玉的脚丫更是苍白得近乎透明，连肌肤下面的血管都清晰可见，一条条的蓝，深深浅浅。

望着熟睡中的孩子，沈疏影心如针扎，这些日子，她好似在鬼门关走了

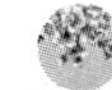

一遭，那么多次，她都觉得自己受不了了，觉得自己再也撑不下去了，可总有一个人，昼夜不分，衣不解带地守护在自己身边。那一双温厚的大手，便是她在黑暗中所有的温暖，支撑着她，咬牙挺了过来。

她抱起孩子，任眼泪长流，差一点儿，就差一点儿，她便再也见不到她的孩子了，再也不能这样把她抱在怀里。

走廊里传来男人急促的足音——贺季山本在书房里处理前线军报，听到沈疏影去了婴儿房的通报，便将一切搁下，匆匆赶了过来。

推开门，就见沈疏影穿着一件真丝刺绣寝衣，纤细的身子隐约可见，乌黑的长发柔柔地披在身后。她的肩头轻轻抖动着，将孩子紧紧地抱在怀里。

他站在那里，这些天，他也陪着沈疏影在鬼门关走了一遭，又加上前线军务甚多，几乎将他缠得分身乏术，眉宇间，满是憔悴。

他没有出声，只是默默上前，将沈疏影母女揽在怀里。

陆志河来检查过，说沈疏影的药瘾已不会再犯，往后只要精心调理一段日子，身子便会恢复过来。

贺季山听了这话，只觉得这些日子以来，一直压在心头上的巨石终于落了地。他微微颔首，拍了拍陆志河的肩膀，是无声的鼓励。

陆志河看着他，见他虽是神色疲惫，但一双眸子依旧黑亮无比，颈处满是抓痕，有的已经结痂，看起来触目惊心。

他瞧着，叹了口气，道：“司令，夫人这次能把药瘾戒掉，完全是仰仗您。如果没有您在，夫人这一关，当真是凶险。”

贺季山只微微一笑，不置可否。

陆志河临去前，蓦然想起一件事来：“司令，属下还有一事，想要请您示下。”

“说。”贺季山燃起一支烟，吞云吐雾中道出一个字来。

“属下有一个堂妹，今年从圣玛丽护理学院毕业，小姐是早产，身子一直偏弱，我不太方便整日在官邸照料，属下便想着，不妨让她过来，平日里好照料小姐。”

不过是区区小事，贺季山弹了弹烟灰，颔首道：“你推荐的人，向来不会错的，让她过来便是。”

说完，便也把这件事抛在脑后。

沈疏影推门进来时，贺季山还在小憩。看着他的确睡熟了，沈疏影才悄悄走近，落足静悄悄的，没有一丝声音。

她拿起一旁的毛毯，轻轻地搭在他身上，见他颈上的抓痕虽然已经痊愈，却仍旧落下了深浅不一的疤痕，只让她看着心里便一疼，不忍再看下去。

桌子上凌乱地散落着文件，其中一份便是沈志远曾告诉过她的，关于古城监狱的处决名单，而她只是在文件的封面上看了一眼，便转过身，静静地离开了书房。

她刚走，贺季山便睁开了眼睛，望着她离去的方向，唇角浮起一抹淡淡的苦涩。

她的药瘾已经不会再犯，而她却好似变成了一个哑巴，每日里除了和女儿在一起时，会轻声细语地哄着孩子，此外，无论面对谁，她都是垂着眼眸，一言不发，一天到晚都听不到她发出一丁点儿的声音。偶尔孩子睡着，她便会静静地坐在窗前，一坐便是半天。

贺季山知道她在想什么，每次当他靠近，她依然是安安静静的，任由他将她抱在怀里。除了不和他说话，他的一切，包括衣食起居，仍是她一手料理。他的军装全是她一件件熨得笔挺；打开茶杯，里面是润肺的杏仁茶，就连晚上的夜宵，也都是她亲手做的，每天换着花样，全是清肺润燥的佳品。

她做着一个妻子该做的一切，唯独不理他。

午后的阳光分外暖和，沈疏影抱着囡囡去了花园。四个月大的孩子机灵极了，看到园子里的花花草草，小嘴便咿呀咿呀地叫着，挥舞着雪白的小手，想让妈妈抱着去摘树上的花。

沈疏影唇角噙着笑，从树上摘了一朵玉簪花递到女儿手中。看着孩子纯净无瑕的小脸，她的心里满是暖意，忍不住在孩子的脸颊上亲了亲。

回过头，便看见贺季山站在她们身后，看那样子，怕是已经在那里站了许久。

见到他，她唇角的笑意立刻隐去，而怀中的孩子看到爸爸，高兴得不得了。

也许是父女天性，纵使每日里贺季山忙于军务，贺季山陪伴孩子的时

间远不如沈疏影来得多，可孩子还是最喜欢他，每次看到他，哪怕是隔得老远，小嘴里都会发出“咯咯”的笑声，身子努力前倾，恨不得趴在爸爸身上。

贺季山见到孩子，眉宇间满是温柔，笑着上前，将女儿从沈疏影的怀里抱了过来。

孩子的笑声清脆而响亮，肉乎乎的小手在父亲的脸上挥舞着，咧着一张小嘴，却偏偏没有一颗牙齿，实在是可爱得不得了。

贺季山爱极了她，只逗着她玩儿，还将自己短短的胡楂儿轻轻地向孩子的脸上扎去，惹得孩子咯咯直笑。稚嫩的童音如同天籁，仿佛能将一切阴霾尽数驱散。

沈疏影望着眼前这一幕父女天伦，心里软软的。她自幼丧父，记忆中从未有过父亲的样子，此时见到贺季山如此宠爱女儿，眼里忍不住便是一阵温热，此外，便想起了沈志远。

沈志远大她十二岁，当她七八岁时，沈志远已是二十来岁了，每次从学校回到家，他总是会将妹妹高高地抱起来。兄妹俩玩得开心时，哥哥也会拿自己的胡子去扎沈疏影的脸，直让她笑得喘不过气来。

长兄如父，望着眼前这一幕，沈疏影只觉得心头酸痛，鼻尖顿时涌来一股酸涩。自那日一别，她又是一个多月没有沈志远的消息，每日里待在官邸与世隔绝了一般，就连时事报纸都看不到一张。她一直都好似笼子里的金丝雀，翅膀早已被男人折断，让她只得依附于他，老老实实地待在他身边，什么都做不了。

她垂下眼，从贺季山身旁绕过，不等她走开，便被男人一把握住了胳膊。

贺季山一只手抱着女儿，另一只手揽过她的腰肢，轻声道：“这几天天气不错，要不我带你和囡囡去北海那边住上几日，看看风景？”

她依然不说话，只摇了摇头，伸手将女儿唇边的口水拭去。然而猝不及防地，贺季山突然抱住了她。

抬头，便是他灼热的黑眸，紧紧地盯着她的眼睛，他一只手便将孩子稳稳当当地抱在怀里，另一只手则是牢牢地箍着她的身子，让她动弹不得。

“你到底要我怎么做……”男人的声音低哑，带着深深的无奈与浓浓的怜惜，几乎让她的心都要碎了。

她忍住眼眶里的泪水，却依然是不开口。

隔了半晌，就听贺季山微微一叹，将她揽在胸前。囡囡在爸爸的怀里，把小手指伸进嘴巴，吮吸得嗞嗞有声，黑葡萄般的大眼睛，一时看看爸爸，一时看看妈妈，明亮的眼睛里满是好奇。

晚间，等孩子睡着了，沈疏影回到卧室，刚洗过澡，就听门锁一转，贺季山已经走了进来。

她一惊，忙从梳妆台前站起身子。这些日子以来，他们没有住在一起，贺季山单独宿在楼下，此时看到他走进来，只让她莫名地涌来一股惊惶。

男人迈着步子，缓缓地向她走过来："你是不是打算一辈子都不理我了？"

沈疏影心头酸涩，下意识地摇了摇头。

"杀人不过头点地，你这样折磨我，倒不如一枪给我个痛快。"贺季山的耐心被一点点地磨去，他一把握住了沈疏影的肩膀，将她带到自己面前。

沈疏影眼眸一闭，晶莹的泪珠无声地落了下来。看见她的眼泪，男人的眼眸暗了暗，紧握住她肩头的手渐渐地松了开来。他一语不发，转过身子打算离开卧室。

见他要走，沈疏影上前一把抱住了他的身子。她将脸贴在他的后背，几乎是泣不成声："我想好好对你，好好对孩子，可是……我总是会想起薄少同，是我对不起他。我只想着，以后永远都不和你说话，可我……我做不到。我爱你，季山，我爱你，我爱你！"

她哭得那样厉害，蚀骨的愧疚几乎将她折磨得发疯，几乎是喊着把心里的话全部说了出来："我不该爱上你，是你杀了他，你为什么要杀了他？你为什么要杀了他啊？！"

她靠在他的背上，只哭得肝肠寸断。她从没有这般放肆地哭过，就好像是将她一生的泪水都尽数流了出来。男人后背的军装被打湿了，滚烫的泪水绵绵不断，似要一路烫进男人的心底。

贺季山转过身子，将她抱在怀里。那些泪落在他的身上，便好似火热的种子，一路烫进他的心里，只让他堵得难受。

他什么都没说，就这样抱着她，一直到她哭累了，犹如孩子似的在他怀里抽噎，一双眼睛都哭肿了，像两只小小的桃子。他抬起她的脸，不由分说

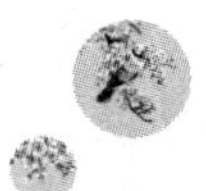

地封住了她的唇，将她所有的哽咽尽数吮了下去。

沈疏影晕晕乎乎的，方才的那一场哭泣，几乎让她把全身的力气都消耗了，此时就如同虚脱了一般，只得任由男人辗转轻吮着自己，她却连伸手去推他的力气都没有了。

直到身下一软，她才惊觉自己已经被男人压在了床上。她睁开眼睛，就见贺季山的眸底一片炙热。他的吻密密麻麻地落了下来，几乎不给她出声的机会，便一举侵占了她的所有。

他弄疼了她，让她抑制不住地发出一声轻吟，就一声，男人的唇便压了上来，将她细碎的呻吟尽数饮下，霸道地进入她，完整地、深入地、控制不住地在她的身上肆意驰骋。而她已是不能动弹，软软地由他轻薄，就连不时发出的呜咽，也如同一片柔滑的缎子，娇媚而柔软。

"司令，您起了吗？"

时针已经指向了九点，贺季山依然揽着沈疏影沉沉地睡着。听到门外传来丫鬟的声音，他心知定是有事，便将胳膊从沈疏影的颈下轻轻地抽了出来。这一动便微微惊醒了她，可她连睁眼的力气都没有，还是躺在那里，一动也不想动。

贺季山俯下身吻了吻她的脸，对她温声叮嘱："我先出去，你好好睡。"

沈疏影迷迷糊糊的，只轻轻地"嗯"了一声，白皙的脸透着一抹娇憨，只让贺季山看着心里一软。

他为她盖好被子，下床将军装穿上，刚打开门，便见何副官站在不远处，见到自己出来，便是一个敬礼。

"什么事？"贺季山眉头微皱。

"是沈先生。"

听到那三个字，贺季山的脸色便沉了下去。何副官上前一步，在他身旁耳语了几句。听完，贺季山的眼眸倏然变得森冷。他一声不响地将扣子扣好，便大步向外走去，何副官赶紧跟上。

而卧室里的沈疏影，依然是精疲力竭地睡着，直到过了许久，蕊冬的声音在屋外响起："夫人，有您的电话。"

沈疏影迷迷糊糊地醒来，刚从床上坐起身子，下身便一阵酸痛，全身的骨头都好似散架了一般，想起昨晚的缠绵，白净的脸上忍不住便是一红。

她支撑着下了床，随手披上了晨衣，这才打开门走出去。

“喂？”她接过电话，听筒里却静悄悄的。她一连唤了好几声，都没有人理她。

她疑惑起来，刚要将电话搁下，便听到一个熟悉的声音响起：“小影。”

沈疏影一怔，一声“哥哥”几乎要从唇中溢出，可看着屋子里的仆人，她终是将那两个字咽了下去，只压低了声音道：“你在哪儿？”

话筒那端沉默了下去，而沈志远急促的喘息声却是那样清晰，沈疏影听在耳里，担心得不得了，几乎连声音都颤抖起来：“你受伤了？”

沈志远没有回答，只告诉了她一个地址，便匆匆挂了电话。

沈疏影听着电话那端的忙音，心里怦怦乱跳。她挂下话筒，对一旁的丫鬟吩咐道：“快去让张伯备车，我要出门一趟。”

看着丫鬟匆匆走出去，她怔怔地坐在沙发上，只觉得一颗心拧得死紧，那般惶然，几乎不知该如何是好。

贺季山的车一路开到军需处，堆满军火的仓库已是满地狼藉，显然是被人偷袭所致，到处硝烟弥漫，现场惨不忍睹。

军需处被偷袭，装满弹药的仓库被夷为平地，这对辽军来说无疑是场巨大的损失。

贺季山一双眸子满是阴鸷，全身上下散发着森冷的气息。负责军需处的杨团长被带到了贺季山面前，他整张脸面无血色，浑身忍不住簌簌发抖。

贺季山拔出腰间的枪，二话没说便往他的头上打了一枪。杨团长顿时脑浆涂地，唯有身子不断地抽搐。

一旁的诸人看着，脸上无不变色，就连站在一旁的何副官也不敢多说一个字。

“司令，人已经抓住了，是革命党。”有人小心翼翼地上前，说了这么一句话。

“带上来。”贺季山沉声开口，脸上没有一丝表情。

没多久，便有几个人被戎装侍卫押了过来。当中一人不是别人，正是沈志远。

每个人身上皆是伤痕累累，显然在方才的那一场爆炸中，都是受了重伤。

贺季山上前，一把扯住沈志远的衣襟，将他拉到自己面前，眼里是骇人的阴狠，他一字一句道：“沈志远，你真以为我不会杀你？”

沈志远的手腕上、脖子上，满是伤痕，就连脸颊上也有一道深深的血痕，皮肉已经翻了出来，鲜血从伤口不断往外渗，让那张原本英俊的脸看起来分外狰狞。

可他却笑了，只道：“贺季山，你若不怕小影恨你一辈子，那你就杀了我。”

就这一句，便触到了贺季山的死穴。男人的脸色“唰”地变了，深邃的眸中仿佛能喷出火来。他一把将枪抵上沈志远的眉心，厉声道：“你究竟有没有拿她当亲妹妹？”

沈志远的脸色依旧是死一般的漠然，他看着眼前的男人，缓缓开口：“我曾经真心把她托付给你，我也曾劝过她，让她和你好好过日子，可是贺季山，你做错了一件事。”

“什么？”

“你不该那样对婉云！”沈志远提到这个名字，眼瞳倏然变得通红，一字一句，几乎泣血。

贺季山眉头一皱，在脑中思索片刻，方道：“你说的是不是当初在临水，冒充护士行刺我的那个女人？”

沈志远一笑，那一笑间是刻骨的痛楚：“不错，事情败露，她要举枪自尽，是你把她交给了侍从处置，严刑拷打，让她供出别的同志。你知道她是怎么死的吗？”

“怎么死的？”贺季山声音漠然。

“她被你手下的那一帮畜生活生生地凌辱，尸体被一丝不挂地扔在山坳里，我只能看着，却连去给她收尸的法子都没有。”沈志远说到这里，唇角挂着一记苦笑，脸上无悲无喜，死一般寂静。

贺季山却嗤之以鼻，冷声道：“你这是要为她报仇了？”

沈志远摇了摇头，淡笑着道：“你是江北的总司令，人命在你眼中如同草芥，我没法子杀你，为婉云报仇，但我有法子让你生不如死，你永远都得不到她。”

说完，沈志远脸上的表情近乎扭曲般可怕，他望着前方，那里有一辆轿车缓缓地停了下来。沈疏影从车上走下来，隔着烟雾，向自己这边跑了过来。

“夫人！”看见她，侍从皆立正行礼。

贺季山听到这两个字，转过身子。而就在他转身的刹那，沈志远将他手中的枪死死抵上自己的眉心，瞬间扣动了扳机。只听一声巨响，子弹呼啸着从他的眉心穿出，而他的身子，便如同断线的纸鸢，倒了下去。

随着他一同倒下的，还有不远处的沈疏影。

她面色惨白，再无人色，而贺季山手中的枪口还在冒着白烟。她瘫在地上，看着沈志远一动不动地躺在那里，半个脑袋已被打飞了出去，红白之物流了一地。她一个字都没说，连哼都没哼一声，便晕死过去。

整整三天，沈疏影整个人都好似和沈志远一起死了。她呆呆地躺在床上，什么都听不见，什么都吃不下，什么都看不到，就好似一具只会呼吸的尸体，全身烧得滚烫。

第四日，奶娘将孩子抱了过来。听到女儿的哭声，她好似慢慢地清醒了过来，僵硬地从床上坐起，把孩子抱在怀里。

她一直没有流眼泪，听着女儿的哭声，她只是机械地拍着孩子的背，却连一个字都无法说出口。到了晚间，柳妈端了米粥过来，她吃了一口，便全部吐了出来。

她没有问贺季山在哪儿，自那一枪之后，她便再也没有提起过他。

直到一个月后，贺季山才从前线回来。

“司令，您回来了。”蕊冬迎上去，接过他的军用大氅，谦卑地说道。

贺季山淡淡地点了点头，转身就去婴儿房看女儿，不料刚推开门，就见沈疏影坐在摇篮前，在哄孩子睡觉。

一个月的时间，他将自己泡在前线，不敢回来见她，甚至连一个电话都不敢打，此时看见她安安静静地坐在摇篮前，白皙的小脸依然温婉而恬静，柔美的侧颜犹如雨后梨花，散发着清甜的甘冽。

他一动不动地站在那里，生怕这一切都是自己的错觉。沈疏影却回过头来，见到他便柔柔一笑，起身迎了过去：“你回来了？”

她踮起脚尖，搂住了男人的脖子，唇角的笑涡盈盈，甜美清纯。

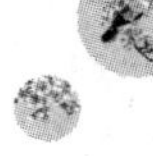

“小影……”他伸出胳膊，抱住她的腰身，乌黑的眼瞳深沉如夜，只唤了她的名字，接下来便不知如何开口。

“嘘——”沈疏影食指竖在唇间，小声道，“别说话，囡囡刚睡着，咱们回房再说。”

贺季山看着她，一瞬间心如擂鼓，他艰涩地开口道：“小影，你要难受，只管对着我哭出来，无论你怎样对我都行，你别这样。”

沈疏影却依旧是笑着，牵着他的大手，拉着他走出了婴儿房，回到了卧室。

“小影……”贺季山捧住她的脸，这一声刚唤出口，沈疏影便钩住他的脖子，吻住了他的嘴唇。

贺季山一震，这是她第一次主动吻他。

冰凉的唇，有着她身上独有的幽香，带给他莫大的痛楚与欢愉。

他一动不动地站在那里，任由她亲吻着自己。

“季山，我什么都不想听，你抱抱我吧。”

沈疏影将身子贴在他的身上，美眸中泪光闪闪，说完这一句，便又吻上了男人的唇。她的泪水落进了贺季山的唇中，微苦、酸涩。

贺季山终于不再说话，一只手搂住她的纤腰，另一只手托住她的后脑勺，深深地吻了下去。

这一晚，甜蜜得好像一个美梦，沈疏影从未这般娇媚地迎合过他。在床上时，她整个人如同一匹光滑的绸缎，用她的所有，无所不在地缠绕着他，与他融化在一起……

夜深了，贺季山沉沉地睡去，沈疏影则坐起了身子。她偷偷地取过他军装上佩带的手枪，毫不迟疑地将枪口对准了他。

贺季山一动不动，全身好似沉在深不见底的深渊。他在黑暗中睁开眼睛，全身冷得彻骨，只静静地躺在那里，等着那一声清脆的枪响。

沈疏影手指颤抖着，那枪沉甸甸的，让她的手直往下坠。她吃力地将枪对着床上的男人，枪口笔直地对准了他的胸膛。而贺季山依然是静静地躺着，她握着枪的手却哆嗦得厉害，一声抑制不住的轻泣从她的口中发出，眼泪好似一场秋雨，那样多的泪，密密麻麻地往下流，而她脸上的表情，则是痛到极点的绝望。

只要她开了这一枪，一枪，便结束了，都结束了……

是他杀了薄少同，是他杀了沈志远，只要她轻轻地扣动扳机，所有的一切便都尘埃落定，再也不会有仇恨，再也不会有痛苦……

她眼睁睁地看着薄少同与沈志远死在自己面前，皆是拜床上这个男人所赐。他毁了她的一切。如果没有他，她现在早已和薄少同去了美国，平平静静地过日子，抑或去了法国，与沈志远相依为命。

是他摧毁了一切！

杀了他！杀了他！

脑海中，有个声音不断地叫嚣着，为哥哥报仇的念头支撑着她。

可她终究还是下不了手，无论如何都下不了手。

她闭上眼睛，终是一咬牙，想要将那枪口对准自己，可还不待她转过枪，手腕便被男人一把握住，再也动弹不得。

睁开眼，便见贺季山已经从床上坐直了身子，黑暗中看不清他脸上的表情，只能看见那一双黑眸，闪烁着慑人的光芒。

“你要杀我？”他的声音森冷，不带一丝温度。

沈疏影面如死灰，却一声不吭。

贺季山下了床，高大的身影站在她的面前，握着她的手腕，将枪口指向了自己的心脏：“你要是想给你哥哥报仇，那就开枪。”

沈疏影满眼的泪水，一面吃力地喘息，一面流泪，止不住的哭声从她的嘴里溢了出来，却听男人一记冷笑，道：“哭什么，我让你开枪！”

她渐渐止住了泪水，迎上了男人森寒的目光，而她的眼里却变得空荡荡的。沈志远死时的那一幕，又一次浮现在她的脑海里。她没有再迟疑，手指一个用力，扣动了扳机！

“嗒”，并没有预料中的枪响，似是卡壳的声音。沈疏影怔住了，几乎失去了灵魂，只对着贺季山的胸口机械地扣动着扳机，一次、两次、三次……

她几乎是疯了，脑子里全是沈志远死时的惨状，他的半个脑袋被打飞，地上满是鲜血，甚至还有一些白色的东西……

不知道是第几次扣动扳机，贺季山发了狠，将她的身子一把甩到了地上。枪，从她的手中滑落，掉在了地毯上。

灯在这一刻亮了起来。强烈的光刺得沈疏影睁不开眼睛，直到适应了那抹强光，才看见贺季山站在那里，子弹从他的掌心一颗颗地滚落下来，一颗

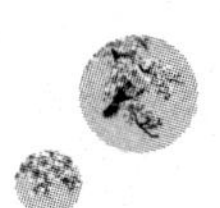

接着一颗，滚到她身边。

她脸色苍白，呼吸急促。男人蹲下身子，一只手抓起她的头发，让她不得不抬起脸，和他对视着。

“沈疏影，你根本就是个没心的女人，我贺季山真他妈瞎了眼，才会这样爱你！”男人的目光里是一片压抑的狂怒，他竭力控制着自己，只觉得自己一直珍视的东西，到头来全是一场空。他从没这样绝望过，从没有。

他松开了手，缓缓地站起身子。沈疏影吃力地抬起眼睛，向他看去。四目相对时，他看着她淡淡一笑。那一笑，是痛苦的自嘲，苍凉且绝望，似乎在嘲笑自己是天下最可笑的傻瓜。他掏心掏肺，恨不得把心都挖出来献给这个女人，可换来的却是她偷了他的枪，冲着他的胸口一次次地扣动扳机，一心要他死!

“你若想要我的命，我随时都可以给你，你又何必费这样多的心思。”想起这一晚的甜蜜，想起她主动的迎合，想起她唯一一个主动的亲吻，贺季山眼底血红，唇角上扬，只觉得一颗心被活生生地绞成了粉末。

房间里静得可怕，沈疏影犹如一只孱弱的小兽，静静地伏在地毯上，她整个人都好似麻木了，唯有泪水一行行地往外滚落。

贺季山只觉得心痛如绞，不由自主地捂住了心口，那刀割似的疼痛，一下下地划拉着，几乎要穿透他的肋骨，挖到他的心里去。念起自己一次次地为她心如刀绞，让他“呵”的一声，笑出声来。

这一颗爱她的心，为她一次次锥心刻骨的心，为她伤心欲绝的心啊。

沈疏影眼睁睁地看着他弯腰，将那支手枪拾起，看着他抚枪凝视了片刻，看着他弹出了弹壳，将手心剩下的那一颗子弹摸出来，往弹匣里压了进去，看着他压完了子弹，把弹匣“咔嚓”一声弹回枪体。

他的脸上不喜不怒，没有一丝表情。沈疏影看着他将枪上膛，只以为他要一枪毙了自己。在这一刹那，她心里却是从未有过的踏实。她慢慢地支撑起身子，坐了起来。

贺季山看了她一眼，一只手指了指自己的心口，平静地道：“沈疏影，这一颗心，我早就不想要了。”

沈疏影并未听清他话中的意思，她抬眸，只看到他说完了这一句，唇角勾出一抹淡淡的笑意，他的手势干脆利落，将枪口对准自己的心口，几乎没有一丝的犹豫，抬手便是一枪。

她看着，发出一声尖叫。

“永远都别再让我看见你。”他的眼眸阴狠，脸色却是煞白。有冷汗从额上流下，而他的视线却渐渐模糊，直到一切都变得虚幻起来……

只有他自己知道，这一个永远，到底有多让人绝望。

第十三章 分离

三年后，官邸。

“想当年司令对自己，可真够狠的。”陆志河与何德江在雨廊下抽着烟，不知怎么两人谈起了三年前的事情，说起贺季山的那一枪，只让陆志河忍不住感叹道。

“那娘们儿压根儿就是祸水，谁沾上谁倒霉，司令那一枪是让他自己死了心，不然迟早有一天还是要被她折磨死。”谈起沈疏影，何副官一咬牙，狠狠抽了几口烟。

陆志河笑了：“话虽如此，不过司令那一枪倒是不偏不倚地擦着肺叶穿了过去，若是真打到了心脏，怕是大罗神仙也难救。”

何副官点了点头，轻轻地叹了口气：“时间倒是快，一眨眼都三年了。”

陆志河也感慨道：“是啊，后院里的西楼，也被封三年了。”

说着，两人都向西楼的方向望去。在那一片的静谧幽深中，只能看见西楼隐约的轮廓。

Qing dao

Ke gu,

Yuan lai

Ru ci

陆依依抱着孩子走过来时，囡囡隔着老远便看到何副官，嘴里咯咯笑了起来，挥舞着小胳膊，让何伯伯抱。

两人看见了她，都笑了起来，陆志河对陆依依道：“你怎么过来了？”

陆依依将孩子放下，三岁多的囡囡正是顽皮的时候，扑到何德江的怀里，让他举高高。

“小姐闹着要爸爸，我没法子，只好抱着她来中院找司令。”陆依依也微笑着，露出浅浅的酒窝，娇俏而秀丽。

还没说上几句，就听办公室里传来“嘭”的一声巨响，显然是将什么摔在地上的声音，接着便是男人的怒斥声，正是贺季山的声音。一屋子的人唯唯诺诺，连大气也不敢出。

听到贺季山发火，何德江眼皮一跳，赶忙将囡囡送到了陆依依的怀里，叮嘱道：“快抱着小姐去找司令，司令一见到小姐，保准什么火都没了。”

陆依依抱着孩子，刚走到办公室的门口，就见贺季山坐在主位上，一脸的阴冷。地面上落了一台电话，已经摔碎了。一屋子的人都恭恭敬敬地坐在那里，其中一人低着脑袋，站在贺季山面前，待看见她将囡囡抱了进来，明显地松了口气。

所有人都知道，贺季山对这个女儿爱如性命，无论如何震怒，只要奶娘将孩子抱了过来，再大的祸事都可以消匿于无形。

囡囡看见他，便从陆依依的怀里挣扎着下了地，稚嫩地唤了声：“爸爸。”接着就迈着小步子，扑到贺季山的怀里。

贺季山看见女儿，眉头顿时舒展，担心地上的碎片会伤着孩子，便站起身，上前几步将女儿一把抱到了怀里。

而每当他抱起孩子，脸上必是笑容满面。

囡囡一点儿也不怕他，只伏在父亲的怀里咯咯地笑着，清脆的童音琅琅，将办公室里沉重的气氛尽数驱散。所有人的脸色都松懈下来，方才站在贺季山面前的男子，更是举起衣袖，拭去了额上的汗水。

囡囡的确生得玉雪可爱，粉雕玉琢，眉眼间更是漂亮到了极致。贺季山就连处理公文时，也会经常抱着她，将她置于膝上，仿佛逗弄稚女，远比那些军政大事还重要。

囡囡刚满周岁时，贺季山抛下前线如火如荼的战事，乘专机回到北平，只因孩子高烧不退，起了肺炎。贺季山亲自照料，不眠不休，直到女儿烧退

后才回到前线。所有人都知道，被江北总司令视若掌上明珠的，唯有此女。

就连北平的坊间都流传着一句话，只道这世上想为贺季山生儿子的女人都能站满官邸外的几条街，可他偏偏这样稀罕一个丫头片子。

陆依依站在门口，看着男人将女儿抱在怀里，眉宇间满是宠溺与温柔，只有对着稚女，他才会有如此的神情，平日里大多是不苟言笑的，来到官邸这样久，她就从没见他笑过。

她也隐约听官邸里的老人私下里悄悄说起过，贺季山这样宠爱女儿，怕是因为以前那位夫人的缘故。而这孩子，像极了母亲，简直和那位夫人是一个模子里刻出来似的。

她从没见过那位夫人，只听仆人小心翼翼地说起过，那位夫人是南方人，十八岁的时候嫁给了司令，十九岁生下了女儿，但女儿出生还不到半年，便被贺季山休弃。

当年，贺季山在北平的报刊上刊登了声明，只道与沈氏女子解除夫妻关系，甚至就连陆依依都记得那些绝情的字眼。

江南沈氏，与之本无婚约，更无婚礼，现已与季山正式脱离关系，除诞有一女，并无子嗣，唯传闻失实，易滋淆惑，特此奉复。

自此后，官邸里的仆人若私下里谈起那位沈氏，也都是以“以前那位”呼之。至于沈疏影究竟去了哪里，却没有一个人知道，只晓得三年前的那一晚，沈疏影被何副官亲自送走，至于送去了哪里，便只能是个谜了。

囡囡扭股糖似的黏在父亲的怀里，一屋子的叔叔伯伯皆赔着笑脸，这孩子便等于辽军中的公主，从小便得万千宠爱，每个人都是小心翼翼地对她，不用说那些奶娘保姆，就连这些辽军中的高级将领，也无不是将她捧上了天。

但凡她在的地方，哪怕有天大的事，每个人也都要轻声细语地说话。还记得这孩子一岁多时，辽军中出了名的猛将王旭东趁着贺季山不在，便想逗逗这个粉雕玉琢的奶娃娃，便从奶娘怀里将这孩子一把举了起来，瓮声瓮气的嗓子，配上他凶神恶煞的样子，只将孩子吓得“呜哇”一声哭了出来，当夜便因受惊过度发了高烧，甚至抽搐不止。

贺季山勃然大怒，大发雷霆，将王旭东撤了官衔，收回了军权不说，还将他连夜赶回了关外。

陆依依记得第一次见到贺季山时，她已经来到官邸一个月了。

囡囡是早产，听堂哥说在母体时便先天不足，生下来孱弱极了，官邸里为了照料这个孩子，向来都是奶娘保姆、医生护士从不间断的。

她那时候刚从圣玛丽护理学院毕业，十八岁的年纪，正不知天高地厚，刚到官邸见到那孩子的第一眼，便惊诧于那孩子的漂亮。她是在报纸上见过贺季山的，说实话，这孩子和她爸爸长得并不像，贺季山身材魁梧，典型的北方大汉，这孩子却是娇娇小小的，一点儿也不像是名满天下的贺司令的女儿。

记得她当初不过是随口道了句："这孩子是不是长得像她妈妈？"就这一句话，便让整个屋子里的人都变了脸色。柳妈赶忙上前，一脸严肃地告诉她，在官邸里，这孩子的母亲是天大的忌讳，万万不能在司令面前提起。私下说说倒也罢了，往后若是见到司令，定是不能提起这孩子的母亲，哪怕是一个字也不行。

她当时吓坏了，不知道其中到底发生了什么事，在她看来，贺季山抛弃妻子，本就是十恶不赦，哪还有不许人提起的道理？

直到那次囡囡发高烧，陆志河见孩子烧成了肺炎，再无法子，只得将电报拍到了前线，让贺季山从战场上风尘仆仆地赶了回来。

那便是她第一次见到他。

一身戎装的男人相貌英俊，脸庞的轮廓犹如斧削，坚毅而淡然，那一双黑眸深邃内敛，整个人都散发着寒气，令人不敢接近。

她怎么也没想到，就是这样一个男人，竟会那样温柔地对待女儿。

她与其他人一道守在婴儿房里，看着他将孩子抱在怀里，一遍遍地轻哄。孩子因发烧，全身都烧得滚烫，一整夜地哭闹不休。

而他，江北二十三省的总司令，便抱着女儿，在走廊里走了整整一夜。是的，整整一夜。他一趟趟地走来走去，高大的身影落在地毯上，是一片深深的阴影。他那样笨拙而小心地抱着孩子，仿佛那孩子是这世上最珍贵的宝贝，一撒手就会失去似的。他的大手在孩子的后背上轻拍着，直到将孩子哄睡着。

到了后来，就连柳妈都看不下去了，上前小心翼翼地开口，想要换一换他，让他去休息片刻，可他只是摇了摇头，仍旧抱着孩子，不眠不休地照看

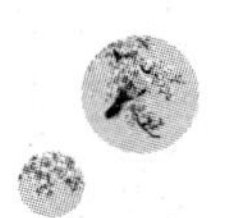

着，直到孩子退了烧。

他的身上有着淡淡的硝烟味与烟草味，也许是孩子熟悉了父亲的味道，到了他要回到前线的时候，刚松开手，孩子便哇哇大哭起来。

那是陆依依第一次看到他眼底的苦涩。他将孩子送到摇篮里，从一旁拿起自己的军帽，任由孩子撕心裂肺地哭着，他却仍是狠心地头也不回地离去。

囡囡一天天长大，贺季山无论再忙，也总会抽出大量时间陪着她。整座官邸里，她是最幸福的人。

就连堂哥都曾感慨，只说以后也不知道谁有福气，能娶到司令的掌上明珠。

虽然陆依依从没见过沈疏影，但她也知道，这孩子一定像极了她。因为贺季山经常会在看着孩子的时候走神儿，被她撞到不止一次。

她形容不出那种眼神，只知道每当贺季山凝视着孩子出神的时候，柳妈都会让她赶快将孩子抱走。

有一次，当她抱着囡囡离开的时候，曾大着胆子回头看了他一眼，就见他整个人隐在阴影里，看不清他脸上的表情，只能看见他的身影落在地毯上，落落寂寥。

他从来不是这个样子的，他统辖重兵，权倾天下，就连内阁都忌惮着他，事事让他三分。

囡囡两岁的时候，恰逢日本人向东北逼近，是他亲自领兵，打出震惊中外的"锦宁大捷"，生生将日本人打回东瀛，无力再犯。

消息传来，举国欢腾。官邸里更是人来人往，往来巴结之人数不胜数，甚至连官邸外的街道都被轿车停满了，那一种繁华如梦似锦，可他连一个微笑都吝于给予，不过是在大厅站上一站，连一刻的工夫都不肯停留。

有人说官邸里缺少一位女主人，在沈疏影离开后，也不知有多少女人，削尖了脑袋，想要往官邸里钻。

甚至连津唐的徐家，威震全国的巨富，都曾有联姻之意，传到贺季山耳中，他却不过是淡淡一笑，接着陪女儿去放风筝。

他从没带女人回过官邸，陆依依在官邸待了三年，就没见他有过女人。

有一次，她深夜醒来，觉得肚子饿得厉害，忍不住爬起来去厨房找吃的，没想到路过书房时，却见里面还亮着灯。她大着胆子蹑手蹑脚地走过去，就见贺季山一动不动地站在窗前，他一只手夹着烟，却也不吸，任由那烟烧出了老长的一截，他就那样站着，也不知是在想着什么。

而他对着的方向，是那座被篱笆封住的花园。

囡囡三岁的时候，不知是从哪儿听到了“妈妈”这两个字，那一晚无论奶娘怎么哄，她都不愿意吃饭，直到贺季山从军营回来，从奶娘手中接过饭碗，在女儿面前蹲下身子，舀起一勺蒸蛋，哄着女儿吃。

岂料囡囡睁大了眼睛，满含着委屈，撇着小嘴，细声细气地道了句：“爸爸，我要妈妈。”

孩子的话音刚落，一屋子的人都愣在了那里。

陆依依站在一旁，明显看到贺季山的脸色“唰”地变了。而囡囡依然在哭着，扑到他的怀里，奶声奶气地问他要妈妈。

他蹲在那里，徒然地将手中的碗搁下，单手将孩子抱了起来。官邸里的人都知道，贺季山向来最见不得这孩子哭，在囡囡小的时候，数不清的奶娘保姆白天夜里守在孩子身边，只要孩子动动身子，还不等她哭出声来，就有人赶忙将她抱在怀里。

囡囡的泪水滚落到他的衣襟上，他轻拍着女儿的后背，眸心暗沉，眼睑微微跳动，就连呼吸都沉重起来。

“爸爸，我要妈妈，我想妈妈。”囡囡抱着父亲的脖子，粉嫩的小脸上涕泪横流，看起来好不可怜。

贺季山为女儿拭去泪水，他一言不发，眉宇间却是精疲力竭，是那样落寞与痛楚。

直到孩子不再哭泣，他将女儿送到陆依依手中，自己则去了书房，好半天都没有出来。

看着他的背影，陆依依心里便一酸，她也曾找机会，悄悄地问过陆志河，囡囡的母亲究竟去了哪里，可堂哥却瞪了她一眼，告诉她，这不是她该问的事情。

她便闭上了嘴巴，只是偶尔经过西楼时，看着那一栋美轮美奂的洋楼，心里却忍不住地想着，那一位，究竟会是怎样的女子？

只可惜，官邸里连她一张照片都没有。

“呜——”

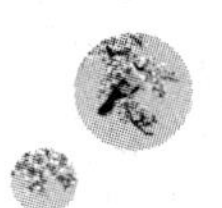

傍晚，邮轮发出悠长的长鸣，岸上满是前来接船的人。旅客争先恐后地下船，其中有一个女子，穿着一件湘绣丝绒旗袍，纤细的腰肢不盈一握，白净的一张小脸，不施任何粉黛，只有唇瓣上涂了一点点的蜜思陀佛，就连头发都没有烫成眼下最流行的卷发，而是全部束在脑后。她这一身朴素到了极点，却依然美得令人不舍移目。

她只拎着一只小小的皮箱，在汹涌的人潮中，她便似一朵月下清莲，出尘不染，清丽脱俗。

在她的身旁，站着一位身材颀长、风度翩翩的男子，默默地跟在她身后，似是担心往来的人潮会撞上她，不时伸出胳膊，为她将人流挡住。

而她便回头致谢，娇柔的脸上透着浅浅的赧然，越发显得眉眼间温柔如画。

叶允良也是回之一笑，直到两人下了船，立刻便有人迎了上来，对着他毕恭毕敬地言道："叶先生。"

叶允良微微颔首，对着身旁的女子道："沈小姐若不嫌弃，不如便让叶某送沈小姐一程。"

沈疏影只微微摇了摇头，极其礼貌地与他告别："这一路多亏叶先生照顾，如今已经回到北平，疏影再不好叨扰了。"

在回国的邮轮上，沈疏影晕船晕得厉害，竟在甲板上晕倒了，而她身上的钱却连看护都不够请，若不是这位叶允良出手相助，她的处境的确堪忧。

叶允良闻言，便点了点头，也不勉强，只取出一张名片，递到了沈疏影手中："若往后沈小姐有需要帮忙的地方，尽管来找叶某。"

沈疏影并不想接那名片，可想起这一路上叶允良对自己的帮助，便也不愿拂了他的面子。她接过名片，匆匆一瞥，只见上面简单地写了几个小字：燕京博仁诊所——允良。

她将名片收好，再次向他道谢，然后转身离去。

叶允良望着她的背影，直到身后的仆人道："叶先生，贺司令府上方才已经给公馆打了好几个电话，说是贺司令的千金受了风寒，吐了一整夜，请您回来后立刻去官邸看看。"

叶允良闻言，方才收回视线。他微微颔首，迅速上了汽车。

沈疏影走出码头，上了一辆黄包车，对女儿的思念让她恨不得立刻去官邸，可她知道，这是枉然。当年她被何德江命人送到了法国，在临去前，何德江曾咬牙切齿地告诉她，永远不许她再回来，而那个男人也说过，永远不要再看见她。

她也曾想过在法国待一辈子，可是，每次想起那个孩子，那个连着她血脉的孩子，那个她熬尽心血才生下的孩子，她便无论如何也无法在法国待下去了。

她想孩子，日日夜夜地想，纵使她告诉自己，那是她仇人的孩子，可还是受不了，抵御不了心头最深的牵挂，那是她的骨肉，她割舍不下。

她身上的钱并不多，只好找了一家小旅馆先安置下来，安置好后，便迫不及待地徒步去了官邸。

她的头上围了一块丝巾，几乎将脸全部遮住。她压根儿接近不了官邸，在离官邸还有几百米远的地方，便站着持枪的岗哨，她只得远远走开。

待看见贺季山的车队驶来时，她几乎是怔在了那里，眼睁睁地看着那熟悉的车队一路呼啸着向官邸开去，沿途的岗哨俱是上枪行礼。那声音轰然作响，震得人耳膜生疼。

她知道，他一定就在车里，她离他那样近，又那样远。

江南沈氏，与之本无婚约，更无婚礼，现已与季山正式脱离关系，除诞有一女，并无子嗣，唯传闻失实，易滋淆惑，特此奉复。

蓦然，当年他通告天下的启事再一次闯进脑海，心头除了酸涩，便是抑制不住的痛楚。

她什么都不想，只想看一看孩子，哪怕就一眼……

“你瞧，那娘们儿今儿个又来了。”晨起，官邸外的岗哨老远便见到一个女子，身穿墨绿色的丝绒旗袍，头上围着丝巾，虽然看不清脸，可从那窈窕的身段还是可以看出，定是个美貌佳人。

另一个岗哨便嗤笑道：“这女人是不是看上咱哥儿俩了？怎么每次值班，都能瞧见她？”

说完，两人俱是笑了起来。

沈疏影抱紧了自己，不时有寒风吹来，只吹得人身上冰凉。她没有法子，只能用这样一个土办法，守株待兔一般在官邸外守着，期盼着有一天孩子可以出来，她可以远远地看上一眼。

一直等到了午后，她快要支撑不住了。从早上到现在，她滴水未进，站在那里摇摇欲坠。她看了看天色，估摸着囡囡今天是不会出来了，便靠着

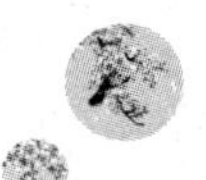

墙，慢慢地挪着步子。有一辆黄包车迎了过来，问她要不要车，她摸了摸口袋，只笑着拒绝。

就在这时，就听一道汽笛声从身后传来，她惊愕地停下步子，转眸果然就见一辆黑色的轿车从官邸里驶了出来。她的心跳得那样快，眼睁睁地看着那辆车从自己身旁经过。

因有囡囡在，司机将车开得十分缓慢，陆依依抱着孩子，前些日子这孩子着了风寒，吐了一夜，直到北平著名的儿科大夫叶医生从国外回来，才将她治好。

贺季山自是心疼不已，听女儿说想去公园，而他自己又抽不开身，便让陆依依带着孩子去，并答应女儿，等自己将军中的事情处理好，便去公园接她，并且带她去吃西餐。

沈疏影看见后座上坐着一个年轻女子，怀里抱着一个三四岁的小女孩，两个人都笑着，很是高兴的模样。不过是惊鸿一瞥，她却还是认出了那是她的孩子！那是她的女儿！

她几乎是疯了，忙坐上了那辆黄包车，让车夫跟了上去。

一路上她都晕乎乎的，生怕车夫将那辆车跟丢，好在那车开得极慢，黄包车远远地跟着，一直到了公园门口才停下。

她将口袋里的钱全部掏了出来，也不看有多少，一股脑儿地塞在了车夫的手里。

公园早已被封锁，侍从们分排站在门口两侧，她压根儿进不去，只得缩在一处不起眼的角落里，等着女儿出来的时候，好再看她一眼。

傍晚，陆依依牵着囡囡的小手走出公园，就见贺季山的车队已经等在了那里。

看见爸爸，囡囡高兴坏了，一把挣开她的手，向着贺季山扑去。

而男人自是将她抱在怀里，在女儿的小脸上亲了亲，笑着问道："囡囡玩儿得高不高兴？"

囡囡兴高采烈的，让爸爸带着她去吃西餐。贺季山答应着，还未转过身子，就看囡囡小手指向陆依依，嘟囔道："陆阿姨也去！"

贺季山转过脸，淡淡地看了陆依依一眼，道："一起去吧。"

陆依依几乎不敢相信，就见囡囡从贺季山怀里向她张开了胳膊，要她抱。她怔怔地上前，将孩子抱在怀里。远远望去，他们三人便好似一家三口，孩子脸上的笑容是那般灿烂。直到上了贺季山的车，陆依依都是云里雾里的，如同做梦一般不真实。

待贺季山的车队开走后，却见一个侍从指着一处道："看，那里好像有个人晕倒了。"

另一个侍从扫了一眼，不以为然："这年头，晕倒个人还不正常？少管闲事。"

沈疏影醒来时，见自己躺在医院里。看她睁开眼睛，守在床头的老太太便舒了口气，温声道："姑娘醒了？"

见她眼底满是迷茫，那老太太便又笑道："你在大街上晕倒了，我和我家老伴儿把你送到了医院，医生说你低血糖，又受了风寒，要好好养着。对了，你家住在哪儿？我帮你通知家里人吧。"

沈疏影听着那一个"家"字，只觉得心如针扎，她摇了摇头，只呢喃出一句话来："我没有家。"

她话刚说完，那老太太便一怔。而沈疏影转过眸光，视线落在老太太身后的女童身上。

那女童不过两三岁的年纪，依偎在老太太的怀里，怯怯地看着她。

"哦，这是我孙女。"老太太见沈疏影出神地看着孩子，心里却有些发怵，只将孩子搂紧。

"我有个女儿，也像她这么大。"沈疏影的唇角绽放出一抹柔弱无依的微笑，话音刚落，她挣扎着坐起身子。那老太太赶忙上前扶住，嚷道："医生说你不能起床，还是快躺下。"

沈疏影只说自己没事，她从耳垂上取下一对珍珠耳环，递到了老太太的手里，赧然道："老婆婆，我身上没有钱，这对耳环便留给您去抵药费吧。"

说完，她拔掉了手上的针管，下了床，也不顾那老太太的阻拦，便匆匆出了医院。

回到旅馆，沈疏影打了个电话去梅公馆，岂料梅公馆里的人告诉她，梅丽君早已在两年前结了婚，跟着夫婿，去了日本定居。

她的心倏然一凉，挂上电话，竟是举目无亲，惶然无助。

剩下的钱，已经不够支付房费了。她默默坐了许久，起身收拾行李时，

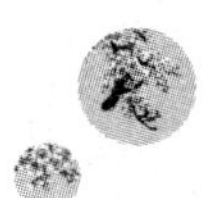

却骤然看见了那张名片。走投无路的情形下，她去了那家诊所。

叶允良回到诊所，便听护士说有一位小姐已经等了他好一会儿，他心头一动，脚步便控制不住地快了起来，直到推开诊室的门，便见到那娇柔温婉的身影。

“沈小姐。”叶允良依旧是风度翩翩，抬眸却见沈疏影脸色苍白，就连唇瓣都没有丝毫的血色，他眉头一皱，声音里便带了几丝担忧，“你生病了？”

沈疏影头晕眼花，却仍是支撑着，先是礼貌地与叶允良问好，而后眸底便浮起几许羞窘，垂首道：“不知叶先生的诊所，有没有我力所能及的事情？”

叶允良没有说话，目光满是专注，凝视着沈疏影的眼睛。

“我需要一份工作。”沈疏影与他对视着，心里却是紧张与不安。若想在北平继续待下去，若想再次见到女儿，她必须先养活自己。

“叶先生？”见他只是看着自己，沈疏影心头慌得厉害，生怕他会拒绝自己。

叶允良似是回过神来，他没有多说什么，只是点了点头，示意她可以留下。

沈疏影松了口气，唇角梨涡浅浅，就那一抹淡淡的笑意，看得人柔肠百转。

夜渐渐地深了。

官邸里一片寂静，陆依依守在囡囡的小床前，静静地为孩子读着故事，直到一本童话全部读完，仍不见贺季山回来。

囡囡耷拉着眼皮，可怜兮兮地摇着她的胳膊：“爸爸怎么还没有回来？”

陆依依抚着孩子的小脸，柔声哄道：“小姐先睡吧，等睡醒了，就能看到爸爸了。”

囡囡努力地睁着眼睛，呢喃了一句：“我要等爸爸……”话还没说完，却小脸一歪，睡熟了过去。

陆依依看着心头一软，为她细心地盖好小被子，蹑手蹑脚地刚走到门口，就见贺季山走了过来。

“司令。”她心头猛跳，站在那里唤了一声。

贺季山淡淡颔首，径直走到女儿床前，见女儿的小手露在被外，于是轻轻地拿起来送进了被子里。

每天无论他回来多晚，回到官邸的第一件事，便是到婴儿房去看女儿。

孩子肌肤雪白，长长的睫毛覆在那一双宛如秋泓的眸子上，因是熟睡，那睫毛便微微轻颤着，粉嫩可爱。

贺季山的大手抚上了女儿的小脸，这孩子越来越像沈疏影了，每次看到女儿，都让他的心如凌迟般剧痛。他实在无法忍耐，抵御不了心里蚀骨的相思，唯有在看见女儿的时候，那种思念才会慢慢平静，尔后，便是更大的痛楚。

他收回自己的手，一声不吭地走出屋子，经过陆依依身边时，陆依依闻到了他身上有一股淡淡的酒气，他喝酒了。

来到官邸三年，她极少见他饮酒，唯一的一次，还是在两年前，那一晚贺季山喝得酩酊大醉，回到官邸时，几个人都扶不住他，何德江与侍从官一左一右架着他，而他却一把将他们挥开，自己不管不顾地向西楼奔去。

所有人都愣在了那里，唯有何德江大着胆子跟了上去。柳妈整张脸变得煞白，忙对她吩咐，让她快去把小姐抱来。

等她将囡囡用毯子包好，随着柳妈一道上了西楼时，就见二楼的卧室已经被男人踹开。这栋楼被封了许久，就连走廊上都泛起一股子霉味，而贺季山则是整个人大剌剌地横在床上，酒气熏天。

也许是喝了酒难受，他在睡梦中也并不安稳，那眉头皱得死紧。忽然，他的嘴唇动了动，唤出两个字来。她站在一旁听得清楚，那两个字一听便知是女人的名字，他一声声地唤着，似是抓心挠肝，难受到了极点。就连孩子在一旁喊爸爸，他也不理会，只一声声地喊着那两个字，一遍遍地喊，一直到了半夜，才慢慢安静下来。

从那以后，她再也没见他喝醉过。

其实，那时候她真的很想问一问他，既然那样想念一个人，又为什么不去将她接回来？

一早，沈疏影便见叶允良神色匆匆，对一旁的助手吩咐了几句，便拿起药箱。

见到她，叶允良微微颔首："你今天的气色看起来好了许多。"

沈疏影端着早餐，见叶允良一副要出门的样子，问道："您要出门？"

叶允良点了点头："刚才接到电话，说是贺司令府上的千金起了咳嗽，让我过去一趟。"

沈疏影听了这话，脸色"唰"地一下变得苍白。叶允良见她脸色不好，于是温言道："今天没什么事，待会儿你便回去歇着吧。"

沈疏影强撑着镇定下来，问道："贺司令的千金，咳嗽得严重吗？"

叶允良笑了笑，还不等他开口，一旁的助手便道："那孩子是早产，三天两头头疼脑热的，前阵子受了风寒才好，这又咳嗽起来了。先生从法国回来还没有一个月，便已经去了好几趟官邸。"

说完，那助手摇了摇头，又说道："一个官邸那么多人，也不知是怎么照顾孩子的，成天生病。"

沈疏影听着这话，却是心如刀绞，泪水"唰"地落了下来，端着餐盘的手止不住地哆嗦着，只让一旁的两人看得一怔。

"叶先生，我求您，您能不能带我去官邸？"沈疏影哽咽着，满眼的泪水。

"你先出去。"叶允良回头对助手说了一句，待他走后，他看向了沈疏影，乌黑的眸子十分温和，道，"你要先告诉我，为什么要去官邸？"

沈疏影一颤，晶莹的泪珠滚滚而下。她垂下眸子，隔了许久，才沙哑着嗓子，说了一句："那是我的女儿。"

官邸。

囡囡被陆依依抱在怀里，一张小脸因为咳嗽憋得通红，整个人瘦瘦小小的，犹如刚出壳的雏鸟，泪眼汪汪地要爸爸。

陆依依不停地哄着，安慰她爸爸马上就回来。

叶允良的车一路疾速地驶到了官邸，他下了车，身后还跟着一个低眉顺眼的护士。那护士穿着宽大的白色大褂，将身形尽数掩住，脸上戴着口罩，把一张脸全部遮住，只露出一双眼睛，可那双眼睛却又低垂着，让人看不清楚。

见到叶允良，柳妈赶忙迎了上来，将他请到婴儿房，对他身后的护士则是连正眼也没瞧。

沈疏影一心记挂着孩子，待走近那间熟悉的婴儿房时，她的腿不住地哆嗦着，连身子都在发抖，所幸所有人的心思都在孩子身上，压根儿没有人留意她。

隔了三年，一千多个日日夜夜，她终于看见了她的女儿。

在看见孩子的一刹那，眼泪瞬间从眼眶里涌出来，几乎将她脸上的口罩都给打湿了。

叶允良先是让陆依依将孩子送到床上平躺着，自己则拿起听诊器，搁在了孩子的胸口上。

沈疏影眼睛一眨不眨地看着孩子，听着孩子微弱的哭声，她只觉得自己的心都要碎了。时隔三年，她的孩子长大了，再也不是她记忆中那个小小的婴儿。她曾无数次地想过，女儿现在会是什么样子，直到此时看见了囡囡，她才知道，原来孩子长得那样像她。

打针的时候，孩子挣扎得厉害，陆依依不得已只得将她抱在怀里。囡囡细声细气地哭着，撇着小嘴一个劲儿地要爸爸。贺季山去了热河开会，听到女儿生病的消息已经在回来的途中，却还不曾回到官邸。

沈疏影的眼泪一直在流，她生怕被旁人看出来，只将头深深地低下去，那一行行滚烫的泪一路落进脖子里，堵在她的心口，让她难受到不能呼吸。

眼睁睁地看着那尖尖的针头扎进了孩子的身体，囡囡的哭声在这一刹那变得撕心裂肺起来。她没有再要爸爸，而是含混不清地喊妈妈，那一声声的“妈妈”只把人的心都哭碎了。沈疏影看着她被陆依依抱在怀里，一张像极了自己的小脸上满是泪痕。她张着小胳膊，那样地委屈，小嘴里不停地要妈妈。

她再也顾不得了，只想向女儿冲过去，可她刚动了动身子，站在她前面的叶允良便回过头来，乌黑的眸子雪亮，就那样看了她一眼。

只一眼，便让她刹那间回过神来。

打过针，孩子没过多久便沉沉地睡着了，叶允良细细叮嘱了一番，便收拾好药箱，领着沈疏影一道离去。

沈疏影最后看了一眼熟睡中的女儿，美丽的眸子里满是依恋，几乎舍不得挪开，直到一旁的陆依依不解地看向她，她才惊觉过来，忙匆匆垂下眼帘，跟随着叶允良离开屋子。

陆依依看着她的背影，却有一瞬间的恍惚，方才惊鸿一瞥，只觉得这个

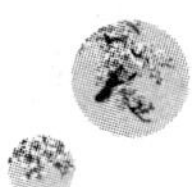

护士的眼睛是那样熟悉，却怎么也想不起来到底像谁。

两人刚走到院子，就见贺季山的车驶了过来，看见那辆熟悉的轿车，沈疏影的脸色倏然变得惨白，只慌乱地隐在叶允良身后，将头深深垂下。

贺季山下了车，看到叶允良便停步向他询问女儿的情形，得知孩子已经安然无事后，男人紧绷的神色顿时一松，深邃的眉宇间便再也抑制不住地浮起一抹浓浓的疲倦。

贺季山对叶允良向来都十分客气，与他道谢后，便一路匆匆地走进了屋子。

直到男人走后，沈疏影才敢轻轻地抬起头，对着贺季山离去的方向远远地看了一眼。

男人的背影一如记忆中笔挺，高大魁梧的身形依旧，她只看了一眼，泪水便模糊了视线。

午后的起士林西餐厅，人并不多，显得十分安静。

“这样说，你这次回来，就是为了这个孩子？”叶允良坐在沈疏影对面，桌上的咖啡雾气缭绕，将他的面孔笼罩得模糊不清。

沈疏影点了点头。也许是早上流了太多泪水的缘故，她的眼睛通红。

“我什么都没有，只有这个孩子，我实在放不下她。”沈疏影说起女儿，便又一次泪如雨下。她在这世上无亲无故，只有这个孩子，若不是有这个孩子，她甚至都不知道自己这三年在法国究竟要怎样撑下来。如果没有对女儿的思念，她或许早已死了。

“小影，”叶允良刚唤出这两个字，便见沈疏影脸删划过一抹惊愕，怔怔地看着他，他略略低眸，继而说道，“请原谅我这样喊你，我只希望，你可以将我当作朋友。”

沈疏影拭去腮边的泪水，轻声对他道谢：“今天的事多亏了您，我真不知道要怎样感谢您才好。”

叶允良摇了摇头，他看着沈疏影的眼睛，推心置腹地道：“你毕竟走了三年，很多事情都不清楚。在北平，所有人都知道贺司令最看重这个女儿，为了这个孩子，他不惜抛下战场；因为这孩子身体不好，医生建议冬天要多泡温泉，他就不惜一掷千金在热河大兴土木，给女儿建了个温泉别墅。就连我，不过是个最普通不过的儿科医生，他对我却远比对那些军政要人还要客气，我说这些，你明白了吗？”

沈疏影听着，一颗心却是沉沉地坠了下去。她的声音十分细微，只呢喃出声：“这样说来，他是无论如何都不会把女儿给我了。”

叶允良闻言，先是一叹，继而道：“我虽不知你与贺司令之间到底发生过什么，但是，你若想从他手里带走孩子，我只能说，这是痴人说梦。”

沈疏影只觉得自己全身变得冰凉，她默默地坐在那里，想起当初女儿出生的时候，早产，让她几乎连命都搭进去，才挣扎着生下了那一个小小的女婴。她从没想过，她和这孩子的母女缘分只有短短的几个月，便会骨肉分离。

“有一句话，不知当讲不当讲。”见她的眼泪一颗颗地往下掉，叶允良心头不忍，再次开口道。

“您请说。”

“贺司令虽说权势滔天，但这些年却从未听说过他与别的女子有过瓜葛，你若真的放不下孩子，不妨直接回官邸，看在孩子的分儿上，我想贺司令总不至于太过绝情。”

沈疏影却摇了摇头，轻轻开口：“我不会回去，我只想要我的孩子。”

她又能以什么样的身份，以什么样的脸面回去？

他杀了她的哥哥，她又怎么可能会回到他的身边？

而当年，他的那句“永远都不要出现在我面前”她仍旧记得一清二楚。他将她送到了法国，不闻不问，甚至没想过连法语都不会说的她，在异国他乡究竟要怎样才能活下去。

他那样狠心，真的放任她一个人自生自灭，隔着那样遥远的距离，日日夜夜地思念着女儿，被折磨得生不如死。

他在报刊上的启事，早已让他与她之间再无任何关系，唯一有的，便是那联系着他和她共同血脉的孩子。

现在，她只要那个孩子。

“小影，若你把我当作朋友，就听我一声劝，那个孩子你是无论如何都带不走的，忘了吧。”叶允良声音低沉，眼里满含怜悯。

“我也想忘了，可那是我的孩子，我忘不了。”沈疏影闭上眼睛，一大串的泪珠顺着眼眶缓缓滑落下来，犹如晶莹的露珠，落在绽放的花蕊上。

玛伦萨。

灯红酒绿，一派的靡靡之音。

孟静蓉一袭华丽的西式长裙，刚下车，便有人恭恭敬敬地迎了出来，领着她顺着贵宾通道，一路进了包厢。

包厢里空荡荡的，贺季山还没有来。她好整以暇地坐在沙发上，缓缓地燃起了一支烟。舞台上的帷幕已被缓缓拉开，舞女们争相亮相，莺莺燕燕，好不热闹。

一支烟刚抽完，便听走廊外响起一阵整齐而有力的脚步声，即使那样多的人，她却仍是敏锐地捕捉到了属于贺季山的那一道足音。

戎装岗哨已经分排站好，贺季山一只手推开包厢的门，走了进来。

孟静蓉十分慵懒，看见他进来也只是对着眼前的沙发微微颔首：“坐。”

贺季山面色淡然，走到她身边坐下。孟静蓉见他脸色不好，便笑道：“听说你那个宝贝闺女又生病了，就连北平出了名的儿科医生都整天待在官邸，只不知孩子现在好了没有？”

贺季山看了她一眼，语气十分平静，也不废话，直接道：“什么事？”

“贺季山，你还记不记得当年你在我父亲面前说过什么话？”孟静蓉凝视着眼前的男人，昏暗的灯光下，她的肌肤依旧是莹白似玉。

男人面色微微一沉，却并不说话。

“你说，你这一生都只会爱我一人，我会是你这一辈子唯一的合法妻子，你会一生一世将我捧在手心，若违此誓，天打雷劈，是不是？”见他不开口，孟静蓉索性替他说了下去。

贺季山闻言，微微一哂，道：“不错，我的确这样说过。”

孟静蓉便也“呵”地一笑道：“人们都说男子汉大丈夫，一言九鼎，我还以为你早将这些话给忘了，没想到你还记得。”

“说，你究竟想怎样。”看那样子，贺季山已经失去了耐心。

“我不想怎样，我只要你履行当年的誓言。”

孟静蓉语声清冽，一双眸子在灯光下闪烁着细碎的光芒，皎皎如星。

“你要我娶你？”贺季山唇角微勾，似是在听一个笑话。

孟静蓉看见他唇角的嘲讽，心头猛地一紧，美眸流转间，依旧是笑靥如花。

“是，我是要你娶我。”女子话音刚落，就见贺季山低声笑了笑，她瞧着，声音便冷了下去，“你笑什么？”

贺季山没有说话，只将眼眸落在大厅中的歌舞上，坚毅的侧颜落在孟静蓉的眼底，漠然得令人难以忍受。

“你觉得我可笑？”孟静蓉再次燃起了一支烟，吸了一口后，涂着蔻丹的手指轻轻弹了弹烟灰，这才向男人望去，“你不要忘了，你现在的处境，只有我才可以帮你。”

贺季山这才转眸看了她一眼，脸上依旧是不置可否的神色，只道：“回去告诉你那些旧臣，让他们只管放马过来，我贺季山随时恭候。”

语毕，他站起身子。

见他竟然要走，孟静蓉从沙发上站起身，开口道：“贺季山！”

男人的脚步不停。

“你到底还是不是男人？你当年发的那些誓究竟算个什么？”孟静蓉再也无法忍受，她的眸子雪亮，心底的委屈与痛苦汹涌而来，犹如火山爆发。

贺季山的身形顿了顿，却仍旧是头也未回，低沉着嗓音道：“你说算什么，那便算什么。”语毕，接着向包厢外走去。

孟静蓉看着他的背影，绝望的寒意一丝丝升起来。这么多年，她心心念念的他，她一次次挣扎，而他却这样残忍，带着不屑一顾，连看都不曾多看她一眼。她重新沉入那无边无际的黑暗，四周都是蚀骨的冷，令她不能呼吸，不能动弹。

“你就不怕天打雷劈？”她终是歇斯底里，对着他的背影恶毒地诅咒。

男人的脚步终是停了下来，他回过头，脸上是无动于衷的表情，目光里则是一片幽黑的冷。他就那样看着她，猝不及防地，他淡淡笑起来，道：“我人都在地狱里了，还怕什么天打雷劈。”

那样轻飘飘的一句话，几乎没有任何分量，说得毫不在意，却让她骤然怔在了那里。

而贺季山，早已转过身子走出了包厢，留下她一个人木怔怔地站在那里，就听走廊上立刻传来一声“敬礼”，接着便是众人离去的声音。那步伐整齐一致，轰然地从她的心尖碾过，一步一个坑……

回到官邸时，正值深夜。

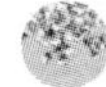

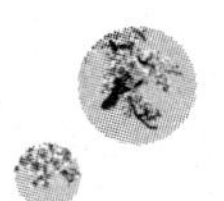

贺季山下了车，先去看女儿，见孩子沉沉地睡着，怀里搂着一个洋娃娃，呼吸均匀，小脸已经比前几日红润了不少。他在床头守了一会儿，也没听见孩子咳嗽，便略微放下心来，起身回到了书房。

桌子上的文件散落得到处都是，他也没心情收拾，顺手打开茶杯，却见里面是满满的一杯杏仁茶，触手犹有余温。

他的眸子一沉，抚着那茶杯的手却抑制不住地颤了颤，继而便举起杯子，猛地向地上摔去，发出好大一声响。

立刻有人奔了进来，就见他一脸阴沉地坐在那里。这些年他的脾气逐渐暴戾，经常无缘无故地发火，侍从官也不敢多言，见地上一地的碎片，便小心翼翼地开口："司令，要不让属下重新倒杯茶过来？"

"不用，全给我下去。"贺季山燃起一支烟，面无表情。

侍从官将书房的门掩上，走了好几步，才对着身后的侍从喝道："那杯杏仁茶是谁送进去的？"

守夜的侍从面面相觑，就听其中一个言道："是厨房一个小丫头送来的，属下打开一瞧，也没有多想……"

话还没说完，侍从官便一脚踢了上去，骂道："不长眼的东西，司令这三年来哪曾喝过杏仁茶？下次都给我机灵点儿，省得怎么死的都不知道。"

侍从俱是低下了脑袋，侍从官骂骂咧咧，终是放不下心，让人又沏了一杯碧螺春来，送到了书房里去。

"你们听说了没有，贺司令和孟小姐怕是要结婚了。"一大早，诊所里便有护士嘻嘻哈哈地聚在一起聊天，不知怎地谈到了贺季山，只让一旁整理东西的沈疏影一怔。

"是啊，我也听说了。如今江南的刘振坤步步紧逼，辽军内部又分成了两派，听说孟家旧臣全部拥戴那位孟小姐，都嚷嚷着要回关外。我表哥就是辽军里的一个连长，他说辽军现在简直乱成了一锅粥，两派随时都可能打起来。"

"可不是，若真打起来那可糟了，刘振坤肯定会趁着这个机会向江北进攻，这可怎么办？"

"现在外头都在传，贺司令已经向孟小姐求婚了，可孟小姐不同意，说是嫌弃贺司令的那个女儿，说只有贺司令将女儿送走，她才答应。"

"哎呀，那这孩子该多可怜，从小就没娘，贺司令如果结了婚，她岂不是连爹都没有了……"

一群人叽叽喳喳地说着，谁也不曾留意到沈疏影。沈疏影听着这些话，脸色却是煞白。

她冲出诊所，买了一份报纸，打开一瞧，果真见上面的头版写着"贺孟联姻，天下太平"八个大字。

《明报》主编一支笔杆子，将如今的形势洋洋洒洒，长篇大论地道了个遍，只道辽军如今内部分裂，外有强敌，唯有联姻才是上上之策，而今正值与江南的浙军生死交战之际，贺季山身为辽军主帅，若不能将孟家安抚，便腹背受敌，大有将江北的大好河山送于敌手之虞。

通篇看下来，沈疏影的心头是越来越冷，她的手一松，那报纸轻飘飘地落在了地上。她手足无措地站在那里，心中却只是惦记着女儿，想起方才那些护士的话，她只觉得一颗心难受到了极点，泪水滚滚而下，唇中呢喃出两个字来："囡囡……"

她闭上眼睛，泪水噼里啪啦地往下掉，不知过了多久，她拭去泪水，拦了一辆黄包车，向着叶宅的方向驶去。

北大营，指挥所。

贺季山看完手中的报纸，便一记冷笑，将那张纸"啪"的一声甩在了桌子上。

"司令，眼下北平城里人心惶惶，坊间更是纷纷传言，都说您要娶孟小姐。"何德江站在一旁，眸中满是焦虑。

贺季山燃起一支烟，深吸一口后，看了他一眼，道："除此之外，他们还说了什么？"

何德江一怔，似是不敢开口。

"孙正平，你说。"

听到贺季山的声音，站在何德江身旁的孙正平便开口道："还有人说，您已经向孟大小姐求婚了，只因为孟小姐说您有孩子，要您把孩子送走，她才答应嫁给您。"

听了这话，贺季山一记冷笑，只熄灭了烟卷，道："放他妈的屁。"

"可不是，这些话也不知是从哪儿冒出来的，说得倒好像咱们怕了孟家

那帮人一样。司令，你只要下个命令，属下保管将孟家那帮人收拾得服服帖帖。”孙正平说着，更是不忿。

贺季山却摆了摆手，道：“现在还不是时候，你们先下去，让人把这个主编给我抓起来，以后，若有谁再敢提起这件事，严惩不贷。”

两人都知道贺季山向来最烦这种文人，俱是领命而去。

叶宅。

叶允良刚从楼上下来，便见沈疏影坐在沙发上，一双眼睛通红，他看着，眉头便一皱。

“小影，”他走到她身边，低声问道，“怎么了？出了什么事？”

沈疏影见到他，便好似在绝境中抓住了一根稻草：“叶先生，我刚才听说贺司令要与孟小姐结婚，这是真的吗？”

叶允良扶着她在沙发上坐下，口气依旧温和：“来，先坐下再说。”

沈疏影心头惶然，只紧紧地看着他。

“不错，我也的确听到了一些消息，前几日在官邸，也无意间听到丫鬟在说这事。”

沈疏影脸色雪白，十指纤纤，紧紧地握在一起：“那，我的孩子，我的孩子怎么办？”

想起自己的女儿要认孟静蓉为母，沈疏影便心如刀绞。她不是不知道孟静蓉对自己母女的恨意，若是女儿落在她的手上，只怕会凶多吉少。

“你先不要着急，这些都只是传言，还做不得真。”

“叶先生，我想去看孩子！”沈疏影忍住眼底的泪水，一张芙蓉秀脸，两颊处挂着晶莹的泪珠，只衬着一双剪水美瞳宛若湘水，说不出的楚楚动人。

叶允良颔首：“再过几日，我会去官邸为孩子检查身体，到时候我会再带你过去。”

沈疏影却摇了摇头：“不，我要去见贺季山。”

叶允良闻言，眉头顿时紧皱：“你要去找贺司令？”

沈疏影点了点头，乌黑的睫毛早已被泪水打湿，一双眼睛倒是水汪汪的：“我要去问他，如果他真的要和孟静蓉结婚，他会怎样安排女儿，如果他真的要将孩子送走，那我可以求他，让他把孩子交给我照顾。”

叶允良沉吟片刻，方道："小影，其实我有一句话，一直都想问你。"

"您说。"

"你与贺司令之间，究竟还有没有可能在一起？"叶允良黑眸深邃，笔直地看着她的眼睛。

沈疏影心头一酸，只摇了摇头："我和他已经再无关系了，永远都不可能在一起，我现在只想要我的孩子。"

叶允良沉默片刻，缓缓低下头，道："你可曾想过，就算你将孩子要了回来，你们母女，往后又怎样过日子？"

"我会带着孩子回法国，我在法国有一份工作，在教会学校里教英文，我会养活我的孩子。我们家乡有一句话，叫作宁愿跟着讨饭的娘，也不跟当官的爹，我不能让我的孩子跟着继母，也不能让她这么小就被她爸爸送出国。"沈疏影声音轻柔，即使眼泪一颗颗地往下掉，眼里却满是坚定。

叶允良见她满眼的泪水，心头便五味杂陈，他不再多说，只道："走吧，我陪你去。"

沈疏影大惊，慌忙道："不，我自己去就好。"

叶允良便微微一笑，温声道："贺司令身边侍从众多，你若独自一人过去，只怕他身边的人不会让你见他。"

沈疏影一怔，蓦然想起了何副官，顿时觉得叶允良说得不假，她随着叶允良站起身子，眼中满是感激："叶先生，谢谢您。"

叶允良眸光温和，只道："你若不介意，往后就喊我叶大哥吧。"

他的目光专注，瞳孔中似有火苗，沈疏影看着，心头微微慌乱起来，只得将脸转开。

叶允良收回视线，只吩咐仆人备车，自己则走到电话前，将电话打到官邸后得知，贺季山如今身在军营。他放下电话，与沈疏影一道上车，司机发动了车子，向着军营驶去。

军营极远，一路颠簸不已，沈疏影在路上便开始晕车，通过哨卡时，她差点儿晕过去，等到了军营，更是连站都站不稳，幸得叶允良一把扶住她的腰际，低声道："还好吗？"

沈疏影点了点头，一张小脸却是毫无血色，想到马上就要见到贺季山，只让她全身颤抖，手心里全是冷汗。

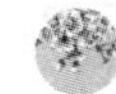

叶允良知道她慌张到了极点，便温言抚慰："你放心，还有我。"

男人的声音温和而低沉，听在她的耳里，让她心里一暖。她点了点头，竭力让自己镇定下来。

叶允良见她平静下来，遂收回了手，领着她向指挥所走去。

军营里的侍从自是认识他，听他说有关于孩子的病情要告诉司令，一个个都不敢怠慢，赶忙去通报，没多久便匆匆赶了回来，对着叶允良敬了一个军礼，恭声道："叶先生，请。"

叶允良刚走进办公室，就见贺季山正坐在椅子上抽烟，见到他，便掐灭了烟卷，对他十分客气地唤了一声："叶先生。"

"叶某冒昧前来，还望司令海涵。"叶允良彬彬有礼，对着贺季山不亢不卑道。

"叶先生客气了，有话请说。"贺季山依然坐在那里，等着叶允良接下来的话。

"贺司令日理万机，叶某本不该打扰，只不过有一个人，想要见您。"

"谁？"贺季山眉头微皱，道出一个字来。

叶允良没有回答，只是转过身子，对着门外唤道："小影，进来吧。"

听到那两个字，贺季山的脸色顿时变了。他的眼睛死死地盯着门口，就见那抹魂牵梦萦、心心念念的身影缓缓地走了进来。

沈疏影一袭素色衣裙，小小的荷叶领，绣着雅致的兰草，头发全部束在脑后，露出一张巴掌大的瓜子小脸，也许是因为紧张，虽然脸色苍白，可两颊处透出一抹淡淡的红晕，仿佛从肌肤里渗透出来似的，只衬得那张小脸白里透红，清丽如画。

贺季山只觉得自己脑子里轰然一响，身子顿时僵在了那里，心口却是一窒，简直要他透不过气来。他从椅子上站起，脸上的肌肉微微跳动着，鼻息粗重，呼吸越来越重，那脸色则是骇人地发白，简直比沈疏影的脸色还要难看。

沈疏影看了他一眼，顿时觉得心如刀割。她动了动嘴唇，想好的话却是一个字都说不出，唯有一大颗眼泪掉了下来，接着又是一颗，几乎难以忍受，只慌乱地转过脸，死死压抑着不让自己哭出声来。

贺季山看着她，整个人都好似蒙了，不敢相信她站在自己的面前。他胸口的激荡一阵高过一阵，刚要上前，就见沈疏影转过头来，清亮的眼眸凝视着他，声音虽是沙哑，却极是清晰：“贺司令，听说您要结婚了，我想要回我的孩子。”

就这一句话，便如凉水一般从头浇了下来，让他停下了脚步，从那一片意乱情迷中清醒过来。

他竭力令自己的呼吸平稳下来，一双眸子只看着眼前的女子，那目光深敛似海，透出灼灼的光芒，针刺一般，让人看着心头发寒。

三年未见，他并没有什么变化，只比以前更森冷了些，沈疏影看着他一步步向自己走来，她心里一慌，还不待她向后退去，一旁的叶允良便上前，挡在了她的面前。

“贺司令，有话好好说。”叶允良迎上贺季山的眸子，他自小在国外长大，学医的人，自是格外稳重。

“你算个什么东西！”贺季山扫了他一眼，声音里已经有了严峻的气息。

“小影是叶某的未婚妻。”叶允良依旧是风度翩翩，清俊儒雅的脸上十分平静，一句话只说得自然而然。

沈疏影一怔，透过叶允良的背影，就见贺季山的眼底血红，似是能喷出火来。他冷冷地盯着她，目光异样，带着深入脏腑的刺痛，就那样一动不动地看着她。

“贺司令，我们今日前来，只是为了和您谈一谈孩子的事情。”叶允良再次开口，语调不急不缓，比起贺季山的急痛攻心，他则显得格外平静。

“滚出去。”贺季山看都不曾看他，低沉的嗓音道出三个字来。

叶允良面色不变，道：“若您今日不便，那我和小影下次再来。”

也许是那两个字刺进了贺季山的心，就见男人一声冷笑，一只手攥住了叶允良的衣领，迎面便是一拳。叶允良的身子向后倒去，唇角崩裂，顿时满脸是血。沈疏影看着这一幕，惊呼一声：“叶大哥！”

还不等她向叶允良奔去，贺季山便一把钩住她的肩头。她只觉得头皮一紧，原来是头发被男人抓住。然后她呼吸一窒，下巴已经被男人紧紧捏在了手里，男人那样用力，只让她疼得脸色发白。

贺季山唇角微勾，森冷的语气不带丝毫温度：“先有薄少同，再有叶允良，沈疏影，我真没想到，你对医生倒真是情有独钟！”

就这一句话，便让沈疏影的脸色变得苍白，她站在那里，身子抑制不住

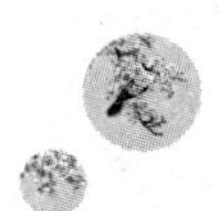

地轻颤。

她的眼泪在眼眶里转了几转，只喊了一声：“贺季山……”

“你喊我什么？”男人脸色一变，加重了手下的力道。

“贺司令。”她将眼泪忍下去，心如针扎。

贺季山放开手，冷笑道：“你胆子倒真是不小，居然还敢回来。”

沈疏影的眼泪终于哗哗地流了下来。

“贺司令，您已经与小影再无任何关系，还请您自重。”叶允良面色沉静如故，只擦了擦自己的唇角，站起了身子，走到沈疏影身边。

贺季山看了他一眼，唇角却勾出一抹冷笑，道：“叶允良，是不是我对你客气了几次，你就不知道自己几斤几两了？”

叶允良面色微变，刚要说话，却感觉沈疏影轻轻摇了摇他的衣袖，对着他小声道：“叶大哥，你能不能出去等我，我有些话，想和他说。”

叶允良回过头来，低语道：“你一个人，可以吗？”

沈疏影低垂眼帘，轻声道：“您放心。”

叶允良点了点头，起身走出了办公室。

屋子里只剩下贺季山与她两人。

沈疏影低着头，看着地上那乌黑的军靴，心头一阵阵地发紧。她的下巴再次被男人一把抬了起来。贺季山的眼睛掩在军帽下，一片淡淡的阴影，透着浓烈的怒与恨，那目光犹如一把利剑，恨不得将她劈开。

他的嘴角绷得紧紧的，声线如同结了冰，一如既往地干脆利落：“沈疏影，我不问你和姓叶的之间是怎么回事，我只给你一个选择，你给我离开他。”

沈疏影抬起眼，迎上他的视线，眼泪依旧在眼眶里打转，却硬生生地不让它们落下。她的声音很轻，一字字地刺进他的心里去：“贺司令，我和谁在一起，与您无关。”

他的脸色“唰”地一下变得铁青。他死死地盯着她。这三年来，他几乎将自己煎熬得发了狂，只有他自己知道，在她离开的那些日子里，他夜夜从梦中醒来，身旁却早已没有了她的影子。他一次次缓慢而迟疑地伸出胳膊，在身旁虚虚地搂住一个虚幻的人形，没有人明白那种滋味。

只有他自己知道，他有多想她，痛彻心扉地想着她，即使他对着自己的心打了一枪，可这颗心却依然想着她！不受控制地想着她！

直到，他再次见到了她，从她口中说出的第一句话却是，她要带走他的女儿！

贺季山的黑眸阴沉，如同乌云密布，却仍是发出灼灼的光芒，他轻扯嘴角，几乎是恨得发了狂，咬着牙，冷笑着说出一句话来："我贺季山不要的女人，也还由不得别人来要。"

沈疏影心口刺痛，却仍是定定地看着他的眼睛，声音又轻又小："贺司令，我今天来，只想和你谈一谈孩子的事情。"

男人声音沙哑，勾起唇角，冷笑着道："你配吗？"

沈疏影的眼泪"唰"地落了下来，她声音哽咽着，努力地出声："那是我的女儿，我是孩子的母亲。"

"我倒想问你一句，孩子需要你的时候你在哪儿？你一走三年，如今带着个男人来问我要孩子，沈疏影，我告诉你，你趁早给我死了这条心！"贺季山声音森冷，眸底更是怒到了极点，简直恨不得将她撕碎在自己面前。

若他不说还好，此时听他提起，沈疏影的眼泪更是汹涌。她独自一人在法国，身上的钱甚至连房租都不够支付，只得去给人做帮佣，若不是后来遇到柯瑞莎嬷嬷，让她去教会学校当了英文老师，她几乎不知道自己要怎样生活下去。

她省吃俭用，整整用了一年多的时间，才攒够了船票钱，便赶忙回来看女儿，是他让自己与孩子母女分别，如今，他却说她不配！

沈疏影深吸了口气，凄楚的语气更是刺得贺季山五内俱伤："你已经快要结婚了，孟小姐不会喜欢囡囡的。算我求你，你不要把孩子送走，你把囡囡交给我，我会好好照顾她，绝不会让你为难。"

她满眼的泪水，语气里更是祈求，让他看着，只觉得心口痛到了极点，甚至不能呼吸。

原来她是这样认为的！原来她和所有人一样，以为他会娶孟静蓉，以为他会将自己的骨肉送走！

刹那间，贺季山心如死灰，他等了三年，盼了三年，等来的，盼来的，却是她亲口告诉他，他的坚持，不过是场笑话。

"沈疏影，这么多年我对你如何，没有人比你更清楚，你就这样看我？"他一把扣住了她白皙纤细的颈，额上青筋毕露，除了勃然大怒，眼底渐渐生出一抹痛到极点的绝望。

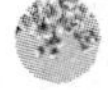

沈疏影急促而虚弱地呼吸着，她透不过气来，一张脸都憋紫了，贺季山这才收回了自己的手。她的身子一软，瘫在地上，痛苦地咳嗽起来。

“你给我滚！”贺季山闭上眼睛，低沉的嗓音不带一丝喜怒，他只觉得疲倦极了，就连眉宇间都是沉重的倦意。

沈疏影头晕眼花，在法国的三年，大大损耗了她的健康，她瘫在那里，过了许久方才挣扎着站起身子。她看着眼前的男人，忍住喉咙里的涩意，再次开口：“我知道你很疼爱囡囡，以后……”

不等她说完，贺季山便一记冷笑，厉声打断了她的话：“这世上想给我生儿子的女人不知有多少，你不过生了个丫头片子，你以为我稀罕？”

“那我求你，你把孩子给我吧，我求求你……”沈疏影仰着小脸，她比三年前更瘦了些，整个人站在那里，柔弱得不盈一握，娇柔的小脸雪白，满是泪痕，便如同雨打梨花，带着令人心碎的美丽。

“我偏不把孩子给你。”他的声音低到了极点，话音刚落，便见沈疏影的脸色惨白如雪，犹如一个孩子般站在那里，泪珠一颗颗地往下掉，终于唤出了他的名字：“贺季山，你到底想怎样？”

他想怎样？他也想问问自己，到底想怎样！

“这句话应该是我问你，你想怎样？”男人一把扯过她的身子，魁梧的身躯竟微微发抖，眼里是濒死的绝望，犹如困兽一般。

“我只要我的孩……”

他的吻就在这一刻落了下来，狠狠地压上了她的唇瓣，将她的话全部堵了回去。时隔三年，她的唇依然柔软，带着蜜一样的芳香与清甜。她实在太虚弱了，连挣扎的力气都没有。她的腰身被他紧紧地箍在怀里，那一种熟悉的柔软与幽香几乎让他身体里的每一根神经都苏醒过来。这样久的日子，一千多个日日夜夜，他终于将她重新揽入怀中！

他一直都在等，这一刻，就好似久旱逢甘霖，让他再也管不了其他，只不管不顾地尽情索取。他那样急切，胸口处仿佛有一只猛兽，疯狂地、横冲直撞地想要从他的胸口里闯出来。他的胳膊那样用力，几乎要把沈疏影揉碎在自己的怀里。

她呜咽着，在他密密麻麻的吻里简直喘不过气来。她的长发尽数散在他的臂弯里，纤纤十指紧紧地攥着他胸前的武装带，滚烫的热泪从她的眼眶里汹涌而出。他紧紧地锁着她，让她一点儿也动弹不得，只得任由他攫取。

她的脸色越来越白，只觉得无论怎样用力，都无法呼吸到空气，她的胸口剧烈地起伏着，终是身子一软，晕在了贺季山的怀里。

贺季山失控般地将她抱在自己的怀里，低眸，便见她闭着眼睛，婴儿般瘫在他的胸前，鬓角已经被冷汗打湿，一张小脸满是泪水，一滴滴砸到他的心里去。

他的呼吸依旧粗重，却牢牢地抱着她，再也没做什么。他低下头，将下巴抵在她柔软的发间，暗如夜空的黑瞳中，深入骨髓的爱怜排山倒海，尽数倾泻而出，让他再也抑制不住，轻轻地唤出那个刻在他心底的名字。

“小影……小影……小影……”他的声音轻柔，一遍遍地犹如梦呓般喊着她的名字，带着刻骨的温柔眷恋，一声又一声。所有的一切，都包含在那一声声的低喃里，而他的眼底，则是情深似海。

沈疏影并没有晕过去多久，恢复意识后，便听到贺季山在耳旁轻声唤着她的名字。她的泪水哗哗地往下掉，却一把从他的怀里挣出了身子。她虚弱到了极点，眼看着脚步不稳，贺季山赶忙上前，就见她一连向后退了几步，说道：“你别碰我。”

男人的脚步顿时停在了那里。他清楚地看见她眼底的抗拒，雪一般地冷，她恨他，她那样恨他！

“你让我看看孩子，行吗？”过了片刻，她倚在博古架上，吃力地喘息着，苍白着一张小脸，眼中是惶然的无助。

“你知道我想要什么。”他站在那里，一字一顿。

“什么？”沈疏影眼眸氤氲，剪水双瞳一动不动地凝视着眼前的男子。

“你。”他只吐出了一个字。

“从你杀了我哥哥的那刻起，我永远都不会和你在一起了。”沈疏影的语气里，透着决绝的味道，刺得他鲜血淋漓。

贺季山却是冷笑，单手抵在博古架上，似是将她圈在自己的怀里，熊熊怒火在他的心底燃烧，那一种寒心的锐痛，促使他用了最粗鄙的字眼，说道：“你陪我睡一晚，我就让你看女儿。”

沈疏影的呼吸一窒，几乎想都没想，便扬起了手，对着他的脸掌掴了下去。

“啪”的一声脆响。

她的力气极小，这一巴掌让人压根儿感觉不到痛意，唯有那一声脆响，

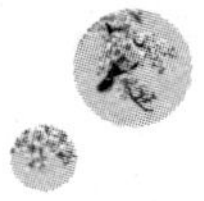

久久地回荡在两人之间。

贺季山怔在了那里。

沈疏影趁着他怔住的空当，伸出手推开了他的身子，可还不待她迈开步子，男人大手一勾，又拦腰将她抱了回来。

“你放开我！”沈疏影眼底含泪，一张脸却是清清冷冷的，遥远得如同天际的一颗寒星，让他无论怎么努力，都是可望而不可即。

贺季山的大手紧紧地箍着她的纤腰，他的目光冷冽，笔直地映进她盈满了泪的眼眸里。

“除非是我疯了，才会放你走！”他将她锁在怀里，乌黑的眼瞳深邃如墨，那样狠绝的神色，令人不寒而栗。

他等了三年，才等到了她，又怎么可能放手。

“贺季山，三年前你便已经通告天下，与我正式脱离了关系，如果你还是个男人，就不要让我看不起你。”沈疏影声音清冽，漂亮的眸子里黑白分明，就那样看着他。

她总是会轻而易举地将他推进深不见底的深渊里去。

贺季山全身的血液就这样一点点地凉下去。他松开了手，眼神中似是要噬人。而沈疏影则是安然与他对视着，眸光如水，竟没有一丝波澜。她看着他，如同看着一个陌生人。

也许是这样的目光狠狠地刺痛了他，他的呼吸沉重而紊乱，遂一只手指向大门，声音犹如困兽，沙哑而凌乱，声嘶力竭地吼出一个字：“滚！”

沈疏影忍住眼底的泪，头也不回地走出了办公室。刚到走廊，就听身后传来一声巨响，似是博古架被贺季山推倒在地上。她听着，一颗心沉沉地往下坠，终是没有忍住，眼泪“唰”地落了下来。

叶允良在走廊处等着她，见她出来，忙迎上去。沈疏影脚步虚浮，一步步都好似踏在云端，她看着叶允良对着自己张开口，那嘴唇一张一合的，她却压根儿听不见他在说什么，只觉得耳朵里嗡嗡作响，还不等走到车子，她便眼前一黑，晕了过去。

因贺季山今天答应了女儿，晚上会回来陪她吃饭，不过下午三四点的光景，囡囡便拉着陆依依的手，兴高采烈地站在廊下等着爸爸。

这一等，便一直等到天色暗了下来，才见贺季山的车队驶进了后院。

看到贺季山，囡囡便“咯咯”地笑起来，从陆依依的怀里挣开身子，向贺季山的身上扑去。

若是在平日，贺季山定会一把将女儿抱起来，怎么疼都不够。可今日，他却只是摸了摸女儿的头，轻声说了句：“去和阿姨玩吧。”

囡囡扑闪着大眼睛，肉乎乎的小手扒在父亲的裤腿上，向着贺季山伸出小手，想要贺季山像以往那般抱着她举高高。

她和她妈妈长得那样像，母女俩都长着一双水汪汪的大眼睛，细瓷般的肌肤，不像是真的，简直像瓷娃娃一样娇弱，似乎一碰就会碎得不可收拾。

贺季山看着女儿，只觉得头疼欲裂，太阳穴突突地跳着，似是宿醉后一样，四肢百骸都麻木了，唯有心头是撕扯般的疼，就像是被人拿什么东西狠狠地钻了进去，撕心裂肺。

他一言不发，只将女儿的手挥开，抬腿向屋里走去。

囡囡从没见父亲这般冷淡地对自己，小小的孩子先是一怔，继而便撇了撇小嘴，对着父亲的背影“呜哇”一声，哭了出来。

陆依依慌了，赶忙将囡囡抱了起来，却是怎么哄都没用，孩子的哭声细细弱弱的，似是受了极大的委屈，只让人听了肝肠寸断。

所有人都怔住了，眼睁睁地看着贺季山将女儿的哭声甩在身后，独自一人去了书房。

他走到书桌前，面无表情地从抽屉里取出一盒大麻烟，燃着后，抽了起来。

他自己也不记得究竟是什么时候抽起了这种烟，或许每一次抽，都是濒临崩溃的时刻，是他实在无法再忍耐的时刻。每当抵御不了心头那抹磨人的思念时，他便会燃起一支烟，有时候也不吸，只闻这股味道，那抹煎熬的痛楚会便被渐渐压下去，一点一滴地被他压下去，等着有一天，迟早要爆发。

侍从官刚走出去，就见何德江正在院子里站着，两人向外走去，直到远远地离开书房，侍从官方开口：“听说，沈小姐今天去军营找了司令。”

何德江的眼神瞬间变得阴沉，道：“那女人根本就是祸水！她这次回来，还不知道要把司令折腾成什么样。”

侍从官也感慨道：“说起来，这沈小姐的心可真是铁打的，司令待她这样好，当年一切都为她安排好，让她去法国读书，她一走却是三年不回来，连孩子都不要了，可真够狠的。”

何德江闻言，面色微微一变，他唇角紧抿，只将眸子里的神色尽数压了下去。

沈疏影醒来时，就见叶允良正守在自己床头，见她醒来，很明显地舒了口气。

“可算是醒了，还有没有哪里不舒服？”他温声开口，见沈疏影挣扎着要从床上坐起，便用枕头垫在她的身后。

沈疏影摇了摇头，苍白的脸上没有一丝血色，眼底却是满满的歉疚。她看着叶允良的眼睛，轻声开口：“叶大哥，我给您添麻烦了。”

叶允良却是微微笑了笑，道：“你不怨我自作主张、口出狂言便够了。”

沈疏影知他所指的是什么，心里止不住一紧。她默默低下了头，如同最纯白的栀子花。

叶允良看了她片刻，终是言道：“小影，你也许觉得我不自量力，但我……从甲板上第一次见到你，我便想要照顾你，只要你愿意。”他紧紧地看着她，几乎将心里的话全盘托出。

沈疏影目光宛若秋水，迎上他的目光，平静地道：“叶大哥，你不了解贺季山，你不知道他会做出多么可怕的事情。多谢你这段日子对我的照顾，你的诊所，我是绝对不能再待下去了，不然便会害了你。”

叶允良听着她声音，虽是温和，却透出了拒绝之意，他的目光无声地低垂，隔了半晌，才道：“恕我冒昧一句，你可是，要回到他身边？”

“我在这世上无亲无故，我的女儿便是我的全部，我想要我的孩子。我已经想通了，无论贺季山提出什么样的要求，我都可以答应他，只要他能将孩子还给我。”

沈疏影说着，便掀开被子，也不顾叶允良的阻拦，起身下了床。

她对着叶允良深深地鞠了一躬，清秀的脸上恬静似水：“叶大哥，你多保重，往后，请再也不要插手我与他之间的事，谢谢你。”

说完，她便向外走去。叶允良站在原地，眼睁睁地看着她越走越远，他张了张口，却终究没有唤出声来。

指挥所。

沈疏影一袭天青色衣裙，已被洗得略微发白，穿在她的身上，却仍旧将她衬托得那般美好。虽是做了母亲，可她看起来仍旧如同二八少女，只让贺季山看着，有一瞬间的恍惚，仿佛自己眼前站着的，依旧是六年前，那个梳着双髻、被兄长托付给自己的少女。

他盯着她，就见她抬起眸子，吐字极轻："我答应你。"

"什么？"他眉头一皱，似是没有明白。

沈疏影只以为他是故意如此，心里便一阵气恼，接着又涌来阵阵悲凉，她转过脸，不愿让他看见自己眼底的泪水，只道："你说的那句话，我答应你，但你要说话算话，让我看一看女儿。"

贺季山这才明白她说的是什么。

他沉默下去，一言不发，就那样死死地看着她。

沈疏影见他不出声，只以为他改变了主意，她心里一寒，也不愿再自取其辱，秀气的唇紧抿着，转身便走。

"你给我站住！"男人站起身，喊住了她。

车子一路飞驰着，沈疏影并不知道贺季山要把她带到哪里去，她只默默地坐在后座上，眼睛安安静静地看着窗外。她的长发全部绾在脑后，露出颈弯处一小片白皙如脂的肌肤来。

贺季山坐在她的身旁，鼻息间却是她身上的幽香，他几乎要使出全身的力气，才能控制住拼命想要抱着她，不管不顾亲吻她的冲动。

也许真是太久太久没碰过女人了。

他不言不语，只是自嘲地闭上了眼睛。

第十四章 冰释

贺季山带着她来到了枫桥的别墅，这里名为枫桥，自是如同姑苏一般的风景，沿途极有江南水乡的情调，尤其是那座月牙形单孔石拱桥，更是江南十分寻常的景致。他带着她来到这里，她的脸上依然没有丝毫的表情，只低垂着脑袋，随着他一道向别墅走去。

他在这北方的干凉之地，建起了江南的水榭亭台。

这里是他的私宅，偶尔，他会在军务不是十分繁忙的时候，带着女儿来这里住上几日。囡囡的血脉里有一半是属于关外荒芜之地的苍凉与孤傲，似他；另一半却是江南水乡的精致小巧，似她。每次带着女儿来这里，孩子总是特别高兴，而他看着女儿的笑脸，却思念着孩子的母亲。

他没有理会沈疏影，只径自去了书房。

天色一点点地暗了下来，仆人将晚餐为沈疏影送到了房间，她动了动筷子，却是食不下咽。

听到开门的声音，她的心头立刻一紧，抬眸望去，就见贺季山走了进来。

Qing dao

Ke gu,

Yuan lai

Ru ci

屋子里死一般地寂静。

幽暗的灯光无声地摇曳着，缓缓地落在她的身上，将她的脸庞笼罩上一层柔和的光晕，越发显得白净如玉。她没有去看贺季山，只伸出手，微微哆嗦着，去解开自己领口处的扣子。

她比三年前瘦了很多，柔软的腰肢如同嫩柳，纤细得不盈一握。

贺季山只觉得血液一下子涌了上来，他将她一把抱在了怀里，将她的身子死死地抵在墙上，劈头盖脸地封住她的唇。记忆中的柔软与温暖刹那间全被唤醒，欲念如同猛兽，叫嚣着要吞噬所有。他的动作激烈，恨不得要将她一口吞下去。

她艰难地转开脸庞，挣扎着道出一句话来："我身子不好，麻烦你轻点。"

就这一句话，就好似一盆凉水猛地浇了下来，让他霎时停住了动作。他的呼吸依旧是粗重而急促的，胸口更是急剧起伏着，可他到底是停了下来，只缓缓地抬起头，黑亮的眸底是怒不可抑的光芒。

沈疏影面色雪白，头发已经被他弄乱了，尽数散了下来，有几丝垂了下来，映衬着那一片雪肤花容。

她的确是身子不好，不过这一小会儿的工夫，她便觉得自己已经呼吸困难，几乎连气都喘不顺了，全身都是冰凉的，心头更是难受到了极点。她不知道自己怎么会落到这个地步，羞耻的感觉一点一滴地布满全身，只让那雪白的脸上浮起一层淡淡的粉色。她就那样垂着眼眸，死死忍住眼底的泪水，不让它们落下来。

他气到了极点，反而怒极而笑："沈疏影，你用不着这样，你今晚不让我痛快，明天你照样见不到女儿。"

沈疏影的眼泪终于噼里啪啦地落了下来。

她不知道自己是何时被他压在床上的，她一动不动，任由他在自己身上驰骋，她只紧紧地闭着眼睛，哪怕连一声最轻微的声音都没有发出。她顺从地由着他摆布，整个人都好像是个没有灵魂的躯壳。她这个样子，只让男人的柔情昙花一现，愤怒取而代之，他几乎强暴般地占有着她，试图用疼痛来换取她的回应，可她仍是一声不吭。也许是她的麻木刺激了他，让他只得用更大的力气，更沉重的力道，近乎粗野地伤害她。

他越来越绝望，心里的苦楚夹杂着身体上的快意，翻云覆雨，缠绵

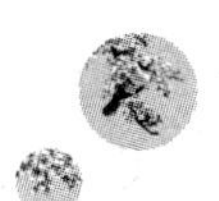

不休。

月淡晖影，晨曦已近。

贺季山最后一次抵着她的柔软，将自己的滚烫喷射而出，终于，一切都结束了。

听到身旁传来窸窸窣窣的声音，他一动不动。沈疏影强撑着，将自己的衣裳一件件地捡起来，她几乎不敢动弹，稍一走动，下身便涌来一股强烈的酸痛，疼得她眼泪都要落下来。她一身的伤，白皙的肌肤上青紫交错，肩头处还有被男人啃咬的痕迹，那样深，连血珠子都冒了出来。

她颤抖着胳膊，全身都累到了极点，脑子里更是晕乎乎的，只将自己的衣裳一件件地穿好。

贺季山依然躺在那里，他听到她打开门走了出去，接着便是门被关上的轻响，屋子里顿时安静下来。

他只觉得自己瞬间跌入了冰窖里，冷得可怕，双眸里是黯然的伤，即使硬撑着，也掩盖不了那抹失魂落魄。

陆依依与奶娘抱着囡囡，向枫桥赶去。

一大早，官邸里便接到了贺季山的电话，让她们将孩子送来。因以前贺季山也经常带着女儿去枫桥，所以没有人感到奇怪，陆依依甚至还将囡囡的随身物品都收拾好，只以为贺季山要带着女儿在枫桥住上几日。

囡囡蜷缩在她的怀里，似是没有睡好，一双大眼睛没有多少神采，无论她怎么逗她，孩子就是不吭声。

到了枫桥后，就见侍从官对着她使了个眼色，意思是司令心情不好，要她小心点儿。

陆依依心头疑惑，只牵着孩子的小手走进了屋子，刚到大厅，就见贺季山站在窗前，一声不响地抽着烟，而沙发上，坐着一位身材纤细、容颜姣好的妙龄女子。

听到她们的脚步声，那女子身子一颤，刹那间回过头来，陆依依看到她的脸庞，便全身一震，几乎没有任何怀疑，她便知道，她一定是囡囡的母亲！

也许就在这一刻，她终于明白为什么贺季山在凝视女儿的时候，常常会走神，实在是因为这母女俩长得太像了，囡囡和她，就好像是一个模子里刻出来的！

陆依依怔怔地看着沈疏影，她从没见过这么美的女子。这样的女人，也难怪司令会对她念念不忘了。

沈疏影却丝毫没有留意到她，她的一腔心神早已被孩子吸引过去。她蹲下身子，对着囡囡伸出了胳膊，任由眼睛里泪花闪烁，却依旧微笑着，轻轻地唤道："囡囡，过来，到妈妈这里。"

囡囡看着眼前陌生的女人，却一个劲儿地往陆依依的怀里钻。沈疏影的眼泪扑簌簌地往下掉，生怕吓着孩子，依然是轻声细语地哄着："囡囡乖，让妈妈抱抱。"

她的嗓子哑得不得了，眼看着自己想了三年的孩子近在咫尺，可孩子的眼里却是满满的生疏与抗拒，她死死压抑着自己的哭声，只觉得肝肠寸断。

囡囡看见了窗前的贺季山，喊了一声："爸爸！"便从沈疏影身旁绕过，向贺季山跑去。

贺季山将女儿抱在怀里，囡囡有几天没有看到他，此时只扑闪着大眼睛，满是依恋地蜷缩在他的怀里，小手却指向了沈疏影，奶声奶气地问："爸爸，她是谁？"

沈疏影站起身子，只觉得全身都抑制不住地哆嗦着。她看着贺季山，眸心却满是紧张，生怕贺季山会告诉女儿，她只是一个无关紧要的人。

贺季山单手抱着孩子，向沈疏影走去，一直走到她的面前。他低下头，对着怀中的女儿温声说道："这是妈妈，囡囡不是一直想要妈妈吗？"

囡囡依然倚在他的怀里，听到父亲的声音，水汪汪的大眼睛瞧着沈疏影，清澈的眸子依然满是疏离与抗拒，她撇了撇嘴，小声地道："妈妈不要我了，我也不想要妈妈。"

沈疏影听着孩子稚嫩的童音，只觉得心如刀绞。她的泪水哗哗地流着，情不自禁地伸出手，想要将女儿抱到怀里，可她的手指刚碰到孩子的身子，囡囡便向一旁躲去，就是不让她碰自己。

"妈妈没有不要你，囡囡听话，让妈妈抱一抱你。"沈疏影泪眼模糊。她在法国三年，无时无刻不在牵挂着女儿，她曾想过无数次和女儿重逢的情景，她走的时候，孩子只有几个月大，她知道女儿现在肯定是不认识她了，可是她却抱着那一丝的希冀，希冀着母女天性，血浓于水，孩子总归还是会要她的。

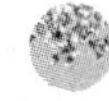

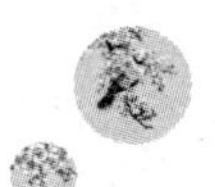

如今，看着孩子对她这样冷漠，她只觉得心都要碎了，她居然落到了这一步，家破人亡，贫病交加，就连唯一的女儿都不要她了。

她看着孩子清亮的眼睛，忍不住捂住嘴巴，泪如雨下。

贺季山推开门时，就见沈疏影坐在床头，专注地凝视着熟睡中的女儿。囡囡睡着的样子清秀极了，长长的睫毛根根分明，小脸上却犹有泪痕，因贺季山将奶娘和陆依依全部赶回了官邸，她一直闹了许久，直哭得精疲力竭，才沉沉睡去。

沈疏影的脸色苍白，没有一丁点儿的血色，她压根儿没有留意到贺季山，只静静地看着女儿。

她好像是痴了，只觉得无论怎么瞧都瞧不够，恨不得要把自己与孩子分离的那三年全给补回来，连眼睛都舍不得眨，仿佛生怕自己一个眨眼，孩子便会不见了似的。

她一动不动地看着女儿，贺季山便站在门口，一动不动地看着她。

不知过了多久，她的唇角噙起一抹柔柔的笑意，那样温婉娇柔的美，恰如一朵纯白的栀子花，绽放在景泰蓝的花瓶里。

他已经忘记自己有多久没有见过她的笑容了，他怔怔地看着她唇角的梨涡，只觉得自己的心怦然一动，巴不得她这样一直笑下去才好。

沈疏影倦极了，眼见着夜色静谧，她轻轻地将女儿的手握在手心，倚在床沿上，几乎片刻间便睡熟了，那唇角，还带着温柔的笑意。

见她睡着，贺季山才迈开步子，轻轻地走进了屋子。

灯光下，沈疏影呼吸均匀，也许是女儿在身旁的缘故，她睡得十分踏实，就连男人伸出手将她抱在怀里，她都没有醒来。

贺季山小心翼翼地抱着她，几乎连动都不敢动，就那样将她贴近自己的胸口，犹如抱着一个婴儿般轻柔。

他等了三年，才有这样的机会可以将她抱在怀里。他望着她的脸，黑眸中是深情似海，甚至连床上的女儿都忽视了，就那样抱着她，挺直的身躯犹如雕塑。他轻轻地握住她的手，便再也舍不得放开，他的嗓音低沉，轻轻地喊她的名字。

“小影……”

沈疏影沉沉地睡着，睡梦中却听到有人叫着自己的名字，那样温和，只让人一路暖到心里去。

这样久的日子，她一个人颠沛流离，受尽了苦头，或许是太长的时间不曾有过这般安心的感觉，当她在睡梦中听到那一声轻唤时，只让她情不自禁地向着那温暖的方向拱了拱身子，眼泪，无声地从眼窝里涌出来，微不可闻地开了口。

贺季山见她动了动嘴唇，却听不清她在说什么，便低下头，将耳朵附上她的唇边，这才听清她喊的竟是自己的名字。

“我想你……”她的眼泪顺着眼角往下滑，低不可闻地说出了这三个字，她的睡容是那样凄楚，一声声地呢喃着，“我想你……我想你……”

贺季山无声地将她抱紧，呼吸一下比一下粗重，肩头微微颤抖着，心里却涌来一股暖意，他低下头，将脸埋在沈疏影的发间，就那样抱着她，坐了一整夜。

天亮时，他将沈疏影抱回了卧房，为她将被子盖好，看了她好一会儿，才转身离开了房间。

何副官已在楼下等着他，见他下来便一个立正。贺季山没有废话，直接就道：“情况怎么样了？”

“三团的陈团长与七团的王团长集合了关外的七十四军，已经领兵驻扎在项坝口，随时都有可能投靠浙军。”

贺季山闻言，眸底便倏然暗沉下去，他没有多言，只从何副官的手上将军帽取过戴好，匆匆上了车。

这一走，便一个多月没有回来。

临去前，他吩咐了别墅里的人，让沈疏影留在这里照顾孩子，没有他的同意，不许任何人来打扰。

沈疏影终于可以与女儿朝夕相处了，稍稍弥补了与孩子骨肉分离的三年。让她欣慰的是，囡囡最初着实哭闹了几日，口口声声要嬷嬷，要陆阿姨，可终究是母女天性，沈疏影细心照顾了她几天后，她便开始慢慢接受了她。到最后，竟对她无限依恋起来，不仅会开口喊她妈妈，甚至一时见不到她的影子，便会吓得哇哇大哭，只以为妈妈又不要她了。

沈疏影每次听到孩子哭，都是忙不迭地将她抱在怀里，好一番温柔抚慰，女儿才会慢慢安静下来。在这一个月里，母女俩片刻不离地在一起，感情越来越深，沈疏影的笑靥也越来越多，甚至连那一张苍白的小脸，都隐隐

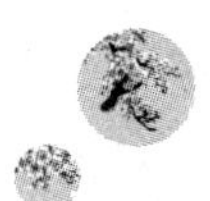

地透出了红晕。

她忘了一切，只心满意足地和女儿相依为命，享受着得来不易的天伦之乐。

北平城里却乱到了极点，孟家旧部伙同关外的军队，与贺季山正式成为对立之势，大有夺权之意。

而江南的刘振坤自是不会放过这大好的机会，趁着辽军内乱，便瞅准时机对着临水猛然进攻了几次。没过几天，又传来了辽军三团和七团的团长临阵叛变，投靠了浙军。

整个江北笼罩在一片阴云下，如此内忧外患之际，内阁再也坐不住了，接连向贺季山施压，而贺季山身旁的幕僚更是不断地劝说，个个要他以大局为重，与孟家小姐联姻，先将孟家的旧臣安抚住再说。

前线战事吃紧，刘振坤似是拼着一口气，非要在这时候与贺季山一决高下，这一桩桩、一件件尽数压在贺季山的身上，只让他分身乏术，光是那些往来的会议，便把他缠得连喝水的工夫都没有。

他亲临前线督战，待战局稍稍扭转后，才马不停蹄地赶回北平。

车队一路开到了枫桥，快到别墅时，贺季山叩了叩司机的椅背，让他将车停下来。

他下了车，也不让侍从跟着，一个人徒步向别墅走去。

仆人见到他，还不等出声，他便一个手势，示意他们安静。

他一路走着，蓦然听到花园里传来女儿的笑声，银铃般的童声琅琅，几乎将他所有的疲惫尽数驱散，他听着，便忍不住微笑起来。

他迈开步子，向花园走去，透过月洞门，就见沈疏影穿着一身淡紫色长裙，眼睛上蒙着纱巾，唇角笑意盈盈，竟是在和女儿捉迷藏。

而他们的小女儿，“咯咯”地笑着，在母亲身边跑来跑去，红苹果般的一张小脸，白里透红的样子喜煞人。

他瞧着，只觉得心头一软，忍不住迈开步子，向她们母女走去。

女儿瞧见了他，黑葡萄般的眼睛里便是一喜，刚要开口喊他爸爸，贺季山却弯下腰，对着女儿做了一个“嘘”的手势，示意孩子不要出声。

三岁多的囡囡十分机灵，她看懂了父亲的意思，便闭上了小嘴，伸出肉乎乎的小手，向贺季山扑了过去。

贺季山笑着将她抱在怀里，父女俩一道向沈疏影看去，就见她一步步向他们走来，嘴里柔声道：“囡囡，你在哪儿？”

女儿忍不住笑出了声，沈疏影听到孩子的声音，便也笑了起来：“你这小东西，妈妈非把你抓住不可。”

她话音刚落，却蓦然觉得自己的手被一只粗粝大手紧紧握住，她心里一紧，另一只手将眼睛上的纱巾一把扯了下来。

沈疏影怔怔地看着眼前的男人。贺季山风尘仆仆地站在那里，依旧是一身笔挺的军装，深邃的眸子暗如黑夜，眉宇间英气磊落，比一个月前瘦了许多，原本刚毅的五官散发着淡淡的凌厉之气，而他的唇角却噙着笑，那般温和的笑，生生将那抹凌厉压下去不少。

沈疏影看着他清瘦的脸，心里便蓦然抽紧了，她这样没出息，到了这一步，竟然还会心疼他！

她转过脸，一个字都没说，眼泪却“啪嗒”一声，顺着眼角落了下来。

囡囡在贺季山的怀里，也许是从未有过这般爸爸妈妈都在自己身边的光景，纯真可人的小脸显得十分兴奋。

“妈妈，你怎么哭了？”看见沈疏影落泪，囡囡扑闪着大眼睛，对她伸出胳膊，要她抱抱。

沈疏影赶忙擦了眼泪，将女儿抱在怀里，柔声道：“妈妈没哭，只是被沙子迷了眼睛。”

“囡囡帮妈妈吹吹。”囡囡伸出柔软的小手，搂住沈疏影的脖子，轻轻噘起小嘴，对着母亲的眼睛吹了起来。

纵使心头酸楚，可在这一刻，沈疏影却还是忍不住抿唇一笑，满是温柔与满足。

直到她和孩子被男人一把抱在了怀里。

她的身子一僵，刚要挣扎，就听贺季山的声音响起，嗓音听起来是沉重的疲倦，带着些许的沙哑，却依然是低沉而温柔的：“让我抱抱你和孩子。”

男人的怀抱是那样温暖，似是能为她们母女挡住所有的风雨。他紧紧地抱着她和孩子，身上透着烟草的甘冽与淡淡的硝烟味，这一切对她来说都是那样熟悉，一瞬间柔肠百转。

只怪这一家三口依偎在一起的滋味太过美好，竟让她忘记了所有，恨不得这一刻长长久久，生生世世。

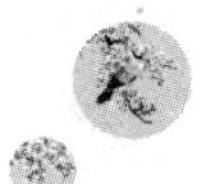

囡囡却不安分起来，她先是在母亲的脸颊上“吧唧”了一口，接着又到父亲的怀里，在爸爸的脸上同样亲了一口，她“咯咯”地笑着，一张小脸儿如同一朵绽放的小花。

晚间，沈疏影将孩子哄睡，推开门，便见贺季山在走廊上抽烟，见到她出来，便将手里的烟掐灭，笑着问道：“囡囡睡着了？”

沈疏影轻轻“嗯”了一声，她向贺季山走了过去，抬起小脸，笔直地看着他的眼睛。

“我们能谈一谈吗？”她轻轻开口。

“只要不是你带着孩子离开，其他的事情我们都可以谈。”贺季山沉声道，眸光黑亮得令人心惊，深深地看着她。

“那你要怎么安置孩子？”她的声音又细又小，轻飘飘的，好似没有一丁点儿的重量。

“什么？”贺季山皱起眉头，对她这句话感到不解。

沈疏影垂下眼帘，忍住眼底的涩意，一字字道：“等你和孟小姐结婚后，你打算怎样安置囡囡？”

贺季山听了这话，脸色便微微一沉。他一声不吭，只一把拉住沈疏影的胳膊，不顾她的挣扎，将她带到了自己的卧室。

“你又发什么疯！”沈疏影整个人被他圈在怀里，看着他一脸怒容盯着自己，她微微慌乱起来，想要挣开他的禁锢，可他的力气那样大，任由她拼命挣扎，也不能撼动他分毫。

“我发疯？沈疏影，你究竟有没有心？”贺季山紧紧地箍着她，眼底是噬人的光芒。三年，他等了她三年，只有他自己知道那有多疼，可他依然在想她，一直在想。

“这天下所有人都可以认为我要娶孟静蓉，只有你不可以！”他箍着她的腰，几乎是咬牙切齿般说道，“这么多年，我对你如何，你不是不清楚，又何苦口口声声来挖我的心？！”

沈疏影转过脸，柔美的侧脸凄清皎洁，就那样落入他的眼底。

“我如果真要娶孟静蓉，我早在十年前就娶了她，贺夫人的位子我已经给了你，永远不会再给第二个女人，你明白吗？”他的目光灼热，逐字逐句地说道。

“无论你要和谁结婚，都和我没有任何关系，我只求你，求你把囡囡给我。你知道我没有亲人，我只有她。”沈疏影的脸上依然是平静的神色，相较于贺季山的急火攻心，她倒显得平静得近乎漠然，忍住眼底的泪水，平静地开口。

贺季山只觉得自己的心在这一刹那变得灰了，冷了，他居然忘了，他一次次把自己的心捧到她面前，她却从没在乎过。一如此刻，他火急火燎地和她解释，恨不得把自己的心剖给她看，可她却告诉他，无论他和谁结婚，她都不在乎，更和她没有丝毫关系！

他慢慢地松开了自己的手，高大的身子就那样站在那里。不知过去了多久，他忽然低声一笑，那一笑间，是说不尽的自嘲，仿佛在笑自己是全天下最可笑的人，带着无穷的落寞。

两人就那样沉默着，彼此相见不相亲。

“你既然不在乎，我又何苦这样硬撑下去。”他终是开了口，声音不高不低，不喜不怒，沉静到了极点。

沈疏影不明白他话中的意思，她不会知道他这段时间过的是什么样的日子，内阁、孟家旧臣、江南的刘振坤，甚至包括他身边的幕僚与亲信，都在逼他，全压在他身上，几乎要他喘不过气来。

唯有在看见她和女儿的时候，他紧绷的神经才会彻底放松下来，而她却又一次猝不及防地给了他一刀，次次如此。他本以为自己已经习惯了，可直到现在，他才知道，自己还是会感到难过。

他那样在乎她，甚至听叶允良喊她一声“小影”，他都会气得发狂，可她却轻飘飘地告诉自己，无论他和谁结婚，都与她没关系……没关系……

这江北诸省，是他一手打下来的，此次辽军内乱，便给了刘振坤绝好的机会，若不能将辽军中的内乱压制下来，就等同于将自己打下的基业拱手相让。

就算他将内乱采用武力的手段压下来，辽军中也会死伤惨重，实力大不如前，而唯一让两派凝合在一起的法子，便是娶了孟家的大小姐，安抚住孟家旧臣的心。

这样的道理，他懂得。

可她却不懂。

或许，她巴不得自己可以娶了孟静蓉，她正好可以带着孩子，母女俩远

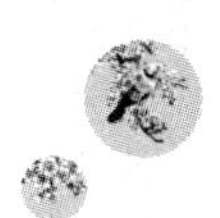

走高飞。

他眸底暗沉，一只手捏住了她的下巴，让她牢牢地与自己对视，他的眼角跳动着，缓缓地开口：“你不过是算准了我舍不得，所有才敢这样对我。不错，我的确是舍不得你和孩子，我真他妈贱！”

这世上，想为他生孩子的女人一抓一大把，无论是儿子还是女儿，他都是要多少有多少，可他偏偏对她生的女儿那般稀罕，恨不得把这天下所有的好东西全堆在这孩子面前，只因为她是孩子的母亲，只因为他在乎她，才会这样在乎她的孩子！

她对他这样残忍，他却还是这样爱她！

“我告诉你，就算我和孟静蓉结婚，你也得不到女儿，我就算把孩子送走，也绝不会把她交给你。”他面无表情，语气森然，说完，便转过身子，头也不回地大步而去。

“贺季山！”沈疏影绝望地喊着他的名字。他的脚步顿了顿，却并没有停留。

“司令，您是要去哪儿？”何副官坐在前面，见贺季山坐在后座上，一双眸子深邃暗沉，让人看不出丁点儿的情绪，他不言不语，只盯着窗外。

闻言，贺季山依然是一声不吭，不知过了多久，他闭了闭眼，淡淡地道：“回军营。”

何副官见他脸色不好，便不敢再开口。他心里清楚，每次沈疏影出点儿幺蛾子，贺季山一准儿会如此，那女人就是祸水。

车队回到军营时，天色已大亮。贺季山下了车，还未走到办公室，就见侍从官匆匆而来，恭声道：“司令，孟小姐来了。”

他微皱眉头，眸心倏然一沉，一言不发地上了楼。

刚推开门，就见一袭玫红色旗袍的孟静蓉正站在窗前，涂着蔻丹的手指夹着一支烟卷，窈窕的背影纤侬合度，十分动人。

听到他的脚步声，孟静蓉回过头来，露出一张明丽娇艳的脸。她虽是不再年轻，肌肤却仍旧是吹弹可破，配上那精致的妆容，端的是雪肤红唇，无懈可击。

“你怎么来了？”贺季山难得没有发火，只淡淡开口。

眼下辽军中两派对立，孟静蓉竟敢孤身闯进敌营，这一份胆识，倒也算得上惊人了。

“我来告诉你，张智尧与孟继喜打算在三日后发动军变，趁着你去临水的空当，他们会率兵围攻北平，并且会攻进大帅府，好让你腹背受敌。”孟静蓉的声音十分平稳，她弹了弹手中的烟灰，一字字说道。

贺季山闻言，脸上却并无吃惊的神色，他只看着她，问道：“你何必要来告诉我？”

“无论你信不信，我都不想你死。”她的声音沙哑，说完这句，便将身子转开，不愿让他看见自己软弱的一面。

她宁愿把自己伪装成一只刺猬，满是凶悍，也不愿让他见到自己的失魂落魄。

身后是久久的沉默。

“贺季山，你可以不娶我，但我从没想过要害你，从没有。”孟静蓉掐灭了手里的烟，眼眸中划过一抹凄楚的坚韧，她拿起坤包，不再看贺季山一眼，只低声说了句，“你好自为之，一定要尽早设防。”语毕，便向门口走去。

当她的手快要触碰到门锁时，却生生停下了步子，她转过头，看着男人的背影，一如既往地魁梧挺拔，这么多年，居然就没变过。

她的眼睛里顿时涌来一股雾气，终是喊出了声：“贺季山，如果我今天不来找你，你是不是宁愿腹背受敌也不愿意娶我？”

男人并没有回头，却毫不迟疑地说了声：“是。”

她的心倏然寒了下去：“是不是就为那个女人？”

贺季山并没有说话，他燃起一支烟，打火机的火苗映在他的脸上，越发地阴晴不定。

孟静蓉的眼泪在眼眶里打转，但她秉性刚强，从不轻易落泪，更何况是在自己爱的男人面前，更不愿失去体面。她死死忍着，只嗤笑道：“贺季山，你堂堂一个半生戎马的江北司令，却被一个小丫头迷得神魂颠倒，真是可笑。”

说完，她转过身子，打开门走了出去。

一直到上了汽车，隐忍许久的泪水这才决堤，她捂住脸，可那些泪水还是从手指间不断地往外涌……

滚烫的泪水，几乎灼痛了她的手心。

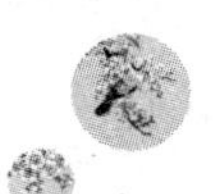

贺季山回到别墅的时候，正是傍晚。

他刚走进别墅，就听见女儿在那里撒娇，看那样子，便是不好好吃饭。沈疏影则捧着一只祥云小碗，里面是熬得正好的桂圆粥，甜香扑鼻。

“囡囡要是不想吃饭，那妈妈喂你好不好？”沈疏影弯着腰，身上穿了件淡粉色白底的束腰长裙，洁白的荷叶宽袖，头发尽数梳在脑后，随意地盘了一个发髻，几缕发丝俏皮地垂在颈弯，那眉眼间温柔如水，纯净的脸上噙着柔柔的笑意，对着女儿轻哄。

她的话音刚落，就听一道男声含着淡淡的笑意传了过来：“我也不想吃饭，你不如也喂喂我吧。”

听到这抹声音，沈疏影便怔住了。

囡囡转过头，一看到贺季山站在那里，便“咯咯”地笑了起来，脆生生地喊了一声“爸爸”，便扑到了父亲的怀里。

贺季山笑着抱起女儿，先是在孩子的脸颊上亲了亲，然后抱着她走到了饭桌旁。

沈疏影依然捧着那只碗，走也不是，留也不是。她看了贺季山一眼，只见男人的眉宇间满是笑意，就好似昨日的一切都不曾发生过似的，让她不知该如何是好。

她终是舀起一勺粥，轻轻地吹了吹，送到了女儿的唇边。囡囡也许是被爸爸抱在怀里的缘故，这一次变得很乖，听话地张开嘴，将那勺粥吃了进去，一面吃，一面含混不清地开口：“妈妈，你也喂爸爸！”

沈疏影一怔，却见贺季山笑出了声来，对着女儿的小脸又亲了一口，说道：“真是爸爸的好闺女。”

她忍不住看向男人，却见贺季山也在看着自己，那双黑眸雪亮，只看得她心里发慌，脸颊热了起来。她不愿拂了孩子的心意，便又舀起一勺粥，也放在唇边轻轻吹了吹，送到了贺季山唇边。

贺季山没有说话，只将那勺粥吃了下去。囡囡拍着小手，高兴得不得了，奶声奶气地嚷着：“囡囡吃一口，爸爸吃一口！”

沈疏影看着孩子甜甜的笑脸，心里便蓦然软了下去。她没有说话，却也微笑起来，喂着女儿吃了一勺，便再去喂贺季山。囡囡高兴极了，在爸爸的怀里也是不安分，一碗粥吃完，父女俩的嘴巴上都粘上了些许的黏粒，她拿起绢帕，为孩子拭了拭嘴角，抬眸，便见贺季山正看着她，他一只手抱着女儿，另一只手却指了指自己的唇角，示意她也帮他擦一擦。

她没有理会，只将帕子递给他，不待贺季山接过，却听囡囡开了口：“妈妈，你也帮爸爸擦一擦嘛。”

女儿的话，她总是无法拒绝，只得为男人轻拭嘴角。彼此近在咫尺，她的香气闯进了他的鼻息，而他的呼吸是滚烫的，察觉到她冰凉的指尖透过绢帕抚过他的唇际，只让他的心头一动，恨不得将她的小手狠狠攥住，永不放开才好。

晚间，沈疏影为女儿洗好了澡，又给她讲了个故事，直到哄女儿睡着，她才轻轻地站起身，蹑手蹑脚地打开房门，刚走出去，便见贺季山端了一碗杏仁露，向自己走来。

“晚上见你光顾着孩子，也没吃什么东西，现在饿了吧？”贺季山唇角噙着笑，眉眼间满是温和，将那碗杏仁露递到了她面前。

“我不饿。”沈疏影脱口而出一句话来，岂料话音刚落，肚子却不争气地“咕咕”响了起来，她听着，脸庞顿时涨了个通红，只将眼眸一转，不去看他。

贺季山忍着笑，用勺子舀了一勺杏仁露，送到她唇边，温声道：“哪有为了和别人怄气，却把自己饿着的道理？快吃吧，只有吃饱了，才有力气和我闹腾。”

沈疏影脸上的红晕更深了一层，她看了他一眼，轻声道：“我没和你闹腾。”

“好，你没有，是我一直在和你闹，你把这碗点心吃了，就算是原谅我了。”贺季山依然是轻声细语地说着，英挺的眉宇间，满是要将人溺毙的温柔。

沈疏影轻抿唇角，一声不吭地站在那里，唯有眼圈红了。

贺季山无奈，便将那碗杏仁露搁下，伸出胳膊，不由分说地将她揽在怀里，喟叹道：“你到底要我怎么做，你告诉我一声行不行？”

“你放了我吧，放我和孩子走。”沈疏影抬起脸，向男人看去。她的声音低弱，眼里满是清凉的水珠，晶莹剔透得犹如水晶，只让他看得心里发堵。

“你是不是一定要让孩子和父亲分开，你才满意？”贺季山紧紧地箍着

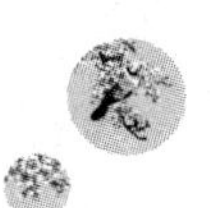

她，语气里是沉重的痛意。

沈疏影垂下眼帘，呢喃着说句：“你以后还会有孩子的……”

不等她说完，贺季山便打断了她的话：“除非是你给我生。”

沈疏影一怔，忍不住向他望去。男人的眼眸灼热，紧紧地盯着她的眼睛，一字字道：“我已经让你离开我三年，我永远不会再让你走。”

“我们不可能在一起了。贺季山，我求求你不要再勉强我，我真的累了。”沈疏影泪眼迷茫，她没有说假话，她是真的累了，只想寻个清静的地方，可以和女儿相依为命，就够了，她再也，再也不想和他在一起。

贺季山伸出手，为她拭去脸上的泪水，他的眸光暗沉，道：“我没有勉强你，无论你有多恨我，这三年，对我的惩罚也够了，你永远都不会知道，这三年我究竟是怎么过来的。”

沈疏影听着他声音低哑，想起自己远在法国的那三年，也是满腹的心酸无处诉说，她低垂着脸，轻轻地道：“你也不会知道，我在法国的三年，又是怎样过来的。”

不料贺季山听了这话却是微微一笑，道：“傻瓜，你一个人在那样远的地方，我怎么可能会放得下心，你的一举一动，我全都知道。”

沈疏影听了这话却是彻底怔住了，她不敢相信地看着他，惊诧道：“你全都知道？”

“是，我知道你在圣保罗大学读书，住在香榭丽舍大街，主修的是古典文学，选修了法语，每周都会有人上门，为你做好中餐，每个月会有裁缝，为你做衣裳，是不是？”

沈疏影怔怔地听着，心思百转间，却想起当年何德江将自己送上船时，曾那般深恶痛绝地告诉她，永远都不许她再回来。蓦然，她想明白了，知道了这其中的缘故。

她没有说别的，只轻声道：“那些，都是你安排好的？”

“若没有安排好，我又怎么舍得把你扔在那么远的地方？”

沈疏影听了这话，泪水“唰”地落了下来，淌得满脸都是。

“别哭，”看见她的泪水，贺季山捧起她的脸，眉宇间便浮起一抹无奈，“你这一哭，我心都乱了。”

沈疏影依旧抿唇哭着，她原本以为贺季山真的要把她扔在法国，由着她自生自灭，可谁曾想到，他竟是将一切都为她安排好了！即使当初她扣动了扳机要杀他，可他还是舍不得她受一丁点儿的苦。

她哽咽着，断断续续地开口："你当初不是说，永远都不想见到我吗？又为什么要对我这样好？"

她知道这是何副官做的手脚，可她不想告诉贺季山，她不愿想起那不堪回首的三年，更不愿让他知道这一切。

"气极时说的话，你也信？"贺季山揽住她的纤腰，将自己的额抵上了她的，对当年的事，不过是轻描淡写。

沈疏影的目光落在他的胸口，想起当年他对着自己的心打了一枪，泪水便无论如何都止不住，犹如一个孩子般抽噎起来，小声道："你的伤，怎么样了？"

贺季山微微一笑，低语道："都过去了，只要你往后别再和我闹腾，就算是成全我了。你如果再和我闹，保不准我会对着自己再开几枪，那可真成马蜂窝了。"

他这一句话说得极为随意，仿佛当年的那一枪不过是夫妻间最为寻常的小吵小闹，压根儿不值一提。沈疏影听着，却觉得一颗心抽得死紧，疼得那样厉害，就好像是被人活生生地把心脏挖了出来，痛彻心扉。

贺季山将她抱在怀里，胳膊轻柔而小心地揽着她，低沉的声音浑厚而温和，轻声哄道："小影，哪怕是看在囡囡的分儿上，你原谅我，以后我们一家三口好好过日子，嗯？"

沈疏影倚在他的怀里，并不说话，只是像个孩子一样轻声抽噎。贺季山则伸出手，在她的后背上轻拍着。两人依偎了许久，沈疏影终于止住了眼泪，从他的怀里抽出了身子。

她的睫毛上挂着晶莹的泪珠，小手抵在他的胸口，轻轻地道："贺季山，无论你和我说什么，我都没法子和你在一起。如果你真的不能把女儿给我，那我便回法国去，我只求你，以后好好对女儿。"

贺季山听了这话，脸色"唰"地变了，他压抑着胸腔里的激荡，隔了半晌，才低声道："你宁愿抛下孩子，也不愿意和我在一起？"

"你杀了我哥哥。"沈疏影声音颤抖，沙哑着说完了这句话，身子便轻轻哆嗦起来，仿佛是打心眼儿里冷，直让一张小脸变得惨白。

贺季山压下胸腔里的怒火，黑眸深邃如墨，只道："我知道就算我和你解释，你也不会信，但我还是要告诉你，你哥哥不是我杀的。"

沈疏影抬起脸，惊愕地看着他。

贺季山深吸了口气，紧紧地盯着她的眼睛，一字字道："是他自己扣的扳机。他是自杀，你懂了吗？"

"我哥哥为什么要自杀？"沈疏影茫然地看着贺季山，眼中仍是不敢相信。

"我只和你说一句，就算我想要他的命，我也不会当着你的面下手，去让你恨我一辈子。你究竟让我怎么说，你才能相信他不是我杀的？"贺季山浓眉紧锁，双手紧紧地攥着沈疏影的肩头，声音沙哑。

沈疏影见他发火，脸庞只略低了下去，她一声不吭，皎洁的侧脸盈盈，给人无限凄婉之感。

"如果我骗你，那就让你带着孩子远走高飞，让我永远都见不到你们母女。"贺季山深深地凝视着她，"这样够了吗？"

她非逼得他，逼得他去发这样的誓！无论是天打雷劈，还是不得好死，他全不在乎，他最在乎的，向来只有她和孩子，她不是不知道！

要他永远都见不到她和孩子，对他来说，便是最恶毒的诅咒，再没有任何毒誓，会比这一条更可怖。

沈疏影抬起眼睛看着他，泪一滴滴地往下落，她没有说话，只有泪珠成串成串地往下落。

她的泪水那样多，似是要将积攒了三年的泪水全部发泄出来，而贺季山捧起她的小脸，为她拭去泪水。他一只手扣住她的后脑勺，封住了她的唇，不给她丝毫拒绝的机会，带着令人窒息的掠夺，迫切地、狂乱地、近乎于贪婪地、深深地吻了下去。

他夺走了她所有的呼吸，恨不得把她揉碎在自己的怀里。沈疏影透不过气来，小手只无助地搂住他的脖子，由着他辗转反侧。他的力气那样大，似是要把她一口吃下去，只将她的唇瓣都吮痛了。

直到她被贺季山一个横抱抱在了怀里，她仍是晕沉沉的，大口大口地喘息，一张小脸白净中透着红晕，仍旧是不食人间烟火的美丽。她的头发松了下来，尽数散在男人的臂弯里。而贺季山的眸底则是火热，抱着她进了卧室，苏绣的锦被上绣着戏水鸳鸯，他将她放在床上，不管不顾地欺身而上，如烈火焚上绢花，一发不可收拾。

地毯上散落着男人的军装、女人的衣裙，那西式的大床，犹如在深海里行驶的小船，一波波地荡漾着，好似没有尽头，唯有女子婉转的低吟与男人粗重的喘息，紧紧交织着，交织在一起……

翌日。

“司令和夫人还没起来？”

“可不是，这都快晌午了，里面一点儿动静都没有。”两个丫鬟压低了声音，对着紧锁的主卧看了一眼，而后心照不宣，俱低声笑了起来。

沈疏影蜷缩在贺季山的怀里，乌黑的长发如水般贴在她雪白的肌肤上，一张如花似玉的小脸，眉眼间是倦极了的慵懒，她沉沉地睡着，好似一个无知无觉的婴孩，让人看着就心头一软。

贺季山早已醒了，一动不动地抱着她，不时在她的脸上偷个香，若不是心疼她实在是倦极了，他真恨不得将她再次压在身下，狠狠疼爱一番才好。

沈疏影隐约觉得时候不早了，可她无论如何都睁不开眼睛，只想这样依偎着他睡下去。

贺季山握起她的小手，放在唇边轻吻，凝视着她的目光中，是浓得化不开的温柔。

蓦地，他的眉头微微皱了起来，细细地端详起沈疏影的小手，这才发现，她原本柔嫩的掌心不知何时竟起了好几个茧子，她的皮肤白，若不是细细打量，的确极难发现。

他的手指轻轻抚上去，便觉那茧子十分硬，显是做了许久的粗活儿，日积月累所致。他的眸心顿时一窒，只将沈疏影另一只小手也握在手里，端详了起来。

沈疏影出身巨富，从小锦衣玉食，奴仆成群，连一丁点儿的活计都不曾做过，即使来到了北平，在官邸也是被众人服侍着。在贺季山的记忆里，她的那一双小手柔若无骨，嫩如霜雪，他倒不知，她究竟是什么时候，手心里居然会有这样多茧子？

“小影，醒一醒。”他的大手抚上她的脸颊，轻轻摩挲着，低声唤她。

沈疏影睡得迷迷糊糊的，听到男人的声音睁开了眼睛，便见贺季山脸色阴沉，一言不发地握着她的手。她困极了，只向他的怀里轻轻拱了拱身子，小声道：“怎么了？”

贺季山揽住她，将她的小手微微举起，问道：“告诉我，你的手是怎么

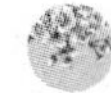

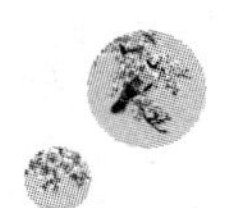

回事？”

沈疏影一怔，睡意立刻消退下去，她想要抽回自己的手，岂料贺季山丝毫不给她机会，他紧紧地看着她：“你在法国的这三年，究竟发生了什么事？”

沈疏影听他提起在法国的三年，心里便一酸。她垂下眼，将脸埋在他的怀里，细声细语地说了句：“我在法国过得很好，哪有什么事啊。”

见她不说实话，贺季山眉头紧锁，抬起她的下巴，让她迎上自己的视线：“告诉我实话。”

他的话音刚落，就见沈疏影眼圈一红，却依旧紧抿着唇瓣，别过脸去，就是不开口。

贺季山见她这样，知她定是有事瞒着自己，心里不由得一闷，语气也严厉起来：“你手上的这些茧子，分明是做了粗活儿落下的，如果不是我今天看见了，你还要瞒我到什么时候？”

许是见他脸上有了严肃的神色，沈疏影心里的委屈便汹涌而来，她垂下脸，眼底已有了泪光。

贺季山坐起身子，将她抱在怀里，胳膊从身后环住了她的腰，依旧是哄着她开口：“和我说实话，小影。”

沈疏影倚在他的胸膛，男人的怀抱是那样温暖，让她情不自禁地想要靠得更紧。

不知过了多久，她终于缓缓开了口：“刚到法国的时候，因为不会说法语，身上的钱也不多，我连旅馆都找不到。后来幸亏遇到一个中国人，她帮我找到一家旅馆，可我身上的钱连一个月的房费都不够，我便和旅馆里的老板说，我可以帮她干活儿，让她给我一间屋子住，好歹有了落脚的地方。”

沈疏影轻轻地说着，脸上依然是恬静的样子，并无一丝的怨怼。她小心翼翼地瞅着贺季山的神色，见他只是专注地看着自己，示意她接着往下说，她微微松了口气，继续道：“刚开始的时候，我的力气太小，以前又没有做过体力活儿，旅馆里的活计我总是做不好，甚至连床单也洗不干净，旅馆的老板便想把我赶走，我求了她很久，她才勉强让我留下。”

沈疏影说到这里，脸庞微微一红，赧然一笑道：“我当时的确是太没用了，直到过去了一个多月，我才能把老板交给我的活计做好，可是后来……”

沈疏影的眼眸黯了下去。

“后来怎么了？”贺季山哑声问道。

“后来……有一个日本客人，给了老板一些钱，要把我带到日本去，我根本不知道他们打的是什么主意，直到老板让我跟着那个人走，我才觉得不妥，于是趁着他们不注意，从旅馆里跑了出来。”

贺季山眼睑微微跳动着，胳膊不由自主地将她抱得更紧，只粗声说了几个字来：“继续说。”

“那时候我已经会说一点点法语，我去了警察局，可没有人愿意帮我，我也不能再回旅馆了，便去给人做帮佣。开始那户人家对我很好，但是渐渐地……”沈疏影说到这儿，便沉默了下去。贺季山凝视着她的脸庞，哑声道：“怎么了？”

沈疏影别过脸，不想让他看见自己眼里的泪水，声音却更小起来：“那户人家的男主人总是会有意无意地来和我说话，有时候……还会对我做一些很无礼的举动，我没有办法，只得躲着他，直到有一天，女主人没有回来，半夜我睡着了，他闯进了我的屋子，想要……”

沈疏影说到这里，便再也说不下去了。她低着头，大颗大颗的泪水滚滚而下，她也不发出声来，只无声地哭泣着，一小会儿的工夫，眼泪便将那一小片被面给打湿了，更有的落在了贺季山的手背上，那些泪珠滚烫，只烫得他心如刀绞。

他一把将她转过身子，抱在怀里，那一张脸阴沉得可怕，抱着她的胳膊上青筋毕露，呼吸沉重，眸底更是暗红一片，让人看着触目惊心。

“我当时吓坏了，幸亏床头有一盏台灯，我也不知道哪儿来的力气，对着他的头砸了下去，趁着他受伤的工夫，我逃了出来。那一晚很冷，我在街道上一面走，一面哭，也不知道自己可以去哪儿。路过塞纳河的时候，我只想着，跳下去一了百了，可我放不下女儿。在法国的日子，我每天都想她，一想到她的样子，我就舍不得死了，无论怎样，我都要回国看她才行。

“我打消了跳河的主意，也不知道自己究竟走了多久，直到晕倒在路边，是教堂里的嬷嬷救了我。”

贺季山一动不动地坐在那里，听到她的话，他闭了闭眼睛，一言不发。

“等我养好了身子，嬷嬷留我在她们的教会学校里当了英文老师，虽然学校里的日子很苦，但她们都对我很好，就是薪水低了些，我攒了一年多的

钱，才攒够了一张回国的船票。”

沈疏影声音柔和，说完，脸上噙着浅浅的梨涡，她握住贺季山的手，轻声道：“我已经把发生的事情全部告诉你了，现在，轮到你告诉我，你这三年是怎么过的？”

贺季山没有回答，他反握住沈疏影的小手，唇线紧抿，整个人绷得紧紧的，那脸色却是难看至极。

沈疏影知道他是心疼自己，她轻轻抚上男人的容颜，柔声道：“本来我以为你把我扔到法国，便不顾我的死活了，那时我伤心极了，可我昨晚听你说的那些话，我才知道，你其实已经把一切都帮我安排好了。”沈疏影说着，又抿唇微笑起来。

“你昨晚为什么不告诉我？”贺季山声音沙哑，眉宇间是深不见底的疼惜。

沈疏影摇了摇头：“那些都过去了，你不要为了这件事，再去责怪别人，好吗？”

那个别人，指的自然是何副官。

贺季山没有说话，只将她抱在怀里，双拳不由自主地握紧，眼底则是骇人的光芒。

何德江乘车来到了枫桥，刚到别墅，就见侍卫长站在那里，看到他便道：“何副官，司令正在里面等你。”

何德江点了点头，却也不着急进去，只对侍卫长笑着说道：“咱们也是多年的兄弟了，等明年的今天，别忘了给我烧几张纸，也不枉咱们出生入死这么多年。”

听他莫名其妙地说了这话，侍卫长的脸色顿时变了，诧异道：“何副官，您这话是怎么说的？”

何德江摇了摇头，脸上是十分平静的神色，只无声地拍了拍侍卫长的肩头，径自走进了别墅。

他叩了叩书房的门，就听贺季山道：“进来。”

何德江垂着眼皮，走进书房，便见贺季山正坐在椅子上抽烟，他的脸隐在阴影中，让人看不清喜怒。

“司令。”何德江开口，声音极是平静，眸中是视死如归的坦然。

“知不知道我为什么要你过来？”贺季山没有看他，只淡淡开口。

“知道。”何德江面不改色。他这两个字刚说完，就见贺季山扬起手，拿起手边的茶杯，对着他砸了过去。

何德江仍旧一动不动地站在那里，任由那滚烫的茶水全部落在身上，头发被茶水打湿，一滴滴地往下滴着水。

“何德江，你好大的胆子！”贺季山站起身，一把扯过他的衣领，将他带到自己面前。

何德江这才看向贺季山，面上依旧是淡然的，只道：“是我违抗了司令的命令，司令要杀要剐，何德江任凭吩咐。”

贺季山气极反笑：“是谁给你的胆子？你是不是恨不得她死了，你才甘心？”

“是。”何德江回答得十分干脆，“司令是做大事的人，本就不该对一个女人用这样多的心思，更何况夫人一次次背叛您，这种女人，本就不该留在身边，否则迟早会惹出大事来。”

贺季山松开手，何德江便不由自主地向后退了几步，眼见着贺季山眼眸阴戾，不声不响地看着自己，他索性豁了出去，接着道：“属下跟了司令这么多年，一路看着您从关外打进了关内，得到这江北的天下，这其中的不易，属下看得清清楚楚。这么多年来，属下从没见您这样对过一个女人，就算是为了辽军，您也不该这样看重儿女私情。”

“这样说来，你倒是一片忠心耿耿了？”贺季山淡淡开口。

“属下不敢。”何德江低下了头，从自己身上取下手枪，双手递到贺季山面前，“是属下存了私心，才让夫人受了这样多的罪，司令动手吧。”

贺季山二话不说，便将手枪接过，“咔嚓”一声，将子弹上膛，“砰”的一声，枪声响了。

“司令……”何德江不敢置信地看着贺季山。

那一枪擦着何德江的耳朵，打在了博古架上，将上面的一个花瓶打了个粉碎，发出一声脆响。

“与其打死你，不如让你在战场上给我将功赎罪。”贺季山将手枪扔回何德江手中，顺手对着门一指，“出去。”

何德江一个立正，规规矩矩地敬了一个军礼，礼毕后，这才一声不响地走出了书房。

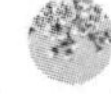

晚间，贺季山抱着囡囡，陪着她在露台上看星星。

“爸爸。”囡囡倚在父亲怀里，睁着一双乌黑的大眼睛，奶声奶气地开口。

“嗯？”贺季山听到女儿的声音，便将视线从远处收回，落在孩子脸上。

“我想听故事。”囡囡眨巴着眼睛，对他撒娇。

贺季山闻言便笑了，他捏了捏女儿的小脸，轻声哄道：“爸爸讲不好故事，等会儿让妈妈讲给你听。”

“不嘛，我要听爸爸讲的！”囡囡倔着不依。

贺季山看着女儿粉雕玉琢的小脸，那样像她的母亲，分明就是个缩小了的沈疏影。他瞧着心头便是一软，看着女儿，就好似看见了沈疏影小时候的样子，他的唇角不知不觉地浮起一抹笑意，终是将女儿置于膝上，静静地开口——

“从前，有一个将军，他住着很大很大的房子，有很多很多的仆人，他要什么有什么，所有人都怕他。”男人的声音温和而低沉，似是从很远很远的地方传过来，只让囡囡听得聚精会神。

“有一天，他住的地方来了一个女孩子，那个女孩比他小了许多岁，可他偏偏喜欢上了她。”

“爸爸，这个女孩喜欢将军吗？”囡囡睁着大眼睛，憨态可掬地问着父亲。

贺季山的大手抚上女儿头顶，笑着摇了摇头：“不喜欢，那个女孩很讨厌他，总是想要离开他。”

“那她跑了吗？”囡囡接着问。

“没有，她后来嫁给了那个将军，为了娶她，将军做了很多错事。”男人浑厚的嗓音传来，带着淡淡的苦涩，看着女儿的目光中，又有着说不尽的宠溺。

“爸爸，那他们有孩子吗？”稚嫩的童音琅琅，让人听着忍俊不禁。

贺季山笑了，颔首道：“女孩为将军生了一个女儿，长得非常漂亮。”

“和我一样漂亮吗？”囡囡奶声奶气地追问。

贺季山哑然，只摸了摸女儿的头，笑道：“是，和你一样漂亮。”

“那后来呢？”

“后来，将军把她送到了一个很远很远的地方，永远都不想再见到她。”

“将军不喜欢她了吗？”

“不，将军喜欢她。把她送走后，将军一直在想她，他把他们的女儿捧上了天，却一直盼着她可以回来。”

“那她回来了吗？”囡囡又问。

“回来了。”

“他们以后会在一起吗？”囡囡搂住父亲的脖子，纯真的大眼睛黑白分明，一眨不眨地看着爸爸。

贺季山唇角的笑意隐了下去，他沉默片刻，才道：“将军遇到了很强大的敌人，他不得不去打仗。”

“将军还会回来吗？”

“我不知道。”贺季山淡淡一笑，将女儿抱了起来。

囡囡依然缠着他，要爸爸继续往下说。就在父女俩闹腾的时候，沈疏影端着刚做好的点心，俏生生地走了过来。

囡囡看到她，便扭股糖似的钻进她的怀里。沈疏影抱着女儿，对贺季山道：“见你晚上也没怎么吃东西，我给你做了些点心，你快吃吧。”

贺季山点了点头，就见囡囡在沈疏影的怀里扭来扭去，小嘴嚷着：“囡囡也要吃。”

沈疏影却是不依，担心孩子晚上吃东西会伤着脾胃，只轻声哄着，把囡囡抱回了屋里，打算哄她睡觉。临走前，仍不忘叮嘱贺季山，让他将这些点心吃完。

贺季山笑着答应，看着她们母女的背影一点点地消失在视线内，他脸上的神色一点点地暗下去，那些点心他动也没动，只燃起一支烟，默默地抽了许久。

沈疏影将女儿哄睡，为孩子掖好了被角，刚转过身子，便看见贺季山站在自己身后，将她吓了一跳。

“怎么不声不响地站在这里？”沈疏影抚住心口，对着男人嗔道。

贺季山便一笑，上前搂住了她的肩膀，低声道：“囡囡睡着了？”

沈疏影轻轻地“嗯”了一声，小声道：“咱们快出去吧，省得把她

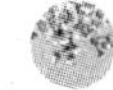

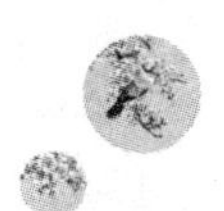

吵醒。”

“她真像你。”贺季山向熟睡中的女儿望去，乌黑的眸子里满是爱怜。

沈疏影听着，心里却有些过意不去，只道：“女大十八变呢，也许等她长大了，就像你了。”

“若是像我，只怕长大了会嫁不出去。”贺季山声音低沉，一笑置之。

沈疏影也笑了。贺季山牵住她的手，两人一道走出了房间。回到卧室后，贺季山将她抱在怀里，大手则探进她的衣裙里，嘴温柔地吻住了她的唇瓣。

他从没这样温柔过，以往的每一次亲密都像是一场强取豪夺，就连亲吻都带着不容人抗拒的强势与霸道，直让沈疏影透不过气来，唯有这次，他是那样轻柔与小心，好似将沈疏影捧在手心，一个用力，她就会化了似的。

她的眸子里渐渐浮起一层迷离之色，软软地倚在他的怀里。男人强健的臂膀、浓烈的爱情、温暖的怀抱，犹如一场甜美的花雨，无所不在地滋润着她，融化着她，让她觉得自己仿佛化身为一匹柔软的丝绸，与他紧紧地契合到一起……

女子乌黑的秀发散落在他的臂弯，犹如一个温暖的梦境，梳妆台上的香炉里燃着一小把百合香，清甜的淡香融入到彼此的呼吸中去，分外缠绵。

而在最后的瞬间，他俯身吻着她被汗水打湿的鬓角，沙哑着声音，道了一声她的名字：“小影……”

那一声轻轻的呢喃，仿佛暗夜里绽放的花朵，透着无可奈何的温柔与蚀骨的眷恋，一路缠进她的骨子里去。

沈疏影倦极了，欢愉后的身子十分疲倦，只缩在他的怀里，由着男人抱着自己，只觉得心里温暖而踏实，她头一偏，便沉沉睡去。

贺季山的眼眸在黑夜中依然雪亮，他凝视着怀中的女子，久久没有动弹。

夜深了。

沈疏影醒来，却发现身旁空荡荡的，她转眸一瞧，便见贺季山正站在窗前抽烟，魁梧的身形如旧。月光落在他的身上，将他的身影笼上一层淡淡的银光，显得格外朦胧。

她不知怎的，突然想起许久以前，那时候她还没有嫁给他，他用尽了手段，逼她与他结婚，她恨极了，竟不惜一切跳进了官邸的池塘里，等他回来，她已经奄奄一息地躺在榻上，只觉得心里苦极了，夜里迷迷糊糊醒来时，他也是这样守在自己榻前，默默地看着自己。

她那时候那样恨他，而他也对她保证过，那一段日子都不会出现在她面前。见她醒来，他无声地怔了怔，立刻站起身子，向屋外走去，一直走到房门口，才回头看她一眼。

她想，她会永远记得他那一个眼神。

他小心翼翼地对她，甚至近乎讨好地，他努力地弥补她，可越是如此，她越是恨他……

贺季山一声不响地抽着烟，直到发觉一抹温软的身子轻轻地贴上了自己的后背，她的声音响起来："季山，对不起。"

"怎么了？"贺季山掐灭了烟卷，转过身将她抱在怀里。

"以前是我年纪小，不懂事，你原谅我，好不好？"她轻轻地抬起头，美丽的眼眸在黑夜里犹如这世上最温润的宝石，散发着细碎的柔光，波光潋滟。

"好端端的，怎么说起这些？"他捧起她的小脸，在她的唇瓣上轻轻一啄。

沈疏影没有说话，只将身子埋在他的怀里，双手紧紧地抱住他的腰，仿佛一松手，他就会不见了似的。

贺季山揽着她，听着她在自己的怀里呢喃："以后，我们一家人好好地在一起过日子，把以前的事全部忘了，好吗？"

他的心口一恸，却只紧了紧她的身子，说了声："好。"

"季山，你还记不记得，你以前曾说过，总有一天，我会心甘情愿地嫁给你。"沈疏影将脸贴在他的胸口，抿唇笑道。

"记得，"贺季山也是一笑，"怎么不记得，我当初问你信不信，你说不信，我说那咱们便等着，是不是？"

沈疏影点了点头，从他的怀里轻轻抽出身子，脸上浮起一抹红晕，月光下，那一张白里透红的小脸美得清丽脱俗，恍若天仙。

"我现在，就是心甘情愿地嫁给你。"她轻轻地开口，也不好意思去看贺季山的眼睛，唇角噙着甜美的笑，这一句说完，眼底的笑意更深了一层，长长的睫毛轻柔如娥，在月光下扑闪着，直闪到贺季山的心里去。

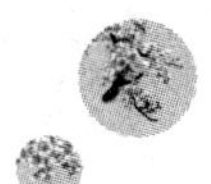

贺季山站在那里，面容逆着光，整个人透出一片淡淡的阴影，乌黑的头发下，那张英武的容颜极其深邃英挺。他没有说话，只对着沈疏影微微笑了笑，那一笑间，却是无声的落寞。

“季山，你怎么了？”沈疏影凝视着他，柔声问道。

男人摇了摇头，示意自己没事，他伸出手，抚上沈疏影的脸庞，微笑道：“明天我要出趟门，可能要过些天才回来，你带着囡囡留在枫桥，外面现在不太平，记得不要乱跑，知道了吗？”

“你要去哪儿？要去多久？”沈疏影问道，一双清澈的眼中，弥漫着的满是不舍。

贺季山捏了捏她的脸颊，笑道：“我这还没走，你就舍不得我了？”

沈疏影被他说得脸庞一热，只将眼帘垂下，心里却怎么也不放心，只小声道：“那我和囡囡在这里等你，你一定要小心些。”

“你放心，把事情处理好，我就回来。”贺季山抵上她的额头，眸子里漾着的，是深不见底的情意。

“我上次看了报纸，听说江南的刘督军趁着这次内乱，领兵北上，孟家的旧臣还逼着你娶孟静蓉，为了我和孩子，是不是很让你为难？”沈疏影声音轻柔，说完这一句，忍不住抬起小脸，向贺季山看去。

“别说傻话，你是我的女人，囡囡是我的女儿，哪里来的‘为难’二字？”贺季山轻语，大手扣住她的纤腰，贴近她的耳旁温言抚慰，“好了，别瞎想，把自己和女儿照顾好，就够了。”

两人温存了片刻，沈疏影趴在他的胸口，小声呢喃着他的名字：“季山……”

“嗯？”

“你会不会有一天，为了天下，放弃我和孩子？”她的声音那样小，几乎让人听不清楚，仔细听下去，却依然可以察觉她声音里的轻颤。

贺季山眸心一沉，一语不发地将她的身子揽得更紧，隔了半晌，方捧起她的小脸，笔直地看着她的眼睛，说道；“沈疏影，你记住，你和孩子就是我贺季山的命，如果命都没了，我还要这天下做什么？”

沈疏影的眼顿时一红，轻轻地说道：“我很害怕，我怕你会娶孟静蓉，怕你会抛弃我和囡囡……”

“傻瓜。”贺季山打断了她的话，再不给她说话的机会，便封住了她的唇，将她余下的话尽数堵住。沈疏影闭上眼睛，伸出胳膊环住他的腰。那样的温暖让她舍不得撒手，唯有那淡雅的百合香，融入到彼此的呼吸中去。

沈疏影醒来时，身侧却是空荡荡的，她一怔，见窗外不过鱼肚白，贺季山不待天亮，便离开了枫桥。

她默默地坐起来，心里只觉得空落落的，也不知坐了多久，就听屋外响起嬷嬷的声音："夫人，您起了吗？"

沈疏影回过神来，匆匆去打开了房门。嬷嬷看到她，便谦卑地一笑："小姐醒了，闹着要见您。"

沈疏影听着，心里便一软，忙回房换了件衣裳，刚走到大厅，就见囡囡已经穿戴整齐，两个老妈子一人端着点心，一人拿着牛奶，正好声好气地喂她吃早餐。

囡囡见到妈妈，便从小木马上跑下来，奔到母亲的怀里，脆生生地喊了一声："妈妈！"

沈疏影笑起来，蹲下身将女儿唇角的碎屑拭去，从老妈子手里接过点心，亲手喂起了女儿。

枫桥地处僻静，因是贺季山的私宅，除了贺季山的亲信侍从，外界向来不知道还有这一处所在，更兼贺季山离开时，留下了大量亲兵，只将一个枫桥守得里三层，外三层，说是固若金汤也不为过。

沈疏影带着女儿，别墅里应有尽有，锦衣玉食，奴仆成群，无论外面乱成什么样子，这一处小天地，却是宁静祥和，宛如真正的江南，又好似名家手中的水墨画，小桥流水，恍如隔世。

她并不知道，如今辽军的情形已经到了最为严峻的时候，刘振坤领兵夺下了临水，并一鼓作气将临水以北的三省尽数收入囊中。贺季山这些日子刚将北平城的叛乱解决，并亲手毙了孟继喜与张智尧，这两人的部下也全都是孟家的旧臣，素来与贺季山手下的亲兵不合，眼见自家军长惨死，便破釜沉舟，全部豁了出去，任由贺季山下令安抚，保证对他们不予追究，他们也不理会，非拼个你死我活不可。

这场叛乱虽被压了下去，可贺季山手下的亲兵也是死伤惨重，实力大减。待他从诸省紧急集结军队，联合起来去对抗江南的刘振坤时，战况的严峻程度已经到了空前绝后的地步。刘振坤一鼓作气，连夺江北三分之一的领

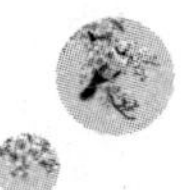

地，大有直逼北平之势。

而贺季山手中的兵力，却实在不足以与刘振坤抗衡，待江北各地的军队集合，怕是刘振坤已经攻下了北平。

指挥所里的灯彻夜不熄，李正平走进来时，就见贺季山正倚在椅子上，闭目养神。

“司令。”他开口道。

“怎么样了？”贺季山睁开眼，淡淡问道。

李正平只将眼眸垂下，道：“刘振坤的军队已经逼近冀州，咱们的第一防线已经被攻下，第二防线也是岌岌可危，朱军长今日已经一连发了七份电报，请求派兵增援。”

贺季山闻言，颔首道：“去告诉他，再给我守三日。”

李正平恭声称是，刚要离开，又听贺季山道：“吩咐下去，我要去杨府一趟。”

“司令要去见杨老先生？”即使到了如今这地步，谈起杨同奎，就连李正平也还是尊称他一声“杨老”。

“孟家的人，都唯他马首是瞻，这一趟，我非去不可。”贺季山说着，便站起身子，将椅背上的军装取过来穿上。

“司令，属下觉得，此举太过冒险，您若是去了杨府，和闯进了龙潭虎穴又有何区别？”李正平沉吟道。

贺季山没有说话，只迅速将军装扣子扣好，拿起桌子上的军帽，戴好后，才淡淡一笑道：“就算是龙潭虎穴，也只得闯一闯了。”

第十五章 静蓉

汽车一路飞驰，向杨府驶去。

贺季山这一次来并未带多少人，不过十来个侍从。到了杨府后，果真见杨府已是戒备森严。贺季山只带了李正平一人，两人刚踏入杨府的大厅，就见杨同奎一袭青色长衫，正端坐于厅中，见到贺季山进来，只微微颔首，若无其事般言道：“季山来了。”

贺季山也是一派云淡风轻，先对着他敬了一个军礼，继而道：“许久不曾到府上拜访，是季山的不是。”

杨同奎摆了摆手：“你诸事缠身，说是日理万机也不为过，我都晓得。”

贺季山于是笑道：“听说前阵子您身子不适，季山一直记挂着，如今见您精神抖擞，想必已是大好了吧？”

杨同奎低声一笑，道：“眼见着辽军乱成这样，我这把老骨头看在眼里，急在心里，没气死都算是福气咯。”

“是小辈们不懂事，杨老还是保重身子要紧。”贺季山说着，倒满是一副谦逊的晚生模样。

Qing dao

Ke gu,

Yuan lai

Ru ci

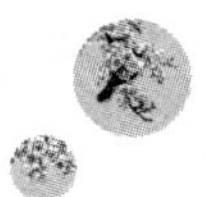

“季山啊，你也是我一手带出来的，咱们也就开门见山吧，你今日来找我，是要让老夫出面，为你笼住老臣，让他们帮着你出兵对付刘振坤？”

“不错，季山还望杨老成全。”

杨同奎摇了摇头：“这些年来，我虽不插手辽军的事，可也知道，辽军里向来都是分成两派，一派是你亲手提拔的亲兵，另一派便是关外的旧臣，这些年来你厚此薄彼的事情做得也不少。我年纪大了，一些事睁一只眼，闭一只眼，可你不想想，关外的老臣，也是跟着你一路打下了江北，你又何苦重用自己的亲兵，却将他们处处打压？”

贺季山沉默不语。

杨同奎端起茶，噘着嘴抿了一口，抬眸便看见贺季山站在自己面前，英挺如昔，魁梧矫健。在关外时，贺季山最先投入他的麾下，也是他一手提拔起来的，眼睁睁地看着他从一个十几岁的小兵蛋子一步步走到了今天，其中的不易他自然是一清二楚。念及此，杨同奎微微一叹，将盖碗放下，说道：“这么多年，你出生入死打下这片江山，如今却为了一个女人，难道真是要把这江北的天下送给刘振坤不成？”

贺季山这才开口：“杨老言重了。季山身为辽军主帅，自是不会为了儿女私情而将辽军的将士弃之不顾，这也是季山今晚来找杨老的原因。”

杨同奎听了这话，脸色稍稍缓和：“只要你即刻登报告知天下，正式迎娶静蓉为妻，便等于给关外的老臣吃了颗定心丸，就连顾团长和廖军长那边，也是一切都好说。”

贺季山却道：“季山做不出抛妻弃女的事，还请杨老一切以大局为重。”

闻言，杨同奎脸色一沉：“以大局为重的应当是你！你与静蓉本就有过婚约，你就算现在娶她那也是名正言顺。当年你发动军变，掌握军政大权，杀了孟家兄弟，血洗镇寒关，领兵攻进北平，这一桩桩、一件件，何时见你犹豫过？如今为了个女人，你成何体统！”

贺季山一言不发地听着杨同奎训斥，直到他说完，他才抬起眼睛，开口道：“杨老说得不错，季山的确是不成体统。”语毕，他将辽军中代表着最高统治权的印章取出，呈于杨同奎，“此次辽军生死存亡之际，一切还望杨老出面主持大局，这枚帅印，季山便交给杨老，这也是季山对孟家旧部最大的诚意。”

杨同奎眼皮一跳，不敢置信地看着他，就连语气都变了：“你这是做什么？”

贺季山微微一笑，开口道：“这些年来，季山的确着力培养亲兵，对关外的旧部则是处处压制，如今他们让我迎娶孟静蓉，不过是图个心安，以此来保障他们日后在辽军中的地位。如今季山将帅印交出，应该是比迎娶孟静蓉，更能让他们感觉到诚意。”

杨同奎沉吟不语。贺季山则又开口道：“如今帅印交出，季山再也无权统管辽军，只望杨老尽快劝说顾军长与廖军长对冀州出兵，若等刘振坤攻下冀州，那便大势已去，战局再难扭转。”

杨同奎盯着那枚帅印，又转眸看了贺季山一眼。灯光下，贺季山神色坦然，一双眸子乌黑雪亮，暗如夜空。他看了许久，终是将那帅印握在手里，点了点头：“好，那我便相信你这一次。”

贺季山闻言，依旧是一语不发地站在那里，唯有拳头，在杨同奎看不见的地方，静静地攥紧，骨节处因用力，已经泛起白色。

辽军一夜之间发生巨变，贺季山通告全国，辞去总司令之位，辽军大小事务，均由杨同奎处理，而贺季山本人，则屈居为三军的军长。

几乎就在他通告全国的同一天，原本乱到极点的辽军两派，复又凝聚到一起，孟家旧部尽数出动，联合贺季山的亲兵，一道向冀州赶去，环卫冀州，保护北平。

冀州大战也是近年来最为严峻的一场战役，尤甚当年的临水之战。贺季山虽已辞去总司令的职位，可在战场上，仍是由他发号施令，为最高指挥官。

激战后的战场上，尸横遍野，空气中弥漫着浓烈的硝烟味，辽军与浙军不约而同地选择了休战，待补给完备后，再次开战。

“司令，”何德江刚喊出这两个字，便想起贺季山此时的身份，只得改口道，“军长，刚才收到密报，刘振坤打算在明日九时对冀北发动进攻。”

贺季山抽着烟，颔首道：“传令下去，让李正平和郑云东领兵先去防守。”

何德江却并未走开，只压低了声音道：“军长，这些日子以来，您总是

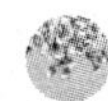

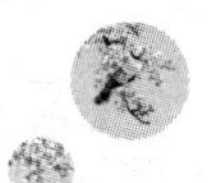

将咱们的人派到前线，而让孟家的那些人在后方乘凉，若再这样下去，只怕浙军再来几次突袭，咱们的人可就全军覆没了。”

贺季山依然没有多言，只点了点头，说道：“我知道。”

“那您又为何……”何德江满是不解，眸底却十分焦急。

贺季山瞟了他一眼，低声道：“现在还不是时候，到了这一步，咱们一定要稳住。”

何德江沉思片刻，终于醍醐灌顶般了然：“军长是想……”

贺季山不待他说出口，便打断了他的话：“不错，你应该知道怎么做了？”

何德江舒了口气，只对着贺季山敬了个标准的军礼：“属下明白！”语毕，转身走出了战壕。

待他走后，贺季山深吸了口烟，吐出一长串的烟圈。他坐在椅子上，淡淡的烟雾中，眉宇间笼罩的，是一片深重的疲惫。

他有意先将自己的亲兵派上前线，而让孟家的旧部尽数留在后方，为的便是令他们放松警惕，若一开始便将孟家旧部尽数赶上战场，孟家的人又要说他维护手下亲兵，而不拿孟家旧部当人，只怕到时候，还不等刘振坤打过来，辽军内部又要出乱子。

而他，正在耐心等待时机，等一个让孟家旧部与刘振坤相互厮杀的时机，等一个坐收渔翁之利的时机。

北平。

沈疏影带着女儿，回到了官邸。

再次回到这里，沈疏影只觉得思绪万千，看着那一栋被封住的西楼，她有片刻的愣怔。柳妈小心翼翼地解释：“夫人走后，司令心里难受，便下令将这栋楼给封了，夫人若不喜欢，老奴这就让人去将这栋楼重新打扫下。”

“不用，”沈疏影赶忙开口，“还是封上吧。”

将那些不堪回首的往事，一道封在那里，然后永远、永远都不再记起。

囡囡许久没有见到陆依依，此时看到她，高兴极了，笑着扑到她的怀里，甜甜地喊她：“陆阿姨！”

这孩子出生不过半年，陆依依便赶到了官邸照顾她；衣食住行，事无巨细，皆是小心照料，两人感情向来极深。这次囡囡被贺季山接到枫桥，她也有两个多月不曾见到囡囡，此时听着孩子稚嫩的童声，忍不住俯身将囡囡一把抱在怀里，眼圈立刻红了。

“你便是陆小姐？囡囡在枫桥的时候，经常提起你。”沈疏影微笑着上前，看到妈妈，囡囡立刻便从陆依依的怀里钻出来，投进了她的怀里。

陆依依顿时觉得心里一空，凝视着沈疏影绝美的容颜，更是自卑得无以复加，只点了点头，嗓子却哽住了，说不出话来。

“这三年，多亏了你陪在囡囡身边，这孩子身子弱，劳你费心了。”沈疏影话语中满是感激，对着陆依依柔声开口。

“夫人客气了，照顾小姐，本来就是我的分内事，再说，司令也是给了我工资的。”陆依依勉强笑了笑，轻轻开口。

沈疏影点了点头，在仆人的簇拥下，向屋里走去。

陆依依站在原地，看着沈疏影的背影，那一道纤细袅娜的身影，犹如月下清莲，温婉淡雅，洁若处子，她又哪里能比得上？

晚间，沈疏影洗好澡，便去婴儿房看女儿，刚推开门，就见陆依依守在床前，正轻手轻脚地为囡囡盖被子。

听到身后的脚步声，陆依依回过头看见她，便赶忙站直了身子，恭敬而小心地唤了声：“夫人。”

沈疏影轻轻地应了一声，转眸见女儿已经睡熟，红苹果一般的小脸，看起来极是可爱，她放下心来，对陆依依道：“囡囡已经睡着了，咱们出去吧。”

陆依依俯首称是，与沈疏影一道走出婴儿房。到了侧厅，沈疏影指着一旁的沙发，说道：“陪我坐一会儿。”

陆依依不敢拒绝，只静静地坐了下去。她们刚坐好，便有老妈子为沈疏影端来了十分滋养身子的燕窝粥。

沈疏影也不吃，也许是见陆依依拘谨，便笑道：“你别怕我，我只是想和你聊聊。”

陆依依看了她一眼。灯光下，沈疏影一张芙蓉秀脸，两颊透着浅浅的红晕，犹如搽了一层薄薄的胭脂，只衬着一双剪水美瞳，眼波流转。

“您真漂亮。”她衷心赞道。

沈疏影被陆依依这般夸赞，脸庞便微微一红。她垂着眸子坐在那里，静静地端起了茶杯，玉色的指甲晶莹剔透，眼底的神色是十分恬静的，只让人

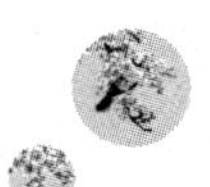

觉得她整个人好似美玉雕成的一般，美轮美奂。

“难怪司令这三年里，一直都在想着您。”陆依依喃喃开口，话音刚落，便觉得自己的话实在不妥，不由得慌忙道，“夫人不要生气，是我口无遮拦，我……”

不等她说完，沈疏影便抬起眼，笑着摇了摇头：“没关系，我们年龄差不多大，你又在官邸照顾了囡囡这么久，你想说什么都可以，我不会生气的。”

陆依依松了口气，竭力让自己镇定下来，隔了片刻，才缓缓道：“不知夫人想听些什么？”

沈疏影的眉宇间浮起一抹赧然，似是有些不知该如何开口。她移开眸光，脸庞上红晕盈盈，终是小声开口：“陆小姐是知道的，我去了法国三年，对官邸里的事很多都不清楚，也不知道季山和囡囡父女，这三年里究竟是怎样过的，我就想着让陆小姐可以和我说说，倒是让陆小姐看笑话了。”

陆依依闻言，心里便了然，她凝视着眼前的女子，低声道：“夫人既然想知道，那我一定是知无不言。其实我刚来官邸的时候，小姐还只有六个多月大，那时候司令正在前线督战，我在官邸待了许久，都没有见过他，直到小姐发高烧，司令才回来。”

沈疏影听到女儿高烧，只觉得一颗心都抽紧了，她望着陆依依，连她口中的一个字也不愿意漏下。

“司令回来后，整整守了小姐三天三夜，直到小姐退了烧，他才回到前线。”陆依依想起男人抱着孩子，在走廊里走来走去的情景，目光不由得变得十分柔和，咬字极轻，“夫人，您不知道司令对小姐有多好，我从没见过一个男人会像他那样疼爱孩子，司令真的是个非常好的父亲。”

沈疏影听着，心里除了酸涩外，便是莫名的柔软，她含笑点了点头，接着问道：“还有呢？”

陆依依的眼里渐渐浮起一层氤氲之气，似是回忆起以前的事情，整个人都变得愣怔了：“我记得，有一次司令发了很大的火，好像是有一样极要紧的东西被仆人打扫书房的时候弄丢了，司令气极了，侍从和仆人都吓坏了，可问司令究竟丢了什么，司令却又不说，只是铁青着脸，直到后来乳娘抱着小姐去找他，他才缓和了脸色。”

“小姐手里不知道从哪儿攥着一个护身符，司令看到后，脸色就变了，只从小姐的手里将那护身符拿在了手里。我离得近，见那护身符上绣着‘平安御守’四个字，反面还有一个大一点的‘贺’字。司令拿到护身符后，便没有再发火，只抱着小姐去了院子里玩。后来柳妈说，司令丢的东西，一定就是那护身符了，不然他不会发那样大的火，因为那是您亲手做的。”

沈疏影听着这话，鼻尖顿时一酸。五年前他大伤初愈，而她为了讨好他，便随手给他做了个护身符，希望能让他放自己走。这些年来，她早已将那护身符忘到了九霄云外，却没想到，他竟然一直留着，痴心不改。

陆依依没有理会沈疏影的神色，只自顾自地说了下去：“小姐两岁的时候，日本人领兵来犯，司令出征前将小姐抱在膝上，也许是担心自己不能平安归来，他将何副官与我唤到了书房，叮嘱我们，若他有什么不测，就让我们把囡囡送到法国。他还说，如果您在法国过得很好，就不要再打搅您；如果您是一个人，那便把孩子交给您照顾。”

沈疏影听到这里，心头大恸，眼泪盈然于眶，哽咽道：“那他，可有受伤？”

陆依依摇了摇头：“司令身经百战，带着辽军打出了震惊中外的‘锦宁大捷’，威震海内，把日本人逼了回去，等司令回到官邸，没过多久，津唐的徐家，便想将他们的三小姐嫁过来，做司令夫人。

“津唐徐家富可敌国，徐家的那几个少爷几乎把持着江北的经济，若能与徐家联姻，就等于得到了巨大的财力支持，对司令挥师南下大有裨益。所以一听徐家有将女儿嫁来的意思，司令身旁的幕僚都高兴坏了，尤其是何副官，简直兴奋得不知该如何是好，一个劲儿地在那恭喜司令，恨不得司令可以将那徐家的小姐立刻娶回来似的。”

沈疏影心头一紧，嗓音都变了：“那他同意了吗？”

陆依依苦笑道：“所有人都觉得这是从天而降的喜事，可司令听了消息后，只是不以为意地笑了笑，便带着小姐去放风筝，将徐家人晾在那里，连见都没去见他们一面。”

沈疏影不知该说什么，她将眼睛低垂，泪水却再也忍不住，扑簌簌地落了下来。

陆依依看到她的泪水，几乎有一瞬间的失神，不得不感叹，这世间就是有这样得天独厚的女人，就连哭，都是别样的美丽，让你跟着她一块儿揪着心肠，恨不得可以将这天下所有的一切都捧到她面前，只为博她一笑。

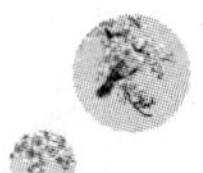

也许就在这一刻，她突然明白了，贺季山为什么对其他女人都视若无睹，因为他已经得到了这世间最美的一朵花，其他的花再美，也不过是庸脂俗粉，既然是庸脂俗粉，他又怎么能瞧得上眼？

“他这三年，难道都是这样过来的吗？”沈疏影忍住眼底的湿意，对陆依依轻声问道。

“夫人是不是想问，这三年里，司令有没有过其他女人？”陆依依踌躇着开口。

沈疏影脸庞一热，她默默低下脑袋，点了点头。

陆依依眼底浮起一丝苦涩：“司令对您的心，就算是说成日月可鉴都不为过，恕我无礼，夫人这样问，也太辜负司令了。”

想起那一晚，男人独自站在窗前，对着花园的方向出神的样子，陆依依心里便一阵难受，见沈疏影竟这样想，便忍不住出言不逊起来。

沈疏影听她这样说，并未生气，心里也觉得一阵惭愧，她移开视线，小声道：“外界都在传言，说他要迎娶孟静蓉，无论是徐家的小姐，还是孟家的小姐，我都比不上，我……我是不敢相信，我现在什么都没有，只有一个孩子，我很害怕，所以想知道他这三年里，到底有没有想过我……”

她不知道自己说了什么，与其说是解释给陆依依听，倒不如说是自言自语。而陆依依听在耳里，便轻声道：“夫人不要多想了，您走的这三年，司令无时无刻不在想着您，就连他喝醉了，喊的也全是您的名字。”

沈疏影心里柔肠百转，面对贺季山这样的款款深情，只让她不知道如何回报才好，她知道贺季山爱她，可从不知道，他竟是如此深情。

这一番话，从陆依依口中说出来，没有人知道给了她多大的震撼。

陆依依声音轻柔，眼底的神色凄楚而温柔，一张清秀的小脸，在说起贺季山的时候，总会变得格外柔和，那一双眸子亮晶晶的，衬托得十分动人。

沈疏影看了她好一会儿，才轻轻地说道：“陆小姐，你是不是对他……”

余下的话沈疏影并没有说完，陆依依却回过神来，脸上顿时一阵红，一阵白，就连呼吸都急促起来。不知过了多久，她终是平静下来，平静地道：“夫人，司令是优秀而难得的男人，我想，没有女人会不喜欢他。您今后一定要好好对司令，不然，这样好的男人，会被别人抢去的。”

沈疏影听着，心口蓦然一紧。

冀州。

“军长，已经按您的指示，廖军长领兵向南包抄，孙军长也已经领兵打算向着东面进攻了。”

贺季山一双锐目凌厉，只低声道：“好，去告诉李正平和王长发，让他们按兵不动，一切听我指挥。”

“是。”传令兵领命而去。一旁的何德江则上前一步，压低了声音道：“军长，您这次为何不将孟家的人全部派上去，而将顾军长的军队留了下来？”

贺季山的目光落在眼前的战略地图上，闻言开口道：“若将他们的人全部派到前线，他们心里定会生疑，不如把他们的人分成两股，逐一歼灭。”

“那，顾军长的人，您打算怎么安排？”

贺季山抬起眼，眼中一片暗沉，他的手指在桌面上轻叩着，却不答反问：“让你做的事，你办得如何了？”

何德江赶忙道：“军长放心，已经全部安置好了，咱们的人都已经埋伏在冀青山，只等将刘振坤的人引来，炸药随时都可以引爆。”

贺季山点了点头，眼中浮起一丝阴狠，他低沉着声音，轻描淡写地说了句：“是时候送他们上路了。”

“军长的意思是？”何德江心头一凛。

“传令下去，让顾军长领兵赶往冀南，无须正面迎战，务必要将刘振坤的人引到咱们埋伏好的据点，余下的事，不用我说，你也知道该怎么做了吧。”男人的声音平静到了极点，不带一丝温度。何德江听着，却觉得心跳越来越快，终是忍不住低声道：“军长是要将他们一网打尽？”

“不错。”

何德江脸色一变，却是垂头不语。

“怎么？”贺季山眉头微皱，对他言道。

“属下认为，军长此举的确是狠辣了些，顾军长的兵虽说是孟家的，但如今好歹也算是与咱们并肩迎敌，您若是将他们与刘振坤的人一起炸死，属下只觉得，实在是……太狠了点……”

“何德江，你是不是把张智尧和孟继喜的事都给忘了？”贺季山淡淡开口，他依旧一动不动地坐在那里，眸心却渐渐浮起一抹寒意。

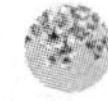

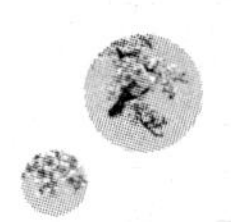

“属下不敢。”

“既然不敢，那就按我说的去做。”贺季山抬眼看了他一眼，那目光雪亮如电，令人不敢直视。何德江顿时立正，恭恭敬敬地行了一个军礼，说了声“是”，便转身离开了战壕。

傍晚，传令兵匆匆赶来，先是对着贺季山行了一礼，接着沙哑道：“报告军长，廖军长与孙军长发来电报，只道敌我双方俱是死伤惨重，请求您即刻派兵支援。”

贺季山面无表情，只道：“告诉他们，李正平与王长发已经带兵前去支援，让他们务必给我撑住。”

“是，军长。”

传令兵刚走，参谋长便走了过来，向贺季山一个立正：“军长，您找我？”

贺季山颔首：“你亲自去告诉李正平他们，让他们将冀北的出口给我堵死，若廖达与孙志文从前线率军撤退，便在那里把他们就地解决，一个不留。”

参谋长一凛，沉声道：“是，属下明白。”

贺季山闭上眼睛，眉宇间满是疲倦，他没有再多说话，只道：“去吧。”

这一仗，的确耗费了他太多的心思，此时此刻，将一切布置好后，他便觉得连话也不想多说，只静静地坐在那里闭目养神，等着从战场传来消息。

冀北。

“妈的，这贺季山分明是将我们当枪使，说是让李正平和王长发领兵过来支援，到现在连个人影都没见到，还支援个鸟！”前线战况激烈，廖达的左臂中了一枪，趁着随行的军医为他包扎的工夫，便再也忍耐不住地破口大骂起来。

孙志文正拿着望远镜观察战局，眼见着断壁残垣，尸横遍野，敌方与己方皆是死伤惨重，此时听廖达如此说，心头便一寒，沉吟道：“按理说贺季山不会如此，前阵子他可是把自己的亲兵全部派上了最前线，再说还有老顾在，他不敢不出兵支援？”

廖达“呸”了一口：“你整天除了拿个望远镜看来看去，你还会干啥？都到了这一步，摆明了贺季山前些日子使的都是障眼法，只怪老子上了他的当，损了一大半的兄弟为他卖命，他倒好，由着我们在这里自生自灭。你还愣着做啥？赶快下令让弟兄们撤，别再傻乎乎地替他卖命！”

孙志文细听下去，也觉得廖达的话有理，眼见着请求支援的电报一封封地拍了回去，却丝毫不见援军的影子。思索片刻，孙志文终是一咬牙，下令撤退。

廖达依旧骂骂咧咧，骂天骂地，骂杨同奎，骂贺季山，一路上就没个消停。

路过冀北时，孙志文敏锐地察觉到有埋伏，可还不等他做出指令，铺天盖地的炮火便汹涌而来，顿时血肉横飞，遍地鲜血，甚至许多士兵都没反应过来发生了什么，便被炮火炸了个粉碎。廖达杀红了眼，不顾胳膊上的伤，从一旁的士兵手里夺过枪，对着埋伏的地方扫射过去。

饶是他向来骁勇，却也经不住处心积虑的偷袭，他一面疯狂地开着枪，一面大喊着。

尔后，终于归于一片寂静……

唯有呛人的硝烟味，几乎令人窒息。

晚间，远方的炮火轰鸣，轰隆隆地响彻天际，战壕里的灯彻夜不灭，

“报告军长！刘振坤手下的王牌军队七十二师已经被咱们尽数歼灭！只不过……顾军长的军队也在与其对战的时候，全军覆没。”

贺季山燃着烟，待听到传令兵报告的消息后，整个人依旧是淡淡的样子，只吩咐道：“通告全国，就说顾军长英勇抗敌，勋烈常昭，手下的将士个个都是英雄好汉，再有，对他们的家人，记得多发些抚恤金。”

“是！”传令兵答应着，又说起别的事来，“军长，还有一事属下不曾通报。”

“说。”

“廖军长与孙军长在领兵撤退的途中，被李团长与王团长歼灭于冀北口，只不过，战后清点尸体时，却唯独不见廖军长的遗体，也不知是不是被炮火炸飞……”传令兵的声音渐渐小了下去。

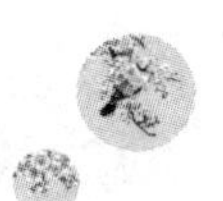

贺季山脸色一沉，廖达向来勇猛，原来在关外时便与贺季山积怨颇深，多年来，却一直极难对付。

“传我命令，让人给我找！活要见人，死要见尸，就算他被炸飞了，你们也要把他给我拼齐全！”

见贺季山脸色难看，传令兵不敢多言，只说了声“是”，便匆匆退了下去。

贺季山从椅子上站起身子，不料还未走出几步，身子一个趔趄，脑袋里更是疼得快要炸开似的，耳朵里嗡嗡作响。

这些日子，他一直不眠不休，外有强敌，内有隐忧，他几乎将自己煎熬得发了狂。不仅要与刘振坤周旋，更要处心积虑地对付孟家，这一次，他便下了狠心，势必要将孟家的势力一举歼灭。如今，孟家的旧部尽数瓦解，刘振坤也得到了致命一击，他便再也撑不住，只觉得眼前一黑，差点儿摔倒在地上。

他一只手抵在墙上，支撑着自己的身子，血丝交错的眼底，是一片肃杀的冷意。直到听到身后的脚步声，贺季山才回过头来，就见何德江站在那里，面有喜色：“军长，刚才收到消息，刘振坤那厮终于支撑不住，想从冀州撤兵，你看咱们要不要乘胜追击？”

就这一句，便让贺季山冷笑起来：“乘胜追击？你想过没有，如今辽军还剩下几成兵力？你拿什么去追？”

何德江神色一紧，只垂下头，默然不语了。

贺季山呼吸粗重，眉宇间笼着深重的疲倦，他闭了闭眼，道：“你去安排，除了必要的防守外，其余的人全跟我回北平。”

“是。”何德江一个立正，走出了战壕。

贺季山深吸了口气，整个战壕里安安静静的，听不到丝毫的声音。他一个人默默地坐在那里，帐篷上面只挂着一个电灯泡，随着风摇摇晃晃，发出“嘎吱嘎吱”的声响，那一片幽暗的光芒，映在他的身上，更衬得他脸色阴沉，整个人如同暗夜里的魔，周身没有一点儿暖意。

他坐了片刻，终是伸出手，从左胸处，将贴身收着的一张照片取了出来。

那是一张看起来已经很旧很旧的照片，照片的尾端因被人时常触摸的缘故，早已是模糊不清，微微泛着黄。

相片上是一家三口，身着戎装的男子器宇不凡，紧紧揽着一位面容姣好、清纯温婉的女子，而在那女子的怀中，还抱着一个粉嫩白皙的婴儿，那是为囡囡办满月酒时，由摄影师拍下来的相片。这样久的日子里，他也不知道看了多少遍，望着妻女的笑靥，他的唇角情不自禁地浮起一抹微笑，只觉得自己渐渐地活了过来，就连冷硬的五官，也渐渐变得柔和了。

贺季山刚回到官邸，便见到沈疏影牵着囡囡，一起在那儿等着自己。

囡囡看见他，立即从母亲的手心里抽出了自己的小手，向贺季山奔了过去。

“爸爸！”囡囡高兴极了，搂着父亲的脖子不愿撒手。

贺季山紧紧地抱着女儿软软的身子，他的胡楂儿早已冒了出来，亲吻孩子的时候，囡囡被他扎得咯咯直笑。

他抬眸看去，就见沈疏影一袭清茶色衣裙，唇角噙着浅浅的笑涡，目光温柔如水，凝视着自己和孩子。

他单手将女儿抱在怀里，另一只手则向沈疏影伸了过去。他没有说话，只看着沈疏影向自己走来，不待她靠近，他便一个用力，将她揽在怀里，而她则将脸埋在他的胸口，伸出胳膊，轻轻地环住了他的腰。

没有任何人上前打扰他们，只有这一家三口，男人高大挺拔，将那对娇小的母女全部抱在自己的怀里，久久都不曾松手。

一直到了晚上，两人将女儿哄睡着，回到主卧后，沈疏影看着贺季山清瘦的脸庞，心里止不住地疼，忍不住伸手抚上他的容颜，轻声道：“这一仗，是不是打得很辛苦？”

贺季山握住她的手，放在唇边亲了亲，闻言不过一笑：“当兵的，有几个不苦？”

沈疏影见他眉宇间皆是沧桑之色，原本神采奕奕的眼睛此时也落满了疲倦，她知道他一定是累极了，便小声开口道：“我去给你放洗澡水，你洗过澡赶紧歇着。”

贺季山点了点头，道了声“好”。沈疏影匆匆进了盥洗室。贺季山刚想躺在床上休息片刻，可想起自己还不曾洗过澡，仿佛身上还沾着战地的血腥气，而沈疏影向来极爱干净，他便顺势和衣躺在了沙发上，原本只是想小憩片刻，可谁曾想刚将眼睛闭上，他就睡了过去。

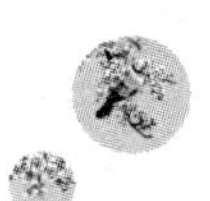

沈疏影为贺季山放好洗澡水，又用手试了试水温，将一切东西都准备好后，才从盥洗室走了出来。

“季山，我已经放好水了，你……”不待她把话说完，便看见男人躺在沙发上，已经睡着了。

她放慢脚步，轻轻地走到他面前，望着男人熟睡的面容，她的心里一酸。虽然她从来没有上过战场，可也知道战争的不易与残酷。这些天她身在官邸，也知道他将刘振坤打败，并将孟家的旧部逐一歼灭，世人都说他好手段，经此一役后，往后便再也不必受孟家掣肘。

这些消息传到她的耳里，不过是轻飘飘的几句话，可对他来说，却不知付出了多少心血，其中的不易，怕是只有他自己才体会得了。

念及此，沈疏影更是心疼，她起身拿起一条毛毯，轻轻地搭在贺季山的身上，又从盥洗室里取来了热毛巾，轻手轻脚地为贺季山擦了把脸，做好这一切，她便坐在一旁，静静地守着他。

时间一分一秒地过去，贺季山蓦然睁开眼睛，醒来后，一眼便看见沈疏影正一眨不眨地看着自己。

“我睡了多久？”他揉了揉眉心，笑着牵起她的手。

沈疏影微笑道：“睡了好一会儿了，只怕洗澡水都要凉了。”

贺季山坐起身子，见时钟已经指向了凌晨一点，他竟不知不觉睡了这样久。

“晚上也没见你吃东西，肚子饿不饿？”沈疏影留意着他的神色，见他脸色不好，怕是这些日子在战地吃了许多苦，此时见他回来，便一心想让他吃好睡好。

贺季山望着她那一双剪水美瞳中满是关切，盈盈然仿佛能滴下水来，他心里便一暖，微笑道：“你别担心，我只是有些累了，睡一觉就没事了。”

沈疏影闻言，便起身打算为他将床铺好，服侍他赶快歇下，不料还不等她迈开步子，贺季山便一把将她揽在自己的膝上，胳膊箍着她的细腰，将她牢牢地搂在自己怀里。

“别动，让我抱抱。”贺季山话音刚落，沈疏影便安静下来，俯身倚在他的怀里，由着他细细地吻下。他有意用自己的胡子扎上她细嫩的脸，让她忍不住笑出声来，轻声求饶。

两人温存了许久，沈疏影就着微弱的灯光，轻轻地喊他的名字：“季山……”

“嗯？”贺季山将脸埋在她的颈弯处，轻轻啃咬着，听到她唤自己，也不过是含混不清地应了声。

“今后，你还要去打仗吗？”沈疏影柔柔地开口。

贺季山停下了动作，抬起头来：“怎么问我这个？”

沈疏影搂住他的脖子，呵气如兰，小心翼翼地道：“我听说你已经将江南的刘督军打败，孟家的人也不会再对你构成威胁，以后，你是不是可以不用再打仗了？”

她的眼底满是期冀，宛如秋水般的杏眸闪闪，她那样看着他，简直让他差一点儿脱口说“是”。

隔了片刻，贺季山终于开口：“小影，我是个职业军人，军人的宿命就是打仗，我别无选择。”

“那，就算是为了我和孩子，你不要再打仗了好不好？我不想让你杀那样多的人，更不想见你整日都是打打杀杀的。”说起这些，沈疏影便觉得十分难过。

“我不杀他们，他们便会来杀我。”男人的声音依然低沉而温和，轻声哄着怀中的女子。

沈疏影沉默下去。

贺季山紧了紧她的身子，低声道：“小影，一统天下是我多年以来的夙愿，你相信我，总有一天，我会带着你和孩子打到江南去，让囡囡看一看她妈妈从小生活的地方。”

听了这句话，沈疏影眼眸轻闪，她垂着眼帘，只将身子靠近男人的胸膛。她没有说话，心里却默默地念出了一句话：如果有一天，让你在这片天下与我和孩子之间做出一个选择，你究竟会选择哪一个？

男人身上有着淡淡的硝烟味，而他的臂膀又是那样强健有力，不知过去了多久，沈疏影竟倚在他怀里睡熟了。

一夜无梦。

午后的阳光分外地暖，囡囡午睡醒了后，便和小丫鬟在草地上跑来跑去捉迷藏，玩得十分开心。而不远处，贺季山正揽着沈疏影，两人站在廊下，俱是含笑望着女儿。

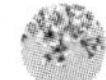

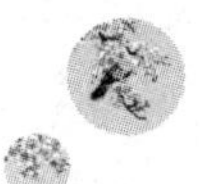

陆依依怔怔地站在窗前，看着这一幕出神，甚至连陆志河走近，她都没有发觉。

直到陆志河开口唤她，她才惊醒过来，回头看见他，便犹如一个做错了事的孩子，将脸庞垂下，喊了声：“哥。”

陆志河也对着窗外看了一眼，刚好看见贺季山伸出手，为沈疏影将脸颊上的碎发笼在耳后，手势说不出的怜惜轻柔，而沈疏影则抬眸对着他微微一笑，那一抹笑靥，犹如清水芙蓉，美到了极点。

他再看一眼陆依依，便叹道：“你年纪还小，以后会遇到好男人的。”

陆依依转过身，说道：“我已经遇到了那个好男人，可惜他是别人的。”

“依依。”陆志河不忍。

“哥，您不用担心我，我的东西已经全部收拾好了，等会儿我就和你一道离开官邸。”

陆志河点了点头：“司令说了，你在官邸这三年，兢兢业业，将囡囡照顾得很好，听说你要出国留学，他便给了我一笔款子，要我转交给你。”

陆依依点了点头，转头又看了那一对依偎在一起的男女一眼，轻轻地说：“我就不去和司令夫妇辞行了，还有囡囡，我带了她三年，如今说走就走，我只怕自己会哭出来。”

陆志河也不勉强，兄妹俩静默无语。透过窗户，就见一个侍从匆匆走到贺季山身边，似是有事禀报。贺季山听后，便将自己的手从沈疏影的腰上收回，低头对她说了几句话。司机早已将车开到了雨廊，贺季山上了车，车队呼啸着，一路离开了官邸。

陆依依知道这或许便是自己这辈子最后一次见到贺季山了，她不由自主地走到窗前，默默地看着车队变成一个黑点，终是问出了一句话来：“司令现在出去，也不知道是要去哪儿。”

贺季山回到北平后，虽然不曾登报通告天下，但所有人都不再唤他“军长”，仍旧是以“司令”相称。

“应该是杨同奎，来找司令算账了。”陆志河静静开口。

如他所言，车队正是一路向杨府开去。

“杨老召见，不知是为了何事。”贺季山到了杨府，便见杨同奎默然无语地坐在堂前，见到他来，只不过抬了抬手，指着前面的椅子道：“坐。”

贺季山却并未落座，他依然站在杨同奎面前，立得笔直。

杨同奎将帅印取出，搁在了他面前：“你这一招一箭双雕，让孟家的人去对付刘振坤，鹬蚌相争，而你便坐收渔翁之利。这帅印我若是不还给你，只怕我这把老骨头会死得比顾大彪还惨。”

贺季山闻言却淡淡地笑了笑，说道：“杨老言重了，您昔日对季山有恩，这些年来，季山没有一日敢忘。”

杨同奎闻言，眸底便浮起一记苦笑：“早知你如此狼子野心，当年在关外，我就不该把你收在麾下，如今到了这一步，我就算是死了，也没脸去见大帅。”

贺季山只沉默不语。

“罢了，你如今可谓是大权尽揽，再也没有人能制住你，我老了，明天我就领着家眷回关外，往后这北平，也就再也没有杨同奎这一号人物了。”

贺季山颔首：“既然如此，明日季山自会派人为杨老打点好一切。”

杨同奎点了点头。贺季山取回帅印，与之再无话可说，便对着杨同奎行了一个军礼，道了声“告辞”。

“慢着，”杨同奎唤住了他，“还有一个人，想见见你。”

贺季山停住了步子。杨同奎转过身，对着后厅说了句：“静蓉，你不是有话要和季山说吗？”

他的话音刚落，就见孟静蓉从后厅走了出来。她身着月白色的衣衫，鬓发全部绾在脑后，发间还插了朵小小的白绒花，一张白净的脸不施脂粉，她素来都是明艳惯了的，今日骤然一身素，只将她衬得如同一朵清雅的白梅，与往日大不相同。

贺季山看着她这一身装扮，面上仍旧不动声色，心里却暗暗戒备起来。

杨同奎已站起身子，不声不响地离开了大厅，只留下贺季山与孟静蓉两人，面对面地站在那里。

“有话快说。”男人的声音清冷淡然，不带丝毫温度。

孟静蓉依然静静地站在那里，眼中波澜不惊，她定定地看着眼前的男人，道：“贺季山，孟家的人是不是都该死？”

贺季山却一言不发。

“如今，孟家只剩下我一个了，你打算什么时候杀我？”她的声音十分

平静，清丽的一张脸上，满是坦然。

“只要你安分守己，没有人会杀你。”说完这一句，贺季山便将军帽戴上，转身欲走。

“那如果是我要杀你呢？”孟静蓉猛地取出手枪，将那黑森森的枪口对准了他。

贺季山回过头，就见那乌黑的枪口笔直地对准了自己的眉心。他站了片刻，不过微微一哂：“若要报仇，你尽管开枪。”

孟静蓉的眼圈立刻就红了，她的手无力地垂下，唇角却勾起一抹绝美而凄清的笑：“你知道我下不了手，所以才这样有恃无恐，你一直都知道，我狠不下心对你，所以你才会一次次这样对我。”

贺季山看着她眼角滚下的泪水，微微一怔。在他的记忆里，他从未见她哭泣过，甚至就连当年在孟玉成的葬礼上，她即使将眼熬得通红，却依旧强撑着不曾落下泪来。

孟静蓉的泪水淌了一脸，她看着眼前的男人，轻声开口：“你杀了我的兄弟，抢了我们家的军队，你一次次利用我、欺骗我，可我还是舍不得杀你！我甚至还傻到向你通风报信！贺季山，就算你不杀我，你以为我还有脸活下去吗？”

孟静蓉说完，便将枪口一转，对准了自己的心脏，“砰”地就是一枪！

贺季山瞳孔剧缩，眼睁睁地看着她身上的月白色衫子开出血红的花朵，在她倒下去的一刹那，他奔上前将她抱在了怀里。

“你这是何苦？”他的胳膊揽着她的身子，眼睁睁地看着她胸前的伤口不断地往外冒着鲜血，他的眼睛黑得骇人，一字字问她。

孟静蓉倚在他的臂弯里，却微笑起来，她凝视着男人的脸庞，声音微弱，轻轻地说道：“你记不记得……我们第一次见面的时候？”

贺季山见她脸色苍白，胸口处的伤极深，知是再无回天的可能，他一只手抱着她，点了点头：“我记得。”

那一年，他是辽军中立了战功的年轻军官，应邀在孟大帅的官邸做客。途经侧厅时，看见一位梳着双髻的少女静静地坐在钢琴前弹琴，夕阳的余光打在少女的身子上，让她看起来美得如同一幅西洋油画。她察觉到了他的视线，回眸一望时，四目相对，她是高高在上的大帅千金，他却只是名不见经传的下等军官，身份的距离，注定他们无法交集。

“那时候，你是喜欢我的，是不是？”孟静蓉眼底的光开始渐渐散开，精神也萎靡下去，唯有攥着他胳膊的手，一直没有松开。

“是。”贺季山只吐出一个字来。

孟静蓉听他这样说，便笑了笑。她的气息微弱，精神涣散，似乎已经神色恍惚起来：“我其实知道的，你一直都不喜欢我……你接近我，对我好，只因为我是孟玉成的女儿……我真傻啊，父亲早已和我说过，说你城府深，野心大，并不是真心待我，可我不信，还和他顶嘴……也许，我只是不愿相信……”

说到这里，她咳嗽起来，不断有血水从她的嘴里往外冒。她的眼神已经涣散，却依然轻声呢喃着：“你说过会娶我，我一直都在等你……把自己等成了老姑娘，却等到你通告天下，娶了另外一个女人为妻……”

一大颗泪珠从她的眼角滚了下来，她微笑着，喃喃道：“我真傻……就连我对着自己开了一枪，也只是为了你能回过头来……再多看我一眼……”

“别说了。”贺季山声音沙哑，抱着她的身子，胳膊开始微微颤抖。

“杨同奎让我杀你……他以为我恨透了你……可他不知道，我……不知道我舍不得……他不知道我这样在意你……”

她的声音越来越小，已经几不可闻，那一双无神的眼睛微微闭上，而一直握着贺季山胳膊的手，也无力地垂了下来，一动不动。

贺季山望着她的手，她的指甲向来都是涂着鲜艳的蔻丹，唯有这一次，她那指甲却是干干净净的，玉色的指甲玲珑剔透，犹如葱白一般。他想起很多年前，他带着她去戏院看戏，当红名伶上来敬茶时，十指纤纤，涂着鲜艳的蔻丹。而她在一旁瞧见了，便小心翼翼地问他，涂着蔻丹的指甲好不好看，他的心思全然不在这上面，只随口说了句“好看”，自那以后，她那一双手，无论何时都涂着艳丽的颜色。

就好似他曾经无意中说她适合穿艳丽的衣裳，她便摒弃了之前的素白淡雅，改穿姹紫嫣红，一直穿了这么多年……

不知过去了多久，贺季山面无表情，只将孟静蓉的身子轻轻地放在地毯上，转身走了出去。

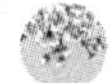

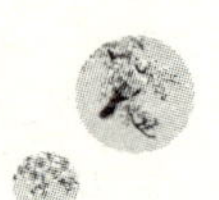

翌日，传来消息，杨同奎一家老小共计三十七口，一夜之间被人灭门。杨府的大火足足燃了三天三夜，世人纷纷猜测此事乃辽军主帅贺季山所为，却无一人敢当众说出来。

自此，辽军中再也没有任何势力可与贺季山抗衡，挥师南下，一统天下的日子对于辽军来说，指日可待。

沈疏影推开门，就看见贺季山正一脸阴郁地坐在那里，一声不响地抽着烟。

看见她，男人的脸色稍稍和缓，将烟卷掐灭后起身迎了过去。

“这么晚了，怎么还不去休息？”他搂住女子的纤腰，温声道。

沈疏影柔柔一笑：“见书房亮着灯，就想来看看你。”

贺季山颔首道：“还有些文件没有看完，你先去睡。”

“季山，你是不是……有什么心事？”沈疏影见他眸子暗沉，又兼这些日子，他总是沉默寡言，就连对着女儿，也不似从前那般温和耐心，沈疏影瞧在眼里，心里自是十分担心。

贺季山笑了笑，道：“别瞎想，不过是这一阵子军营里的事情太多，缠得人有些透不过气来。”

沈疏影将头默默低垂，轻声细语道：“你……是不是因为孟小姐的事，心里不好受？”

贺季山的神色骤然一变，他的嘴唇紧抿，却一言不发。

沈疏影见他如此，心里便了然，说不清究竟是什么滋味萦绕心间，两人都沉默着，直到沈疏影勉强一笑，说道：“我先回房了，你不要看得太晚，也早些休息吧。”

说完，她也不再看他，转身欲走。岂料男人大手一钩，便将她拦腰抱在了怀里。

“小影……”他喊着她的名字，将脸埋在她的颈弯，她身上有着淡淡的香气，清清甜甜的，他嗅着，烦躁不已的情绪才慢慢得以平复。

沈疏影一动不动，由着他箍着自己的腰，他的气息滚烫，喷在她的肌肤上只让她觉得痒。

“再过些日子，我便要领军南下，去和刘振坤决一死战。”贺季山声音平静，缓缓开口。

沈疏影一震，蓦然转回身子，双眸紧紧地看着他，颤声道：“什么叫决一死战？”

贺季山深吸了口气，道：“刘振坤的王牌军队已经在冀州被我用计炸死，如今浙军的实力大不如前，我必须抓住这个机会，若等他培养出新的王牌军队，那就太迟了。”

沈疏影轻轻地摇头，声音细弱地问道：“那你想过我和囡囡吗？如果你有个三长两短，你让我和孩子怎么办？”

贺季山心头一窒，他静默片刻，扶住她的肩头，低声道：“小影，我等这个机会，实在是等了太久。”

沈疏影转过脸：“天下对你来说，真的就这样重要吗？”

贺季山没有说话，只将她抱在怀里，他的大手抚上她的后背，声音里更多是无奈：“我答应你，我会平安回来的。”

沈疏影从他的怀里轻轻抽出身子，抬起眼睛看着他：“你什么时候走？”

“大概还有十余天，这几天我哪儿也不去，就待在官邸陪着你和囡囡，你看可好？”贺季山声音温和，对着她轻哄。

沈疏影只觉得心里难过，她没有说话，只点了点头，由着他抱着自己，两人依偎在一起，隔了半晌，她幽幽开口：“季山，我有一件事，想问问你。”

“你说。”

“杨同奎一家三十七口，是你下令杀的吗？”沈疏影想起那三十七条鲜活的生命，便觉得骨子里忍不住发冷，她的身子轻轻哆嗦着，即使被男人抱在怀里，可还是觉得冷，刻骨地冷。

贺季山身子一震，他低眸看着沈疏影柔美皎洁的侧颜，终是不忍欺骗她，只得道：“不错，是我下的命令。”

沈疏影的泪水无声无息地落下，她默默地拿起贺季山的手，仿佛可以看见那上面鲜血淋漓。她垂着眼帘，静静地问道：“难道连他那八十余岁的老母亲与襁褓里的孙儿你都不能放过吗？”

“小影，有些事，一旦做了，就必须做得干净，斩草须除根，你懂吗？”贺季山抽回自己的手，他语音低哑，眉宇间笼着淡淡的疲惫。

“我不懂，我只知道，我不想看你杀这样多的人，我不想让你的手染上

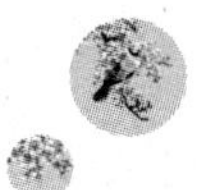

那样多的鲜血，季山，你到底什么时候才可以收手？”她攥住他军装上的衣角，只觉得心如刀割。

贺季山为她拭去脸颊上的泪痕，他笔直地看着沈疏影的眼睛，一字字道：“等我打下江南，我便收手。”

沈疏影心里说不出的难受，她凄楚一笑，自言自语般说道：“等你打下了江南，便一统了天下，到那时，只怕你就是想收手，也收不回了……”

贺季山捧住她的小脸，低叹道：“小影，无论我有没有打下这片天下，你和孩子对我而言，都是最重要的，我不求你支持我，我只希望你能理解，这一仗，我势在必行。”

沈疏影听他这样说，心里却是蓦然一酸，抬眸见他眼底满是疲倦，眼圈下满是青色，显然是许久不曾安睡的缘故。而他脸庞上的轮廓依旧是坚毅而凌厉的，因清瘦了不少，倒更透出一抹淡淡的冷锐之气。

她伸出胳膊，环住他的腰身，轻轻地开口：“我和孩子会在北平等你，你一定要好好的，好好地回来……”她话音刚落，一长串泪珠便噼里啪啦地落了下来。

“会的，你放心。”贺季山揽住她的身子，在她的发顶落上一吻。

“季山……”沈疏影伏在他的膝上，长长的头发柔柔顺顺地披在身后，甚至连发梢都要触到地毯上。

“嗯？”贺季山抚着她的长发，轻声应着。

“这些日子，你都是一个人宿在书房，除了因为南下的事，是不是还因为……孟小姐？”沈疏影不知道自己究竟是怎么了，为什么一定要问出这样的话，她也不知道自己是从何时开始，心眼儿变得这样小。这些日子，每当她看着贺季山在默默出神，她便一阵心惊肉跳，只不知道他是不是想起了孟静蓉。

贺季山闻言，便淡淡一笑，将她的身子一把转了过来，让她面对着自己：“光是南下的事就已经把我缠得连睡觉的时间都没有了，我哪还有那个工夫去想她？”

“可她，是为了你……”

贺季山的眼眸暗了暗，他沉默片刻，才点了点头道：“不错，她虽然是自杀，但也和我脱不了关系，这一辈子，终究是我对不起她。”

“那你之前，喜欢过她吗？”沈疏影小心翼翼地开口。

“喜欢过。”男人干脆利落地承认。

沈疏影的心骤然一凉，甚至想也没想便脱口而出一句话：“那你今后，会不会也这样对我？”

贺季山眉头一皱，只捏了捏她的脸颊，无奈地道：“怎么会？这世上又怎么会有人可以和你比。”

说完，贺季山见她依旧垂着脸，不声不响的样子，他便紧了紧她的身子，接着说道：“我当初年纪轻，见她长得漂亮，若说不喜欢，也是假话，只不过那种喜欢，又实在是太过肤浅。我那时一心扑在战事上，只拼了命地打仗，想着在辽军中能够出人头地。到了后来，我渐渐高升，在辽军中已经有了一席之地，孟玉成甚至不得不认我做义子，但暗中一直都在寻机会想将我压制下去，我不得不接近他的女儿，让他觉得我会成为他的女婿，好为自己争取时间，培植势力。”

沈疏影静静地听着，想起他独自一人，单枪匹马在辽军中闯荡，心头便一疼。

“无论怎么说，都是我对不起她。看着她死在我面前，说不震动也是假的，这么多年来，我害得她家破人亡，漂泊在外，就算他杀了我，也是人之常情，我怎么也想不到，她会这样做。”

贺季山说着，声音低了下去。他深吸了口气，在沈疏影的小脸上轻轻拍了拍，说道：“还有想问的吗？”

沈疏影坐起身，看着他的眼睛，慢慢道：“孟小姐是一个刚烈的女子，因为她爱你，所以才舍不得杀你，可你将孟家的人赶尽杀绝，她既然不能杀你报仇，便只有杀了自己，我很敬佩她……”

贺季山笑了笑，摸了摸她的头，说道：“好了，别说这些了，千错万错，都是我一个人的错，还请夫人别再陪着我熬夜，赶紧去歇息吧。”

沈疏影轻轻“嗯”了一声，见贺季山含笑看着自己，她悄声问道：“你今晚，还宿在书房吗？”

“你若想让我回房，我便回去。”

男人的话音刚落，沈疏影的脸颊便微微红了起来。她垂着眼眸，只轻轻地说了声：“那，你就和我一起回去吧。”

贺季山一笑，牵起她的手，陪着她一道向卧室走去。

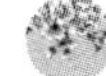

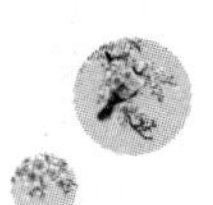

余下的几日，果真如贺季山所说，他的确是哪里也没去，每日皆留在官邸里陪伴妻女，直到进攻江南的日子临近，他才回到军营，与众将商讨战局。

囡囡的身子一直都比较弱，这几日天气转凉，她便又着了风寒，直到今日才稍稍好转。

“妈妈，你带我去公园玩，好不好？”囡囡睁着大眼睛，轻轻扯着沈疏影的衣袖，娇柔的声音满是稚嫩，让人没有法子拒绝。

沈疏影蹲下身子，将女儿抱在怀里，看着孩子一张苍白的小脸，自然很是心疼，念起囡囡每日都待在官邸，从小便很少出门，即使偶尔出去一趟，也都是前呼后拥的，她们母女看似身份显赫，可唯独没有自由。

“好孩子，妈妈陪你去花园里荡秋千，好不好？”她轻声哄着女儿，如今外面的世道乱得厉害，而她们的身份又特殊，的确是不宜出门。

“可囡囡想去公园……那里有很多的小朋友……家里只有我一个……”孩子可怜兮兮地看着母亲，眼里满是渴望。这句话说得沈疏影心里一酸。她想了想，终是不忍拂了女儿的心意，于是微笑道：“那好，妈妈带着囡囡去公园，不过囡囡要答应妈妈，晚上要把碗里的饭全部吃完，好不好？”

囡囡顿时喜笑颜开，小脸上噙着甜甜的笑涡，搂住母亲的脖子，在沈疏影的脸上“吧唧”亲了一口。

沈疏影不愿劳师动众，带着囡囡上了汽车，她也没让侍从官跟着，只带了两个侍从，一点儿也不引人注意，黑色的轿车开出官邸后，便静静地向公园驶去。

公园位于租借地，里面人来人往，除中国人以外，更有许多洋人。囡囡许久不曾出来，如今骤然见到这么多人，兴奋得不知该如何是好，一张脸红润多了，看起来可爱极了。

“妈妈，我要坐旋转木马！”囡囡肉乎乎的小手指着前方，对着沈疏影唤道。

沈疏影为女儿扣好羊绒斗篷，笑着将她抱到了木马上，自己则站在外面看着她。

木马旋转起来，囡囡“咯咯”笑着，对着妈妈挥手，沈疏影也含笑对着女儿招了招手。那木马一圈圈地旋转着，她瞧着觉得头晕，只得稍稍转开了目光，一回头，便看见那两个侍从身着西装，站在与她和孩子不远的地方，她心里稍微一安，定了定神，又将眼睛转到木马上。许多的木马和许多的人在她眼前晃来晃去，只让人眼花缭乱。

渐渐地，沈疏影脸上的血色一点点退下去，眼中也慌乱起来，她不管不顾地冲上前，大声喊着女儿的名字。

囡囡不见了！

就是她一转头的工夫，孩子便在她的眼皮子底下消失了！

那两个侍从见状赶忙奔过来，见沈疏影面无血色，嘴唇不住地哆嗦着，显然是慌乱到了极点。

辽军总司令贺季山的独生女儿在公园失踪，这一消息犹如长了翅膀，传遍了北平的大街小巷。警察厅与巡捕房的人尽数出动，挨家挨户地搜查，法租界的游乐场里，就差没被贺季山的手下给翻个底朝天了，整个是一片狼藉。

沈疏影精神恍惚，自从囡囡丢失后，她整个人便好似失去了魂儿一样，一动不动地坐在那里，面色惨白，浑身发抖。

贺季山收到消息，匆匆从军营赶了回来，刚到官邸，便见沈疏影失魂落魄地坐在那里，在见到他的一刹那，沈疏影跌跌撞撞地站起身，扑到他的怀里："季山，囡囡不见了！我只是回了一下头，她就不见了！"她的声音沙哑得厉害，丢了孩子的恐惧紧紧缠绕着她，让她近乎疯狂，直到看见贺季山，泪水才从眼眶里滚落下来。

"别急，囡囡会找到的，会找到的。"他揽住沈疏影的肩膀，这句话也不知究竟是在说给她听，还是说给自己听。

他头疼得厉害，心里隐约有种不祥的预感，这世上想要他命的人太多，对付不了他，便干脆对他女儿下手的人也大有人在，若囡囡落入了这种人手里，定是凶多吉少。

念及此，贺季山心急如焚，只咬牙将情绪压下去，大手拍着沈疏影的后背，沉声安慰。

"是我不好，都是我，我不该带着她出门！如果我没有带她去公园，她就不会丢了，是我害了孩子……"沈疏影捂住嘴，大串大串的泪滚下来，愧疚与担忧、悔恨与惧怕，狠狠地侵蚀着她的心。

贺季山知道此时无论说什么都无济于事，他没有说话，只揽着沈疏影坐

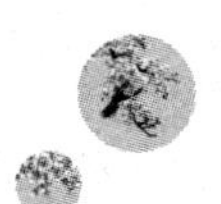

下，为她拭去泪水。

时间一分一秒地过去，沈疏影停止了哭泣，整个人仿佛虚脱了一般，倚在贺季山的怀里。她的眼瞳无神，周围安静得可怕，只有男人身上的温度，源源不断地温暖着她。

不知过去了多久，一阵急促的脚步声传来，贺季山身子一震，抬眸望去，就见侍从官满头大汗地站在那里，一脸惊惧地看着自己。

贺季山看见他的样子，心头便知不好。他站起身，示意侍从官出去说。岂料还不等他迈开步子，沈疏影便冲到侍从官面前，攥住了他的胳膊，慌乱地道："是不是有了囡囡的消息？"

侍从官不说话，一双眼却向贺季山望去。沈疏影焦急到了极点，几乎要哭出来："你快说啊，我女儿在哪儿？她到底在哪儿？"

侍从官动也不敢动，一脸的难言。贺季山看了他一眼，上前将沈疏影揽了回来，他没有多言，只冲着侍从官问道："说，孩子究竟在哪儿？"

侍从官将头垂下，小心翼翼地开口道："启禀司令，小姐，是被廖达掳去了……"

听到这个名字，贺季山的瞳孔便一阵剧缩，他攥紧了拳头，几乎咬牙切齿地迸出几个字："果然是他！"

沈疏影不知道廖达是谁，她无措地看着贺季山，急声道："季山，廖达是谁？他为什么要掳走囡囡？他到底要做什么啊？"

贺季山收敛了神色，他按了按她的肩头，只道："你先歇着，睡一觉醒来，就可以看到囡囡了。"

语毕，他刚转身欲走，沈疏影便跟了上来："带我一起去！"

她的眼底是十分坚决的神色，直直地看着贺季山。贺季山知她担心到了极点，于是道："你放心，我一定会把囡囡平安带回来的。"

沈疏影摇了摇头，仍是那句话："带我一起去！"

贺季山无奈，见她满眼的泪，又见她如此坚持，只得点了点头。

城郊。

囡囡小小的身子被绳子绑着，她几乎吓傻了，一张脏兮兮的小脸上满是泪水与泥土混合的痕迹，犹如一个小花猫，抽噎着，嗓子都哭哑了，只含混不清地要爸爸，要妈妈。

在离她不远的地方，有几个身材健壮的大汉正围在一起喝酒，其中一个瘸着一条腿、面目凶狠的人端起一碗酒对着一个大汉道：“老六，这一碗我敬你，今天若不是你来通风报信，说贺季山的娘们儿会带着丫头出门，哥儿几个还不知道要等多久才有机会下手。”

那个被唤作老六的汉子也端起碗道：“廖哥说得哪里话，我老六当年在关外，是你从死人堆里把我给背出来，这一辈子我都承你的情，如今贺季山这样害你，我说什么也咽不下这口气！”

“来，干了。”廖达举起碗，两人一饮而尽。也许是孩子的哭声让人烦闷，廖达喝完酒，便将那碗一甩，直接向囡囡砸了过去。顿时，孩子的额角开了好大一个口子，血流如注。囡囡先是怔住了，过了好一会儿才哇哇大哭起来。

廖达听她哭得越发厉害，豁然站起身子，指着孩子大声喝道：“死丫头，你再哭，信不信老子杀了你？”

囡囡自小被人万千宠爱，哪里受过这样的苦，眼见着周围的人一个都不认识，已经怕到了极点，又加上额上的伤口火辣辣地疼，被廖达这么一吓，她非但没有停止哭泣，反而哭得更厉害了，简直是撕心裂肺。

“妈的！”廖达骂了一声，挥起凳子就要向囡囡砸去，幸得身旁一个大汉一把拦了下来：“廖哥，咱们还要拿这丫头片子去对付贺季山，您要是现在就把她打死了，我们没了这张王牌，还拿什么去和贺季山讨价还价？”

廖达眼神阴狠，死死地盯着孩子，大手拍了拍残废的腿，咬牙道：“贺季山这个狗娘养的，老子给他卖命，他却来算计老子，老子这一条腿都被他给炸飞了，若不杀了这丫头片子，实在是难解老子心头之恨！”

那男子又劝道：“廖哥，我听说贺季山只有这么一个女儿，平常都是稀罕得不得了，如今他闺女在我们手上，还不是我们说什么，他就要做什么？”

廖达闻言，脸上的神色慢慢恢复了些，他走回去坐下，对着众人道：“不错，贺季山打了一辈子的仗，只得了这么个丫头片子，我就不信他能不顾这丫头的死活，来，咱们接着喝！”

一群人熙熙攘攘，任囡囡在一旁号哭，压根儿没有一人理会。她哭了许久，又冷又饿，从额上的伤口流下来的血淌得一张小脸到处都是，她哭累了，终于忍不住沉沉睡去。

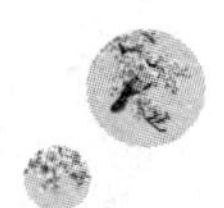

天色渐黑。

就见一人匆匆跑了过来，对着众人道："廖哥，咱们的行踪被发现了，贺季山来了！"

众人闻言俱是一惊。廖达瘸着腿，冲到屋外一看，就见贺季山的车队已经开到了山腰，粗粗看去，怕是有十来辆之多。

"日他娘的！"廖达咒骂一句，转过身，将熟睡中的囡囡一把拎了起来。

"贺季山要是把老子逼急了，老子先一枪崩了他闺女！"廖达凶神恶煞，如提着鸡崽儿般将囡囡拎在手里。孩子从睡梦中被惊醒，又是号啕大哭。

"廖哥，咱们已经被贺季山的人全部围住了，现在该怎么办？"老六折回身子，奔至廖达身边，神色甚为惊慌。

廖达一咬牙，提着孩子便冲了出去。贺季山与沈疏影已经下了车，持枪岗哨分排站在他们身后，几乎将整个山头都立满了。

"囡囡！"沈疏影看到孩子，便要冲过去，贺季山一把拉住了她，将她扣在怀里。囡囡看见了父母，微弱的哭声更是凄惨，小脸上血泪模糊，对着贺季山与沈疏影一声声地喊着爸爸、妈妈，那声音小小的，几乎要将贺季山与沈疏影的心都给扯碎了。

贺季山冷眸乌黑，盯着廖达道："你到底想怎样？"

廖达看着眼前这阵势，便知自己定是逃脱不得，他眼眸阴戾地看着贺季山，闻言一记狠笑："贺季山，老子不想怎么样，老子就想让你眼睁睁地看着你亲闺女死在你面前！"

话音刚落，他便将囡囡一只手举起，蒲扇般的大手紧紧扣住孩子的脖颈。囡囡一张小脸顿时憋得通红，就连哭都发不出声音了，两只小腿不住地扑腾，只要廖达一个用力，孩子便会一命呜呼！

"不要——"沈疏影凄厉地喊起来，就连贺季山身后的侍从也作势上前。就见廖达将孩子高高举起，喝道："谁他妈再敢上前一步，老子立马把这丫头捏死！"

贺季山脸色铁青，对身后的手下做了个手势，令他们退下。侍从们得令，皆将枪支放下，一声不响地退后了几步。

贺季山站在那里与廖达对视，他沉声道："有什么事你只管冲着我来，对着一个小孩子撒气，你也不怕被人耻笑！"

廖达见他神色紧绷，双拳攥得死紧，即使竭力压制，可还是察觉到他的肩膀在微微颤抖。他看出来了，贺季山在害怕！

果然，他微微收紧了自己的手，便听贺季山怒吼道：“住手！”

廖达只恨不得仰天大笑，他收回手，重新将囡囡拎在手里，孩子拼命地咳嗽着、哭泣着，已经发不出声来。

“贺季山，你自己做的孽，活该报应在你孩子身上！你害老子断了条腿，把顾大彪炸得死无全尸，又杀了杨家三十七口，我他妈今天就是替天行道！我告诉你，亏得你女儿还小，她若再大个几岁，你信不信老子睡了她！”

沈疏影听到这般不堪入耳的话语，又看着孩子奄奄一息的样子，一颗心痛得麻木，她死死捂住嘴巴，不让自己哭出声来，愧疚与懊悔更是如同万刃穿心，让她恨不能被掳去的不是囡囡，而是她自己！恨不能将孩子身上受的苦，百倍千倍地还在自己身上！

贺季山双拳死死地攥着，骨节处发出“咯吱咯吱”的声音，他竭力压抑住自己的怒意，开口道：“无论你想要什么，我都可以给你，只要你放过我女儿。”

廖达却是一记冷笑：“贺季山，你以为老子会信你的鬼话？从你嘴里说出来的话，全他妈是放屁！老子已经上过你一次当，你以为还会再上第二次？”

贺季山眉头拧得死紧，耐心已被消磨殆尽，他看着女儿被廖达提在手里，睁着那双大眼睛，可怜兮兮地看着自己，他只觉得五内俱焚，几乎控制不住要上前与廖达拼命。

他克制着自己，沙哑着声音道：“你若想要我的命，尽管来取，你将我女儿放了，我留下来，随你们处置。”

末了，他抬起眼睛，又道：“我说到做到。”

廖达眼睛微眯：“你要老子怎么相信你？”

“那你要如何？”贺季山的声音也冷了下来。

“除非你他妈给老子跪下！贺季山，你给老子跪下来，磕几个头，说不定老子心情一好，就放了你闺女一条活路！”廖达肆意地说着，一双眸子紧紧盯着贺季山，一只手将囡囡高高举起，眼见着另一只手又要扣住孩子满是淤痕的脖子。

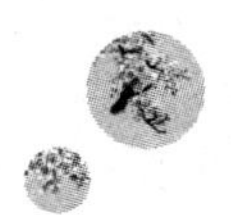

“老子数三下，你自己看着办！”

何副官最先忍不住，刚举起枪对准廖达，便见廖达身后的老六早有防备，也立刻举起手枪对准了囡囡的脑袋。贺季山急火攻心，咬牙对他道：“把枪给我放下，退下去！”

“一、二……”廖达声音阴狠，当那声“三”刚要从唇中喊出时，就见贺季山闭了闭眼睛，魁梧的身躯倏然下沉。就在此时，却听一道柔和的女声响了起来。

“季山！”是沈疏影，她的小手紧紧扶住贺季山的胳膊，对着他摇了摇头，示意他不要跪。

廖达见状，刚要扣住孩子的脖子，就见沈疏影蓦然向前走了几步，她的脸上犹有泪痕，脸色却十分平静，并无丝毫的畏惧。她看着廖达的眼睛，轻声道：“廖将军，不知道你可不可以听我这妇道人家说上几句。”

“小影！回来！”贺季山不知她要做什么，忍不住喝道。

沈疏影并没有回头，她努力不去看女儿，只与廖达对视着。

廖达知道她是贺季山的女人，见她貌美，又是一副弱不禁风的样子，此时也好奇她究竟会和自己说什么，于是冷笑道：“老子没工夫和你唠叨。”说完，又换了副淫笑的口气，用只有他们二人才能听清的声音说道，“老子看你长得不错，你要想要回女儿，就陪老子睡几晚，你要是把老子伺候舒服了，老子就放了你女儿，怎么样？”

若是在平时，沈疏影听到这样的话定会气恼得晕过去不可，可此时她只是静静地站在那里，对廖达的羞辱丝毫不理会。她开口，每一个字都是咬字清脆，让所有人都听得清清楚楚：“廖将军，你们将我女儿抓来，不过是为了对付我丈夫，如今到了这一步，若你们真杀了我的孩子，我丈夫也必定不会放过你们。”

“臭娘们儿，你当老子怕死？”

“廖将军自然不怕死，我相信您的手下也不会怕死，可你们都清楚我夫君的为人，你们死了没关系，可你们的妻儿老小，你们觉得他们还能活吗？”沈疏影眼眸清亮，她这一句刚说完，就见除了廖达以外，所有人脸色一变。

“就算我们不杀你女儿，你丈夫还是会杀光我们的妻儿。”老六依旧拿着枪抵着囡囡的头，可细瞧下去，他的手却开始微微发抖。

“只要你们把我女儿放了，我绝不会让他伤害你们的家人，我可以拿我的孩子对天发誓！”沈疏影字字清脆，简直容不得人怀疑。

“把你女儿放了，只怕老子立马要被你丈夫毙了，你当老子是傻子？”

“你把我女儿放了，我跟你们走！”沈疏影说完，贺季山听得清楚，立刻便失声道：“小影！”

廖达脸色阴晴不定，却听沈疏影又开口道：“你们放了我女儿，我保证你们的家人都能平安。你们绑我做人质，对我夫君来说，我的命比孩子的命更重要，廖将军，这笔账，您不会算不清楚。”

廖达心思百转，正沉吟间，老六却是上前，附在他耳旁说了几句话来，廖达听完，便默默颔首。

沈疏影站在两派人中间，双方都不敢轻举妄动，尤其是贺季山，一双眸子暗沉如刀，脸色更是难看到了极点，只对着沈疏影的背影唤道：“沈疏影，你给我回来！”

沈疏影依旧没有回头，只一眨不眨地看着廖达。

廖达最终点了点头，道：“好，老子便放了你女儿。”

老六从他手中接过孩子，一步步向对面走去，而沈疏影也是一步步地向廖达走去，自始至终，都没有去看孩子一眼。

在距贺季山还有几步远的地方，老六将孩子搁下，可还不等他站起身子，就听一声枪响。几乎没有人看清贺季山是何时出的手，便将腰间的手枪取下，对着他的头抬手就是一枪。

而何副官早已冲上前，将囡囡抱在了怀里。

廖达拿着枪抵住沈疏影的身子，见老六死在贺季山的枪下，就冷笑道：“贺季山，你老婆现在在我手上，你要不想给她收尸，就赶快放我们走！”

沈疏影直到现在，才敢去看女儿一眼，见她已被何副官抱在怀里，再也不会有危险，全身的力气便好似突然被人抽走了一般，近乎虚脱。

“廖达，”贺季山几乎咬牙迸出了这两个字，厉声道，“你若敢伤她一根头发，我贺季山不将你碎尸万段，这一辈子便枉为人！”

廖达只是冷笑不语，手中的枪却抵上了沈疏影的太阳穴。

“司令，您看咱们……”参谋长小心翼翼地上前，还不等他将话说完，就听贺季山喝道：“放他们走！”

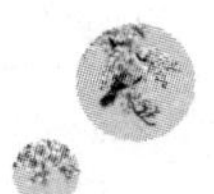

沈疏影醒来的时候，发现自己处在一片黑暗的地方，也不知是哪里，只感觉到四周的空气又潮又臭，让人近乎窒息。她动了动身子，发现自己的手脚都被人用绳子紧紧缚住，她几乎要喘不过气来，只觉得心里闷得难受。

她记得自己被廖达一路掳着，上车后她便被他一拳打昏，以至于后来发生了什么，她都一概不知。她挪动着身子，努力地辨别着方向，无奈这里实在是太过黑暗，甚至连一扇小小的窗户都没有，有的只是无尽的黑暗。

她累极了，只软软地躺在那里，想起女儿，心里却涌来些许的安慰，无论如何，孩子已经没事了。如果女儿有事，她也活不下去了，哪怕这次丢了性命，能换得孩子平安，她也心满意足。

不知过去了多久，就在她昏昏沉沉又要昏睡过去时，就听一声巨响，头顶的舱门被人打开，外面的光线透了进来。沈疏影只觉得眼睛一阵酸痛，几乎连眼皮都睁不开。

是两个壮汉，不由分说便将沈疏影的身子架了起来，带着她走出了底舱。

沈疏影这才知道自己处于一艘船上，那两个大汉架着她，向码头走去。她勉强睁开眼睛，就见廖达那一伙人都在，而在他们面前还站着一个黑衣男子，那男子身材颀长，周身有种沈疏影说不出的气势，明明是他一个人孤零零地站在那里，可身后仿佛领着千军万马，让人看见他，便几乎本能地将廖达那一伙人给忽视了。

沈疏影见那男子眉目冷冽，五官轮廓十分俊挺英气，瞧起来颇为面熟，可怎么也想不起究竟在哪里见过。

那两个大汉将沈疏影带到黑衣男子面前，黑衣男子看了一眼沈疏影身上的绳索，便轻声一笑，道："廖军长如今可真是越来越有出息了，不仅对一个孩子下手，就连一个女人也要费这样多的心思。"

"您也是知道的，这娘们儿是贺季山的女人，我们实在是不敢不小心。"廖达瘸着腿，即使黑衣男子话语里满是讥诮，但他的神色不仅没有丝毫的恼怒，反而是一派恭谨小心，甚至说是小心翼翼地赔笑也不为过。

黑衣男子点了点头："人我便带走了，你们好自为之。"

"是是是，这一次，多亏了您的相助，廖某替手下的兄弟在此谢过了。"廖达一改往日的粗鄙不堪，此时倒是十分恭敬有礼，对着黑衣男子拱手道。

黑衣男子却是看也不看他一眼，径自转身离去。沈疏影甚至没有看清是从哪里冒出来的两个壮汉，也是身着黑衣，领着她跟上了前方的黑衣男子。

沈疏影心里乱极了，只不住地挣扎，对着那两个大汉道："你们是谁？要带我去哪儿？"

那两个大汉皆噤口不言，对她的话置若罔闻。沈疏影见那黑衣男子走得极快，身后跟了许多人，刚走出码头，便有人将汽车开到了他面前，立刻有人为他打开了车门。

"你到底是谁？"沈疏影再也忍不住，对着黑衣男子的背影喊道。

那黑衣男子回过头来，淡淡地看了沈疏影一眼，唇角微勾，只道："三年没见，贺夫人还真是贵人多忘事。"

他的声音虽然低沉，却极是清晰，沈疏影望着他英俊的脸庞，脑子里倏然一闪，脱口道："你是……霍爷？"

黑衣男子却不说话，只微微一哂，便上了车。

沈疏影看着他的车绝尘离去，那两个大汉只将她塞进另一辆轿车里，那车便跟上了前面的车，一路飞驰而去。

沈疏影不知自己被带到了哪里，只觉得汽车七拐八拐，似是在一路上山，山路崎岖不已，虽有柏油马路，却依然十分难走。

不知过了多久，那汽车终于开进了一处庭院里，这座宅子极大，又是开了好一会儿，直到来到一处别墅前，那车才停了下来。

沈疏影被人带下车时，已是晕得说不出话来，就见有女仆鱼贯而出，将她扶进了别墅。她整个人都是软绵绵的，没有一丝力气，恍惚中，只觉得那些人为她洗了澡，换了干净的衣裳，手脚处的绳索自然也被解开了，就连手腕与脚腕处的伤也被人涂上了清凉的药膏。

她躺在床上，任由那些人为她盖上锦被，她昏昏沉沉的，只觉得全身滚烫，最后的意识里，是见那些女仆从卧室里退了出去，接着便是关门的轻响，整个世界都安静了下来，她只将头一歪，便沉沉地睡了过去。

这一觉，只睡得天昏地暗，等她再次醒来时，天色已经暗了下来。她有一瞬间的茫然，不知自己身在何处，直到躺了许久，才将这一切的前因后果想清楚了。

她猛地从床上坐起，床下摆着一双锦缎软底拖鞋，她也没穿，就那样赤着脚跑了出去。刚打开门，就见门口站着两个老妈子，那两个老妈子都是一脸沉默，见她出来，也是不声不响地看着她，盯得人毛骨悚然。

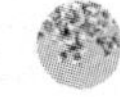

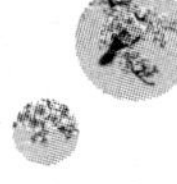

沈疏影定了定神，也不去理会这两人，抬腿便要往外冲，可不等她走出几步，便被那两个老妈子挡了回去："山庄里从不许人随意走动，小姐请回。"

"我要见霍健东！"

"先生若要召见你，老奴自会领着小姐去见先生。"其中一个老妈子阴沉着脸，刚说完这句，便一个用力，将沈疏影的身子一把推了回去，接着便"咣当"一声，房门被死死关上。

沈疏影被推到地上，她也不觉得疼，无边无际的恐惧与迷茫，叫嚣着，呼啸着，扑面而来。

翌日。

沈疏影随着女仆，一路走到院子里，见一位青年男子身着长衫，颇有几分儒雅的派头，待他回过头来，只见那一袭青衫，将一张面容衬得格外清俊。

"霍先生为什么要将我关在这里？"沈疏影没有废话，开门见山道。

霍健东却笑了笑，道："是不是霍某招待不周，怠慢了贺夫人？"

沈疏影抿着唇，她与霍健东不过见过几次面，对他了解委实不多，此番被他这般莫名其妙地掳到这里，心里的确十分不解。

"霍先生招待得很好，只不过我不知道霍先生为什么要这样做，你又是如何与廖将军那帮人牵扯在一起的？"

霍健东负手而立，听到她的话便笑道："这天下间，所有人都知道，被辽军总司令贺季山视为掌上明珠的只有他的独生女儿，只不过还有一事，他们却不知道，那便是贺司令之所以这样看重这个女儿，正是因为贺夫人的缘故。"

沈疏影心头一慌，抬眼向男人看去，心思百转间，便一片了然："你将我劫来，是为了要挟他？"

霍健东颔首道："贺夫人冰雪聪明，果真是一点就透。"

"那廖军长他们……"沈疏影看着眼前的男人，眼中满是不解。

"我放他们一条生路，条件便是贺夫人。"霍健东直言。

沈疏影蓦然间明白了："我竟然忘了，霍先生掌控着江北所有的航运码头，你安排他们离开江北，他们便将我交给你，是这样吗？"

“不错。”男人点了点头，唇角依旧噙着淡淡的笑意。

“霍先生究竟想怎样？”沈疏影全身发凉，眼睛一眨不眨地看着他。

“不知道贺夫人有没有听说过《西游记》的故事？”霍健东突然吐出了这句话。

“霍先生的意思是说我就是那唐僧肉了？”沈疏影心里惊惧到了极点，却仍努力令自己的声音听起来平静，面上更是不敢表露丝毫的畏惧之色，只有她的手指，抑制不住地轻轻颤抖着，轻易便将她心底的恐惧倾泻了一地。

霍健东笑出声来，颔首道：“贺夫人不愧是读书人，霍某的确是这个意思。”

沈疏影身子发寒，抿着唇，隔了片刻，才慢慢道：“掳走我，究竟对霍先生有什么好处？若等他知道了你将我扣在这里，我想霍先生也难独善其身。”

霍健东闻言，眉头微微一皱，只不过眨眼工夫，脸上的神情便已恢复如常：“贺夫人可曾想过，如今正是贺司令领兵挥师南下的绝好时机，在这样关键的时候，他的妻女却相继出事，贺夫人觉得，以你们母女在司令心中的位置，你说司令究竟还会不会领兵挥师南下？”

沈疏影一震，抬眸便见眼前的男子黑眸雪亮，正直直地凝视着自己，清俊的面容上依旧噙着淡淡的微笑。

沈疏影不知为何，心里莫名涌来一个念头，她看着霍健东，几乎是脱口而出：“你是革命党？”

霍健东闻言，便觉得可笑，他摇了摇头：“贺夫人未免太过高看霍某，霍某不过是个商人，可没那些个热血，去当什么革命党。”

说完，他也不再去看沈疏影，只对着她道：“贺夫人安心在这里住着，有什么需要，尽管和下人们说。”

看他要走，沈疏影喊住他：“霍先生究竟要把我关到什么时候？”

霍健东并未回头，颀长的身躯直直地站在那里，道：“那便要看贺司令这次究竟会如何选择。”

霍健东说完，便不再理会沈疏影，只迈开步子向前走去。早已有汽车等在那里，有人为他打开车门，待他上车后，汽车一路呼啸着，开出了园子。

沈疏影一人站在园子里，心里抓心挠肝地难受。

她不知自己在花园里待了多久，刚转过身，就见两个健壮的女仆不知

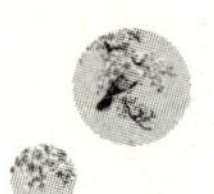

何时已站在她的身后，就那样一语不发地盯着她。无论她走到哪儿，都有人跟着。

这座宅院里的仆人都好似哑巴一样，就连走路都没有声响，每个人的脸上皆是不苟言笑，清一色的白衣黑裤，除了必要的话，简直连一个字也不多说。

沈疏影只觉得自己度日如年，纵使想破了脑袋，也想不出霍健东的用意。她只知道霍健东所言不假，如今的确是贺季山一统天下的关键时期，可如今自己在霍健东的手上，如果，他果真拿自己去要挟贺季山，如果贺季山为了自己而放弃南下，那他多年来的处心积虑，就要功亏一篑……

念及此，沈疏影心里既愧疚又懊悔，她总是这样，不是一次次地给他找麻烦，便是一次次地伤害他！

沈疏影紧紧地攥着自己的手指，心里难受到了极点，她默默地坐在那里，不由自主地蜷成一团，将头深深地低下去。

“大哥，这是刚从江南传来的密报，请您过目。”一位黑衣男子双手将一封密信递到霍健东面前。男子伸手接过，打开来一目十行地看了下去。身旁的属下小心翼翼地揣摩着他的脸色，直到霍健东将那张薄薄的信纸用打火机付之一炬后，方敢开口：“大哥，不知道刘督军怎么说？”

霍健东唇角微勾，淡淡道：“他让咱们把贺夫人送到江南。”

“那大哥的意思是？”

霍健东却是不答反问：“先别问我，你怎么看？”

黑衣男子见霍健东询问自己，免不了先是一怔，继而便恭声道：“依属下的意思，既然刘督军已经开口，那不如咱们就做个顺水人情，将那娘们儿给他送过去，也省得落个烫手山芋在手里，反而缚手缚脚。”

霍健东瞥了他一眼，笑道：“你倒是想推个一干二净，刘振坤老奸巨猾，如果我们现在就把贺夫人交给他，只怕到时候他会翻脸不认账。”

“属下全听大哥的。”黑衣男子垂首。

霍健东燃起一支烟，又问道：“我让你盯着贺季山那边的动静，怎么样了？”

“一切都不出大哥所料，贺季山的女儿病得厉害，官邸里那么多的医生护士，都束手无策，不得不把孩子送到了医院。这几天贺季山都是在全力追查廖达的下落，据说连军营都没有去，惹得辽军里的一些高级将领都是敢怒不敢言。”

霍健东颔首，淡淡说道：“贺季山倒也可以说得上是一代枭雄，对谁都是心狠手辣，却偏偏拿这对母女没辙，可真是……”男人说到这里，便没有再说下去，只轻声嗤笑着摇了摇头。

“大哥，贺季山的手下这几天都是没日没夜地在北平城里搜查，昨晚还将咱们的码头给封了，您看……”

“随他们闹去，我让你办的事，办妥了没有？”霍健东吸了口烟，吐了口烟圈，语气里平静而淡然。

“大哥放心，廖达那伙人已经处理干净了，保管他们尸骨无存，让贺季山寻不到蛛丝马迹。”

霍健东点了点头，捏了捏英挺的眉心，道：“做得不错。”

“大哥，那贺季山的娘们儿，您打算如何处置？”黑衣男子又小心翼翼地开口。

“先留着她，等刘振坤把江南的船运与码头全部交给我之后，再让人把她送到江南去。”

“可大哥，若贺季山知道这一切都是咱们做的，那他会不会……”

霍健东听了这话，笑了笑：“等咱们掌控了全国的船运，便等于扼住了整个国家的经济，他们那些军阀，又何足为惧。”

“是，大哥，属下明白。”

北平，圣约翰医院。

幕僚长下了车，向着病房匆匆赶去。

走廊上，何德江正与侍从官守在那里，见幕僚长走来，两人俱是一个立正，对他敬了一礼。

“司令还在里面？”幕僚长眉头紧锁，脸色极是焦急。

何德江点了点头，小声道：“昨夜医生说孩子的情形十分危险，听那意思，多少也不过就是这几天的事……”

幕僚长闻言，脸色也变了，低声问道：“怎么会这样严重？”

何德江也是一脸忧色，道：“这孩子身子一直都不好，哪里经得起这样的折腾，这一次受惊过重，当晚就发了高烧，无论医生用什么法子，烧都退

不了，刚才我去瞅了一眼，全身都抽搐着，看着也可怜。”

“那司令呢？就这样一直在这里守着？”

“司令这几天都没合眼，看他那个样子，又有谁敢多嘴？”

“早不出事，晚不出事，偏偏赶在这个节骨眼儿上！唉！”幕僚长急得如同热锅上的蚂蚁，一语言毕，便长长一叹，转过身去。

三人都沉默着，隔了许久，一直没有出声的侍从官压低了声音，开口道：“要我说，夫人和小姐就是司令的克星，如果司令这次为了她俩放弃了一统江南的机会，别说下面的那些将士不服气，就连我心里也不大舒服。”

“这还用你说，你俩守在医院里是不知道，军营里现在都闹成什么样子了，老白和永江他们都推我来劝司令，你们说司令如今这副样子，让我怎么开口！”幕僚长双手背在身后，一脸的愁云惨雾。

“夫人呢，还没有消息？”幕僚长沉默了片刻，对何德江开口问道。

“能派出去的人全都派出去了，如果不是孩子病重，司令走不开，怕是司令自己都要亲自去找了。”

幕僚长闻言，便不再出声，唯有一叹。

“叶医生，这边请。”就在三人沉默无语时，就听走廊尽头传来一道男声，循声望去，便见侍从引着叶允良走了过来。

叶允良脚步匆匆，刚下邮轮，便被贺季山的手下一路劫到了医院，听说囡囡病重，他无心再去理会其他，只马不停蹄地赶了过来。

“司令，叶先生到了。”侍从站得笔直，对着守在床前的男子言道。

叶允良走进病房，在看到贺季山的一刹那，他差点儿惊在了那里。

眼前的男子一脸倦容，神情间颇为憔悴，他默默地坐在女儿的床前，高大的身影落满沧桑，他抬起头来，下巴上早已是胡子拉碴，眼底布满了血丝，哪里还有一丝辽军主帅的威风凛凛？

贺季山见到叶允良，只点了点头，起身站在了一旁，好让叶允良方便为孩子诊视。

叶允良见病房中并没有沈疏影的影子，心里便十分讶异，可见贺季山这副模样，又看孩子不断地抽搐着，他便一个字也没有多说，只奔到囡囡床前，为孩子细心检查起来。

这一忙，便一直忙到了深夜。

叶允良本就是北平首屈一指的儿科医生，更兼得这些年来在国外进修学习，在医治孩童方面可以说在全国都没有人可与他比肩。经过他的全力救治，深夜时分，囡囡的病情终于稳定了下来。

贺季山看着孩子不再抽搐，心里说不出的放松，他抚了抚女儿的小脸，对着一旁的叶允良道："上次的事我很抱歉，这次多谢了。"

不待叶允良回话，他便转身离开了病房。何德江与诸人见他出来，皆是一个立正。他从侍从手中取过军帽，低沉的语气里听不出丝毫情绪："去军营。"

短短的三个字，重如千钧。

贺季山连夜赶到军营，先是在最高司令部召开了紧急军事会议，对接下来的挥师南下做了最新部署，其次又与几个辽军中的高级将领彻夜商讨了进攻方案。等将所有的事全部安排好，已是一夜过去了，东方已现出鱼肚白。

何德江也是一夜没睡，刚回到办公室，就听指挥所外有人唤自己："何副官！何副官……"那声音带着焦急，显然是出了大事。

何德江的睡意顿时消失得无影无踪，他飞快地站起身，刚出指挥所的大门，就见侍卫长一脸慌张地走了过来。

"什么事这样慌慌张张的？司令才刚歇下，你要是把他吵醒，有几个脑袋？"何德江斥道。

侍卫长面色惨白，额头上满是汗水，就连声音颤抖起来："何副官，刚才传来消息，有夫人的下落了！"

"真的？夫人现在在哪儿？"何德江一惊，脱口问道。

侍卫长一脸的惶然，动了动嘴唇，却是说不出话来。

"别吞吞吐吐的，快说！"见他这副样子，何德江便心知不是什么好消息，心跳也快了起来，语气里更是焦躁。

而当侍卫长将话说完，何德江的脸色便倏然变得惨白，整个一魂飞魄散，就那样大睁着眼睛站在那里，一颗心怦怦直跳，似是不敢相信，只有额上的冷汗一滴滴地往下掉。

侍卫长声音嘶哑，颤声道："何副官，您看这该怎么和司令说……"

何德江就那样一动不动地站在那里，与侍从官两人面面相觑，彼此都从对方的眼中看到了深深的惧意。不知过去了多久，何德江终是一咬牙，说道："这件事除了你，还有谁知道？"

"除了我还有李正平军长知晓，他只让我来找您商量。"

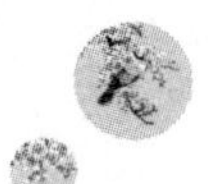

“如今正是挥师南下的要紧关头，这件事谁也不许告诉司令，你听清楚了没有？”

“可是司令一直命我们全力追查夫人的下落，眼见着日子一天天地过去，司令若是问起来，我倒要怎么回答？”

何德江眉头紧锁，沉思许久，这才慢慢地道：“你告诉司令，就说廖达将夫人带到了江南，怕是现在夫人已经落到了刘振坤的手里，其余的，我去和他说。”

“何副官，若司令以后知道了真相，怕是你我都活不了啊！”侍卫长大惊。

何德江的脸色却渐渐沉下去，只道：“你放心，等司令知道后，全部的后果都由我何某一人承担。”

“我们跟着司令这么多年，眼见着他就要一统天下，又怎么能让他错失这样的机会。”何德江又言道，语气中带着淡淡的寂寥。

侍卫长一听这话，便沉默了片刻，终是对着何德江敬了个军礼，道：“那便一切仰仗何副官了。”

何德江没有说话，只转过身向贺季山的办公室走去，侍卫长自是紧随其后。两人到了走廊，值班的岗哨见到他们二人便立刻立正行礼，何德江压低了声音问道：“司令起来了没有？”

“报告长官，司令已经醒了。”

听到岗哨这样说，他才敢推开虚掩的门，与侍卫长一道走了进去。

贺季山闭目养神，只不过片刻的工夫，他便坐起了身子，立刻有侍从端着脸盆走了进来。他也不用毛巾，走过去弯下腰，只将脸全部浸在脸盆里，清凉的水让他的精神微微一振，让疲倦到极点的身子渐渐地放松下来。

待他站起身子，就连乌黑的短发上也都沾满了晶亮的水珠，他从一旁的侍从手中取过毛巾，随手擦了把脸，就见何德江与侍卫长已经走了进来。

“司令。”何德江面有难色。

“说。”贺季山将毛巾甩到桌子上，眉宇间的神色带着些许的疲倦，只坐在椅子上，向二人看过去。

“启禀司令，属下已经探到了夫人的消息。”这一次开口的，却是侍卫长。

贺季山眸心一震，立刻从椅子上站起，喝问道：“她在哪儿？”

侍卫长竭力稳住心神，一板一眼道："李军长那边传来消息，说是打听到廖达前几日带着夫人上了一艘渔船，那条船正是往江南的方向行驶，如今怕是已经到了刘振坤的地界。"

贺季山闻言，一双眸子暗沉如刀，拳头握得死死的，冷不防地向桌子上狠狠地砸了下去，只听一声巨响，所有人脸色一变。

"司令……"何德江见他脸色难看到了极点，便忍不住开口。

"去，把田团长、秦军长、陈军长，还有杨参谋长都给我叫来。"男人声音低沉，带着些许的沙哑，每一个字都是咬牙切齿。

"是！"何德江知道贺季山这是要对江南出兵的前兆，再不再多言一句，只匆匆走出了办公室。

"你去告诉李正平，让他先行领兵，自临水而过，围攻利州，无论付出多大的代价，也要把夫人给我毫发无损地带回来。"

"是！"

待所有人都走后，贺季山缓缓地坐回到椅子上，他闭上眼睛，就那样静静地坐在那里。

不知过去了多久，他以手扶额，觉得自己就像一架上了发条的机器，没日没夜地运转着，没个尽头。

晚间，圣约翰医院。

贺季山将军营里的事情处理好，便一路匆匆回到了医院，去看女儿。

不料他刚推开病房的门，就见一道纤柔的身影静静地坐在囡囡的床前，她的头发尽数披在身后，只用一枚小小的发卡绾住，乌黑的秀发柔柔顺顺的，宛如黑色的小瀑布，不过是一道背影，便是说不出的温婉动人。

他怔怔地看着那一道背影，只觉得是自己的错觉，他眼睁睁地看着她小心翼翼地将孩子的小手放在了被窝里，手势间是满满的怜惜与轻柔。他闭了闭眼，当他再次睁开眼睛时，却见那道身影依然安安静静地坐在那里。

说不清是怎样的一种狂喜，他的胸腔里涌来阵阵激荡，几乎让他再也无法忍耐，快步冲上前，将那抹娇柔的身子揽在了怀里。他的力气那样大，似乎要将她揉进自己怀里，而他的声音，更是沙哑得不成样子，带着莫名的惊喜，低声道："你终于回来了！"

贺季山紧紧地揽着她，唇角噙着深深的笑意，他丝毫没有发觉怀中的女

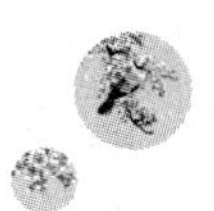

子僵硬的身子，直到她回过头来，露出一张秀丽娇俏的脸来。

是陆依依。

在她回过头的一刹那，男人的脸色顿时变了，黑眸中的依恋缱绻、狂喜激动，都在一瞬间消失得无影无踪。他几乎立刻松开了自己的手，站起身子，整个人寒意顿生，语气里更是有了严厉的味道："你怎么会在这里？"

陆依依也站起身，低垂着脸，对贺季山道："司令请听我解释，因为太平洋战争爆发，我近期没法子去法国读书，只好留在北平。我听堂哥说囡囡病重，心里放心不下，便趁着您去了军营，想来照看囡囡。"

贺季山站在那里，久久没有出声。

陆依依心头五味杂陈，默默地拿起自己的坤包，对着贺季山轻声道："依依先回去了。"

"等等。"贺季山唤住了她。

她回过头来，见男人的脸色隐在阴影里，五官的轮廓尤为深刻，他没有看她，只道："囡囡是你照顾长大的，有你留在这里，我很放心。"

"司令……"陆依依惊诧。

贺季山转过身子，沉寂的脸上没有丝毫表情："这段日子，就劳你留在医院，好好照看囡囡。"

陆依依心里说不出是什么滋味，几乎说不出话来，只无声地点了点头。

刚垂下眼，泪水便打湿了睫毛。

贺季山走到床前，看着孩子沉睡的一张小脸，他一言不发地凝视了女儿许久，直到见孩子动了动嘴唇，轻轻地唤了一声："妈妈……"

那微弱的两个字，让他的瞳孔顿时一阵剧缩，心如刀绞。

他没有说话，只摸了摸孩子的头，便起身走出了病房，甚至不曾看陆依依一眼，就仿佛这屋子里没有她这个人一般。

陆依依看着他的背影，心里酸涩得难受，她说不清这股酸涩从何而来，见囡囡昏睡中依然不断地喊着妈妈，她轻轻坐回床前，对着孩子柔声哄道："囡囡听话，妈妈马上就回来了……"

清晨时分，陆志河来了，看她守了孩子一夜，眼睛下满是乌青，便叹道："你这又是何苦呢？"

陆依依为孩子掖好被角，只轻声道："如今夫人下落不明，司令又要去南方打仗，我留在这里照顾囡囡，总比那些护士丫鬟强，总归能让司令多放心些。”

陆志河心知妹妹说得不假，却仍是叹道：“话虽如此，你还是多为自己打算吧，错过了这次留洋的机会，下一次又不知要等到什么时候。你也别怪我说话难听，司令把你当作囡囡的看护，你这辈子，就只能是囡囡的看护。”

“我知道。”陆依依咬字极轻，脸上依然是十分平静的神色，“哥，我只想把囡囡照顾好，等司令将夫人接回来，我马上就走。”

陆志河便不再说话，只点了点头，走到床边去打量孩子的脸色。经过叶允良的救治，囡囡的那张小脸虽然仍是十分苍白，但终究不似前几日那般骇人了，他瞧着，便也放下心来。

而贺季山，已领军挥师南下，与刘振坤决一死战。

第十六章 生子

沈疏影披着一件素色披风，默默地坐在院子里的长椅上，远远望去，她的身影便好似一抹月夜梨花，凄清柔婉。

听到身后的脚步声，沈疏影也没有动弹，她知道是霍健东。果然，未过多久，就见男人颀长的身影立在自己面前，他并没有坐下，只站在那里，居高临下地望着她。

沈疏影抬起头，一双眸子澄澈似水，对着他安安静静地问道："霍先生究竟打算什么时候把我送走？"

霍健东眉头一皱："什么？"

"我知道霍先生垄断了江北的码头与船运，却一直对江南的运河毫无办法，只要您将我送到刘振坤的手上，想必刘督军定会将江南的船运全部交给您，不是吗？"沈疏影眸光清亮，在月夜下，她的脸庞白净如玉，越发显得肤若凝脂。

Qing dao Ke gu, Yuan lai Ru ci

霍健东凝视她许久，只将她看得心头微微慌乱，不得不转开眼睛。

男人的视线落在她柔美的侧颜上，那半张侧脸在月光的映衬下更透出一股清丽的娇柔，他微微笑了笑："不错，原本我是打算把你送到江南，不过现在，我倒是改主意了。”

沈疏影一怔，忍不住脱口道：“你想怎么样？”

霍健东却没有回答，只道：“贺季山已经领兵去了江南，这样看来，你们母女在他心里，终究是抵不过家国天下。”

“既然如此，霍先生又何必整日养活一个没用的棋子？不如就此放了我。”沈疏影站起身，纤柔的身影袅袅娜娜，犹如画轴上的美人，一举一动皆是美景。

霍健东却是微微一笑：“我若是不放呢？”

沈疏影心中一震，脸色顿时变得苍白。她望着眼前的男子，眼眸中已有了惶然的神色，她紧紧掐着自己的手心，竭力稳住心神，开口道：“霍先生在江北也是举足轻重的人物，世人都尊称您一声‘霍爷’，我虽然对你了解得不多，但也知道霍先生是江湖上的人，而江湖上的人最看重的便是一个‘义’字，霍先生这样不明不白地把我关在这里，到底算什么？”

霍健东仍是不为所动，唇角依旧噙着淡淡的笑意，直到沈疏影说完，他才点了点头，道：“说得不错，继续。”

“你……”沈疏影忍不住，脱口而出一个“你”字，刚唤出口，却再也说不下去了。她垂下脸，转身就走，不料胳膊却被男人的大手一把扣住。

“你放开！”沈疏影又惊又怕，回头看去，就见霍健东黑眸阴鸷，一动不动地盯着自己。在那样的目光下，沈疏影不由得愣怔，眼中满是惊惧。

“你为什么，偏偏是他的女人？”他的声音低沉，牢牢地盯着她，莫名其妙地说出这句话来，说完，便一把松开了她的胳膊，转身大步走出了院子。

江南的浙军与江北的辽军对峙多年，双方此消彼长，剑拔弩张，历年来大小战役无数。自初秋以来，贺季山领兵挥师南下，欲夺取江南的大好河山。浙军在冀州之战中，死伤惨重，更兼王牌军队七十二军尽数被贺季山所歼灭，此役自开战后，两军因实力悬殊，胜负其实已定，属于辽军的胜利，不过是时间早晚而已。

岂料，刘振坤恰逢此时，竟公然卖国投靠了日本，不仅将汉中、湘南、广粤的铁路尽数拱手交到日本人的手里，更是与日本人结成同盟，一致对抗辽军。

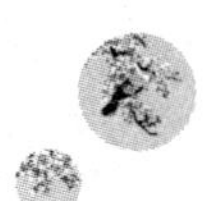

消息传来，举国哗然。

这些年来，虽然双方大小战役不断，却从未有过如今这般借着敌国之手，干着公然卖国的勾当。

辽军后方的中军行辕里，指挥所里的灯彻夜未熄。

“妈的，刘振坤这条老狐狸居然来这一只手，也不怕被人骂死！”薛志奇忍耐不住，趁贺季山去前线视察的工夫，在办公室里骂骂咧咧起来。

“刘振坤这一招的确够狠，不惜背着千古骂名，摆明了是要咱们辽军腹背受敌。”李正平一脸忧色，眉头更是深锁。

“他娘的刘振坤能投靠日本，难道咱们就不能去投靠美国、英国？上次美国的那个公使不是特意来见过司令，说是代表美国，要出兵相助司令南下来着？”薛志奇接着嚷道。

“这件事已经被司令一口回绝，往后谁都不能再提。”李正平摆了摆手，示意他住嘴。

“司令到底是咋想的，为啥咱们不能和美国合作？有那些洋人帮咱们打天下，甭管他是日本人也好，还是刘振坤也罢，还不是打得他们屁滚尿流？”薛志奇满脸的不服气。

“你懂什么！司令拒绝美国，是不给他们插手的机会。列强狼子野心，不管是日本还是美国，和他们合作，就等于将大好河山拱手相让，司令又怎么可能做出这种事？”一直沉默不语的何德江终于开口，他的话音刚落，每个人的脸上俱是沉重起来，就连薛志奇也安静下来，不再说话了。

等人都走光，办公室里只剩下李正平与何德江两人时，李正平抿了一口茶，道：“老何，这段日子司令跟疯了一样，打起仗来，那个狠劲简直让人怕得慌，我在想，咱们要不要把夫人的事告诉司令。”

何德江心里一窒，沉吟片刻道：“夫人的事的确是没法再瞒下去了，司令这样下去，的确容易出事。”

“我就是怕司令知道了真相，会受不了。”李正平狠狠地抽了口烟，眉头拧成了一个深深的“川”字。

“若不把真相告诉司令，还不知司令会做出什么事来，咱们要慢慢说。”何德江面色满是凝重，一字字道。

就听外间传来岗哨的一声“敬礼”，接着便是男人的脚步声，这样的架势，只能贺季山回来了。

李正平与何德江都站了起来，两人对视了一眼，俱是满头冷汗，就那样互相望着，听着那足音渐渐地走过来，越来越近，越来越近……

八月末。

北平的官邸里，桂花都已争相绽放，空气中满是清甜的香气。雨廊下是一团团的花，姹紫嫣红，被花匠打理得整整齐齐，一盆盆摆在那里。

何德江刚走到院外，就见陆志河提着药箱从东楼里走出来，不由得便上前问道：“司令今天怎么样？”

陆志河便道：“伤口好了不少，已经开始慢慢愈合了，估摸着再换几次药，就没什么大碍了。”

何德江听了这话，便微微放下心来，他点了点头，道：“那我进去看看。”说着，便走了进去。

贺季山正坐在窗前，胳膊上打着石膏，一动不动地看着窗外，听到何德江的脚步声，他回过头来看了他一眼，脸上的神色极其平静，问道：“军营里怎么样了？”

“司令放心，李军长与杨军长都在，营里一切正常。”

贺季山颔首，收回了视线。何德江站在他身后，见他的脸色虽然平静，却十分苍白，没有一点儿血色。遥想当初在前线，他与李正平将沈疏影身亡的消息告诉了贺季山，出乎他们意料的是，贺季山在得知消息后，并没有他们想象中那般一蹶不振，反而是仿佛什么都没有发生过一般，只紧急开往了西线，迅速在汉中一带连夜筑起防线，将日军与浙军尽数堵在汉南，压制着他们，令他们再也无法北上一步。

而贺季山本人，仍旧是亲临前线督战。双方激战月余，纵使浙军有日本人撑腰，却仍旧不曾讨了好去。每一场都是硬仗，直到日本方面实在支撑不住，从渝州撤兵，两军方才暂时休战。

而贺季山则回到了北平。

想起前些日子，何德江心里便止不住地后怕，贺季山在战场上仍旧是高高在上的主帅，沉着冷静，不怒自威，每一个手势都是坚毅从容，每一个指令都是清晰有力，可等回到北平，整个人却仿佛一具失去了灵魂的躯壳。他甚至连女儿都没有看，便倒了下去。

他身上虽说有许多小伤，可并无大碍，而他当日的情形委实是凶险无

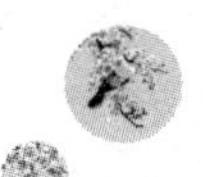

比，纵使将德国的大夫请来，却也瞧不出他的致命伤究竟在哪儿。他就那样昏睡着，脉搏低缓，血压持续降低，甚至最严重的时候，身旁的幕僚没有法子，已经开始着手准备善后事宜。

若不是后来陆依依坚持将囡囡抱到他的床前，让孩子一声声地哭着喊“爸爸”，说不准，他真是再也醒不过来了……

何德江念及此，再瞧着贺季山此时的情形，那心里便止不住地忧惧，心里却也知道他在想着什么，忍不住低声道：“司令，属下知道您心里难受，可辽军的担子都在您的身上，恕属下说句不好听的，夫人已经不在了，人死如灯灭，但小姐还小，您就是看在她的面上，也要好好爱惜身子才是。”

贺季山不言不语，只将头微微一转，他身上只穿了一件白色衬衫，雪白的颜色，衬着他清瘦的脸庞，倒显得格外英挺。这场大病让他黑瘦了不少，却让整个人比从前更凌厉了。

他看着院子，蓦然想起那一年，他从中院的书房内走出来，就见她梳着清秀的小双髻，踮起脚尖摘着树上的梨花，风吹起她的裙角，而她的脸便掩在那一片洁白的花瓣里去，专注的侧脸美若天仙。而他便站在一旁看着她，就是在那一刻，他心里便生出了一个念头：她就是他的，她这一辈子都是他的！

他一直到现在都还记得她捧着花，莞尔一笑的样子，那一笑，远比梨花还要皎洁。就是那样的笑容，让他一头栽了进去，不管不顾，近乎疯狂地栽了进去。

一朝春尽红颜老，花落人亡两不知。

他只觉眼前一黑，胸口处痛如刀绞，几乎连气都喘不顺了。他按住胸口，脸上更是一片惨白。

“司令——”何副官瞧着便是大惊，刚要上前，就见贺季山伸出另一只手，一个手势便让他的步子停滞在了那里。

如果早知会是如今的结果，他宁愿她还在法国，哪怕她在法国嫁人了，哪怕她爱上了别的男人，哪怕她将自己和孩子忘得一干二净，他都无所谓！只要让他知道她还活着，好端端地活着！

而如今，他连这点要求都成了奢望。

他闭了闭眼，坚毅的脸上仍旧是面无表情，每次想起来，便是痛不可抑，宛如整颗心都被人挖空了，轻飘飘的，毫无重量。没有人知道，他情愿和她一起死了。

“真他妈的累。”贺季山仰头靠在椅子上，他的声音低沉，缓缓地吐出了这几个字，语毕，他的唇角微微上扬，竟勾起一抹极淡的笑意。

何德江一怔，不知道他这句话是什么意思，忍不住唤道：“司令……”

贺季山没有看他，只道了句：“我没事，你下去吧。”

何德江见他开口，便再也不敢多言，应了一声后，轻轻退了出去。

而贺季山依旧坐在那里，整个人如同一尊雕塑，一直坐到了晚上，都没有动一下身子。

临近十一月，院子里的花全部都谢了，就连池塘里也是满池的残荷，看着平添了几分凄凉。

“爸爸！”囡囡推开房门，见贺季山正站在露台上抽烟，看见她走来，贺季山将烟卷掐灭，对着女儿伸出了手，温声道：“过来。”

囡囡向他跑来，男人弯下身，将女儿抱在怀里。

“爸爸，阿姨让我来喊你吃饭。”囡囡已是四岁多了，说话也比以前清楚了不少，她搂着父亲的脖子，稚嫩的童音奶声奶气的，听在人耳里，只让人觉得十分柔软。

贺季山闻言，摸了摸女儿的头，说道：“好。”

父女俩下了楼，就见陆依依与蕊冬已守在了那里，见到贺季山下来，丫鬟们鱼贯而出，将菜肴一道道捧上了桌。虽然只有父女两人，各式菜肴却依然摆满了整张桌子。

贺季山食而无味，只挑了点小菜喝了一碗粥，倒是囡囡胃口极佳，由奶娘喂着吃下了一小碗米饭。陆依依早已盛好了汤，送到奶娘手里，见贺季山吃完，蕊冬捧着茶水上前，伺候着他漱了口。看爸爸站起身子，囡囡也不安分起来，从椅子上跑到爸爸身边，抱住了贺季山的腿。

“爸爸，你要去哪儿？”孩子清澈的眼眸里，是浅浅的惊惧，仿佛怕贺季山这一走，便再也不会回来了似的。

贺季山蹲下身子，将女儿唇角上的饭粒拭去，温声道：“囡囡听话，爸爸要去军营一趟，晚点儿再回来。”

这些日子，贺季山一直待在官邸里，现在骤然见父亲要走，囡囡撇了撇嘴，竟然哭了起来。

贺季山见女儿哭泣，只觉得心里一疼，忙将女儿抱起来，轻声哄劝。囡囡却只是紧紧地搂住他的脖子，就是不让他走。

“爸爸，你别走，妈妈已经不要囡囡了，爸爸不要走！”孩子只哭得泪流满面，稚嫩的童音清脆，却好似一把刀子，狠狠地割进贺季山的心里去。

“好，爸爸不走。”贺季山脸色苍白，眉宇间是一片沉重的疲倦。他声音低沉，轻轻地哄着女儿。

囡囡立刻破涕为笑，由着爸爸抱着自己回到位子上。贺季山从奶娘手中接过汤，亲自一勺勺喂女儿吃下。看着孩子粉嫩可爱的一张小脸，他闭了闭眼，待再睁开眼睛时，眼里是绵绵不断的痛意。

午后的官邸，白雪皑皑，庭院深深。

幕僚长一路匆匆而来，汽车刚在雨廊下停下，就见侍从官上前为他打开了车门，道：“这么冷的天，您老人家怎么来了？”

幕僚长也不答话，开口就问：“司令在哪儿？”

见他如此，侍从官便知定是有要紧的事，忙答道：“司令正在花园里陪小姐堆雪人。”

话音刚落，幕僚长便一怔：“什么？”

侍从官便笑了起来：“昨日下了一场大雪，小姐嚷嚷着要去堆雪人，司令特意下了命令，不许我们铲雪。这不，今天雪刚停，司令就陪着小姐去了园子，就连张军长求见，也被挡了回去。”

幕僚长的脸色顿时难看起来，摇头道：“司令这是要把小姐宠上了天，你们都是吃白饭的，也不跟着劝劝？”

侍从官则是苦笑：“司令的脾气您老又不是不清楚，有谁敢多说一个字。”

“罢了，你快去通报一声，我有要紧的事。”幕僚长皱着眉头吩咐道。

侍从官应了一声，转身向花园匆匆而去，留下幕僚长一人站在那里来回地踱着步子，愁眉不展。

少顷，听到一阵脚步声传来，幕僚长抬头望去，见来者并不是贺季山，而是何德江。

“怎么是你，司令呢？”幕僚长劈头盖脸就问。

“小姐正闹着，不许司令走，司令没法子，只好让我来问问究竟是什么事。”何德江解释着，眸子里也浮起一丝苦笑。

幕僚长闻言，却并未说话，只叹了口气，过了好一会儿，才道：“你回去告诉司令，江南的刘振坤前几日已经为他的长子去徐家下了聘，要娶徐家的三小姐回去做大少奶奶，若是徐家答应了这门亲事，就等于在财力上给了浙军巨大的支持，咱们不得不防。”

“竟有这事？”何德江听到这个消息，脸色立刻变了，眉头不由得拧得死死的，连声音都变得冷起来。

“千真万确。刘振坤费足了心思，如今只等着徐家回话了。我听说徐家的三小姐品貌都是没的说，前两年徐家的人还曾派了人到北平，欲与司令结亲，后来见司令没这个意思，那位三小姐便去了美国读书，上个月才刚刚回来，刘振坤便按捺不住了，使尽了手段要给自己的儿子攀上这门亲事。”

何德江心乱如麻，只道：“若真让徐家和刘振坤结成了亲家，那对咱们来说，无疑是雪上加霜啊。”

“所以我刚得知了消息，就连忙赶了过来。”幕僚长也是一脸焦急。

何德江知道此事的严重性，便也不再耽搁，道：“您的意思我明白，劳您在这里稍等，我现在就去告知司令。”

幕僚长点了点头，意味深长地道：“一定要好好劝劝司令。”

何德江心中一凛，点了点头，匆匆离去。

刚到花园，就见贺季山正蹲在女儿身旁，看着孩子“咯咯”笑着，将一条鲜红的围巾围在雪人胖嘟嘟的身上。也许是孩子年纪太小，那围巾怎么都围不好，就见男人微微一笑，从女儿手中取过围巾，为雪人围好后打了个结，孩子的笑声便更是响亮，在爸爸的脸颊上亲了一口。

看着这一幕，何德江踌躇起来，似是不忍上前打扰。直到贺季山抱着女儿站了起来，转眼看见他站在那里。

“司令，”何德江上前，“严先生有要事禀报。”

严先生便是辽军的幕僚长，向来被贺季山倚为肱骨，十分器重，听说他来了，贺季山便点了点头，道：“让他去中院等我。”说完，便抱着孩子向屋里走去。

何德江看着他的背影，那一声“司令”几乎到了嗓子眼儿，却终是被他咽了下去。

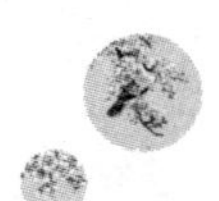

沈疏影醒来时，正值午后。

进了十一月，天气越来越冷，宅子里的暖气管子已经全部烧了起来，昨日里刚下过一场大雪，透过窗户，便见一地的白，一片银装素裹。

她走到侧厅里坐下，就见茶几上搁着几张报纸，忍不住眼睛一亮，赶忙将那几张纸拿在手里，如饥似渴地读了下去。

那还是许久前的新闻，正是她被霍健东掳到这里的时候，报纸上通篇报道着前线的战事，只道贺季山领兵奔赴江南，与刘振坤前后激战不下十余次，双方俱是死伤惨重。

她的心微微一颤，手忙脚乱地翻着那几张纸，期冀着可以看见贺季山的消息，能够知晓他是否受伤。最终在一张报纸上看见一则报道，正是贺季山胳膊受伤，垂在胸前，另一只手则举着望远镜，带伤在前线指挥的相片。

她看着心中便是一酸，近乎贪婪地凝视着那熟悉的容颜，眼泪扑簌簌地往下掉，止都止不住。也许是察觉到母亲的悲伤，腹中的胎儿轻轻地转动着身子，让她怔在了那里。

女子的身影是那般惶然无助，她被关在这里已经多日，整日里却连一张报纸都见不到，而这里更是如同与世隔绝一般，连电话都没有，平时除了仆人，她甚至连一声鸟叫都听不到。而当她知道自己怀孕后，心里更是悲喜交加，也曾想过逃跑，可这宅子极大，仆人又众多，她若想逃出去，简直是白日做梦。

她轻轻地抚上自己的小腹，为着孩子，终是不敢再难过下去，只忍住泪水，刚要重新将那些报纸再看一遍，就听一道脚步声由远及近，向着她走了过来。

是霍健东。

见到他，沈疏影将脸庞轻轻一转，动手将那几张报纸收拾好，紧紧地攥在手心。

“听说你前些日子睡得不安稳，如今怎么样？”男人倒是一脸的随意，在她对面的沙发上坐下，开口问道。

“霍健东，你到底想怎么样？”沈疏影眼眸清冽，冷得如同匕首，向他看了过去。

男人却只是一笑，并不说话。

“你不是要把我送到江南吗？为什么到现在还不让我动身？”沈疏影对

外界的事一无所知，只以为如今贺季山还在江南打仗，只恨不得霍健东可以立刻把她送走。

“江南的刘振坤公然卖国，投靠了日本人，我霍健东虽然不是什么好人，但也不屑与这种人合作，一起去当日本人的走狗。”男人语音淡然，似是说着最平常不过的事情。

“既然这样，你扣着我到底要做什么？”

霍健东看了她一眼，却是不答反问：“你有没有听过一句话，叫作‘军中贺，商中霍’？”

沈疏影不知他为何突然冒出这句话来，却仍是点了点头，示意自己听过。

霍健东便笑了：“这句谚语在江北差不多流传了十个年头，只不过那个‘霍’字，一直都被那个‘贺’字压着，压了十年。”

沈疏影一怔，心头徒然涌来一股寒意，她一眨不眨地看着他，心里却是渐渐明白过来。

“贺季山的辽军这些年来处处压制着龙啸帮，我手下的兄弟，豁出了命去挣钱，到头来却还要拿一大半孝敬给贺季山的辽军，就连我，也不得不处处顾忌着他，沈小姐，你说，这样的日子好不好过？”

“所以，你就要拿我去要挟他？”

“不，”男人唇角微勾，脸上的表情却是高深莫测，“大名鼎鼎的贺司令，妻儿却全在我的手上，这样岂不是更加有趣？”

“霍健东，你卑鄙！”沈疏影倏然站起了身，也许是因为激动，她微微喘息着，脸上更是浮起一抹红潮。

霍健东脸上仍旧是淡淡的样子，他看了沈疏影一眼，却道：“你想不想见贺季山？”

沈疏影稳住自己的呼吸，实在是捉摸不透他的心思，她没有说话，就听霍健东接着说道：“你若想见他，那我便带你去。”

“你会让我见他？”沈疏影不敢置信。

“要不了多久，这北平城便会大大热闹一番，那时候你若想见贺季山，实在是十分容易。”男人凝视着她，黑眸雪亮。

沈疏影却不懂他在说什么，忍不住问道：“你的话到底是什么意思？”

霍健东微微一笑，站起了身子，临走前只说道：“好好养着吧。”语

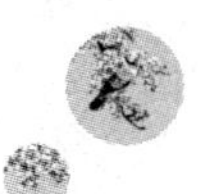

毕，便走出了屋子，留下沈疏影一人怔怔地站在那里，手中还攥着那几张报纸，白皙的手指因为用力，玉色的指甲微微泛白。

她低下头，正好看到报纸上的那张相片，一身戎装的男子器宇不凡，脸庞刚毅，正是在战地上指挥时被记者抓拍下来的，相片上的他，整个人都散发着将帅之气，令她看着心里便大恸，只将那张报纸小心翼翼地贴近自己的胸口，刚闭上眼睛，一大颗泪珠便滚落下来，她颤抖着嘴唇，轻轻地喊着他的名字。

她轻抚着微微隆起的小腹，只觉得肝肠寸断，心如刀绞。

北平，徐公馆。

方明君走过来的时候，就见徐玉玲正躺在美人榻上看书，一身羊驼色的呢绒大衣，领口处系着一条十分漂亮的纱巾，衬着一张雪白如玉的脸，脚下穿着一双乳白色的羊皮小靴，头发梳成了时下最流行的爱司头，整个人看上去十分清爽明丽。

方明君刚看了一眼，便在心里赞道：不愧是留过洋的小姐，和那些老户人家的闺秀就是不一样。

听到她的脚步声，徐玉玲抬起头来，从美人榻上站起身，笑盈盈地唤了声："大嫂。"

方明君亲亲热热地上前拉住她的手，笑道："妹妹刚从津唐过来，就整日里捧着书看，可不要看伤了眼睛才好。"

徐玉玲便笑道："昨天还和二哥二嫂去赛马场骑了马，今天见没什么事，索性就拿了本以前在美国时的书翻上几页，好打发打发时间。"

方明君拉着她在沙发上坐下，拍了拍她的手，道："你大哥平日里太忙，你来北平这几天，他也没空陪你出去转转，刚才他打电话回来，说是晚上做东，请我们去北平的大饭店跳舞，妹妹看如何？"

"在家的时候母亲就和我说，让我到了北平后，一切都听大哥大嫂的安排。"徐玉玲心里了然，只浅浅一笑。

听她这么一说，方明君便会心一笑，道："那就好，等到了晚上，嫂嫂可要将妹妹好好打扮一番，定让妹妹比那天上的仙子还要漂亮。"

徐玉玲垂下头，略带赧然地说了句："嫂嫂快别取笑我了。"

方明君握住她的手，含笑道："妹妹这般好的容貌，只怕要不了多久，上门提亲的人可是要把咱们公馆的门槛都给踏破了。”

徐玉玲听了这话，脸上红晕更甚。姑嫂俩又说了几句，方明君旁敲侧击地，聊的也全是晚上的事，见徐玉玲听得认真，便索性将话挑明了：“妹妹到了晚上千万不要慌张，贺司令虽说是个武将，但正值盛年，品貌都是没得挑剔的，绝不会委屈了妹妹。”

“大嫂，你说的这些我心里都明白，只是……想起他还有个女儿，我还是有点儿怕得慌。”徐玉玲说着，眉头便微微蹙起。

方明君知道她在想什么，只温声安慰道：“妹妹别担心，那孩子年纪还小，再说生母又不在人世了，你往后只管把她当亲闺女看待，难道还怕她和你不亲？”

听了这话，徐玉玲便轻轻地“嗯”了一声。

瞧着她年轻美丽的容颜，方明君又是一叹，道：“好妹妹，你也别怪父亲心狠，一心要将你嫁给贺司令，虽然江南的刘振坤也托了媒人来，可你也知道，浙军如今和日本人勾结，咱们家怎么也不能将闺女嫁到那种人家，去和汉奸结亲。而在这世上，能配得上妹妹，配得上咱们徐家的，也只有这江北的总司令了。”

听着方明君苦口婆心地劝自己，徐玉玲只低下头，轻声道：“大嫂不用担心，我心里都明白，以前在津唐时，我就已经久仰贺司令的大名了，妹妹不觉得委屈。”

见她这样说，方明君既感到欣慰，又觉得心疼，贺季山虽然位高权重，却也是三十多岁的人了，而徐玉玲正值二十出头，正是一朵花的年纪，更何况贺季山曾与江南的沈小姐结为夫妻，膝下还有一个女儿，让徐玉玲嫁给这样的男人，倒真能称得上是下嫁了。

念及此，方明君轻声一叹，姑嫂俩又说了一会儿话，这一下午的时光，便这样过去了。

晚间，东安大酒店。

贺季山的车刚停下，便有侍从上前为他将车门打开，男人依旧是一身军装，一语不发地走进了酒店。何德江紧随其后，看着男人的背影，眼底却是极其复杂的神色。

想起那日，幕僚长与李正平一道去了贺季山的办公室，诸人原本准备了

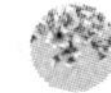

一大套的说辞，甚至在私下里还让秘书打好了底稿，一条条将辽军与徐家联姻的好处，徐家若是将女儿嫁到刘家后，对辽军的打击，都列得清清楚楚，就等寻个机会拿给贺季山看，好说服他去向津唐的徐家提亲。

可出人意料的是，贺季山原本在批阅文件，看见他们走进来，头也没抬地问了句："什么事？"

幕僚长便开口，刚将徐家的事提了个开头，便见贺季山合上了手中的文件，对着一旁的秘书甩了过去，吩咐他马上去办，接着便将视线转到了他们几个身上。

"罢了。"他只说了两个字。

所有人都怔在了那里，似是搞不懂他这"罢了"两个字，究竟是什么意思。直到李正平喊了声："司令……"

贺季山低下头，翻出了另一本文件，低沉的声音不带任何情绪，就那样淡淡地吩咐了一句："派人去趟津唐的徐家，该怎么办就怎么办。"

诸人面面相觑，却是良久都没有人出声，最后还是何德江小心翼翼地开了口："司令，您的意思是？"

"你们不是想让我娶徐家的小姐吗？"贺季山的声音依旧是平静的，却让屋子里的人都是连大气也不敢出。

"这样说，司令是同意了？"幕僚长最先反应过来，忍不住一脸喜色。

贺季山这才抬起头来，微微一哂："你们不用高兴得太早，还是想想怎样才能让徐家心甘情愿地把女儿嫁过来。"

"司令放心，这事全包在老朽身上。"幕僚长按捺不住喜悦，脸上满是如释重负的神色。

贺季山不再多言，他的样子，似乎是心灰意冷，又好像是对什么都不在意。他燃起了一支烟，抽了一口后便冲着他们道了句："行了，下去吧。"

那声音，倦到了极点。

诸人对着他行了个军礼，一一走出了办公室。何德江走在最后，为男人将门关上时，他回过头去看了他一眼，只见贺季山一动不动地坐在那里，手里的烟卷燃了老长的一截，他也不抽，唯有眼睛是闭上了的，似是在闭目养神。

他只看了一眼，便移开了目光，男人的身影透着无尽的寂寥苍凉，让他不忍再看，只轻手轻脚地关好房门，走了出去。

恰如此时，何德江跟着贺季山走到了酒店，看着男人的背影，虽然那魁梧的背影仍旧是不怒自威，威风凛凛，可还是无可抑制地透出一抹沧桑与寂寥，那是属于骨子里的，无论如何都遮掩不去。

见到贺季山走来，舞池中有一阵不小的骚动，不过片刻便恢复如常。贺季山随着侍从，向着徐家的座位走去。一旁的座位上与舞池里有不少的辽军将领，此时见到他，不管原本在做什么，都毕恭毕敬地站起身子，对着他立正行礼。

贺季山神情如常，只对着众人还了一个军礼，再往前走了几步，便见徐家的大少爷已经领着少奶奶站起了身，而在他们身旁，还站着一位美丽大方、温柔清秀的女子。

自然便是徐家的三小姐徐玉玲了。

翌日，北平城便纷纷传言，只道辽军总司令贺季山与徐家三小姐徐玉玲已然开始幽会，怕是好事将近了。

而未过多久，又传来贺季山陪着徐玉玲去畅春园看戏的消息，惹得传闻愈演愈烈，甚至有好事者，已经纷纷开始揣测贺季山与徐三小姐的婚期。

这一日，贺季山刚回到官邸，就见囡囡独自坐在洋楼前的台阶上，小小的胳膊环着双膝，看见爸爸的车，便从台阶上往下跑。

贺季山担心女儿摔着，连忙下了车，上前几步将孩子抱了起来。而囡囡看着爸爸的眼睛，大颗大颗的泪噼里啪啦地往下掉。

贺季山心口一窒，忙为孩子擦去泪水，温声问道："囡囡怎么了？"

"爸爸，你是不是要结婚了？"孩子的声音细小，剪水双瞳里泪水盈然，只显得可怜兮兮的。

贺季山眉头顿时皱了起来："囡囡听谁说的？"

"周嬷嬷和杨嬷嬷说的，她们说爸爸要结婚了，囡囡马上就有新妈妈了，爸爸和新妈妈以后还会生小弟弟，爸爸到时候就不要囡囡了。"孩子刚说完，又抽噎起来。她并不哭出声，犹如刚出壳的雏鸟，就那样泪眼汪汪地看着贺季山。

她那双眼睛像极了沈疏影，尤其是哭泣的时候，和她母亲仿佛一个模子刻出来的，贺季山看着，只觉得头疼欲裂。他伸出手，轻轻抚上女儿的头，温声道："囡囡别怕，爸爸不会结婚的。"

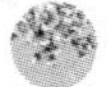

"真的吗？"孩子显然是不相信。

贺季山点了点头："真的。"

"那囡囡以后不会有新妈妈了吗？"

"不会。"贺季山捏了捏女儿的小脸，"囡囡记住爸爸的话，爸爸这辈子只会娶一个女人，就是你妈妈。"

囡囡似懂非懂地看着父亲，小声地开口："爸爸，那妈妈为什么总不回家？她不要我们了吗？"

贺季山心口剧痛，却是无言以对。他没有说话，只淡淡一笑，将孩子放了下来，牵着她的小手走进了屋子。

一屋子的下人都毕恭毕敬地站在那里，尤其是那两个嬷嬷，更是连大气也不敢出。贺季山将孩子交给了奶娘，让她带着孩子上楼。待孩子走后，他瞟了那两个嬷嬷一眼，低沉着声音道："收拾好东西，马上给我滚。"

那两个嬷嬷皆是吓得脸色惨白，只唯唯诺诺。

语毕，他又向其余众人看了一眼，语气里已有了森冷的味道："往后若有人再敢在小姐面前说三道四，我要他的命！"

那最后一句，是无尽的寒意，让众人听着情不自禁地打了个寒战，一个个垂着脑袋站在那里，恭声称是。

贺季山军务甚多，陪伴女儿的时间有限，官邸虽是奴仆成群，却极少有他信得过的，柳妈已告老还乡，如今整座官邸里，竟连个能让他放心将孩子托付的人都没有。

念及此，他的目光一扫，眉头皱了起来："陆小姐在哪儿？"

听他问，蕊冬赶忙开口："司令，陆小姐这几日在忙着出国留洋的事情。"

贺季山闻言，也不再说话，只微微颔首，向书房走去。

晚间下了一场大雪，别墅里的热水管子烧得极烫，却是一片的春意融融。

见丈夫坐在沙发上一声不响地抽烟，方明君便盈盈一笑道："明日里便是贺季山和三妹妹的订婚大典了，怎么你这做哥哥倒是愁眉不展的？"

徐长谦弹了弹烟灰，道："话虽如此，可我这心里还是觉得有些不对劲，却又说不上来到底是哪里不对，总归是贺季山这人心思太重，让人不踏实。”

方明君便笑道：“你就别多想了，这些日子我冷眼瞧着，看他对三妹十分好，毕竟咱们三妹无论家世还是样貌都是没得挑的，这样好的夫人，他上哪儿找去？”

徐长谦却叹道：“他上个夫人也不过死了才几个月，如今尸骨未寒，他便为了权势来向三妹求婚，这种人，未免太过薄情。”

“先生这话可是错了，当年贺司令可是登过报的，与那位沈氏脱离了关系，如今她又算得上是哪门子的夫人？”

“他这次若真有诚意，又何故不直接迎娶三妹，却弄什么订婚大典？”徐长谦说起来，仍是愁眉不展。

“这有什么稀奇的，咱们津唐徐家嫁女儿，定是要一步步来，难道你是要三妹连亲都不定，就直接嫁过去？”方明君不以为意。

徐长谦挥了挥手，不耐烦道：“罢罢罢，只希望他日后能好好待三妹，我这做哥哥的心里也就踏实了。”

方明君便笑了笑，不再开口。夫妻俩又说起了明日的事来，种种事宜，细细考究。

官邸，书房的灯彻夜不熄。

“刘振坤那边怎么说？”男人吸着烟，对一旁的手下问道。

“据说刘振坤知晓了徐家同意将三小姐嫁给司令后，便气得中风发作，估摸着有好一阵子下不来床了，现在浙军里的事情全部交给了他的长子处理。”李正平不急不缓地说着，眼底终究也是带着几分笑意的。

贺季山也是一笑，点了点头，接着道：“让你们办的事情，办得怎么样了？”

“司令放心，一切都准备好了，《明报》《北平日报》《申报》，甚至还有国外一些知名报刊的记者，都已经被安排在东安酒店里住下了，只等明日订婚大典。”

贺季山沉吟片刻，道：“吩咐下去，等明日一过，就让人去美国的银行贷下一笔款子，再从德国那边将咱们看好的军火订下来。”

李正平恭声称是。

徐家与美国的关系向来甚好，徐家的那几位少爷更是个个都曾在美国

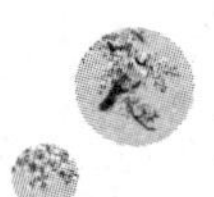

留过学，势力在美国盘根错节，向来被称为“亲美派”。而辽军有了这一层关系，日后无论向美国银行贷多少款子，也不过是易如反掌，比之前容易得太多。

“日本那边有没有动静？”贺季山手指在桌面上有一下没一下地轻叩着，声音里却满是凛然。

“日本那边得知您明日要与徐小姐订婚，已经遣人送来了贺礼，公使也被安置在止园住下，倒没生出什么乱子。”

贺季山闻言，颔首道：“让人留意着，有什么事，立刻来报。”

“司令放心。”李正平答应着，却没有走，又开口道，“司令，有一件事，属下不知当讲不当讲。”

“说。”

“属下觉得，司令既然下定决心欲与徐氏联姻，此番又大张旗鼓地告知天下，明日要与徐小姐订婚，为何不干脆迎娶徐小姐，何故多此一举？”

贺季山听了这话，唇角便勾出一抹极淡的笑意：“我从没打算娶她。”

“司令？”李正平大骇。

贺季山面色如常，只道：“此番大张旗鼓地昭告天下，是要让所有人都知道，徐家已经将女儿许给了我，至于娶不娶，便是另一码事了。”

“请恕属下愚钝。”李正平彻底怔在了那里，却怎么也琢磨不透贺季山的心思。

贺季山看了他一眼，只道了句：“回去慢慢琢磨吧。”

李正平却依旧杵在那里，隔了半晌，才对贺季山敬了一个军礼，退了下去。

待他走后，贺季山仰靠在椅背上，一只手将领口的纽扣扯下，他闭上眼，还没有歇息片刻，就听敲门声响了起来。

他睁开眼睛，沉声道：“进来。”

书房的门“吱呀”一声被人推开，就见一抹纤细苗条的身影走了进来，是陆依依。

“司令。”陆依依站在那里，唤了一声。

贺季山见是她，问道：“囡囡睡了没有？”

“司令放心，小姐已经睡熟了。”

贺季山点了点头，看着她，问道：“什么事？”

"我是来向司令辞行的，法国那边的学校已经联系好，再过些日子我便要去法国读书了。"陆依依声音清脆，礼貌而恭敬。

贺季山沉默了片刻，才道："我希望你可以留下来。"

陆依依一怔，不解地看向他。

"我知道我这样说很自私，但囡囡是你带大的，官邸里，实在没有谁能比你对她更好。"

"司令已经快要结婚了，徐小姐以后会好好照顾囡囡的。"陆依依垂着眼，压住自己喉间的涩意，轻声道。

"不会有什么徐小姐。"贺季山说道，"你留下来照顾囡囡，等你嫁人的时候，我定会为你准备一份丰厚的嫁妆，如何？"

"司令以为，我会为了钱财留下来？"陆依依自嘲地一笑，直直地迎上他的视线。

"不然，你想要什么？"贺季山眉头微皱，一动不动地看着她。

陆依依许久没有说话，直到贺季山不耐烦了，她才道："既然司令已经开口了，那我便留下来，只希望司令可以遵守诺言。"

"你放心，只要你将囡囡照顾好，你想要多少钱都可以。"贺季山说完，便不再看她，指了指书房的门，示意她可以出去了。

陆依依沉默了一会儿，一言不发地走了出去。陆志河说得没错，在贺季山眼里，她是一个看护，那这辈子，她便只会是一个看护。

这一天，是北平冬日里难得的暖阳天。因是贺季山与徐家三小姐订婚之日，一大早，圣保罗酒店便衣香鬓影，高朋满座。

辽军中的一些高级将领早已尽数到齐，因只是订婚，徐老爷与徐夫人自重身份，便仍在津唐，没有过来，只将所有事宜全部交给长子徐长谦。记者席上早已是人头攒动，不等主角儿到场，镁光灯便闪个不停。

徐家的其他几位少爷也偕少奶奶一早便赶到了酒店，个个西装革履，气宇轩昂。这几个全是跺跺脚，便会让江北金融圈震上几震的主，又加上他们的少奶奶也都是出身望族，全是非富即贵，等闲之事是从不轻易露面的，惹得各大报刊的镁光灯对着他们拼命闪烁。

虽然徐老爷与徐夫人并未出现，但徐家少爷尽数到场，已是告知了世人，徐家有多看重这门婚事。

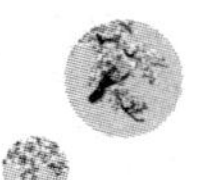

未过多久，就见酒店的大门被人打开，原来是国务总理常启正到了，在他身后跟着的，则是他的独生女儿——常云善。

看见国务总理亲临订婚大典，众人无不站起身，将总理迎到上席。而国务总理的亲自道贺，更将这场空前绝后的订婚仪式推向了从未有过的高度。

二楼上，一些女眷正三三两两地聚在一起，手里皆举着果子露，向一楼的大厅看去，待看见连国务总理都亲自道贺后，便有人酸溜溜地道："不过是订婚罢了，贺司令偏生弄出这样大的动静，倒好像巴不得全天下的人都知道似的。"

"你也不想想今晚的女主角是谁，人家可是津唐徐家的三小姐。"就听另一人微微一笑，淡淡开口。

世人皆知，徐家的大小姐嫁给了财务司司长，二小姐则嫁给了美国的议员，轮到这位三小姐，嫁的又是赫赫有名的江北总司令，虽然如今不是结婚，可光这场订婚宴的排场，便是她那两位姐姐无法比拟的。

"我听说这贺司令的上一位夫人可是连个像样的婚礼都没有，跟着贺司令，还为他生了个孩子，这可真是和如今的这位徐小姐不能比的。"

"这个自然，那位江南沈氏家中没权没势的，贺司令自然不会看重她，不然也不会在她尸骨未寒的时候，就和徐氏联姻了。"

"可不是，还好已经是那边的人了，见不到这些，若还活着，知道了自己的丈夫这般薄幸，倒真不如死了的好。"

几人说着，俱是抿唇一笑，丝毫不曾留意到站在她们身旁的女子。直到那女子身边的男人回过头来，这几个女人见到他，便是一怔，继而赶忙笑着招呼："霍爷。"

霍健东点了点头，只搂住一位身怀六甲、全身笼在一件素色斗篷里的女子的腰，将她带到了一旁的包厢里去。

"刚才和霍爷在一起的女人是谁？"待两人走后，便有人压低了声音问。

"看不出来，倒是觉得有点儿眼熟。"

"早听说霍爷和总理家的小姐取消了婚约，该不会是为了这个女人吧？你们瞧见没有，她可是怀了身孕了……"

进了包厢，沈疏影不声不响，由着霍健东扶着她坐在了沙发上，她那一张小脸上没有一丝血色，唯有一双眼睛，向霍健东看了过去。

“你不用这样看我。”男人在她对面坐下，神色间是一派坦然，“我知道和你说了你也不会信，不如带你来亲眼看个清楚。”

沈疏影全身轻轻地颤抖着，她的唇紧抿，却连一个字都说不出来。

霍健东见她如此，便压低了声音，一字字道：“这就是你一心念着的男人，他已经不要你了，你看清楚了吗？”

“你为什么……要这样做……”沈疏影喉间沙哑，满眼的泪水，质问着眼前的男人。

霍健东沉默片刻，开口道：“你还记不记得，那一年在起士林……”说到这里，他停了下来，自嘲地一笑，自言自语般说道，“算了，你早已经忘了的事，我又何苦要和你说。”

就听楼下传来一阵喧哗，酒店外礼花满天，白俄乐团已经奏起了音乐，人群拼命鼓掌，即使沈疏影坐在二楼的包厢，却仍能感觉到那阵阵声浪扑面而来，她的脸色不由得更是惨白，整个人失魂落魄地坐在那里，灵魂不知道散落到哪里去了。

“看样子，是贺司令与徐小姐到了。”霍健东侧耳聆听着楼下的动静，对沈疏影道。

沈疏影慢慢地站起身，一步步向外面走去。二楼的人已经全部赶到大厅观摩订婚仪式去了，原本熙攘的走廊，此时空无一人。

她默默地走了出去，即使大厅里有那样多的人，镁光灯又是拼命地闪，可她还是一眼就看见了贺季山。

她看见他仍旧穿着一身笔挺的军装，肩膀上的肩章灿然生辉，而在他身旁，则是一位容貌娇美、温婉微笑的女子，她的手正挽着他的臂弯，两人一道向礼台走去，接受无数宾客的道贺与掌声。

她的眼泪便在这一刻落了下来，一滴滴地顺着脸颊往下滚。她一声不吭地凝视着那道背影，看着他春风得意，看着他的大手扣在徐玉玲的腰上，看着他们一道对宾客举起手中的酒杯，看着他们相敬如宾，看着他们相视一笑，看着徐玉玲轻轻拉了拉他的袖子，而他便俯下身，温柔地凝视着她……

“这辈子，贺夫人的位子我只会给一个女人，那就是你。”

他的话仿佛还在耳旁萦绕，可如今，他已是新妇在怀，怕是早已将这句话抛之脑后了。

沈疏影想着，轻轻地举起手来，将自己脸上的泪水尽数擦去。霍健东不知何时走了过来，就那样站在她的身旁。她没有回头，只问道：“他是不是以为我死了？”

“是，你若不死，他也不能这般顺利地迎娶徐小姐。”霍健东声音淡然，向她看了过去。

望着大厅里熙熙攘攘的人群，沈疏影终于转过身子，轻声道：“你难道就不怕我被人发现？”

霍健东笑了：“你不过是一个被贺季山休弃的女人，就算被人发现，也没有一个人敢去告诉他一个字。”说到这里，他顿了顿，接着道，“不过，你此时若是想去找他，我也不会拦着你，只要你站在这里大声喊他的名字，我保管他能听到。”

沈疏影又对着大厅看了过去，此时的订婚宴已到了最热闹的时候，有人推着蛋糕走了出来，那蛋糕足有一人多高，装扮得极其漂亮，而贺季山则与徐玉玲十指相握，一起将那蛋糕切开。

她只看了一眼，便收回了视线，她垂着眼，咬字极轻：“我累了，我想回去。”

“你不后悔？”男人眼眸灼灼，紧紧地盯着她。

沈疏影心痛到了极点，终是舍不得，又回头望去，就见贺季山唇角噙着笑，望着身旁的未婚妻，而徐玉玲也是一脸的娇羞，含笑看着他，两人堪称一对璧人，羡煞旁人。

“就让他以为我死了吧。”她轻飘飘地说了这句话，话音刚落，就觉得眼前一黑，就要向地上倒去，幸得霍健东一只手扶住。

她满眼的泪水，就听霍健东的声音响在自己耳旁——

“跟着我，忘了他。”

字字千钧。

“喂。”是何德江的声音。

“请让季山接电话。”温婉的女声一派娇柔。

“很抱歉，徐小姐，司令正在开会，怕是没空接你的电话。”何德江声音恭敬，却是极其冷漠。

徐玉玲一怔，自从订婚后，贺季山便明显地将她冷落下来，本来明明说好，在订婚后便会着手准备婚礼，务必要在年关之前迎娶她过门。

可这些日子，却丝毫不见他有动静，更有甚者，如今竟是连见他一面都难。虽然知道他事情多，可在订婚前，他总是会抽空陪着她去看戏、骑马、吃西餐，而现在他竟连个电话也不会打给她了，就仿佛这世上压根儿没有徐玉玲这号人物一般，逼得她不得不放下矜持，将电话打到官邸去。

“他最近是不是很忙？”她接着问道。

“是的，徐小姐，司令很忙。”

“那便劳何副官告诉季山一声，让他多注意身体。”徐玉玲没有法子，只得将电话挂断，心里却乱到了极点，扰得她坐立不安。

何德江将话筒搁下，刚走进院子，就见贺季山正扛着女儿，去摘树上的梅花。

囡囡“咯咯”地笑着，骑在父亲的脖子上，一派天真无邪。

而贺季山则由着她闹，直到孩子玩累了，他才将女儿抱下来，转头见何德江站在那里，他就将孩子交给陆依依后，向他走了过去。

“司令，方才徐小姐打电话来，您看，要不要回一个过去？”何德江小心翼翼地开口，斟酌着道。

“不必。下次她若再打电话来，你知道该怎么说。”贺季山从怀中取出打火机，燃起了一支烟，静静吩咐。

“司令，请恕属下多嘴一句，您这样冷淡徐小姐，只怕徐家的人不会善罢甘休。”

贺季山却是神色如常，他抽了一口烟，道：“像他们这样的大户人家，最是自重身份，最多也不过是与我解除婚约，这样反而最好。”

“可是司令……”何德江还欲再说。

“不必可是，就这样吧。”贺季山打断了他的话，眼睛向着不远处的女儿看去。因天冷，囡囡穿着一身水红色海棠提花绣袄，小小的蝴蝶盘扣，如意偏襟，项上戴着一枚金制的祥云长命锁，那精致的小锁雕工甚美，形态雅致。

她梳着一对小双髻，粉嫩可爱的小脸玉雕一般，美得像一个瓷娃娃。奶娘正端着一碗热气腾腾的芝麻糊哄着喂她，而她身后，还跟着一个嬷嬷，手

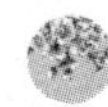

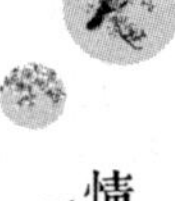

里捧着一件羊绒斗篷，等着起风了好给她穿上。

贺季山看着女儿，心里便柔软起来。何德江瞅着他的神色，见他脸色温和，知晓只要有囡囡在，都是他最好说话的时候，于是大着胆子，又开口道："小姐年纪还小，不能没有母亲，属下瞧着徐小姐也是善良敦厚之人，日后定是不会亏待小姐，还请司令三思。"

贺季山收回视线，对着他淡淡地看了一眼，何德江心中一凛，却不敢与他直视，只将头微微垂下。

"徐家的事到此为止，这些话，以后不要再提。"男人的声音低沉，似是在说着一件无关紧要的事情。

"司令！"何德江抬起头来，终于忍耐不住，"无论怎样说，徐小姐都没有任何过错，再让属下说句不好听，夫人已经不在了，司令又何必如此，难道您要难受一辈子？"

贺季山听了这话，脸上的神色变了，眉目间已有了冷峻的味道，他盯着何德江，却是怒极反笑道："何德江，你现在的胆子倒真是越来越大了。"

"属下不敢。"何德江立刻垂下了头。

贺季山脸色阴沉，正欲发火，就见女儿向他跑来。看见囡囡，贺季山的怒意便烟消云散。雪后路滑，他怕女儿摔倒，忙迎上前，将孩子抱了起来。

"爸爸，我还要顶高高！"囡囡咯咯笑着，黑葡萄般的大眼睛忽闪忽闪的，黑亮纯净得如同最美的夜色，脸颊上一对甜美的小酒窝。她笑的时候，贺季山便觉得心头一软，哪怕是她要天上的星星，他也会让人去给她摘。

"好，爸爸顶高高。"贺季山对着女儿微微一笑，将孩子顶在了肩上，囡囡高兴地拍着小手，让爸爸带着她去摘花。

何德江站在原地，望着父女俩的背影，轻轻叹了口气。自沈疏影去世后，贺季山对这个女儿简直比之前更疼爱宠溺，只恨不得把这天下所有的好东西全都捧到她面前。他默默地站着，看着男人魁梧的身影将女儿高高地举在肩上，只一记苦笑，无奈地摇了摇头。

"先生，我刚听程妈说，三妹躲在屋子里哭，我去看了看，果真见她眼圈红红的，你看这该如何是好？"方明君绞着手中的帕子，对一旁的丈夫开口。

徐长谦则“啪”的一声，将手中的文件扔在了桌上，脸色沉得仿佛能滴下水来，只低声道：“还能怎么办，这贺季山明摆着是过河拆桥，摆了咱们一道。当初我就说，这个人城府深，心思重，若不是父亲一力促成这门婚事，我是说什么也不愿意将三妹嫁给这种人。”

“现在说这些还有什么用，三妹这几日眼见着瘦了下去，我看着都心疼，你这做哥哥的倒是快想想法子啊。”方明君说着，一脸焦急。

徐长谦站起身，烦躁地道：“我能想什么法子，当初他把订婚仪式办得那样隆重，谁又能想到他竟是存着这般歹毒的心思。他这前脚刚从美国的银行贷出了款子，后脚就想把三妹一脚踹开，这种狼心狗肺之人，三妹不嫁也罢，我这就回津唐，和父亲母亲禀明一切，让他们做主，将这门婚事给退了！”

徐长谦说着，更是不忿，转身便要向屋外走去，幸得方明君一把拉住：“先生，正因为贺司令将订婚仪式办得那样隆重，如今所有人都知道三妹是他的未婚妻，这婚是万万退不得的。若是退婚，先不说咱们徐家的脸往哪儿搁，单说三妹日后，又哪儿还有脸见人啊！”

徐长谦更是烦躁，只道：“这就是贺季山的阴毒之处，他就是算准了我们丢不起这个人，才敢这样对待三妹。”

“先生何不去官邸一趟，当着贺司令的面将事情说清楚，说不定这其中有什么误会，也未可知。”

“太太，”徐长谦不耐道，“不仅是官邸，就连军营我也都去了，可这个贺季山实在狡猾，我每次去求见，他不是在开会，就是在训兵，无论我何时去，都是被他的副官给挡了回来，他这摆明了是要我们知难而退，去和他解除婚约。”徐长谦说起来，简直恨得牙根都痒。

“这可如何是好……”方明君焦急不已，一转身，就见徐玉玲正站在门口，也不知是何时到的，显然是将兄嫂刚才的对话全都听了个清清楚楚。

“三妹！”方明君失声唤道。徐长谦闻言也转过身子，见妹妹眼圈通红地站在那里，自然也很心疼，忙上前安抚道：“妹妹别哭，一切都有哥哥为你做主。”

徐玉玲看了兄嫂一眼，轻轻地摇了摇头，脸上依然是安安静静的，只道：“哥哥，这是我自己的事，我自己会解决。”

这是徐玉玲第一次来官邸。

她默默地坐在沙发上，有女仆毕恭毕敬地为她端来了茶水，她微微一笑，柔声道谢。

早有侍从告诉了她，贺季山身在军营，并不在官邸，可她执意要在这里等。

“是你要和我爸爸结婚？”蓦然，从身后传来一道稚嫩的童音。

徐玉玲一怔，回头看去，便见一个年约四五岁的小女孩儿，穿着精致的洋装，脖子里挂着麒麟百岁锁，脚上穿着纯白色的羊皮小靴子，整个人打扮得如同小公主一般。她微微一怔，先是诧异这孩子的漂亮，而后便回过神来，知晓这孩子定是贺季山的独生女儿。

她不知道该说什么，只局促地坐在那里，面对这样一个小孩子，让她更是坐立不安起来。

“我爸爸不会娶你的，他和我说过，他这辈子只会娶一个女人，那就是我妈妈。”孩子清脆的童声琅琅，只刺得她体无完肤。

她一言不发，依然默默地坐在那里，也许是见她无趣，囡囡撇了撇小嘴，在奶娘和嬷嬷的簇拥下，前呼后拥地去了院子里。早有侍从等在那里，见她出来，便匍匐于地扮作小狗，任由她骑上去，玩得不亦乐乎。

她看着这一切，怔在了那里，没想到贺季山竟会将女儿宠到这个地步。

“小姐是被司令宠惯了，加上年纪又小，若有不懂事的地方，徐小姐不要介意。”就听一抹柔和的女声传来。徐玉玲回过头去，看到一位身穿素色衣裳的女子捧着点心走了过来，对着她微笑。

见她的穿着不似官邸里的下人，徐玉玲便疑惑道：“你是？”

“我是小姐的看护。”陆依依将点心搁下，对着徐玉玲恭声道。

“季山什么时候回来？”徐玉玲点了点头，问道。

“司令方才打电话回来，说今晚要召开紧急会议，怕是回不来了，司令还说，等他从军营回来，定会到徐小姐的府上拜访。”

“既然如此，那晚上便劳你为我安排一间屋子。”徐玉玲神色温和，等不到贺季山，她哪里也不会去。

陆依依答应着，便退了下去。徐玉玲独自一人坐在那里，一直到了晚上，也不见贺季山回来。

夜深了。

贺季山刚回官邸，就见西楼上的卧室里亮着灯，他心头便是一窒，也不理会迎上来的仆人，抬腿便向西楼赶去。

走廊上的灯光雪亮，刺得人眼睛都疼。贺季山快步走着，一把推开了那门，就见一个女子正坐在灯下看书，她只穿着一件家常睡衣，长长的裙摆将她的脚背都遮住了，而那一头的长发乌黑，一直垂到纤腰处。

他只看着，便连呼吸都要停顿了。他一眨不眨地看着那抹身影，几乎失控般喊出了两个字来："小影……"

那女子回过头来，却生生是另一张面孔。

刹那间，贺季山只觉得有人用一桶冷水，从头到脚将他浇了个透凉，整个人就好似从天堂蓦然堕进了地狱，那被他死死压抑的痛苦，便毫无防备地被人骤然拔了出来。

看见他回来，徐玉玲慌忙站起了身，她的心怦怦跳着，一声"季山"刚唤出口，就见贺季山眼眸阴鸷得可怕，道："是谁让你进来的？"

徐玉玲一怔，却是不明所以："这间屋子，我不能住吗？"

贺季山一步步走了进来，见那桌上的东西显然是被人翻过，他的脸色倏然沉了下去，只低声道出两个字："出去。"

徐玉玲似是没有听懂他在说什么，只轻轻地开口："季山，你怎么了？"

"我要你出去！"男人的声音陡然变得严厉起来，只将她吓了好大一跳，而他的眼底，是一片幽黑的冷，不带一丁点儿的温度。徐玉玲瞧着，就觉得自己脑子里"轰"的一声，耳旁更是嗡嗡作响。

"为什么？"她喃喃开口，"我是不是做错了什么，你为什么要这样对我？"

贺季山却一言不发，只上前拉住她的胳膊，而徐玉玲却不知从哪里来的力气，一把挣脱了他的手，不由自主地往后退了好几步，刚站定，泪水便滚落下来。

她怎么都想不明白，原本待她那般温和的男人，为何会在订婚之后，对

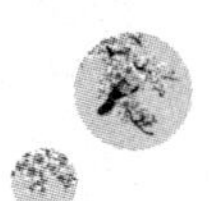

她的态度立刻变了，甚至是天壤之别。

“贺季山，你今天必须把话和我说清楚！”徐玉玲迎上他的眸子，晶莹的眼瞳仿佛温润的宝石，闪烁着氤氲的水光。

“你要听什么？”贺季山站在那里，声音冷静了下来。

“你说过，我们订婚后便会准备婚礼，可你现在到底是什么意思？如果我今天不来找你，你还要躲我到什么时候？”

贺季山听了这话，先是沉默片刻，继而便点了点头，道：“好，那我今天就把话和你说清楚，你并没有做错任何事，是我一直在利用你。你说我卑鄙也好，无耻也罢，我和你订婚，只是为了阻止你们徐家与江南的浙军联姻，再有，便是为了辽军这次能顺利地从美国银行取得贷款，我这样说，你听明白了吗？”

徐玉玲脸色倏然变得惨白，她一动不动地凝视着眼前的男人，隔了许久，才开口，却已是声音沙哑：“我已经和你订了婚，世人都知道我是你的未婚妻，就算我们现在解除了婚约，江南的刘家也不会要我了，而你们辽军的贷款已经拿到手，所以你便可以过河拆桥，是不是？”

“是。”男人言简意赅，承认得干脆。

“你果真是打得一手好算盘，贺季山，你到底还是不是人？你还有心吗？”徐玉玲死死地靠着衣柜，借以支撑着自己的身子，若不然，她真觉得自己会撑不住倒下去。她的眼泪一直在流，却又觉得为这种男人流泪实在不值，刚伸手擦去，却有更多的泪水从眼眶里不断地往外冒，止也止不住。

贺季山凝视着她的泪水，默然不语地站在那里，隔了许久，直到她止住了哭泣，抽噎起来，他才淡淡道了句：“你说得不错，我的确是没有心。”说到这里，他顿了顿，又接着说道，“我会等你们徐家来和我谈退婚的事情，无论你们有什么条件，但凡我能做到的，你们只管开口。”

徐玉玲听了这话，却是悲极反笑：“收起你的假心假意，我们徐家不稀罕！”

贺季山便不再多言，他依然站在那里，语气更是平静到了极点：“你收拾一下，我让司机送你回去。”

语毕，他转过身，可不等他走到门口，徐玉玲便奔了过来，将门一把堵住。她仰起小脸，看着眼前的男人，忍住喉间的涩意，一字字道：“告诉我，为什么？”

贺季山却只看着她，一言不发。

“你说话啊，你明明说过，以后会对我好，你怎么可以这样？你怎么可以这样！”徐玉玲攥住他的胳膊，泪如雨下。

贺季山依然一声不吭，只任由她发泄，到了最后，才淡淡道：“这种话不过是男人逢场作戏时哄女人用的，往后别再相信。”

说完，他将她的手从自己的胳膊上拿开，头也不回地走了出去。

“贺季山，你会有报应的！”

身后，传来女子凄楚的声音，而他却是微微一笑：“我的报应，早已够了。”

留下徐玉玲一个人站在那里，一只手捂住嘴巴，就听一声呜咽，那是她没有抑制住的悲鸣。

“司令，听说您找我。”陆依依推开书房的门，就见贺季山正背对着她站在窗前抽烟，听到她的声音，便回过头来。男人的那双眼眸冰冷得如刀似剑，落在她的身上，只让她不寒而栗。

“陆小姐，我贺季山自问待你不薄，你在官邸这几年，我也从未将你当成下人，是不是？”贺季山走到桌前坐下，语气十分淡然，让人听不出一丝情绪。

陆依依却说不出话来，只点了点头。

贺季山见她点头，便淡淡笑起来：“看样子就是因为我对你太客气了，所以才让陆小姐摸不准自己的位置。”

陆依依脸色倏然变得惨白，她静静地站在那里，声音细弱地开口：“我不懂司令的意思。”

“不懂？”贺季山眉头一挑，低声道，“你将徐玉玲安排到西楼的卧室，你打的什么主意，自己心里清楚。”

陆依依全身冰凉，眸中满是惶然。她看着眼前的男人，还未开口，全身便开始微微颤抖。

“司令……”

“记住自己的身份，别再自作主张。”贺季山不欲和她多说，言尽于

此，眼见着她那一张娇嫩的脸由白转红，又由红转青，继而恢复到之前的惨无血色。

“出去。”男人又缓缓地吐出了两个字。陆依依垂下头，一声不响地走了出去。直到她离开了书房，贺季山才以手扶额，捏了捏眉心，只觉得全身上下，无一处不是倦到了极点。

他拉开抽屉，从里面取出了一枚平安符，那符的颜色已有些陈旧，一瞧便是时常被人拿在掌心把玩，尾部已经稍稍磨损，“平安御守”四个小字更是模糊不清了，唯有反面的那个“贺”字，依然是清晰无比。

贺季山只看了一眼，便闭上了眼睛，他攥紧了自己的手，将那枚平安符紧紧地握在手心，自己向椅背上仰了下去，英挺的容颜隐在阴影里，一片淡淡的寂寥。

“怎么，又在给孩子做衣裳？”霍健东走近时，就见沈疏影正坐在阳台上，一旁的小圆几上摆满了各式水果点心，甚至还有从国外空运来的一些叫不出名的鲜果，应有尽有，可她连动都没动，只聚精会神地为腹中的孩子绣着一件青葱色的丝绵小袄，那料子翠得可人，衬得她那一双手更是白如凝脂。

听到他的声音，沈疏影依旧头也没抬，只安安静静地做着自己的事情。直到收好了最后一针，沈疏影才抬起头见霍健东坐在自己对面。见她抬头，霍健东笑道：“左右还有两个来月的时间，这些东西可以慢慢准备，或者干脆让底下的人去做，省得累着自己。”

沈疏影如今已有七个多月的身孕，肚子却不似怀着囡囡时那般圆滚，而是微微的尖，她记得以前在官邸时，柳妈曾说过，怀孕时肚子若圆滚滚的便是女儿，而肚子若是尖溜溜的，那便有八九成可能会是儿子了。

她依然没有说话，只慢慢地站起了身子。霍健东见她站起来，也随着她一道站起，他刚要上前扶她，就见沈疏影回过头来，那一道目光清冷雪亮，让他不得不停下步子，收回了手。

两人就这般默不作声地在阳台上站着，直到一群北归的大雁从天空盘旋而过，沈疏影吃力地扬起脑袋，向那群大雁看去。她看到在两只大雁中间，还飞着一只小雁，那小雁飞得极慢，那两只大雁便一直护在它的左右。没过多久，这一家三口便被雁群远远地抛在了后面。

沈疏影看着那三只雁，泪水便悄无声息地落了下来，她轻轻地呢喃：“一家三口……”

霍健东望着她的侧颜，见她的脸上挂着泪珠，那柔美的弧度落在金色的阳光里，透着凄清的美丽，别样动人。

他终是上前，将她揽在怀里。

他的身上有着淡淡的烟草味，她没有挣扎，眼睛依然向天际望去，直到那三只雁渐渐飞远，她才垂下头，刚闭上眼睛，大颗的泪珠便掉了下来，落在霍健东的手背上，那泪晶莹剔透，犹如断了线的珍珠。

三月，官邸里的迎春花竞相绽放，一片的芳香馥郁。

日军突袭镇寒关，辽军总司令贺季山领兵急赴前线，在旅顺一带与日军展开激战，为防止江南的刘振坤趁此机会打到江北，辽军中一半以上的兵力仍驻扎在临水，此番与日军对战的兵力不足三成，战局日益艰难。

如此危急关头，北平城内人心惶惶，生怕日本人从关外打来，城内物价飞涨，米面粮油皆比之前的价格翻了好几倍，而一些应急药品更是千金难求。

城中一些富商巨贾，将存款转入外国银行者有之，举家搬迁至海外者有之，趁机大发国难财者有之，却唯独少有爱国志士能够联合辽军共同抵抗日本。

除了津唐的徐家。

自那日徐玉玲从官邸被送回徐公馆后，便大病了一场，无论徐长谦如何相问，她都闭口不言，愣是没说贺季山一个“不”字。可还没等她养好身子，便传来日本人入侵镇寒关，贺季山连夜点兵亲赴关外勇猛抗敌的消息。

徐玉玲挣扎着起身，带病回到了津唐，向父母祈求帮助，这便有了之后徐老爷虽然身在津唐，仍是在最短的时间内，为抗战的辽军筹备了一大笔款子的事，而这笔款子，对于此时处于劣势的辽军来说，无异于雪中送炭。

尔后，徐家更是联合江北的商会，一起积极为前线的战士筹备军饷。世人皆知贺季山迟早会是徐家的女婿，筹备军饷之事便异乎寻常地顺利，而徐家少爷则借用自家的海外关系，在国际联盟上对日本方面发出强烈的声讨，

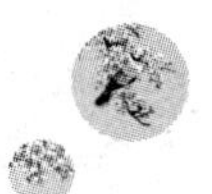

指责这是一场侵略战争。

徐玉玲本人则以贺季山未婚妻的身份，在江北诸界为辽军奔走相告，并与爱国学生一起上街游行，声援辽军此次的护国保卫战。同时，国内多家报刊，如《明报》《申报》《北平日报》等，对江南浙军的卖国行为纷纷发表谴责，指责其与日本勾结，在此番国家危急存亡之际，非但不与辽军联合抗敌，反而在临水驻兵，对江北虎视眈眈，欲乘人之危，打到江北去。

雪片般的报纸传遍了大江南北，舆论呈一片倒之势，国内外对浙军皆是一片骂声，就连国际联盟也对江南的浙军表示不满，逼得刘振坤不得已命长子下令，将一半以上的兵力从临水撤回。如此，贺季山才得以从临水又抽出了三成兵力，赶往镇寒关抗敌，原本严峻到了极点的战事，这才有了和缓之势。

而徐家三小姐，更是被江北百姓赞为巾帼英雄，人人道她通情理，明大义，实为不可多得的奇女子，与贺季山堪称良配。

四月，北平的天气渐渐暖和起来，前线的战局已经有了新的局面，贺季山亲设的五道防线，将日军速战速决的方针彻底粉碎，双方不约而同地选择休战。消息传来，江北各地无不拍手称庆，北平城内的粮价也慢慢恢复如常。

徐公馆。

徐玉玲拎着一盒亲手做的糕点，命司机备了车，向官邸驶去。

徐长谦站在窗前，看着汽车开出了院子，几不可闻地叹了口气。

“先生，三妹这般有情有义，只盼那贺司令从镇寒关回来后，不要再辜负她。”方明君站在他身边，也感慨道。

“我这个妹妹，从小就是实心眼，贺季山这样对她，她日日为辽军奔走不说，还给他的女儿做什么点心，我真是不知该怎么劝她。”徐长谦说起来，便一脸忧色。

“贺司令虽说心狠手辣，但也不是不知好歹之人，三妹此番这样对他，就算他是块石头，也该被焐热了吧。”

“希望如此吧。”徐长谦说着，无奈地摇了摇头。

徐玉玲从百货公司出来，手里提着大包小包的东西，全是些孩子的衣裳鞋袜和孩子喜欢的一些玩具，还有外国的朱古力、奶油饼干等零食。仆人将东西接过，她却没有上车，只嘱咐道：“你们将这些东西送到官邸，我就不去了。对了，告诉官邸里的人，如今春季，正是流感多发的时候，让他们千万不要将孩子带出来，免得被传染上。”

仆人恭声称“是”，看着远去的汽车，徐玉玲怔怔地站了一会儿，心里柔肠百转，挥手招了一辆黄包车，车夫问她去哪儿，她愣怔了片刻，却是一记苦笑，她自己也不知道要去哪儿。

深夜，沈疏影只觉得腹如刀绞，让她生生从睡梦中痛醒。

毕竟已经生过一个孩子，又是到了月份，肚子一疼她便知道自己要生了。她疼得满头大汗，却死死地咬紧牙关，不愿喊人。直到剧痛袭来，让她再也忍耐不住地轻吟出声。听到动静，片刻间便有守夜的丫鬟推开了门，见她疼成这样，便知是要生了，赶忙去楼下请了稳婆来。

虽然是第二胎，可沈疏影仍是疼得生不如死，她的眼泪成串地往下掉，却也不愿使劲，只咬紧了唇，一声不吭，看那样子，倒是情愿和这孩子一起死了。

“夫人，您倒是使劲儿啊，您不用力，孩子怎么能生出来呢？”稳婆急得满头大汗。

“他要杀了我的孩子……我知道……他要杀了我的孩子……”沈疏影呢喃着，纤细的手指紧紧地攥着身下的床单，唇被她咬得血迹斑斑。

两个产婆对望了一眼，心里大震，忙活了好一阵子，却见沈疏影依然是不愿配合着用力。不断有血水从她的身下汩汩而出，屋子里一片浓烈的血腥气。见实在是耽误不得，其中一位产婆只得从卧室里匆匆走出去，向楼下奔去。

霍健东正站在窗前抽烟，于光荣立在一旁。那产婆奔了过来，二话不说，便冲着他们跪了下去。

“夫人……夫人不愿意用力啊，老奴实在是没法子了，再这样下去，可是一尸两命啊！”

“她说了什么？”低沉的男声开口。

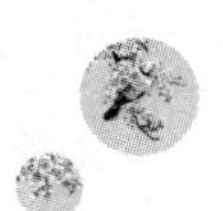

“她说，有人要杀了她的孩子……”

男人掐灭手中的烟卷，道：“告诉她，只要她把孩子生下来，我不会动那个孩子。”

“是……”产婆拭去额上的汗珠，又匆匆奔回卧室。沈疏影已是疼得晕了过去，意识模糊中，产婆附在她耳旁说了一句话，她的眼泪顺着眼角不断地往下流，却不知是何处来的力气，她紧紧攥着床单，嗓子好似被胶水糊住了，她用尽全身的力气，喉咙里发出两个模糊不清的字：“季山……”

她不知道自己身在何处，在那绵绵不断的锐痛中，男人的声音却在耳旁不断地响起，他说，我答应你，等你生第二个孩子的时候，我一定会陪在你身边。

她满脸的泪水，泪眼迷蒙中，她好似看见他一身戎装，与徐家的小姐十指紧扣。她全身都痛，心里更是痛得犹如凌迟。她不知挣扎了多久，直到觉得自己快要死了的时候，就听产婆惊喜的声音响起：“生了！生了！恭喜夫人，是个男娃！”

沈疏影听到产婆的声音，便全身一松，只觉得连抬手的力气都没有了。她努力地睁开眼睛，沙哑着声音，十分微弱地道：“把孩子给我。”

产婆将孩子剪了脐带，用小被子包好，送到她的面前。她低下头去看孩子，就见那小小的婴儿犹如一团赤红色的肉，包在小被子里只露出一张小脸，也瞧不出长得像谁。她只看了孩子一眼，泪珠便噼里啪啦地继续往下落。

她终于为他生了一个儿子，贺季山的儿子。

产婆将孩子抱下楼，对霍健东道喜：“恭喜先生，夫人生了个儿子。”

霍健东眼神阴沉，示意一旁的于光荣去将那孩子抱过来。他淡淡地看了那孩子一眼，脸上没有丝毫表情，转而对那两个产婆道：“这段日子辛苦你们了，下去领赏吧。”

“是。”产婆连大气也不敢出，只畏畏缩缩地走出了屋子。没过多久，就听两声枪响，其中夹杂着一两声惨叫，继而恢复了安静。

霍健东站起身子，将襁褓里的婴孩抱了过来。新生婴儿身子十分柔软，他就那样抱着，也不知在想什么。

“大哥，您看这孩子该怎么办？”一旁的于荣光忍不住，开口问道。

霍健东闻言，淡淡道：“去找个奶妈过来，先养着再说。”

语毕，他一只手抱着孩子，向楼上走去。

沈疏影刚刚生产过，全身动弹不得，躺在那里，没有一点儿力气。她昏昏沉沉地睡着，待看清霍健东时，她动了动嘴唇，近乎哀求般出声：“我求求你……别伤害我的孩子……”

霍健东不言不语，只将那孩子搁在她身边，看着她挣扎着起身，哆嗦着伸出胳膊，将孩子揽在臂弯。她的脸色几乎比雪还要苍白，那双如水的杏眸中更是溢满了泪水，她整个人憔悴到了极点，仿佛随时都会烟消云散一般。

“你若想这个孩子好端端的，那就给我好好活下去。”他站起身，撂下了这句话后，便头也不回地向屋外走去。

到门口时，他停下了步子：“我不会平白无故地帮别人养儿子，你知道我想要什么。”

第十七章 寻夫

贺季山回到北平时，已是四月底。

他刚到官邸，就见囡囡向自己扑过来，他张开胳膊，一言不发地将女儿紧紧抱在怀里，那样用力。

见过女儿后，他便马不停蹄地去了北大营，将军营中的紧急事务一一处理好，又签了好几份国际联盟的往来文件，到了晚上，又召开了紧急军事会议，对日军下一轮的进攻连夜做了新的战略部署，等会议开完，这一夜的时间又过去了大半。

侍从官捧着夜宵走了进来，他却没有任何胃口，只坐在那里一根接一根地抽烟。待东方露出了鱼肚白，贺季山掐灭了最后一根烟卷，对着门口道：“来人。”

何德江立刻走了进来。

“去徐公馆，将三小姐接出来。”他低声吩咐着，脸庞隐在阴影里，看不到丝毫表情。

“是。”何德江答应着，却没有动弹。

“怎么了？”贺季山见状，抬眸向他望去。

Qing dao
Ke gu,
Yuan lai
Ru ci

“司令，属下有些话，无论司令爱不爱听，属下都是要说。”何德江似是下定了决心，一字字道，“这次日本人突袭，若没有徐家的大力支持，这一仗，说不准咱们就死在了镇寒关，若不是三小姐连夜奔走，祈求徐老爷为咱们筹备军饷，我们这一仗……”

“这些不用你说，我也知道。”不等他说完，贺季山便出声打断了他的话。

“司令，徐小姐深明大义，恕属下多嘴一句，这样的女人，您实在不该辜负。”

语毕，何德江便垂首站在那里，等待着贺季山大发雷霆。岂料贺季山闻言后，却依然默默地坐在那里，连动都没有动。

“司令……”他再次开口。

“你说得对，她对我如此情深义重，我又怎么能再辜负她。”贺季山沉默了半晌，才低沉着声音，道出了这么一句话来。

一路上，徐玉玲都心跳得厉害，甚至连眼睛都不知该往哪儿看才好，任由司令将她一路带到了路易斯西餐厅。

她向来最喜欢这里的餐点，在与贺季山订婚前，他就经常带她来这儿。进了餐厅，就见偌大的一个餐厅里空空荡荡的，而她心心念念的那个男人，便坐在临近窗户的一个位子上，看见她后，便站起身子，为她将椅子拉开。

她看着他，心里便一酸，眼圈顿时一红。她赶忙垂下眼帘，轻轻地坐在他对面，却不知该说些什么。

两人沉默片刻，就听男人的声音响起：“记得你最喜欢吃这里的点心，我给你点了份松子蛋糕，可以吗？”

徐玉玲说不出话来，只点了点头。待西洋侍者将餐点一盘盘呈上来，徐玉玲依旧一语不发。贺季山端起红酒，却也不喝，只端在手里把玩。

“这一仗，很辛苦吧？”待侍者走后，徐玉玲终于开口，声音却带着隐隐的颤抖。

贺季山摇了摇头：“有你们徐家的鼎力相助，算不得辛苦。”

徐玉玲便沉默了下去。

“我今天约你过来，是有些话想和你说清。”贺季山将酒杯搁下，一双黑眸炯炯，望着眼前的女子。

“你说。”徐玉玲搁下手中的银质小勺，迎上他的目光。

“你为辽军所做的一切，我贺季山无以为报。”贺季山定定地说着，声音极是沉稳，“我为我之前做的那些事，感到很抱歉。”

“贺季山，我不要你的道歉。”徐玉玲声音极低，一字字道。

“但你想要的，我给不了。”男人声音温和，却犹如一把匕首，刺到了她的心里去。

她的眼泪“唰”地落了下来：“难道还不够吗？我这样为着你，难道都不够吗？你还要我怎样做？”

“玉玲，”贺季山见她如此，眸中浮起一抹不忍，“你年纪尚轻，实在不必将大好年华浪费在我身上，我现在活着，一是为了我女儿，二是为了辽军，其他的，我什么都不能给你。”

“为什么？”

“贺夫人的位子，我只会给一个女人。”

“可她已经不在了。”徐玉玲看着眼前的男人，已是泪流满面。

“对不起。”贺季山说完这三个字，便站起身，将一旁的军帽拿起，“你是个好姑娘，若跟着我，只会坑了你一辈子。”

语毕，贺季山迈开步子，向餐厅外走去。

“贺季山，”就听传来一道声音，他停下步子，回眸，就见徐玉玲双眸清亮，腮边虽然挂着泪珠，却依然是美丽的，她咬字极轻，一字字道，“你不用觉得对不起我，你若以为我徐玉玲只是为了你，才去做那些事的话，你未免太小瞧我了。你不要忘了，我也是中国人。”

贺季山眼眸一动，似是不曾想到她竟会如此回答，他顿了顿，点了点头：“无论如何，我贺季山欠你们徐家的人情。”

“我们徐家不稀罕你的道歉，贺季山，徐家的小姐绝不会死皮赖脸地缠着你。这些日子，我四处奔走相告，只是希望可以相助辽军打败侵略者，与你本人毫无关系。如今，我们徐家能做的已经全部做了，从今以后，我徐玉玲与你各不相干！”说着，徐玉玲将手指上的订婚戒指取下，搁在了桌上。她的脸上是极其决绝的神色，纵使眼圈通红，却终是不见一丝泪意。

君子绝交，不出恶言，徐玉玲拿起坤包，静静地从贺季山身边经过，她的气度依然优雅，脊背挺得笔直，美丽的脸庞上安安静静的。直到推开西餐厅的旋转大门，有一小滴的泪水，这才顺着她的眼角滑落下来，眨眼间不见了踪影。

翌日，徐玉玲以个人名义发出声明，只道与辽军总司令贺季山解除婚约，举国哗然。

其中有一段话，摘录如下：

> 玉玲自美国求学归来，便在父兄说合之下，与贺司令订婚。贺司令为当世武将，却与玉玲相差十余岁，与之订婚实非玉玲所愿。然，贺司令爱国之心世人皆知，玉玲心中虽是敬仰，却并无与其成家之意。更兼如今敌寇入侵，军人征战沙场，朝不保夕，玉玲自认无此胸襟，甘嫁将人为妇。于此发出声明，与贺季山解除婚约，今此之后，双方嫁娶，各不相干。玉玲无颜再回津唐徐氏，亦无颜面对江北父老，唯有再次赴美求学。遥祝父母身体安康，兄长诸事顺遂，并愿贺司令早日将敌寇驱逐出境。徐玉玲敬上。

她从不知道自己竟有这样的勇气，可以将一切都担在自己身上。

此声明甫一问世，北平的老百姓无不惊愕错然。惊愕之后，便有好事者无不开口痛骂，道徐玉玲无情无义，在此危难之际，非但不与贺季山共患难，反而与之解除婚约。

而徐公馆内，徐长谦握着那一张报纸，是又气又痛，只将那张纸“啪”的一声，扔在了桌子上。

方明君站在一旁，只是叹息：“三妹实在是太过痴心，分明是贺季山对不住她，可她还要这般维护他，这丫头，可真是让人心疼。”

徐长谦道：“她不声不响地发表了这份声明，明摆着是要把一切都往自己肩上扛，既不牵连徐家，也不说贺季山一个‘不’字，她就不为自己想想，这份声明一旦发出，她这辈子的名声算是毁了，外头那些人，唾沫星子都能把她淹死！”

“要怪，只怪贺季山负心薄幸。我算是瞎了眼，原本以为贺司令既然一心为国，人品总不至于坏成这样，没承想却是坑了三妹。”方明君说起，眼圈便红了。

徐长谦叹了口气：“像他们那样的军阀头子，谁不是为达目的，不择手

段？罢了，这件事往后都不要再提，你去帮着三妹收拾行李，等过些日子，外面的风头平息下来，咱们就送她去美国。”

“嗯，我这就去。”方明君答应着，拿出绢帕拭了拭眼睛，便向徐玉玲的房间走去。

“司令。”何德江进来时，就见贺季山正默默地站在窗前抽烟，桌子上，搁着一张报纸，而报纸上的头版内容，便是徐玉玲的那一则声明。

他看着，心头便叹了口气。

“你来了。”贺季山听到他的脚步声，回过头来，冲他招呼道。

何德江赶忙收敛了神色，道：“司令让属下过来，不知是为了何事。”

贺季山走到桌边，拉开抽屉，从里面取出一份文件：“你去安排一下，将咱们亏欠徐家的那一部分还给他们，剩下的，取出一半作为阵亡将士的抚恤金，余下的，全部用于抵抗日本，充作军饷。”

何德江面露疑惑，只将那份文件接了过来，待看清文件里的内容后，却是大惊失色，失声道：“司令！这可是咱们辽军所有的积蓄，等闲绝不能动的，咱们还没有攻下江南，若是没了这笔积蓄……”

不等他说完，便被男人一个手势止住：“日军要不了多久便会卷土重来，这一次，他们投入的兵力定会大大超出我们的承受范围，辽军务必要集齐所有的兵力去抵抗，这一仗结束后，再去说攻下江南的话，简直是痴人说梦。”

男人的语气十分平静，脸上也是十分寻常的神色，何德江听着，却是不敢置信：“司令的意思是，咱们不打江南了？”

没有人比他更清楚，攻下江南是贺季山多年来的夙愿，甚至可以说他这么多年所做的一切，付出的所有苦心，无不是为了可以打到江南去，一统南北，打下创世基业。

可如今，他却告诉他，打下江南，是痴人说梦！

“眼下这情形，辽军要做的，是想法子把日本人打出中国，其他的，以后再说。”贺季山淡淡开口，脸上依旧是十分漠然的神色。

“司令，咱们若是集合所有兵力去抵抗日本，只怕刘振坤要不了多久就会攻下临水，到时候，怕是江北不保！”

贺季山点了点头，只说了三个字：“我知道。”

“司令！”何德江焦急起来。

“不必多说，传我命令，去通告全军将士，命他们即刻奔赴镇寒关，不容有误。”

五月中旬，辽军数十万大军尽数从临水撤离，与江北各地的守军一道，连夜奔赴镇寒关，而对江北的大好河山皆置之不顾，辽军总司令贺季山只将全部兵力尽数投在了镇寒关，欲与日本人拼命。

在辽军通告全国的抗战通报上，有如下一段话：

> 国将不国，军人亦无颜苟活于世，日本人掳我同胞，杀我百姓，所犯恶行罄竹难书。辽军自江北抗战，战而胜，凯旋；战如不胜，决心裹尸以还，宁做战死鬼，不做亡国奴！

那字字句句，犹如削金断玉，掷地有声，报纸如雪片般流传在江北各地。而贺季山在出征前，更是在国民参政会上，以“一寸河山一寸血，十万青年十万军”为号召，动员江北青年从军抗战。未久，江北各大院校的青年学生，弃笔从戎者数不胜数，就连北平的多所大学校园内，宣传从军的标语也随处可见，巡回演讲往来不断，操场上的“从军报名处”人头攒动，激昂的歌曲一刻不停，似乎没有一个人能安稳地坐下来去读“圣贤书”。学生纷纷报名，已订婚的推迟了婚期，免服兵役的独子坚决从军……就连一些高官子弟也踊跃报名，其中有时任国民政府主席的公子等。一时间，抗战之声响彻江北各地。

五月底，贺季山在北平发动“国民节约献金救国”大会，大会上，无数的北平学生，身穿校服，这些多是些十五六岁的孩子，大多不到从军年龄。当那些江北著名商贾出现后，成千上万名男女学生齐齐跪倒在地，哭着哀求在场的名流绅士：“求求你们，救救我们的国家，救救我们的民族……求求你们捐一些钱，救救我们苦难的同胞……”

此情此景，无不令人潸然泪下。多位商贾皆是泪流满面，永发百货公司老板，当场慷慨解囊，捐赠鹰洋十万块，用以辽军充作军饷，而和兴实业老板张氏兄弟则紧随其后，捐赠八万鹰洋。

其余诸人，无不纷纷解囊，更有甚者，当场褪下金表、金戒指、金手镯、金项链……就在人头攒动中，竟有一群乞丐相携而来，一个个拿出破碗，捐出了他们用破碗盛着的活命钱，一分不留地尽数交到辽军的军需处长手中。

就在这时，一群断手残脚的辽军伤兵相互搀扶着，也赶到了会场，捐出了他们靠编藤椅、制雨伞义卖得来的一万大洋。何德江双手接过这些银钱，感动得热泪盈眶，说不出话来。而在他的身旁，辽军主帅贺季山，这位平日里不苟言笑的辽军最高长官，身躯站得笔直，对着这群伤兵行了一个标准的军礼。有细心的人发现，贺季山也是眼底通红，而他们周围的人，更是哭成一团……

晚间，官邸。

"司令，您回来了。"陆依依见到贺季山，连忙站起了身子。

贺季山微微颔首，见女儿已经睡着了，小小的脸露在锦被外，显得粉嫩可爱。

他看了孩子好一会儿，才对陆依依道："我已经安排好，再过几天，你就带着囡囡去法国。"

陆依依大惊，小声道："您说什么？"

贺季山脸上是深深的倦意。这些日子，为了军饷的事情，他委实绞尽脑汁，整个人疲于奔命，简直累到了极点。

"我说，再过几天，你就带着囡囡去法国，我在那里为你们安排好了一切。到了那边，会有人接应你们，你可以继续读书，只有一点，永远都别再带囡囡回来。"贺季山的声音极是平静，说完这句话，他看向陆依依，"听明白了吗？"

陆依依眼圈顿时红了，她知道如今形势险峻，可贺季山向来对女儿看得比性命还重要，他既然让自己带孩子走，便只有一个可能，那就是他已经做好了牺牲的打算。

"司令，囡囡不能没有你。"她哽咽起来，一句话刚说完，泪水便隐忍不住，噼里啪啦地落下来。

贺季山又看向女儿，眼见着孩子甜甜地睡着，唇角还噙着小小的笑涡，和她妈妈是那样像。

他瞧着，唇角微微勾起，沉默良久，方道："等她长大，你只要告诉她，她的爸爸是一个军人，与敌人作战时战死沙场，这便够了。"

"司令！"陆依依眸中满是震惊，"你是打算不要囡囡了？"

贺季山眼神一黯，凝视着女儿沉睡的小脸，只觉得五内俱焚，全身上下无一处不痛。他没有说话，隔了半晌，才开口道："我打了半辈子的仗，却大多都是内战，而内战是一个军人最大的耻辱，如今和侵略者作战，我从没打算可以活着回来。"

他的声音极其平静，不含一丝情绪，语毕，他看向陆依依，沉声道："我把囡囡就交给你了。"

陆依依的泪水"哗哗"地从眼眶里往外冒，她摇了摇头，死死压抑住自己的哭声："司令，囡囡已经没有了母亲，您难道让她连父亲也失去吗？"

一句话，便如同一把尖锐的刀子，割到了贺季山的心里去。他伸出手，轻抚上女儿的小脸，眉宇间笼着深邃的痛意。他良久没有出声，就那样看着女儿，专注的目光仿佛从今以后再也看不到她了一样。

"司令，囡囡还这样小，她在这世上，只有您一个亲人，您又是那样疼她，怎么舍得把她抛下啊！"陆依依说起来，渐渐地泣不成声。

贺季山闭了闭眼，只觉得心如刀绞，他深吸一口气，睁开了眼，脸上的神色已恢复如常："你将她带到法国后，切记要隐姓埋名，等她长大，让她代替她父亲，看着日本人终有一天会被赶出中国，看着中华民族，可以不再被列强所欺凌。"

男人的声音缓慢而低沉，陆依依却知道，他这是等于在和孩子告别，在和自己交代他的身后事。她的心里一阵阵锐痛，除了流泪，却是说不出别的话来。她抽噎着，用手捂住嘴巴，生怕自己会哭出声来，吵醒孩子。

贺季山站起身，为女儿将被子掖好，最后看了一眼沉睡中的孩子，继而看向了陆依依："答应我，照顾好她。"

陆依依知道，无论是贺季山还是沈疏影，在这世上都没有了亲人，而囡囡自小便是她和奶娘带大，到了如今这一步，贺季山也只得将孩子交给她。

"说话！"见她只是哭，贺季山的眉头微微一皱，语气也严厉起来。

"司令……请放心……"陆依依喉间沙哑，她一字字地答应着，泪水仍旧源源不断地从眼眶里往外涌。

贺季山这才淡淡一笑："好。"

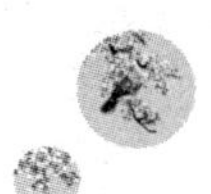

说完，他俯下身，在女儿的脸颊上轻轻地落上一吻，吻毕，也不再去看女儿一眼，生怕自己看了孩子，便会舍不得迈开步子。陆依依看着他魁梧的身子转过去，头也不回地离去。

而她则全身一软，几乎瘫在了孩子的床头，哭得不能自抑。

六月初，就在贺季山刚要领兵亲赴镇寒关时，恰逢“锦宁惨案”爆发，日军在关外烧杀抢掠，制造出多起惨绝人寰的事件，消息传来，全国抗战的呼声甚高。

国民政府明确提出抗战民族统一战线政策，主张停止内战，一致对外，然而却被江南的刘振坤一口回绝，美其名曰从临水撤兵，乃环卫中央，保存国家实力，无论如何都不愿出一兵一卒用于抵抗日本。

见状，贺季山立即向国民政府和全国通电请缨抗战：“国将不国，何以为家？和平现已无望，除全民抗战外，别无自存之道，请求当局早决大计，季山愿率辽军供驱遣抗敌！”

不久，在北平召开的国防会议上，贺季山态度坚决，再次声明：“江北为国家北防要地，今后长期抗战，江北即应负长期支撑之巨责。辽军竭力抗战，所有人力、物力，无一不可贡献国家……”

临出征前，贺季山又命人发表《告江北民书》，对江北的二十七省市做出最后动员：“……中华民族已到生死存亡之际，对日本的侵略暴行，不能不积极抵抗！凡我国人，须历尽艰辛，从尸山血海中以求得最后之胜利！凡我辽军，须当谨记这八个字——我生国亡，我死国存！”

这一日，北平城的上空下起了大雨，整座城池都笼罩在连绵不绝的雷雨声中。

贺季山这些日子皆歇在指挥所，听到雷声，便全身一惊，从小憩中蓦然惊醒过来，全身已起了一层冷汗。

看着窗外狂风大作，他连忙站起身子，从椅背上匆匆将军装拿起来披在身上，也不等扣好扣子，便对屋外喝道：“来人！”

“司令！”戎装的岗哨立刻走进。

“让人备车，即刻回官邸！”男人的声音带着焦急，眉头更是皱得紧紧的。

“是。”

车队一路向着官邸驶去。

看见贺季山的车，官邸里的下人俱是一震。贺季山这些日子忙得不可开交，已经是许久不曾回来了，此时见到他，一屋子的下人都是手足无措，不知该如何是好。

贺季山脚步匆匆，也不理会众人，只一路向女儿的房间走去。推开门，却见屋子里空荡荡的，家具上为了防止落灰，都盖了一层白布。他站在那里，有一瞬间的恍惚，似乎不知道自己身在何处。

囡囡是早产，又胆小，极易受到惊吓，从小最怕这雷雨天，每次打雷，她都会吓得哇哇大哭，非要贺季山回来，将她抱在怀里不可。

他就那样默默地站在屋子里，却没有一个人敢进去看。直到何德江匆匆赶来，走到贺季山身旁，道了句：“司令，小姐在三天前，就已经去了法国。”

贺季山心口一恸，仿佛这才回过神来。他点了点头，双眸却是空洞的，他微微一笑：“不错，我竟然忘了，是我亲自下的命令，让陆小姐带她去法国。”

见他神情憔悴，脸色更是苍白得不成样子，何德江心中不忍：“司令……”

贺季山道：“你出去吧，让我自己待一会儿。”

何德江垂下头，默不作声地走出了屋子，并将房门为贺季山带上。

轻轻的一声“咣当”，贺季山却觉得自己的心一起随着那道门，被一块儿堵死了。

他默默地在女儿的床前坐下，孩子的小包被依然叠得整整齐齐地摆在床头，贺季山伸出手，将那小包被拿在了手里。屋外仍旧惊雷阵阵，可他最心爱的小女儿，他却再也见不到了。

他低下头，将脸埋在孩子的小包被里，他甚至不敢去送一送孩子，只怕看见女儿冲着他挥舞小手，只怕女儿一声声地喊他“爸爸”，只怕女儿哭着不让他走……

他就是怕，怕一见到女儿，他便舍不得死。

想起女儿，他的心简直痛到了极点。他蓦然想起孩子第一次开口喊他“爸爸”的情景，眼底忽然一片滚烫，只得将脸抬起，拼命地握紧拳头，将

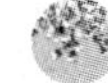

眼底的那抹涩意，慢慢地压下去。

他深吸一口气，唇角微微笑起。那抹笑，到了最后，则变成悲哀而无可奈何的怅然。

他的女儿，他最爱的女人为他留下的孩子，他却连看着她长大的机会都不会再有。

六月中旬，是贺季山领兵出征的日子。

北大营的训兵场上，士兵一排排地站在台下，满脸肃穆地望着高台上的长官。

贺季山不言不语，只举起手对着台下的官兵行了一个标准的军礼。那样多的人，顿时轰然如雷集体起立，用整齐划一的声音举手敬礼，直到贺季山收回了手，士兵们才“啪”的一声，放手重新立正。

现场鸦雀无声，如此整肃的军容，让人望而生畏。

贺季山从身后的侍从手中，取过一面出征旗，他的神情锐利，当着众人的面将这面出征旗缓缓展开。台下的官兵全场哗然，全都大吃一惊。为鼓舞士气，唯愿此次平安远征相反，这面由一块宽大的白布制成的大旗，居中竟然写着一个大大的“死”字！

贺季山一只手举着出征旗，浑厚的嗓音响彻在训兵场上方，字字清晰有力：“我不愿你们为我一人效忠，我只愿你们可以为民族尽忠！如今国难当头，此旗人手一面，伤时拭血，死后裹身。我只愿你们勇往直前，勿忘军人本分！”

好一句“伤时拭血，死后裹身”！这是一种怎样的悲壮……

台下的士兵皆出声呐喊，高呼着那八个字：“勇往直前，不忘本分！”

六月底，院子里的荷花都开了。

沈疏影轻声哄着孩子午睡，儿子已经出生两个月了，全然不似他姐姐刚出生时那般孱弱，他是健壮的，虎头虎脑，虽然还是个小小的婴孩，可那眉宇间已经有了几分英武之气，像足了他的父亲。

她怔怔地看着孩子熟睡的小脸，忍不住出了神。这些日子，她虽然不清楚外面到底发生了什么事，可心里始终隐隐不安。别墅里的下人依然是阴沉沉的，连一个字都不会和她多说，就连霍健东也是许久都不曾来了。

自从她生下孩子，这两个月来都不曾见到他的影子，沈疏影心惊胆战着，却不知道他到底什么时候会来。自从出了月子，她每天都在惶恐不安中度过，唯一让她感到欣慰的，就是儿子很乖巧，很能吃。她的奶水自是不够的，所幸别墅里还来了两个奶娘，将孩子喂得又白又胖。

这一晚，她亲自喂儿子吃了奶，刚将孩子放在摇篮里，便有女仆推开了房门，不声不响地为她送了一碗章鱼木瓜猪骨汤。她看了儿子一眼，起身走到桌旁，纵使食不知味，却依然一勺勺地将汤汁送进嘴里，囫囵吞枣地咽下去。

“先生。”听到走廊上响起一阵脚步声，接着便是女仆的声音。

“咣当”一声脆响，沈疏影手中的汤勺落进瓷碗中，她的脸色刹那间变得苍白，眼睁睁地看着男人推开房门，向自己走来。

霍健东看着她站起身子，因天热，她身上只穿了一件白底丁香旗袍，衬着纤巧的下巴，乌发束在脑后，一张瓜子小脸柔美皎洁，一点儿也不像是生过两个孩子的女人。

也许是因为惶然，她的身子轻轻颤着，一双剪水美瞳一眨不眨地看着自己。

他没有说话，只迈开步子向摇篮走去。沈疏影见他靠近孩子，脑子里便“轰”的一声响，忍不住上前，生怕他会做出伤害孩子的事来。

“你……”她轻声开口。

霍健东俯下身看了孩子一眼，勾了勾唇角，道：“这孩子长得不像你。”

沈疏影一点儿也琢磨不透他的心思，整个人只一动不动地站在那里，唯有耳垂上戴着的一副东珠耳坠，随着她轻轻的喘息，微微晃动着，在灯光下有一种别样的美。

霍健东站起身子，道：“这些日子你准备准备，下个月我送你去美国。”

“去美国？”沈疏影倏然睁大了眼睛，似是不懂他在说什么。

霍健东向她走来，她看着靠近自己的男人，情不自禁地向后退去，岂料腰际却被他的大手一把扣住，令她再也动弹不得。

“等我将帮里的事情处理好，我就会到美国找你，至于这个孩子，去送给贺季山。”

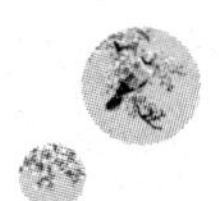

“不！”沈疏影一听他要把孩子送走，几乎想也未想，一个“不”字便脱口而出。

霍健东盯着她的眼睛，低声道：“沈疏影，我不会帮别人养儿子，你若想把这个孩子留下，那就别怪我心狠手辣。”说到这里，他顿了顿，继而接着说道，“你知道我是什么人。”

沈疏影转过眼睛，向摇篮里的儿子又看了一眼，小小的婴孩依旧无知无觉地沉睡着，似是在做着一个香甜的美梦。他还这样小，压根儿不知即将到来的生离死别。

“为什么要送我去美国？”她回过头来，迎上霍健东的视线，轻轻开口。

霍健东自是不会告诉她，如今贺季山已将所有的兵力投入到镇寒关去抵抗日本，哪还能顾得上临水，江南的刘振坤迟早会打过江，攻下江北的天下。局势已经危在旦夕，他借着国难当头的机会，大大地发了几笔横财，趁着战乱，早已是神不知鬼不觉地将财产分批存进了美国的银行，到了这步，实在是没有必要在国内继续待下去。

而他之前与常云善退婚，更等于是得罪了内阁总理，为今之计，只有远走高飞方是良策。

他沉默了片刻，只淡淡道：“国内局势动荡，和美国自是无法相比。”

“我不走。”沈疏影开了口。

霍健东沉声道：“走不走可由不得你。”

沈疏影心头一颤，眼瞳倏然暗淡下去。是，她竟然忘了，她现在不过是眼前这个男人的人质，注定要过暗无天日的生活，而她的孩子，她生下的那个儿子，难道也要和她过一样的日子？

无论贺季山待自己如何薄情，可这个孩子却百分百是他的亲生骨肉，就算他与徐三小姐结了婚，依着他的势力，也不会委屈了这个孩子……

“我知道，这段日子委屈了你，你相信我，等到了美国，一切都会好起来的。”男人的声音响起。她抬起眼睛，微弱地问他：“为什么……”

霍健东良久都没有说话，不知过了多久，他的手指抚过她的脸颊，只觉得自己的指尖传来一股滑腻之感，他的眉宇间浮起一丝自嘲：“没有为什么，只因为我想要你，沈疏影，你绝不会知道我为了这一天，到底筹备了多久。”

他的话音刚落，便扣住她的后脑勺，不管不顾地吻了下去。沈疏影先是惊恐，继而便拼命挣扎。她的胳膊被男人一只手制住，腰身更是被他箍得紧紧的，呼吸不得。她的泪珠汹涌而出，这一刻，她只恨不得自己死了。

不知过了多久，霍健东终于渐渐停下了自己的动作，他松开她的唇瓣，见她满眼的泪水，就连身子也抑制不住地簌簌发抖，一张脸更是失魂落魄地雪白。他瞧着，便转开了目光，只将她抱在怀里。他的呼吸依旧是急促不稳，却再没有多做什么。隔了许久，他才道："你用不着害怕，你生完孩子还没满三个月，我不会碰你的。"

七月，北平城沉闷不已，处处热浪袭人，火辣的日头炙烤着大地，别墅里早已摆满了冰块，让人刚一踏进，便觉得神清气爽。

沈疏影为孩子盖上了小包被，想起不久后的离别，她的泪水便要决堤。就在这时，听到走廊上传来一阵纷扰的脚步声，夹着女仆惊慌的声音："常小姐，您不能进去！"

她听着，心里便一怔，刚站起身子，便看见一位装扮艳丽、穿着西式的长裙、眉眼间颇为冷冽傲然的女子走了进来。

"是你？"当常云善看见沈疏影时，瞳孔急剧收缩，完全不敢相信，"你不是死了吗？"

沈疏影自然也是认识她的，知道眼前的女子正是总理的独生女儿，早在几年前，她便知道，她是霍健东的未婚妻，此时不承想在这里见到她，当即也怔住了。

"这究竟是怎么回事？是你迷惑了健东，让他与我解除婚约的？"常云善上前一步，似乎仍是不敢相信，指着沈疏影喊道。

沈疏影来不及说什么，就听儿子"呜哇"一声，哭了起来。她再也顾不得常云善，忙急急地将孩子抱起来。常云善看见她怀中的婴孩，脸色更是大变："你为他生了孩子？"

"不！"沈疏影抱着孩子转过身，"这是贺季山的孩子！"

"那你为什么会在这里？"常云善竭力让自己平静下来。整个别墅里的女仆皆守在门口，却没有一个人敢上前说一句话。

常公馆。

"霍健东昨日去了新港，这些日子都不会回来，你不用害怕。"常云善

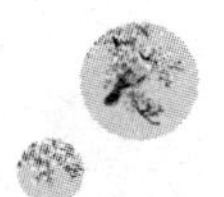

望着坐在沙发上的沈疏影，语气已恢复了一贯的淡然。

孩子由常府里的老妈子抱着，已睡熟了，而沈疏影则目不暇接地看着那一摞厚厚的报纸。

当她看见贺季山领兵亲赴镇寒关，看见他举起那幅写着大大的“死”字的出征旗，看着他在烈日下与士兵共进退，看着他的军装被汗水打湿……

她的眼泪滚滚，一只手捂住嘴巴，忍不住泪如雨下。

“你被霍健东关了太久，对外面的事一点儿也不知情。贺司令当初与徐家三小姐订婚，是因为江南的刘振坤向徐家求婚，他是身不由己。刘徐两家一旦联姻，对辽军来说无疑会是场巨大的打击，他只得通告天下，与徐小姐订婚，并将订婚宴弄得人尽皆知，就是为了断了徐家的后路，让徐氏再也无法将女儿嫁到江南去。”

听了沈疏影的一番叙述，常云善已将事情的来龙去脉猜出了大概，遂将沈疏影不知道的事情一件件说给她听。

“常小姐的意思是，季山为了辽军，才会与徐家的小姐订婚？”沈疏影望着常云善，一颗心怦怦直跳。

“虽然我对贺司令与徐小姐之间发生了何事并不清楚，但也能大致猜出一二，当初贺司令在订婚宴上，曾许诺会在过年前将徐小姐迎娶过门。可在他们订婚宴之后，却并不见贺司令有何动静，官邸也没有一丝要办喜事的样子。很明显，是贺司令摆了徐家一道。”常云善缓缓说着，一字字敲进沈疏影的心上，“贺司令借着徐家的势力，从美国银行取得了贷款，并将刘徐两家的联姻彻底破坏，这种一箭双雕的事情，向来都是贺司令的拿手好戏。”

沈疏影听着，想起那一次自己在他们的订婚宴上，看着他那样温情脉脉地望着徐家三小姐，她只觉得自己的心在那一刻冷了，灰了，死了。她怎么也想不到，那个口口声声说爱她的男人，她一心盼着来救自己的男人，非但不去寻找她的下落，反而在一眨眼的工夫，便跑去与别的女人订了婚。

见她不说话，常云善从那一沓报纸中翻了翻，抽出了一张递到沈疏影面前，正是当日徐玉玲在《北平日报》上发表的声明，白纸黑字，说得清清楚楚，双方嫁娶，各不相干，与贺季山正式解除婚约。

沈疏影一字字看下去，就听常云善的声音接着响了起来：“虽然这份声明上说的是徐小姐主动与贺司令解除婚约，不过明眼人都能瞧出来，她这样做不过是为自己留了一份面子，实际上，定是贺司令不愿娶她，她是没有法子，才会刊登这份声明的。”

沈疏影的心跳得越来越快，一大颗泪珠从眼眶里滚落到那份报纸上，将上面的铅字晕染开来，有几个字变得模糊不清起来。

“不知常小姐可否帮我，送我和孩子去前线找他？”沈疏影抬起眼，定定地望着眼前的常云善，眼中是浅浅的祈求。

在报纸上，她已看了新闻，只道辽军主帅贺季山此次为了抵抗日本侵略，不惜将独生爱女送往国外，并变卖了辽军中所有产业，破釜沉舟之心，天地可鉴。

当她看见他将女儿送走后，微微放下心来，她知道他定是为女儿将一切都安排好了，只有将孩子送走，他才可以心无旁骛地去与日本人作战。可如今，她即使知道自己和儿子不该去打扰他，可想见他的念头却是那样强烈，简直让她一刻都不能多等。

“你要带着孩子去前线？”常云善皱起眉头，似是颇为棘手。

沈疏影点了点头，轻声道：“只有他才可以保护我和孩子，也只有他的身边，才是对我和孩子而言最安全的地方。常小姐，如果霍先生回来，我只怕他不会放过我，我只求常小姐可以成全我们一家人团聚。”

常云善思索片刻，道：“你说得不错，的确只有贺司令才能够保护你们母子，而我也的确不愿让健东再有机会找到你。可是，你可要想清楚了，此去前线千里迢迢不说，路上也是十分危险的，那些炮弹可是不长眼睛的，稍有不慎，便有去无回。而且如今天气正值酷暑，就算你能撑得住，只怕这孩子也撑不住。”

沈疏影听了这话，便转头向儿子看去，小小的婴孩被嬷嬷抱在怀里，睡得正香。她知道常云善说的不假，都是她见夫心切，竟不曾为孩子考虑。此番见到孩子肉嘟嘟的小脸，又想起远在国外的囡囡，她只觉得心里纠结到了极点。

“贺司令这次将所有的兵力全部投在了镇寒关，就连北平城的守军也都调到了前线，北大营如今只剩一个空架子。你如今就算回到官邸，官邸里也不过是一些仆从妇孺。而且据我听说，贺司令甚至将官邸的下人也基本上驱散了，只剩了几个老妈子守在那里罢了。”

常云善说着，便想起贺氏官邸原先冠盖京华的气派，那一种繁华，如梦似锦，如今这般凄清，让人只要想着，便唏嘘不已。

世人皆知，贺季山此番领着辽军，抱着与日本人决一死战的决心，甚至不给自己留丝毫退路。

沈疏影听她这样说，脸色顿时变得惨白："他这一仗，是不是不打算活着回来了？"

将北平城的守军尽数调到前线去和日本人拼命，将女儿送到国外，甚至连官邸都只剩下几个老妈子，沈疏影联想起来，便吓得心头巨震，连声音都颤抖起来。

常云善没有说话，而她脸上的表情，却让沈疏影证实了自己的猜想。

"我要去前线，我要去找他！"沈疏影霍地站起身，眼眶里噙满了泪水，语气却是坚定的，简直是不可转圜地坚决。

她要告诉他，她没有死，她为他生下了一个儿子，他绝不能抛弃她和孩子，他们还要将囡囡接回来，他们一家四口，要永远在一起。

念及此，沈疏影泪流满面，巴不得马上就可以赶到贺季山的身边。

月色皎洁，白浸浸的一片，很是明亮。

夜已深，虽然正值八月，可镇寒关地处关外，即使酷暑时节也并不似北平那般炎热，入夜后更是凉津津的，夜风习习，吹在人身上让人觉得十分凉爽。

镇寒关的对峙，已经到了前所未有的严峻时刻，果真如贺季山所想的那般，日本在此役中投入了大量兵力，辽军面临着前所未有的艰难局面，幸得贺季山将所有兵力全部投在了前线，而且在北平紧急征收了大量新兵，这才抵挡住了日军一次次疯狂的进攻。

可即使如此，辽军仍旧是伤亡惨重，战场上尸横遍野。因是夏季，怕瘟疫在军营中蔓延，贺季山下令，许多战士的尸体不及掩埋，只放一把火，烧个干干净净。

连日的激战下来，双方都是疲累到了极点。这一夜，好似陷入了暴风雨来临前的宁静一般，无论是辽军，还是日军，都是紧紧地绷着那一根弦，每一场仗，不是你死，就是我活。

中军行辕内，贺季山正与辽军一众高级将领商讨明日的战局。昏暗的灯光下，他的脸色透着淡淡的沧桑，眉宇间虽是疲倦，却依旧凌厉而深邃，其余诸人也是一脸的凝重，围着桌子上的军事地图，不时有人展开激烈的争吵，就连侍从端着夜宵走了进来，也没人理会。

说是夜宵，也不过是当地摘来的一些野果子，用溪水洗了洗，便端上来给这些通宵达旦不曾合眼的长官们充饥。

“司令！”就见传令兵匆匆而来，对着贺季山一声喊。

“怎么了？”贺季山弹了弹烟灰，皱眉道。

“方才有人擅自闯入军营，被赵团长发现，现在人还在西郊押着，等着司令示下。”

贺季山没想到会是这等小事，瞬间便不耐烦起来：“以后再遇到这种事，无须再来问我，直接拉下去毙了。”

擅闯军营者，历来都是杀无赦。

“可是，那位小姐说，说……”传令兵似是有口难言。

“说什么？”贺季山口气是明显的不耐烦。

“说她是您的夫人。”传令兵声音小了下去，一语言毕，就见贺季山变了脸色，只骇得他连忙取出一枚耳环，双手呈于贺季山面前，“这是那位小姐让属下交给司令的。”

贺季山站起身，一把将那只东珠耳环抢在手里，诸人瞧着他的脸色瞬间变得惨白，所有血色一并退去，不由得担心道：“司令……”

贺季山也不理会，只一只手攥住了传令兵的衣襟，大声喝道：“快说，她在哪儿？”

沈疏影浑身上下狼狈不堪，脑子里更是晕晕沉沉的，她从不知道这世上还有这样远的地方，她强撑着站在那里，却觉得身子一阵阵发软，若不是身后站着两个侍从架着她的胳膊，只怕她早已倒了下去。

这一路上，所吃的苦头几乎连她自己都数不清，每当想起来，便庆幸自己没有将儿子带来，若是带上那个小东西，只怕还没有到镇寒关，便母子俩一起死在路上了。

她昏沉沉地想着，就听一阵熟悉的脚步声由远而近，她努力睁开眼睛，就见一道熟悉的身影向着自己奔来。在看到她的一刹那，男人犹如被雷击中了一般，整个人愣在了那里。过了好一会儿，他身后的侍从才跟上来。

隔着那样远的距离，她仍能看清他脸上的每一个表情，她看着他惊慌失措，看着他满是不敢置信，看着他几乎失魂落魄地对着自己喊了一声：“小

影！”

她的泪水瞬间决堤。

几乎是瞬间，贺季山便奔上前，将她紧紧抱在了怀里。他用了那样大的力气，仿佛一松手，她便会从自己的怀里消失不见。他身上的暖意一点点地侵进她的骨子里，而他却连一个字都说不出，甚至不敢动一下身子，只怕自己一动，就会从梦中醒来。

桌子上的烛光无声地摇曳着，落下一片幽幽的光，映在男人的脸上，只将他原本便深刻立体的五官映衬得愈加英挺。他一动不动地抱着怀中的女子，她的身子依然是那样柔软，柔若无骨地被他抱在怀里，睡得如同一个无知无觉的婴孩。

他紧紧地揽着她，整个人就好似劫后重生一般，胸膛里犹如被温热的水泡着，倒是无端地想起一句诗来：今宵剩把银红照，犹恐相逢是梦中。

他向来不喜那些文人的酸腐陈词，如今骤然想起这一句诗，只让他自嘲地一笑，却是将怀中的沈疏影搂得更紧了些。

感觉到她温软的身子、清甜的气息，他才相信自己不是在做梦，她实实在在地依偎在自己的怀里。

比起这一刻，以前那些权势滔天、倚红偎翠、枪林弹雨、征战沙场的日子，竟变得虚幻缥缈起来，一切都好像不曾发生过，无论什么，都远没有这一刻的失而复得、相依相守来得重要。

“小影……”他伸出手，抚上她莹白的小脸，声音里是无尽的温柔与疼惜。沈疏影依然晕沉沉地睡着，却是十分安然的样子。贺季山知道她是累到极点，却怎么也舍不得将她放下，仍是将她抱在怀里，缓缓低下头，在她的脸颊上轻轻吻着，刻骨铭心的思念排山倒海涌来，唯有紧紧地抱着她，恨不得永远都不撒手。

沈疏影醒来时，就见自己的床前守着几个护士，见到她醒来，其中一位立刻对身后的人道：“快让人告诉司令，就说夫人已经醒了。”

说完，她转什看向沈疏影，温声道：“夫人，您有没有哪里不舒服？”

沈疏影摇了摇头，只道：“司令在哪儿？”

“司令一早便上前线去了，临走前吩咐我们，只要您一醒来便让人去通知他。”

两军交战已到了白热化的地步，纵使贺季山放心不下，却仍是咬咬牙，将她留在这里，自己则亲赴前线。

沈疏影全身都似散架了一般，还不曾与那护士说几句话，就又睡了过去。这一睡，便一直到晚上才醒。

刚睁开眼，就看到男人守在自己床前，身上的戎装都未曾换下。

沈疏影刚看到那抹熟悉的容颜，泪水便盈满了眼眶。她伸出手，轻轻地抚上贺季山的脸庞，嘴唇哆嗦着，不知过了多久，一声颤抖的呼喊才从唇中溢出：“季山……”

话音刚落，纤长的睫毛无声地动了动，滚烫的泪水便再也忍耐不住，从眼眶里争先恐后地往外掉。

贺季山一把将她从床上抱起，紧紧地箍着她，任由她在自己的怀里饮泣。他牢牢地抱着她，仿佛她是这世上最珍贵的宝贝，绝不能松手，一松手，她就会消失不见。

不知过去了多久，直到沈疏影哭够了，贺季山的大手方捧起她的小脸，为她拭去泪水。两人经历了那样多，终是换得了这一刻的相守。

“别哭。”他紧紧地抱着她，却只有这两个字。

沈疏影伸出胳膊，搂住了他的腰，哽咽道：“我真以为，我再也见不到你了。”

贺季山听了这话，心头便痛如刀绞，他没有问她别的，只将床头的药碗拿起，递到她的唇边，温声道：“来，先将这碗药喝了。”

沈疏影听话地张开嘴，任由贺季山喂着自己将那碗药汁给喝了下去，整个口腔里都是满满的苦味，直到男人又将一杯葡萄糖水喂着她喝了一口，那哽喉的苦涩才慢慢消退不少。

她倚在他的怀里，只怔怔地看着他。他由着她看了半天，心里的疼惜却是再也抑制不住。他轻轻地抬起她的下巴，对着她的唇瓣压了下去，这一吻，是无尽的轻柔与怜惜。他小心翼翼地吻着她，过了许久，才松开。

“告诉我，这些日子，你究竟在哪儿。”贺季山把她脸颊上的发丝捋到耳后，黑眸炯炯地凝视着她，声音沙哑而低沉。

沈疏影心口一恸，便将自己当日被廖达掳上了船，后又被霍健东劫持的事全部告诉了贺季山。她惴惴不安地看着自己的丈夫，生怕他会嫌弃自己，

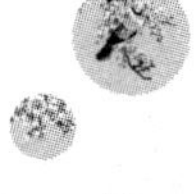

一颗心几乎跳到了嗓子眼，只让她说的每一个字，都是那样艰难与酸涩。

而贺季山，却是一言不发地听着，脸色暗沉得可怕。当他听沈疏影说起自己被霍健东关在一处人迹罕至的别墅里时，那一双拳头更是死死地攥在一起，骨节处发出“咯吱咯吱”的声响。

“季山，你别生气，我没有对不起你，我没做对不起你的事……”沈疏影见他如此，便有些慌了，顾不得再说后面的事情，只心疼地握住他的拳头，着急得眼泪都要落下来。

贺季山反握住她的手，将她重新抱在怀里。他唇线紧抿，过了好一会儿，才低哑着声音道：“枉我身为江北总司令，却连自己的女人都保护不了。”

那语气间，是深不见底的怜惜与懊悔，是无可奈何的自嘲与怅然。

“不，都是我不好，如果当初我没有带囡囡去公园，这一切就都不会发生了，我们也不会分开这样久……”沈疏影从他的怀中抽出身子，睫毛上挂着晶莹的泪珠，她的脸色是那样的苍白，声音更是哽咽难言。

“往后跟着我，哪里也不要去。”贺季山望着她，伸出强健有力的胳膊，紧紧地揽着她的腰，如同安慰一个委屈的孩子，轻柔而坚定地哄着她。

沈疏影将脸贴在他的胸口，轻声道：“你会不会，嫌弃我……”

“我只会嫌弃我自己，让你受这么多苦。”贺季山说着，眼底便浮起一抹锐痛。他俯下身子，将下巴抵在她的头顶，声音低沉而缓慢。

沈疏影只觉得心头一暖，她将眼帘垂下，又开口道：“季山，我还有一件事，没有告诉你。”

“是什么？”他的大手轻轻抚上她的小脸，问道。

“我们有儿子了，他在四月份出生，如今已经快五个月了。”沈疏影说起儿子，鼻尖便一酸，脸上却依然微笑着，柔声告诉丈夫这个好消息。

贺季山身子一震，只不敢置信地看着她，愕然道：“我们的儿子？”

“是，我们的儿子，他长得可像你了，眉眼间，就好像和你是一个模子刻出来的。”沈疏影静静地看着他，每一个字都说得十分清晰。

这一句话，如同一记惊雷炸在贺季山的耳旁。他整个人都怔在了那里，隔了许久，他的呼吸急促起来，搂着沈疏影的手也是抑制不住地发颤。他的声音沙哑而急切，脸上的表情却依旧是茫然：“我们的儿子？囡囡的弟弟？”

“是，”沈疏影点了点头，一字字道，“我们的儿子，囡囡的弟弟，他在常总理的府上，等你打完了仗，就可以回去看他了。”沈疏影说着，看着他一脸的惊喜，心里却酸涩得难受。

“常总理？”

“我们母子是被常云善小姐从别墅里带出来的，我想到前线找你，可孩子实在太小，我不能带着他来，我知道你一定很想看一看他，可我没办法……”沈疏影的声音细小而微弱，念起两个稚幼的孩子，都是最该得到呵护的年纪，可如今都不在父母身边，那一颗心便好似被人用刀绞着一般，话还没说完，泪花就闪烁起来。

贺季山望着她的眼泪，自然明白她惦记孩子，他将她整个身子都揽在自己的臂弯，声音低沉有力：“别哭，我答应你，我们一家四口会团聚在一起，永远都不分开。”

沈疏影点着头，满眼的泪水，只轻声道：“我还要你答应我，无论到了什么时候，你都要活着，我和孩子要你活着。我知道你是在为国家而战，我不管这些，我只知道你是我的丈夫，是我孩子的父亲，我和孩子都不能没有你。”

贺季山眼瞳幽深，乌黑如夜，他听着沈疏影的呢喃，再想起两个年幼的孩子，刹那间五内俱焚。他一语不发，只静静地抱着她，隔了半晌，才低声一叹，道：“有你们母子三人，又让我怎么舍得去死。”

九月，日军与辽军依旧对峙着，两军俱是做好了打持久战的准备，每日里对着对方阵地轰炸，已是最正常不过的事情。一炮打过来，天地为之一震，轰隆隆的声响，将人的耳朵都震得嗡嗡响，要隔好一阵子才能慢慢恢复过来。

贺季山从前线回来，刚踏进院子，便眼前一亮，就见沈疏影穿着一件粉底白边的淡粉色连衣裙，洁白的荷叶宽袖，头发全部绾在脑后，正倚着门框等他，一见到他回来，便忍不住地抿唇一笑，一对小梨涡甜甜地挂在脸颊上，眉眼间清纯灵透，漂亮到了极点。

他瞧着，心里就是一软，微笑着上前，温声道：“这里风大，和你说了多少次，让你在屋子里等我。”

沈疏影便将脸微一低垂，唇角依旧是噙着笑，伸出手将他的军帽接过，

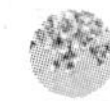

那一双黑白分明的眸子却还是在他身上偷偷打量了一番，直到看着他从头到脚都不曾受伤，那一颗心才慢慢地踏实下来。

“又偷看我？”贺季山知晓她的心意，大手将她揽在怀里，笑着说道。

沈疏影的脸庞便浮起一抹红晕。每当他上了战场，她便总是抓心挠肝地担心着他。虽然知道他是主帅，等闲之下绝不会轻易去战场冒险，可听着那些连绵不断的轰炸声，心里依然是害怕得厉害，生怕他会有什么好歹。

“你明天，是不是还要上前线？”她轻轻拨着男人军装上的纽扣，小声问他。

“你如果想让我留下来陪你，那我就不去了。”贺季山一笑，俯下身，靠近她的耳旁低声道。

“真的吗？”沈疏影眸中满是不敢相信的惊喜。这十多日来，前线战事越发激烈，贺季山经常通宵达旦地与众将商讨战局，每日里更是亲赴前线，简直连一天都没有休息过，此时听得他说明天会留下来陪自己，只让沈疏影觉得不可思议。

贺季山点了点头，见她那一张瓜子小脸在夕阳下清丽如画，禁不住眸中满是爱怜之色，为她将耳旁的发丝捋好，微笑道：“自然是真的，仗不能不打，媳妇不能不陪。”

听他这样说，沈疏影便忍不住微微一笑，四目相对时，就见男人眼中满是无尽的温存，而他唇角的笑意又暖如煦风，让她瞧着，心头温暖极了。

贺季山看着她柔情似水地凝视着自己，唇角的弧度又是那般温婉，生生要将他的心都给融化了。任他前路千难万难，任他敌军如何狰狞，任他战局如何揪心，在这一刻，这些事情全变得烟消云散，在他的眼里心里，都被沈疏影这一笑给牢牢占据了。

两人依偎良久，直到一阵凉风袭来，贺季山才搂着她的腰，带着她回到了屋内。

沈疏影已经做好了饭菜，都用瓷碗细心地盖着，此时将盖碗一一揭开，饭菜的清香便扑鼻而来。

镇寒关地处偏僻苦寒之地，将士们平日里可吃的食物极少，自沈疏影来了后，贺季山命人每日里送来些新鲜蔬果，这些在北平是毫不起眼的食物，在如今的镇寒关，却是十分难得了。

贺季山早已饿了，此时闻着饭菜的清香，更是食指大动，接过沈疏影递来的一大碗米饭，风卷残云般吃了起来。

沈疏影坐在他的身旁，看他吃得香甜，便柔柔一笑，那一双眸子里满是明亮的笑意，清新素雅的裙子衬着她白皙如玉的脸，美得让人窒息。

翌日，果真如贺季山所说，他并未赶往前线，而是带着沈疏影坐车离开了军营，向着郊外驶去。

镇寒关地处荒芜之地，沈疏影透过车窗的玻璃向外望去，此时正值初秋，就见窗外的景色一片苍凉，而在那份苍凉中，却又蕴含着几许的孤傲，不说与江南的景相比，就连北平也不曾有这般的沧桑。

贺季山揽住她的腰，与她一道向外看去，就听她轻声道："季山，你以前，就生活在这里吗？"

贺季山颔首："是，我从小就在关外长大，只有回到这里，才有家的感觉。"

沈疏影心头一动，回过头去看他。贺季山被她看得不自在起来，于是笑道："你这每天都能看到我，怎么还是一副没看够的样子？"

这一语言毕，沈疏影的脸庞便微微红了起来，她不好意思地垂下眼，嗔道："你又胡说。"

贺季山凝视着她柔美的侧脸，心头只觉得痛快，忍不住将她揽得更紧，手指随意一指，温声道："小影，那里是平山，当初我就是在那里领兵打出了平山大捷，也就是那一仗，让我从辽军的一个连长，一跃成了七团的团长，一步步走到了辽军的核心。"

沈疏影随着他的手指望去，只见远方山河邈远，似是与天相连，更兼得荒草铺地，平添了几许凄凉之感。

她轻轻握住他的手，安安静静地倚在他的怀里，听着他将自己从前的事情一一告诉自己，她并不出声打断，偶尔听他说得有趣，便抿唇一笑，这一路，倒是很快便过来了。

下了车，贺季山将自己的军用披风为沈疏影披在了身上，牵着她的手，向前走去。

眼见着眼前一碧万顷，正是一片"碧云天，黄叶地。西风紧，北雁南飞。秋色连波，波上寒烟翠"的美景。

沈疏影从不知镇寒关中还有这等美景，望着那连绵不绝、似与天接的草

地，只让她觉得自己是那样渺小，无边无际的黄绿色几乎要将她淹没，竟是无端涌来一股惧意，忍不住在贺季山的怀里缩了缩身子。

贺季山紧了紧了她的身子，往前还未走出多远，就是辽军的跑马场，也许是早知他要来，马场的周围都由戎装的岗哨设了防，更有骑兵队在威风凛凛地驻岗。在贺季山领着沈疏影走进的刹那，皆齐刷刷地上枪行礼，那声音轰然作响，震天动地。

“季山，你怎么带我来这里？”沈疏影不解地看着他，杏眸中是浅浅的不解。

贺季山也不说话，只是笑了笑。已有侍从牵着一匹通体乌黑的骏马走了过来，对着他与沈疏影敬了个军礼，道：“司令，夫人，这是咱们这里最好的马。”

贺季山见宝马神骏，心中便很是喜欢，大手从沈疏影的腰上松开，一个用力便翻身上马，动作利落漂亮，不远处的侍从皆出声喝彩。

不等沈疏影回过神来，贺季山便弯下身子，大手往沈疏影的腰上一扣，便将她抱上了马背，安安稳稳地倚在自己怀里。

沈疏影还是第一次骑马，心头止不住地乱跳，一张小脸更是吓得发白，回过头轻轻地喊他的名字：“季山……”

“别怕，有我在。”男人一只手攥着马缰，另一只手紧紧地抱着她，对着她温声轻哄，语毕，便让那马撒开了蹄子，向着马场上跑去。

沈疏影紧紧地攥着贺季山的胳膊，只吓得紧紧闭上眼睛。贺季山低眸看着她，便哈哈大笑，声音爽朗至极。

那马其实跑得并不快，贺季山让它绕着马场转了两圈，见沈疏影不再害怕，这才让那马渐渐地跑得快了起来。到了最后，简直是策马狂奔，惹得沈疏影在他怀里惊呼出声，紧紧地依偎着他，不住地开口求他。

“季山，你让马跑慢点儿，我害怕……”沈疏影只觉得男人的大手将她紧紧地扣在怀里，可纵使如此，她还是怕得厉害。

贺季山低眸，在她的发丝上落上一吻，见她的确怕得厉害，便微微拉一拉缰绳，让那狂奔的骏马跑慢下来。过了好一会儿，沈疏影脸上的神色才慢慢恢复过来。

四周皆是碧油油的草地，贺季山索性松开了缰绳，让那马在草地上随意走动着。一些侍从不敢靠得太近，骑着马远远地跟着，这一天一地中，倒仿佛只剩下他们两人。

秋风习习，夹杂着青草的芬芳，吹在身上只让贺季山觉得神清气爽。他略一低眸，伸出手为沈疏影将披风系好，手势十分温柔，就连眉梢与眼底亦是温存的笑意。

沈疏影安安静静地倚在他的怀里，任由他的胳膊将她搂得紧紧的，直让她透不过气来。她望着眼前这一片美景，心里甜丝丝的，生出无限的温馨安宁之感。

两人都没有说话，唯有身下的骏马不时打个响鼻，那副模样将沈疏影逗得忍俊不禁。

贺季山将下巴抵在她的发顶，鼻息间满是她身上的馨香，只让他控制不住，俯下身在她的脸上细细吻着。

沈疏影顿觉赧然，她微微转过身子，清秀的脸上满是红晕。她垂下那扇子一般的长睫毛，轻轻地仰起小脸，在贺季山的脸上亲了亲。亲完，她赶忙转过脸，唇角扬起来一抹柔和的弧度，看起来娇羞极了。

她的嘴唇依然是柔软得不可思议，清清凉凉的，在触到男人肌肤的一刹那，让贺季山的心抑制不住地怦然一动，眸底的神色倏然变得灼热。

他没有说话，只抱紧了她的纤腰，让她更贴近自己的胸膛，另一只手则扣住她的下巴，让她看向自己，滚烫而炙热的吻，便铺天盖地地落了下来。

夕阳的余晖落在两人缱绻情深、紧紧依偎的身影上，没有一个人上前打扰他们，侍从们俱是在距离他们几十米远的地方驻足。贺季山一直吻了沈疏影许久，直到她在他的怀里透不过气来，这才松开了她的唇瓣。

军营。

天还未亮，贺季山轻轻地将胳膊抽出，不料他刚一动弹，沈疏影便在他的怀里睁开了眼睛。贺季山见状，将被子为她掖好，温声道："时候还早，你再睡会儿，我去前线看看。"

见他要走，沈疏影也坐起了身："我去给你做些吃的，你吃过再走。"

贺季山忙将她按了回去，笑道："别麻烦了，我去外面和士兵一起吃点儿就成，今晚还有个紧急会议，到时候你别等我，自己早点儿睡。"

贺季山嘱咐着，起身下床将军装穿在身上。沈疏影也起身，为他将军装上的纽扣一个个扣好，白净的小脸显得格外柔婉。战地生活虽是艰苦，可她

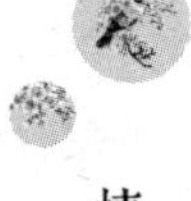

的气色却比前些日子好了许多，贺季山瞧在眼里，便微微放下心来。

他握住她的小手，见她身上只穿了件单薄的睡衣，领口处露出一片雪白如玉的肌肤，上面星星点点布满了淡粉色的吻痕，犹如雪地中开满了一朵朵娇嫩的小花，映衬着雪肤花容，格外诱人。

想起昨夜的缠绵，他的眼底便一暗，只得移开目光，大手在她的脸上轻轻捏了捏，温声哄道："我会让侍从官迟些再把早饭送来，你先好好睡一觉，等我回来。"

沈疏影轻轻地"嗯"了一声，杏眸温婉地看着他，声音却很小："你要小心点，只留在战壕里指挥就好，千万不要往战场上去。"

贺季山听着便哑然，他淡淡笑着，在她的脸上亲了亲，低声道："我知道。"

说完，便拿起军帽，向屋外走去。

沈疏影凝视着他的背影，直到在窗前看着他走出了院子，才回过头来，刚巧对上镜子，眼见着自己裸露在外的肌肤上落满了淡粉色的痕迹，不由得小脸一红，隔了半晌，方微微一笑。

晚间，辽军中军行辕内，指挥所的灯光彻夜未熄。

一众辽军将领白日里在战场上指挥作战，连喝口水的工夫都没有，晚上刚回到后方便聚在一起开会，一日下来滴水未进者大有人在。因战事紧张，此时也是什么都顾不得，纷纷围着那一块巨大的军事地图商讨起来。

贺季山坐在主位，一支接一支地抽着烟，屋子里烟雾缭绕，待听到侍从的脚步声时，英挺的眉峰顿时皱起："什么事？"

那侍从回道："司令，夫人刚才做了点心，让属下为长官们送来。"

他这句话刚落音，就见自他身后又走来了几个侍从，每个人手里都捧着糖饼与米粥，那米粥还热腾腾的，散发着香甜的气息，让人闻着更是觉得饥肠辘辘，腹饥难忍。

众将忌惮着贺季山的威势，见他不说话，自是没有人敢出声，却不知是谁的肚子响起了一阵叽叽咕咕的声音，接着，又是一道，就听指挥所中叽叽咕咕响个不停，此起彼伏。

贺季山见状，终是一笑。见他笑了，便有胆大者对侍从道："快快快，快把点心给我拿来，我这可是饿得前胸贴后背。还是夫人体恤，哪像司令，压根儿不管咱们死活。”

一语言毕，屋子里的气氛更是融洽，贺季山只道：“好了，你们快吃，吃完了继续开会。”

众人附和着，一个个都是狼吞虎咽。此时正值金秋，再过几天便是中秋佳节了，沈疏影便应景地做了些糖饼，因顾着众人都是要带兵打仗的，那糖饼也就做得极大，十分管饱，一口咬下去，只觉得那面又香又软，里面的糖汁滚烫，配上那热腾腾的米粥，将夜间的寒气尽数驱散，全身都是暖融融的。

那侍从又将糖饼与一碗百合莲子粥端到贺季山面前。贺季山刚舀起一勺粥，还不等送进嘴里，就有眼尖者叫起来：“司令这粥怎么和咱们的不一样啊？”

侍从便对出声的那人恭声道：“雷团长，夫人说司令烟抽得太凶，所以这一碗百合莲子粥是单独给司令做的。”

侍从一语言毕，屋子里的人便都笑了起来，只道夫人偏心，这屋子里的人谁不是烟抽得厉害？夫人却只给司令熬粥云云。到了最后，就连贺季山也是忍俊不禁，由着他们闹去。

待他开完会，已是深夜光景。

贺季山眉眼间满是倦意，他轻手轻脚地回到院子，不等他踏进月洞门，就见月光勾勒出一抹纤巧的身子，正偷偷地倚在门口翘首期盼，当看见他回来，那抹身影便如同灵动的小狐一般，一个转身向屋里跑去，却还以为别人看不见她似的。

贺季山不声不响地走进屋子，就见床上安安静静地躺着一道人影，也许是因方才的奔跑，她的呼吸还不稳，借着月光，却也能瞧见她的双眸紧闭，满是一副熟睡的样子。

贺季山坐在床前，轻轻地唤她：“小影？”

沈疏影依旧安安静静地睡着，似是没有听到他的声音，唯有那一双长长的睫毛却轻轻地颤动着，出卖了她。

贺季山又是无奈又是好笑，整个身子向她压下去，灼热的气息喷在她的脸上，而他的大手也没有闲着，直接去呵她的痒，口中道：“还给我装？”

沈疏影最怕他这一招，当即便再也装不下去了，整个身子不住地扭动着，想去躲开他的大手，嘴里一个劲儿地求饶：“季山，我不敢了，你快点

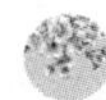

儿饶了我……”

直到贺季山收了手，沈疏影已经笑得连眼泪都流出来了，鬓发也乱了。而贺季山已将床头的小灯打开，见她一张瓜子小脸，剪水双瞳，肌肤细腻如玉，那红晕从肌肤里渗透出来，美得如搽了胭脂一般。她躺在那里，唇角依然含着笑意，那样柔情似水的笑靥，看得他难以忍受。

他撑起胳膊，将她圈在怀里，俯下身不管不顾地攫取了她的唇瓣，而他的大手更是没有闲着，已探进她的睡裙里去，触手皆是她嫩如凝脂的肌肤，光滑得让他爱不释手。

直到他的呼吸越来越重，原本轻柔而怜惜的吻也变得狂乱起来。沈疏影只觉得透不过气来，挣扎着转开脸去，轻轻地喊他的名字：“季山……”

他含混地答应着，将她紧紧地箍在怀里，他的吻一路向下，啃咬着她细嫩的颈弯，抚着她肌肤的掌心滚烫，不由分说褪去了她的睡裙。黑夜中，女子裸露在外的肩头犹如象牙一般瓷白，只让他看在眼里，眸底更是火热。

他沉下身子，去索取那令人蚀骨的欢愉，完整地、深入地、温柔地进入她。他感到她在自己的怀里轻轻战栗着，他再一次用吻封住了她的唇，将她的轻吟尽数咽下，一面柔情似水地律动着，直到她的身子全部放松下来，他才不管不顾地肆意驰骋，整个人都控制不住自己的狂野，以一种从未有过的疯狂，恨不得将她融进自己的骨子里去……

最后，在那情浓似火的瞬间，男人喘息着，握住她的手，吻在她略微汗湿的鬓角，声音低沉而嘶哑地喊着她的名字，带着刻骨的深情，将她整个吞噬。

第十八章 战争

夜，静极了。

沈疏影全身疲软，只软软地倚在他的怀里，由着他强劲有力的胳膊紧紧地箍着她，她将脸埋在他的胸口，听着他的心脏“扑通扑通”地响。

贺季山的呼吸渐渐沉稳下来，为她将额前散落的发丝捋好。沈疏影唇角噙着笑，悄悄地抬起眼睛，就见他正无限爱怜地凝视着自己，那眼睛里的贪恋似乎要将她深深印在瞳仁里，深邃得令人心惊。

“季山……”她心头一软，柔柔地开口。

“嗯？”

“没什么，我就是想喊一喊你。”沈疏影说着，只觉得不好意思，忍不住垂下了眼睛，唇角的梨涡浅浅，令人目眩的美丽中，又含着几分娇憨之色，可爱极了。

贺季山笑了笑，将下巴的胡楂儿轻轻地向她滑如凝脂的脸上扎去。她向来最怕痒，每次他这样扎她，都会让她忍不住咯咯笑起来，而后上气不接下气地求饶。

Qing dao
Ke gu,
Yuan lai
Ru ci

“快别闹了……我痒……”这一次也是，沈疏影躲着他，唇角依然噙着甜甜的笑。贺季山看着这样的笑靥，渐渐地不再动她，乌黑的瞳仁一动不动，就那样看着她，就仿佛以后再也看不见她了似的。

“季山，你怎么了？”在这样的目光下，沈疏影不安起来，不解地问他。

男人微微一笑，伸出手，慢慢地抚上她的小脸，黑眸中情深似海，低声道：“小影，我有件事想和你商量。”

“什么事？”沈疏影脱口而出。

贺季山将她抱在怀里，她身上的香气幽幽，萦绕在他的鼻息间，他的眼眸无声地黯了黯，温声道：“我已经安排好了专列，让人护送你回北平。”

“你要我走？”她抬起眼睛，澄澈如水的双眼一眨不眨地看着他，那眼眸中的不舍与委屈，犹如一把刀，割得贺季山心痛如绞。

男人微微一笑，依旧是温声哄道：“等你回到北平，就从常府将儿子带上，然后去法国和囡囡团聚，这样可好？”

沈疏影看着他，眼中浮起一丝惶然，轻声道：“那你呢？”

贺季山眸心一窒，大手只在她的后背拍了拍，道：“等我打退了日本人，我立刻会去法国找你们，以后，咱们一家人就在法国生活，永不分开。”

沈疏影的眼圈蓦然一红，想起年幼的儿子和女儿，她的心里满是担心与牵挂，这些日子她从不敢表露出来，只怕惹得他担心，如今听他如此说来，只让她再也忍不住，近乎哀求地开口：“季山，你让人把孩子们接过来，我们一家人就在这里，在镇寒关，等你打完了仗，我们一起去法国，好不好？”

贺季山闻言，无奈地一笑。他的大手在沈疏影的脸上轻轻摩挲着，低沉的声音里满是温柔：“傻瓜，这里不安全，又怎么可以让孩子们过来？”

沈疏影却只是摇头，她的眼圈已经红了，声音轻柔而坚定：“我不走，你在哪儿，我就在哪儿，你不要想着把我送走，无论到了哪一步，我总是要跟着你的。”

贺季山心头一动，眼中是无尽的疼惜，他沉默片刻，才道：“小影，孩子们都还小，他们需要你的照顾，你听话，乖乖地带着儿子和女儿在法国等我，我答应你，只等战事一了，我立刻会去找你们。”

沈疏影听了这一句，眼泪便再也忍不住，噼里啪啦地往下掉。她倚在他的怀里，伸出胳膊，紧紧地环住他的腰，哽咽道："除非你和我一起走，不然你别想让我离开你。"

贺季山眉宇间无奈之色愈浓，大手揽紧了她的纤腰，温声哄劝："别说傻话，我身为主帅，怎么能离开战场？你留在这里，只会让我分心，我现在每天上了前线心里都惦记着你，恨不得可以早点儿回来陪你，再这样下去，你让我怎么能打赢这场仗？"

沈疏影抬起眼睛，脸颊已被泪水打湿，她摇了摇头，艰涩开口："季山，我千里迢迢地来前线找你，就是为了留在你身边。我知道只要你看到我，你就会想起我们的孩子，那样你就会舍不得死了，是不是？"

贺季山心头一恸，只喊了一声："小影……"

沈疏影的眼泪一滴滴地往下掉："我害怕，我真怕我离开你，你在战场上会不顾性命。季山，我求求你，你别赶我走，孩子们都会被照顾得很好，等你打完了仗，我们一起去接他们，好吗？"

贺季山一言不发，只将她紧紧地抱在怀里。沈疏影情不自禁地向他依偎过去，眼睛已经红肿起来，她的心里是那样难受，只要想起离别，便觉得万刃穿心，当初来到前线时，她就知道，贺季山做好了牺牲的准备，如今，又让她怎么敢走？

良久，男人一言不发，不知过了多久，就听他一声叹息，那样沉重，那样无奈。

自从那日从贺季山口中听到要将她送走的话后，沈疏影这几天都是惶恐不安的，仿佛会有侍从突然冲过来，把她押上专列，不由分说地将她送回北平。

但凡外面有些动静，她都犹如受惊的小鹿一般，惊慌地向外看去，直到看见一切都与平常没有丝毫异样，她才能慢慢地放下心来。

而贺季山这几天则去了镇南关，布防，开会，探视伤兵，视察基地，也是好几日不曾回来了。

沈疏影静静地坐在小院里，一面提防着外面的动静，一面拿起贺季山的一件衬衫，在那里细细地织补着。忽然听到院子里的槐树上有叽叽喳喳的声音传来，她站起身，抬眸一瞧，才发现原来是一个鸟巢。

一只雌鸟撑开翅膀，将三只小鸟尽数护在自己的羽翼之下，没过多

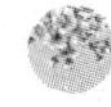

久，就见一只雄鸟叼着食物飞了过来，将嘴巴里的小虫喂到其中一只小鸟的嘴里。

她默默地看着，心头蓦然一酸，忍不住怔怔地落下泪来。她离开北平的时候，儿子还不到六个月，正需要母亲的呵护，而女儿也才五岁多一点，便远渡重洋，离父母那样遥远。

每次想起孩子，她的心都痛得无法自已，没有人知道她有多想孩子。可是，要她现在离开贺季山，她却怎么也舍不得。因为她知道，自己这一走，不仅仅是与男人的生离，更可能是和他的死别。

让她怎么舍得!

她默默地坐在椅子上，眼泪成串地往下掉。她不能没有丈夫，孩子们也不能没有父亲，她必须在这里守下去，无论如何，也要守下去。

“司令！”就听院外传来侍从的敬礼声，接着便是那道熟悉的脚步声响起。沈疏影一怔，还不等她拭去腮边的泪水，就见贺季山已是一脸的风尘仆仆，大步走了进来。

她看着他向自己走来，一头是她挚爱的男人，是她要共度此生的丈夫，而另一头，却是从她身上掉下来的骨肉，一儿一女，是她心底最深的牵挂，丈夫与孩子，她真不知道该如何选择。

她没有说话，只上前将自己埋在男人的怀里，伸出手环住他的腰，刚闭上眼睛，便有一大颗泪滚下来。贺季山揽住她的腰，两人一动不动地站在那里，唯有他们头顶的槐树，被风吹得呼呼作响。

当沈疏影回到北平时，已经是十一月了。北平城内因大战的缘故，早已是一片萧条，街道上家家户户皆是门可罗雀，唯有米粮店里人头攒动，叫嚷声沸反盈天。

沈疏影对着窗外张望着，看着这一幕，心里便涌来一股凄凉，眼见着冬天就要来到，天气日益寒冷，一些老百姓却连蔽体的棉衣都没有，三三两两地佝偻着身子，行色匆匆。

车队一路护送着她来到了常府，常云善早已接到了贺季山的电报，知晓沈疏影今日会来，待看见车队驶进了院子，便从奶妈手里接过孩子，站在廊下等着。

沈疏影下了车，刚从常云善的手中将孩子抱在怀里，眼圈便红了。儿子如今已经七个月了，比起她走时长大了不少，也健壮了许多，抱在怀里只让人觉得沉甸甸的，几乎要抱不动了。

“常小姐，谢谢你。”沈疏影紧紧地抱着孩子，对着常云善哽咽道。

常云善摇了摇头，只说道：“贺将军一心为国，照顾你们母子，本来就是政府应该做的事情。来，贺夫人，咱们先进去再说。”

沈疏影点了点头，抱着儿子与常云善一起走进屋里。

晚间，孩子在奶娘的照顾下睡着了。沈疏影从婴儿房里走出来，就见常云善身穿一件家常睡袍，坐在沙发上等着自己。

“贺夫人，司令已经为您和孩子备好了专机，只等明日一早，就送你们母子去法国。”

沈疏影虽然知晓自己要带着儿子去法国，却不曾想到时间竟会这样紧，不由得诧异道：“这是季山的意思？”

常云善道：“这是云善自己的意思。实不相瞒，我实在不希望贺夫人在北平多待下去，一来，是因为您和孩子身份特殊，趁着贺司令如今在前线抗战的工夫，也不知有多少人打你们母子的主意；二来，便是为了健东。我不希望他为了你做出丧心病狂的事来，所以，我希望您赶快离开中国，越快越好。”

沈疏影心头一震，继而便明白常云善所言不假。她沉默片刻，轻轻地点了点头，对常云善道：“常小姐，在离开北平前，我想去一个地方。”

“去哪儿？”常云善眉头微皱，满是不解。

燕山。

沈疏影一袭素色旗袍，秀发全部盘在脑后，她手中捧着一束白菊，默默地奉于一个男人的墓前。

一别经年，墓碑上的照片已微微泛黄，唯有照片上的男子依旧是一袭笔挺的军装，军帽下一双乌黑如夜的眸子，十分清俊英气的一张面孔，整个人温和而内敛。

“薄大哥……”沈疏影跪在坟前，刚唤出这两个字，便忍不住潸然泪下。

她静静地跪在那里，却不知该说什么，望着墓碑上年轻而英俊的容颜，喉中却是满满的苦涩。

“我马上就要离开北平，去法国了，是我害你一个人孤零零地躺在这里，我……我嫁给了他，给他生了孩子。这些年来，我只觉得自己没脸想你，更没脸来看你，如果不是为了我，你一定还会好好地活在这世上，是我害了你……”

沈疏影的眼泪一行行地流着，眼前的这座坟墓是那样荒凉，坟头上早已杂草丛生，就连那墓碑也落满了尘土，显然是许久都不曾有人来过。

沈疏影瞧着，心里越发难受，她站起身，用帕子为薄少同将墓碑上的尘土拭去，晶莹的泪珠挂在睫毛上，只显得楚楚动人。

他曾是那样优秀的男人，相貌英俊，医术精湛，前途无量……可为了她，却落到了如此境地……

想起那一年，她故意将他开的药悄悄藏起来，拖得病久治不愈，也只是为了他可以常常进出官邸，让她多看他一眼。他承载了她这辈子最纯最美的感情，却由她如今爱着的那个男人亲手毁灭。

她重新跪在他的坟前，将冥币燃起，火光映着她的脸，透过火光，她看着墓碑上的薄少同，轻轻呢喃：“薄大哥，对不起，你离开的时候曾告诉过我，要我好好地活下去，我……爱上了贺季山，往后只想和他在一起好好地过日子，我这一走，也许永远都不会回来了，如果你在天有灵，原谅我，好吗？”

沈疏影说着，望着那年轻英俊的容颜，只觉得心头愧疚到了极点。她默默垂下眼帘，在坟前磕了三下头。当她起身后，却听到身后传来一阵脚步声。她对这阵足音并不陌生，不由得心头一慌，整个人浑身冰凉，刚回过头，就怔在了那里。

“你怎么会在这里？”她脸色苍白，眼中满是惶恐，不由自主地向远方看去，却见原先守在那里的侍从不知何时已纷纷倒下，唯有一些身着黑衣的男子，个个如铁塔般负手而立。

“我说过，要带你去美国。”霍健东上前，刚欲伸手拉她，岂料沈疏影竟是不知何时从怀中取出一只左轮手枪，黑森森的枪口直直地对准了男人的眉心。

霍健东眸心一窒，脚步便停在了那里。

“霍健东，不要再来惹我，我不会跟你走的。”沈疏影握着枪的手没有丝毫的颤抖，眼睛里满是冷漠，没有一丝暖意。

霍健东笑了，竟压根儿不理会她的威胁，依然一步步地向她走了过来。

沈疏影脸上的血色一点点地退去，身子情不自禁地往后靠，看着男人近乎于淡漠的面容，只让她再也忍不住地喊出了声：“你别过来！”

霍健东一记冷笑，几乎没让沈疏影看清他是如何出的手，便一把攥住了她的手腕。沈疏影只觉得自己的手腕传来一阵剧痛，而那支手枪已被霍健东一把夺了过去。

“贺季山这一场仗必输无疑，你还真打算为他守寡？”霍健东居高临下地看着她，脸上没有一丝表情。

沈疏影自知落在他的手上，已是凶多吉少，她唇线紧抿，一言不发。

霍健东见她如此，便攥住她的手，岂料不等他迈开步子，就听一阵枪响，远处的那些黑衣大汉显然是受到了偷袭，纷纷倒。

霍健东眉头顿时紧皱，就听一阵脚步声纷至沓来，怕是有上百人之众，齐齐将两人围在那里。

而当先那人，正是贺季山身旁的亲信何德江。

“何副官？”沈疏影几乎不敢相信自己的眼睛，她竟不知道他是何时从镇寒关回到的北平，又如何会在如此紧张的情形下，领着这样多的人仿佛从天而降一般出现在这里。

“霍健东，我数三下，你速速放了夫人！”何德江一只手举着手枪，对着霍健东森然开口。

“在溪水的码头，是贺季山命你下的手？”霍健东依旧是方才的那副样子，腰间的手枪也早已取下，对着何德江开口道。

“不错，你将夫人关了这样久，你以为司令会放过你？”

“这样说来，我在美国的款子，也是你们做的手脚？”霍健东声音阴沉，这一句刚说完，扣在沈疏影颈弯的胳膊，却是微微收力。

何德江见霍健东勒住沈疏影的手越来越用力，眼底不免有些焦灼，喝道：“你那些全是不义之财，如今用作军饷去和侵略者作战，也算是你的造化！”

霍健东闻言，脸上的神色越发阴冷，只嗤笑道：“造化？贺季山让你不声不响地从前线回来，也真是难为你了。”

何德江不欲再说，只道：“霍健东，你走到今天完全是咎由自取，你怨不得司令。”

“我是怨不得他，如今我一无所有，就连退路也被他全部堵死，你觉得我会怎么做？”霍健东的眼眸倏然变得阴狠，胳膊紧紧箍着沈疏影白皙纤细的脖颈，不等他说话，唇角却微勾，又道，“何副官，你这一路跟踪我，倒也难为你了。”

何德江眉头隐隐一皱，霍健东说得不错，贺季山自在镇寒关从沈疏影口中得知，她竟是被霍健东所禁后，当即便命他神不知鬼不觉地返回了北平，趁着如今战乱，各大帮派你争我斗的工夫，将霍健东的势力逐一瓦解。

此外，更是借着徐家二少爷在美国的关系，从美国银行中把霍健东转移过去的财产用金融手段全部套空，转而充作辽军的军饷。的确如霍健东所说，是将他的退路尽数堵死，而这一切，沈疏影却毫不知情。

纵使如今的霍健东实力大不如从前，可何德江对他总还是存着三分忌惮，这些日子以来，密切地留意着他的一举一动，只等找到合适的机会，将他解决后好回前线向贺季山复命。

而今天，他带着人远远地跟着霍健东一行来到了燕山，埋伏在周围时，岂料竟见到了沈疏影！

“你究竟想怎样？”何德江浓眉紧皱，对着霍健东沉声道。

霍健东淡淡一笑，低眸对着怀中的沈疏影看了一眼，这才对何德江言道：“回去告诉你们的贺司令，让他把自己的军帽拿下来，看看上面是不是已经绿得不成样子。”

听他这样一说，何德江脸色顿时一变，就连周围持枪的侍从也是一震，有的已是面面相觑，就差没有窃窃私语了。

“霍健东！”沈疏影听了这话，想起自己被他囚禁的十个月，脸上顿时苍白如雪，简直羞赧难当，恨不得就此死了才好。

霍健东又是一笑，对着怀中的沈疏影道：“你怕什么啊，所有人都知道你跟了我十个月，就算我不说，你以为贺季山还会相信你？”

沈疏影全身哆嗦着，却是连一个字都说不出口。如今，再多的悔恨都于事无补，她硬生生地让自己和贺季山陷入了如此难堪的境地！

“霍健东，贺司令如今在前线和日本人拼命，为了国家和百姓打仗，而你却乘人之危，挟持了他的夫人，我倒是要问你一句，你到底还是不是个男人？”蓦然，就听一个清脆的女声响起。沈疏影向前望去，就见一袭苹果绿旗袍的常云善向自己这边匆匆而来，一脸的怒容。

见到常云善，霍健东阴鸷的眼底微微一动，只道：“贺季山害得我一无所有，我拿他的女人抵债，有何不可？”

“你若有本事，只管去镇寒关找贺季山，去和他一决高下，如今却对着他的夫人下手，这样下三滥的招数，也亏你做得出来！”常云善又急又痛，她与霍健东相识已久，知晓他这些年来处处被贺季山所压制，无论是船运还是码头，就连军需与军火，无不是处处要看贺季山的脸色。他虽纵横江北的商业圈，可他的势力，却无论如何都无法和江北的总司令相比。

贺季山是说一不二、唯我独尊的性子，而霍健东则是心高气傲、从不服输的主，奈何他却一次次被贺季山的权势掌控，多年的不满，累积到如今，她真是不知道他会做出什么事情来！

念及此，常云善只觉得自已再也忍耐不住，一步步向霍健东走去，而她身后的何副官则立刻喊道：“常小姐，前面危险！”

常云善像是没有听见似的，只向着霍健东与沈疏影一步步地走去，霍健东手中的枪早已笔直地指向了她，黑洞洞的枪口指着她，声音沙哑：“别再过来！”

“有本事你就杀了我。”常云善的脸色出奇地平静，她直挺挺地迎上霍健东手中的枪口，将那枪对准了自己的眉心处，就那样和他对视着，清亮的眼眸一动不动地看着他，直到他握着枪的手开始抑制不住地颤抖。

就在这时，常云善迅速抱住了霍健东的胳膊，将他手中的枪对向了天空，趁着他的身子被自己撞得向后退去的空当，对着沈疏影喝道：“快走！”

沈疏影挣开了霍健东的禁锢，何德江已上前接住她，就听一阵枪响，她却不知道究竟是谁开的枪，只任由何德江护着她一路上了汽车。直到汽车开动，她依然是怔怔地坐在那里，隔了许久，才回头看了一眼。

而车队，载着她扬长而去。

法国，巴黎。

冬天的风犹如刀子，割在脸上只让人觉得生疼，屋外是鹅毛般的大雪，屋内烧着暖气管子，每一间屋子都是暖融融的，就连赤足走在地上，亦不觉得寒冷。

沈疏影轻声哄着十个月大的东东，东东十分调皮，身子也是格外壮实，

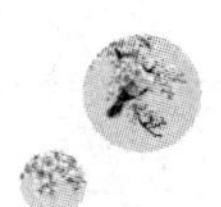

在母亲的搀扶下，竟已经可以走路了。

看着儿子酷似他父亲的一张小脸，沈疏影心里便一酸，忍不住将孩子抱得更紧。

“妈妈，弟弟睡着了吗？”一个年约五六岁的小女孩穿着漂亮的西式裙子，头发上扎着漂丽的发卡，向她跑了过来。

沈疏影见到女儿，便微笑道：“嘘，小声点儿，弟弟才睡着，可不要把他吵醒了。”

贺想南看着弟弟熟睡的小脸，忍不住伸出手去摸了摸，小声道：“妈妈，弟弟身上好软。”

沈疏影看着女儿甜甜的酒窝，心里便一柔，只将儿子小心翼翼地送到婴儿床里，自己则牵起女儿的手，拉着她来到沙发上，将她抱在了怀里。

茶几上散落着几张报纸，每一张都大幅报道着如今的镇寒关之战，其中一张，更是刊登了贺季山的一张照片，照片上的他一脸凝重，军装上血迹斑斑，正是贺季山亲自奔赴抗战第一线，亲自坐镇指挥时被战地记者抢拍下的。

贺想南伸出小手，将那张报纸握在了手里，她伸出白皙的手指，指着上面的贺季山道：“妈妈，你看，这是爸爸！”

沈疏影心头一紧，只将女儿抱得更紧了些。她勉强地微微一笑，说：“是，那是爸爸在打坏人。”

“爸爸能打赢坏人吗？”稚嫩的童音琅琅。

“会。”沈疏影点了点头。那几张报纸还是上个月从国内传来的，她已不知翻来覆去地看了多少次，一颗心就仿佛被人捏在手心里，不住地揉搓来揉搓去，每天都提心吊胆、战战兢兢的。

“那爸爸什么时候才能回来？我很想他。”贺想南转过身子，可怜巴巴地看着沈疏影的眼睛，漂亮的小脸上满是对父亲的思念。

“囡囡乖，等弟弟再长大些，爸爸就会回来了。”沈疏影抚着女儿的头顶，除了这一句，她也不知道还可以说什么去安慰年幼的女儿，唯有这两个孩子，承载了她全部的思念。

“夫人，时候不早了，小姐该睡觉了。”奶娘的声音恭恭敬敬地在门口响起。贺想南闻言，便从沈疏影的怀里站起了身子，对着妈妈甜甜地说“晚安”。

沈疏影一笑，在女儿白皙的脸蛋上轻轻一吻，囡囡也搂住了她的脖子，对着她“吧唧”一口，又跑到摇篮边亲了亲熟睡中的弟弟，这才跟着奶娘走出了屋子。

三月底，江南的浙军挥师北上，自临水进攻江北，趁着贺季山将全部兵力投在镇寒关与日军拼命的空当，势如破竹，一路几乎没有遇到任何抵抗，便轻而易举地攻占了沿江诸省，自此，江北二十三省的大好河山，终究是落入了刘振坤的手中。

而这江南与江北，两大军阀多年以来的战乱不休，到此终于画上了一个句号。

消息传来时，贺季山仍在前线指挥作战，闻得浙军一举攻下了热河与津唐，现已经进逼北平，怕是城破之日指日可待，他依旧是面无表情，只将心思放在如今日益艰难的战局上。

“司令，咱们在这里苦守镇寒关，和日本人拼命，却平白给刘振坤做了嫁衣，我这心里怎么也咽不下这口气！”九团团长李大勇抹了把脸上的炮灰，恨声道。

贺季山依旧未置可否，举起手中的望远镜向前方的敌军望去，只见敌方的阵地密密麻麻，日军这一次动用了空兵连、坦克连、炮兵连，一炮打过来，便“轰隆”一声巨响，天地都为之一震。

而辽军内的补给却远远不够，无论是飞机还是坦克，抑或是炮弹都无法与日军相比，敌我力量的巨大悬殊，己方武器上的落后，早已决定了这一场战争的结局。而贺季山此时所做的，不过是在死守镇寒关，能多拖一日便是一日，为关东三省的百姓争取逃亡时间，回天虽无力，将军却不肯降。

“司令，若您此时下令，领兵环卫北平，咱们辽军尚有一线生机，若等刘振坤攻下北平，那便等于浙军一统了全国，咱们日后，可就再也没有翻身的机会了。”一旁的李正平也神情凝重地看着贺季山。战壕里的人，皆等着他下令。

贺季山这才放下了望远镜，转过身子向他们看去。他那一双黑眸迥深，一一与诸人对视着，与他目光相接的人，无不是心神一震。

“从关外撤兵，环卫北平，便等于将东三省拱手送入敌手，没了镇寒关这一道屏障，日军必定会步步紧逼，到那时，你们以为北平城还能守得

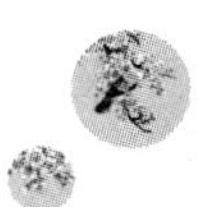

住？”他终于开口，低沉的嗓音沙哑。

“可是司令，难道咱们真要将全部的兵力都投在这里，由着刘振坤那厮落井下石？”不忿的声音响起，落在贺季山耳里，只让他沉默了半晌，才道：“如今大敌当前，这个国家再也经不起任何内战，现在，你们都各就各位吧。”

他的声音十分平静，并无丝毫的凌厉，却含着浓浓的威势，令人再也不敢多言，只将全部精力又投入到如火如荼的战场上。

其实这样的道理，即使贺季山不说，他们也都懂得。若如今领兵回到北平，辽军一旦与浙军开战，便等于给了日军最好的机会，甚至可以让他们不动一兵一卒，便能轻而易举地侵占中国的大好河山。

与其让手下士兵去和浙军拼命，死在内战的战场上，让日本人坐收渔翁之利，不如死守镇寒关，与侵略者决一死战。

贺季山是这样想的，也是这样做的。

到了四月，镇寒关的天气依然十分寒冷，这一日竟飘起了小雪，四月下雪古来有之，当地人将其称为桃花雪。

日军刚进行过一场轰炸，眼见着辽军的阵地上尸横遍野，满目疮痍。

晚间，指挥所里的灯光依旧亮着，每个人的脸上皆是十分沉重的神色，他们一言不发，只静静地坐在那里，望着坐在主位上的男子。

贺季山将手中的烟卷掐灭，军帽下的容颜即使满是浓浓的疲惫，也依然英挺如昔，透着果决与坚毅。

一直到了深夜，开了整整几个小时的军事会议才结束，辽军的高级将领们皆走了出去，只留下贺季山一人，仍然坐在那里，双目笔直地盯着那张战略地图，半天都没有动一下身子。

“司令。”侍从官端着馒头与清粥走了进来，“明天还有一场硬仗要打，您现在多少吃点儿。”

贺季山却丝毫没有胃口，他摇了摇头，缓缓站起身子，道：“走吧，随我出去看看。”

侍从官恭声称是，与他一道走出了指挥所。阵地上，士兵们皆是三三两两地围在一起，虽然夜已深，却无人入睡，不时有伤兵的呻吟声传来，在这静谧的夜里，更是显得无限凄凉。

贺季山一路走下去。这些日子里，他眼睁睁地看着自己手下的士兵一日日地减少，眼见着防御圈一日日地缩小，眼见着每日都有大批的东三省百姓背井离乡，逃亡关内，眼见着镇寒关周围上百里都没了人烟，唯有他们这支自关外而出的军队，重新回到了故里，与敌人浴血奋战，他的脸上依旧满是坚毅。不时有士兵见到他，起身对他敬礼，他一一颔首，直到走到一处，听得一道哭声在阵地上方响起。

刚才赶来的李正平，正跟在贺季山的身后，此时听到哭声脸色顿时变了，疾步上前将那哭泣的士兵从人堆里抓了出来。

阵地上，最是忌讳哭声，一旦悲伤的情绪蔓延，对军心便是大大的动摇。

“当兵的流血流汗不流泪，你哭什么哭！”李正平声音洪亮，一只手攥着士兵的衣襟，厉声喝道。

借着月光，就见那士兵不过二十几岁的样子，已是一脸的泪水，被李正平攥住衣襟，却也不见惧色，只道：“报告长官，属下不是怕死，属下只是惦念家中的妻儿，我儿子都快一岁了，我还没有机会回家去看他一眼，我是怕，怕自己这辈子都没机会见他了……”

话没说完，年轻的士兵悲泣不止。

他这话刚说完，李正平就是神情一窒，显然也想起了家中的妻儿老小，一时间只觉得无限酸楚，想要训斥的话，却是无论如何都说不出口了。

他松开了手，就见贺季山已走上前来。

“司令……”李正平开口，不知贺季山会如何处置这位触犯军律的士兵。

贺季山的身形在月光下显得分外高大挺拔，他一言不发，只无声地按了按那个士兵的肩头，而后默不作声地走了过去。

李正平看着他的背影，心头却是一叹，想起贺季山的儿子如今也刚好周岁，却远在法国，自出生至今，父子俩连一面都没见，与方才那个士兵又是何其相似。

不同的是，作为士兵，胸中苦闷悲伤时，尚可以哭泣排遣，而作为一军之主的贺季山，却连哭一场的权利都没有。

战争仍在继续。

“如今的辽军已经成了一副空架子，工兵连、炮兵连、特务连、搜索连、防毒连，都是全军覆没，这样下去，怕是要不了多久，咱们就再也支撑

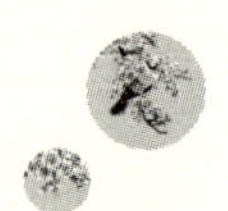

不住了。”

是夜，辽军最高参谋长立于一旁，对着贺季山言道。他的话音刚落，其余人的脸色也是一变，都向贺季山看去。

男人的脸隐在阴影里，见所有人都看向了自己，于是道：“你们不必这样看我，三日后，就是咱们和日军的最后一战，我不和你们转弯抹角，这一仗，我们都会死，你们若有什么需要和家人交代的，只管写下来，让人送回去。”

他的声音平静而淡然，眸心却透出一股杀气，那是视死如归、坦然面对生死的人才会有的凛然。

众人皆沉默不语。最终，不知是谁最先站起身子，对着贺季山“啪”的一个立正，敬了一个恭敬而标准的军礼。

继而，众人纷纷站起身，脚跟相扣，对着贺季山一道行礼。

何德江与李正平两人并未随着众人一道离开，而是留了下来。这两人向来是贺季山的心腹，就见李正平缓步走到贺季山身旁，隔了半晌，才开口道：“司令，您实在没有必要留下来赴死，若您相信我，就把这里的一切交给我，您去法国与夫人团聚吧。”

一旁的何德江也道：“司令，属下斗胆，也劝您一句，您领兵突围吧。”

贺季山不声不响，脸上的神情依旧是淡淡的。他抽完了一支烟，将烟头在烟灰缸里掐灭，起身走到窗前，透过行辕内的窗户，就见外间的阵地上满是负伤的士兵，他们一个个面色憔悴，衣衫褴褛，军装上血迹斑斑。

他看了片刻，唇角勾出一抹极淡的笑意，声音低哑：“我去和老婆孩子团聚，他们又能和谁团聚？”

“司令……”何德江一怔，还欲再说，就见贺季山一个手势，让他将接下来的话尽数咽了下去。

“司令。”传令兵匆匆而至，对着三位长官“啪”的一声敬礼。

“何事？”贺季山转过身，对他问道。

“有一位《北平日报》的战地记者，请求采访您。”传令兵面色恭谨，纵使战事已经到了不可逆转的地步，每个人的脸上依旧不见丝毫惊慌。

这一仗打到如今，早已有多位外国记者与本国的战地记者请求采访贺季山，却无一不被他出口回绝，唯有这一次，男人却是颔首，道：“请他进来。”

一旁的何德江与李正平面面相觑，却不知是何故，能让贺季山这一次同意接受记者的采访。

两人静立一旁，一言不发。不一会儿，便有一位风尘仆仆、年纪尚轻的记者随着侍从匆匆赶到了辽军的中军行辕，而贺季山已坐于主位上等候。

“贺司令，很荣幸能够采访您。”记者落座，便向贺季山看去。

贺季山淡淡颔首，示意这位记者继续往下说。

记者问了一些关于如今战局的形势问题，贺季山一一作答。战壕内十分安静，除却贺季山的声音，便只余记者手中的钢笔，在纸张上沙沙作响。

“贺司令，如今江南的浙军已攻占了江北，您为何要将兵力全部投在镇寒关与日本人作战？为何不领兵环卫北平，却让浙军有机可乘？”记者问道。

“镇寒关是辽军的家乡，与其让辽军死在内战的战场上，不如死在保家卫国的战场上。”男人声音沉缓，一字字道。

“不知贺司令又是如何看待内战的？”

“内战与内耗是中华民族危难时刻的顽疾，但愿不是不治之症。”

记者沉默片刻，又问道：“贺司令，中国的抗战一定会胜利吗？”

贺季山说：“一定会！”

记者又问：“抗战胜利后，司令您第一件事想做什么？”

话音刚落，贺季山却淡淡一笑，半晌没有说话。

“贺司令？”记者疑惑道。

“那时候，我已经死了。”男人的声音再次响起。他唇角噙着笑，眉宇间的神色依旧是从容坦然。这一语言毕，不仅记者，就连站在他身后的何德江与李正平都是脸色一变，却都说不出话来。

“还有要问的吗？”贺季山燃起了一支烟，对一言不发的记者问道。

那记者声音沙哑，再次道：“若司令成仁，不知司令心里，最放不下的是什么？”

“最放不下的，是我的妻儿。”贺季山抽了一口烟，道，“尤其是我的儿子，从他出生至今，我还没有见过他。”

男人说着，自嘲地一笑，那一笑，终是变为无尽的惘然。

记者神情震动，隔了许久都说不出话来，待采访结束后，又道：“贺

司令，不知您可否方便亲手题词，为辽军，或为全国的百姓，留下您想说的话。”

贺季山思索片刻，便对着身后吩咐道：“拿纸笔来。”

何副官将纸笔送来，贺季山拧开钢笔，在洁白的纸上沙沙写了几行字，待交给记者时，那记者低眸一瞧，还不等看见上面的内容，便先喝了声彩。

贺季山字迹刚劲洒脱，一笔一画，无不力透纸背，在如此生死存亡的时刻，但见其笔力亦无丝毫慌乱，甚至不带一丝怨愤，只余满纸从容，甚至让人感觉不是与敌军激战，无路可退，而是舍身成仁，慷慨赴死。

细细看下去，只见那纸上写了几句话——

> 十万日军向辽军猛扑，今日战况更加恶化，弹尽援绝，水粮俱无。我辽军决至最后一弹成仁，上报国家和领袖，下答人民和部属，为国家民族争生存。兵凶战危，生死难卜，季山在此敬奉所有辽军亲属，家人当认其已死，绝勿以其尚生。予战死，堂上双亲，请兄奉养，膝下诸子，望兄抚教，余妻守嫁，听其自然。[1]

字字掷地有声。

记者只觉得眼眶一热，他将那张纸小心翼翼地收起，望着眼前凛然生威的将军，从心底问出了一句话：“司令，难道您就没有话要和您的夫人与孩子交代吗？”

贺季山闻言，心底便一恸，他本已将钢笔合上，此时却一语不发地重新将钢笔的盖子拧开，又写下了一段话来：“这是贺某的遗言，待贺某的灵柩运回北平时，劳你交给我的夫人。”

记者双手接过那张薄薄的纸，却觉得重逾千钧，竟让他的手抑制不住地颤抖。他将纸收好，收拾好东西站起身，对着贺季山深深鞠了一躬。

贺季山站起身，脸上依旧是极其淡然的神色，只对着他回了一个军礼。

而记者一直到踏上回京的列车后，才将贺季山交给自己的那张遗言打开，内容如下——

[1] 注：取自抗日名将张灵甫将军。

小影爱妻：

见字如面，今以此书与你永别矣！

我写这封信时，还是人世间一个人，当你看到这封信时，我却已经成为阴间一鬼了。我写这封信，委实心痛如绞，不能够写完信就想放下笔，可又怕你不了解我的苦衷，说我狠心抛弃你与孩子去死。我这一生，所爱者唯有你，我自从结识你以来，虽做过诸多错事，心里却只有一愿，便是与你共结白首。然而日寇狰狞，山河凋零如此，我身为军人，肩上所负重担，实在无法与你相守。每念及此，无不悔甚愧甚。

想南已经六岁了，转眼之间就要长大成人，她自幼便像极了你，因此之故，我向来对她宠溺有余，而管教不足，愿你往后好好抚育她长大。儿子已经一岁有余，我却终是无缘见他一面，每念及此，无不痛甚，待他长大，你教育他不要忘记父亲的志向，勿忘国耻，以振作中华，驱除列强为己任。你们以后的生活我都已安排好，只愿你不要太过悲伤。我素来不信鬼神，现在却又希望它真有。只愿我死了，我的灵魂还能陪伴着你，我在九泉之下远远地听到你的哭声，应当也用哭声相应和。

我一直不曾把我真正的想法告诉你，从未告知你我已做了为国捐躯的准备，这是我不对的地方，可是告诉你，又怕你与我共同赴死。你还年轻，膝下儿女年幼，我又怎能忍心。

男儿欲报国恩重，死在沙场是善终。我身为军人，为国牺牲，死一百次也不所惜，可是让你为我流泪，却的确是我无法忍受的。小影，我爱你到了极点，所以替你打算的事情只怕不周全，只愿你带着孩子，往后安稳度日，若早知今日，宁愿当初没有娶你，想起日后你所承受的苦楚，只觉心如刀绞，再也无法继续写下去。

季山亲笔

第十九章 厮守

数日前。

沈疏影将行李一件件整理好，母子俩并未带多少东西，只不过是些随身衣物，听得身后传来一阵脚步声，沈疏影回过头来，就见陆依依牵着囡囡的小手走了过来。

“夫人，您真的要带着孩子回国？”

“我要带着孩子回去找他，一直到现在，他都没有见过儿子。”沈疏影心中酸楚，与贺季山分别已将近一年，在这样多的日日夜夜里，她无时无刻不在思念着他，每个月从国内寄来的报纸，便是她所有的精神支柱。

而昨日刚收到的，乃国内最具影响力的《北平日报》，通篇报道了如今危殆的战局，沈疏影已知晓了北平城被攻破的消息，镇寒关大战更是惨烈异常，主编于锐同亲自撰写了文章，对辽军主帅贺季山表达了自己崇高的敬意，并对浙军的落井下石展开了激烈的声讨，此文章刚一面世，于锐同便被刘振坤下令抓了起来。

Qing dao Ke gu, Yuan lai Ru ci

当看见报纸上那一段“辽军与日军各是损失惨重，辽军现已到生死存亡之关键时刻，决战之日，怕不久矣”，她只觉得自己再也撑不住了，刻骨的思念与担忧，简直让她无法再等下去。

从别后，忆相逢，几回魂梦与君同。

她想，如果他死了，她一定会恨他，但又会理解他，如果有来世，她还是会跟随他。

而如今，她无论如何，也要让他看一看自己的儿子。

“妈妈，你要带弟弟去找爸爸吗？”贺想南因前些日子生病，脸色依然十分苍白。沈疏影看着心疼不已，只蹲下身子将女儿抱在怀里，柔声哄道：“囡囡乖，妈妈知道囡囡一直都很想爸爸，妈妈带着弟弟回国，是去为囡囡把爸爸接回来，好不好？”

原本，她是打算带着两个孩子一起回国的，可囡囡身子太弱，前些日子起了高烧，一直反反复复，她悉心照料好几日，直到孩子退了烧，但她无论如何都舍不得让女儿长途跋涉了。

“妈妈，爸爸会回来吗？”

“会。虽然囡囡不能回去，但爸爸看见了弟弟，就会想到囡囡，你们的爸爸只要看见你们，他就舍不得死了。”沈疏影微笑着，眼眶里却不知不觉地溢满了泪水。

贺想南懂事地为母亲拭去泪水，稚嫩的童音安慰起了母亲：“妈妈别哭，囡囡会听陆阿姨的话，在家里乖乖的。”

沈疏影听了这话，禁不住悲从中来，只将女儿紧紧地搂在怀里，一长串的泪水从眼眶里密密麻麻地往下掉，如同下了一场急雨。她的目光落在散落的报纸上，那上面刊登了贺季山的一张近照，是他在野战医院视察伤兵时被战地记者拍下的，照片上的他依旧是磊落深邃的眉眼，英武刚毅的轮廓。她抱着女儿，刚垂下眼睛，又是一大颗泪水顺着眼眶缓缓流了出来。

自古美人如名将，不许人间见白头。

她知道，若自己再不带着孩子回去见他，这一辈子，怕是再也见不到他了。

镇寒关。

枪林弹雨中，火光与浓烟便是触目之所有，硫黄与血腥混杂的味道弥漫在空气中，令人闻之欲呕。那爆炸的声浪，伴随着怒吼声、惨叫声与冲锋号

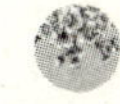

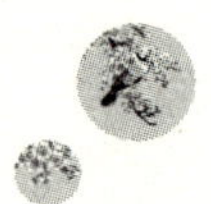

的声音，炸得人耳膜生疼，每一个人都是歇斯底里，杀红了眼。

守在第一线的辽军一十四师常师长，待看见贺季山领着李正平亲自来到抗战第一线时，震惊后，却说不出其他话来，只惊惧得无以复加，立刻对着贺季山“啪”地行了一个军礼，继而道：“司令，这里太过危险，属下斗胆请您赶快回去！”

贺季山沉着脸，只从他的手中将望远镜接过，视察敌情。

“现在是什么情况？”男人的声音冷静到了极点。时间紧迫，常师长不敢再耽误，只抹了一把脸上的汗水，道：“司令，一十四师只剩下不到一半的兵力了，怕是这第一防线要不了多久就会被日本人攻破。”

贺季山闻言，眉头拧起，第一防线一旦被敌军攻破，二三防线便岌岌可危，而辽军中此时已没有多余的兵力充实在抗战第一线，那便只得他亲自指挥。

古往今来，没有任何事情会比长官亲临战场更能激励官兵，鼓舞士气，而二三线的布防如今还尚未完成，没有人会比贺季山更清楚，若第一防线被敌军攻破，等待辽军的，便极有可能是全军覆没。

遥遥望去，镇寒关的天空已被战火染成了一片血红，轰隆隆的枪炮声不绝于耳，就连脚下的大地都在颤抖着，仿佛在下一秒，就会天崩地裂。

一枚炮弹袭来，贺季山与诸人皆匍匐在地，一旁的李正平与常师长皆是心胆欲裂，李正平更是急声道：“司令，您怎么样？”

贺季山站起身，顾不得身上的泥土，只道：“我没事。”语毕，他对着身后的常师长道，“二三防线的部署还未完成，第一防线无论如何都必须要撑下去。现在，你们回到自己位置上，我与你们一起坚守这块阵地。”

男人的声音冷峻低沉，每一个字都似含着满满的力量，振聋发聩，直抵人心。

喊杀声、号角声，与轰隆隆的枪炮声交织，激战天地，山摇地动，正是一片惊心动魄、浴血奋战的情形。

骄阳似火，烈日炎炎，机关枪俱是滚烫，几乎让人无法触手，而阵地上的水已是十分匮乏，贺季山下令，命人将马血浇了上去，就听“刺啦”一声响，那机关枪上俱冒起丝丝白烟。

无数的士兵倒了下去，更多的辽军则是轻伤不下火线，一十四军的副师长，一条腿已被炮火炸飞，却依旧坚守阵地，他将步枪倒刺脚下，以此来支撑身子。

不为自己，而为那站在所有士兵前，任由炮火纷飞，却依旧坚持指挥、沉毅如山的将军。

贺季山一马当先，高大的身躯挺拔魁梧，威风凛凛，他站在那里，便等同于为身后的将士竖起一面军旗。身为军人，何为军魂？身为男儿，何以为国家？何以为人民？他用自己的实际行动，向世人提交了自己的答案。

夕阳西下，贺季山亲自领兵防守，日军终于结束了疯狂的进攻，阵地上迎来短暂的平静。

两军俱是心照不宣地开始补给，只等那最后一战的到来。

战壕中，贺季山神情严肃，一语不发地坐在那里，任由军医为他将肩头的弹片取出。直到军医为他将伤口包扎好，就见何德江一脸慌乱地走了过来。

“怎么了？”男人开口。

“司令，夫人回来了！”何德江直直地看着贺季山，声音里却是惶然。

“你说什么？！”贺季山闻言，双眸顿时一窒，立刻站起了身子，不料扯到了肩上的伤口，剧痛下，只让他脸色顿时一白。

他一只手扯过何德江的衣领，将他带到自己面前。何德江也是面色难看得厉害，就见贺季山已是呼吸紊乱，整个人好似怔在了那里。

“属下说，夫人回来了……”何德江的声音再次响起。贺季山松开了他，不管不顾地冲了出去。

他走得那样快，直将身后的侍从远远甩开，阵地上不时有敌军的飞机盘旋，他却什么都顾不得了，就那样走着，双眸死死地看着前方，简直是横冲直撞地往后方走去。

穿过月洞门，眨眼便走到了里院，仍旧是当初沈疏影在时，他们住的那个小院子，而他脑子里一片空白，心头阵阵锐痛。

“吱呀”一声响，他推开了院子的门。

一身青色棉裙的沈疏影正蹲在廊下，怀中抱着一个一岁多大的男孩子，那小男孩全身都肉乎乎的，虎头虎脑，看起来十分健壮。孩子的手里拿着一只拨浪鼓，母子俩脸上皆带着笑，听到声音，沈疏影回过头来，就见贺季山站在那里。

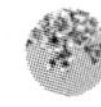

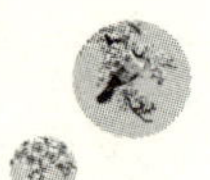

她慢慢地站起身子，白皙的小脸犹如雨后梨花般娇柔，清丽如画的容颜没有丝毫改变，眼瞳温婉如秋水，就那样温柔地看着他。

四目相对，一切已无须多言。

他看着她牵起孩子的小手，一步步地向他走来。他的目光艰难地从她身上转到那眉眼酷似自己的小男孩身上，一时间心潮澎湃，五内俱焚。

沈疏影在距离他几步远的地方停了下来，俯下身，对着儿子轻声道："好孩子，快去爸爸那里。"

一岁多的男孩子正是顽皮的时候，又许是父子天性，他昂着小脑袋看着贺季山，在听到母亲的话后便咧嘴一笑，挣开妈妈的手，向着爸爸步履蹒跚地走了过去。

"爸爸。"小小的孩子对着父亲伸出了双手，而贺季山，早已蹲下身子，将儿子紧紧地抱在了怀里。

他的脸上是止不住的笑，只牢牢地抱着第一次见面的儿子，心脏跳得好似要从胸腔里蹦出。他就那样蹲着身子，忽而眼中一阵滚热，他闭上眼睛，将儿子紧紧地贴向自己的胸口。

不知过了多久，他终于抱着孩子站了起来，脸上仍旧是欢喜得失措的样子，嘴巴里不断地重复着："东阳……我的儿子……"

沈疏影眼含热泪，远处的炮火轰鸣，而他的身形，一如既往地伟岸挺拔。

桌上的红烛发出"噼啪"的声响，因敌军轰炸，辽军的行辕内即使到了晚上也不能点灯，那蜡烛的烛光影影绰绰的，投在墙上，一片幽幽的光。

贺东阳已经睡着了，身上盖着父亲的军装，酷似贺季山的一张小脸，眉目间十分英气，倒有几分小小男子汉的模样了。

沈疏影倚在贺季山的怀里，两人坐在床头，十指相扣，静静地看着沉睡中的孩子，却是许久都不曾说话。

贺季山俯下身，在她的脸上亲了亲，声音极是低沉："困不困？"

沈疏影摇了摇头，转过脸凝视着他的脸庞，男人的眼睛依旧乌黑如墨，炯炯有神。她伸出手，缓缓抚过他的眉眼，指尖却在他的两鬓间停滞。她的眼底浮起一抹水光，只柔柔地喊了一声："季山……"

"嗯？"贺季山目光温和，专注地看着怀中的女子，仿佛看一眼，就会少一眼。

在这样的目光下，沈疏影只觉心头一酸，唇角噙起一抹笑，指尖轻轻拨弄着男人的两鬓，轻声道：“你都有白发了。”

贺季山闻言，转过身子，就见床对面是一架楠木梳妆台，那还是先前沈疏影住在这里时，他下令让侍从官安置的。那玻璃镜中清晰地照着他们，他已经记不清自己上一次照镜子是什么时候，此时看着镜中的男人，竟让他生出一种错觉，似是不知道那到底是不是自己。

如沈疏影所说，他今年不过三十九岁，两鬓却已经全白了。

他笑了笑，将沈疏影揽得更紧了些，低眸，便见她白皙剔透的一张小脸，肌肤细腻如瓷，扇子般的长睫毛轻柔如娥，覆着那一双盈盈秋水般的眼睛，依旧是美得扣人心弦。

他看了她许久，大手抚上她的脸，温声道：“你一点儿也没变，我却老了。”

沈疏影听了这句话，眼眶里顿时涌来一阵雾气，却依旧柔柔地笑着，小手抚上丈夫坚毅的脸庞，轻声道：“没有，你一点儿也不老。”

贺季山握住她的小手，放在唇边吻了吻，他沉默了一会儿，道：“你明天还要赶路，现在还是睡一会儿吧。”

沈疏影心中难过，只摇了摇头。这一刻，可能是她今生与他最后的相守，她只恨不得时间能走得慢点儿，再慢点儿，又怎么舍得睡去。

她抬起眼睛，努力不让泪水落下，颤声求着丈夫：“季山，你陪着我和孩子，我们一起走吧，好不好？”

贺季山没有说话，只抚上她的脸，他的唇角噙着浅浅的笑意，带着无限的包容与宠溺，就那样看着她，直到她的泪水噼里啪啦地落下来，他的眼瞳无声地黯了黯，温柔地为她拭去泪水。

沈疏影心中难过，泪水越发汹涌：“季山，我们错过了那样多，我不想再和你错下去，你想一想孩子，他们还这样小，还有我，我还想和你一起走下去，我还想和你一起变老，当初是你来招惹我，你怎么可以在我不能没有你的时候，你不要我……”

沈疏影简直控制不住自己的泪水，说到后来，所有的委屈与恐惧，全部倾泻而出。贺东阳自是被吵醒了，刚睁开眼睛，就见妈妈哭成了泪人，再加上对周围的环境不熟悉，小嘴一撇，也是“呜哇”一声，哭了起来。

沈疏影转过身子，将孩子一把抱在了怀里，她紧紧地抱着孩子小小的身

子，呜咽道："好孩子，你爸爸不想要我们了。"

夜色静谧，母子俩的哭声在这夜深人静中，只让人听得肝肠寸断。

贺季山心头剧痛，却无可奈何，只得上前将那一大一小两个人尽数揽在怀里。妻儿的哭声，犹如一把尖锐的小刀，狠狠地刺进他的心脏，令他心痛如绞。

"季山，你带着我和孩子走吧，囡囡一直都在等你，她每天都会问我爸爸什么时候才回来，你那么疼她，你怎么舍得……"沈疏影泪眼蒙眬地看着他，怀中的儿子也是一脸的泪痕，她轻轻攥着丈夫的衣袖，一声声地哀求。

贺季山一言不发，只将头转开。沈疏影见他半晌都不说话，又轻轻地喊他的名字："季山……"

贺季山攥紧了手指，深深吸了口气，依然没有去看她和孩子，直到眼底的滚热慢慢退去，他才开口，声音却是沙哑，他只说了三个字："原谅我。"

三个字，说尽了所有。

虽然沈疏影这些日子住在法国，却也知晓镇寒关战事的严峻，更知道这场战事的艰辛。

她知道在锡林坡的那一仗，辽军的一整个师都被日军堵在了山顶，无遮无挡的暴晒下，战士们弹尽粮绝，机关枪被晒得滚烫，让人触手摸上去，就会将一整层皮都给烫掉。尽管如此，却硬是歼敌八千余人。待贺季山率着援兵赶到，无数的战士双手早已被烫得血肉模糊，更有甚者，已可见森森白骨。

她知道在西青的那一仗，日军用了重型坦克，辽军将士在武器装备落后的情况下，硬是用血肉之躯，筑成了壕垒，抵御着日军的重型武器，坦克碾压过处，惨不忍睹，却为后方的布防赢得了宝贵的时间。他们大多是弃笔从戎的学生，却用自己年轻的生命，维持着日益危殆的战局。

她知道在锦州口的那一战中，辽军一十七团的郭团长率兵与日军激战时，身受重伤，当场昏迷，被人用担架抬下了火线。在他醒来后，听闻一手带出来的十七团已经在锦州口全军覆没，他二话不说，立刻拔枪自尽。

她知道死守的命令是贺季山下的，有一墙，守一墙，有一壕，守一壕，有一坑，守一坑，不到最后一刻，决不放弃的话也是他说的。

她知道自己是在逼他，成千上万的辽军将士，为了抗战献出了生命，而他身为主帅，又怎么可能离开战场?

她在逼他，她就是仗着他那样爱自己和孩子，所以才会这样逼他，逼得他生不如死，逼得他在自己面前落泪。

沈疏影心中酸楚，她抱着孩子，向贺季山依偎过去，她将脸埋在他的胸口，嗓子里仿佛被什么东西堵住了一样，让她说不出话来，唯有男人胸膛传来的暖意，一点一滴地沁入她的骨子里。

而贺季山则伸出胳膊，将她和孩子紧紧抱在怀里。一家三口相依相偎，贺东阳不知不觉间又睡着了，小脸上却仍旧挂着泪痕，直到父亲伸出粗糙的大手，为他将泪痕拭去。

窗外已露出了鱼肚白，天色已经一点点地亮了起来，而当天色大亮，便是他们分别之时。

贺季山一只手抱着孩子，另一只手揽着沈疏影的腰，将她们母子送到机场。

一架军用飞机已经等在了那里，贺季山将儿子递到沈疏影的怀里，一岁多的贺东阳伸出手搂住了妈妈的脖子，乌黑的眼睛却向爸爸看去。

贺季山笑着伸出手，抚上了儿子的头顶，温声道："等东东长大了，记得替爸爸保护妈妈和姐姐。"

一岁多的小孩自然不懂父亲话中的意思，而沈疏影只低着眼眸，甚至不敢去看贺季山。直到飞机快要起飞时，贺季山上前，最后一次抱了抱他们母子，他为她将凌乱的碎发捋好，温声道："飞机要起飞了，去吧。"

沈疏影紧紧抱着儿子，眼圈通红，自始至终都没有去看贺季山一眼，只对着怀中的稚儿柔声道："好孩子，和爸爸说再见。"

贺东阳听话地挥起小手，对着爸爸奶声奶气地说道："爸爸再见。"

贺季山凝视着儿子小小的脸，笑了笑，却是说不出话来。

沈疏影抱着孩子，静静地转过身子，刚走出几步，泪水便再也忍不住决堤，她转过身子，回到贺季山身边，踮起脚尖，在丈夫的脸颊上落上一吻，眼泪，落进了贺季山的唇上，又苦又涩。

她转身就走，抱着孩子，走得那样快，直到上了飞机，她都不敢回头去看他一眼。

飞机起飞后，她向窗外望去，隔着如此远的距离，仍能看见贺季山依然站在那里，高大的身影，依旧满是坚毅。

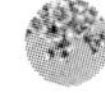

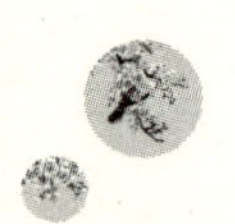

九月，法国巴黎。

窗户微微开着，院子里种满了各式花草，清风拂来，花香四溢。

法国梧桐的叶子渐渐发脆，在秋风中哗哗轻响，女佣们弓着腰，将那散落在草地上的落叶一一拾起。阳光洒在她们身上，将她们的头发染成了金色，倒和别墅里的那些法国帮佣一样了。

窗户上束着香槟色的窗帘，桌上摆着各式鲜果，紫色的葡萄、金亮亮的甜橙、火红的苹果，还有许多产自法国当地的一些不知名的水果，姹紫嫣红，摆满了整个圆桌。

一旁还搁着一套茶具，瓷白的底色，搭配着透人心脾的绿，茶香袅袅，点缀着整个祥和而安宁的午后。

贺想南正趴在茶几上看童话书，一旁的奶娘正哄着贺东阳吃点心，整个别墅里都是安安静静的。听到楼上传来的脚步声，贺想南抬眸一瞧，就见陆依依与一位医生模样的男子一道走了下来，两人脸上皆是忧心忡忡的神色，尤其是陆依依，眼圈更是通红，显然是刚刚哭过。

“叶叔叔！”贺想南奔上前，对那男子唤道。

叶允良勉强笑了笑，抚上了贺想南的头顶，温声道：“囡囡乖，记得要妈妈起来吃饭。”

贺想南睁着懵懂的眼睛，点了点头，她压根儿不知道发生了什么事，只知道自从昨天妈妈看过报纸后，连一个字都没说便晕了过去。陆阿姨担心坏了，连忙去将叶叔叔请了过来，并告诉她妈妈病了，要她和弟弟都要乖乖的，不要去吵妈妈。

她很听话地守在这里，当叶允良走后，她摇了摇陆依依的衣袖，小声道：“阿姨，我妈妈病好了吗？”

陆依依心头酸涩，牵住她的小手，一面带着她上楼，一面嘱咐道：“囡囡听话，待会儿看见了妈妈，要乖乖的。”

贺想南不安起来，又问道：“阿姨，爸爸什么时候回来？”

陆依依的泪水“唰”地一下从眼眶里落了下来。她蹲下身子，将贺想南抱在怀里，哽咽着道：“你们的爸爸不会回来了，你们以后，只有妈妈了。”

七月时，辽军与日军决战于关外，一个月后，因武器装备落后，且无援军前来相助，辽军苦苦支撑数日后，终是全军覆没于镇寒关外，辽军主帅贺季山亦是与辽军共存亡，一代名将，至此陨落。

别墅里的梧桐纷纷掉落，沈疏影一袭白色旗袍，黑色的头发尽数绾在脑后，鬓发间别了一朵小小的白绒花，清秀的瓜子脸十分苍白，眼里盈满了雾气，仿佛随时都可以落下泪来。

她轻轻地抱着贺东阳，坐在廊下的藤椅上晒太阳。贺东阳长得太快，个头已比同龄的孩子高了不少，因此缘故，叶允良就让这孩子多晒太阳，以免缺钙。

沈疏影记下了，无事时便会抱着儿子来这里坐下，十月的天气已是十分凉爽，她生怕孩子着凉，只将儿子抱得更紧了些，为他将身上的衣裳捋好。

囡囡已经去了教会小学读书，别墅里少了一个闹腾的孩子，倒显得更是安静。陆依依走来时，就见贺东阳已蜷伏在母亲的臂弯里睡熟了。沈疏影这些日子瘦了许多，背影单薄得令人心酸。她抱着孩子静静地坐在那里，侧颜依旧是清纯而美丽的，唯有那脸上却是毫无血色，她整个人，就如同她发间的那朵白绒花，脆弱得让人不忍心看。

“夫人。”她轻轻地上前，小声喊她。

一连喊了好几声，沈疏影才回过神儿来，她回头看到陆依依，眼中浮起一抹歉意，温声道：“怎么了？”

“林先生已经托人带来了回话，他说……夫人现在并不方便回国。”

“为什么？”沈疏影问。

“夫人，如今的国内早已和以前不同了，浙军一统全国，刘振坤已经将军政大权全部交给了他的长子，现在就连内阁都要听他们刘家的话，常总理早已在上个月辞去了国民总理的职务，若您带着孩子回国，只怕刘家的人，不会放过您和孩子。”

“这样说来，我和孩子连去送他的机会都没有了……”沈疏影垂下眸子，轻轻地说了这句话。她的眼睛里并没有泪水，好像是已经哭不出来了似的，所谓的心如死灰，怕也不过如此。

“夫人，就当是为了孩子，您一定要保重。”陆依依想起前不久，沈疏影可以说是从鬼门关走了一遭，若是没有贺想南和贺东阳这两个孩子，怕是

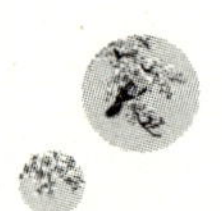

她早已随着贺季山一道去了。

沈疏影望着怀中熟睡的儿子，沉默了许久，才轻轻地道："你放心，我会好好活着，为他将两个孩子带大。"

"司令今天怎么样？"何德江进来时，就见昏暗的房间内，贺季山赤着上身睡在床板上，一旁的军医好护士守在那里。屋子里不敢点灯，只燃着一支小蜡烛，透过那微弱的烛光，就见贺季山脸色如纸，因失血过多，难看到了极点，甚至让人觉得他已经死了。

"何副官，司令伤得太重，这里的条件实在太差，司令的伤口现在已大面积感染，咱们的消炎药又不够用，若再不将司令转移出去，怕是……凶多吉少。"

何德江俯下身去探贺季山的脸色，知军医所说不假，他的眉头死死拧着，如今浙军全线搜索贺季山的下落，若想在浙军的眼皮子底下将贺季山送走，简直比登天还难。

贺季山的胸膛起伏着，全身烧得滚烫，何德江知道，如今再也耽搁不得，于是一咬牙，吩咐道："留几个人来照顾司令，其余的人跟我一起走。"

见众人皆是面面相觑的样子，何德江沉声道："由我冒充司令，你们护送着我离开镇寒关，务必要将敌军的注意力全部引过去。"说完，他对着那年轻的军医道，"韩江，司令的命就交给你了，待我们走后，你们立刻将司令送走，记住，千万不能回关内，要直接乘火车去俄国。"

"是，您放心。"韩江一个立正，对着何德江敬了一个军礼。

何德江吩咐完毕后，便自己躺在了担架上，由着侍从与警务人员护送着，从一侧的后门离开。汽车发动后未过多久，便有浙军的耳目盯了上来。

贺季山醒来时，只觉得全身烫到了极点，脑子里迷迷糊糊的，不知道自己身在何处，明明看见有人在自己面前晃来晃去，却硬是说不出话来，直到一个男子匆匆而来，为他打了一针，他的眼皮渐渐沉重起来，一声未吭，又晕了过去。

火车一路飞驰着，待到了俄国境内，已经是数日之后了。

而自国内传来消息，只道辽军主帅贺季山在逃亡途中，连同他身边的随行人员，一共二十七人，被尽数歼灭于镇寒关内。

十二月，俄国境内再次飘起了鹅毛大雪，天寒地冻。

一位一袭深色大衣的男子，身形矫健，挺立于寒风中，笔挺如剑。

“不知司令日后有何打算？”一袭玄狐大氅的女子，容颜被风帽裹住，只露出一双盈盈美目，望着眼前的男子道。

“我已经不再是什么司令了，三小姐直呼其名即可。”贺季山声音低沉，因大伤初愈的缘故，他的脸色依旧是隐隐的苍白，而他的身形，在这酷寒的严冬中，却依旧挺拔如松。

徐玉玲移开目光，轻声道：“恕玉玲多嘴，司令可是要去法国？”

见她不肯改口，贺季山也不再多言，只颔首道：“不错，我的妻儿都在那里。”

“司令难道就甘愿将自己多年打下的江山，全部送到刘振坤手里，由着他一统天下，去将原本属于司令的东西，收入囊中？”

贺季山闻言，只淡淡一笑，隔了半晌，才道：“若换做以前，我定会伺机东山再起，可如今我心中已经有了牵挂，一统江山，成就霸业，这些对我来说，终究是过去了。”

徐玉玲心中一震，只默默地看着他，过了许久，才轻声开口：“司令往后，真的甘愿去过平淡的日子？”

贺季山沉默片刻，黑眸向远处望去，就见一望无际的大雪，漫天漫地的白。

“打了这么多年的仗，我早已经倦了，平淡的日子，也未必不好。”男人的声音沉稳而淡然，没有丝毫的不甘与怨怼，在这寂静的冬夜，听在耳里，却不知为何浮起一抹淡淡的沧桑。

徐玉玲见他心意已决，便不再开口多话，她将脸垂下，轻轻地说了句：“那玉玲便祝司令一路顺风，尽早与妻儿团聚。”

贺季山点了点头，黑眸在她的脸上凝视了片刻，沉声道：“我贺季山的确负你太多，这一路，多谢。”

说完，他不再看她，只转过身子，大步向前方走去。

徐玉玲看着他的背影，她知道，这一别，这一生都不会再有机会看见他，风雪中，她的泪水不知不觉地潸然而下，只让她抑制不住地对着贺季山的背影呼喊出声：“贺季山！”

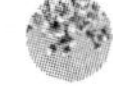

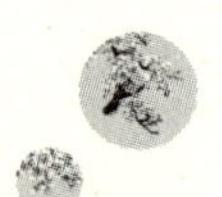

贺季山停下了步子，静静地转过头来。

男人的眼睛深不见底，就那样笔直地看着她，她的脸上满是泪水，在漫天的风雪中，甚至已结成了冰碴子。见他没有说话，她再次开了口，声音微弱而细小，似绝望，似祈求，似不舍，似期盼。

“你抱抱我，只要一下，一下就好。”

贺季山眉宇间渐渐笼起一层不忍，他没有说话，回身伸出手，犹如一个兄长般在徐玉玲的肩头轻轻地按了按，而他的声音低沉，缓缓地说了两个字：“保重。”

语毕，他转过身，任由徐玉玲在他身后哭成了泪人，他终是，连头也未回。

徐玉玲看着他的背影越走越远，直到成了一个黑点，再也看不见为止。

她瞒着家里，从津唐跑了出来，一路千里迢迢地跟到了镇寒关，从韩江那里得到了消息，又不辞万里地跟到了俄国。

她从没告诉他，在许多年前，她就见过他了。

那一年，溪水之战爆发，父母身在津唐，兄长皆是在外留学，她孤身一人留在老家，只得与老家里的仆人一路北上。

路上劫匪横行，兵荒马乱，身边仆从或走散，或病死，更多的则是被炮弹炸死，走至武兴时，只余一个老妈子和一个小丫鬟陪在她身边。

那时候的她，不过十五六岁，一路作难民打扮，一张脸被嬷嬷涂得乌黑，简直看不出鼻子和眼睛。她们主仆与难民挤在一起，恰逢浙军空袭，身旁的老妈子竟被炸飞，吓得她如同没头苍蝇般乱跑，一枚炮弹袭来，就听一个男子大喝：“趴下！”

而她压根儿没有反应过来，便被一人护在了身下，待她睁开眼睛，映入眼帘的便是他的面孔。

等他身后的侍从赶来，他已将她扶了起来，那一次，是他命人开来了军用汽车，将所有难民送到安全的城市。

那也是她第一次见他，她只知道那些人喊他司令，却压根儿不知道他是谁。

直到后来回到了津唐，从前线传来“溪水大捷”的消息，当时的报纸上全篇报道了前线的战事，其中有一张是辽军主帅贺季山，虽然只是一张侧影，但她还是一眼便认出了他！

她从没有告诉过他，在她心里，他是她的英雄，即使知道他在利用自己，即使知道他从未爱过自己，她还是无怨无悔，甘之如饴。

可任是她付出了这一切，到头来，他却依然吝啬得连一个拥抱都不愿给她……

第二十章 尾声

一月，法国巴黎。

屋外下了大雪，沈疏影静静地站在窗前，看着窗外的白雪出神。

思绪回到了那一年，北平的大雪比巴黎的还要大，她自小长在南方，对皑皑白雪满是稀罕，她趴在窗户上，睁着眼睛向外望去，蓦然一道黑影闪在她眼前，只将她吓了一跳，而当她回过神儿来，才发觉那黑影正是贺季山。

他伸出手，对着窗户叩了叩，眉眼间满是温和，含着一抹戏谑，就那般看着自己。

回忆往事，沈疏影的唇角不知不觉地噙起了一抹笑意，她依旧静静地站在那里，整个人都好似沉浸在了回忆里。每当她有这样的神情，奶妈就知道她想起了亡夫，只不声不响地将两个孩子带走，不去打扰她。

这一次，也是如此。

别墅里十分安静，沈疏影将法国的帮佣全部辞退，只留下了当初从北平带来的仆人，而陆依依也在一个月前，去了

Qing dao

Ke gu,

Yuan lai

Ru ci

波尔多大学，整座别墅，更显得空荡荡的。

贺季山为她留下了一大笔款子，几乎足够她们母子三人花上几辈子，可她不曾动过那一笔款子，只因为那些钱是他留下的，她舍不得花。

屋子里安静到了极点，她从回忆中蓦然回过神儿来，转眸看向墙壁上的挂钟，这才惊觉，此时竟然已是夜里十一点了。

她紧了紧身上的披肩，却听屋外院子里传来一阵喧哗，是守夜的仆人，在这寂静的夜里，那声音只显得分外清晰。

别墅里的其他仆人也被惊动了，沈疏影不知发生了何事，直到一阵熟悉的脚步声向着自己渐渐逼近，她脸色苍白，犹如一具雕塑般，彻底怔在了那里。

是夜。

两个孩子都睡熟了。

主卧里，沈疏影静静地趴在贺季山的胸膛上，乌黑的长发散在身后，触手柔软丝滑，犹如最好的绸缎，只让贺季山爱不释手。

“季山，你真的回来了？”沈疏影支起身子，搂住了丈夫的脖子，剪水双瞳散发着迷离的光彩，对着男人轻声道。

贺季山闻言心头便一软，大手抚上她的小脸，笑道：“这都一个多月了，你这话差不多问了有上百次了，还没问够？”

沈疏影赧然一笑，纵使如今和男人紧紧依偎，心里却还是觉得不太真实，或许是这日子太过美好，好得让她不敢相信。

“我真怕，这是一场梦。”她将脸贴在男人的胸口，听着他强劲有力的心跳，只让她感到无比的满足，仿佛他的心跳，是这世上最美的声音。

贺季山心头一疼，只将她揽得更紧了些，温声道：“你不是做梦，我已经回来了，以后再也不会离开你和孩子了。”

沈疏影闭上眼睛，伸出胳膊紧紧地抱住贺季山，仿佛生怕自己一个松手，他就会消失不见了似的。

贺季山既无奈又怜惜，终是一个翻身，将她压在了身下。

“季山……”沈疏影睁开美眸，楚楚动人地看着他。

而男人没有说话，只压住了她的唇瓣，又开始了令人窒息的掠夺。

巴黎的夏季时常下雨，时值八月，别墅里的香根鸢尾开得正好，细雨绵绵，遥送暗香。

午后的别墅十分安静，沈疏影一觉醒来，却见身旁没有了男人的影子。

她下了床，穿了一双丝缎软底拖鞋，先是去了婴儿房，见儿子还在午睡，她微微一笑，在孩子的头上亲了亲，又为他将小薄被盖好。

推开书房的门，就见贺季山正将女儿抱在膝上，握着囡囡的小手，在教孩子写毛笔字。沈疏影看着这一幕，心头便一软。贺季山对囡囡真的是疼在了心里，甚至让她这个做母亲的都觉得他对女儿实在是太过宠溺，对儿子却又过于严苛。贺东阳今年才三岁多，平时无论怎样淘气，但凡贺季山看他一眼，那孩子保管会立刻老实下来，让她看着又好笑又心疼。

听到开门的声响，囡囡抬起一张雪白粉嫩的小脸，看见妈妈，立刻笑得眉眼弯弯，奔到了她的怀里。

“妈妈，爸爸刚才教我写了一首诗。”贺想南睁着清澈的大眼睛，搂住了沈疏影的脖颈，唇角噙着甜美的酒窝，真的是比小时候还要漂亮。

沈疏影见孩子一双白净的小手上沾满了墨汁，于是取出手帕为孩子擦拭，一面擦，一面道：“学校里布置的功课你还没有做完，怎么又在这里缠着爸爸？”

囡囡见母亲训斥自己，便撇起了小嘴，道：“是爸爸说的，如果我不喜欢那些功课，就可以不做。”

沈疏影闻言，抬眼向贺季山看去，见他只是坐在那里，似是不曾留意到母女俩的谈话，只握住笔继续写字，唯有那唇角却是含着笑意的。

沈疏影无奈，只垂下眸子，牵起了孩子的小手走到桌前，在那洁白的宣纸上，男人的字迹飞扬潇洒，颇为大气，字里行间，无不充斥着一股豪气万丈、统率三军的将帅风采。

不知为何，她看着这些字，心头却是蓦然一酸。男人脸上神色如常，见她一眨不眨地看着自己，于是笑道：“怎么了？”

沈疏影没有说话，就听囡囡清脆的童声响了起来：“妈妈，我想去院子里玩儿。”

囡囡摇着她的衣袖，撒起了娇。

“等你将功课做好，才可以去玩儿。”沈疏影故意板起了脸，岂料囡囡压根儿不怕，见她不答应，便扑到贺季山的怀里。所有人都知道，贺季山对这个女儿几乎宠上了天，在贺想南七岁生日的时候，居然想要天上的星星，而贺季山竟然真的斥巨资为女儿买回来一块陨石，并告诉她，这就是天上的星星。直到现在，那块陨石还在家里搁着，贺想南却连看都不愿多看它一眼了。

这样的例子，简直比比皆是，这一次也是如此。见女儿扭股糖似的往自己怀里拱，贺季山便笑着抚了抚女儿的头顶，对沈疏影道："孩子既然想玩儿，你就让她去玩儿吧。"

见女儿倚在爸爸怀里，眨巴着眼睛看着自己，沈疏影的心也软了，她估摸着天色，知道贺东阳此时也该醒了，便对女儿道："张妈在楼下做了点心，你带着弟弟去吃吧。"

贺想南应了一声，又和贺季山说了"再见"，才蹦蹦跳跳地跑出了书房。待女儿走后，沈疏影走到贺季山身边，由着他将自己抱在了怀里。她看着丈夫的眼睛，却是嗔道："你太惯着她了。"

贺季山却不以为意，只笑道："我也惯着你，你怎么不说？"

沈疏影听了这话，简直又好气又好笑，伸出手在他的胸膛上推了一把，脸庞却微微红了起来。

贺季山微微一哂，将她揽得更紧了些。

入夜，贺季山揽住沈疏影的纤腰，将她带到自己怀里，刚要沉下身子吻住她的唇瓣，不料沈疏影却慌张地躲开了他的亲吻，轻声道："别……"

"怎么了？"贺季山的大手探进她的睡裙，在那细腻的肌肤上抚摸着，呼吸却是一声比一声粗重。

沈疏影寻上他不安分的大手，将他的手掌抚上了自己的小腹，她眯着眼睛，也不去瞧贺季山，唯有声音里蕴含着满满的喜悦："想南和东阳，要多一个弟弟或妹妹了。"

贺季山一怔，大手便抚着她柔软的小腹，低声道："咱们又有孩子了？"

沈疏影唇角含笑，轻轻点了点头，红晕浮上脸颊，衬着那一张白里透红的小脸如清水芙蓉，满是丽色。

见贺季山不说话，沈疏影抬起眼睛，轻声问道："你不高兴？"

贺季山闻言，眼底浮起一抹无奈，再也不敢"胡作非为"，只小心翼翼

地将她揽在怀里，道："怎么会不高兴，我只是……没想到这个孩子会来得这样快。"

沈疏影听了这话，脸上的红晕更深了一层，是谁整日整夜地缠着她，又不许她吃避孕药，说是怕她伤了身子？这样下来，能不快吗？

她将身子埋在他的怀里，虽然怀孕生产要吃许多的苦头，可这一个孩子的到来，却让她心里满是甜蜜。

"季山，这一次，你哪里也不要去，在我身边陪着我，和我一起看着孩子出世，好不好？"沈疏影搂住他的脖子，呵气如兰，轻声细语地说道。

贺季山的大手轻轻地拍着她的后背，闻言便俯身在她的额头上亲了亲，乌黑的眼瞳中满是怜惜。

"我已经错过了想南和东阳的出生，这个孩子，我不会再错过。"他开口道，声音低沉而温柔，听在沈疏影的耳里，只让她差点儿落下泪来。她的唇角噙着笑，对着丈夫娇柔一笑，是那样美丽的一抹笑靥，让人看得柔肠百转。

五月，离沈疏影生产的日子已经不远了。这几日，贺季山简直是焦躁到了极点，沈疏影坐在床头为即将出世的孩子整理着小衣裳，抬眸便见贺季山在屋子里走来走去，她忍不住觉得好笑，挺着肚子站了起来。贺季山见她起身，赶忙迎了过来，温声道："你要什么和我说，别乱动。"

沈疏影看着，终是忍不住"扑哧"一声，笑了起来。贺季山看着她圆鼓鼓的肚子，又见她一张小脸比起之前圆润了不少，气色更是红扑扑的，虽然心头安定了些，可越是临近生产，他越是紧张，就连他自己都解释不了这紧张到底从何而来。

"你再转下去，我的眼睛都要被你转花了。"毕竟生过了两个孩子，沈疏影倒是一点儿也不担心，笑着对丈夫道。

贺季山也是自嘲地一笑，温声道："要不要我陪着你出去走走？"

沈疏影摇了摇头，道："我有些饿了，你让杨妈给我做些吃的来。"

贺季山闻言，扶着她坐了下来，道："你从早起到现在已经吃了四顿了，还没吃饱？"

沈疏影小脸一红，也不知是不是贺季山陪在自己身边的缘故，自怀胎以来，她的胃口便极好，加上正餐和点心，一天要吃上好几顿，即使如此，还是会经常感到肚子里饿得慌。

“你是不是舍不得？”她向贺季山看去，一句话说得男人哭笑不得。

“我是怕你吃得太多，孩子长得太大，生产的时候会受苦。”贺季山握住她的手，无奈地道。

贺想南与贺东阳出世时，他都在前线打仗，全然不知道一个女人怀孕时的艰辛，这次是他亲眼看着沈疏影的肚子一天比一天大，而她受的苦更是真真切切地映在他眼里，自然让他极是心疼。

沈疏影抿唇笑道：“我都生过两个孩子了，哪里还会那么娇气啊，就你一天到晚地担心来担心去，也不怕人笑话。”

贺季山捏了捏她的脸，想起自己这些日子也的确是过于小心了，沈疏影说得倒也不假，于是闻言也只是笑了笑，没有出声。

岂料，到了当晚，沈疏影便开始了阵痛，本来还只是一阵阵的痛，没过多久，那痛便密集了起来。医生与护士早已被安排在别墅里住下，产房里的东西也是一早便准备好了的，一切都有条不紊地进行着，等待着新生命的到来。

贺想南和贺东阳已被仆人领到了楼下，贺季山独自一人守在外头，一支接着一支地抽烟。未几，就听产房里传来了沈疏影的呼痛声，只让他全身一震，就连手中的烟卷快要烧到了手指，他都没有发觉。

虽然已经是第三胎，沈疏影依旧是疼得生不如死，秀发早已被汗水打湿，脸上已分不清是汗水还是泪水，直到被男人强劲的臂膀抱在了怀里，她已是疼得说不出话来，只听贺季山沙哑的声音响起：“小影，忍一忍，马上就好了。”

沈疏影流着泪，呼吸间都是热腾腾的水汽，因已经生了两个孩子，纵使现在肚子里的剧痛折磨得她恨不得立刻晕过去，她却仍是咬着牙一声不吭。她知道自己不能喊，一定要节省体力，当她疼得实在受不了的时候，也只是发出几声轻浅的呜咽。

贺季山见她疼成了这样，眉头不由得拧得死紧。他将沈疏影抱在怀里，不断地为她拭去脸上的汗水与泪水。他的心跳如擂鼓，担忧焦急到了极点，只得不断地出声安慰着怀里的女子。

沈疏影面色苍白，小手紧紧攥着丈夫的大手，腹中的剧痛接连而来，绵绵不断的，似乎没个尽头，让她几乎连气都喘不过来。没完没了的痛，蔓延

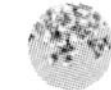

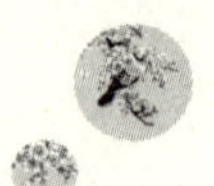

到四肢百骸，让她再也忍不住，哭出了声来。

“小影，快好了，就快好了。”贺季山握住她的手，眼底是一片强烈的心疼与担心，他不断地重复着这句话，也不知是说给沈疏影听，还是说给他自己听。

沈疏影疼得死去活来，睁着一双泪眼看着丈夫。贺季山看着她因疼痛而惨白的小脸，只觉得心如刀割。屋子里的血腥气那样浓烈，不断有鲜血从沈疏影的身下渗出来，让人看着触目惊心。

直到听到婴儿响亮的啼哭声，贺季山才觉得自己紧绷到极点的神经终于放松下来，这一松懈，才觉得后背已布满了一层的汗，衣裳黏黏地贴着皮肤，难受到了极点。

他顾不得其他，只低眸向怀中的妻子看去，沈疏影在生产后连一丁点儿的力气都没有了，就连手指都握不起来。她软软地倚在贺季山的臂弯，见丈夫一脸的汗水，乌黑的眼瞳里更是深不见底的怜惜，她的唇角浮起一抹脆弱的笑，声音微弱得几乎让人听不清楚。

“季山，我真高兴，我又为你生了一个孩子……”

新生的婴儿是一个雪白粉嫩的女婴，和她的姐姐一样，也是像足了沈疏影。贺季山抱着新生的女儿，只觉得心底是从未有过的欣喜舒畅。他将女儿抱到沈疏影的身边，俯下身在妻子的脸上亲了亲，沙哑着嗓子道：“辛苦你了。”

沈疏影凝视着小女儿，眼底是满满的爱怜，看了孩子一会儿，她将眼眸转向了贺季山，小声地开口：“又是个女儿，你会不会不高兴……”

贺季山笑了，为她将额前散落的碎发捋好，温声开口：“女儿长得像你，我心疼都来不及，怎么会不高兴？”

沈疏影想到他平日里也是对贺想南更偏爱些，知道他说的也是实话，便也轻轻一笑，心头是暖暖的满足。

一直到了晚上，护士将所有东西都收拾好，奶娘才带着两个孩子上了楼，来看新生的妹妹。

小小的婴儿睡在婴儿床上，身上穿着母亲亲手绣的衣裳，粉嘟嘟的奶娃娃，模样可爱极了。贺想南与贺东阳趴在婴儿床旁，眼睛里满是稀奇地瞧着新生的妹妹。贺东阳小心翼翼地伸出手，想在小妹妹的脸上摸一摸，不料还不等他的小手触碰到妹妹的脸蛋儿，就被姐姐抓住了手腕。

“东东听话，小妹妹太小，我们看一看就好了，千万不要去碰她。”八岁的贺想南已经很懂事，满是一副大姐姐的样子。

沈疏影依旧极是疲倦，只软软地倚在贺季山的怀里，她从头到脚都被男人用被子捂得严严实实，就连头上也戴了一顶绒线帽子，只露出一双眼睛，看着女儿人小鬼大的样子，忍不住微微一笑，心里更是软软的，好似要化了一般。

她轻轻地抬起眼睛，就见贺季山也正在瞧着自己，男人的眼睛仍是乌黑而深邃，一如当年初见的时候。他的唇角噙着笑意，那般温和宠溺的模样，这么多年来，压根儿就没有变过。

她与他四目相对，耳旁是孩子们的童言童语，不知为何，她突然想要流泪，不等她的泪水落下，贺季山便已伸出手抚上了她的小脸：“别哭。”他低语，轻轻俯下身子，将自己的额头抵上她的。

两人经历了这样多，终是换来了此生的温馨相守，共结白头。

孩子满月后，沈疏影便能够下床了。

这一天，她刚将新生的女儿哄睡，走到楼下见想南与东阳皆在院子里玩耍，而贺季山则站在一旁默默地抽烟。

男人的背影一如既往地伟岸挺拔，可那一抹从骨子里透出的苍凉，却怎么也遮掩不住。

她轻轻地上前，见小圆几上散落了一张报纸，她默默地拿起，就见正是国内赫赫有名的《北平日报》，而上面刊登的还是上个月的新闻，说的正是如今国内的局势。辽军覆没后，浙军一统全国，却不断遭到革命党与全国各地大小军阀的反抗。更有甚者，其中一些小军阀甚至打着贺季山的名头，四处招兵买马，俘获人心，逼得浙军不得不四处镇压，如今的局势正是从未有过的混乱。

她看着那份报纸，到了最后，手指不由自主地抖了起来，直到贺季山转过头来，她心里一酸，上前将身子埋到丈夫的怀里去。

“季山，你是不是想回去？”她的声音颤抖着，只觉得冷，全身都冷，让她忍不住向男人挨得更紧了些。

如今国内的局势对贺季山而言大有裨益，若他回国，东山再起，简直是易如反掌。

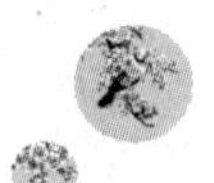

贺季山伸出胳膊，抱住了沈疏影的身子，没有说话，就那样抱着她。

沈疏影的心一点点地凉了下去，她从他的怀里抽出身子，看着他的眼睛，轻声开口："如果你想回去，我不会拦着你，我知道，你过不了这样的日子……"

贺季山凝视着她，看了许久，终是一笑，道："你别多想，有你和孩子在我身边，我又何必再去蹚那趟浑水，无论以后发生了什么，我都会陪在你和孩子们身边。"

沈疏影听了这话，只觉得心里踏实了不少，她搂住丈夫的腰，轻声道："可是季山，咱们难道要在法国住一辈子吗？等孩子们长大，总是要带着他们回去的啊。"

贺季山抚着她柔软的发丝，道："国内的局势实在太乱，我的身份又摆在这里，怕是短期内咱们都不能回国了。"

沈疏影轻轻应着，微笑道："只要能与你和孩子们在一起，无论在哪儿我都愿意。"

贺季山紧了紧她的身子，只淡淡笑道："我也是。"

说完，他的眼睛又瞥向那张报纸，看了许久，才收回视线，眉宇间是一片寂寥的自嘲。

"季山，你笑什么？"沈疏影察觉到他唇角的笑意，又是不安地开口。

"没什么，我是笑自己，英雄气短，儿女情长。"

一年后。

巴黎，圣约翰大教堂。

庄严而肃穆的教堂中，德高望重的牧师早已等候在那里。今日，他要为一对来自东方的新人主婚。

婚礼进行曲响起，美丽的新娘身披洁白的婚纱，她身姿曼妙，每一步都仿若步步生莲，她的头上戴着一串东珠编织而成的花冠，一张娇柔的脸犹如清雨梨花，温婉娇羞，美得令人不舍移目。

在她的身后，跟着一对漂亮的花童，那女孩儿约莫十来岁的样子，模样像足了新娘，另一个小男孩年纪稍小些，约莫四五岁，两人捧着婚纱长长的下摆，随着新娘一道走了进来。

一身黑色礼服的男子英武不凡，气宇轩昂，他笔直地站在那里，对着自己的新娘微笑着伸出了手。

两人四目相对，彼此的眼睛中都只有对方。

“这一天，我欠了你十年。”男人的声音温暖而低哑，他看着眼前的新娘，乌黑的眼瞳中情深似海，矢志不渝。

他一语言毕，美丽的新娘眼中立刻涌上了泪花，她轻轻摇了摇头，两个浅浅的梨涡绽放在她的唇角，她静静地看着男人的眼睛，声音温婉而动人：“只要有你在，无论多久都不算晚。”

“贺季山先生，你愿意娶沈疏影小姐为妻吗？无论以后是贫穷、富有，你都会对她不离不弃吗？”牧师的声音响了起来，在这礼堂中，只显得格外郑重。

“我愿意。”

男人浑厚的声音，久久地回荡在礼堂里。

国破山河，繁华落幕。

爱恨纠缠，十年光阴。

江山美人，不可兼得。